RETTE
IHRE
SEELE

WEITERE TITEL VON LISA REGAN

DETECTIVE-JOSIE-QUINN-SERIE

Die verlorenen Mädchen

Das Mädchen ohne Namen

Das Grab ihrer Mutter

Ihre letzte Beichte

Ihre begrabenen Geheimnisse

Ihre stumme Bitte

Die Namenlose

Du musst sie finden

Rette ihre Seele

Nur noch ein Atemzug

Schlaf still, mein Mädchen

Der Unfall

IN ENGLISCHER SPRACHE

DETECTIVE-JOSIE-QUINN-SERIE

Vanishing Girls

The Girl With No Name

Her Mother's Grave

Her Final Confession

The Bones She Buried

Her Silent Cry

Cold Heart Creek

Find Her Alive

Save Her Soul

Breathe Your Last

Hush Little Girl

Her Deadly Touch

LISA REGAN

RETTE IHRE SEELE

Übersetzt von Judith Farny

bookouture

Für Matty und Jane
Ohne sie wäre dieses Buch nie geschrieben worden.

EINS

Der Regen peitschte Detective Josie Quinn ins Gesicht. Ein paar schwarze Haarsträhnen, die sich aus ihrem Pferdeschwanz gelöst hatten, schlängelten sich unter ihrem Helm hervor und klebten auf ihrer Haut. Das Rettungsschlauchboot tanzte auf den aufgewühlten Wassermassen auf und ab, was ihr anhaltende Übelkeit verursachte. Sie blickte sich um und sah, wie sich ihre Kollegin, Detective Gretchen Palmer, krampfhaft an eines der Seile klammerte, die seitlich an dem Achilles-Schlauchboot angebracht waren. Ihr Gesicht hatte eine grünlich-bleiche Farbe angenommen.

»Alles okay?«, brüllte Josie ihr entgegen, um den Motor und das Rauschen des Wassers zu übertönen.

Gretchen nickte und gab ihr mit einem Winken zu verstehen, dass es keinen Grund gab anzuhalten. Hinter Gretchen saß Mitch Brownlow vom Denton City Emergency Services Department, dem Katastrophenschutz der Stadt. Der grauhaarige, aber rüstige Mittsechziger war schon seit vierzig Jahren bei der Wasserrettung. Ohne die beiden Frauen eines Blickes zu würdigen, steuerte er das Boot immer weiter in das Hochwassergebiet am östlichen Stadtrand von Denton.

Ein Stück weiter trieb ein großer Ast, der mit beängstigender Geschwindigkeit auf sie zuschoss. Josie machte sich darauf gefasst, dass er jeden Augenblick das Boot rammen würde, doch Brownlow umsteuerte ihn geschickt und ohne eine Miene zu verziehen. Nichts schien ihn in seiner entschlossenen und gleichzeitig besonnenen Art erschüttern zu können.

Normalerweise hatte die Polizei von Denton nichts mit den Rettungseinsätzen bei Überschwemmungen zu tun, doch einige Tage zuvor hatte sich in der Stadt und ihrer Umgebung eine der schlimmsten Hochwasserkatastrophen ihrer Geschichte ereignet. Denton war eine Kleinstadt mitten in Pennsylvania, umgeben von Bergen. Der Großteil der Bevölkerung und der Betriebe war im Tal angesiedelt, nicht weit vom Ufer eines Seitenarms des Susquehanna River entfernt. Die restlichen Einwohner lebten links und rechts der Straßen, die sich zwischen den Bergen hindurchschlängelten. Insgesamt umfasste das Stadtgebiet von Denton knapp 65 Quadratkilometer, von denen der größte Teil bewaldetes Bergland war. Nach einem extrem milden Winter und einer anhaltenden Regenperiode war der Boden aufgeweicht und mit Wasser durchtränkt gewesen. Dann waren mehrere Tage mit starken Niederschlägen und Unwettern gefolgt. Der Susquehanna und seine Nebenflüsse waren mit beunruhigender Geschwindigkeit angeschwollen und hatten einen Großteil des Stadtgebietes überschwemmt. Viele Anwohner hatten ihr Zuhause verlassen müssen und waren nun in Notunterkünften in den Aulas der städtischen Highschools untergebracht. Fast schien es, als hätten die Rettungsmannschaften die Auswirkungen der Überschwemmung allmählich in den Griff bekommen, als der Himmel seine Schleusen erneut geöffnet und das Hochwasser noch weitere Bereiche der Stadt verschlungen hatte. Das Einzige, was Denton bei dieser Katastrophe zugutekam, war das warme Wetter. Obwohl es erst Ende Mai war, waren die Temperaturen seit Wochen nicht unter zwanzig Grad gefallen.

Das Polizeirevier von Denton war nur spärlich besetzt, da das Personal den städtischen Katastrophenschutz so gut wie möglich unterstützte. Alle verfügbaren Kräfte waren im Einsatz. Die Streifenpolizisten, die versuchten, den Einwohnern zu Hilfe zu kommen, evakuierte Wohnhäuser zu bewachen und die Menschen aus den Hochwassergebieten fernzuhalten, hatten bereits die zweite oder dritte Schicht in Folge hinter sich. Da so viele private und gewerbliche Gebäude unter Wasser standen, waren die überschwemmten Bereiche nicht nur mit Schutt verunreinigt, sondern zudem mit Gefahrstoffen. Auch Josie und ihr Team von der Ermittlungseinheit – Detective Gretchen Palmer, Detective Finn Mettner und Lieutenant Noah Fraley – waren eingesprungen, wo immer man sie gerade brauchte. Jetzt, wo die Stadt derart überschwemmt war, kam es ohnehin kaum zu Straftaten, die Ermittlungen erforderten. Nach dem katastrophalen Hochwasser von 2011 hatte Bürgermeisterin Tara Charleston einen beträchtlichen Teil des städtischen Budgets für den Hochwasserschutz ausgegeben. Denton war damit besser aufgestellt als die meisten anderen überschwemmungsgefährdeten Regionen in Pennsylvania. Als die Bürgermeisterin einige Jahre zuvor auch Gelder für die Ausbildung von Polizisten zu Wasserrettungskräften bereitgestellt hatte, hatten Josie und Noah an einem Kurs zur Strömungsrettung teilgenommen; Mettner verfügte bereits über entsprechende Kenntnisse. Es kam nicht oft vor, dass Josie mit der Bürgermeisterin einer Meinung war, aber diese Entscheidung hatte sich bewährt.

Gretchen war erst eine Weile später eingestellt worden. Sie war die Einzige im Team, die keine Erfahrung in der Wasserrettung besaß, doch nachdem sie erzählt hatte, dass sie schon einmal beim Wildwasser-Rafting gewesen war, hatte Brownlow darauf bestanden, sie mitzunehmen. »Mithelfen, jemanden ins Boot zu ziehen, wird sie doch wohl können, oder?«, hatte er gesagt. »Außerdem ist sie ja festgebunden.« Irgendjemand hatte in den Beständen der Stadt einen Trockenanzug und einen Helm für sie organisiert, und schon war es losgegangen.

Ihre heutige Aufgabe war die Rettung einer älteren Dame, die im Nordosten von Denton auf ihrer Veranda festsaß. An Josies Schulter krächzte ein Funkgerät. »Boot zwei-neun-zwei unterwegs zur Hempstead Road.«

»Verstanden!«, antwortete Brownlow. »Boot drei-sieben-eins ist schon unterwegs. Voraussichtliche Ankunftszeit in fünf Minuten.«

»Dann bis gleich«, hörte man eine quakende Männerstimme am anderen Ende.

Die Hempstead Road mit ihren alten Häusern lag am Stadtrand, am Fuß einer kleinen Anhöhe. Zwei Straßen weiter, Richtung Osten, befand sich der Kettlewell Creek, ein kleiner, fischreicher Nebenfluss, der nur selten über die Ufer trat. An diesem Morgen jedoch waren in Denton innerhalb weniger Stunden mehrere Zentimeter Niederschlag gefallen, was zu einer flutartigen Überschwemmung geführt hatte. Sie hatte auch die Einfamilienhäuser entlang der Hempstead Road erreicht, sodass sämtliche Bewohner ihr Zuhause hatten verlassen müssen. Nur eine ältere Frau namens Evelyn Bassett war zurückgeblieben – sie hatte es nicht mehr geschafft, sich rechtzeitig vor den Fluten in Sicherheit zu bringen. Eine Weile zuvor war ihr verzweifelter Notruf eingegangen. Auch der Reporter eines Pressehubschraubers, der über dem Haus der Frau kreiste, hatte die Polizei verständigt und von der gefährlichen Lage berichtet, in der sie sich befand; sie hatte sich auf ihre Veranda gerettet, doch das Wasser stieg rasch. Alle anderen Rettungsboote waren bereits irgendwo in der Stadt im Einsatz, weshalb man Brownlow, Josie und Gretchen gebeten hatte, Mrs Bassett zur Hilfe zu kommen. Boot 292 hatte seinen Rettungseinsatz an anderer Stelle offenbar rechtzeitig beendet, um sie dabei zu unterstützen.

»Achtung!«, schrie Gretchen. Sie deutete in Fahrtrichtung,

wo im strudelnden Wasser zwischen zwei Bäumen ein großer Haufen mit Treibgut hängengeblieben war. Mehrere Teile davon brachen ab, blitzten ein Stück weiter rot, weiß und blau aus dem Wasser hervor und trieben mit der Strömung auf sie zu.

»Verdammt! Das sind Holztafeln!«, stieß Brownlow hervor. »Nach Steuerbord!«

Josie und Gretchen warfen sich auf die rechte Seite des Bootes, während Brownlow knapp an den Trümmern vorbeisteuerte und den Zusammenstoß so im letzten Moment vermeiden konnte. Josie erkannte, dass es Holztafeln mit Werbung für die anstehende Bürgermeisterwahl waren – auf einigen stand *Wählt Dutton!*, dann folgten weitere mit dem Aufdruck *Wählt Charleston!*. Sie stieß einen erleichterten Seufzer aus, als sie am Boot vorbeigetrieben waren.

In zwei Wochen standen in Denton die Vorwahlen für das Bürgermeisteramt an und die ganze Stadt war mit großen Werbetafeln für die einzigen beiden Kandidaten gepflastert: die Amtsinhaberin Tara Charleston sowie ihren Herausforderer — und zugleich Nachbarn — Kurt Dutton von Dutton Enterprises, einem Projektentwickler für Geschäftsimmobilien. In der Stadt munkelte man, er habe gute Chancen, Charleston nach fast einem Jahrzehnt aus dem Amt zu drängen. Was die herumtreibenden Werbetafeln in der raschen Strömung so gefährlich machte, waren die schweren galvanisierten Stahlrohre, an denen sie befestigt waren. Sie konnten einem Rettungsschlauchboot und jedem, der sich im Wasser befand, leicht zum Verhängnis werden.

Brownlow orientierte sich an dem Dröhnen der Rotorblätter, die die Luft zerteilten, und als er das Boot hinein in die Hempstead Road steuerte, schlingerte es jäh auf der Wasseroberfläche. Das grün-weiße Straßenschild ragte nur noch einen halben Meter aus den Fluten – schon bald würden sie es verschlungen haben. Weiteres Schwemmgut trieb an ihnen vorbei: Äste, Stöcke, Haushaltsgegenstände und etwas, das wie ein Autodach aussah.

»Das ist ja verheerend«, stellte Gretchen fest, als die letzten Häuser der Straße sichtbar wurden. Auch dahinter erstreckten sich endlose Wassermassen. Josie wusste, dass hier zuvor ein Stück Wald gewesen war. Jetzt ragten nur noch ein paar Baumwipfel aus dem Wasser, die ihre schütteren Arme dem grauen, regenverhangenen Himmel entgegenreckten. Josie blinzelte sich das Wasser aus den Augen und starrte weiter hinaus in die trostlose Weite. Was wird wohl übrig sein, wenn das Wasser wieder zurückgegangen ist, fragte sie sich.

Der von den Rotorblättern des Hubschraubers ausgehende Luftstrom sorgte mitten in der Strömung für eine glatte Stelle. Josie spürte, wie der lähmende Druck von oben sie ins Boot hineinpresste. Sie schaute zu dem schwarzen Hubschrauber hoch, der bedrohlich knapp über ihnen schwebte, und erkannte den grellgelben Schriftzug *WYEP* an seiner Seite. Mit einer Hand bedeutete sie dem Piloten, etwas mehr Abstand zu halten, und tatsächlich stieg der Hubschrauber wenige Sekunden später ein Stück höher.

Gretchen kämpfte sich mühsam zu Josie hinüber und zeigte nach rechts. »Dort«, rief sie.

Die Vorgärten und Veranden der Häuser hatte das Hochwasser bereits unter sich begraben. Das letzte Haus in der Straße war ein zweistöckiges, hellbraun verkleidetes Fertighaus, dessen Vordach auf dünnen quadratischen weißen Kunststoffsäulen ruhte. An einer davon waren mehrere Werbetafeln für die Bürgermeisterwahl hängen geblieben, an eine andere klammerte sich Evelyn Bassett mit ihren mageren Armen. Ihr schmales Gesicht sah grau aus, das weiße Haar klebte ihr am Kopf. Das Wasser, das an ihr vorbeischoss, reichte ihr bereits bis zu den Achseln. Brownlow steuerte das Boot so nah an sie heran, wie er konnte. In diesem Moment begannen sich ihre Arme von der Säule zu lösen.

»Sie wird sich nicht mehr lange halten können«, schrie er Josie entgegen. »Holen Sie den Wurfsack!«

Fieberhaft tastete Josie auf dem Stahlboden des Bootes nach dem schweren, roten Sack, in dem sich die fünfzehn Meter lange schwimmfähige leuchtgelbe Rettungswurfleine befand. Rasch öffnete sie den Sicherheitsverschluss, zog ein paar Meter Seil heraus und hielt die Schlinge am Ende mit der linken Hand fest. Brownlow steuerte das Boot unterdessen weiter stromabwärts, bis es sich ein Stück unterhalb von Mrs Bassett befand, denn er rechnete damit, dass sie schon bald auf das Boot zutreiben würde. Er hatte sich nicht geirrt. Einen Augenblick später lösten sich Mrs Bassetts Arme von der Säule und die Strömung riss sie mit sich. Josie stellte sich breitbeinig ins Boot, um das Gleichgewicht nicht zu verlieren, und hielt den Wurfsack in der rechten Hand bereit.

»Denken Sie dran: Ein Stück davor und dran vorbei«, rief Brownlow. »Der Wurf muss sitzen. Los!«

»Davor und dran vorbei«, wiederholte Josie für sich. Das Herz hämmerte ihr in der Brust, als sie sah, wie das Wasser die alte Dame regelrecht verschlang. Mit einem kräftigen Unterhandwurf schleuderte sie Mrs Bassett den Sack entgegen und zielte dabei auf einen Punkt ein Stück weiter stromabwärts und zugleich hinter ihr, damit die Frau im Vorbeitreiben nach der Leine greifen konnte. Der Sack landete genau an der richtigen Stelle, nur ein oder zwei Meter von ihrem Kopf entfernt, sodass sich die leuchtgelbe Leine um Mrs Bassetts Schultern legte. Als die Strömung sie am Boot vorbeitrieb, griff sie mit einer Hand nach oben und konnte sich daran festhalten. Schnell wickelte sich Josie das Seilende um die Taille.

»Geben Sie Palmer das andere Ende! Sie soll es sichern«, brüllte Brownlow.

Josie reichte das Seilende an ihre Kollegin weiter. Dann kniete sie sich hin, um das Gleichgewicht nicht zu verlieren, beugte sich über den Rand des Bootes und zog Mrs Bassett mühsam näher heran.

Der Kopf der Frau tauchte immer wieder unter. »Sie wird sich nicht mehr lange festhalten können«, schrie Gretchen.

Josie sah Brownlow an und erkannte blitzschnell, dass er die Situation genauso einschätzte: Die Strömung war zu stark und Mrs Bassett zu schwach, als dass sie sich lange genug an der Leine würde festklammern können, um ins Boot gezogen zu werden. »Rein mit Ihnen, Quinn!«, forderte er sie auf.

Josie überprüfte die Leine, die ihre Schwimmweste mit dem Boot verband. Als das Boot unter ihren Füßen schaukelte, schwankte sie einen Moment, dann stürzte sie sich ins Wasser und paddelte auf Mrs Bassett zu. Die Frau hatte das Seil losgelassen und schlug nun mit den Armen wild um sich. Den Kopf im Nacken, schnappte sie mit offenem Mund nach Luft.

»He–helfen Sie mir«, röchelte sie, als Josie sie fast erreicht hatte.

Josie schwamm, so schnell sie konnte. Zum Glück musste sie nicht auch noch gegen die Strömung ankämpfen. Als sie nah genug war, streckte sie ihre Hand aus. Mrs Bassett ergriff sie, doch gerade als sich ihre Finger um Josies Handgelenk schlossen, schoss ein gewaltiger Ast an ihnen vorbei. Er rammte Josie an der Schulter und prallte an Mrs Bassetts Kopf, sodass diese untertauchte. Josie machte einen Satz nach vorne und versuchte irgendetwas mit den Händen zu fassen zu bekommen. Sie würde nicht zulassen, dass diese Frau vor ihren Augen umkam. Als etwas Hartes, Knochiges an ihren Fingern entlangstreifte, packte sie zu. Sie erkannte, dass es eine Schulter war, und schon im nächsten Moment presste die Strömung, die sie beide mit sich riss, Josie gegen Mrs Bassetts Körper. Nach einigem Tasten gelang es ihr, den Arm unter den Achseln der Frau hindurchzuschieben, sich zurückzulehnen und Mrs Bassett dadurch so weit aus dem Wasser herauszuziehen, dass ihr Rücken auf Josies Brust ruhte. Die Schwimmweste hielt sie beide an der Oberfläche. Josie umklammerte die Frau, so fest sie konnte, und als diese hustete, überkam sie eine Welle der Erleichterung.

»Alles gut«, erklärte Josie ihr. »Ich hab Sie.«

Sie blickte über ihre Schulter und sah, wie Gretchen die Leine einholte. Der Pressehubschrauber flog nun wieder tiefer. Seitlich hing ein angegurteter Mann heraus, die Kamera auf die beiden Frauen gerichtet. Der Luftdruck, der sie nach unten drückte, war unerträglich. Dann vernahm Josie undeutlich ein neues Geräusch – ein lauterer Motor, von einem Boot, das ihnen aus der anderen Richtung entgegenzukommen schien. Es war ein Boot aus Stahl, deutlich größer als Brownlows Rettungsschlauchboot und blau, nicht grellrot wie die Boote der Stadt Denton; demnach kam es aus einer der umliegenden Ortschaften. Mühsam kämpfte es gegen die Strömung an und wich dabei immer wieder vereinzelten Baumkronen aus. Es musste Boot 292 sein. Schließlich war es neben Brownlows Boot angekommen und damit ganz in der Nähe von Josie. Im nächsten Moment flog ein Rettungsring über Bord, der nur wenige Zentimeter neben ihr und Mrs Bassett landete. Während Josie die Frau mit einem Arm festhielt, hakte sie sich mit dem anderen am Rettungsring ein. Ein Mann beugte sich seitlich aus dem Boot und holte das Seil Stück für Stück ein. Josie kannte ihn nicht, doch sie sah, dass er eine Uniform der Katastrophenschutzbehörde von Dalrymple Township trug. Auf der linken Brustseite der Jacke stand der Name »Hayes«.

»Gut, dass Sie gekommen sind«, sagte Josie zu ihm, als er nach Mrs Bassetts Schultern griff. Er zog die Frau am Oberkörper hoch, während Josie von unten schob, bis sie im Boot war. Hayes wandte sich sofort um und begann, Mrs Bassett eine Rettungsweste überzuziehen. Der andere Mann an Bord war am Motor geblieben, der immer wieder laut aufheulte, während das Boot Mühe hatte, nicht von der Wucht der Strömung mitgerissen zu werden. Sobald Mrs Bassett in Sicherheit war, gab er

Gas und das Boot fuhr flussaufwärts davon, in Richtung der Häuser. Gretchen holte die Leine ein, an der Josie hing, bis diese nah genug an Brownlows Boot war, um hineinklettern zu können. In einer scharfen Kurve steuerte Brownlow wieder stromaufwärts, bis es Seite an Seite mit Hayes' Boot fuhr. Einen Moment später kam Mrs Bassetts Haus erneut in Sicht, dann die restlichen Häuser der Straße.

»Tolle Rettungsaktion«, rief Brownlow zu Josie herüber.

Sie wollte gerade antworten, als ein lang anhaltendes Krachen die Luft erzittern ließ. Alle rissen die Köpfe herum, um zu sehen, woher das Geräusch stammte.

»War das Donner?«, fragte Gretchen.

»Glaube ich nicht«, gab Brownlow zurück.

Wieder hörte man es krachen und im nächsten Moment rauschte ihnen ein neuer Wasserschwall entgegen. Josie wurde schlecht vor Angst, als sie begriff, woher das Geräusch rührte: Eines der Häuser neben ihnen bewegte sich plötzlich und brach von seinem Fundament weg.

»Es ist eines der Häuser«, schrie sie.

Alle sahen zu der Häuserreihe in der Hempstead Road hinüber, deren Veranden inzwischen komplett unter Wasser standen. Wieder hörte man es krachen und knallen, dann begann Mrs Bassetts Haus wegzurutschen und sich wie in Zeitlupe nach links zu neigen. Eine Seitenwand des Hauses fiel in sich zusammen, das Dach der Veranda zerbarst.

»Es rutscht davon!«, brüllte Hayes. Mit einer Hand machte er eine kreisförmige Bewegung in der Luft, woraufhin sich beide Boote von dem Haus zu entfernen begannen. Im selben Augenblick löste es sich vollends von seinem Fundament. Es sackte einfach in sich zusammen, kippte vornüber und trieb davon. Obwohl die Strömung so stark war, geschah alles erstaunlich langsam. Hayes schaute zu Mrs Bassett hinunter, die wie abwesend dahockte, die Arme um die Knie geschlungen. »Tut mir leid, das mit Ihrem Haus, Madam«, hörte Josie ihn sagen.

Ein hysterisches Lachen brach aus Mrs Bassett hervor. Ringsum war es zu laut, als dass Josie es hätte hören können, doch sie erkannte es an dem Gesichtsausdruck der Frau und der Art, wie ihre Schultern in der viel zu großen Rettungsweste zuckten. Mrs Bassett konnte nicht aufhören zu lachen, obwohl alle sie anstarrten. Josie wusste, dass es jenes sonderbare, unkontrollierbare Lachen war, das sich manchmal Bahn brach, wenn jemand gerade ein Trauma durchlebte. Bei ihrer Arbeit hatte sie unzählige Male mit Opfern traumatischer Ereignisse zu tun gehabt. Manchmal waren die Menschen in einem solchen Moment derart überfordert, dass sie zu lachen begannen, anstatt in Tränen auszubrechen. Irgendwann verstummte Mrs Bassett. Da es immer noch stark regnete, ließ sich schwer sagen, ob sie weinte, aber sie wischte sich zumindest über die Augen. Was sie auf Hayes' Bemerkung hin sagte, konnte Josie nicht verstehen.

Heftig schlingernd kämpften die Boote gegen die Strömung an. Einen Augenblick lang hielten alle an Bord inne und verfolgten fassungslos das Wüten der Natur ringsherum.

Dort, wo eben noch das Haus gestanden hatte, war nur noch aufgewühltes, braunes Wasser zu sehen, in dem Trümmer herumwirbelten. Durch das Wasser, das in die neu entstandene Lücke strömte, entstand kurzzeitig ein Strudel, dann schoss ein großer Betonbrocken an die Wasseroberfläche und trieb, gefolgt von einigen kleineren Stücken, davon. Josie glaubte etwas zu erkennen, das wie eine Waschmaschine oder ein Trockner aussah, außerdem mehrere Rohrstücke; sie stiegen an die Oberfläche und wurden von der Strömung fortgetragen. Als das Hochwasser an der Stelle vorbeirauschte, wo eben noch das Haus gestanden hatte, und dabei weitere Teile des Fundaments mitriss, tauchte plötzlich etwas leuchtend Blaues auf. Zunächst sah es aus wie ein Stück Stoff, an dem die Strömung zerrte, das aber von irgendetwas unter Wasser festgehalten wurde. Dann schoss ein weiterer Betonbrocken nach oben und schwamm davon. Der bisher unsichtbare Teil der Plane kam an die Wasseroberfläche. Er musste zu etwas gehören, das größer war, deutlich größer – so groß wie ein Mensch.

»Was zum Teufel ist das?«, schrie Brownlow, als die unablässige Strömung das seltsame Objekt allmählich freispülte, sodass es immer deutlicher zu erkennen war.

»Eine Leiche!«, riefen Josie und Gretchen gleichzeitig.

Was sie für blauen Stoff gehalten hatten, war ein großes Stück Plastikplane, in das irgendetwas fest eingewickelt war; Josie schätzte, dass das Bündel ungefähr eine Länge von einem Meter achtzig und eine Breite von sechzig Zentimetern hatte. An vier Stellen war Klebeband um die Plane gewickelt.

Josie kam auf die Knie und schaute zu Gretchen hinüber. Diese nickte ihr zustimmend zu und drehte sich dann zu Brownlow um. »Fahren Sie da rüber!«

Er zog erstaunt die Augenbrauen hoch. »Sind Sie verrückt?«

Josie hielt sich am Rand des Bootes fest und stand auf. »Wir müssen es holen. Es wird sich jeden Moment losreißen.«

»Was ist los?«, hörte man Hayes aus dem Funkgerät brüllen. »Wir müssen hier weg!«

Brownlow sprach in sein Funkgerät, das sicher verpackt in einem wasserdichten Beutel steckte: »Sie will dieses Ding rausholen.«

»Das geht nicht! Es ist zu gefährlich! Wir müssen los!«

Josie zog prüfend an ihrer Leine, dann drehte sie den Kopf zu ihrem Funkgerät. »Ich schnappe es mir und dann zieht Gretchen mich wieder ins Boot.«

»Der Junge hat recht«, erklärte Brownlow ihr. »Es ist zu gefährlich.«

Hayes beobachtete die drei vom anderen Boot aus.

»Sie wissen doch nicht mal, ob es tatsächlich eine Leiche

ist«, fügte Brownlow hinzu. »Vielleicht ist es ja wirklich nur eine Plane.«

»Das da ist eine Leiche«, gab Josie voller Überzeugung zurück. »Da bin ich mir sicher.«

»Es könnte alles Mögliche sein.«

Josie musste an die vielen menschlichen Überreste denken, die ihr in ihrem Berufsleben schon untergekommen waren, die vielen Mordopfer, die sie gesehen, und die notdürftigen Gräber, neben denen sie gestanden hatte.

»Nein«, entgegnete sie unbeirrt. »Es ist ganz sicher eine Leiche.«

Wieder war Hayes' Stimme über das Funkgerät zu hören: »Das hier ist ein Rettungseinsatz, kein Bergungseinsatz.«

»Wir können das hier aber nicht einfach zurücklassen«, blaffte Josie in ihr Funkgerät.

Sie sah, wie sich die zusammengerollte Plane zu bewegen begann. Offenbar war sie unter dem Fundament des Hauses begraben gewesen – doch ein Keller war nicht der übliche Ort, um Tote zu begraben. Wer auch immer in der Plane eingewickelt war, musste ermordet worden sein. Josie hatte ein gutes Bauchgefühl, mit dem sie nur selten falsch lag. Außerdem wusste sie, dass es angesichts der hohen Geschwindigkeit der Strömung und der Unberechenbarkeit des Hochwassers Wochen dauern konnte, bis sie die Leiche wiederfinden würden, falls sie sie jetzt davontreiben ließen. Und was, wenn dann keine Katastrophenhelfer darauf stießen, sondern irgendjemand anderes?

»Ich muss das rausholen«, sagte Josie ins Funkgerät.

Ein großer Ast schoss an dem Bündel mit der Plane vorbei und riss es mit sich. Josie stellte sich breitbeinig auf, um das Gleichgewicht nicht zu verlieren. Dann setzte sie einen Fuß auf den Rand des Bootes. Wieder rauschten ein paar Holztafeln mit Wahlwerbung für die Bürgermeisterkandidaten vorbei und verfehlten nur knapp die empfindlichen Seiten des

Schlauchbootes.

»Bleiben Sie im Boot, Quinn!«, brüllte Brownlow.

Josie stieß sich mit dem Fuß am Bootsrand ab, sprang ins Wasser und schwamm auf die Plane zu. Schon im nächsten Augenblick drangen die Rufe von hinten und über das Funkgerät an ihrer Schulter nur noch gedämpft zu ihr durch. Ringsherum wirbelte die Strömung, sodass sie nur mit Mühe die Richtung beibehalten konnte. Erneut spürte sie den Druck des starken Abwinds, den die Rotorblätter des Hubschraubers erzeugten und der die Strömung für einen kurzen Moment zurückhielt, sodass sie ihrem Ziel näherkommen konnte. Jeder Muskel in ihrem Körper schmerzte vor Anstrengung. Ihre Rettungsweste hielt sie über Wasser, doch sie war so unförmig, dass es schwierig war, damit zu schwimmen. Endlich war sie nah genug, um mit der Hand nach dem blauen Plastikbündel greifen zu können. Sie zog es zu sich heran und schlang beide Arme darum. Einen Augenblick später stieß Hayes' Boot gegen ihre Schulter und hielt sie im Wasser an Ort und Stelle, bis auch Brownlows Boot da war. Gretchen lehnte sich über den Rand hinaus und zog an Josies Leine, bis sich die zusammengerollte Plane zwischen ihnen befand. Josie schob sie auf Gretchen zu, während sie mit den Füßen paddelte, um nicht abgetrieben zu werden. Gretchen hievte das Bündel mit großer Mühe ins Boot und kam sofort zurück, um Josie zu helfen.

Als Josie wieder sicher im Boot saß, die Leiche zwischen ihr und der Kollegin, blickte sie sich um, doch das andere Boot war bereits davongefahren. Brownlow sah Josie nur wortlos an und schüttelte den Kopf. Dann wendete er das Boot und gab Gas.

ZWEI

Aufgrund der Überschwemmung hatte die städtische Katastrophenschutzbehörde eine temporäre Einsatzstelle auf einem der Parkplätze der Universität von Denton einrichten müssen. Durch die erhöhte Lage des Campus und seine Nähe zu den am schlimmsten betroffenen Gegenden der Stadt bot er sich als Ausgangspunkt für sämtliche Rettungseinsätze und Hilfsgüterlieferungen an. Man hatte provisorische Zelte aufgebaut und an einer Ecke des Geländes standen mehrere Krankenwagen und Polizeifahrzeuge bereit. Der restliche Parkplatz war von Transportern belegt, die auf der Ladefläche oder einem Anhänger Rettungsboote in allen Formen und Größen hergebracht hatten. Manche der Autos gehörten der Stadt, andere ehrenamtlichen Helfern aus benachbarten Ortschaften, die bei der Bewältigung der Hochwasserkatastrophe mitanpacken wollten. Im rund anderthalb Kilometer entfernten Stadtpark, wo das Hochwasser bereits einen Teil des Softballfelds überschwemmt hatte, befand sich ein weiterer Sammelpunkt. Die Rettungsteams fuhren dorthin, um ihre Boote zu Wasser zu lassen. Als Brownlow die behelfsmäßige Bootsrampe ansteuerte, waren sie jedoch die Einzigen vor Ort; nur Brownlows

Transporter stand am anderen Ende des Spielfeldes. Josie und Gretchen sprangen aus dem Boot und halfen ihm, es an Land zu zerren. Josies Neoprenstiefel gaben ein schmatzendes Geräusch von sich, als sie durch den Schlamm stapfte.

»So, reicht schon«, erklärte Brownlow, als sie das Boot weit genug aus dem Wasser gezogen hatten. »Also, bevor wir weitermachen, Quinn, möchte ich, dass Sie eines wissen: Was Sie da draußen gemacht haben, war leichtsinnig und unverantwortlich. Sie werden nicht mehr auf meinem Boot mitfahren.«

Josie stützte die Hände in die Seiten. »Ich musste ...«

Er schnitt ihr das Wort ab. »Will ich gar nicht hören. Keine Zeit für so was. Interessiert mich nicht. Ich hole jetzt meinen Transporter und lade das Boot auf. Was haben Sie mit *diesem Ding hier* vor?«

Er deutete auf die zusammengerollte Plane, die auf dem Boden des Bootes lag. Josie und Gretchen folgten seinem Blick. Mit hochrotem Kopf öffnete Josie den Kinnriemen ihres Helmes, setzte ihn ab und schüttelte die nassen Haare, obwohl das überhaupt nichts brachte; es regnete immer noch, wenn auch nicht mehr ganz so stark. »Wir müssen damit zur Rechtsmedizin«, sagte sie. »Dort muss eine Obduktion vorgenommen werden.«

»Wir werden auch die Kollegen von der Spurensicherung brauchen«, fügte Gretchen hinzu.

Brownlow hob zweifelnd die Augenbrauen. »Spurensicherung? Ihr Tatort wurde weggeschwemmt.«

»Nicht für den Tatort«, erklärte Josie ihm. »Für die Plane und das Klebeband und alles andere, das außer der Leiche noch da drin ist.«

»Gegenstandsspuren«, erklärte Gretchen ihm.

Brownlow schüttelte den Kopf. »Ich hoffe, die Damen haben recht damit, dass das da eine Leiche ist. Sonst werden Sie sich vermutlich ziemlich dumm vorkommen, dass Sie sich deswegen vor laufender Kamera in die Fluten gestürzt haben.«

Die beiden starrten ihn an.

»Was sollte es denn sonst sein?«, meinte Gretchen.

Brownlow zuckte mit den Achseln. »Keine Ahnung. Ein Hund oder so was? Wer sagt denn, dass es ein Mensch ist?«

»Ich bin mir zu hundert Prozent sicher, dass es ein Mensch ist«, sagte Josie. »Aber ich hoffe, dass wir uns täuschen. Denn falls da drin keine Leiche ist, werden wir verdammt froh sein, weil wir uns dann nicht mit einem Mordopfer herumplagen müssen.«

Gretchen beugte sich ins Boot hinunter. »Komm, bringen wir es in den Transporter.«

Brownlow hob abwehrend die Hände. »Das da kommt mir nicht in meinen Transporter rein!«

»Machen Sie Witze?«, entgegnete Josie.

Er antwortete nicht.

»Dann helfen Sie uns wenigstens, es zur Einsatzstelle zu bringen. Ich kann es dann auch mit meinem Auto zur Rechtsmedizin fahren«, sagte sie.

»Tut mir leid, meine Damen«, protestierte er. »Ich habe Ihnen gesagt, dass Sie nicht ins Wasser springen und dieses Ding rausholen sollen, und Sie haben es trotzdem getan. Es kommt auf keinen Fall in meinen Transporter und Sie beide ebenso wenig.«

Mit diesen Worten marschierte er davon. Gretchen stieß leise ein paar Kraftausdrücke aus.

Josie seufzte. »Nicht zu fassen. Na dann ... Schaffen wir unseren Fund aus dem Boot. Du kannst ja hierbleiben und ihn bewachen, während ich mein Auto hole.«

»Dein *neues* Auto?«, zog Gretchen sie auf, während sie das Bündel aus dem Boot hoben und ein Stück vom Wasser entfernt ablegten, wo Gretchen sich danebensetzen und darauf aufpassen konnte.

Josies alter Wagen, ein Ford Escape, war seit einem Unfall im Monat zuvor ein Totalschaden, weshalb sie sich eben erst ein neues Auto gekauft hatte. Sie seufzte, als sie an den makellosen grauen Fahrzeuginnenraum und den Neuwagengeruch dachte, den er immer noch verströmte. »Ja, mein neues Auto.«

Gretchen setzte sich neben der Leiche ins Gras und zog sich den Helm vom Kopf. Sie fuhr sich mit einer Hand durch ihr kurzes, graubraunes Stachelhaar. »Hol lieber einen der Krankenwagen. Die könnten uns doch auch zur Rechtsmedizin fahren.«

»Nein«, sagte Josie, die bereits in Richtung Universitätsparkplatz losgestapft war. »Die brauchen wir für die Lebenden. Ich werde bestimmt keine Ressourcen zweckentfremden – nicht jetzt, wo wir gerade diese flutartigen Überschwemmungen haben.«

»Du hast ja recht«, rief Gretchen ihr hinterher.

Josie wischte sich über das regennasse Gesicht, als sie an Brownlow vorbeiging, der gerade das Rettungsboot an seinen Transporter anhängte. Dann machte sie sich auf den langen Weg bis zum Parkplatz, wo ein grell orangefarbenes Schild die Einsatzstelle markierte. Sofort fielen ihr die Pressefahrzeuge auf, die rings um eines der Sanitätszelte geparkt waren. Reporter in Regenmänteln und -ponchos drängten sich um Evelyn Bassett, die unter einem Schutzdach auf einer Trage saß und sich einen Eisbeutel an den Kopf hielt. Alle streckten ihr Handys entgegen und riefen ihr Fragen zu. Hinter den Reportern drängten sich Kameramänner, die ihre riesigen, schweren, mit Regenhüllen geschützten Geräte in ihre Richtung hielten. Neben Mrs Bassett stand Hayes. Als Josie näherkam, sah sie, dass er seinen Helm ebenfalls abgesetzt hatte. Das Haar stand ihm zerzaust vom Kopf ab. Er war ungefähr in Josies Alter, also Mitte dreißig, und ein dunkler Dreitagebart zierte seine markanten Gesichtszüge. Er legte Mrs Bassett gerade eine Decke um die Schultern.

Ein Reporter fragte: »Hatten Sie Angst, Mrs Bassett? Sie

haben doch sicher damit gerechnet, davongeschwemmt zu werden?«

»Natürlich hatte ich Angst«, gab sie zurück. »Ich bin immerhin achtundsiebzig! Aber dass es mich davonschwemmt, davor habe ich mich nicht gefürchtet. Ihr Jungs wisst doch, wer mich gerettet hat, oder?«

»Detective Quinn«, rief ein anderer Reporter von weiter hinten.

Josie spürte, wie sich ein unbehagliches Gefühl in ihr breitmachte. Vor fünf Jahren hatte sie einen schockierenden Fall mit einigen vermissten Mädchen aus Denton aufgeklärt und seitdem noch weitere spektakuläre Fälle, die in den gesamten Vereinigten Staaten für Aufsehen gesorgt hatten. Dreimal war auf *Dateline* über sie berichtet worden – dank ihrer Schwester, einer weltbekannten Fernsehjournalistin –, sodass sie zu einer Art Lokalheldin geworden war. Dass sie in ihrer Heimatstadt eine gewisse Berühmtheit erlangt hatte, behagte ihr nicht sonderlich. Die Fälle, die den Blick der Öffentlichkeit auf sie gelenkt hatten, verfolgten sie noch immer. Sie wollte einfach nur gute Arbeit leisten, doch eine gewisse Popularität hatte sich nicht vermeiden lassen. Während Josie weiterging, griff sie sich ins Haar, um ihre Frisur ein wenig in Ordnung zu bringen. Dann war erneut Mrs Bassetts Stimme zu hören: »Dort ist sie! Detective Quinn! Meine Heldin. Hat sich einfach hinter mir her ins Wasser gestürzt ...«

Josie blieb wie angewurzelt stehen. In dem Sekundenbruchteil, bevor die Reporter sich umdrehten und auf sie zuliefen, sah sie Hayes' finsteren Blick. Dann schwirrten ihr auch schon aus allen Richtungen Fragen entgegen, wenngleich keine davon mit Mrs Bassetts Rettung zu tun hatte.

»Detective Quinn, was war in der Plane eingewickelt?«

»Handelt es sich tatsächlich um eine Leiche, die Sie da im Wasser entdeckt haben?«

»Detective, konnte schon bestätigt werden, dass sich in der Plane eine Leiche befand?«

»Wurden in der Plane menschliche Überreste gefunden?«

Josie hob die Hände, um die Menge zum Schweigen zu bringen. »Ich kann zu diesem Zeitpunkt noch keine Aussage dazu machen.«

Man hörte weiteres Rufen, diesmal mit mehr Nachdruck. Josie musste ihre Stimme erheben, um sich Gehör zu verschaffen. »Sobald wir mehr wissen, werden wir Sie informieren. Jetzt muss ich erst mal meine Arbeit tun.« Sie drängte sich an den Reportern vorbei und schaute zu Mrs Bassett hinüber. »Wenn Sie mich bitte entschuldigen — ich würde gerne unter vier Augen mit Mrs Bassett sprechen.«

Widerwillig löste sich die Menge auf. Josie ging zum Zelt hinüber, froh, dem Regen endlich für eine Weile entkommen zu können. Sie wartete, bis sie sicher war, dass alle Journalisten außer Hörweite waren, und wandte sich dann an Mrs Bassett. »Wie fühlen Sie sich?«

Mrs Bassett zwinkerte ihr zu. »Ganz in Ordnung, und das habe ich Ihnen zu verdanken. Jetzt muss ich mir nur ein neues Zuhause suchen.«

Hayes tätschelte ihr beruhigend die Schulter. »Ich werde schon etwas Passendes finden. Da gibt es verschiedene Möglichkeiten.«

»Haben Sie eine Gebäudeversicherung? Vielleicht können Sie das Haus ja instand setzen lassen«, sagte Josie.

Mrs Bassett schüttelte den Kopf. »Da habe ich ja zur Miete gewohnt. Ich habe also nur die Sachen verloren, die im Haus waren.«

»Es tut mir leid, dass alles, was Sie besessen haben, mit dem Haus weggeschwemmt wurde«, sagte Josie. »Aber es gibt in der Stadt mehrere Unternehmen, die Menschen, die durch das Hochwasser alles verloren haben, Kleidung und andere Dinge zur Verfügung stellen. Die wichtigsten Sachen werden Sie von dort erhalten.«

»Ich kümmere mich darum, dass sie bekommt, was sie braucht«, fügte Hayes rasch hinzu.

Mrs Bassett legte den Eisbeutel in ihren Schoß und griff nach Josies Handgelenk. »Vor fünfzehn Jahren habe ich bei einem Brand meinen Mann verloren. Ich würde alles geben, was ich in meinem Leben je besessen habe, um ihn zurückzubekommen. Dinge lassen sich ersetzen.«

Die zuversichtliche Einstellung der alten Dame berührte Josie. Die vergangene Woche war verheerend gewesen. Josie hatte mitansehen müssen, wie Menschen, denen sie nahestand, in tiefe Not geraten waren. Manche hatten ihr Zuhause verloren, viele andere einen Großteil ihrer Habseligkeiten. Bislang hatten sie Glück gehabt, dass niemand in dem Hochwasser ums Leben gekommen war, doch etliche Bewohner der Stadt hatten das Dach über dem Kopf verloren und standen vor dem Nichts. Josie tätschelte Mrs Bassett die Hand. »Das mit Ihrem Mann tut mir leid. Wäre es in Ordnung, wenn ich Ihnen ein paar Fragen stelle?«

»Das ist jetzt nicht der richtige Moment«, schaltete sich Hayes ein.

Josie beachtete ihn jedoch nicht, sondern wandte sich wieder an Mrs Bassett: »Wie lange haben Sie in dem Haus gelebt?«

»Fünfzehn Jahre. Ich bin gleich nach dem Brand dort eingezogen. Ich hatte von der Versicherung Geld für den Wiederaufbau unseres Hauses bekommen, aber ohne meinen Mann wollte ich das nicht. Dann gab es da noch ein Stück Land, das mir gehörte. Ich wusste nicht, was ich tun sollte. Ich brauchte etwas Zeit zum Nachdenken. Da ich kein Dach über dem Kopf hatte — wir haben keine Kinder und ich hatte die Gastfreundschaft meiner Schwägerin eh schon überstrapaziert —, schaute ich mich nach etwas zum Mieten um, wo ich wohnen konnte, bis ich mir überlegt hatte, wie es weitergehen sollte. Ein Anwalt aus der Gegend suchte einen neuen Mieter für das Haus – ein wirklich netter Mann. Wir einigten uns auf einen Mietvertrag, den ich monatlich kündigen konnte.«

»Aber dann sind Sie doch geblieben«, half Josie ihr weiter.

Mrs Bassett ließ Josies Hand los und zog sich die Decke enger um die Schultern. »Die Zeit geht so schnell vorüber, nicht wahr? Ich hab das Grundstück, auf dem unser Haus gestanden hatte, verkauft und das Geld auf die Seite gelegt. Aber irgendwie bin ich nie dazu gekommen, mich nach etwas anderem umzusehen. Um ehrlich zu sein: Es war mir auch kein großes Anliegen. In dem Mietshaus zu bleiben, erschien mir einfacher. Mr Plummer – so heißt der Vermieter – kümmert sich um alles, was das Haus betrifft. Wenn irgendwas kaputtgeht, lässt er es gleich reparieren. Wenn ein Haushaltsgerät ersetzt werden muss, besorgt er eines und lässt es anschließen. Er kümmert sich um alles, sogar um den Garten und das Schneeräumen. Er war immer sehr entgegenkommend. Ich zahle nur Miete und Nebenkosten. Wenn ich mir etwas Eigenes kaufen würde, wer würde mir denn bei all diesen Dingen helfen?«

»Wissen Sie, wie Mr Plummer mit Vornamen heißt?«, wollte Josie wissen.

»Calvin. Calvin Plummer. Seine Kanzlei ist in South Denton.«

»Sie meinten vorhin, er würde sich um alles kümmern. Hat er in der Zeit, in der Sie in dem Haus wohnten, denn mal irgendwelche Arbeiten am Fundament durchgeführt oder von irgendjemandem durchführen lassen?«

»Nein, nicht dass ich wüsste.«

»Wissen Sie irgendetwas über das, was wir dort gefunden haben?«

»Ich? Nein. Ich hatte keine Ahnung, dass es dort war. Der

Keller war aus Beton – das haben Sie ja gesehen, als er weggebrochen ist«, antwortete Mrs Bassett.

»Noch eine Frage zum Keller«, fuhr Josie fort. »Gab es dort unten jemals irgendwelche Probleme, während Sie in dem Haus wohnten?«

»Ab und zu mal einen Rohrbruch, aber sonst nichts. Mr Plummer ließ immer sofort jemanden kommen und alles reparieren.«

»Haben Sie in den vergangenen fünfzehn Jahren immer allein gelebt?«

Mrs Bassett nickte.

»Es gab also keine Verwandten, die mal länger bei Ihnen gewohnt haben? Oder Untermieter?«

»Nein, außer mir hat niemand dort gewohnt, Detective Quinn.«

»Josie.«

Mrs Bassett lächelte und Josie lächelte zurück. »Wissen Sie, wer vor Ihnen in dem Haus wohnte?«

»Nein. Da müssen Sie Mr Plummer fragen.«

»Das werde ich tun«, gab Josie zurück. »Ich würde Ihnen gerne noch meine Visitenkarte dalassen, aber ich habe gerade keine dabei. Meine Sachen sind alle im Auto. Aber wenn Sie irgendetwas brauchen, rufen Sie einfach auf dem Polizeirevier an und fragen Sie nach mir.«

Josie legte Mrs Bassett die Hand auf die Schulter und drückte sie aufmunternd, dann ging sie zu ihrem Auto. Der Regen prasselte erneut auf sie ein. Als sie zur Einfahrt des Parkplatzes hinüberschaute, sah sie, wie die Reporter sich um Brownlow scharten, der gerade angefahren kam. Dann trat plötzlich Hayes in ihr Blickfeld. Mit großen Schritten marschierte er auf sie zu und starrte sie dabei mit seinen blauen Augen unverwandt an. Josie blieb stehen und baute sich vor ihm auf. »Gibt es ein Problem?«, fragte sie ihn, noch bevor er den Mund aufmachen konnte.

»Natürlich, und das wissen Sie auch ganz genau«, gab er zurück, als er vor ihr stand. »Sie haben sich der ausdrücklichen Anweisung Ihres Bootsführers widersetzt, als Sie aus dem Boot gesprungen sind, um dieses ... dieses verdammte Ding da zu bergen.«

»Was ich da geborgen habe, ist eine Leiche, vermutlich ein Mordopfer.«

»Was Sie da getan haben, war gefährlich, unverantwortlich und leichtsinnig. Sie haben uns heute alle in Gefahr gebracht, als Sie diese Plane ...«

»Leiche.«

Er stöhnte genervt. »*Plane*«, wiederholte er mit Nachdruck. »Sie wissen doch noch gar nicht, ob es überhaupt eine Leiche ist. Aber was ich sagen will: Sie haben sich da selbst in eine Situation gebracht, wo es gut hätte sein können, dass wir Sie retten müssen, und das hätte für uns alle gefährlich werden können. Die personellen Ressourcen der Stadt sind allmählich aufgebraucht.«

Josie sah ihn mit zusammengekniffenen Augen an. »Sie brauchen mir wirklich nicht zu erzählen, wie miserabel die Lage gerade ist, Hayes. Oder können Sie sich erinnern, wann der Katastrophenschutz in Denton schon jemals polizeiliche Ermittler für die Hochwasserrettung eingesetzt hat?«

Er antwortete nicht.

»Hören Sie mal zu, Hayes«, fuhr sie fort. »Sie sind vom Notdienst, richtig?«

Er verschränkte seine Arme vor der Brust. »Ich bin Rettungssanitäter. Und außerdem bin ich ausgebildeter Strömungsretter.«

Sie hob ihr Kinn ein wenig und studierte den Aufnäher auf seinem Trockenanzug. »Und Sie arbeiten für Dalrymple Township, richtig?«

Er sagte nichts, sondern funkelte sie nur finster an.

»Dalrymple Township gehört nicht einmal zum Stadtgebiet

von Denton. Sie sind hier also nur als freiwilliger Helfer eingesetzt, was ich durchaus begrüße. Aber ich arbeite bei der Polizeibehörde dieser Stadt – wie Sie wissen«, fügte sie hinzu.

»Ich weiß genau, wer Sie sind«, fauchte er. Der Regen rann ihm in Strömen über das Gesicht. »Aber Sie brauchen nicht meinen, dass Sie aufgrund Ihrer Bekanntheit aus dieser Sache hier rauskommen.«

Josie machte einen Schritt auf ihn zu, sodass er zurückwich. »Aus welcher Sache?«

»Sie haben heute andere in Gefahr gebracht, als Sie wegen dieser Plane ins Wasser gesprungen sind.«

Sie stieß ihm mit dem Zeigefinger gegen die Brust. »Klären Sie das mit meinem Chef. Aber eines sollten Sie wissen: Ich lasse niemanden zurück – egal, ob tot oder lebendig. Wer auch immer das in dieser Plane sein mag: Es war das Kind von irgendjemandem, hatte vielleicht Geschwister oder selbst Kinder. Wie würde es Ihnen gefallen, wenn man jemanden, den Sie lieben, in eine Plane einwickelt und unter einem Haus begräbt?«

Wieder schwieg er, doch sein Blick schien sie durchbohren zu wollen und seine Lippen waren zu einer dünnen Linie zusammengepresst.

»Wahrscheinlich nicht so besonders«, sagte Josie. »Ihr Job ist es, Menschen zu retten, und meiner, mich mit Leichen zu beschäftigen. Wie wäre es also, wenn Sie Ihren Job erledigen und mich den meinen machen lassen? Und jetzt entschuldigen Sie mich bitte, ich muss in die Rechtsmedizin.«

DREI

»Was für ein Arschloch«, schimpfte Josie, als sie und Gretchen auf dem Weg zur Rechtsmedizin von Denton waren, die in die Plane gewickelten menschlichen Überreste im Kofferraum von Josies neuem Ford Escape. Ein Geruch nach feuchter Erde erfüllte das ganze Auto und überdeckte den frischen Neuwagenduft, an dem Josie sich gerade mal eine Woche lang hatte erfreuen können. Außerdem wurde die Rückenlehne ihres Sitzes von Minute zu Minute nasser. Die beiden Ermittlerinnen waren noch im Park aus ihren Trockenanzügen geschlüpft und hatten ihre Ausrüstung im Auto auf den Boden vor der Rücksitzbank gelegt. Josie hatte versucht, ihre Haare vor dem Einsteigen noch einigermaßen trocken zu bekommen, auf dem Rücksitz jedoch nur ein kleines Handtuch gefunden; sie verwendete es sonst immer, um ihrem Boston Terrier Trout nach einem gemeinsamen Waldspaziergang den Schlamm von den Pfoten zu wischen.

»Boss«, sagte Gretchen, während sie auf ihrem Handy herumwischte. »So ganz unrecht hatte dieser Typ nicht.«

»Wie bitte?«, fragte Josie.

Gretchen tippte auf das Display ihres Handys. »Ich werde

Hummel eine Nachricht schicken und ihn bitten, Officer Chan zu verständigen, damit sie mit der nötigen Ausrüstung direkt in die Rechtsmedizin kommen. Er soll schon mal dort anrufen und dafür sorgen, dass Dr. Feist dann auch da ist.«

Josie blieb an einer roten Ampel stehen und starrte ihre Kollegin an.

»Gretchen«, sagte sie.

Gretchen schaute auf.

»Wie meinst du das: Er hatte nicht ganz unrecht?«

Gretchen seufzte und schob das Handy in ihre Tasche. »Versteh das nicht falsch, aber ...«

Josie unterbrach sie: »Immer wenn jemand sagt ›Versteh das nicht falsch‹, weiß ich, dass ich es ganz sicher ›falsch‹ verstehen werde.«

Gretchen lachte. »Na ja«, sagte sie dann, »seit einem Monat, seit der Sache mit deiner Schwester, bist du einfach ein bisschen neben der Spur.«

Josie merkte augenblicklich, wie Wut in ihr hochstieg und sie innerlich in die Defensive ging. Sie verkniff sich jedoch eine bissige Bemerkung und wartete, bis Gretchen weitersprach. Die Ampel sprang auf Grün um und Josie trat das Gaspedal durch. Die Straße führte steil den Hügel hinauf, auf dessen Kuppe das Denton Memorial Hospital stand.

Gretchen fuhr fort: »Du warst etwas unbesonnener, etwas reizbarer als sonst. Ein bisschen ...«

Sie kam ins Schleudern, aber Josie wusste genau, welches Wort Gretchen zu vermeiden versuchte. »Emotionaler«, kam sie ihr zur Hilfe.

Gretchen schwieg.

»Ich war überhaupt nicht ...«, begann Josie, unterbrach sich dann aber. Gretchen hatte recht. Vor einem Monat war Trinity Payne, ihre Zwillingsschwester, entführt worden und Josie hatte die Ermittlungen in dem Fall übernommen. Die besondere Beziehung zwischen ihr und Trinity hatte die Sache ziemlich kompliziert gemacht. Die beiden hatten erst vor ein paar Jahren herausgefunden, dass sie Schwestern waren. Für Trinity war die Zusammenführung eine glückliche Fügung gewesen, doch Josie war dadurch klar geworden, dass ihr ganzes bisheriges Leben auf einer Lüge beruht hatte und das Trauma, das sie als Kind durchgemacht hatte, vermeidbar gewesen wäre. Trinitys Verschwinden hatte in Josie tief verborgene Gefühle des Schmerzes, Zorns und Verlusts geweckt. Sie hatte gehofft, dass sie sich verflüchtigen würden, nachdem Trinity lebend wiedergefunden worden war, doch sie hatte sich getäuscht. Trinity in ihrer Nähe zu wissen, hatte ihr zwar geholfen, doch vor zwei Wochen hatte ihre Schwester nach New York City zurückkehren müssen, um zu versuchen, ihre journalistische Karriere zu retten. Josie vermisste sie schrecklich. All das weckte in ihr eine ganze Flut an verwirrenden und komplizierten Gefühlen, die sie jedoch erfolgreich unterdrückt zu haben glaubte, so wie sie es schon immer getan hatte. Anscheinend war es ihr nicht wirklich gelungen.

»Du warst in letzter Zeit gegenüber dem Team ziemlich kurz angebunden«, meinte Gretchen. »Als wir neulich über Trunkenheit in der Öffentlichkeit gesprochen haben, bist du total ausgerastet, und letzte Woche habe ich dich in der Toilette weinen gehört.«

Josie hielt den Blick starr auf die Straße gerichtet. Sie konnte nichts von dem, was Gretchen gesagt hatte, abstreiten, so gerne sie es auch getan hätte. »Ich habe nicht in der Toilette geweint. Ich weine nicht, ich ...« Die Worte brachen aus ihr hervor, als habe sie selbst keinen Einfluss darauf.

Sie verstummte. Was machte sie, wenn sie wegen irgendetwas in Rage geriet, wenn ihr etwas Sorgen bereitete oder sie gestresst war? Wenn ihre alten Dämonen sie zu überwältigen drohten? Früher hatte sie sich betrunken, bis zur Besinnungslosigkeit, doch vor zwei Jahren hatte sie damit aufgehört, da es zu nichts geführt hatte.

»Ja, okay«, sagte Gretchen. »Du hast versucht, nicht zu weinen.«

Josies Hände verkrampften sich um das Lenkrad. »Das war an dem Tag, als dieser Betrunkene gegen den Baum gefahren ist. Ich habe die Todesnachricht überbracht. Er hatte eine ... eine sechsjährige Tochter.«

Sonst ließ Josie sich von so etwas nie aus der Fassung bringen. Sie hatte im Laufe ihres Berufslebens unzählige Todesnachrichten überbracht. Die Zahl trauernder Kinder, die sie getröstet hatte, und derer, die sie aus einer Missbrauchssituation befreit hatte, ging in die Hunderte. Stets war sie dabei mit professioneller Sachlichkeit vorgegangen, auch wenn ihr in jenen Momenten eher danach gewesen wäre, schluchzend zusammenzubrechen. Die innere Distanz zu wahren zählte eigentlich zu ihren größten Stärken. Doch was war diesmal los? Warum war ihr dieser Fall so nahe gegangen? Was war in letzter Zeit nur mit ihr los?

»Heute«, fuhr Gretchen fort, »hast du uns alle in Gefahr gebracht, als du noch mal ins Wasser gesprungen bist. Und das dürfte dir auch klar sein. Ich glaube, unter normalen Umständen wärst du etwas nüchterner an die Sache herangegangen und hättest die Leiche dort gelassen, wo sie ist.«

»Tut mir leid«, gab Josie zurück, ohne Gretchen anzusehen.

Sie hatten den höchsten Punkt des Hügels erreicht, von wo aus der wuchtige Ziegelbau bereits zu sehen war. Die städtische Rechtsmedizin befand sich im Untergeschoss des Krankenhauses. Josie hatte keine Ahnung, ob die Stadtplaner die regelmäßigen Überschwemmungen tatsächlich mitberücksichtigt hatten, als sie beschlossen hatten, das Krankenhaus hier oben zu errichten; jetzt jedenfalls war es vollständig außerhalb der Gefahrenzone, da es hoch über der restlichen Stadt lag.

»Ich werde immer hinter dir stehen, Boss«, fügte Gretchen hinzu. »Ich sage ja nur, dass du mir in letzter Zeit irgendwie verändert vorkommst. Hayes hat sich heute ziemlich geärgert.

Es ist nun mal seine Aufgabe, Menschen zu retten. Und es war wirklich knapp. Alle sind gerade nervlich am Anschlag. Wir versuchen doch alle nur, Leben zu retten.«

»Ich weiß«, sagte Josie.

»Na dann«, sagte Gretchen. »Vergiss den Typen doch einfach, okay? Es ist unwahrscheinlich, dass du noch mal mit ihm zusammenarbeiten musst – und wenn diese Überschwemmung vorbei ist, siehst du ihn bestimmt nie wieder. Also los, wir haben noch einiges zu tun.«

Josie seufzte und wischte sich eine nasse Haarsträhne aus dem Gesicht. Sie brauchte dringend einen Kaffee. »Da hast du recht«, gab sie zu.

Sie fuhren vor bis zum Eingang der Notaufnahme und Gretchen ging nach drinnen, um eine Trage zu organisieren. Zehn Minuten später schoben sie ihre Last die muffigen, finsteren Flure entlang bis ins Innerste des Krankenhauses, wo sich das große Untersuchungszimmer von Dr. Anya Feist befand. Die Schiebetür zur Rechtsmedizin öffnete sich lautlos, als sie näherkamen. Dr. Feist und ihr Assistent Ramon standen links und rechts davon und nahmen sie in Empfang.

»Ich habe eben einen Anruf bekommen«, erklärte Dr. Feist. »Die Spurensicherung wird jeden Moment hier sein.«

»Sehr gut«, antwortete Josie.

Ramon schob die Trage in die Mitte des Raumes und hob das Bündel in der Plane zusammen mit Dr. Feist auf einen der Seziertische aus Edelstahl, über dem ein Schwenkarm mit einer Lampe hing. »Wir warten noch, bis die Kollegen von der Spurensicherung da sind und Fotos gemacht haben«, sagte Dr. Feist zu ihm. Dann schaute sie zu Josie hinüber und lächelte ihr zu, während sie sich das schulterlange, silberblonde Haar unter ihre Haube schob. »Du hattest heute Vormittag ja schon volles Programm, was? Sah ziemlich spektakulär aus. Ich hab das Ganze im Fernsehen mitverfolgt. Ist alles live übertragen worden.«

»O je«, murmelte Josie. *Na toll.* Die peinliche Aktion war also tatsächlich auf Video gebannt, für immer und ewig dokumentiert. Eines wurde ihr erst in diesem Augenblick deutlich und hinterließ ein beklemmendes Gefühl in ihrer Brust: Sie hatte nicht nur das Team an Bord in Gefahr gebracht, als sie noch einmal ins Wasser gesprungen war. Alles, was hätte schiefgehen können, wäre außerdem vor laufender Kamera passiert.

»Aber zum Glück ist bei der Rettung und der Bergung ja alles gut gegangen«, sagte Gretchen.

Josie war unglaublich erleichtert, als Officer Hummel und seine Kollegin, Officer Jenny Chan, von der Spurensicherung hereinkamen und das Gespräch damit beendet war. Sie versammelten sich alle um den Tisch, auf dem die zusammengerollte Plane lag. Hummel und Chan packten ihre Utensilien aus. Gretchen zog ein Notizbuch und einen Stift hervor, um sich etwas aufschreiben zu können, sobald die anderen mit ihrer Arbeit begannen. Chan schoss ein paar Fotos, während Hummel erste Messungen vornahm und sich selbst ein paar Notizen machte.

Als sie damit fertig waren, fragte Dr. Feist: »Wie wollen wir vorgehen? Sollen wir die Plane aufschneiden?«

Hummel besah sich das Bündel und schaute zu Chan hinüber. Er fungierte zwar seit fünf Jahren als inoffizieller Leiter der Spurensicherung, doch Chan war aus einem größeren Dezernat nach Denton gewechselt und hatte schon wesentlich mehr Tatorte gesehen als er. Chan wandte sich an Josie: »Wie lange war das hier denn im Wasser?«

»Vielleicht ein paar Minuten.«

»Ungefähr zehn Minuten«, sagte Gretchen. »Als Detective Quinn es aus dem Wasser geholt hat, war es gerade erst fortgespült worden. Wir haben es dann ziemlich schnell ins Boot gezogen.«

»Wenn wir Glück haben, können wir von der Plane und

vielleicht auch von dem Klebeband Fingerabdrücke sichern, wenn sie nicht so lange im Wasser waren«, sagte Chan zu ihrem Kollegen Hummel. »Mit einer Cyanacrylatbedampfung könnte es klappen.«

»Womit, bitte?«, hörte man Ramon aus einer Ecke des Zimmers fragen.

»Das ist eine Methode, bei der latente Fingerabdrücke mit einer Art Sekundenkleber abgenommen werden«, erklärte Josie ihm. »Die Dämpfe reagieren auf der Oberfläche mit dem Cyanacrylat zu einem klebrigen, weißen Film, der die Abdrücke sichtbar macht, sodass sie sich fotografieren lassen.«

»Normalerweise funktioniert das nur auf glatten Oberflächen«, schaltete Chan sich ein, »aber vielleicht geben die Plane oder das Klebeband oder beides ja auch was her.«

»Könnte sein«, stimmte Josie ihr zu. »Einen Versuch wäre es jedenfalls wert.«

»Es war vergraben«, gab Gretchen zu bedenken. »Wir haben keine Ahnung, wie lange es unter dem Haus lag. Es könnten Jahre gewesen sein. Glaubt ihr, dass sich trotzdem noch Fingerabdrücke gewinnen lassen?«

Chan zuckte die Achseln. »Wie ich schon sagte, wir brauchen etwas Glück. Aber Detective Quinn hat recht: Einen Versuch ist es wert.«

Hummel sagte: »Dann lösen wir das Klebeband doch besser vorsichtig und falten die Plane auf, anstatt sie zu zerschneiden.«

Keiner widersprach. Josie und Gretchen traten ein Stück zurück und sahen zu, wie Hummel, Chan, Dr. Feist und Ramon sich an die Arbeit machten und versuchten, die Plane und das Klebeband so unversehrt wie möglich zu lassen. Unter der äußersten Folienschicht befand sich eine weitere und noch mehr Klebeband. Ramon schob die Trage dicht neben den Seziertisch, als sie damit begannen, die nächste Schicht zu entfernen. Ein modriger Gestank, begleitet vom Geruch der Verwesung, erfüllte den Raum, als allmählich die in der Plane eingewickelte Leiche zum Vorschein kam. Nach einer vollen Stunde waren die Klebebänder und die Plane endlich sorgfältig in beschrifteten Beuteln verpackt und Dr. Feist und Ramon legten die Leiche auf dem Seziertisch bereit.

Josie und Gretchen kamen etwas näher heran, um besser sehen zu können. Josie rang nach Luft und das Herz schlug ihr bis zum Hals. Hummel holte seine Kamera hervor und begann alles zu fotografieren.

»Ist sie ... ist sie mumifiziert?«, fragte Gretchen.

»Ja«, antwortete Dr. Feist mit sanfter Stimme, während sie die Leiche in Augenschein nahm.

Josie ließ ihren Blick starr über das gleiten, was vor ihr lag. Sie hatte nicht damit gerechnet, dass mehr als Skelettreste übrig waren, so tief, wie die Leiche unter dem Fundament von Mrs Bassetts Haus begraben gewesen war. Tatsächlich war einiges von dem Skelett zu sehen, doch die Knochen wurden von straff gespannten, schwarz gewordenen Resten von Haut und Sehnen zusammengehalten. Am Schädel war ein Büschel langes, braunes Haar erkennbar, das aufgrund der Hautablösung zur Seite gerutscht war. Schwarze, knochige Finger krümmten sich aus den Ärmeln einer nahezu unversehrten Jacke, die einmal blau und golden gewesen war, inzwischen aber nur noch braun und ausgebleicht. Auf der linken Brust prangte das Maskottchen der Denton East High School, ein Blauhäher, auf der rechten waren die Buchstaben D und E aufgestickt. Die Beine steckten in einer Jeans, die verschrumpelten Füße in silbernen Ballerinas. Beides war durch die Verwesung braun geworden. Eine Woge der Trauer schlug über Josie zusammen.

»Da sie gleich nach ihrem Tod sorgfältig und eng in die Plastikplane eingewickelt und unter dem Haus begraben wurde, vermochte der Sauerstoff ihr offenbar kaum etwas anzuhaben. Anscheinend konnten sich unter diesen Bedingungen auch keine Insekten oder Bakterien in dem Körper einnisten.

Das hat den üblichen Verwesungsprozess aufgehalten«, sagte Dr. Feist.

Gretchen, die sich gerade noch Notizen gemacht hatte, hielt inne und deutete mit der Rückseite ihres Stiftes auf die Jacke. »Ich vermute mal, dass es sich um ein junges Mädchen handelt.«

»Ja«, flüsterte Josie. »Und wie es aussieht, ging sie auf dieselbe Highschool wie ich.«

»Steht da irgendwo eine Jahreszahl?«, fragte Gretchen.

Während Hummel weitere Fotos machte, untersuchte Chan, die Handschuhe trug, die Ärmel der Jacke. »Hier ist ein Aufnäher von der Baseball State Championship im Jahr ...« Sie wischte etwas Schmutz von dem Aufnäher. »Das war im Jahr 2004.«

Josie hatte das Gefühl, als würde ihr etwas den Rücken hinauf ins Haar kriechen. Sie fuhr sich mit der Hand über den Nacken.

Gretchen schaute sie an. »War das nicht das Jahr, in dem du deinen Abschluss gemacht hast?«

»Nein, ich war 2005 fertig – 2004 war mein vorletztes Schuljahr.«

Chan kam auf Josies Seite und untersuchte den anderen Ärmel. »Hier steht eine Zahl. Siebenundzwanzig.«

Das kribbelnde Gefühl in Josies Nacken wurde wieder stärker und zog sich allmählich über ihren ganzen Schädel. Sie presste beide Hände gegen ihren Kopf.

»Boss?«, sprach Gretchen sie an. »Alles in Ordnung?«

»Ja, alles gut«, gab Josie zurück. »Was kannst du sonst noch sagen, Chan?«

Chan beugte sich vor. »Da ist noch ein anderer Aufnäher. Ein Baseball mit Flammen dahinter.«

Mit einem Mal fühlte sich Josie, als hätte ihr jemand kaltes Wasser über den Kopf geschüttet. Sie versuchte, sich nichts anmerken zu lassen. Sie erinnerte sich noch gut an die

Baseballmeisterschaft von Pennsylvania in ihrem vorletzten Schuljahr. Sie hatte miterlebt, wie ihre Highschool damals gewonnen und das Team die blau-goldenen Jacken bekommen hatte. Jede davon trug auf dem einen Ärmel die Nummer des Spielers, auf dem anderen das Emblem der Meisterschaft, doch es war immer nur ein Spieler, der den Aufnäher mit dem flammenden Basketball bekam. Er war vor fünf Jahren, als Josie im Fall der vermissten Mädchen ermittelt hatte, in ihren Armen gestorben. War es wirklich seine Jacke? Das konnte doch nicht sein. Wie sollte sie hierhergekommen sein? Und wer war das Mädchen, das darin begraben worden war?

»Sobald ich die Obduktion durchgeführt habe, werde ich etwas über ihr ungefähres Alter sagen können«, erklärte Dr. Feist. »Was als Erstes auf dem Plan steht, ist, dass ich die Kleidung entferne und ein paar Röntgenbilder mache.«

Gretchen wandte sich an Josie: »War von den Mädchen, die mit dir auf der Highschool waren, jemals eines als vermisst gemeldet?«

»Nein«, antwortete Josie. »Und bei den Ermittlungen zu den vermissten Mädchen wurden damals sämtliche Fälle der letzten Jahrzehnte hier in der Stadt, sogar im ganzen County, unter die Lupe genommen.«

Gretchen zog die Stirn in Falten.

Josie merkte, wie ihr schwindelig wurde. »Können wir ... können wir zurück aufs Revier fahren? Vielleicht können wir ja schon mal ein paar Informationen einholen, während Dr. Feist die Obduktion durchführt.«

Gretchen widersprach nicht, sondern steckte Notizbuch und Stift ein und bedankte sich bei Dr. Feist und Ramon. »Gute Idee, Boss. Am besten sprechen wir mal mit dem Eigentümer des Hauses. Und vielleicht treiben wir ja sogar noch ein paar alte Jahrbücher von der Denton East High School auf.«

»Officer Chan und ich bleiben hier, um die Kleidung und

alles andere, was relevant sein könnte, einzutüten und zu beschriften«, sagte Hummel.

»Sehr gut«, meinte Josie. »Hummel, kannst du die Fotos von der Kleidung so schnell wie möglich in die Fallakte hochladen?«

»Wird gemacht, Boss.«

VIER

Josie zuckte zusammen, als sie beim Einsteigen den scharfen, erdigen Geruch wahrnahm, der immer noch in ihrem Auto hing. Sie konnte es kaum erwarten, nach Hause zu kommen und heiß zu duschen – auch wenn es bereits das zweite Mal an diesem Vormittag wäre. Noch bevor sie den Zündschlüssel umdrehen konnte, hatte Gretchen ihr eine Hand auf den Arm gelegt.

»Magst du mir sagen, was los ist?«

Josie ließ die Schultern hängen. Sie sah Gretchen an und öffnete den Mund, um etwas zu erwidern, doch dann schloss sie ihn wieder. Sie war verwirrt, fühlte sich wie benebelt. Sie konnte sich die Sache mit der Jacke einfach nicht erklären. War sie es wirklich? Sie musste es sein. Es gab keine andere Möglichkeit. Josie durchforstete ihre Erinnerungen, dachte zurück an die Highschoolzeit.

»Was ist los, Boss?«, fragte Gretchen. »Du siehst ja aus, als hättest du gerade einen Geist gesehen.«

Hab ich auch, wollte Josie antworten, doch die Worte wollten ihr einfach nicht über die Lippen kommen.

»Fang einfach mit den Fakten an. Mit dem, was du weißt«, schlug Gretchen ihr vor.

Josie lächelte ihre Kollegin gequält an. Gretchens Vorschlag machte die Sache tatsächlich ein wenig einfacher. »Du erinnerst dich doch an Ray. Ihr seid euch zwar nie begegnet, aber du weißt ja, wer er ist, oder?«

»Natürlich. Dein verstorbener Mann«, erwiderte Gretchen prompt.

Josie nickte. Durch die Frontscheibe schaute sie über das Tal unterhalb des Krankenhauses. Bis vor Kurzem hatte man von hier aus die hübschen Backsteingebäude entlang der Hauptstraße noch hoch aufragen gesehen, doch nun steckten sie tief im trüben, braunen Wasser. »Er war meine Highschoolliebe«, erzählte sie. »Wir lernten uns kennen, als wir neun waren. Ich lebte damals in einer Wohnwagensiedlung und er in dem Neubauviertel dahinter. Wir trafen uns immer in dem Wäldchen zwischen der Siedlung und seinem Haus. In der Neunten wurde aus unserer Freundschaft dann mehr. Wir waren die gesamte Highschoolzeit über ein Paar, auch im letzten Schuljahr. Ray war damals Pitcher in der Baseballmannschaft.«

»In der Mannschaft, die die Pennsylvania State Championship gewann«, fügte Gretchen hinzu.

»Ja«, sagte Josie. »Er hatte echt Talent. Er wurde von einem Scout entdeckt und kam dann mit einem Baseballstipendium ans College. Auch dort behielt ihn ein Scout im Blick, aber weil Ray im Grunde schon immer Polizist werden wollte, verfolgte er das mit dem Baseballspielen nicht weiter.«

»Aber bei dem Spiel war er mit dabei. Die Jungs in der Mannschaft hatten alle solche Jacken, und als sie in dem Jahr die Landesmeisterschaft gewannen, haben sie dann diese besonderen Abzeichen bekommen«, sagte Gretchen. »Und die Siebenundzwanzig war seine Spielernummer, stimmt's?«

Josie nickte. Unten in der Stadt zählte sie drei Rettungsboote, die durch die überschwemmten Straßen surrten.

»Der Aufnäher mit dem flammenden Baseball?«

»Ray geriet in eine Schlägerei — wegen mir. Er wollte mich beschützen. Es war eigentlich keine große Sache, aber er war eben ziemlich aufbrausend. Ich übrigens genauso — und wie! Jedenfalls hat er sich dabei seine Jacke zerrissen. Dabei hatte er das Abzeichen gerade erst draufgenäht bekommen. Er war ziemlich wütend. Diese Jacken waren zu teuer, als dass er eine neue bekommen hätte. Seine Mom hat zwar gesagt, sie könnte die Jacke ganz einfach ausbessern, aber danach sah sie immer noch schlimm aus, deshalb hat sie den Aufnäher mit dem flammenden Baseball als Flicken über das Ende des Risses genäht. Sie hat gesagt ...«

Josie merkte plötzlich, wie ihr Tränen in die Augen stiegen. Sie musste an den Blick denken, den sie auf Rays Gesicht bemerkt hatte, als seine Mutter ihm die Jacke wiedergegeben hatte, mit den Worten: *Ich bin so stolz auf dich.* Wie Josies Kindheit war auch die von Ray so voller Traumata, Misshandlungen, Schuld und Scham gewesen, dass es für ihn einem Sechser im Lotto gleichkam, wenn er von seiner Mutter so etwas wie diese simplen Worte zu hören bekam.

Josie schluckte ihre Emotionen herunter und fuhr fort: »Sie hat ihm gesagt, dass sie sehr stolz auf ihn ist.«

»Ray war in diesem Jahr also der Einzige in der Mannschaft, der diesen Aufnäher auf dem Ärmel der Jacke hatte«, fasste Gretchen zusammen.

»Ja.«

»Aber die Leiche, die gerade in der Rechtsmedizin liegt, ist nicht die von Ray.«

»Nein«, sagte Josie, und ihre Stimme klang dabei schroffer als beabsichtigt. »Ray wurde vor fünf Jahren beerdigt. Ich habe keine Ahnung, wie diese Jacke an die Leiche eines Mädchens kommt, die unter einem Haus in der Hempstead Road begraben war. Das ergibt für mich alles keinen Sinn!«

»Könnte es denn nicht sein, dass einer der anderen Pitcher aus der Mannschaft Rays tollen Aufnäher mit dem flammenden Baseball gesehen und sich auch so einen besorgt hat?«

Josie sah Gretchen an. »Und dann auch noch seine Spielernummer gegen die von Ray ausgetauscht hat?«

»Na gut, wohl eher nicht. Aber wie könnte das mit der Jacke denn dann gelaufen sein? Kannst du dich erinnern, ob er sie mal verloren hat? Oder wurde sie ihm gestohlen?«

Josie schloss die Augen und versuchte nachzudenken, doch die Erinnerungen an die Highschoolzeit schienen ihr Lichtjahre entfernt, wie ein anderes Leben. »Keine Ahnung. Ich erinnere mich nicht mehr. Es war Sommer, als sie die Jacken damals bekamen — das weiß ich noch, weil es so heiß war. Er hat seine Jacke trotzdem eine ganze Weile lang getragen. Wahrscheinlich hab ich nicht weiter nachgefragt, als er sie dann nicht mehr anhatte, weil ich mir dachte, er hätte sie über den Sommer weggeräumt, weil es ja so heiß war.«

»Hast du seine alten Sachen noch?«, wollte Gretchen wissen.

»Manche. Seine Mutter hat auch ein paar zu sich genommen und Misty hat auch noch was.«

Misty war die Frau, mit der Ray zusammen gewesen war, nachdem seine Ehe mit Josie in die Brüche gegangen war.

Gretchen zog ihr Handy heraus und begann eine Nachricht zu schreiben. »Ob die Jacke tatsächlich die von Ray ist, lässt sich wahrscheinlich am schnellsten klären, indem Hummel sich die Ärmel von innen anschaut und nach dem Riss sucht, von dem du gesprochen hast, oder?«

»Ja«, gab Josie zurück. »Aber ich bin mir jetzt schon sicher, dass die Jacke Ray gehörte.«

Gretchen war mit ihrer Nachricht an Hummel fertig und drückte auf Senden. »Dann müssen wir jetzt nur noch herausfinden, wer dieses Mädchen ist und wie sie an Rays Jacke gekommen ist«, sagte sie. »Vielleicht hilft uns das ja auch bei der Frage weiter, was mit ihr passiert ist. Wir könnten die alten Jahrbücher von der Highschool durchschauen und herausfinden, wer die früheren Besitzer und Mieter des Hauses waren, unter dem sie lag. Aber erst mal brauchen wir beide eine heiße Dusche und was anderes zum Anziehen.«

———

Das Polizeirevier von Denton war ein dreistöckiges Gebäude mit zahlreichen zweiflügligen, mit verschnörkelten Stuckleisten verzierten Bogenfenstern und einem Glockenturm am Eck. Bis jetzt war es von der Überschwemmung verschont geblieben. Als der Wasserspiegel in den vergangenen Tagen gestiegen war, hatten die Rettungskräfte und freiwilligen Helfer Sandsäcke gefüllt und daraus einen Wall errichtet, um den Haupteingang vor dem Hochwasser zu schützen. Außerdem war dem Revier ein mobiler Schlauchdamm zugeteilt worden, der sich wesentlich einfacher vor dem Gebäude hätte anbringen lassen. Als ein paar Männer vom Katastrophenschutz ihn jedoch aus dem Depot holen wollten, hatten sie feststellen müssen, dass er fehlte.

Die Sandsäcke taten zwar auch ihre Dienste, doch man konnte das Gebäude nun nicht mehr durch den Empfangsbereich betreten oder verlassen. Zum Glück war das Wasser noch nicht bis zum Erdgeschoss gestiegen, wo sich auch die Haftzellen befanden. Josie bog auf den städtischen Parkplatz hinter dem Revier ein, ließ Gretchen aussteigen und versprach, ihr Highschooljahrbuch mitzubringen, wenn sie später wieder auf das Revier fuhr.

Sie konnte froh sein, dass ihr Haus, wo sie mit ihrem Lebensgefährten und Kollegen, Lieutenant Noah Fraley, lebte, in einem jener Viertel stand, die außerhalb des Überschwemmungsgebiets lagen. Sie wusste, dass Noah gerade nicht zu Hause war; er war nach South Denton geschickt worden, um die dortigen Notfallteams zu unterstützen. Dafür stand Misty Derossis Auto in der Einfahrt. Misty besaß zwar ein stattliches viktorianisches Haus in der Altstadt von Denton, aber die stand schon seit Tagen unter Wasser. Josie hatte ihr deshalb angeboten, zusammen mit ihrem vierjährigen Sohn Harris und ihrem Chihuahua-Dackel-Mischling Pepper bei ihr und Noah zu wohnen, bis das Hochwasser überstanden war. Als Josie den Schlüssel im Schloss drehte, hörte sie das Klackern von Hundepfoten auf dem Dielenboden, gefolgt von Peppers hohem Kläffen, unter das sich Trouts tieferes Bellen mischte. Kaum hatte sie die Tür geöffnet, sprangen ihr die beiden Hunde auch schon an den Beinen hoch. Mit hängender Zunge schnaubten sie Josie immer wieder an, um ihre Aufmerksamkeit zu erregen. Trout, der sich sonst eigentlich sehr gut mit Pepper verstand, schnappte sogar nach der kleinen Hündin. Josie schimpfte ihn und kniete sich dann hin, um beide Hunde ausführlich zu kraulen, ihnen über die Flanke zu streicheln und immer wieder zu versichern, dass sie beide gute Hunde waren.

»JoJo!« Mit weit ausgebreiteten Armen kam ihr der kleine Harris Quinn aus der Küche entgegengeschossen.

Die Hunde sprangen zur Seite, als er Josie stürmisch umschlang. Lachend stand sie auf, wirbelte ihn herum und drückte ihm einen Kuss auf den blonden Schopf. »Na, wie geht's?«

»Du bist ja ganz verstrubbelt«, stellte er fest.

»Ich bin hier!«, hörte man Misty aus der Küche rufen.

Harris schaute Josie mit ernster Miene an. »Mami macht Stressbacken.«

Josie musste lachen. Gefolgt von den beiden Hunden, trug sie Harris in die Küche. »Stressbacken?«

Misty, die gerade vor dem offenen Backofen stand, drehte sich zu Josie um, lächelte sie an und verdrehte dann die Augen.

»Das hat seine Großmutter mal so gesagt und jetzt erklärt er ständig allen Leuten, dass ich das machen würde.«

Josie sah sich in der Küche um. Auf der Arbeitsfläche standen zwei Pies zum Abkühlen, auf dem Küchentisch lagen zwei in Geschirrtücher eingeschlagene Brotlaibe und aus dem Ofen holte Misty gerade ein Blech mit Keksen. Sie stellte es auf dem einzigen noch freien Platz auf der Arbeitsfläche ab, dann zog sie sich die Backhandschuhe aus.

Josie hob erstaunt die Augenbrauen. »Aber wir sind doch nur zu viert. Ich weiß nicht, ob wir das alles schaffen.«

»Ach was«, meinte Misty nur kopfschüttelnd. »Das ist doch für die Ersthelfer. Ich wollte ein paar Körbe vollpacken und sie zur Einsatzstelle rüberbringen.«

Die beiden Hunde liefen schnüffelnd über den Küchenboden, auf der Suche nach etwas Essbarem, das Misty möglicherweise heruntergefallen war. Misty gehörte jedoch zu den reinlichsten und ordentlichsten Menschen, die Josie kannte. Sie und Harris wohnten nicht zum ersten Mal vorübergehend bei Josie. Im Lauf der Jahre hatte sich zwischen ihnen eine ungewöhnliche Freundschaft entwickelt. Nachdem Josie und Ray sich getrennt hatten, war Ray regelmäßig mit seinen Kumpels ins Striplokal von Denton gegangen, wo Misty als Tänzerin arbeitete. Nach einer Weile begannen die beiden, miteinander auszugehen. Zunächst hatte Josie Misty verachtet, hatte ihr, von Eifersucht gequält, die Schuld für das Scheitern ihrer Ehe gegeben. Mit der Zeit war ihr aber klar geworden, dass Misty nichts damit zu tun hatte, und sie konnte akzeptieren, dass Ray sich in sie verliebt hatte. Als Misty den gemeinsamen Sohn zur Welt brachte, war Ray bereits tot. Josie hatte eigentlich erwartet, dass der Anblick von Rays Kind für sie schmerzlich sein würde. Während ihrer Ehe hatten sie sich beide bewusst gegen Kinder entschieden. Sowohl Josies Kindheit als auch die von Ray waren so traumatisch gewesen, dass der Gedanke, ein Kind in die Welt zu setzen, ihnen Angst bereitet hatte. Die Furcht, sie könnten als Eltern ebenfalls versagen, hatte sie nicht losgelassen. Doch als Josie den kleinen Harris eines Tages dann zum ersten Mal sah und ihn in den Armen hielt, erwachte augenblicklich ihr Beschützerinstinkt und es überkam sie eine Woge der Zuneigung, wie sie sie nie zuvor verspürt hatte. In diesem Moment hatte sie gewusst, dass sie für dieses Kind ihr Leben geben würde, und sich geschworen, alles zu tun, um Misty bei der Erziehung und Versorgung des Jungen zu unterstützen. Inzwischen arbeitete Misty nicht mehr als Tänzerin, sondern als Erstberaterin im Frauenhaus von Denton. Sie kam erst spätabends heim und hatte keine Verwandten in der Nähe, sodass Josie neben Rays Mutter regelmäßig auf Harris aufpasste.

»Warum sind deine Haare so eklig?«, wollte Harris wissen und zog an einer von Josies strähnigen Locken. »Hast du dich heute nicht gekämmt?«

Josie setzte ihn auf den Boden. »Ich bin in den Regen gekommen«, erklärte sie ihm. »Und ich hatte noch keine Zeit, mir die Haare zu bürsten.«

Harris, den die Antwort offenbar zufriedenstellte, fragte seine Mutter, ob er auf ihrem Tablet etwas spielen könne. »Aber nur eine halbe Stunde«, antwortete Misty. »Na los, das Tablet liegt drüben im Wohnzimmer.« Kaum war er nach nebenan verschwunden, sagte sie: »Ich hab dich in den Nachrichten gesehen. Die Bilder haben mir einen ganz schönen Schrecken eingejagt! Ich dachte, du wolltest mit solchen krass gefährlichen Sachen aufhören!«

Josie lachte. »Das hab ich nie gesagt!«

Mistys Miene wurde ernst. »Und, war es eine Leiche?«

Josie nickte.

»Tut mir leid«, gab Misty zurück. »Wie schrecklich.«

»Misty«, begann Josie. »Als Ray noch lebte ...«

Sie sah, wie Mistys Schultern sich verkrampften. Selbst jetzt noch, nach all diesen Jahren, war es nicht leicht, mit ihr über Ray zu sprechen. Josie konnte es ihr nachfühlen. Ray war erst Josies bester Freund gewesen, dann ihre Highschoolflamme und später ihr Ehemann. Von Kindheit an war er an ihrer Seite gewesen. Misty hatte ihn nicht annähernd so lange gekannt wie Josie, aber sie hatte ihn aus ganzem Herzen geliebt. Vor seinem Tod hatte sich Ray einige moralisch höchst bedenkliche Dinge zuschulden kommen lassen, und Josie wusste, dass es Misty ebenso schwerfiel wie ihr, ihre Liebe zu diesem Mann mit dem in Einklang zu bringen, was aus ihm geworden war. Jedes Mal, wenn die Sprache auf ihn kam, stiegen diese widersprüchlichen Gefühle aufs Neue in ihr hoch.

Misty lehnte sich mit ihrer schmalen Hüfte gegen das Küchenbuffet und verschränkte die Arme vor der Brust. »Schon in Ordnung«, sagte sie. »Frag einfach.«

Josie schob sich ein paar zerzauste Strähnen hinter das Ohr. »Als Ray noch lebte, hat er da jemals über die Highschool gesprochen?«

»Nein, eigentlich nicht. Ihr wart ja in der Schulzeit schon ein Paar, deshalb war das etwas, worüber wir nicht viel geredet haben. Und wenn, dann fiel dabei immer auch dein Name. Deshalb war das damals ein ziemlich heikles Thema.«

Josie lächelte gequält. Misty hatte recht. Auch Josie konnte nicht über die Highschool sprechen, ohne Rays Namen zu erwähnen. Aber warum konnte sie sich dann nicht mehr daran erinnern, was mit seiner Teamjacke passiert war? »Hat er jemals über Baseball gesprochen?«

Misty nickte. »Aber sicher! Er war in seinem vorletzten Schuljahr ja der Startpitcher bei der State Championship. Ich musste mir die Geschichte bestimmt hundertmal anhören, vor allem wenn er einiges getrunken hatte – also fast jeden Abend.«

Josie lachte bitter auf. »Stimmt. Und was hat er dann so über diese Zeit erzählt?«

Misty kniff die Augen zusammen. »Josie, ich weiß doch inzwischen genug über deinen Job, dass mir klar ist, dass du mir keine Einzelheiten erzählen darfst, ganz egal, woran du gerade bist – ob es um die Leiche geht, die ihr heute gefunden habt, oder um etwas anderes.« Sie senkte die Stimme und ahmte die obligatorische Ansage eines Polizeibeamten nach, so wie man sie ständig in den Nachrichten hören konnte: »Während der laufenden Ermittlungen können keine weiteren Aussagen gemacht werden.« Dann lächelte sie. »Also frag mich einfach, was du wissen willst.«

»Aber du darfst keine Rückfragen stellen«, antwortete Josie. »Also, das kannst du natürlich schon, aber ich darf sie dir nicht beantworten.«

»Das weiß ich doch auch.«

»Hat Ray dir gegenüber jemals seine Teamjacke erwähnt?«

Misty verdrehte die Augen, aber ihr Lächeln war warm und voller Wehmut. »Seine geliebte Baseballjacke, die seine Mom ihm geflickt hat, nachdem er sich den Ärmel aufgerissen hatte? Die mit dem besonderen Aufnäher drauf, dem flammenden Baseball? Für den Pitcher, dessen Würfe so schnell waren, dass es rauchte?«

Josie spürte einen Kloß im Hals. Es machte ihr immer noch zu schaffen, wenn sie Geschichten, die Ray ihr anvertraut hatte oder die sie selbst mit ihm erlebt hatte, aus Mistys Mund hörte. Misty hatte ihn nur wenige Jahre gekannt und doch hatte er ihr Dinge erzählt, die sich Josie erst im Laufe ihrer langen Beziehung offenbart hatten. »Ja«, gab sie krächzend zurück. »Genau die.«

»Also, anfangs hat er mir immer erzählt, er hätte die Jacke verloren.«

»Verloren? Wo denn?«, hakte Josie nach.

Misty hob eine Hand. »Ich habe ihm das eh nicht abgenommen. So wie er über seine Mannschaft und die Saison und dieses letzte Spiel gesprochen hat? Nein, diese Jacke bedeutete ihm wirklich viel. Er hätte sie niemals irgendwo liegen gelassen. Ich habe ihn ein paarmal gefragt, was wirklich damit passiert ist.«

»Und was hat er dir erzählt?«

Misty schüttelte den Kopf. »Ach, alles Mögliche. Dass er sie dir gegeben hat. Dass er sie in der Schule in der Garderobe hängen gelassen hat und sie gestohlen wurde. Dass er sie jemandem geliehen und nie zurückbekommen hat. Dass er sie auf dem Dachboden seiner Mutter verstaut hat und sie nicht mehr da war, als er als Erwachsener danach suchte. Dass er sie bei einem Umzug verloren hat. Dass du sie mitgenommen hast, als ihr euch getrennt habt.«

Josie ging in Gedanken jede einzelne Möglichkeit durch. Vier davon konnte sie sofort verwerfen. Ray hätte die Jacke niemals auf den Dachboden seiner Mutter geräumt, denn er wollte sie bestimmt wieder tragen, sobald das Wetter kühler wurde. Aber das hatte er nicht, wie Josie nun wieder einfiel. Sie hatte Ray nach Ende des elften Schuljahres nie wieder in der Jacke gesehen. Ihr geschenkt hatte er sie aber auch nicht, und sie hatte sie bei der Trennung ganz sicher nicht mitgenommen. Bei einem Umzug war sie ebenso wenig verloren gegangen. Nachdem der Hochzeit waren sie mehrmals umgezogen und hatten in mehreren schrecklichen Apartments gelebt, bevor sie endlich ein passendes Haus gefunden hatten. Aber Josie hatte die Jacke bei keinem der Umzüge mehr gesehen. Damit blieben nur noch zwei Möglichkeiten: dass sie ihm gestohlen worden war oder dass er sie jemandem geliehen, sie aber nicht mehr zurückbekommen hatte. Doch wenn jemand sie ihm gestohlen hatte, warum hatte er es ihr dann nicht einfach erzählt? Warum hätte er sich eine Ausrede einfallen lassen sollen? Josie kannte Ray so gut wie niemand anders — zumindest hatte sie das immer gedacht. Er hatte einige grobe Fehler begangen und sie ihr gegenüber vertuscht, nur weil er glaubte, sie würde sein Verhalten sonst verurteilen oder sich darüber aufregen.

»Das heißt also, dass du die Jacke auch nicht hast?«, fragte Misty und riss Josie damit aus ihren Grübeleien.

»Nein, ich habe sie nicht.«

Wenn sie ihm nicht gestohlen worden war, musste Ray sie jemandem geliehen haben. Aber warum hatte er dann Misty immer wieder angelogen? Josie lief ein Schauer über den Rücken, als würde jemand mit eiskalten Fingerspitzen ihre Wirbelsäule entlangfahren. Weil die Person, der er sie geliehen hatte, sie ihm nicht zurückgegeben hatte? Weil sie die Jacke gerade trug, als sie starb?

Misty starrte Josie prüfend an. »Aber du hast die Jacke gesehen«, bohrte sie nach. »Heute, nach deinem Einsatz im Überschwemmungsgebiet.«

Josie schwieg.

Misty drehte sich um, griff nach einem Pfannenwender und wandte sich den Keksen auf dem Backblech zu. Sie schob den Pfannenwender unter einen Keks nach dem anderen und schichtete sie sorgfältig in eine Tupperdose.

»Ich muss noch was aus der Garage holen, und dann gehe ich erst mal duschen«, sagte Josie.

Sie wollte eben den Raum verlassen, als sie Mistys Stimme hinter sich hörte. »Ray hatte sicher seine guten und seine schlechten Seiten. Er hat uns beide enttäuscht. Er hat einige verletzt mit dem, was er getan hat — oder eher mit dem, was er nicht getan hat. Er war ein schwacher Mensch. Aber, Josie ...«

Josie blickte sich über die Schulter um. Die Blicke der beiden Frauen trafen sich. Misty sagte: »Ray hätte niemals jemanden umgebracht.«

Josie zog ihre Jacke noch enger um sich. Der Fels, auf dem sie saß, strömte Kälte aus, und die Decke, die Ray mitgebracht hatte, machte ihn weder wärmer noch bequemer. Andererseits gab es an den »Stapeln« nirgends einen besonders gemütlichen Platz zum Sitzen. Das hielt die Teenager aus der Denton East High aber trotzdem nicht davon ab, sich hier zu treffen. Versteckt im Wald hinter der Highschool, waren die Stapel der ideale Ort, den Erwachsenen zu entgehen. Die Schüler tranken hier Alkohol, rauchten und taten noch so manch andere Dinge, die den Erwachsenen missfallen hätten. Der Platz hatte seinen Namen von den großen, flachen Gesteinsplatten, die von der Felswand abgebrochen waren und im wahrsten Sinne des Wortes hohe Stapel bildeten. Heute waren an den Stapeln viel mehr Jugendliche versammelt, als Josie jemals hier gesehen hatte. Das lag daran, dass den Denton East Blue Jays nur noch ein einziger Sieg fehlte, um die Baseballmeisterschaften von Pennsylvania zu gewinnen.

»Wir hätten uns näher ans Feuer setzen sollen«, meinte Josie zu Ray. »Ich frier ganz schön.«

Ray stellte die Bierdose ab und zog seine Jacke aus. Er legte sie Josie um die Schultern, fasste sie dann rechts und links an den Vorderteilen und zog Josie näher zu sich heran. Er gab ihr einen sanften Kuss auf die Lippen. »So. Besser jetzt?«

Josie lächelte und lehnte ihre Stirn an seine. »Deine Teamjacke? Im Ernst?«

Ray lehnte sich etwas nach hinten, sodass sie sein Lächeln sehen konnte. »Ich will sie aber zurückhaben.«

»Klar, du brauchst sie ja, wenn du deinen Gewinneraufnäher bekommst.«

Ray küsste sie noch einmal. »Ein Spiel haben wir noch.«

Josie sah auf die Uhr. »Apropos – es ist schon ziemlich spät, Ray. Wie viele Biere hattest du denn?«

Er strich ihr eine Haarsträhne hinters Ohr. »Nicht so viele«, meinte er. »Aber du hast recht, es ist schon spät. Dann packen wir's bald, ja?« Er nahm die Bierdose und kippte sich den Rest hinunter. »Eins noch, okay?«

Josie kuschelte sich in seine Jacke und genoss die Wärme. »Aber wirklich nur noch eins, abgemacht?«

»Entspann dich, Jo«, entgegnete Ray.

Er sprang von dem Felsblock, auf dem sie saßen, und schlenderte zu einer Gruppe junger Männer aus dem Baseballteam hinüber. Dicht gedrängt standen sie am Lagerfeuer, alle in ihren Teamjacken und ein paar mit ihren Freundinnen, und lachten und alberten herum. »Quinn!«, rief einer von ihnen, als Ray auf sie zuging, und drückte ihm ein Bier in die Hand. »Heute lassen wir uns mal so richtig volllaufen! Was meinst du?«

Ray griff nach dem Bier und lächelte. »Ist leider nicht drin. Wir haben morgen Schule und Training. Da möcht ich ungern verkatert aufkreuzen.«

Die Gruppe brach in kollektives Stöhnen aus. »Leb doch mal ein bisschen, Quinn«, sagte jemand. Es war Harley, der Catcher.

»Genau«, meinte Carter, einer der Einwechselpitcher. »Du

musst nämlich nicht immer das tun, was deine *Mommy* dir sagt.«

Das Wort »Mommy« unterlegte Carter mit einem sarkastischen Unterton und blickte dabei demonstrativ zu Josie hinüber.

»Alter«, sagte Harley. »Red bloß nicht schlecht über sein Mädchen, sonst kannst du was erleben.«

Josie war bereits auf dem Weg zu ihnen. »Ray«, sagte sie, »lass uns gehen.« Im Feuerschein sah sie, wie ein Muskel an seinem Unterkiefer zuckte. »Das ist es nicht wert«, fügte sie so leise hinzu, dass nur er es hören konnte.

»Mach nur, Quinn. Geh schon heim mit deiner Mommy«, stichelte Carter weiter.

Josie drehte sich zu ihm. »Hast du dich eigentlich schon mal gefragt, warum du in der Teamaufstellung so weit hinten kommst, Carter? Warum du kein Startpitcher bist?«

Die Gespräche um sie herum verstummten. Josie fühlte alle Blicke auf sich gerichtet. Carter starrte sie an und seine dunklen Augen funkelten im flackernden Licht. Josie ging näher an ihn heran: »Das liegt an deinem idiotischen Verhalten«, klärte sie ihn auf.

Carter schüttelte den Kopf. »Halt's Maul, du Schl...«

»Vorsicht«, sagte Ray und gab Carter einen groben Stoß gegen die Schulter.

Harley stellte sich zwischen die beiden, die Hände beschwichtigend erhoben. »Hey, Jungs, ganz ruhig.«

Ray drückte ihm die ungeöffnete Bierdose gegen die Brust. »Ich geh jetzt«, sagte er. »Ich seh euch Arschlöcher dann morgen beim Training.«

Er verschränkte seine Finger mit denen von Josie und zog sie mit sich in Richtung Schulparkplatz. Als sie beim Auto ihrer Großmutter ankamen, meinte Josie: »Du musst dich übrigens nicht mit jedem Trottel gleich schlagen, Ray.«

Ray lächelte sie an. »Mach ich aber, wenn dich jemand respektlos behandelt.«

Josie schälte sich aus seiner Jacke und gab sie ihm.

»Behalt sie nur«, sagte Ray. »Sonst wird dir kalt.«

»Nicht im Auto«, entgegnete Josie. »Nimm du sie wieder.«

Ray zog die Jacke über und setzte sich auf den Beifahrersitz.

Josie stieg ins Auto und ließ es an. »Ray, ich meine nur, dass du nicht jedes Mal eine Schlägerei anzetteln musst. Du hättest einfach mal weghören können.«

Ray streckte den Arm aus und legte seine warme Hand auf ihren Oberschenkel. »Carter und die anderen Jungs sind mir echt total egal. Mich interessieren die ganzen Leute auf diesem Planeten einen Scheißdreck, Jo. Alle außer dir.«

Josie fühlte, wie ihre Wangen rot wurden. Sie fuhr vom Parkplatz der Denton East herunter und auf die dunkle Landstraße. Zu ihrer Linken war Wald und dünne Äste ragten aus der Dunkelheit, zu ihrer Rechten erstreckte sich ein weites, offenes Feld. Da der Mond sich hinter dicken Wolken verbarg, war die Nacht tiefschwarz. Es gab keine Straßenlaternen, keine Siedlungen, in deren Häusern Licht brannte. Als sie gerade den höchsten Punkt eines kleinen Hügels passierten, sahen sie in einiger Entfernung blaue und rote Blinklichter kreisen. Offensichtlich hatte ein Streifenwagen der Polizei von Denton jemanden angehalten.

»Was ist denn da los?«, fragte Josie verwundert, bremste etwas ab und fuhr langsam heran.

»Das Auto kenn ich«, sagte Ray. »Gehört einem Mädchen aus unserer Klasse. Verdammt, wie heißt sie noch mal?«

Im Vorbeifahren sahen sie einen Streifenpolizisten aus Denton neben dem kleinen blauen Auto stehen, das er angehalten hatte. Er öffnete gerade die Fahrertür und Josie sah für einen Moment blondes Haar aufblitzen. Der Polizist bedeutete dem Mädchen auszusteigen. Als Josie und Ray im Schritttempo vorbeirollten, sah er zu ihnen hinüber.

»Shit«, sagte Josie. »Das ist Frisk.«

»Setz zurück«, sagte Ray und wandte seinen Blick nach hinten. »Schnell!«

Frisk, »der Fummler«, war der Spitzname, den die Jugendlichen Officer James Lampson verpasst hatten. Er war dafür bekannt, junge Mädchen wegen kleiner Verkehrsdelikte – und manchmal auch völlig grundlos – aus dem Auto aussteigen zu lassen, um sie abzutasten – nur dass das Abtasten Gerüchten nach ein wenig zu intim vonstattenging.

Josie fuhr an den Straßenrand und hielt unter dem Blätterdach einiger Baumkronen, genau auf der Höhe von Frisk und dem Kleinwagen. »Lana, so heißt sie«, fiel es Ray wieder ein.

Josie ließ Frisk nicht aus den Augen, während sie sich abschnallte. Sowohl er als auch seine Beute befanden sich im hellen Scheinwerferlicht des Streifenwagens. Lana stand neben Frisk, mit dem Rücken zu Josie. Ihre Beine waren weit gespreizt, beide Hände lagen oben auf dem Autodach. Frisk starrte Josie an. »Bleib hier«, sagte sie zu Ray.

Ray griff nach ihrem Handgelenk. »Machst du Witze? Nein, du bleibst hier. Ich gehe.«

»Meinst du, ich werde mit Frisk nicht fertig?«

»Jo, ich weiß, dass du mit jedem fertigwirst. Das ist nicht der Punkt. Frisk ist ein Machoschwein. Er wird sich eher von mir was sagen lassen.«

»Ray, du hast getrunken. Wenn er nur einmal kurz deinen Atem riecht, kann er dich einkassieren. Er wird dir alles kaputtmachen. Kein Baseball. Kein Stipendium. Kein College. Bleib hier.«

Ehe Ray antworten konnte, war Josie schon ausgestiegen. Die Nacht rückte ihr ungemütlich nahe auf den Leib, als sie zu Frisk hinüberschlenderte. Mit über der Brust verschränkten Armen blickte er ihr anzüglich entgegen. »Na, sieh mal an, wen haben wir denn da? Hast du dich verfahren, Mädel?«

Josie blickte an ihm vorbei, wo Lana an ihrem Auto stand.

Ein kaum wahrnehmbares Zittern ging durch ihren Körper. »Ich sollte Lana hinterherfahren«, log Josie. »Wir müssen morgen ein Projekt für die Schule abliefern und sollten eigentlich längst bei ihr zu Hause sein, um es fertig zu machen. Aber ich hab mich verfahren.«

»Ach, verfahren«, meinte Frisk. Er leckte sich über die Lippen und grinste – ein Raubtier, das seine Zähne zeigte. »Ziemlich spät, um jetzt noch an einem Schulprojekt zu arbeiten, findest du nicht?«

Josie ging einen Schritt auf ihn zu. »Stimmt«, räumte sie ein. »Und deshalb müssen wir jetzt auch wirklich los.« Sie deutete zu Lana hinüber. Aber weder Frisk noch Lana rührten sich von der Stelle.

Josies Herz machte einen Satz. Ihre Hände fühlten sich kalt an. Sie hatte das hier nicht bis zum Ende durchdacht, hatte keinen wirklichen Plan. Sie wollte nur Frisks Hände nicht auf dem Körper eines jungen Mädchens sehen. Aber wie genau sollte sie das anstellen? Sie konnte ihm nichts entgegensetzen, war vor dem Gesetz nicht einmal eine Erwachsene. Sich mit Lana einfach aus dem Staub zu machen, kam nicht in Frage. Was um Himmels willen konnte sie nur tun?

»Officer«, versuchte sie es, »wenn wir versprechen, vorsichtig zu fahren, könnten wir uns dann jetzt auf den Heimweg machen?«

»Ich habe diese junge Frau hier wegen eines kaputten Rücklichts angehalten«, sagte er zu Josie. »Und du meinst also, ich soll sie einfach so gehen lassen?«

»Ein kaputtes Rücklicht?«, platzte es aus Josie heraus. »Wegen eines kaputten Rücklichts müssen Sie sie abtasten?«

Kaum hatte sie das gesagt, bereute sie es schon. Frisk kniff die Augen zusammen. Er deutete auf den Platz neben Lana. »Offen gesagt haben wir in letzter Zeit eine ganze Menge Schüler von der Denton East mit illegalen Substanzen erwischt. Deine Freundin hier macht den Eindruck, als hätte sie was genommen. Und wenn ich's mir recht überlege, geht's mir bei dir genauso. Wenn du also jetzt so freundlich wärst, dich neben sie zu stellen, dann filze ich euch beide.«

Jetzt zitterte auch Josie am ganzen Körper. Sie hoffte, er würde es nicht bemerken, schlang die Arme um ihren Oberkörper und sah ihm direkt in die Augen. »Nein«, sagte sie.

Schatten verzerrten das Gesicht von Frisk, als er den Kopf zurückwarf und laut auflachte. Josie blickte in beide Richtungen die Straße hinunter, in der Hoffnung, dass jemand vorbeikommen würde, ein Erwachsener, ein anderer Polizist vielleicht. Aber ob überhaupt jemand anhalten würde? Es gab ja lediglich einen Polizisten zu sehen, der mit irgendeinem Verkehrsdelikt beschäftigt war. Nichts wirklich Interessantes.

Frisk sagte: »Entschuldigung, was war das gerade? Hast du Nein zu einem Gesetzeshüter gesagt?«

Ehe Josie antworten konnte, war das Schlagen einer Autotür zu hören und Ray kam über die Straße gejoggt. Er lächelte Frisk an. »Officer, alles in Ordnung hier bei Ihnen?«

Frisk musterte ihn eingehend. »Ich weiß nicht, was dich das angehen sollte, Junge.«

»Natürlich«, beschwichtigte Ray. »Ich wollte nicht respektlos sein, Sir. Wir haben nur Ausschau nach unserer Freundin Lana gehalten. Da ist sie ja. Wir dachten schon, wir hätten sie verloren. Sie haben uns eine ziemliche Sucherei erspart, indem Sie sie angehalten haben, stimmt's, Jo?«

Er sah Josie an und bat sie mit einem eindringlichen Blick mitzuspielen. Josie brachte nur ein Nicken zustande. In ihrem Mund sammelte sich der Speichel. Frisk musterte Ray, sein gewinnendes Lächeln und seine Teamjacke.

»Hey«, meinte Frisk, »du bist doch dieser Pitcher, oder? Von den Denton East Blue Jays?«

Ray streckte Frisk die Hand zum Gruß entgegen. »Ja, Sir, Ray Quinn.«

Frisk schüttelte ihm die Hand und wollte sie gar nicht mehr

loslassen. »Ihr Jungs seid ja drauf und dran, die Meisterschaft zu gewinnen«, meinte er.

»Hoffen wir's«, antwortete Ray, als Frisk seine Hand wieder freigab. »Sir, wenn es Ihnen nichts ausmacht, ich muss unbedingt diese Ladys hier nach Hause bringen.«

Es folgte ein langer Moment des Schweigens. Im Dunkel hinter den Autos zirpten Grillen. Ein Nachtfalter flatterte vor Frisks Streifenwagen und verursachte für einen Moment einen eigenartigen Stroboskopeffekt. Frisk ließ seinen Blick von Ray zu Josie wandern, dann zu Lana und zurück zu Ray, als ringe er um eine Entscheidung. Schließlich meinte er: »Ihr Mädels solltet unseren Starpitcher nicht so spät noch draußen rumhetzen.« Er scheuchte sie zu Ray hin. »Haut ab und fahrt jetzt auf direktem Weg nach Hause.«

»Vielen Dank, Sir«, sagte Ray und stellte sich zwischen die beiden Mädchen und Frisk.

Josie packte Lana am Oberarm und zog sie mit sich zum Auto ihrer Großmutter. Sie öffnete die hintere Tür und schob Lana ins Auto. »Schnell rein.«

Ray folgte ihnen und setzte sich auf den Beifahrersitz. Josies Hände zitterten, als sie das Auto startete. »Los, los, los«, drängte Ray.

Lana meinte kleinlaut von hinten: »Aber mein Auto ...«

»Ich bring dich morgen her, damit du es holen kannst«, meinte Ray. »Jetzt müssen wir einfach schnell weg, ehe dieses Arschgesicht seine Meinung ändert und am Ende noch uns allen dreien das Leben schwermacht.«

Als Frisks Auto im Rückspiegel verschwunden war und sie endlich in der Stadt ankamen, seufzte Josie vor Erleichterung. Lana auf dem Rücksitz sagte: »Danke euch.«

»Kein Problem«, entgegnete Ray.

»Woher habt ihr das gewusst?«, wollte Lana wissen. »Was dieser Typ für einer ist.«

Josie antwortete: »Ich führe eine Liste.«

Ray musste lachen.

»Was für eine Liste?«, wollte Lana wissen.

»Perverse Typen, denen man besser aus dem Weg geht«, antwortete Ray.

»So wie Mr Rand?«, fragte Lana.

»Genau«, sagte Josie. »Der Chemielehrer. Jedenfalls, dieser Typ von gerade eben – der steht auch auf der Liste. Wir nennen ihn Frisk, den Fummler.«

Im Rückspiegel sah Josie, wie Lanas Augen groß wurden. »Das ist Frisk? Ich hab schon von ihm gehört, wusste aber nicht, wie er aussieht.« Sie streckte den Arm nach vorn und tippte Ray auf die Schulter. »Danke, dass du dazwischengegangen bist. Du hast ganz schön was riskiert.«

Josie blickte zu Ray hinüber. »Das hast du wirklich, da hat sie recht. Er hätte dich wegen Trunkenheit Minderjähriger festnehmen können. Oder sich irgendwas anderes ausdenken. Goodbye, Meisterschaft. Hallo, Bußgeld. Glaubst du, deine Mom könnte sich zurzeit einen Anwalt leisten?«

Ray blickte zurück, aber da war kein Streifenwagen mit Blinklicht, der sie verfolgte. »Wir hatten einfach Glück.«

»Wir hatten Glück, dass du dabei warst«, meinte Lana. »Jedenfalls setzen wir dich auf die Liste der guten Jungs.«

SECHS

Eine halbe Stunde später, nachdem sie sich geduscht, umgezogen und rasch etwas zu Mittag gegessen hatte, fuhr Josie auf den Parkplatz des Polizeireviers. Es schüttete nach wie vor ununterbrochen, aber das hielt eine Handvoll Reporter nicht davon ab, dicht gedrängt, in Regenmänteln und mit Schirmen bewaffnet, vor dem Gebäudeeingang auszuharren. Ein einsamer Kameramann schleppte schwer am Gewicht einer großen Kamera, die in einer durchsichtigen Plastikhülle steckte. In den vergangenen Tagen waren die Presseleute überall in der Stadt unterwegs gewesen, um Aufnahmen von dem zerstörerischen Hochwasser und den Rettungsmaßnahmen zu machen. Jetzt warteten sie hier im Regen, um endlich mehr über die Leiche zu erfahren, die Josie an der Hempstead Road geborgen hatte. Mit einem Seufzer griff Josie nach dem Highschooljahrbuch, das sie aus ihrer Garage geholt hatte, und dem Korb mit Gebäck, den Misty ihr für das Team mitgegeben hatte. Vor dem Duschen hatte sie das Jahrbuch in ihrem Schlafzimmer durchgeblättert, aber keine der abgebildeten Personen war ihr ins Auge gesprungen oder hatte eine besondere Erinnerung in ihr wachgerufen. Wenn irgendjemand während ihrer Schulzeit an der Denton East als vermisst gemeldet worden wäre, hätte sie sich bestimmt daran erinnert. Und selbst, wenn nicht – alle Vermisstenfälle im County waren im Zusammenhang mit dem Fall der vermissten Mädchen fünf Jahre zuvor noch einmal neu durchleuchtet worden.

Sie stieg aus ihrem Auto und ging eilig Richtung Eingang, den Blick starr geradeaus gerichtet, während die Reporter sie mit denselben Fragen bedrängten, die sie ihr bereits an der Einsatzstelle zugerufen hatten. Ein paarmal gab sie ein barsches »Kein Kommentar!« zurück und dann war sie drinnen und in Sicherheit. Sie stapfte die Treppe hinauf in den ersten Stock und betrat das Großraumbüro. Es war ein weiter, offener Bereich mit Schreibtischen und Aktenschränken. An einer Wand hing ein Fernseher, auf dem gerade die Berichterstattung über das Hochwasser lief. Josie ging achtlos daran vorbei und zu den vier Schreibtischen hinüber, die in der Mitte des Raumes zusammengeschoben waren. Sie waren für das Ermittlerteam hier im Revier reserviert: sie selbst, Detective Gretchen Palmer, Lieutenant Noah Fraley und Detective Finn Mettner.

Die Polizeilaufbahn von Josie und Noah hatte hier in Denton begonnen: Nach einigen Jahren auf Streife waren sie in das Ermittlerteam befördert worden. Gretchen war aus Philadelphia zu ihnen gestoßen, wo sie fünfzehn Jahre lang im Morddezernat gearbeitet hatte. Josie selbst hatte sie während ihrer Zeit als Interimspolizeichefin eingestellt. Jetzt war Bob Chitwood der Polizeichef und somit ihr derzeitiger Vorgesetzter. Er hatte Finn Mettner innerhalb des Reviers vom Streifenbeamten zum Detective befördert. Mettner war der Jüngste von ihnen vier, arbeitete aber sehr engagiert und gründlich und hatte in seiner neuen Funktion bereits bei einigen wichtigen Fällen das Kommando übernommen.

Josie stellte den Korb in der Mitte der Schreibtischfläche ab und blickte sich um. Es war niemand da, bis auf einen Streifenpolizisten, der an einem der gemeinsam genutzten Schreibtische Papierkram erledigte. Bob Chitwoods Stimme dröhnte trotz geschlossener Tür aus seinem Büro. Josie kannte das bereits. Die Detectives witzelten gerne, dass Chitwood über genau zwei Lautstärken verfügte: laut und noch lauter. Josie ging einige Schritte in Richtung seines Büros, sodass sie ein paar seiner Worte aufschnappen konnte: »Es interessiert mich einen Scheißdreck, ob die Bürgermeisterin in dieser Siedlung wohnt. Oder Sie, Dutton. Sie sind nur ein Bürgermeisterkandidat. Das heißt in meinen Augen noch gar nichts. Stadtrat? Von mir aus könnten Sie in der verdammten UN sein. Von mir aus könnten die Queen und der Papst Häuser in Quail Hollow haben. Sie können trotzdem keine öffentlichen Ressourcen abzweigen aus Stadtteilen, die sie weit dringender ...«

Josie verdrehte die Augen. Der »Quail-Hollow-Skandal«, wie ihn ein Lokalreporter genannt hatte, war seit Beginn der Hochwasserkatastrophe für den Chief zur größten Heimsuchung seines Lebens geworden. Quail Hollow war eine Gegend der Stadt, in der wohlhabendere Bürger wohnten, unter ihnen Bürgermeisterin Tara Charleston mit ihrem Chirurgenehemann und ihr Gegenkandidat Kurt Dutton mit seiner Frau. In den vergangenen Jahren hatte Dutton diesen Teil der Stadt aufgewertet, zusätzliche Luxushäuser für die Reichen dort gebaut und rund um die Siedlung einen Kanal angelegt. Obwohl die Bewohner von Quail Hollow sehr stolz darauf waren, nannten ihn die Leute aus den angrenzenden Vierteln abfällig den »Graben«. In Josies Vorstellung hatte der Kanal ansprechend gestaltete Uferbereiche und war überhaupt schön anzusehen. Die Gefahr einer Überschwemmung hatten die Planer allerdings übersehen. Vor allem in einem Abschnitt war der Kanal durch die jüngsten Starkregenfälle über die Ufer getreten und hatte das Grundstück einer noch im Bau befindlichen Luxusvilla im hinteren Teil der Siedlung überschwemmt. Die Gutachter der Stadt hatten befunden, dass es unter den derzeitigen Umständen zu gefährlich wäre, die Bauarbeiten dort fortzusetzen. Es gab auch Befürchtungen, dass es zu einem Erdrutsch kommen könnte, der für die Bewohner von Quail Hollow katastrophal werden würde, ganz zu schweigen von den Anwohnern des benachbarten Viertels.

Vor Kurzem hatten die Stadtbehörden Wind davon bekommen, dass die Bewohner von Quail Hollow Material aus den städtischen Depots gestohlen hatten, zum Beispiel Hochwasserbarrieren, tragbare Pumpen und andere Ausrüstungsgegenstände. Als einer der WYEP-Reporter öffentlich machte, was hier geschah, war die Bürgermeisterin auf den Plan getreten. Sie hatte statt »stehlen« den Begriff »umleiten« verwendet, als ob das einen Unterschied machen würde. Der Rest der Stadt empörte sich darüber, was die Bewohner von Quail Hollow aber nicht davon abhielt, immer weiter Ressourcen »umzuleiten«, um zu verhindern, dass ihre Häuser überflutet wurden.

Chief Chitwoods Stimme dröhnte jetzt noch lauter durch die Tür: »Das sind öffentliche Ressourcen! Sie sind nicht dazu da, um von reichen Arschlöchern wie Ihnen nach Belieben verwendet zu werden. Ja, ganz richtig. Sie gehören der Stadt, und die Stadt hat das Sagen, wohin sie gebracht werden und wann. Wer? Der Chef des Katastrophenschutzes, genau der. Ein Versehen? Ich erzähle Ihnen gleich was von Versehen! Ich fordere sie hiermit auf, die Barrieren und die Pumpen und den Rest des Materials bis Ende der Woche zurückzugeben, oder ich ziehe meine Leute aus den Rettungsbooten ab und schicke sie zu Ihnen rüber und lasse Sie alle verhaften!«

Es folgte ein Augenblick der Stille. Dann brüllte Chitwood: »Wagen Sie es ja nicht, mir zu drohen, Sie Anfänger! Ich hab diesen Job schon gemacht, als Sie noch in den Windeln lagen. Von Ihnen lasse ich mich nicht einschüchtern. Ich hab hier meine Arbeit zu erledigen!«

Josie hörte, wie er den Hörer aufs Telefon knallte, und ging schleunigst zu ihrem Schreibtisch zurück. Gretchen war inzwischen angekommen, saß an ihrem Platz und wühlte in dem

Korb mit dem Gebäck herum. »Der Chief ist wieder an dieser Sache dran, oder? Mit den Quail-Hollow-Leuten?«

»Ja«, antwortete Josie. »Ich glaube, das war Dutton. Der Chief hat wieder mal seinen Spruch von wegen ›Ich hab diesen Job schon gemacht, als Sie noch in den Windeln lagen‹ losgelassen.«

Die beiden Frauen mussten lachen. Es war einer von Chitwoods typischen Sprüchen, der immer dann zum Einsatz kam, wenn er sehr aufgebracht war. Er war schon in den Sechzigern und damit eigentlich jenseits der Pensionierungsgrenze – und sicher jenseits jeglicher Diplomatie, die sein Amt erfordert hätte. Anfangs war Josie mit seinem ruppigen Führungsstil nicht zurechtgekommen, aber seit sie und ihr Team sich seinen Respekt erworben hatten, konnten sie sich auf seine Unterstützung verlassen und hatten ihn schließlich ebenfalls akzeptiert.

Josie reichte Gretchen das Jahrbuch hinüber. »Ich bin das hier mal durchgegangen. Mir ist nichts Besonderes aufgefallen. Keine vermissten Mädchen.«

Gretchen warf sich gekonnt einen Keks in den Mund und blätterte durch das Jahrbuch, bis sie auf ein Foto von Ray stieß. »Was ist mit den Leuten, mit denen Ray damals befreundet war?«

»Du meinst andere Mädchen? Er war damals nicht mit vielen Mädchen befreundet. Wir hatten ein paar gemeinsame Freundinnen, die kann ich für dich im Jahrbuch markieren, aber soweit ich weiß, sind sie alle noch am Leben und irgendwo gemeldet.«

»Ja, dann fangen wir doch damit an«, antwortete Gretchen. »Und ich glaube, wir sollten uns auch die vorherigen Bewohner des Hauses mal ansehen. Ob's da irgendwelche Auffälligkeiten gibt.«

Josie fuhr ihren Computer hoch und öffnete die Datenbank, in der man die Grundbesitzverhältnisse im County einsehen konnte. Nach ein paar Minuten wusste sie über die

Geschichte des Hauses an der Hempstead Road Bescheid. »Sieht so aus, als wäre Calvin Plummer schon seit einigen Jahrzehnten der Besitzer.« Sie öffnete noch einmal die Suchmaske und gab diesmal seinen Namen ein. »Er hat sechs vermietete Häuser in Denton, plus sein Büro und dann noch etwas, das wie seine permanente Wohnadresse aussieht, die – halt dich fest! – in Quail Hollow liegt.«

Gretchen lehnte sich in ihrem Stuhl zurück und hob die Brauen. »Echt jetzt?«

Josie suchte auf Google Maps nach dem Haus und klickte auf die Street-View-Ansicht. »Ja, aber es ist eines von den ursprünglichen Häusern, keins von den neuen. Er hat schon lange, bevor sie die Siedlung zu Quail Hollow gemacht haben, dort gelebt.«

»Ich frage mich, ob er Quail Hollow wohl vertreten wird, wenn Chitwood die alle verhaftet«, spöttelte Gretchen.

Josie ging auf Plummers Website. »Sieht nicht so aus. Er macht offensichtlich Steuerrecht.«

»Verzeihung«, hörte man eine unbekannte weibliche Stimme vom Treppenaufgang her. Josie und Gretchen wirbelten auf ihren Stühlen herum und sahen eine junge Frau mit langem kastanienbraunem Haar und blassem Teint in der Tür stehen. Sie trug einen eng anliegenden, sehr hoch geschnittenen Rock mit eingesteckter Bluse – alles sehr figurbetont. Die oberen Blusenknöpfe waren offen und legten viel blasse Haut frei. Um ihren Hals hing eine lange Kette mit einem bernsteinfarbenen Anhänger. In einer Hand trug sie eine Aktentasche. Sie ging zögerlich ein paar Schritte auf die beiden zu und ihre Absätze klackerten auf den Fliesen. Dann blickte sie Josie an und lächelte. Erst jetzt, aus der Nähe, sah Josie, dass sie auffallend hübsch war, mit Augen von einem so strahlenden Blau, dass sie fast türkis wirkten.

»Sie sind Josie Quinn«, sagte sie.

Josie fragte mit einem Lächeln: »Was kann ich für Sie tun?«

Die Frau streckte ihr die Hand entgegen und Josie schüttelte sie. »Amber Watts«, stellte sich die Frau vor. »Ich bin die neue Pressesprecherin.«

Josie sah Gretchen an. Einen Moment lang verschlug es beiden die Sprache. »Pressesprecherin?«, fragte Gretchen.

»Genau«, antwortete Amber. »Ich bin hier, um die Kommunikation zwischen der Polizei und der Öffentlichkeit zu fördern und aufrechtzuerhalten. Außerdem wird meine Aufgabe sein, die Kommunikation zwischen der Polizei und dem Büro der Bürgermeisterin zu intensivieren.«

Gretchen meinte: »Sie geben also Pressekonferenzen, damit wir es nicht mehr tun müssen?«

Amber entschlüpfte ein kurzes Lachen. »Ja, ungefähr so.«

»Wer hat Sie denn eingestellt?«, wollte Josie wissen.

»Bürgermeisterin Charleston«, antwortete Amber, ohne mit der Wimper zu zucken.

Josie unterdrückte ein Stöhnen, und Gretchen murmelte: »Da wird der Chief begeistert sein.«

»Was haben Sie gesagt?«, fragte Amber nach. Die Unsicherheit stand ihr ins Gesicht geschrieben.

»Nichts, nichts«, sagte Josie. »Wir hatten nur keine Ahnung, dass eine Pressesprecherin eingestellt worden ist. Sie müssen auf jeden Fall mit dem Chief sprechen. Kommen Sie, ich zeig Ihnen sein Büro.«

Doch bevor Josie das tun konnte, öffnete sich die Tür zu Bob Chitwoods Büro. Einzelne Büschel seines weißen Haares standen ihm vom Kopf ab, als er in das Großraumbüro trat. Seine braunen Augen musterten einmal hektisch den gesamten Raum, bis er schließlich die drei Frauen ins Visier nahm.

»Quinn, Palmer, Besprechung in Sachen ... – Wer zum Teufel ist das?«

Amber ging auf ihn zu und streckte ihm die Hand entgegen. »Amber Watts«, stellte sie sich vor. »Die Bürgermeisterin hat mich hergeschickt. Ich bin die neue Pressesprecherin der Polizei.«

Chitwood starrte sie lange und unheilschwanger an. Sein Gesicht wurde von Sekunde zu Sekunde röter. Schließlich meinte er: »Bullshit! Wir brauchen keine Pressesprecherin. Eine Spionin, das sind Sie. Gehen Sie zur Bürgermeisterin und sagen Sie ihr, sie kann mich mal!«

Mit bewundernswerter Schlagfertigkeit setzte Amber augenblicklich ihr strahlendstes Zahnpastalächeln auf, als ob sie und Chitwood alte Bekannte wären, und entgegnete: »Ich kann mir vorstellen, wie das jetzt für Sie aussieht, Chief.«

Chitwood verschränkte seine Arme vor der Brust und musterte sie von oben herab. »Ach, wirklich?«

»Ja«, entgegnete sie mit unschuldiger Miene. »Mit dem Quail-Hollow-Skandal in den Nachrichten und dem Konflikt zwischen Ihnen und der Bürgermeisterin um die Ressourcen der Stadt haben Sie bestimmt den Eindruck, sie hätte mich hier eingesetzt, um ein Auge auf Sie zu haben. Ich kann Ihnen aber versichern, dass das nicht der Fall ist.«

»Soso. Und warum soll ich Ihnen das glauben?«

»Ich habe mich schon vor Monaten auf den Job als Pressesprecherin beworben. Mein Bewerbungsgespräch hat lange vor dem Beginn der Hochwasserkatastrophe stattgefunden«, antwortete Amber.

Chitwood zeigte mit dem Finger auf sie. »Noch mehr Bullshit! Die Bürgermeisterin darf überhaupt niemanden einstellen, ohne mit mir darüber zu reden.«

»Okay, Sir, ich fürchte, das müssen Sie mit ihr persönlich besprechen. Meine Aufgabe ist nicht nur, mich hier bei der Polizei um Presseinformationen und Ähnliches zu kümmern, sondern auch, die Kommunikation zwischen der Polizei und dem Büro der Bürgermeisterin abzustimmen, um sicherzustellen, dass diese beiden Organe der Stadt dieselben Informationen nach draußen in die Öffentlichkeit tragen.«

»Sie sollen also dafür sorgen«, warf Josie ein, »dass wir auf Linie bleiben?«

Normalerweise hätte Chitwood Josie jetzt dafür gerügt, dass sie ihren Mund nicht halten konnte, aber er blieb stumm, starrte weiter Amber an und wartete auf ihre Antwort.

Amber wandte sich, noch immer lächelnd, Josie zu. »Nein, das ist nicht meine Aufgabe. Ich bin gewiss nicht die Erfüllungsgehilfin der Bürgermeisterin.«

»Sie ist dafür da, die Dinge im rechten Licht erscheinen zu lassen«, ließ Gretchen verlauten.

»Oh, ich glaube, wir sind einander noch nicht vorgestellt worden«, meinte Amber. »Wer sind Sie?«

»Detective Gretchen Palmer.«

»Ah, ja. Nun, Detective Palmer, soweit ich mich erinnere, waren Sie ja vor ein paar Jahren selbst in einen Fall verwickelt, der ein äußerst lebhaftes Medienecho hervorgerufen hat.«

»Das geht Sie überhaupt nichts an«, giftete Josie Amber an.

Gretchen beugte sich zu Josie hinüber und berührte ihren Arm. »Schon okay, Boss.«

Ambers Lächeln erlosch. »Ich bin ganz bestimmt nicht hier, um mir Feinde zu machen. Ich weiß, dass das gerade nicht so wirkt, vor allem, weil die Bürgermeisterin mich eingestellt hat, aber ich bin auf Ihrer Seite. Ich habe nur deswegen Ihre Vergangenheit zur Sprache gebracht, Detective Palmer, weil diese Stadt in den letzten fünf Jahren der Schauplatz einiger sehr öffentlichkeitswirksamer Kriminalfälle war. Fälle, die das Interesse der ganzen Nation hervorgerufen haben. Sie hätten schon längst jemanden wie mich hier haben sollen. Meine Aufgabe ist nicht, Ihnen im Weg zu stehen oder die Arbeit zu erschweren, sondern vielmehr, Ihnen die Arbeit zu erleichtern. Ich kümmere mich um die Presse, sodass Sie alle sich auf Ihre Ermittlungsarbeit konzentrieren können. Heute Morgen erst war Detective Quinn in den Nachrichten zu sehen, wie sie etwas, das nach einer Leiche aussah, aus einer der Überschwemmungszonen geborgen hat. Und jetzt haben die Presseleute draußen ihre Zelte aufgeschlagen, und es werden von Minute zu Minute mehr. Ich kann Ihnen helfen, mit ihnen fertigzuwerden. Das ist meine Aufgabe.«

Die drei beäugten sie argwöhnisch. Da keiner von ihnen den Mund aufmachte, sagte Amber: »Ich sehe schon, dass die Bürgermeisterin mir nicht gerade den Weg geebnet hat. Es täte mir sehr leid, wenn unsere Zusammenarbeit von Anfang an in die falsche Richtung läuft.« Sie wandte sich wieder dem Chief zu. »Wie wär's, wenn ich ein Meeting mit der Bürgermeisterin ansetze? Dann können wir das ganz in Ruhe zu dritt besprechen. Würde Sie das beruhigen?«

Chitwood hob die Brauen. »Mich würde es beruhigen, wenn diese verfluchte Bürgermeisterin mir gefälligst vom Hals bleiben und den Katastrophenschutz nicht mehr in seiner Arbeit behindern würde.«

Amber zauberte ein Handy aus ihrer Aktentasche hervor. »Diese Bedenken setzen wir selbstverständlich ebenfalls auf die Agenda. Ich rufe jetzt gleich an.«

Josie und Gretchen starrten Chitwood an und machten sich schon auf eine seiner Explosionen gefasst. Er war der übellaunigste Mensch, mit dem Josie beruflich je zu tun gehabt hatte. Die meisten Leute waren von ihm eingeschüchtert – oder zumindest schwer genervt –, doch Amber ließ sich nicht beeindrucken. Sie hatten alle gehört, wie sie während des Gesprächs mit dem Chief absolut professionell geblieben war. Josie musste ihr zugestehen, dass sie völlig ruhig, ja, fast unerschütterlich wirkte. Amber nahm ihr Handy kurz vom Ohr und fragte den Chief: »Heute um zwei? Im Restaurant direkt hinter dem Universitätscampus? Ich glaube, auf neutralem Terrain wäre es am besten.«

Die vernarbten Wangen des Chiefs röteten sich. Zögerlich entgegnete er: »Äh, natürlich, ja.«

Amber bestätigte der Bürgermeisterin die Verabredung und

beendete das Telefonat. »Wunderbar«, meinte sie. Sie bedachte die Runde mit einem weiteren Lächeln und fügte hinzu: »Ich sehe, Sie haben alle zu tun, sodass ich Ihnen nicht länger auf die Nerven gehen möchte. Chief, wir sehen uns dann später.«

Chitwood antwortete nicht. Amber legte den Kopf leicht schief und meinte versöhnlich: »Auch wenn der Start jetzt vielleicht etwas holprig war: Ich freue mich wirklich darauf, mit Ihnen allen zusammenzuarbeiten. Detective Quinn, ich bin schon seit einiger Zeit ein Fan von Ihnen.«

Josie brachte ein klägliches »Danke« heraus, und sie blickten Amber nach, wie sie im Treppenaufgang verschwand. Chitwood drückte mit der Hand die flüchtigen Haarsträhnen wieder an seinen Kopf und murmelte leise noch ein paar Schimpfwörter vor sich hin, ehe er sich an Josie wandte: »Quinn, Sie finden diese Stellenanzeige für mich, haben Sie verstanden?«

»Selbstverständlich«, antwortete Josie, froh darüber, dass Ambers Ankunft ihn ihre morgendlichen Alleingänge hatte vergessen lassen. Sie hatte fest damit gerechnet, vom Chief abgekanzelt zu werden, aber im Moment schienen ihn die Machenschaften der Bürgermeisterin weit mehr zu beschäftigen.

»Ganz sicher werde ich nicht unvorbereitet zu diesem Treffen erscheinen«, sagte er. »Ich lasse mich von der Bürgermeisterin nicht einschüchtern – Vorgesetzte hin oder her.«

Josie musste an ihre eigenen Erfahrungen mit der Bürgermeisterin während ihrer Zeit als Interimspolizeichefin zurückdenken. Sie hatten damals an einem Fall gearbeitet, bei dem ein Neugeborenes entführt und die Mutter zusammengeschlagen worden war. Damals war der Ehemann der Bürgermeisterin kurzfristig in den Fokus der Ermittler geraten. Die Bürgermeisterin persönlich hatte Josie unter vier Augen darum gebeten, seine Verbindung zu diesem Fall unter den Teppich zu kehren. Josie hatte sich darauf nicht eingelassen und ihre Beziehung zur

Bürgermeisterin war deswegen seither angespannt. »Ich finde raus, was ich kann«, versicherte sie Chitwood.

Er nickte. »Palmer hat mich übrigens in aller Kürze auf den Stand der heutigen Ereignisse gebracht. Die Autopsie von Dr. Feist wird bestimmt ergeben, dass wir es hier mit einem Mord zu tun haben, davon gehe ich aus. Sie, Quinn, und Palmer übernehmen das Kommando bei diesem Fall.«

Josie rechnete noch immer damit, dass er erwähnen würde, wie sie im Hochwasser der Plane hinterhergeschwommen war, aber er sagte nichts.

»Wir machen uns jetzt auf den Weg zum Besitzer des Hauses«, informierte Josie ihn. »Calvin Plummer.«

Chitwood schaute gequält drein. »Er gehört zu diesen Quail-Hollow-Arschlöchern. Ist aber bei Weitem nicht der Schlimmste. Viel Glück. Halten Sie mich auf dem Laufenden. Ich muss zur Einsatzstelle und das Ausmaß des heutigen Desasters abschätzen, ehe ich mich mit der Bürgermeisterin treffe.«

SIEBEN

Das Büro von Calvin Plummer befand sich in South Denton, einem überwiegend gewerblich geprägten Stadtteil. In den gedrungenen Flachdachbauten entlang der Hauptstraße gab es unter anderem Einkaufszentren, einen Autoverleih und Lagerhallen. Die wenigen Wohnhäuser, die noch geblieben waren, waren schon vor längerer Zeit ebenfalls in Gewerbebauten umgewandelt worden. Um die überfluteten Zonen zu umfahren, musste Josie mehrere Nebenstraßen nehmen, aber als sie wieder auf die Hauptstraße einbiegen wollte, floss dort Wasser, soweit das Auge reichte. Zwei Streifenwagen mit Blinklicht standen auf der Kreuzung. Uniformierte Polizisten in leuchtend gelben Regenmänteln gingen auf der Straße auf und ab und dirigierten die Autofahrer aus der gerade erst überfluteten Zone hinaus.

»Der südliche Flussarm muss über die Ufer getreten sein«, meinte Josie. »Es gibt da drüben ein paar Bäche, die in ihn münden.«

Etwa vierhundert Meter die Straße hinunter auf der rechten Seite konnte sie ein zweistöckiges Gebäude im Kolonialstil sehen, an dessen Veranda ein Schild verkündete: *Calvin Plummer, Rechtsanwalt.*

»Ziemlich starke Strömung«, bemerkte Gretchen.

»Hast du deine Watstiefel dabei?«, fragte Josie und stellte den Wählhebel des Autos auf Parken.

Gretchen lächelte. »Du machst wohl Witze? Nach dieser Woche? Sind im Kofferraum.«

Sie stiegen eilig aus in den Regen und Josie öffnete die Heckklappe. Dann zogen sie ihre Watstiefel und Regenmäntel an und machten sich auf den Weg zu Plummers Kanzlei. Die Polizisten, an denen sie durch das knöchelhohe Wasser vorbeiwateten, nickten ihnen kurz zu. Der Rasenstreifen zwischen der Straße und Plummers Kanzlei war noch nicht überflutet, aber der Boden unter ihren Füßen fühlte sich schwammig an. Hinter der offenen Haustür befand sich ein kleiner Sitzbereich mit einer Couch, zwei Polstersesseln und einem Couchtisch in der Mitte. Der kleine Empfangstresen aus Kirschholz war unbesetzt. Dem Eingang gegenüber gab es zwei Türen, die beide offen standen, und links im Hintergrund eine Treppe. Ein Mann mit einem Archivkarton in den Händen kam aus einer der Türen. Josie erkannte von der Kanzleiwebsite, dass sie Calvin Plummer gegenüberstanden. Er war klein und stämmig, hatte spärliches graues Haar und ein pausbäckiges Gesicht und trug eine Anzughose, aber kein Sakko.

»Entschuldigen Sie bitte«, sagte er. »Das ist leider ein ungünstiger Moment. Die Polizei evakuiert uns gerade.«

Gretchen wedelte mit ihrem Dienstausweis, während sie und Josie auf ihn zugingen. »Wir sind die Polizei.«

»Oh«, sagte Calvin mit einem Blick auf den Ausweis und hob die Brauen: »Detective? Ich nehme an, es geht um mein Haus an der Hempstead Road.«

»Ja«, schaltete Josie sich ein und zeigte ebenfalls ihren Dienstausweis vor.

Er sah flüchtig darauf und verlagerte das Gewicht des

Kartons. »Ich unterhalte mich gerne mit Ihnen, aber jetzt muss ich unbedingt diese Akten in den ersten Stock bringen, ehe wir hier rausmüssen.«

Josie blickte sich um. Aus dem Raum, aus dem Plummer gerade gekommen war, drang ein Geräusch, als würde eine Metallschublade zugeknallt. »Meine Sekretärin«, erklärte Plummer. »Tammy. Darf ich?«

Er schob sich an ihnen vorbei und ging die Treppe hinauf.

Josie rief ihm nach: »Wir helfen Ihnen.«

Gretchen bedachte sie mit einem kritischen Seitenblick, nickte Plummer aber dann zu.

»Sehr gut«, sagte er. Er deutete mit dem Kinn in Richtung Aktenarchiv. »Da drinnen. Tammy wird Ihnen ein paar Kartons geben.«

Da der Regen stärker wurde, konnte man jetzt lautes Prasseln auf dem Verandadach hören. Das tiefe, langgezogene Heulen des Katastrophenalarms der Feuerwehr von South Denton setzte ein. »Beeilen Sie sich!«, drängte Plummer.

Tammy war knapp über zwanzig und hatte langes dunkles Haar, das auf ihrem Rücken hin- und herschwang, während sie Aktenordner aus den Metallschränken an den Wänden nahm und sie in Kartons packte. Sie war kleiner als Josie und wesentlich kurviger gebaut. Ihr enges schwarzes Kleid und die fünfzehn Zentimeter hohen Absätze wirkten eher sexy als kanzleikonform. Kartons schnell die Treppe hinaufzutragen, würde für sie in diesen Schuhen wohl nicht das reinste Vergnügen werden.

Sie stellten sich einander vor, und Tammy übergab jeder von ihnen einen Karton. Plummer, der wieder heruntergekommen war, griff ebenfalls nach einem. Während Josie und Gretchen ihm die Treppe hinauf folgten, meinte er: »Ich hatte dieses Haus an der Hempstead schon viele Jahre. Jammerschade drum. Geht's Mrs Bassett denn gut?«

»Ja«, antwortete Josie. »Eine kleine Beule am Kopf, aber

ansonsten ist alles okay. Sie ist froh, mit dem Leben davongekommen zu sein.«

»Aber sie hat ihr ganzes Hab und Gut verloren«, murmelte Plummer. Am Ende der Treppe folgten sie ihm nach links, einen langen Flur hinunter. Hier im ersten Stock klang das unablässige Prasseln des Regens wie ein lautes Dröhnen. »Wissen Sie, wo ich sie erreichen kann? Ich könnte ihr wenigstens die Kaution zurückzahlen. Die brauche ich jetzt wirklich nicht mehr. Sie war immer eine sehr angenehme Mieterin. Sie machen sich keine Vorstellung, wie schwierig es ist, anständige Mieter zu finden.«

Gretchen beantwortete seine Frage: »Wir wissen noch nicht genau, wo sie untergebracht werden wird, aber sobald das geklärt ist, geben wir die Information an Sie weiter.«

»Wenn wir schon beim Thema Mieter sind ...«, sagte Josie, während sie auf eine Tür zusteuerten, »Wir haben uns gefragt, ob Sie uns vielleicht etwas über die Vormieter von Mrs Bassett erzählen können.«

Plummer ging in einen großen Raum, der bis auf eine Reihe Kartons an einer Wand völlig leer war. Er wies sie mit einer Geste an, dass sie ihre Kartons darauf abstellen sollten. »Das Ganze hat mit diesem Ding zu tun, wegen dem Sie ins Wasser gesprungen sind, oder? In den Nachrichten wurde darüber spekuliert, dass es sich um eine Leiche handeln könnte. Ist das denn so?«

»Ja«, antwortete Josie und stellte ihre Kiste ab. »Es ist eine Leiche. Sie ist jetzt in der Rechtsmedizin.«

Plummer ließ den Kopf hängen. »Sie wollen mir also sagen, dass unter einem meiner Häuser eine Leiche vergraben war?«

Gretchen stellte ihren Karton auf den von Josie. »Ja. Haben Sie irgendeine Ahnung, wie sie dahingekommen sein könnte?«

Plummer lachte und machte sich auf den Weg zurück zum Aktenarchiv. »Wenn ich von einer Leiche unter einem meiner Häuser gewusst hätte, würden Sie diese Konversation hier ganz bestimmt mit *meinem* Anwalt führen. Natürlich weiß ich nichts davon. Hören Sie, dieses Haus war durchgehend vermietet. Wie ich schon sagte, ich hab es seit Jahrzehnten. Vor Mrs Bassett gab es eine ganze Reihe anderer Mieter und nicht immer die angenehmsten, wenn Sie wissen, was ich meine. Jeder von ihnen hätte dort irgendwas Illegales anstellen können. Es würde mich nicht mal wundern. Ich hatte großes Glück, Mrs Bassett zu finden. Traurig, dass sie jetzt weg ist. Und traurig, dass das Haus jetzt weg ist. Ich schätze aber, die Versicherung wird dafür aufkommen.«

»Wegen dieser früheren Mieter ...«, meinte Josie und versuchte, die Unterhaltung am Laufen zu halten, während sie und Gretchen weitere Kartons von Tammy entgegennahmen und Plummer wieder die Treppe hinauffolgten. »Haben Sie denn noch irgendwelche Unterlagen? Eine Liste vielleicht? Irgendetwas, das uns helfen könnte, die Vormieter zu finden?«

»Ich bin nur verpflichtet, die Unterlagen sieben Jahre lang aufzubewahren«, gab Plummer über die Schulter zurück, »aber ich kann nachsehen, was ich noch habe. Allerdings weiß Tammy wahrscheinlich besser als ich Bescheid, wo sie sein könnten.«

Zurück im Archiv wandte er sich an seine junge Sekretärin.

»Tammy«, sagte er, »du musst bitte alle Unterlagen heraussuchen, die wir über das Haus an der Hempstead Road haben, sofern sie schnell greifbar sind.« Er blickte durch die Eingangstür nach draußen, wo sich schlammbraune Fluten über den Rasen ausbreiteten.

Mit einem Seufzer wandte Tammy ihnen den Rücken zu, zwängte sich seitwärts durch eine schmale Lücke zwischen zwei Kartonstapeln und steuerte dann auf einen Aktenschrank in der Ecke des Raumes zu. Sie schob einen Rollwagen mit Computerzubehör aus dem Weg und meinte: »Ich glaube, sie sind in dem Schrank da.« Die anderen sahen zu, wie sie sich nach vorn beugte, um die unterste Schublade zu öffnen.

Während sie in den Akten herumsuchte, sah Josie zu Plummer hinüber, der einen lüsternen Blick auf den Hintern seiner Sekretärin geheftet hatte. Gretchen stieß Josie den Ellbogen in die Seite, um sie davon abzuhalten, ihn weiter anzustarren. Josie wandte den Blick ab, ging einen Schritt vorwärts und griff nach einem leeren Archivkarton. Einen Augenblick später packten sie und Tammy mehrere Aktenordner mit der Aufschrift »Hempstead« hinein.

Plummer sagte: »Kann ich mich darauf verlassen, dass ich sie zurückbekomme, wenn Sie damit fertig sind? Wir haben wirklich gerade keine Zeit, Kopien zu machen.«

Von draußen war noch immer das schwermütige Heulen der Feuerwehrsirene zu hören.

»Das ist auch nicht nötig«, antwortete Gretchen. »Wir bringen die Unterlagen zurück, sobald wir sie durchgesehen haben.«

»Sehr gut«, meinte Plummer. Er deutete auf die restlichen Akten im Raum. »Macht es Ihnen was aus, auch bei denen noch mit anzupacken?«

ACHT

»Ich fühle mich schmutzig«, witzelte Gretchen, als sie wieder im Auto saßen. Sie verlagerte das Gewicht des Kartons, den Plummer ihnen mitgegeben hatte, auf ihrem Schoß. »Und nicht nur, weil ich schwitze. Von jetzt an frag mich bitte vorher, ehe du uns für ehrenamtliche Schwerstarbeit verpflichtest.«

Josie musste lachen. »Was meinst du, wie groß der Altersunterschied zwischen Plummer und Tammy ist?«

»Unanständig groß«, sagte Gretchen. »Wie vielen Jahren dieses unanständig auch immer entsprechen mag.«

Josie musste noch mehr lachen, betätigte die Zündung und stellte die Scheibenwischer auf die höchste Stufe. Zwei weitere Einsatzfahrzeuge tauchten auf und fuhren um ihr Auto herum, um die Straße abzusperren. Als sie aus Plummers Kanzlei kamen, hatte ihnen das Wasser bereits bis zu den Waden gereicht. Josie wendete und fuhr aus dem überfluteten Bereich fort. »Manche Leute sagen ja, Alter ist nur eine Zahl«, scherzte sie.

Gretchen schüttelte den Kopf. »Um ehrlich zu sein: Ich war ja auch zwölf Jahre jünger als mein Mann, aber ich denke, bei Plummer und Tammy sind es noch viel mehr.«

Sie fuhren zurück zum Polizeirevier, bahnten sich einen Weg durch den Pulk an Reportern, die noch immer wie festgewachsen vor dem hinteren Eingang standen, und brachten die Akten hoch zu ihren Schreibtischen. Sobald sie sich von ihren Watstiefeln und Regenmänteln befreit hatten und sich wieder einigermaßen trocken fühlten, breiteten sie die Unterlagen auf Josies Schreibtisch aus und sahen sie gründlich durch. Josie sagte: »Der Typ hat eine Kopie von jedem einzelnen Scheck aufgehoben, den ihm Evelyn Bassett jemals geschickt hat.«

»Das sind ziemlich viele«, meinte Gretchen. »Ah, schau her. Das sind die Vormieter.«

Sie zog eine schmale Aktenmappe aus dem Karton. Josie schob die Unterlagen über Mrs Bassett wieder zusammen und machte Platz für die neue Mappe. Gretchen öffnete sie und legte die enthaltenen Dokumente säuberlich nebeneinander aus: Mietvertrag, Scheckkopien, Korrespondenz und einige amtlich wirkende Schreiben. Josie nahm eines davon und überflog es. Oben auf der Seite war das Siegel des Amtsgerichts der Stadt Denton. »Das ist eine Räumungsklage«, sagte sie. »Calvin Plummer gegen Vera Urban, vom 9. April 2004.«

In Josies Hinterkopf stieg eine leise Ahnung auf, die in ihr Bewusstsein drängen wollte.

Gretchen nahm ein paar andere Dokumente in die Hand. »Sieht so aus, als hätte Vera ungefähr sieben Jahre da gelebt, ehe Plummer die Klage eingereicht hat. Ist die denn durchgegangen?«

Josie blätterte mehrere Seiten durch, fand aber keinen Hinweis darauf, dass es tatsächlich zu einer Zwangsräumung gekommen war. Als sie die anderen amtlichen Dokumente zur Hand nahm, fand sie einen Antrag auf Klagerücknahme. »Sie müssen sich wohl geeinigt haben«, meinte sie. »Denn er hat seine Klage am 18. Juni 2004 zurückgezogen.«

»Aber wieso?«, wollte Gretchen wissen. Josie blätterte die Kopien von Veras Mietschecks durch und ging dann zurück zu denen von Evelyn Bassett. »Da ist eine Lücke von einem Jahr zwischen dem letzten Mietscheck von Vera Urban und dem ersten von Evelyn Bassett.«

»Also stand das Haus an der Hempstead Road ein ganzes Jahr lang leer?«

»Scheint so. Laut der Räumungsklage hatte Vera ihre Miete wohl zwei Monate lang nicht bezahlt, als Plummer gegen sie geklagt hat. Dann hat er die Klage wieder zurückgezogen, aber ich finde nichts darüber, dass sie ihre Schulden jemals beglichen hat oder dass er ihr die Kaution zurückbezahlt hat«, meinte Josie.

»Vielleicht ist sie einfach abgehauen und er hat die Kaution behalten«, schlug Gretchen vor.

»Das müssen wir ihn fragen. Lass uns sehen, was wir in der Zwischenzeit über Vera Urban herausfinden können.«

Gretchen blätterte die restlichen Unterlagen aus dem Karton durch, während Josie die TLO-Datenbank aufrief und ein paar Minuten lang darin suchte. »Das ist ja eigenartig«, rief sie dann.

Gretchen beugte sich über ihre Schulter und sah ebenfalls auf den Bildschirm.

Josie sagte: »Sie hat seit sechzehn Jahren weder ein Haus noch eine Wohnung gekauft noch irgendwelche Zahlungen an Energieversorger geleistet. Nicht mal ein Handy taucht hier auf.«

Gretchen setzte ihre Lesebrille auf und beugte sich noch weiter vor. Josie rückte mit ihrem Stuhl ein wenig auf die Seite, um ihr Platz zu machen. »Das gibt's doch gar nicht«, murmelte Gretchen.

Josie griff wieder nach der Maus und klickte sich durch einige andere Tabs in der Datenbank. »Sie ist 1962 geboren. Hier steht, dass sie 1980 ihren Highschoolabschluss an der Denton West gemacht hat. Keine Vorstrafen. Ein paar Strafzettel wegen zu schnellen Fahrens. Sie wurde einmal wegen eines ungedeckten Schecks verhaftet, aber nicht angeklagt. Hier sind Nebenkostenrechnungen für verschiedene Adressen, einschließlich der in der Hempstead Road, aber das war's dann auch.«

»Ruf mal ihren Führerschein auf. Wenigstens den müsste sie doch auf dem aktuellen Stand gehalten haben.«

Josie sah nach, aber der letzte registrierte Führerschein war ebenfalls sechzehn Jahre alt. Sie spürte ein flaues Gefühl in der Magengegend. Gretchen schob Josie zur Seite und ging noch einmal alle Einträge durch, die Josie bereits gesichtet hatte. Dann meinte sie: »Vera Urban hat 2004 aufgehört zu existieren. Die Leiche, die wir gefunden haben, das könnte sie sein.«

Josie sagte: »Ja, möglich. Aber wieso trägt sie eine Highschoolteamjacke?« *Warum trägt sie* Rays *Highschoolteamjacke,* fügte sie im Stillen noch hinzu. Vera war so alt, dass sie seine Mutter hätte sein können.

»Ich weiß es nicht«, antwortete Gretchen. »Nach Dr. Feists Obduktion werden wir mehr über das Alter der Leiche wissen.«

»Moment mal«, sagte Josie, sprang auf, ging hinüber zu Gretchens Schreibtisch und griff nach ihrem Jahrbuch. Sie blätterte es durch, bis sie zu den Fotos ihrer Klasse aus der Elften kam. In der Highschool war ihr Familienname Matson gewesen. Ihr eigenes Foto fand sie gleich und war peinlich berührt vom strähnigen Haar und der Akne der Josie von damals. Als Nächstes folgte Ray Quinn, der auf seinem Schulfoto allerdings weniger attraktiv war als in Josies Erinnerung. In ihrer Vorstellung würde er für immer das Feuer der leidenschaftlichen ersten Liebe verkörpern. Aber auf dem Foto sah er irgendwie dämlich aus; sein blondes Haar war zu einer Seite gekämmt und strotzte vor Gel, sein Lächeln zeigte zu viele Zähne. Er sollte erst noch zu dem gutaussehenden Mann heranwachsen, der er später gewesen war. Josie blätterte weiter, um zum Ende des Alphabets zu gelangen.

»Oh, mein Gott!«, stieß sie hervor.

»Was ist denn?«, fragte Gretchen.

Josie kam zu ihr und zeigte ihr ein Foto. »Beverly Urban«, sagte sie. »Sie war in derselben Klasse wie Ray und ich. Ich glaube, sie ist Veras Tochter.«

Josie legte das Jahrbuch hin, ging noch einmal in die Datenbank und suchte nach Personen, die mit Vera Urban in Verbindung standen. Und tatsächlich, unter »nahe Verwandte« war Beverlys Name aufgeführt. Um das Ergebnis abzusichern, durchsuchte Josie noch einmal Plummers Akten, bis sie den von Vera unterzeichneten Mietvertrag fand. In dem Abschnitt, wo Vera den Namen, das Alter und das Verwandtschaftsverhältnis jeder Person, die mit in das Haus an der Hempstead Road einziehen sollte, angeben musste, hatte sie Beverlys Namen und Alter eingetragen und unter Verwandtschaftsverhältnis »Tochter« geschrieben.

Josie tippte mit dem Zeigefinger auf die Jahrbuchseite. »Ich hatte recht. Sie ist Veras Tochter. Beziehungsweise: Sie *war* Veras Tochter.«

Sie musterte das Foto genau. Beverly war größer und weiter entwickelt gewesen als sie. Unter den Mädchen ihrer Klasse war sie die Erste gewesen, der Brüste wuchsen, die ihre Periode bekam und – wenn man dem Klassentratsch glauben wollte – die Erste, die Sex hatte. Während Josie erst gegen Ende der elften Klasse weibliche Rundungen bekam, sah Beverly zu Beginn der Achten plötzlich aus wie eine Collegestudentin. Sie konnte sich noch gut erinnern, wie schlaksig und unattraktiv sie und viele andere Mädchen ihrer Klasse sich damals gefühlt hatten, während Beverly scheinbar über Nacht die Pubertät hinter sich gelassen hatte. Sie erinnerte sich auch daran, wie die Jungen nach ihr schielten und um ihre Aufmerksamkeit wetteiferten.

»Sie ist hübsch«, meinte Gretchen.

Das Jahrbuch zeigte Beverly nur von den Schultern aufwärts, aber Gretchen hatte recht. Beverly hatte ein strahlendes Lächeln, reine blasse Haut und lange braune Locken. Aus ihren braunen Augen sprach ein winziger Anflug von Aufsässigkeit, der auf jemanden, der sie nicht kannte, anziehend hätte wirken können. Aber Josie wusste, dass sich dahinter ihre bösartige Seite verbarg.

»Sie sieht sehr hübsch aus«, sagte Josie. »Aber sie war nicht besonders nett.«

Gretchen blickte auf. »Wie meinst du das?«

Josie musste lachen: »Sie war die schlimmste Mobberin in der ganzen Schule.«

Gretchen zog die Augenbrauen hoch. »Irgendwie, Boss, kann ich mir nicht vorstellen, dass du dich von irgendwem hast mobben lassen, nicht mal in der Highschool.«

Josie lehnte sich mit der Hüfte an ihren Schreibtisch. »Ich hab mich auch nicht mobben lassen. Aber das hat Beverly nicht davon abgehalten, es immer wieder zu versuchen.«

Gretchen zog ihr Handy heraus und fotografierte das Jahrbuchfoto von Beverly ab. »Von was für Aktionen reden wir denn da?«

Josie seufzte. »Vom Verbreiten irgendwelcher Gerüchte über andere Schüler bis hin zu Handgreiflichkeiten – die ganze Palette halt. Sie konnte sehr tyrannisch sein. Du weißt doch, dass sie einem als Kind immer erzählt haben, dass manche Leute dafür sorgen, dass es anderen schlecht geht, damit sie selber sich besser fühlen? Ich denke, das war auch bei Beverly so.«

»Hat sie jemals Gerüchte über dich verbreitet?«

»Manchmal, aber sie war eher auf Ray fixiert.«

Die Erinnerung kam plötzlich und mit Macht zurück, wie ein Stein, der auf ihrer Brust landete. Ein paar Sekunden lang bekam Josie kaum Luft.

»Boss?«, sagte Gretchen, um sie zurückzuholen.

»Sie stand auf Ray«, sagte Josie. »Oder zumindest glaube ich das. Ich bin mir nicht sicher, ob es war, weil sie wirklich auf ihn stand, oder weil sie mich hasste, aber in der Elften fing sie plötzlich an, das Gerücht zu verbreiten, dass Ray mich mit ihr hintergehen würde.«

»Du hast das aber nicht geglaubt?«

»Natürlich nicht. Ray und ich ...« Josie verstummte. Wie sollte sie es erklären? Das Band, das Ray und sie verknüpfte, war – vor allem in diesen früheren Jahren – heilig gewesen. Beide waren sie von den Menschen, die sie eigentlich lieben und beschützen sollten, misshandelt worden. Bei beiden hatte die Scham tiefe Wunden hinterlassen. Als Kinder und später als Teenager hatten sie nur sich gegenseitig gehabt. Das Vertrauen zwischen ihnen war unzerstörbar gewesen. Davon war Josie aus tiefstem Herzen überzeugt gewesen. Das Gerücht, Ray würde mit Beverly schlafen, war ihr damals lachhaft vorgekommen. Sie hätte ihr Leben darauf verwettet, dass da nichts dran war. Aber inzwischen waren sechzehn Jahre vergangen. Sie hatten sich noch vor dem College getrennt, waren wieder zusammengekommen, hatten geheiratet und sich dann endgültig getrennt. Und Ray hatte sie betrogen, und zwar nicht nur, was ihre Ehe betraf, sondern auch, weil sich herausstellte, dass er nicht der Mann war, für den sie ihn gehalten hatte. Entsprach das Gerücht am Ende doch der Wahrheit?

Übelkeit machte sich in ihrem Magen breit. Sie zog ihren Stuhl heran und ließ sich hineinfallen.

Gretchen legte das Jahrbuch zur Seite und loggte sich in eine andere Datenbank ein. »Was ist mit Beverlys Vater?«

»War nie auf der Bildfläche«, antwortete Josie. »Ich hab damals nicht viel über ihre familiäre Situation gewusst, aber es war allgemein bekannt, dass es da nur sie und ihre Mom gab.« Sie reichte Gretchen den Mietvertrag zwischen Vera und Plummer. »Vera hat außer sich und Beverly keine anderen Bewohner aufgeführt.«

Gretchen las den Vertrag durch, legte ihn dann beiseite und widmete sich wieder ihrem Computer. Mit ein paar Klicks öffnete sie Beverly Urbans Geburtsurkunde. »Hier ist kein Vater angegeben«, merkte sie an. »Geboren 1987, im Geisinger-Krankenhaus. Das ist ungefähr eine Stunde mit dem Auto von hier, oder?«

»Ja«, meinte Josie. »Es muss eine komplizierte Geburt gewesen sein, wenn sie Vera ins Geisinger geschickt haben. Die sind dort auf so was spezialisiert.«

Gretchen fragte: »Was ist dann mit Beverly passiert?«

Josie antwortete: »Keine Ahnung. Aber langsam frage ich mich, ob jemand sie ermordet und unter dem Haus an der Hempstead Road begraben hat.«

»Sie hat also nicht mit dir den Abschluss gemacht?«

Josie schüttelte den Kopf. »Nein. Es gab gegen Ende der elften Klasse das Gerücht, dass sie umziehen muss, weil ihre Mutter sich die Miete für das Haus nicht mehr leisten kann. Dann kam der Sommer, und als das letzte Schuljahr anfing, war sie nicht mehr da. Wir haben alle irgendwie angenommen, dass sie und ihre Mom weggezogen waren.«

»Was sie offensichtlich aber nicht getan haben«, sagte Gretchen. »Nach den amtlichen Unterlagen ist Vera wie vom Erdboden verschluckt, und wie es aussieht, trifft das auch auf Beverly zu. Ich denke, du liegst richtig, dass die Leiche, die wir gestern gefunden haben, eine der beiden Frauen ist.«

»Prüf das mal in der TLO-Datenbank nach«, bat Josie. »Schau, ob es irgendeinen Beleg dafür gibt, dass Beverly nach 2004 noch existiert hat. Aktualisierter Führerschein, Rechnungen von Energieversorgern, Kreditkarten, Darlehen, Immobilienkäufe, irgendwas.«

Gretchen richtete ihre Aufmerksamkeit wieder auf den Computer. Josie sah ihr dabei zu, wie jede ihrer Suchen ergebnislos blieb. Über diese Datenbank konnte man ohnehin nicht viel über Minderjährige herausfinden, da die Informationen auf Mobilfunkdaten, Daten von Energieunternehmen und Ähnlichem beruhten. Beverly hätte das Erwachsenenalter erreichen müssen, um die Art von Dienstleistungen in Anspruch zu nehmen, die hier registriert waren. Wenn Beverly ihren High-schoolabschluss gemacht und ihr Leben ganz normal weitergeführt hätte, hätte es irgendeinen Nachweis über ihre Aktivitäten gegeben, und seien es nur Stromrechnungen. Aber da war nichts.

»Okay«, meinte Gretchen. »Sieht so aus, als wären sie beide 2004 spurlos verschwunden. Ich habe keine anderen Leichen gesehen, als das Haus fortgespült wurde. Du vielleicht?«

»Nein«, entgegnete Josie.

»Was glaubst du? Wen haben wir heute aus den Fluten geborgen?«

»Beverly«, sagte Josie. »Wegen der Jacke.«

»Du glaubst, Ray hat sie ihr gegeben? Vielleicht hat sie sie ihm ja gestohlen? Wenn sie auf ihn stand, könnte das doch sein. Oder sie wollte dir eins auswischen und hat sie gestohlen, damit es so aussieht, als hätte Ray sie ihr gegeben.«

»Ich weiß es nicht«, räumte Josie ein. Sie dachte daran, was Misty gesagt hatte und was sie selbst über Ray wusste. »Ich glaube, er hat sie ihr gegeben, aber ich weiß nicht, warum.«

»Du glaubst also nicht ...«

Josie drückte ihren Nasenrücken mit Daumen und Zeigefinger. »Mein Gott«, seufzte sie. »Dass Ray wirklich etwas mit ihr hatte? Dass er ihr die Jacke gegeben hat? Dass er sie ... getötet hat? Mir ist klar, dass die Ersten, die wir bei Mordfällen überprüfen, die direkten Bezugspersonen sind, aber Ray hätte das niemals getan. Er hätte niemanden umbringen können, schon gar keine Frau.«

»Boss, ich möchte nicht respektlos klingen, aber könnte es nicht sein, dass dein Urteilsvermögen in diesem Fall unter Umständen etwas getrübt ist?«

Josie öffnete den Mund, um zu protestieren, aber dann kam die Erinnerung an die Nacht, in der ihre Ehe mit Ray geendet hatte, mit ihrem ganzen Schrecken wieder hoch. Ray hatte sich fast bis zur Besinnungslosigkeit betrunken und sie geschlagen. Das war etwas, was sie ihm niemals verzeihen konnte. Wenn er fähig gewesen war, Josie zu schlagen, seine allerbeste Freundin aus der Kindheit, sein Highschoolmädchen, seine Ehefrau, dann lag es sicherlich auch nicht außerhalb des Möglichen, dass er jemanden umgebracht hatte. Hatte er Beverly getötet, um zu verbergen, dass er eine Beziehung mit ihr hatte?

»Aber wenn es die Leiche von Beverly ist und er sie getötet hat, was ist dann mit Vera passiert?«

»Ich weiß nicht«, sagte Gretchen. »Aber bevor wir hier noch lange spekulieren, brauchen wir erst mal die Bestätigung, dass es sich um Beverlys Leiche handelt.«

»Lass uns herumtelefonieren, ob irgendeiner der Zahnärzte in der Gegend eine Patientenakte von ihr hat«, schlug Josie vor. »So eine DNA-Analyse kann Wochen oder Monate dauern.«

Gretchen drehte sich wieder zu ihrem Schreibtisch um. »Ich frage mich auch, wie die Leiche unter den Betonboden im Keller geraten ist.«

»Wir sollten nachprüfen, ob Plummer Unterlagen zu Arbeiten am Haus hat«, nahm Josie den Faden auf. »Und mit der städtischen Bauaufsichtsbehörde klären, ob dort noch irgendwelche Genehmigungen aus der Vergangenheit vorliegen.«

Sie verbrachten die nächste halbe Stunde damit, Zahnärzte in Denton anzurufen, bis sie schließlich denjenigen gefunden hatten, bei dem Beverly Urban in ihrer Highschoolzeit Patientin gewesen war. Josie hielt den Atem an, während die Sprechstundenhilfe nachsah, ob sie Unterlagen hatten, die so weit zurückreichten. Zum Glück waren sie noch vorhanden.

»Es sind aber Mikrofilme«, meinte die Frau zu Josie. »Das war, bevor wir alles digitalisiert haben.«

»Wenn ich in der nächsten Stunde mit einer richterlichen Anordnung bei Ihnen erscheine, kann ich sie dann mitnehmen?«

»Natürlich«, sagte die Sprechstundenhilfe. »Aber beeilen Sie sich, wir werden bestimmt bald evakuiert. Die Bäche steigen über die Ufer.«

»Ich weiß«, antwortete Josie. »Wir kommen, so schnell wir können.«

Sie legte auf und wollte Gretchen die Neuigkeiten gerade mitteilen, als das Telefon auf ihrem Schreibtisch klingelte. Es war Dr. Feist. »Wir sind durch mit der Obduktion«, informierte sie Josie. »Könnt ihr in die Rechtsmedizin kommen, bitte? Da gibt es etwas, das euch bestimmt interessiert.«

NEUN

Dr. Feist saß am Schreibtisch und tippte an ihrem Computer vor sich hin, als Josie und Gretchen ankamen. Ihr Büro war das genaue Gegenteil zu dem sterilen Raum nebenan, in dem sie schon unzählige Untersuchungen an toten und verwesten Körpern vorgenommen hatte. Die Wände aus Betonziegeln waren blau gestrichen, und Dr. Feist hatte alles getan, um den Raum möglichst fröhlich und warm wirken zu lassen. Die Lampen verströmten ein sanfteres Licht als die typische grelle Deckenbeleuchtung im Rest der Klinik. Abstrakte Gemälde in beruhigenden Pastelltönen zierten die Wände. Und seit Josies letztem Besuch hatte Dr. Feist eine neue große Topfpflanze neben ihrem Schreibtisch aufgestellt.

»Detectives«, begrüßte sie die beiden mit einem verhaltenen Lächeln, »ich muss euch leider mit einem Mordopfer konfrontieren.«

»Das ist keine Überraschung«, entgegnete Gretchen, »wenn man bedenkt, wo sie gefunden wurde.«

Dr. Feist stand auf. Sie nahm von der Rückenlehne ihres Stuhls einen alten weißen Noppenpullover und streifte ihn über ihren blauen OP-Kittel. Dann zeigte sie auf den großen Umschlag unter Josies Arm: »Was habt ihr mir mitgebracht?«

»Zahnröntgenbilder«, antwortete Josie. »Wir glauben, die Identität des Opfers zu kennen.«

Sie reichte Dr. Feist den Umschlag, und die Rechtsmedizinerin ging ihnen in den großen Untersuchungsraum voran. Josies Blick wurde sofort von dem nächstgelegenen Seziertisch angezogen, aber er war mit einem Laken abgedeckt. Dr. Feist durchquerte den Raum, zog die Aufnahmen aus dem Umschlag und klemmte die erste davon vor den alten Röntgenbildbetrachter an der Wand. »Kann eine von euch meinen Laptop rüberbringen?«, fragte sie über die Schulter hinweg.

Gretchen holte ihn von der Ablagefläche neben dem Seziertisch. Dr. Feist klappte ihn auf, und nach der Entsperrung durch die Gesichtserkennung erschien der Startbildschirm. Mit ein paar Bewegungen ihrer schlanken Finger auf dem Touchpad öffnete Dr. Feist die Röntgenaufnahmen, die sie während der Obduktion gemacht hatte. Die beiden Ermittlerinnen sahen von hinten zu, wie sie die beiden Bilderserien verglich. Kurze Zeit später drehte sie sich mit dem Laptop in der Hand zu ihnen um und sagte: »Sie stimmen überein.«

Gretchen und Josie blickten sich an. Josie spürte auf einmal eine drückende Last auf ihren Schultern. Sie und Beverly waren in der Schule Erzfeindinnen gewesen, aber niemals hätte Josie ihr den Tod gewünscht. Nichts, was möglicherweise zwischen Beverly und Ray geschehen war, würde daran etwas ändern. Niemand verdiente ein Schicksal wie das von Beverly: ermordet, begraben und vergessen.

Dr. Feist ging an Josie und Gretchen vorbei zur Ablagefläche, stellte ihren Laptop dort ab und sah die beiden an: »Was wissen wir?«

Josie antwortete: »Ihr Name ist Beverly Urban. Nach den spärlichen Informationen, die wir bisher haben, können wir sagen, dass sie wahrscheinlich vor sechzehn Jahren ermordet wurde. Sie hatte gerade ihr vorletztes Schuljahr an der Denton East High School beendet.«

Gretchen zog ihr Notizbuch hervor und blätterte es durch. Dann setzte sie ihre Lesebrille auf und sagte: »Sie war gerade erst siebzehn geworden. Wir müssen noch weiter nachforschen, aber nach Josies Bericht hat sie zwar die elfte Klasse beendet, ist aber zum letzten Schuljahr nicht wieder erschienen, sodass sie möglicherweise irgendwann im Sommer 2004 ermordet wurde.« Gretchen nahm ihr Handy heraus und zeigte Dr. Feist das Jahrbuchfoto von Beverly.

»Aber wir müssen erst noch mit ihren Freundinnen und allen Verwandten sprechen, um herauszubekommen, wann sie Beverly tatsächlich das letzte Mal gesehen oder mit ihr gesprochen haben«, fügte Josie hinzu.

Dr. Feist sagte: »Nun, die Detektivarbeit überlasse ich euch. Meine Untersuchungsergebnisse passen dazu, dass es sich hier um ein etwa einen Meter siebzig großes, siebzehnjähriges Mädchen weißer Hautfarbe handelt, ausgehend von der Form ihres Schädels und den noch nicht verschlossenen Schädelnähten, der Größe ihres Mastoids, dem Zustand ihrer Wachstumsfugen und natürlich ihrer Beckenknochen. Ich werde euch nicht mit wissenschaftlichen Details langweilen, die ihr beide inzwischen sowieso zur Genüge kennt. Ihr bekommt eine Kopie meines Berichts. Aber was euch im Moment wohl am meisten interessieren dürfte, ist das hier.«

Sie wandte sich wieder ihrem Laptop zu und klickte sich durch digitale Röntgenaufnahmen, bis sie zu einigen Aufnahmen des Schädels kam. »Hier, könnt ihr das sehen, da hinten an ihrem Kopf? Das Loch in der Mitte und die ganzen Frakturen, die sternförmig davon wegführen? Das entspricht einem Einschussloch. Ich konnte die Kugel aus ihrem Schädel holen.«

Sie ging an ihnen vorbei zu einer anderen Stelle der Ablagefläche, wo eine kleine Edelstahlschale stand. Darin erkannte

Josie ein an einer Stelle abgeflachtes Projektil, das über die Jahre schwarz angelaufen war. Josie zog ein Paar Latexhandschuhe aus ihrer Jackentasche. »Darf ich?«

»Klar«, antwortete Dr. Feist und hielt ihr die Schale hin. Ich hab Hummel schon gefragt. Er sagt, er kann davon keine Fingerabdrücke abnehmen.«

Josie nahm das Projektil und hielt es in Augenhöhe. Gretchen kam näher und betrachtete es durch ihre Lesebrille. »Neun Millimeter«, sagte sie. »Oder was meinst du?«

»Ja«, meinte Josie. »Definitiv. Eine Pistole. Das muss zur ballistischen Analyse ans Labor der Staatspolizei geschickt werden.«

»Selbstverständlich«, sagte Dr. Feist.

Josie legte das Projektil zurück in die Schale, streifte ihre Handschuhe ab und warf sie in einen nahestehenden Mülleimer. Es lief ihr kalt den Rücken hinunter. »Man hat Beverly von hinten in den Kopf geschossen?«

»Ja«, meinte Dr. Feist mit einem Stirnrunzeln. »Aus den Maßen, die ich bei ihr genommen habe, und dem Aussehen der Einschussstelle lässt sich berechnen, dass die Person, die sie erschossen hat, etwa einsdreiundachtzig groß war, vielleicht ein paar Zentimeter mehr oder weniger. Es ist schwierig, einigermaßen genau zu sagen, aus welcher Entfernung der Schuss abgegeben wurde, zumindest ohne einen ballistischen Test, aber ich würde sagen, wer auch immer sie erschossen hat, war nicht mehr als einen knappen Meter von ihr entfernt.«

»Glaubst du, sie wurde im Stehen erschossen?«, fragte Gretchen.

»Ja. Wenn sie gekniet oder gesessen hätte, wäre das Einschussloch meines Erachtens eher oben an ihrem Kopf als hinten. Ein Einschusswinkel, wie wir ihn hier haben, wäre in diesem Fall wirklich sehr ungewöhnlich.«

»Aber unabhängig davon: Ein siebzehnjähriges Mädchen

von hinten in den Kopf zu schießen – das ist wie eine Exekution«, meinte Josie.

Dr. Feist nickte. »Ich sehe diese Art von Schusswunden eigentlich sonst nur, wenn es um irgendwelche Bandenkriege geht – oder bei Drogendeals, die aus dem Ruder gelaufen sind.«

Gretchen wandte sich Josie zu. »Hatte Beverly mit Drogen zu tun?«

»Ich kannte sie wirklich nicht besonders gut«, antwortete Josie. »Schwer zu sagen, aber das ist definitiv ein Aspekt, zu dem wir Ermittlungen anstellen können.«

»Das ist noch nicht alles«, verkündete Dr. Feist.

An der Haltung ihrer Schultern konnte Josie erkennen, dass das, was sie ihnen zeigen wollte, nichts Erfreuliches sein würde. Dr. Feist ging hinüber zum Seziertisch und zog vorsichtig das Laken von Beverlys sterblichen Überresten. Sie legte es beiseite, ging ans untere Ende des Tisches und zeigte mit dem Finger auf etwas. »Hier«, sagte sie mit sanfter Stimme. »Das habe ich Beverlys Becken entnommen. Ich nehme an, ihr wollt einen Test auf eventuell noch vorhandene DNA machen lassen.«

Josie trat einen Schritt näher und fühlte, wie ihr Herzschlag aussetzte. Die Knochen waren winzig und zart, fast wie die eines Vogels. Sie war erstaunt, dass etwas so Zerbrechliches sechzehn Jahre unter der Erde überdauert hatte. Sie, Gretchen und Dr. Feist standen um den Seziertisch und starrten auf die Knöchlein, die Dr. Feist aus dem größeren Körper geholt hatte. Alle drei senkten für einen Augenblick die Köpfe in stillem Gedenken an dieses Leben, das so abrupt beendet worden war, noch ehe es richtig begonnen hatte.

Gretchen räusperte sich: »Wie weit war sie?«

Dr. Feist antwortete: »Ich schätze, sie war im fünften Monat schwanger, als sie umgebracht wurde.«

»Guter Gott!«, sagte Josie.

ZEHN

2004

Eine Schweißperle rann Josie über das Gesicht. Sie rutschte unbehaglich auf ihrem Stuhl hin und her und konnte sich nicht im Geringsten auf die Ausführungen ihres Chemielehrers konzentrieren. Im Klassenzimmer roch es nach Körperausdünstungen und dem Parfüm, das einige der anderen Mädchen benutzten, um diese zu überdecken. Die Klimaanlage in der Denton East High war ausgerechnet am bisher heißesten Tag des Jahres ausgefallen. Nicht einmal durch die offenen Fenster kam der geringste Windhauch herein. Josie sah auf die Wanduhr und war erleichtert, dass es nur noch fünf Minuten waren, bis die Schulglocke zum letzten Mal an diesem Tag läuten würde. Sie sehnte sich nach einer Dusche. Plötzlich traf sie etwas von hinten an der Schulter. Ein zusammengefalteter Zettel landete neben ihrem Tisch. Hinter ihr wurde gekichert.

»Gibt es ein Problem?«, fragte Mr Rand.

Josie hörte hinter sich ein Mädchen »Hört auf, Leute!« zischen. Es klang nach Lana.

Ein anderes Mädchen sagte laut: »Nein, alles gut. Josie ist nur was runtergefallen.«

Mr Rand starrte Josie an, bis sie sich vornüberbeugte und

das Stück Papier aufhob. Sie behielt es in der Hand und lächelte Mr Rand unbeholfen an.

»Ms Matson«, sagte er. »Ist das etwas, worüber ich beunruhigt sein sollte?«

Die anderen in ihrem Jahrgang hatten schon den ganzen Tag gegen Josie gestichelt, aber sie würde den Teufel tun und sie verpfeifen. *Aufmerksamkeit ist genau das, was sie wollen,* sagte ihre Großmutter immer, *also beachte sie einfach nicht.* Außerdem wollte Josie auf keinen Fall als Mimose und Heulsuse gelten, die die anderen verpetzte. Niemand tat das. Auch Josie regelte die Dinge lieber selbst. »Nein«, antwortete sie Mr Rand deshalb und schob den Zettel hinten in ihr Chemiebuch.

Mr Rand machte einen Schritt auf sie zu und ließ seinen Blick auf ihrer Brust verweilen. Josie wünschte, sie hätte sich nicht bis auf ihr Tanktop ausgezogen. Ehe er jedoch etwas sagen konnte, läutete die Schulglocke. Alle erhoben sich von den Stühlen und drängten in Richtung Tür. Josie ignorierte die anhaltenden Sticheleien hinter ihrem Rücken und reihte sich in den Pulk von Schülern ein, die möglichst schnell in den Flur gelangen wollten, wo es aber kaum kühler war. Sie schwamm im Strom mit, bis zu ihrem Spind.

»Schau dich lieber schon mal nach einem neuen Begleiter für den Abschlussball um«, sagte eine Stimme hinter ihr. Josie drehte sich nicht um, sondern konzentrierte sich darauf, ihr Spindschloss aufzubekommen.

Eine andere Stimme fiel ein: »Ja, genau. Viel Glück! Mit so einer will doch eh niemand zum Ball gehen.«

Wut kochte in Josies Magen auf und sie öffnete die Spindtür so schwungvoll, dass diese gegen den Nachbarspind knallte. Sie atmete tief durch, begann, ihre Bücher zu sortieren, und konzentrierte sich darauf, welche sie nach der Schule mit nach Hause nehmen musste. Als sie ihr Chemiebuch in den Spind legte, hielt sie unwillkürlich in der Bewegung inne.

Schau dir den Zettel gar nicht erst an, sagte eine Stimme in ihrem Kopf. *Sind eh alles Lügen. Gerüchte.*

»Nichts davon ist wahr«, murmelte sie vor sich hin. Aber dieses spezielle Gerücht ging jetzt schon zum dritten Mal in diesem Schuljahr durch die Denton East.

Ihre Finger zogen den Zettel heraus. Als sie ihn auseinanderfaltete, war ein gezeichnetes Herz zu sehen. Schwarze Tinte. Mit einem Pfeil mittendurch. Im Herz standen die Namen Ray und Beverly. Das Papier raschelte, als sie es in ihrer Hand zerknüllte. Sie schlug die Spindtür zu, schulterte ihren Rucksack mit den Büchern und steuerte auf den nächstgelegenen Mülleimer zu, froh, dass die meisten Schüler schon heimgegangen waren.

Sie wappnete sich innerlich gegen die Bullenhitze im Treppenhaus, drückte die Tür auf – und wäre fast mit Beverly Urban zusammengestoßen.

»Pass doch auf«, sagte Beverly mit schriller Stimme.

Josie spürte ein Flattern in ihrer Brust. »Pass du doch auf«, fauchte sie zurück.

»Sag mir nicht, was ich zu tun habe, du Loserin«, antwortete Beverly.

Josie drängte sich an ihr vorbei in Richtung Treppe und meinte über die Schulter hinweg: »Ach ja, ich bin also die Loserin? Wenigstens habe ich es nicht nötig, Gerüchte über die Freunde anderer Mädchen zu erfinden, nur damit es so aussieht, als würde jemand mit mir zusammen sein wollen. Besorg dir gefälligst einen eigenen Freund!«

Beverly atmete hörbar aus, und plötzlich spürte Josie einen kräftigen Stoß gegen ihren Rucksack. Die Treppenstufen flogen ihr entgegen. Sie riss die Hände nach oben, um sich irgendwo festzuhalten, aber es war zu spät. Nur der schwere Rucksack dämpfte ihren Sturz etwas, als sie die Treppe hinunterfiel und mit dem Gesicht nach unten auf dem Treppenabsatz liegenblieb. Sie rappelte sich wieder hoch, und während sie zu Beverly hinaufstarrte, machte sie in Gedanken eine kurze Bestandsaufnahme ihres Körpers. Ihr linkes Knie schmerzte, genauso wie beide Hände und Handgelenke. Auch ihre rechte Schulter fühlte sich irgendwie seltsam an. Aber gebrochen war wohl nichts. Sie fuhr sich mit den Händen über Gesicht und Kopf, aber da war kein Blut. Beverly sah ihr von oben zu; ihre Brust hob und senkte sich und sie hatte einen sonderbaren Gesichtsausdruck. War es Triumph? Schadenfreude?

»Was hast du denn für ein Problem?«, schrie Josie. »Du hättest mich umbringen können!«

Beverly schritt langsam und beinahe majestätisch die Treppe herunter, wie eine Königin, die auf eine Untergebene herabschaut. Als sie unten angekommen war, streifte sie Josie und warf ihr dabei einen vernichtenden Blick zu. »Schade, dass ich es nicht getan hab. Ray hat nämlich was Besseres verdient.«

Josies Faust schnellte nach vorn und traf Beverlys linke Augenhöhle. Beverly stieß einen spitzen Schrei aus und fasste sich mit beiden Händen ins Gesicht. Das wird Spuren hinterlassen, dachte Josie und bereute sofort, was sie getan hatte. Sie hatte bereits Ärger mit dem Direktor und ihrer Grandma. »Du musst lernen, diese Impulse zu kontrollieren«, sagten sie ihr jedes Mal, wenn sie wieder zu einem Gespräch mit den beiden erscheinen musste. Der Direktor hatte sie nur deswegen noch nicht vom Unterricht suspendiert, weil Lisette ihn immer wieder an die Misshandlungen erinnerte, denen Josie durch ihre Mutter ausgesetzt gewesen war, ehe sie in Lisettes Obhut gekommen war. Josie hasste es, dass Lisette das immer wieder zur Sprache brachte, aber so konnte sie wenigstens an der Schule bleiben. Normalerweise hatte Josie überhaupt keine Verhaltensprobleme. Die Gespräche mit der Schulleitung waren fast immer die Folge von Auseinandersetzungen, an denen Beverly beteiligt war. Dennoch war Beverly bis zu diesem Tag noch nie offen gewalttätig gegen Josie geworden, und auch Josie hatte sie noch niemals geschlagen, obwohl ihr schon oft danach gewesen war.

Beverly nahm die Hände von ihrem Gesicht. Zu Josies Erstaunen liefen ihr Tränen über die Wangen. »Spinnst du?«, keuchte sie. »Du ... du hast mich geschlagen. Du hättest mir ... Ich ...«

Der Satz wurde von einem Schluchzer erstickt. Beverlys Reaktion war so untypisch für sie, dass Josie völlig sprachlos war. Beverly war die Mobbing-Queen und in der ganzen Schule wegen ihrer Grausamkeit gefürchtet. Sie hatte noch niemals geweint, vor niemandem. Völlig perplex starrte Josie die schluchzende Beverly an. Langsam machte der Treppensturz sich schmerzhaft an verschiedenen Stellen ihres Körpers bemerkbar, und sie merkte plötzlich, wie ihr der Schweiß übers Gesicht lief.

Die Tür oben an der Treppe schwang auf, und Mr Rand erschien über ihnen. Kopfschüttelnd meinte er: »Ab zum Direktor, Mädchen. Aber dalli!«

Eine Stunde später saß Josie auf einer Bank vor dem Büro des Schuldirektors. Nach Stunden des Schwitzens klebten ihr die Kleider förmlich auf der Haut. Ihr linkes Knie pochte schmerzhaft. Drinnen versuchte ihre Großmutter noch immer, den Direktor davon zu überzeugen, sie nicht zu suspendieren.

»Jo, da bist du ja!« Ray stand vor ihr. Josie rang sich ein Lächeln ab. Er kniete sich vor sie und berührte ihr Gesicht. »Nicht«, sagte sie. »Ich bin total verschwitzt. Ich stinke sicher.«

Ray lächelte. »Die ganze Schule stinkt. Ich hab gehört, was passiert ist. Alles gut bei dir?«

Josie wandte den Blick von ihm ab. »Du solltest dir lieber Sorgen machen, ob es deiner Freundin gut geht.«

»Aber ich hab dich doch grade danach gefragt.«

Sie sah ihm intensiv in die Augen. »Du weißt, was ich meine. Die ganze Schule glaubt, dass du hinter meinem Rücken mit Beverly schläfst. Dass du mit ihr zum Abschlussball gehst.

Die ersten paarmal, als dieses Gerücht umging, war es ja noch ganz amüsant. Aber jetzt frag ich mich doch langsam, ob da was dran ist, Ray. Du kennst ja dieses Sprichwort, oder? Wo Rauch ist, ist auch Feuer.«

Ray verdrehte die Augen. Er setzte sich neben sie, legte den Arm um ihre Schultern und zog sie an sich. Sein Baseballtrikot fühlte sich an ihrer Wange kratzig an. Unwillkürlich schmiegte sie sich an ihn und spürte eine Woge der Erleichterung.

»Da ist kein Feuer. Du glaubst doch diese Gerüchte nicht etwa, Jo? Sag mir, dass es nicht so ist«, meinte Ray.

»Ich weiß nicht mehr, was ich glauben soll.«

Ray hob mit einem Finger Josies Kinn an, sodass sie ihm ins Gesicht sehen musste. »Glaub an mich«, sagte er. »Glaub an uns. Ich hab mich in meinem ganzen Leben noch nicht mal unterhalten mit Beverly Urban. Sie interessiert mich nicht. Niemand außer dir interessiert mich. Ich liebe dich, Jo. Das weißt du.«

Josie sah ihm fest in die Augen. Ray wischte einen Schweißtropfen von ihrer Stirn. »Es geht nur um dich und mich, Jo. Um niemanden sonst. Du weißt, was zwischen uns ist. Ich weiß, dass du es genauso spürst. Was du und ich durchgemacht haben mit deiner Mom und meinem Dad ... Niemand könnte dich je ersetzen, Jo. Lass die Gerüchte Gerüchte sein. Das hier ist real.«

Josie versuchte, sich Ray und Beverly vorzustellen, wie sie sich trafen, sich küssten, sich umarmten. Es gelang ihr nicht. Außerdem verbrachten sie und Ray den Großteil ihrer Freizeit miteinander. Wann sollte er überhaupt Zeit haben, mit Beverly rumzumachen? Das ging definitiv nicht, allein schon wegen des Baseballtrainings. Beverlys bevorzugtes Lebensziel seit der siebten Klasse schien zu sein, Josie das Leben schwerzumachen. Womit hätte sie das besser erreichen können, als damit, bei Josie Zweifel darüber zu säen, ob Ray ihr treu war?

»Du hast recht«, sagte Josie. »Tut mir leid, dass ich an dir gezweifelt hab. Das war einfach ein ... Scheißtag.«

Die Tür zum Büro flog auf und Beverly kam heraus, allein und hemmungslos schluchzend. Josie war sich nicht sicher, ob sie seit dem Vorfall im Treppenhaus überhaupt damit aufgehört hatte. Beverly presste sich ein Taschentuch aufs Gesicht. Sie drehte sich zu den beiden um, sah sie kurz an und rannte dann fluchtartig durch den Flur davon.

»Sie benimmt sich echt sonderbar«, meinte Josie zu Ray.

Er lachte. »Wen interessiert es schon, wie Beverly Urban sich benimmt? Sie hat dich die Treppe runtergestoßen, verdammt noch mal!«

Josie sah auf ihre Armbanduhr. »Du bist spät dran fürs Training, Ray. Der Trainer wird dich umbringen.«

Ray drückte sie. »Du bist wichtiger als jedes Baseball-training.«

Josie schob ihn von sich und stand auf. »Wir reden hier über die State Championship, Ray. Du musst dringend los. Lass uns gehen. Ich sag meiner Großmutter nur noch schnell Bescheid, dass wir zum Baseballfeld rüberlaufen.«

Ray wartete, während sie zurück ins Büro ging und dort in das Krisengespräch zwischen dem Direktor, ihrer Großmutter und Beverlys Mutter platzte. Als sie ihre Großmutter informiert hatte, wo sie zu finden sein würde, ging sie wieder in den Flur hinaus. Ray sprang auf und griff nach ihrer Hand. Als sie gemeinsam fortgingen, blickte Josie noch einmal über die Schulter zurück, aber Beverly war nirgends mehr zu sehen.

ELF

»Wir müssen noch mal mit Plummer sprechen«, sagte Josie, als sie aus der Rechtsmedizin zurück zum Auto gingen.

»Ja«, stimmte Gretchen ihr zu. »Gute Idee, dort anzufangen.«

Gretchen suchte mit ihrem mobilen Datenterminal nach seiner Adresse in Quail Hollow. Josie saß derweil am Steuer und in ihrem Kopf drehte sich alles. Beverlys Schicksal ließ sie nicht los. Das Mädchen hatte ihr jahrelang das Leben schwer gemacht, war ihr gegenüber grausam, manchmal sogar gefährlich gewesen. Josie war erleichtert gewesen, als Beverly im letzten Schuljahr nicht mehr an die Denton East zurückgekehrt war, doch jetzt sah Josie sie in einem ganz anderen Licht. Beverlys Mutter war in finanzielle Schwierigkeiten geraten. Es hatte schon in der Schulzeit entsprechende Gerüchte gegeben, die Plummers Unterlagen nun bestätigt hatten. Beverly war siebzehn Jahre alt gewesen — und schwanger. Wer war der Vater? Hatte Vera es gewusst? Hatte irgendjemand es gewusst? Josie versuchte, weitere Erinnerungen an Beverly hervorzukramen, aber die meisten waren bruchstückhaft und vage. Die

Highschoolzeit schien ihr eine Ewigkeit her zu sein, kam ihr vor wie das Leben einer anderen Person.

»Schau dir mal das an!«, bemerkte Gretchen, als sie Quail Hollow erreicht hatten und an der Zufahrt zur Siedlung anhielten. »Demonstranten.«

Zu beiden Seiten des Schildes mit dem Namen der Siedlung stand eine Handvoll Menschen in Regenponchos und mit Schirmen. Auf den selbstgebastelten Transparenten las Josie Parolen wie: *Quail Hollow = Diebe und Verbrecher, Charleston ist Bürgermeisterin, keine Diktatorin!, Dutton ist ein Betrüger!* und *Bringt die Hochwasserbarrieren zurück.* Einer von ihnen hielt ein Schild in die Höhe, auf dem sowohl *Wählt Dutton!* und *Wählt Charleston!* stand, wobei die Namen beider Kandidaten wütend mit Rotstift durchgestrichen worden waren. Die Menge drängte nach vorne, als Josie in die Siedlung einbog. Sie machte eine Frau, die ihr in dem Pulk der Demonstranten am nächsten war, durch ein Winken auf sich aufmerksam. Diese blieb stehen, drehte sich dann um und bedeutete den anderen anzuhalten. »Das ist Detective Quinn«, erklärte sie. Die anderen Demonstranten grüßten die beiden Ermittlerinnen begeistert und ließen sie vorbeifahren.

»Da wundert es niemanden, dass der Chief einen Wutanfall bekommen hat«, sagte Gretchen. »Als ob das mit der Überschwemmung nicht schon schlimm genug wäre. Aber das hier wächst sich ja allmählich zu einem regelrechten Skandal aus.«

Sie fuhren auf einem verschlungenen Weg durch die Siedlung. Zweimal mussten sie einen Umweg nehmen, da die Straßen gesperrt worden waren, nachdem der Kanal über die Ufer getreten war und das neu bebaute Areal in Mitleidenschaft gezogen hatte. Schließlich erreichten sie eines der ursprünglichen Sträßchen, wo die Häuser etwas älter, herrschaftlicher und ein Stück zurückgesetzt waren. Calvin Plummer wohnte in einem großen, von pinkfarbenen Azaleenbüschen eingerahmten Haus im Tudor-Stil. Josie fuhr in die

Einfahrt und parkte ihren Wagen hinter einem kleinen Subaru mit einer Delle an der hinteren Tür auf der Fahrerseite.

»Von einem Anwalt aus Quail Hollow hätte ich eigentlich erwartet, dass er ein etwas schickeres Auto fährt«, merkte Gretchen an.

»Das ist ja auch nicht seines«, erklärte Josie ihr. »Es gehört der Sekretärin. Ich habe es draußen vor dem Haus stehen sehen, als wir aus seinem Büro kamen. Sie kann froh sein, dass es das Auto nicht davongeschwemmt hat.«

Gretchen verzog das Gesicht, als müsste sie würgen. »Ich fürchte, dieser Besuch wird noch widerlicher als der in seinem Büro.«

An der wuchtigen hölzernen Haustür prangte ein riesiger eiserner Türklopfer in Form eines Löwenkopfes. Josie hob den Ring an und ließ ihn mehrmals gegen die Tür knallen. Nach einer ziemlich langen Weile schwang diese auf und vor ihnen stand Tammy, diesmal in einer engen Jeans und einem figurbetonten T-Shirt. In Freizeitkleidung wirkte sie noch jünger.

»Wir müssen mit Mr Plummer sprechen«, erklärte Gretchen.

Wortlos führte Tammy sie durch die geräumige, extravagant eingerichtete Diele in eine große Küche. Die weißen Marmorfliesen korrespondierten perfekt mit den cremefarbenen Schrankfronten, die mit dekorativen Zierleisten und silberglänzenden Griffen versehen waren. Die Granitarbeitsflächen hatten die Farbe von weißem Sand. Selbst die Küchengeräte waren weiß. An dem freistehenden Esstisch mitten im Raum saß Calvin Plummer, in kakibrauner Hose und Polohemd, in der einen Hand eine Zeitschrift, in der anderen eine Gabel. Er pikste gerade ein paar Nudeln auf und stopfte sie sich hastig in den Mund, wobei er sich weit über den Teller beugte, damit die Soße, die ihm das Kinn hinunterlief, nicht auf seinem Hemd landete. Gegenüber von Plummer stand ein zweiter halb abgegessener Teller. Tammy nahm wieder Platz und stürzte sich auf ihr Essen, als wären Josie und Gretchen gar nicht anwesend.

Plummer schaute auf. »Hätte nicht erwartet, Sie beide noch mal zu sehen. Was gibt's?«

»Wir haben das Mordopfer, das unter dem Fundament Ihres Hauses in der Hempstead Road begraben war, eindeutig identifiziert«, sagte Josie.

Plummer legte Gabel und Zeitschrift beiseite, wischte sich den Mund mit einer Serviette ab und lehnte sich in seinem Stuhl zurück. Sein Gesicht zeigte keinerlei Gefühlsregung. »*Mordopfer?*«

»Ja«, entgegnete Josie.

»Und wie ist das passiert?«

»Ein Kopfschuss«, erklärte Gretchen ihm. »Sie hieß Beverly Urban. Siebzehn Jahre alt. Wir glauben, dass sie eine Ihrer Mieterinnen war.«

Tammy lauschte mit weit aufgerissenen Augen; ihre Gabel verharrte auf halber Strecke zwischen Teller und Mund.

Plummer kratzte sich am Kinn. »Urban. Dann war das die Tochter, oder? Ich hatte das Haus an ihre Mutter vermietet. Wie war gleich noch mal ihr Name?«

»Vera«, klärte Josie ihn auf.

Er nickte. »Stimmt, so hieß sie. Die war eine Weile lang meine Mieterin. Alleinerziehende Mutter. Eine nette Frau, aber im letzten Jahr, als sie dort wohnte, geriet sie mit der Miete in Rückstand. Ich leitete ein Räumungsverfahren ein, aber dann war sie von einem Tag auf den nächsten fort. Hat ihre ganzen Sachen mitgenommen.«

Josie und Gretchen warfen einander einen zweifelnden Blick zu. Gretchen zog ihr Notizbuch hervor und begann mitzuschreiben. »Sie hat alle ihre persönlichen Dinge mitgenommen?«

»Die meisten, ja. Den ein oder anderen Nippes hat sie dagelassen. Und die ganzen Möbel. Ich dachte mir, dass sie sich aus dem Staub gemacht hat, weil sie mir noch einiges an Miete schuldete. Also habe ich die Möbel verkauft und die Kaution für ein paar Reparaturarbeiten verwendet. Ich hab nie mehr was von ihr gehört.«

Gretchen fragte: »Was für Reparaturarbeiten waren das denn?«

Er zuckte mit den Achseln. »Das weiß ich nicht mehr so genau. Ich musste bei jedem Mieterwechsel jemanden kommen lassen, der die Wände streicht.«

»Sind im Keller auch irgendwelche Arbeiten durchgeführt worden?«

»Das kann ich Ihnen wirklich nicht mehr sagen. Wissen Sie, ich muss mich um sechs Mietobjekte, mein Büro und dieses große, alte Haus hier kümmern. Und das alles ist sechzehn Jahre her. Ich bin mir sicher, dass es im Lauf der Jahre mal Reparaturarbeiten in der Hempstead Road gab, aber ich erinnere mich nicht mehr im Detail an alle. Eine Sache aber kann ich Ihnen sagen: Ich habe für alles, was in diesen Mietshäusern gemacht werden musste, eine Genehmigung gebraucht. Warum fragen Sie nicht einfach bei der Bauaufsichtsbehörde nach?«

»Das werden wir machen«, gab Gretchen zurück. »Haben Sie selbst denn keine Unterlagen zu den Reparaturarbeiten an Ihren Mietobjekten mehr?«

»Vielleicht, für das Finanzamt«, antwortete er. »Aber von damals habe ich bestimmt nichts mehr.«

Josie fragte: »Und Beverly? Können Sie sich noch an sie erinnern?«

»Nein, tut mir leid. Nicht so genau. Ich weiß nicht, ob ich das Mädchen überhaupt jemals gesehen habe. Ich weiß nur, dass Vera eine Tochter hatte. Sie musste ja angeben, wer noch bei ihr wohnt. Außerdem war es für sie immer ein großes Thema, dass sie alleinerziehend war. Es gab kein Gespräch mit ihr, bei dem sie das nicht erwähnt hätte.«

»Wissen Sie vielleicht, ob es jemals irgendwelche Männer gab, die bei Vera wohnten oder mit ihr zusammenlebten?«

»Nein«, gab Plummer zurück und seufzte genervt. »Hören Sie, ich lerne meine Mieter in der Regel nicht näher kennen, okay? Sie senden mir ihre Schecks mit der Miete und rufen mich an, wenn es einen Wasserrohrbruch gibt. Dann rufe ich eine Baufirma an und beauftrage sie mit der Reparatur. Das ist alles. Ich habe nichts mit diesen Leuten zu tun. Da gibt es keinen engeren Kontakt.«

»Verstehe«, sagte Josie. »Haben Sie eine Liste mit den Baufirmen, die regelmäßig für Sie arbeiten?«

»Natürlich. Tammy kann sie Ihnen schicken. Haben Sie eine E-Mail-Adresse?«

Gretchen schrieb sie auf einen Zettel und gab ihn Tammy.

»Noch eine letzte Frage«, fuhr Josie fort. »Besitzen Sie irgendwelche Schusswaffen?«

Plummer senkte den Kopf; ein Lächeln umspielte seine Lippen. »Na klar«, sagte er. »Sie glauben, dass ich dieses Mädchen getötet habe.« Er stand auf und ging aus dem Zimmer. »Kommen Sie mit«, rief er und bedeutete ihnen mit einem Winken, mitzukommen.

Josie und Gretchen folgten Plummer durch mehrere Flure bis zu einem Arbeitszimmer, in dem etliche Bücherregale aus blank poliertem Holz und ein wuchtiger Schreibtisch standen. An einer Wand befand sich ein großer Waffenschrank und hinter dem Glas zählte Josie drei Gewehre und eine Schrotflinte. Eine Neun-Millimeter war nicht dabei. Gretchen untersuchte die Waffen genauer und notierte sich die Modelle. »Ich bin früher auf die Jagd gegangen, aber das ist ewig her«, erzählte Plummer. »Geschossen hab ich eigentlich nie was, aber die Waffen hier hab ich trotzdem behalten.«

»Pistolen oder Revolver besitzen Sie nicht?«, hakte Josie nach. »Um sich und Ihr Heim zu verteidigen?«

»Nein«, antwortete Plummer.

Über die staatliche Polizeibehörde oder das FBI würden sie problemlos überprüfen können, ob er die Wahrheit sagte oder nicht. »Vielen Dank, dass Sie sich die Zeit genommen haben, Mr Plummer«, sagte Josie. »Und wir bekommen dann noch diese Liste mit Baufirmen von Ihrer ...«

»... Sekretärin«, ergänzte er eilig.

Die beiden Ermittlerinnen verabschiedeten sich und gingen zum Auto zurück. Inzwischen nieselte es nur noch leicht, wie Josie mit großer Erleichterung feststellte. Irgendwann musste dieser Regen doch aufhören, fand sie. Als sie losfuhren, verzog Gretchen angewidert das Gesicht. »Ein Typ wie der? Mit einer Vorliebe für junge Frauen?«, sagte sie zweifelnd. »Kann eigentlich gar nicht sein, dass ihm Beverly Urban nicht aufgefallen ist, so attraktiv, wie sie war.«

»Außer er sagt die Wahrheit und ist ihr tatsächlich nie über den Weg gelaufen«, wandte Josie ein, als sie Quail Hollow hinter sich ließen und dem Pulk von Demonstranten noch einmal zuwinkten. »Sieht nicht so aus, als wäre er jemand, der etwas mit seinen Mietern zu schaffen haben will, solange sie brav und pünktlich bezahlen.«

»Stimmt«, pflichtete Gretchen ihr bei. »Aber ich denke, dass wir ihn trotzdem nicht völlig außer Acht lassen sollten.«

»Dann schreib ihn mit auf die Liste«, sagte Josie. *Zusammen mit Ray*, fügte sie im Geiste hinzu.

Gretchen zog ihr Handy heraus. »Es ist schon spät«, sagte sie. »Wir müssen eh noch auf die Liste mit den Baufirmen von ›Sekretärin‹ Tammy warten und die Bauaufsichtsbehörde hat auch schon geschlossen. Ich weiß ja nicht, wie es dir geht, aber ich bin hundemüde. Sollen wir Feierabend machen?«

»Okay«, stimmte Josie ihr zu. »Ich nehm aber noch das Jahrbuch mit nach Hause und versuche mal, eine Liste mit den engsten Freundinnen von Beverly zu schreiben.«

ZWÖLF

Als Josie nach Hause kam, brannte im Erdgeschoss noch Licht. Beim Hineingehen begrüßten die beiden Hunde sie stürmisch. Drinnen duftete es nach allen möglichen leckeren Dingen. Harris lag in seinem Spiderman-Schlafanzug auf dem Sofa und schlief schon. Misty rief aus der Küche: »Bist du das, Josie?«

»Ja«, antwortete Josie, die sich auf den Boden gekniet hatte, um die Hunde zu streicheln. Pepper hatte schon bald das Interesse verloren, doch Trout blieb bei ihr und schmiegte sich mit seinem kleinen, dicken Körper in Josies Hände.

»Ich mach gerade einen Braten«, sagte Misty. »Du hast hoffentlich noch nicht gegessen, oder?« Sie streckte den Kopf aus der Küche und sah Josie erwartungsvoll an. »Hast du irgendwen mitgebracht? Ich hab eine ganze Menge gekocht.«

Josie lächelte. »Nein, tut mir leid. Aber Noahs Auto steht in der Einfahrt. Ist er denn nicht zu Hause?«

»Er ist gerade unter der Dusche«, antwortete Misty und verschwand wieder in der Küche. »Wir essen in einer halben Stunde!«

Müde stieg Josie die Treppe hoch, gefolgt von Trout, der freudig mit dem Schwanz wedelte. Sie fand Noah im Schlafzimmer, mit nacktem Oberkörper, ein Handtuch locker um die Hüfte geschlungen. Er rubbelte sich gerade das dichte, braune Haar mit einem anderen Handtuch trocken. Manchmal nahm der Alltag sie beide so in Beschlag, dass Josie ganz vergaß, wie gut er aussah. Sie lehnte sich an die geschlossene Tür und ließ ihren Blick bewundernd über die muskulösen Umrisse seines Körpers wandern. An einer kreisrunden Stelle an seiner Schulter, wo eine Narbe wulstig hervortrat, blieb er hängen — bei dem Anblick überkamen sie immer noch heftige Schuldgefühle. Sie hatte ihn einmal angeschossen. Er hatte ihr das längst verziehen, doch sie selbst würde es sich wohl nie verzeihen können.

»Hey«, begrüßte Noah sie und warf das Handtuch, mit dem er sich die Haare getrocknet hatte, aufs Bett. Seine braunen Locken standen in alle Richtungen ab. Josie ging zu ihm und strich sie ihm aus dem Gesicht. Er legte seine Hände auf ihre Unterarme und lächelte sie an. »Ich hab dich heute in den Nachrichten gesehen.«

Sie zog die Brauen hoch. »Ich dachte, du warst den ganzen Tag im Einsatz. Hattest du da Zeit zum Fernsehen?«

Er zog Josie an sich und schloss sie in seine Arme. Sie legte ihre Wange an seinen warmen Körper. »Mett und ich waren danach noch auf dem Revier und haben es von ein paar Jungs von der Streifenpolizei dort aufgeschnappt. Das Video auf der Website von WYEP zu finden, war dann nicht mehr schwer. Ich bin so froh, dass es dir gut geht.«

Sie trat einen Schritt zurück und sah ihn an. Zum Glück hielt er ihr keine Strafpredigt, weil sie sich in Gefahr begeben hatte. »Hast du schon von der Pressesprecherin gehört, die die Bürgermeisterin uns geschickt hat?«, fragte sie ihn.

»Ich hab sie sogar schon gesehen. Sie kam nach irgendeinem Meeting mit der Bürgermeisterin hinter dem Chief ins Revier gestöckelt, in bester Laune. Aber dann ging er in sein Büro und knallte ihr die Tür vor der Nase zu.«

Josie schüttelte den Kopf. »Dann scheint das Meeting ja super gelaufen zu sein.«

»Sieht so aus, als würden wir die nicht so bald wieder loswerden. Wobei Mett offenbar nicht allzu unglücklich darüber ist.«

»Was meinst du damit?«

»Na, was wohl? Ich glaube, er steht auf sie. Aber vielleicht hat er ja auch einfach nur versucht, sich von seiner Schokoladenseite zu zeigen.«

»Ach, komm schon, wann hat Mett das letzte Mal versucht, sich irgendwem von seiner Schokoladenseite zu zeigen? Für den gibt's doch nichts außer der Arbeit.«

»Heute nicht«, widersprach Noah und ließ Josie los. »Heute hat er nur Augen für diese Frau gehabt. Aber egal, erzähl mir lieber was über die Leiche.«

Während Noah sich anzog, saß Josie auf dem Bett und berichtete ihm alles, was sie und Gretchen heute herausgefunden hatten. Noah hörte schweigend zu.

»Wie war das noch mal: Du warst auf der Highschool zwei Jahre unter mir, oder?«, wollte Josie dann wissen.

»Drei«, antwortete Noah.

»Kannst du dich an Beverly erinnern?«

»Nein, leider nicht. Ich war ja noch nicht an der Denton East, als sie in ihrem vorletzten Jahr war.«

»Stimmt«, sagte Josie.

»Aber an dich und Ray kann ich mich sehr wohl erinnern.«

Josie starrte ihn an. Sie hatte Noah damals noch überhaupt nicht auf dem Schirm gehabt, sondern erst, als er ein paar Jahre nach ihr und Ray seinen Dienst auf dem Polizeirevier von Denton angetreten hatte.

Noah setzte sich neben sie und nahm ihre Hand. »Ich weiß, dass du mich nicht aus der Highschool kennst«, sagte er. »Ich hatte ja gerade erst dort angefangen und ihr beide wart schon in der zwölften Klasse. Wäre eher ungewöhnlich, wenn du dich an jemanden erinnern könntest, der in der neunten war.«

»Aber du kannst dich an mich erinnern?«, fragte Josie.

Noah errötete. »Ach, komm schon, Josie. Du weißt doch, dass ich von Anfang an in dich verknallt war.«

Sie machte große Augen. »Ich dachte, das war erst, als du hier bei der Polizei angefangen hast.«

Er schüttelte den Kopf. »Nein. Ich hatte schon in der Highschool ein Auge auf dich geworfen. Du warst damals sehr hübsch – so wie jetzt auch – und klug und ...«

»Und was?«

Er lachte. »Und du hast dir von niemandem etwas gefallen lassen.«

Sie saßen beide eine ganze Weile lang schweigend da. Dann sagte Josie: »Das wusste ich nicht. Erinnerst du dich auch an Ray?«

»Natürlich«, antwortete Noah. »Ich war ganz schön eifersüchtig auf ihn. Jahrelang war ich eifersüchtig auf den Kerl.«

Dann hörte man Misty von der Küche aus rufen und das Gespräch war beendet. Noah legte seine Hand auf Josies Oberschenkel. »Josie, ganz egal, was du im Zusammenhang mit diesen Ermittlungen über Ray herausfindest: Es wird alles gut werden, hörst du?«

Josie nickte, obwohl sie sich tief in ihrem Inneren nicht sicher war, ob Noah damit wirklich recht hatte. Das ganze Abendessen über spukten ihr Gedanken und Erinnerungen an die Highschoolzeit durch den Kopf. Noah, Misty und Harris blieb vermutlich nicht verborgen, wie abgelenkt sie war, doch sie ließen sich nichts anmerken. Nach dem Essen machte es sich Josie zusammen mit Trout, der sich fest an sie schmiegte, auf dem Sofa bequem und blätterte ihr altes Jahrbuch durch, während Noah im oberen Stockwerk dem fröhlich glucksenden Harris hinterherjagte und mit ihm eine Runde Fangen spielte.

Beverly hatte nicht viele Freundinnen gehabt. Es dauerte

nicht lange, bis Josie in dem Buch ihre beiden besten Freundinnen gefunden hatte: Kelly Ogden und Lana Rosetti. Josie kannte die beiden von der gemeinsamen Klassenleiterstunde, und in der elften Klasse hatte sie zusammen mit Lana Chemie gehabt. Die Mädchen waren Beverlys engste Verbündete gewesen — ihre »Komplizinnen«, wie Josies Großmutter Lisette sie genannt hatte. Beverly war die Anführerin des Trios, das die anderen Mädchen an der Schule wie eine dreiköpfige Schlange immer wieder malträtiert hatte. Während Kelly fast so gemein gewesen war wie Beverly und immer getan hatte, was diese von ihr verlangte, hatte Josie Lana als ein etwas netteres, einfühlsameres Mädchen in Erinnerung, das sich oft mit Beverly stritt.

Josie wusste noch genau, wie Lana zu Beginn der elften Klasse von den beiden anderen ausgeschlossen wurde, weil sie sich geweigert hatte, bei einem besonders üblen Streich mitzuspielen. Beverly hatte von ihr verlangt, dass sie einem Mädchen, das oft wegen ihres Übergewichts ausgelacht wurde, in der Handschrift des beliebtesten und attraktivsten Jungen ihrer Klasse ein Briefchen schrieb, in dem dieser sie bat, ihn zum Schulball zu begleiten. Lana ließ sich nicht darauf ein, sodass zum Glück nichts aus dem Plan wurde. Der Rest der Klasse bekam von der ganzen Sache erst dann etwas mit, als Beverly und Kelly auf Lana losgingen, weil diese nicht mitgemacht hatte. Die beiden sprachen nicht mehr mit ihr und erzählten herum, Lana hätte sich in den Sommerferien beim Achterbahnfahren in die Hose gemacht. Zwei Wochen lang saß Lana traurig und allein in der Cafeteria, dann nahmen Beverly und Kelly sie plötzlich und aus unerklärlichen Gründen wieder in ihr Trio auf. Josie hatte schon damals nicht nachvollziehen können, weshalb Lana weiterhin mit den beiden anderen befreundet geblieben war, obwohl diese ständig irgendwelche Gemeinheiten ausheckten, mit denen sie besonders wehrlose Mitschülerinnen quälen konnten, und obwohl auch sie immer wieder von den beiden abgestraft wurde, wenn sie bei ihren intriganten Spielchen nicht mitmachen wollte.

Josie zog ihren Laptop hervor, der – begraben unter einem ganzen Berg von Spielsachen – auf dem Couchtisch stand. Sie klappte ihn auf, um auf Facebook nach den beiden Frauen zu suchen. Kelly Ogdens Profilbild zeigte eine Frau, die wesentlich älter wirkte als Anfang dreißig; ihr braunes, am Ansatz schon leicht ergrautes Haar war zu einem straffen Pferdeschwanz zusammengefasst. Der Account war öffentlich, doch es gab nur wenige Fotos oder Posts. Was Josie jedoch herausfand, war, dass Kelly eine Tochter im Teenageralter hatte und in einem Supermarkt in Denton arbeitete. Bei Lanas Seite waren die Zugriffsrechte wesentlich strenger; ihr Profilbild zeigte sie neben einem Mann und einem kleinen, blonden Jungen an irgendeinem Strand. Alle drei lächelten. Lana sah aus wie aus einem Hochglanzmagazin: Das lange, blonde Haar wehte im Wind, die Haut war sonnengebräunt, ihre blauen Augen strahlten. Josie meldete sich bei Facebook ab und loggte sich in eine der Datenbanken der Polizei ein. Schon einen Augenblick später hatte sie Kellys Adresse in Denton herausgefunden. Zu Lana gab es gleich mehrere alte Adressen, doch als aktueller Wohnort war ebenfalls Denton angegeben.

Die Vorstellung, sich mit einer der beiden Frauen unterhalten zu müssen, war für Josie nicht gerade verlockend. Sie kramte nicht gerne in Erinnerungen an ihre Highschoolzeit, aber jetzt blieb ihr wohl nichts anderes übrig. Jemand hatte das Mädchen, von dem sie damals tyrannisiert worden war, ermordet, und es war nun mal ihre Aufgabe, den Täter oder die Täterin zu finden und hinter Gitter zu bringen.

Das Klingeln von zwei Handys gleichzeitig ließ Josie hochschrecken. Noah und Harris, die gerade in der Diele waren, hörten auf zu spielen. Noah holte sein Handy aus der Hintertasche seiner Jeans. »Es ist Mettner«, sagte er.

Josie griff nach ihrem Handy, das auf dem Couchtisch lag. »Und ich hab den Chief dran.«

Noah seufzte. »Das bedeutet nichts Gutes.«

Er wischte über das Display, um den Anruf anzunehmen. Josie tat dasselbe und hörte schon im nächsten Moment Chief Chitwood ins Telefon brüllen: »Quinn! Ich brauche jemanden unten beim Einkaufszentrum in South Denton. Da waren Plünderer am Werk. Müssen ziemlich viele sein. Die Polizei hat sie eingekesselt, aber ihre Personalien müssen noch aufgenommen werden.«

»Ich dachte, South Denton steht einen Meter unter Wasser«, wunderte sich Josie.

»Aber das hat die Plünderer anscheinend nicht abgehalten«, sagte Chitwood.

Mit diesen Worten legte er auf. Josie schaute Noah an, der eben sein Gespräch mit Mettner beendet hatte. »Ich mach das«, sagte er. »Mett ist auch schon auf dem Weg dorthin.«

Josie überlegte kurz, ob sie widersprechen sollte, doch sie war wirklich erschöpft. Sie lächelte Noah an. »Ich übernehm dann den nächsten Anruf.«

DREIZEHN

Es war mitten in der Nacht, als Noah zu Josie ins Bett geschlüpft kam. Er stupste dem schläfrig grunzenden Trout, der in der Zwischenzeit seinen Platz eingenommen hatte, sanft in die Seite. Der Hund erhob sich und ließ sich umständlich an Josies Fußende nieder, sodass sie seinen pelzigen Rücken weich und warm an ihren Schienbeinen spürte. Sie öffnete die Augen und konnte in dem schwachen, grünlichen Licht, das die Zahlen auf ihren Weckern ausstrahlten, Noahs Gestalt ausmachen. »Und, wie war's?«, fragte sie ihn.

»Traurig«, antwortete er. »Das Spirituosengeschäft, der Spur-Mobile-Handyladen, diese kleine Boutique, die Apotheke — alles komplett leergeräumt. Nur den Buchladen haben sie verschont. Anscheinend lesen Kriminelle nicht.«

»Das ist ja übel«, gab Josie zurück. »Hast du alle erwischt?«

»Fünf von denen«, gab er zurück. »Aber die werden wahrscheinlich morgen oder übermorgen schon wieder freigelassen, sobald die Anklage steht. Die meisten waren von der East Bridge und haben durch die Überschwemmung ihren Schlafplatz verloren.«

In Denton gab es zwei Brücken: eine im Süden und eine im

Osten. Das Gelände unter der östlichen Brücke hatte sich schon vor längerer Zeit zu einem Treffpunkt für die Obdachlosen und Drogendealer der Stadt entwickelt.

Josie spürte, wie der Schlaf sie wieder übermannte und ihr die Augen zufielen. Noah berührte sie an der Wange. »Josie?«

Sie öffnete noch einmal die Augen und musste blinzeln, um ihn halbwegs scharf zu sehen. »Du solltest lieber auch schlafen«, sagte sie. »Es ist schon nach drei. In ein paar Stunden müssen wir wieder auf dem Revier sein.«

»Ich wollte nur ...«, fing er an, doch das Klingeln von Josies Handy ließ beide auffahren. Josie rollte sich zu ihrem Nachttisch hinüber und schaute auf das Display.

»Es ist die Leitstelle«, sagte sie.

Während sie die Nachttischlampe anknipste, griff sie nach dem Telefon und nahm den Anruf entgegen. »Quinn.«

»Detective Quinn?«, hörte sie eine Männerstimme. »Hier Officer Hiller. Entschuldigen Sie bitte, dass ich so spät noch störe, aber wir haben gerade eine Frau am Telefon, die mit Ihnen persönlich sprechen möchte.«

»Das ist doch nicht Ihr Ernst!«, gab Josie zurück. »Es ist mitten in der Nacht. Warum haben Sie denn nicht einfach eine Nachricht für mich entgegengenommen?«

Für einen kurzen Moment war es still. Dann sagte Hiller: »Ich dachte mir, Sie wollen bestimmt selbst mit ihr sprechen. Die Frau wusste den Namen der Ermordeten von der Hempstead Road.«

Josie setzte sich kerzengerade auf. Am Fußende des Bettes hob Trout den Kopf und spitzte die Ohren. Als Noah auf die Bettdecke neben sich klopfte, rappelte er sich auf und kuschelte sich an Noahs Bauch. Josie fragte: »Was genau hat sie gesagt?«

»Sie rief an und sagte, sie müsse mit Detective Josie Quinn über den Mord an Beverly Urban sprechen.«

Josie hielt das Handy fest umklammert. Der Name Beverly Urban war noch nicht an die Presse gegangen, ebenso wenig wie die Information, dass sie das Opfer eines Tötungsdeliktes war. Die Einzigen, die ihren Namen und die Umstände ihres Todes kannten, waren Dr. Feist, die Mitglieder von Josies Ermittlungsteam, Calvin Plummer und seine Sekretärin. Aber dass es sich bei der Anruferin um Tammy handelte, war unwahrscheinlich.

»Hat sie ihren Namen genannt?«, wollte Josie wissen. Sie drehte sich um und schaute zu Noah hinüber, doch dessen Augenlider waren schwer; er war gerade am Einschlafen.

»Sie hat nur gesagt, dass sie Alice heißt. Sonst nichts.«

Josie stand auf, schlich leise auf den Flur und ging in die Küche hinunter. »Stellen Sie sie durch und schicken Sie mir per SMS die Nummer, von der aus sie angerufen hat, falls die Verbindung abbricht.«

»Geht klar, Boss.«

Das Licht über der Spüle brannte noch, für den Fall, dass Misty oder Harris nachts aufstanden. Während Josie darauf wartete, zu Alice durchgestellt zu werden, schaute sie sich um und staunte wieder einmal, wie ordentlich Misty die Küche aufgeräumt hatte. Sie hätte gerne einen Schluck Wasser getrunken, wollte aber die perfekte Ordnung nicht zerstören. Stattdessen lehnte sie sich gegen die Anrichte und lauschte. Es dauerte eine ganze Weile, doch dann hörte sich die Stille plötzlich anders an. Schließlich sagte eine Frauenstimme: »Hallo? Detective Quinn?«

Zu alt für Tammy, dachte sich Josie. Außer sie hatte ihre Stimme irgendwie verstellt. Eine Raucherin offenbar, so heiser, wie sie klang. »Hier Josie Quinn. Was kann ich für Sie tun, Alice? Sie wissen etwas über die Leiche, die wir unter dem Haus in der Hempstead Road gefunden haben?«

Zögern. Dann: »J... ja, stimmt.«

»Was wissen Sie?«, fragte Josie.

»Ich weiß, was mit dem Mädchen passiert ist«, sagte Alice.

Josie versuchte, irgendwelche Hintergrundgeräusche zu erkennen, doch es war nichts zu hören.

»Wie meinen Sie das?«

»Ich weiß, dass sie umgebracht wurde. Und ich weiß, wer es war.«

Es wäre nicht das erste Mal, dass auf dem Revier ein Anruf von jemandem einging, der einfach nur Aufmerksamkeit erregen wollte und daher behauptete, Informationen über ein Verbrechen liefern zu können. Josie musste irgendwie sicherstellen, dass Alice die Wahrheit sagte. »Wie starb Beverly?«

»Das kann ich Ihnen nicht am Telefon sagen«, erklärte Alice. »Wir müssen uns treffen.«

Josie sagte: »Alice, ich bekomme eine Menge Anrufe und eine Menge Hinweise. Ich versuche nur herauszufinden, ob Sie mir die Wahrheit sagen oder nicht.«

Wieder war ein Zögern zu spüren. »Man hat ihr in den Kopf geschossen. Reicht das?«

Ein kalter Schauer lief Josie über den Körper. »Alles klar, Alice. Ich denke, ich kann Ihnen glauben. Wir sollten uns treffen.«

»Ich kann mich mit Ihnen unter vier Augen treffen. Nur mit Ihnen. Sonst niemandem«, sagte Alice hastig.

»Gut«, gab Josie zurück. »Wie wäre es morgen auf dem Polizeirevier von Denton? Wissen Sie, wo das ist?«

»Da geht es nicht. Es ist dort nicht sicher.«

»Alice, es gibt in dieser Stadt bestimmt keinen Ort, der sicherer wäre als das Polizeirevier. Ich werde um neun Uhr früh dort sein. Sie müssten durch den Hintereingang reingehen. Ich kann aber auch draußen auf dem Parkplatz auf Sie warten, wenn Sie möchten.«

Alice Stimme war plötzlich gedämpft, nicht mehr als ein Flüstern. »Wenn Sie wirklich glauben, dass es auf dem Polizeirevier sicher ist, sind Sie vielleicht doch nicht so clever, wie ich dachte.«

Noch bevor Josie etwas erwidern konnte, hatte Alice aufgelegt. Josie suchte die Nachricht der Leitstelle heraus und rief unter der Nummer zurück. Es klingelte siebenmal, dann schaltete sich der Anrufbeantworter ein. Die automatische Ansagestimme nannte jedoch nur die Rufnummer, die Josie gewählt hatte, und bat sie, eine Nachricht zu hinterlassen. »Alice«, sagte Josie nach dem Piepton. »Hier spricht Josie Quinn. Rufen Sie mich bitte unbedingt zurück. Ich muss mit Ihnen sprechen. Bitte rufen Sie mich unter dieser Nummer an, so schnell wie möglich. Ich treffe Sie, wo auch immer Sie wollen.« Dann ratterte Josie ihre Nummer herunter und legte auf.

Sie wartete zehn Minuten, doch es kam kein weiterer Anruf. Wieder einschlafen konnte Josie jetzt ohnehin nicht mehr. Tausend Fragen schossen ihr durch den Kopf. Wer war Alice? Woher wusste sie Bescheid über den Mord an Beverly? Weshalb hatte sie sechzehn Jahre lang geschwiegen? Hatte *sie* etwa Beverly umgebracht?

Josie ging zurück nach oben und zog sich an.

VIERZEHN

Auf dem städtischen Parkplatz standen zwei weitere Übertragungswagen, doch vor dem Eingang des Polizeireviers warteten keine Reporter mehr. Der Regen hatte immer noch nicht aufgehört, war inzwischen aber nur noch ein leichtes Nieseln. Im Schutz der Dunkelheit gelang es Josie, das Gebäude unbemerkt zu betreten. Sie meldete sich am Empfang beim Kollegen von der Nachtschicht an und ging nach oben zu ihrem Arbeitsplatz. Sie durchsuchte mehrere Datenbanken, doch die Nummer, von der aus Alice angerufen hatte, stammte offenbar von einem Wegwerfhandy mit Prepaid-Karte. Josie beantragte eine richterliche Anordnung, mit der sie an die größeren Mobilfunkanbieter herantreten und über diese versuchen konnte, Alices Handy zu lokalisieren. Auch Wegwerf-handys griffen beim Telefonieren auf die bestehenden Netze zurück. Wenn Josie herausfinden konnte, welches davon bei dem Anruf genutzt worden war, würde sich der Standort des Handys mithilfe einer Triangulation orten lassen. Er wäre zwar nur auf ein paar Kilometer genau, und bis sie die Information bekam, konnte es – je nachdem, wie schnell in der Rechtsabtei-lung des Netzanbieters gearbeitet wurde – mehrere Tage dauern, doch das war immer noch besser als gar nichts. Bevor sie einen Richter um eine Unterschrift bitten konnte, würde sie allerdings bis zu den regulären Bürozeiten warten müssen.

Sie versuchte noch einmal, Alice zu erreichen, aber wieder schaltete sich nur die Mailbox ein. Dann ging sie die Unterlagen von Calvin Plummer durch und durchsuchte ihr Highschooljahrbuch, doch sie fand niemanden mit dem Namen Alice. Als das erste Tageslicht durch die Fenster kroch, brannten ihr die Augen vor Müdigkeit. Der Regen prasselte aufs Neue gegen die Scheibe. Josie unterdrückte ein Stöhnen. Es schien fast, als würde es niemals aufhören zu regnen. Die Überschwemmung hatte inzwischen katastrophale Ausmaße angenommen – und das, obwohl der Flusspegel noch nicht einmal seinen Höchststand erreicht hatte. Sie hörte, wie die Tür zum Treppenhaus aufschwang, und einen Augenblick später standen eine Tasse mit dampfendem Kaffee und eine Dose Gebäck vor ihr.

»Hat Misty gebacken«, sagte Noah. »Du hast mir nicht mal eine Nachricht hinterlassen. Alles in Ordnung?«

Josie nippte dankbar an ihrem Kaffee und lehnte sich im Stuhl zurück. Noah nahm ihr gegenüber an seinem eigenen Schreibtisch Platz. Sie erzählte ihm von dem Anruf.

»Warum hast du mich denn nicht aufgeweckt?«, wollte er wissen.

»Weil du dann überhaupt nicht zum Schlafen gekommen wärst. Außerdem bringt uns das Ganze vorerst eh nicht weiter – jedenfalls nicht, bevor sie nicht noch mal anruft.«

Einen Moment später kamen Gretchen und Mettner durch die Tür zum Treppenhaus gestürmt. Sie schüttelten sich das Wasser aus den Haaren, bedienten sich an Mistys Leckereien und ließen sich dann hinter ihren Schreibtischen nieder, um zu hören, was sich in der Zwischenzeit getan hatte. Gretchen fuhr ihren Computer hoch, ging ihre E-Mails durch und begann, ein paar Dateien auszudrucken. Josie wollte den beiden gerade von den Neuigkeiten im Fall Beverly Urban und der mysteriösen nächtlichen Anruferin berichten, als Amber hereinkam. Wieder trug sie einen figurbetonten Rock und eine ebenso eng anliegende Bluse, diesmal jedoch in etwas dezenteren Farben. Anstelle einer Aktentasche hatte sie einen Becherhalter mit Kaffee dabei, den sie auf Mettners Schreibtisch abstellte. »Hallo allerseits!«, sagte sie lächelnd. »Ich dachte mir, so was könnten Sie doch jetzt bestimmt brauchen.« Als sie die Tasse in Josies Hand sah, fiel ihr die Kinnlade herunter, aber sie verbarg ihre Enttäuschung rasch hinter einem Lächeln.

»Dann haben Sie eben zwei«, sagte sie zu Josie und stellte einen Becher vor ihr ab.

»Detective Quinn«, sagte sie. »Detective Mettner hat mir verraten, dass Sie Ihren Kaffee immer mit zwei Stück Zucker und einer Menge Halbfett-Kaffeesahne trinken.«

»Mett«, sagte Josie. »Wir nennen ihn hier nur Mett. Danke.«

Josie nahm einen Schluck von dem Kaffee, den Noah ihr mitgebracht hatte, und beobachtete, wie Amber die restlichen Becher an die anderen verteilte. Jeder Kaffee war mithilfe von Metts Anweisungen genau so, wie ihn die jeweilige Person am liebsten trank.

»Ich habe ihr gesagt, dass wir den sonst immer bei Komorrah's holen, aber der Laden ist inzwischen abgesoffen«, erklärte Mettner.

»Sehr aufmerksam, vielen Dank«, versuchte Noah die Situation zu retten.

Als Amber den Kaffee verteilt hatte, zog sie sich einen Stuhl von einem der unbesetzten Schreibtische herüber. Sie holte ein Tablet mit Tastatur heraus, klappte es auf und stellte es sich auf den Schoß. Dann schaute sie erwartungsvoll auf.

Gretchen sagte: »Miss Watts, werden Sie denn ab jetzt immer bei unseren Lagebesprechungen mit dabei sein?«

Amber lächelte. »Bitte, nennen Sie mich doch einfach

Amber. Also ich bin sicher nicht bei allen mit dabei, aber ich dachte mir, jetzt am Anfang, zur Eingewöhnung, wäre es sicher gut, wenn ich so oft wie möglich teilnehme. So bekomme ich einen Eindruck davon, an welcher Art von Fällen Sie arbeiten und mit welchen Pressethemen Sie so zu tun haben.«

Josie hätte ihr am liebsten geantwortet, dass sie mit der Presse eigentlich ganz gut zurechtgekommen waren, seit sie auf diesem Revier arbeitete, doch ihr war klar, dass sie Amber trotz Chitwoods heftigem Protest nicht so bald wieder loswerden würden. Als niemand etwas sagte, fügte Amber hinzu: »Hören Sie, Detectives, ich bin kein Spitzel der Bürgermeisterin, okay?«

»Aber das hat doch gar niemand behauptet«, beschwichtigte Mettner sie.

Josie, Gretchen und Noah drehten wie auf ein Kommando den Kopf zu ihm um und starrten ihn an. Als er ihre Blicke bemerkte, fragte er: »Was? Dann glaubt ihr also, dass sie ein Spitzel der Bürgermeisterin ist? Echt jetzt?«

»Schon in Ordnung«, beschwichtigte Amber ihn. »Wirklich. Hören Sie, ich kann es nun mal nicht ändern, dass die Bürgermeisterin mich eingestellt hat. Aber ich bin hier, um meinen Job zu machen, und dazu gehört, dass ich mich um alle Presseangelegenheiten kümmere, damit Sie alle Ihren Job machen können. Das ist meine Aufgabe hier. Aber wenn es Ihnen lieber ist, dann kann ich mich auch nach den Weisungen von Chief Chitwood richten und nicht nach denen der Bürgermeisterin.«

Alle schwiegen.

Die Anspannung wuchs, bis Mettner schließlich sagte: »Ach, kommt schon, Leute. Warum machen wir nicht einfach das Beste aus der Situation? Schließlich haben wir auch noch was anderes zu tun.«

»Was passiert, wenn Bürgermeisterin Charleston nicht wiedergewählt wird?«, wollte Gretchen von Amber wissen. »Sind Sie dann Ihren Job los?«

Amber winkte ab. »Ach, bis zur Wahl sind es noch Monate. Darüber mache ich mir doch jetzt noch keine Sorgen.«

»Aber die Vorwahlen finden schon in ein paar Wochen statt«, wandte Noah ein. »Die andere Partei hat niemanden aufgestellt, was bedeutet, dass es für Charleston und Dutton im November bei der Wahl um das Bürgermeisteramt gar keinen Gegenkandidaten geben wird. Sie werden also in zwei Wochen wissen, wer nächstes Jahr Ihr Chef oder Ihre Chefin sein wird.«

»Dutton kündigt in seiner Wahlkampagne Einsparungen bei den Haushaltsausgaben an«, sagte Josie. »Er stellt Charleston so dar, als würde sie die öffentlichen Gelder der Stadt verschwenden.«

Amber starrte sie alle mit einem breiten, aufgesetzten Lächeln an. Es entstand eine peinliche Stille. Dann atmete sie tief aus und sagte: »Darüber brauche ich mir jetzt noch keine Gedanken zu machen. Solange ich hier bin, werde ich meine Arbeit erledigen. Also dann, können wir?«

Widerstrebend begannen sie mit ihrer morgendlichen Lagebesprechung zum Fall Beverly Urban. Gretchen informierte die anderen über alles, was sie und Josie am Tag zuvor herausgefunden hatten. Josie erzählte, dass sie die beiden besten Schulfreundinnen von Beverly ausfindig gemacht hatte, berichtete von Alices Anruf, ihrer Suche nach deren Namen in den vorliegenden Unterlagen und von der richterlichen Anordnung, die sie beantragt hatte, um die Netzanbieter kontaktieren zu können. Anschließend reichte Gretchen die Liste mit den Baufirmen herum, die Plummers Sekretärin ihr am Morgen gemailt hatte.

Noah überflog sie. »Hier«, sagte er. »Newton Basement Waterproofing. Die machen offenbar Kellerabdichtungen. Vielleicht sollten wir mit denen anfangen.«

»Dachte ich mir auch«, stimmte Gretchen ihm zu. »Aber ich würde trotzdem ganz gerne bei der Bauaufsichtsbehörde nachfragen, ob sie die Genehmigungen für die Arbeiten am Haus noch haben.«

»Das kann ich ja machen«, bot Noah sich an.

Mettner sagte: »Und ich bin heute den ganzen Tag in der Einsatzstelle eingeteilt. Ich könnte jemanden bitten, mich von dort zur Hempstead Road rüberzubringen. Wenn sie nicht mehr unter Wasser steht, kann ich dort ein bisschen rumstöbern — vielleicht stoße ich ja auf irgendwelche Hinweise.«

»Das Haus ist wahrscheinlich ein Stück flussabwärts hängen geblieben. Schau doch auch mal dort nach, ob du irgendetwas finden kannst«, wies Josie ihn an.

»Bin schon weg«, antwortete Mettner. Er stand auf, griff nach seinem Kaffeebecher und lächelte Amber an. »Dann bis später.«

»Und ich mach mich auf den Weg zur Bauaufsichtsbehörde. Wird wahrscheinlich ein paar Stunden dauern. Aber dann könnt ihr beide euch in der Zwischenzeit ja schon mal mit den zwei Frauen unterhalten«, schlug Noah vor.

Während Amber weiter auf ihrem Tablet herumtippte, nahm Josie einige der Unterlagen zur Hand, die Gretchen am Morgen ausgedruckt hatte, und suchte darin nach Informationen über Angehörige von Vera Urban. »Es gibt anscheinend einen Bruder«, stellte sie fest.

»Ja, zu dem hab ich auch schon was gefunden«, berichtete Gretchen. »Er ist ledig. Arbeitet als Chemieingenieur. Dürfte ungefähr zehn Jahre älter sein als sie.«

»Dann rufen wir ihn doch mal an.«

FÜNFZEHN

Josie griff nach dem Telefonhörer und schaltete den Lautsprecher ein, damit sie beide das Gespräch verfolgen konnten. Dann wählte sie die Nummer von Veras Bruder. Nach sechsmaligem Läuten meldete sich eine Männerstimme.

»Mr Floyd Urban?«, fragte Josie.

»Wer ist dran?«

Josie stellte sich und Gretchen vor und erklärte dem Mann, warum sie anriefen. Eine ganze Weile lang herrschte Stille. Dann meinte er: »Sie sagten eben, meine Nichte sei ermordet worden? Tut mir leid, Officer, aber ich habe gar keine Nichte.«

»Aber Sie haben eine Schwester, das stimmt doch, oder?«, hakte Gretchen nach.

»Ja, schon, aber ich habe seit Jahrzehnten nicht mehr mit ihr gesprochen. Wir haben uns ... wie sagt man da noch mal? ... auseinandergelebt.«

»Und warum?«, fragte Josie.

»Hören Sie, ich habe wirklich keine Zeit für so was«, gab Floyd zurück.

»Na gut, wir können natürlich gerne auch die Polizei vor

Ort kontaktieren und Sie zu einer Vernehmung vorladen lassen. Wäre Ihnen das lieber?«

Ein tiefer Seufzer drang durch die Leitung, dann erzählte Floyd: »Unsere Mutter starb, als Vera noch sehr jung war, aber unser Vater erst später, als Vera gerade mit der Highschool fertig war. Er besaß nicht viel, aber sie wollte alles für sich haben: das Haus, das Auto, alles, was auf seinen Bankkonten war. Sie sagte, sie bräuchte es, und ich sei ja schon seit zehn Jahren ausgezogen und hätte bereits einen eigenen Haushalt. Als ich auf meiner Hälfte des Erbes bestand, versuchte sie, mir ein gefälschtes Testament unterzujubeln, das unser Vater angeblich noch vor seinem Tod verfasst hatte und in dem er ihr alles hinterließ, während ich leer ausging.«

»Woher wussten Sie, dass es gefälscht war?«, fragte Gretchen.

»Meine Schwester war damals achtzehn, und glauben Sie mir, sie war nie besonders helle. Ich wusste es einfach. Als ich gedroht habe, einen Anwalt einzuschalten, hat sie einen Rückzieher gemacht. Wir haben den Nachlass hälftig aufgeteilt und seitdem nie wieder miteinander gesprochen.«

»Nicht ein einziges Mal?«, fragte Josie. »Nicht einmal über die sozialen Medien? Keine Anrufe bei wichtigen Ereignissen im Leben?«

»Lassen Sie es mich so ausdrücken, Officer: Ich habe sie nicht mal zu meiner Hochzeit eingeladen. Meine Kinder sind inzwischen erwachsen, aber haben keine Ahnung, dass sie überhaupt existiert. Ich wollte einfach nicht, dass sie etwas mit jemandem wie ihr zu tun haben.«

»Jemandem wie ihr«, wiederholte Josie. »Aber Vera war doch fast noch ein Kind.«

Floyd lachte bitter auf. »Sie klingen genau wie mein Vater. Vera war alt genug, um Recht und Unrecht voneinander unterscheiden zu können. Hören Sie, sie war bestimmt keine Mörderin oder so was, aber sie war durchtrieben und hatte

schon immer ein Problem mit der Wahrheit. Und die Nachlass-
sache brachte das Fass zum Überlaufen.«

Gretchen fragte: »Sie hatten also keine Ahnung, dass Vera
ein Kind hatte?«

»Nein, tut mir leid. Das wusste ich nicht.«

»Und Sie haben nichts mehr von Vera gehört, nicht mehr
mit ihr gesprochen und hatten keinerlei Kontakt mehr mit ihr,
seit sie achtzehn Jahre alt war?«, fragte Josie.

»Genau.«

»Mr Urban, kennen Sie jemanden mit dem Namen Alice?«,
fragte Josie.

»Nein.«

»Wissen Sie, ob Vera jemanden mit diesem Namen
kannte?«

»Nein, das weiß ich nicht. Ich habe Ihnen doch gesagt, dass
wir nichts mehr miteinander zu tun hatten. Hören Sie, ich kann
Ihnen wirklich nicht weiterhelfen.«

Gretchen schaltete sich ein: »Die Rechtsmedizin wird
Beverly Urbans Leiche bald freigeben. Normalerweise wird der
nächste Angehörige gebeten, alles Weitere zu regeln.«

Wieder ertönte aus dem Hörer ein bitteres Lachen. »Aber
ich bin nicht der nächste Angehörige.«

»Ich fürchte doch, Mr Urban«, entgegnete Josie.

»Hatte dieses Kind von Vera denn keinen Vater?«, fragte er.

»In der Geburtsurkunde ist jedenfalls keiner eingetragen«,
sagte Gretchen.

Er lachte noch einmal. »Ja, das kann ich mir vorstellen. Na,
dann wissen Sie ja, was Sie zu tun haben! Finden Sie ihren
Vater, denn ich werde bestimmt nicht für ihre Beerdigung
aufkommen.«

Mit diesen Worten legte er auf.

Josie sah Gretchen an. »Ich glaube, Vera kann froh sein,
dass er damals beschlossen hat, nicht mehr mit ihr zu
sprechen.«

Gretchen schüttelte den Kopf und murmelte: »Ja, das glaube ich auch.« Sie schrieb etwas in ihr Notizbuch. »Auf diesem Weg kommen wir jedenfalls nicht weiter.«

»Wir müssen jemanden finden, der Vera tatsächlich kannte«, sagte Josie. »Vielleicht gibt es irgendwelche alten Arbeitskolleginnen oder Freunde.«

»Vielleicht wissen ja Beverlys Freundinnen, wo ihre Mutter arbeitete oder mit wem sie befreundet war.«

»Einen Versuch ist es wert«, sagte Josie.

Chief Chitwoods Stimme dröhnte durch den Raum. »Detectives!«, rief er und kam mit großen Schritten aus seinem Büro marschiert. Ohne Amber weiter zu beachten, fragte er: »Was haben Sie an Neuigkeiten für mich?«

Josie und Gretchen informierten ihn über den Stand der Dinge, und mit jeder Einzelheit, die er hörte, wurden die Falten in seinem zerklüfteten Gesicht tiefer. Als die beiden fertig waren, sagte er: »Wir werden eine Pressekonferenz einberufen.«

Augenblicklich schaute Amber von ihrem Tablet auf. »Chief«, warf sie ein. »Sind Sie sicher, dass das zu diesem frühen Zeitpunkt der Ermittlungen eine gute Idee ist?«

»Watts«, fuhr er sie schroff an. »Es ist immer noch meine Entscheidung, wann wir eine Pressekonferenz abhalten. Wenn ich meinen Ermittlerinnen sage, sie sollen die Presse über die Vorgänge informieren, dann werden sie das auch tun.«

»Aber das ist doch ein uralter Fall, Sir«, wandte Amber ein. »Es besteht keine Dringlichkeit ...«

Chitwood unterbrach sie und deutete mit dem Finger in ihre Richtung. »Dann glauben Sie also, einen Mörder hinter Gitter zu bringen, wäre nicht dringend, Watts?«

Amber hob beschwichtigend eine Hand. »Das habe ich nicht gesagt. Ich meine ja nur, dass es vielleicht klug wäre, erst mehr Informationen zu bekommen, bevor wir mit der Sache an die Öffentlichkeit gehen.«

Josie räusperte sich. »Chief«, sagte sie. »Ich glaube, ich weiß, was Miss Watts damit sagen will: Wenn wir Details über den Fall bekannt machen, könnte jeder, der etwas über den Mord an Beverly Urban und den Verbleib ihrer Mutter weiß, verschwinden oder Informationen zurückhalten, die er sonst vielleicht an uns weitergegeben hätte. Diese Alice — was, wenn sie untertaucht, sobald wir Beverlys Namen an die Öffentlichkeit geben?«

Eine von Chitwoods buschigen Augenbrauen, aus denen ein graues Haar widerspenstig hervorstand, hob sich. »Quinn, in mein Büro. Sofort.«

Mit einem Seufzer folgte Josie ihm in sein Büro und schloss die Tür hinter sich. Mit großen Schritten ging er vor seinem Schreibtisch auf und ab. Sie hatte eigentlich erwartet, dass er sie zurechtweisen würde, weil sie ihm in Anwesenheit von Amber widersprochen hatte, aber stattdessen sagte er mit gedämpfter Stimme: »Hören Sie, Quinn, ich muss mir diese Demonstranten in Quail Hollow irgendwie vom Hals schaffen. Ich muss der Öffentlichkeit etwas anderes geben, damit die Leute beschäftigt sind. Da kommt mir dieser Mordfall wie gerufen. Mein Gott, so weit ist es jetzt schon gekommen, dass ich nicht mal mehr in meinem eigenen Revier offen sprechen kann.«

»Sir, ich wollte damit ja nicht sagen, dass wir keine Pressekonferenz abhalten sollen, sondern nur, dass wir gut überlegen sollten, was wir an die Presse geben. Falls diese Alice tatsächlich eine heiße Spur ist, will ich sie nicht gleich wieder verlieren. Sie entscheiden, was wir veröffentlichen und was wir noch zurückhalten. Aber geben Sie Beverlys Namen lieber noch nicht bekannt. Und lassen Sie ruhig Amber die Konferenz abhalten. Dafür ist sie ja schließlich da, oder?«

Er nickte. »Ich brauche etwas, womit sie beschäftigt ist, bis diese Quail-Hollow-Sache geklärt ist. Wenn die Bürgermeisterin glaubt, sie könnte mir einen Spitzel schicken und mich so davon abhalten, sie und ihre Kumpane mit der ganzen Härte des Gesetzes zu bestrafen, dann hat sie sich geschnitten.«

»Dann geben Sie doch heute noch ein paar vage Details bekannt«, schlug Josie vor. »Dass wir unter dem Haus in der Hempstead Road die Leiche eines siebzehnjährigen Mädchens gefunden haben. Dass wir gerade dabei sind, sie zu identifizieren und zu klären, wie lange sie dort gelegen haben könnte. Dass die Rechtsmedizin bestätigt hat, dass die Todesursache Mord ist. Und morgen schicken wir dann Amber vor, mit ein paar weiteren Informationen.«

Er nickte, während sie sprach. »Okay«, sagte er dann. »Dann werde ich sie bitten, sich um die Hotline zu kümmern. Sie soll dafür sorgen, dass sich alle melden, die einen Hinweis für uns haben. Guter Vorschlag, Quinn. Sie schnappen sich Palmer, lassen sich diese richterlichen Anordnungen unterschreiben und gehen allen weiteren Spuren nach. Jetzt raus mit Ihnen ... und schicken Sie mir Miss Watts rein. Ich werde das selbst mit ihr besprechen. Und dann muss ich los und mich wieder um diesen Quail-Hollow-Schwachsinn kümmern, bevor es noch zu Ausschreitungen kommt.«

Josie ging zu ihrem Schreibtisch zurück und gab Amber Bescheid, dass der Chief sie sehen wollte. Amber stand auf, strich sich den Rock glatt, setzte ein Lächeln auf und betrat Chitwoods Büro.

»Und, worum ging's?«, wollte Gretchen wissen.

Josie wartete, bis sich die Tür geschlossen hatte, bevor sie Gretchen erzählte, worüber sie und der Chief gesprochen hatten.

»Nicht schlecht«, sagte Gretchen. »Dann könnte es also doch von Vorteil sein, dass wir jetzt eine Pressesprecherin haben.«

»Findest du?«, fragte Josie. »Warum das?«

»Vielleicht steht er jetzt öfter auf unserer Seite.«

Josies Handy summte mehrmals. Sie tippte ihren Entsperrcode ein und las die Nachrichten, die Noah ihr geschickt hatte. »Wir haben eine neue Spur«, sagte sie dann zu Gretchen. »Anscheinend gab es größere Probleme mit den Rohrleitungen in dem Haus in der Hempstead Road, als Vera und Beverly noch dort wohnten. Eine der tragenden Wände war baufällig geworden. Zurzola Contracting hat die Arbeiten damals übernommen.«

Gretchen rollte mit dem Stuhl zu ihrem Schreibtisch hinüber und tippte etwas in den Computer. »Wie es aussieht, existiert die Firma seit 2007 nicht mehr.« Sie nahm einen Ausdruck der Liste zur Hand, die Tammy ihr per E-Mail geschickt hatte, und sah sie sich näher an.

»Auf dieser Liste stehen sie auch nicht mit drauf. Hat Noah irgendwas dazu geschrieben, wer die Installationsarbeiten ausgeführt hat?«

»Ja«, sagte Josie, »aber da brauchst du nicht nachzuschauen, der Mann lebt nicht mehr.«

»Na toll«, seufzte Gretchen. »Eine gute Nachricht nach der anderen.«

»Warte mal«, sagte Josie und scrollte durch die Nachrichten und PDF-Dateien von Noah. »Such doch mal nach Newton Basement Waterproofing — das ist die Firma, die Noah erwähnt hat. Die haben damals offenbar eine Genehmigung für die Tieferlegung des Kellers beantragt. Wenn das Problem mit den Rohrleitungen eine größere Sache war und der Keller dafür teilweise oder sogar ganz aufgegraben werden musste, hat Plummer ja vielleicht beschlossen, ihn bei der Gelegenheit gleich auch noch tieferlegen zu lassen.«

Gretchens Hände flogen nur so über die Tastatur. Dann huschte ein Lächeln über ihr Gesicht.

»Diesmal haben wir Glück! Es gibt die Firma noch – und das Büro liegt außerhalb der Überschwemmungsgebiete!«

SECHZEHN

Josie und Gretchen holten die richterlichen Anordnungen ein und machten sich auf den Weg zu Newton Basement Waterproofing. Es hatte aufgehört zu regnen, aber die Wolken am Himmel waren noch immer dick und grau. Nichts deutete darauf hin, dass sie sich verziehen würden. Josie sehnte sich nach blauem Himmel und Sonne. Das düstere Wetter trug nicht gerade dazu bei, dass ihre Stimmung sich hob. Sie wandte sich an Gretchen: »Und: Was hast du über die Firma rausgefunden?«

»Ist anscheinend ein Familienbetrieb«, antwortete diese. »Die sind schon seit vierzig Jahren im Geschäft. Ging vom Vater auf den Sohn über. Der jetzige Besitzer heißt George Newton. Er ist in seinen Vierzigern. Hat zehn Mitarbeiter.«

Josie umfuhr die überschwemmten Stadtbezirke, bis sie über eine Umgehungsroute North Denton erreichten, einen dünner besiedelten und bergigeren Teil der Stadt. Die Firma Newton Basement Waterproofing befand sich in einem Backsteingebäude mit Flachdach und einem großen Parkplatz. Davor standen zwei Pritschenwagen, auf deren Ladeflächen alle möglichen Werkzeuge lagen. Josie und Gretchen parkten daneben und gingen zum Haus. Als sie die Eingangstür öffneten und eintraten, ertönte über ihnen ein Klingeln. Auf der linken Seite standen ein paar leere Stühle, direkt vor ihnen ein hoher, unbesetzter Schreibtisch, auf dem mehrere ordentliche Stapel mit Prospekten verteilt waren. Durch die Tür hinter dem Schreibtisch hörte man eine Männerstimme rufen: »Bin gleich bei Ihnen!«

Sie warteten, und fünf Minuten später kam ein Mann mit rotem Gesicht und kurzen braunen Haaren herein. Er trug eine schmutzige Jeans und ein schwarzes T-Shirt, auf dem in weißen Buchstaben der Aufdruck *Newton Basement Waterproofing. Seit 1980* zu lesen war. »Was kann ich für Sie tun?«, fragte er.

Josie und Gretchen waren gerade dabei, ihre Ausweise hervorzuholen, als der Mann auf Josie zeigte und sagte: »Moment mal, ich kenne Sie doch. Sie sind doch diese Ermittlerin!«

Josie reichte ihm ihren Ausweis. »Ja, Detective Josie Quinn.«

Er warf nur einen flüchtigen Blick auf Gretchens Ausweis und richtete seine Aufmerksamkeit dann wieder auf Josie. »Wie kann ich Ihnen helfen?«

Josie sagte: »Ich weiß nicht, ob Sie in den letzten vierundzwanzig Stunden Zeit hatten, die Nachrichten anzuschauen, aber wir haben unter dem Fundament eines Hauses in der Hempstead Road menschliche Überreste gefunden.«

Er verzog das Gesicht. »O ja, das habe ich in den Nachrichten gesehen. Eine Leiche, was?«

»Ja, leider. Die Leiche eines Mädchens, das zwischen 1997 und 2004 in dem Haus wohnte. Sie ist offenbar unter dem Fundament vergraben worden. Wir waren auf dem Amt und haben die Genehmigungen überprüft, um festzustellen, ob irgendwelche Arbeiten im Keller des Hauses durchgeführt wurden. Dabei haben wir festgestellt, dass Ihre Firma im Jahr

2004 eine Genehmigung für eine Tieferlegung beantragt hatte.«

Sein Gesicht verfinsterte sich. Er schien irritiert. »Denken Sie etwa, ich hätte was damit zu tun?«

»Sie sind Mr Newton, richtig?«, fragte Gretchen.

»Mhm«, bestätigte er mit einem Nicken. »George.«

»Im Moment versuchen wir lediglich festzustellen, wann und wie die Leiche unter das Haus gelangt ist. Erinnern Sie sich an den Auftrag in der Hempstead Road?«

Seine Augen weiteten sich. »Nein. Ich meine, wenn wir damals eine Genehmigung beantragt haben, dann bin ich sicher, dass wir die Arbeit auch gemacht haben, aber ich kann mich nicht mehr daran erinnern.«

»Haben Sie damals denn schon hier gearbeitet?«, fragte Josie.

»Aber sicher«, antwortete er. »Ich hatte zwar nichts zu sagen oder so, aber ich habe lange für meinen Vater gearbeitet, bevor er mir die Firma übergeben hat. Ich war immer mit den Bauarbeitern unterwegs. Er hat die Aufträge organisiert, und wir haben sie ausgeführt.«

Josie öffnete auf ihrem Handy das PDF-Dokument, das Noah ihr geschickt hatte, und hielt es George hin. Er griff sich an den Kragen seines T-Shirts und dann in die Schublade unter dem Schreibtisch und holte seine Lesebrille hervor. »Darf ich?«, fragte er und streckte die Hand nach Josies Handy aus.

»Natürlich«, sagte sie und reichte es ihm. Er studierte das Dokument mehrere Minuten lang, bevor er sagte: »Sieht so aus, als hätte mein Vater die Genehmigung für dieses Haus beantragt. Das ist seine Unterschrift. Die hatten dort größere Probleme mit den Wasser- und Abwasserleitungen. Wir mussten den ganzen Keller aufgraben, die Bodenplatte tieferlegen und die Fundamente neu gießen.«

»Ist Ihr Vater immer noch im Geschäft?«, wollte Gretchen wissen.

»Nein, leider nicht. Er ist letztes Jahr gestorben.«

»Tut mir leid, das zu hören«, sagte Josie. »Haben Sie noch irgendwelche Unterlagen zu diesem Auftrag?«

George schüttelte den Kopf. »Wir bewahren so was immer nur sieben Jahre auf. Tut mir leid.«

»Wissen Sie noch, wer damals möglicherweise zu den Männern gehörte, die den Job in der Hempstead Road übernommen haben?«, bohrte Josie weiter.

»Nein, leider nicht«, gab er zu. »Ich nehme mal an, dass ich mit dabei war. Verstehen Sie, wir übernehmen jedes Jahr Hunderte von Aufträgen, und der hier ist ... mein Gott ... immerhin schon fast zwanzig Jahre her.«

Josie nahm ihr Handy wieder an sich, suchte das letzte Führerscheinfoto heraus, das sie von Vera Urban hatten, und zeigte es George. »Können Sie sich an diese Frau erinnern?«

Er rieb sich das Kinn. »Kommt mir irgendwie bekannt vor.«

Gretchen zeigte ihm auf ihrem Handy das Foto von Beverly aus dem Jahrbuch. »Und was ist mit der hier?«

Er starrte das Foto an. »Oh, die!«, sagte er. »Ja, an die kann ich mich erinnern. Die Kleine war eine echte Nervensäge!«

Josie spürte, wie ein plötzliches Gefühl der Erregung sie erfasste. »Wie meinen Sie das?«

»Jetzt kann ich mich wieder an diesen Auftrag erinnern. Ich erinnere mich wirklich nicht an viele – wie gesagt, wir erledigen jedes Jahr Hunderte. Da kann ich mir nicht alles merken. Aber die, die einen echt nerven, die bleiben einem im Gedächtnis, verstehen Sie?«

»Ja«, sagten Gretchen und Josie unisono.

»Die Mutter von dem Mädchen war krank oder so, behindert ... Ich weiß es nicht. Sie hatte jedenfalls Schwierigkeiten, sich zu bewegen. Wir haben sie nie gesehen. Sie war die ganze Zeit oben im Schlafzimmer. Das Mädchen hat uns morgens immer reingelassen, und später, wenn sie dann von der Schule kam, hing sie zu Hause herum. Wir sind zu nichts gekommen. Sie stand auf einen von unseren Jungs.«

»Wer war das?«, fragte Gretchen.

»Ich erinnere mich nicht mehr an seinen Namen. Er war nur ein paar Monate bei uns. Mein Vater hatte ihn eingestellt. Wir haben versucht, ihn anzulernen, aber er war nicht an der Arbeit interessiert. Er wollte nur das Geld, um es sich in die Nase zu ziehen.«

»Er hatte ein Drogenproblem?«, fragte Josie.

»Kann man wohl sagen. Er hielt es gerade mal zwei Monate in dem Job aus, und dann, am Tag nach dem Zahltag, ist er einfach nicht zu seiner Schicht aufgetaucht, ohne Bescheid zu geben. Ich hab nie wieder was von ihm gehört, aber irgendwann stand in der Lokalzeitung, dass er eine Überdosis erwischt hat.«

»Er lebt also nicht mehr«, sagte Josie. Schon wieder eine Sackgasse. »Was wollte Beverly denn von ihm?«

Er zuckte mit den Schultern. »Ich weiß es nicht. Ich hatte keine Zeit, ihnen hinterherzuspionieren. Wir mussten ja unsere Arbeit machen. Aber immer, wenn sie da war, war er mit ihr in einem anderen Zimmer oder draußen. Die haben immer die Köpfe zusammengesteckt.«

»Wissen Sie sonst noch irgendetwas über ihn?«, fragte Josie.

George dachte eine ganze Weile nach, rieb sich dabei wieder am Kinn und blinzelte, als bereite es ihm Mühe, die Erinnerungen abzurufen. Dann sagte er: »Der Name begann mit einem A. Andrew, Ambrose oder so was.«

Gretchen zog ihr Notizbuch heraus und notierte die Namen.

»Wie alt war er damals? Wissen Sie das noch?«

»Wahrscheinlich so alt wie ich, also Mitte bis Ende zwanzig.«

»Wissen Sie, ob er sich mit Beverly auch außerhalb der Arbeit getroffen hat?«, fragte Josie.

»Nein, tut mir leid. Ich war ja nicht mit dem Kerl befreundet. Ich erinnere mich nur an ihn, weil er so ein schlechter Mitarbeiter war und ich wollte, dass mein Vater ihn schnell wieder loswird. Es war schon schlimm genug, dass er bei der Arbeit zu nichts zu gebrauchen war. Aber dann auch noch mit einem Highschoolmädchen flirten? Das ist echt daneben. Ich konnte ihn nicht leiden.«

»Wissen Sie, Mr Newton, ob dieser Mann Schusswaffen besaß?«, fragte Josie.

»Ich glaube nicht, aber ich kann es nicht mit Sicherheit sagen.«

»Und was ist mit Ihnen?«, fragte Gretchen. »Besitzen Sie Schusswaffen?«

»Nein, ich doch nicht!«, antwortete er.

»Wie lange waren Sie mit dem Auftrag beschäftigt?«, fragte Josie, noch bevor er fragen konnte, warum sie unbedingt wissen wollte, ob er eine Waffe besaß oder nicht. Er zuckte mit den Schultern. »Weiß ich nicht mehr genau. Wahrscheinlich so wie immer. Ein paar Monate.«

»Gab es irgendwelche Unterbrechungen?«, fragte Gretchen. »Fällt Ihnen da etwas ein? Gab es etwas Ungewöhnliches?«

George schaute von Gretchen zu Josie und wieder zurück. »Sie glauben, dass jemand dieses Mädchen unter dem Fundament begraben hat, während wir mit dem Auftrag beschäftigt waren? Ohne dass wir etwas davon mitgekriegt haben?«

Josie und Gretchen antworteten nicht.

Wieder zog er die Grimasse, die darauf schließen ließ, dass er seine Erinnerungen durchforstete. »Wir mussten ein paarmal unterbrechen, weil irgendwelche Arbeiten an den Rohrleitungen durchgeführt wurden, wenn ich mich recht erinnere. Und an den Wochenenden haben wir auch nicht gearbeitet. Gegen Ende stand das Haus dann eine Weile leer. Mein Vater musste sich den Schlüssel vom Vermieter holen, glaube ich. Damals dachten wir, die Mutter und die Tochter seien vielleicht im Urlaub. Wir wollten die Arbeit einfach nur zu Ende bringen. Das ist alles, woran ich mich erinnere. Theoretisch wäre es schon möglich gewesen, dass jemand sie dort reingelegt hat, während wir mit den Arbeiten beschäftigt waren – solange er es im richtigen Moment getan hat und dafür gesorgt hat, dass danach alles wieder so aussieht, wie wir es hinterlassen haben ...« Er erschauderte. »Wie schrecklich. Es wäre schrecklich, wenn wir dieses Mädchen mit Beton übergossen und es nicht mal gemerkt hätten.«

Josie zog eine Visitenkarte heraus und gab sie ihm, mit der Bitte, sie anzurufen, falls ihm noch etwas einfiele, das sie seiner Meinung nach wissen sollten. Langsam nahm er sie entgegen. Mit einem Mal wirkte er völlig verstört, wie vor den Kopf geschlagen.

»Mr Newton? Alles in Ordnung?«, erkundigte sich Gretchen. »Gibt es noch etwas, das Sie uns sagen wollen?«

Er schüttelte den Kopf, und Josie glaubte zu erkennen, dass in seinen Augen Tränen glitzerten. »Es ist nur ... Wer tut so etwas? Etwas so Furchtbares?«

Josie erwiderte: »Genau das werden wir herausfinden.«

SIEBZEHN

Es ging auf die Mittagszeit zu und sie hielten beim Takeaway, um vor der Fahrt zu Kelly Ogdens Wohnung im Auto etwas essen zu können. Während Josie fuhr, schickte Gretchen eine Nachricht an Noah und bat ihn, herauszufinden, welche Waffen auf Calvin Plummer und George Newton registriert waren, um die Aussagen der beiden überprüfen zu können. Außerdem bat sie ihn, zu recherchieren, ob ein Totenschein oder eine Todesanzeige aus dem Sommer 2004 existierte für einen Mann, der etwa Mitte zwanzig war und dessen Name mit dem Buchstaben A begann.

»Also«, zählte Josie die möglichen Verdächtigen auf, »da hätten wir den Vermieter, Ray, George Newton und jetzt noch diesen Typ aus Newtons Belegschaft, mit dem Beverly geflirtet hat.«

Gretchen meinte: »Mit jeder Person, die wir befragen, wird die Liste länger.«

»Und es hilft auch nicht wirklich weiter, dass die Hälfte der Leute auf unserer Liste bereits tot ist«, fügte Josie hinzu.

Sie hielten vor einem renovierungsbedürftigen fünfstöckigen Mietshaus an. Es lag in einem heruntergekommenen

Viertel von Denton, das irgendwie bisher vom Hochwasser verschont geblieben war. Kelly Ogdens Wohnung war leicht zu finden, aber selbst nachdem sie einige Minuten lang geläutet und geklopft hatten, machte niemand auf. Da Josie auf Kellys Facebook-Account herausgefunden hatte, dass sie in einem Supermarkt in der Nähe arbeitete, fuhren sie dorthin und fanden Kelly an Kasse sieben. Sie fertigte die Kunden effektiv, aber mit teilnahmsloser Miene ab und sprach mit ihnen nur, um ihnen den Zahlbetrag zu nennen oder sie nach Rabattcoupons zu fragen. Wie auf ihrem Profilbild war ihr braunes Haar zu einem straffen Pferdeschwanz zurückgebunden und auch in Wirklichkeit sah sie viel älter als dreiunddreißig aus.

Gretchen ließ Josie im Supermarkt alleine, um nach dem Geschäftsführer zu suchen. Fünfzehn Minuten später trottete Kelly missmutig vor ihnen her nach draußen zum Parkplatz auf der einen Seite des Gebäudes. Inzwischen fiel leichter Nieselregen aus den schweren Wolken über ihren Köpfen. Unter einem schmalen Dachvorsprung stand auf dem aufgeplatzten Asphalt inmitten von Unkraut verloren ein Aschenbecher. Kelly nahm einen langen Zug aus ihrer Zigarette und legte sich wie zur Abwehr einen Unterarm quer über die Brust. »Ich weiß überhaupt nichts über diese Plünderungen letzte Nacht. Ich weiß, dass Sie meinen Bruder einkassiert haben, aber ich war nicht dabei. Hab zu Hause geschlafen und mich ansonsten um nichts gekümmert. Ich hab Arbeit. Ich muss nichts stehlen. Wissen Sie, mein Bruder, der ist irgendwie in Drogengeschichten geraten oder so. Ich nehm keine Drogen. Das Plündern und so war gar nicht seine Idee. Er zieht neuerdings mit diesem alten Kerl rum, wie heißt der gleich wieder? Der letzte Nacht auch verhaftet wurde. Mit dem sollten Sie reden, nicht mit mir.«

Josie und Gretchen starrten sie an.

Josie sagte: »Deswegen sind wir gar nicht hier.«

Kelly stocherte mit ihrer Zigarette in die Luft. »Zeke!«, rief sie. »So heißt der.«

Josies Herz überschlug sich einige Sekunden fast. Als es sich wieder beruhigt hatte, raunte sie Gretchen leise zu: »Zeke ist letzte Nacht wegen Plünderei verhaftet worden?«

Gretchen runzelte die Stirn. »Keine Ahnung, Boss. Noah und Mett haben sich drum gekümmert.«

Warum hatte Noah ihr das nicht erzählt? Vielleicht wollte er es ja gerade tun, als sie den Anruf von Alice bekommen hatte? Seither hatte sie keine Chance gehabt, mit ihm unter vier Augen zu sprechen. Ist das wichtig, fragte sie sich. Nein, entschied sie. Was auch immer Larry Ezekiel Fox tat, war für sie nicht wichtig. Sie wischte alle Gedanken an ihn beiseite und konzentrierte sich auf Kelly.

»Kelly«, sagte Gretchen, »wir sind hier, um mit Ihnen über Beverly Urban zu sprechen.«

Kelly starrte sie lange an. Sie nahm einen letzten Zug aus ihrer Zigarette, warf die Kippe auf den Boden und trat sie mit dem Fuß aus. Dann nahm sie die nächste Zigarette aus der Packung und zündete sie an. Nach einem tiefen Zug sagte sie: »Beverly Urban. An die hab ich seit der Highschool nicht mehr gedacht.«

»Sie waren doch gut befreundet«, merkte Josie an.

Kelly straffte ihre Schultern und verkündete mit einem gewissen Stolz: »Ich war ihre beste Freundin.«

»Wann haben Sie denn das letzte Mal mit ihr gesprochen?«, erkundigte sich Gretchen.

Kelly senkte den Kopf. Sie nahm noch einen Zug und stieß den Rauch wieder aus. »Warum fragen Sie mich nicht, wann *sie* das letzte Mal mit mir gesprochen hat? Wir waren beste Freundinnen und dann, von einem Tag auf den anderen, hat sie nicht mehr angerufen und sich nicht mehr blicken lassen.«

»Sind Sie nicht auf die Idee gekommen, nach ihr zu sehen?«, fragte Josie.

»Nach ihr sehen? Was denn? Ob sie vielleicht krank geworden ist? Sie war nicht krank. Ich bin zu ihrem Haus und sie war weg. Sie und ihre Mom. Einfach abgehauen. Haben niemandem was gesagt. Sind einfach weg.«

»Und Sie fanden das nicht irgendwie sonderbar oder verdächtig?«, fragte Gretchen.

»Nö ... Sie hatten ja schon gesagt, dass sie wegziehen müssen. Die waren völlig pleite. Denen blieb nichts anderes übrig, als umzuziehen. Ich hätte nur nicht gedacht, dass sie einfach weggehn, ohne sich zu verabschieden, und dass Beverly sich nie wieder bei mir meldet. Lag wahrscheinlich an ihrer Mom. Die war echt auf hundertachtzig.«

»Warum denn?«, fragte Josie.

Kelly lachte auf. »Du meinst wohl, ich erinnere mich nicht mehr an dich? *Warum denn?* Bitte. Du weißt doch, wie Beverly war. Immer in Schwierigkeiten.«

»Ich war nicht mit ihr befreundet. Ich muss wissen, in welcher Art von Schwierigkeiten sie steckte, ehe sie verschwand.«

Zum ersten Mal schien Kelly bewusst zu werden, was es bedeuten konnte, dass zwei Polizistinnen an ihrem Arbeitsplatz aufkreuzten, um mit ihr über eine Freundin zu sprechen, die sie seit sechzehn Jahren weder gesehen noch gesprochen hatte. »Hey, einen Moment mal«, sagte sie und zeigte mit ihrer Zigarette auf Josie. »Was ist hier eigentlich los? Hat Beverly was angestellt?«

»Nein«, antwortete Gretchen. »Sie hat nichts angestellt. Es tut mir leid, Kelly, aber sie ist tot.«

»Scheiße«, sagte Kelly. Sie lief hektisch im Kreis herum, als könnte sie ihren Schock nur so verarbeiten. »Scheiße, sie war in dieser Plane, oder? Die im Fernsehen. Sie war unter dem Haus? Ist sie ... umgebracht worden?«

»Ja«, sagte Josie. »Wir versuchen herauszufinden, was ihr passiert ist und wer sie ermordet haben könnte. Außer Ihnen und Lana Rosetti, gab es da noch jemanden, mit dem sie regelmäßig Zeit verbracht hat?«

Kelly schüttelte den Kopf. »Nein, wir waren ihre besten Freundinnen.«

»Hat Beverly Drogen genommen?«, fragte Josie.

»Nein, keine Drogen. Aber sie hatte halt ihre Männer.«

»Männer?«, hakte Gretchen nach.

Kelly verdrehte die Augen. »So hat sie sie genannt. Ich weiß nicht mal, ob es sie wirklich gab. Beverly hat immer viel geredet. Dachte, sie wäre die Heißeste von allen. Ich meine, das war sie irgendwie auch. Sie konnte jeden Typen haben, wirklich, aber sie hat auch gern irgendwelche Storys erzählt, hat übertrieben. Wenn sie in einen Typen verknallt war, hat sie immer so getan, als ob sie mit ihm zusammen wäre, auch wenn das gar nicht gestimmt hat.«

»Können Sie sich an den Namen von irgendeinem dieser Männer erinnern?«, fragte Josie.

»Sie hat nie Namen genannt. Deswegen sag ich ja, dass man nicht wissen konnte, ob es sie wirklich gab oder nicht. Sie hat die ganze Zeit über diese Typen geredet, aber wir haben nie einen von denen gesehen oder kennengelernt.«

»Was hat sie Ihnen denn über diese Männer erzählt?«, fragte Gretchen, den Stift schon über ihrem Notizbuch. »Vor allem in den Monaten vor Ihrem letzten Kontakt mit ihr.«

Kelly schnippte Asche auf den Asphalt. »Sie hat uns zum Beispiel erzählt, was die so zu ihr gesagt haben, wie viele Komplimente sie von ihnen bekommen hat und so und wie die so waren.«

»Hatte sie Sex mit einem dieser Männer?«, fragte Josie.

Kelly verdrehte die Augen. »Sie hat behauptet, dass alle mit ihr schlafen wollten, aber ich weiß nicht, ob sie es wirklich getan hat. Wie ich schon gesagt hab, Beverly hat viel geredet. Das meiste, was sie gesagt hat – egal worüber –, war heiße Luft.«

Josie wusste, dass nicht alles, was Beverly angedeutet hatte, nur heiße Luft war. Schließlich war sie im fünften Monat schwanger gewesen, als sie ermordet wurde.

»Von wie vielen Männern sprechen wir denn?«, fragte Gretchen.

»Vier so ungefähr«, antwortete Kelly. »Ich schätze mal, mit einem hat sie wirklich geschlafen, weil er ein Tattoo hatte, über das sie andauernd geredet hat. Als ob er deswegen ein besonders geiler Typ gewesen wäre oder so. Jeder hat Tattoos. Aber wir waren damals jung und dumm. Einen Typen mit Tattoo zu daten, fanden wir damals besonders heiß.«

»Was war das für ein Tattoo?«, fragte Gretchen.

Kelly zuckte mit den Schultern und schnippte Asche auf den Boden. Der Nieselregen war jetzt zu einem kräftigen Dauerregen geworden. »Weiß nicht mehr. Irgendwas Großes, glaube ich.«

»An welcher Stelle hatte er es denn? Hat sie das gesagt?«, fragte Josie nach.

Kelly nahm sich ein paar Sekunden Zeit zum Überlegen. »Ich weiß es wirklich nicht. Kann mich nicht erinnern.«

Gretchen sagte: »Aber Sie können sich daran erinnern, dass sie über vier verschiedene Männer gesprochen hat.«

»Mhm. Einer von ihnen war, ähh ...« Sie starrte Josie an und biss sich auf die Unterlippe.

»Ray Quinn«, ergänzte Josie. »Hat sie sich mit ihm getroffen?«

Kelly meinte: »Sie hat uns erzählt, dass sie sich mit ihm getroffen hat, also hinter deinem, ähh, Ihrem Rücken, aber ich glaub nicht, dass das stimmt. Immer wenn ich gesehen hab, dass sie mit ihm reden wollte, hat er sie total links liegen lassen.«

Und doch hatte Beverly seine geliebte Jacke getragen, als sie ermordet wurde.

»Was ist mit den anderen?«, lenkte Gretchen das Thema weg von Ray.

»Sie sagte, die wären älter. Meinte, Ray wäre der einzige Typ aus der Highschool, an dem sie interessiert wäre. Ein Typ hat irgendwelche Arbeiten an ihrem Haus gemacht oder so.«

Das stimmte mit dem überein, was George Newton ihnen erzählt hatte. Josie fragte: »Wenn sie nie Namen erwähnt hat, wie hat sie sie dann genannt, wenn sie von ihnen gesprochen hat?«

»Sie hatte Spitznamen für sie.«

»Erinnern Sie sich noch an diese Spitznamen?«, wollte Josie wissen.

Kelly schüttelte den Kopf. Sie zog ein letztes Mal an ihrer zweiten Zigarette und warf die Kippe weg. »Ne, daran kann ich mich nach all der Zeit nicht mehr erinnern. Sorry.«

»War denn einer dabei, mit dem es ihr ernster war als mit den anderen?«, fragte Gretchen.

»Ich weiß nicht, ob sie einen mehr gemocht hat als die anderen«, meinte Kelly. »Aber ein Typ hat sich irgendwann nicht mehr für sie interessiert, und das hat sie ziemlich geärgert.«

»Irgendeine Ahnung, wer das gewesen sein könnte?«, fragte Josie.

»Nein, tut mir leid.«

»Was ist mit Beverlys Vater?«, wechselte Josie das Thema. »Hat sie ihn irgendwann mal erwähnt? Wusste sie, wer es ist?«

»Das wusste sie nicht, und ihre Mutter hat ihr lediglich gesagt, dass ihr Dad nichts mit ihnen zu tun haben wollte. Beverly hat ihr das nicht abgenommen, aber wahrscheinlich wollte sie einfach nicht glauben, dass ihr eigener Vater sie links liegen lässt.«

Das war ein trauriges Detail aus Beverlys Leben und Josie fragte sich, was sich ihre Mutter dabei gedacht hatte und ob es nicht eine liebevollere Erklärung für die Abwesenheit ihres Vaters gegeben hätte. Aber dafür hätte Vera wohl lügen müssen.

»Was können Sie uns über ihre Mutter erzählen?«, fragte sie Beverly. »Über Vera.«

»Sie hatte so eine Art Behinderung.«

»Was für eine denn?«, fragte Gretchen.

»Sie hatte eine kaputte Bandscheibe im Rücken. Musste haufenweise so starkes Zeug wie Percocet und Oxycodon schlucken, um die einfachsten Dinge tun zu können.«

»Kam das von einem Unfall oder so?«, fragte Josie.

Kelly nahm ihre zerdrückte Zigarettenpackung aus der Tasche, klopfte die nächste Zigarette heraus und zündete sie sich an. Der Regen prasselte auf das Aluminium des Dachvorsprungs. »Das kam von einer Schlägerei.«

Gretchen und Josie sahen einander an. Josie wusste, dass Gretchen in Gedanken Veras Vorstrafenregister durchging. Ein paar Strafzettel wegen zu schnellen Fahrens und eine abgewiesene Anklage wegen eines ungedeckten Schecks. Keine Gewalttätigkeit.

»Das war nicht in einer Bar oder so«, sagte Kelly, als ob Schlägereien nur in Bars stattfänden. »Sie und Beverly gerieten in Streit. Sie hatten eigentlich immer Streit. Beverlys Mom konnte richtig fies sein. Als wir in der Mittelstufe waren, hatten sie dann eine Mega-Auseinandersetzung und Beverly hat sie die Treppe hinuntergestoßen.«

Josie konnte es kaum fassen: »Beverly hat ihre Mutter die Treppe hinuntergestoßen?«

Kelly lachte und blies Josie dabei Rauch ins Gesicht. »Wundert dich das?«

»Nein, nicht wirklich. Ich dachte nur, sie hätte ihren Ärger nur an Leuten ausgelassen, die sie nicht mochte.«

»Wie kommst du denn darauf, dass sie die gute Vera gemocht hat? Ich sag dir, Vera hat höllisch genervt. Hat Beverly einfach alles verboten. Sie sind nie gut miteinander ausgekommen.«

»Wissen Sie, warum?«, fragte Gretchen.

»Hören Sie mir eigentlich zu? Weil Vera wirklich fies war!«

»Okay«, meinte Josie. »Kelly, wir haben noch ein paar andere Fragen zu Vera. Sie sagten, dass sie diesen ruinierten Rücken hatte. Wissen Sie, ob sie davor gearbeitet hat?«

»Jaja, sie war Friseurin. Bis Beverly sie die Treppe runtergestoßen hat. Dann musste sie damit aufhören. Sagte, sie kann nicht mehr den ganzen Tag stehen. Sie hat sich am Rücken operieren lassen, aber es wurde nur noch schlimmer.«

»Hatte Vera einen Freund?«, wollte Gretchen wissen.

»Nein, nie. Beverly hat ihr dauernd gesagt, sie soll sich endlich einen Freund zulegen, damit sie mal wieder flachgelegt wird. Vera hat dazu immer gesagt, kein Mann würde sie nehmen mit diesem verdorbenen Teenager als Tochter.«

Wieder überkam Josie Mitleid für Beverly – ein Gefühl, das sie während der Schulzeit nie für sie hatte aufbringen können. Aber schließlich hatte sie damals auch keine Ahnung gehabt, was bei Beverly zu Hause vorging.

»Nur eine letzte Frage noch, Kelly«, sagte sie. »Hat Beverly jemals Ihnen gegenüber erwähnt, dass sie schwanger war?«

Kelly riss die Augen auf. »Nein. Nie. Glaubst du, sie war schwanger?«

»Darüber dürfen wir nicht sprechen«, sagte Gretchen. »Gab es denn irgendeine Freundin von Beverly oder Vera, die Alice hieß? Können Sie sich an irgendeine Alice erinnern?«

Kelly schüttelte den Kopf. »Nein. Der Name sagt mir gar nichts.«

»Wann haben Sie zuletzt mit Lana Rosetti gesprochen?«, fragte Josie.

»Seit der Highschool nie mehr«, antwortete Kelly.

Gretchen gab Kelly eine ihrer Visitenkarten. »Sie haben uns wirklich sehr geholfen. Rufen Sie uns an, wenn Ihnen noch etwas einfällt.«

ACHTZEHN

2004

Energie und Begeisterung lagen in der Luft. Auf dem Gelände um das Baseballfeld wimmelte es von Menschen, und die Tribünen waren schon voll. Einige Leute aus Denton hatten Klappstühle mitgebracht und ließen sich nieder, wo sie ein freies Stück Wiese fanden. Die Sonne stand zwar schon tief, aber es war noch immer schwülheiß. Josie hielt ihr langes schwarzes Haar hinten für einen Moment hoch und genoss den Lufthauch in ihrem Nacken. Sie wartete an dem Maschendrahtzaun, der parallel zur ersten Grundlinie lief und wo die Freunde und Familien der Denton-East-Spieler sich vor Spielbeginn einfanden, um ihnen Glück zu wünschen. Von hinten drängten Menschen gegen Josie, aber sie wich nicht vom Fleck. Lisette stand in der langen Schlange vor dem Imbissstand an.

Die Menge johlte begeistert, als die Spieler aufs Feld trabten. Josie erkannte Ray sofort an seinem federnden Laufstil. Er wandte seinen Kopf und zwinkerte ihr zu, ehe er seinen Platz auf dem Werferhügel einnahm. Er und der Catcher wärmten sich auf, während die anderen Spieler um das Feld liefen und sich Bälle zuwarfen, um sich für das Meisterschaftsmatch einzuspielen. Josie ließ ihr Haar wieder hängen und legte ihre

Hände oben auf den Zaun. Ein dünner Schweißfilm überzog ihre nackten Arme und Beine. Um sie herum feuerten Zuschauer die Spieler an. Einige Minuten später pausierten die Spieler, damit das gegnerische Team auf das Feld kommen und sich warmspielen konnte. Ray kam zu Josie herübergeschlendert und klopfte dabei rhythmisch mit dem Handschuh an sein Bein. Er strahlte Selbstbewusstsein aus, aber an seinem unsteten Blick konnte Josie doch erkennen, dass er nervös war.

Als er bei ihr ankam, lehnte sie sich über den Zaun, um ihn zu küssen. »Nicht nervös sein«, sagte sie zu ihm. »Du wirst das großartig machen.«

Er klemmte seinen Handschuh unter eine Achsel und strich ihr mit der Hand das Haar aus dem Gesicht. »Meinst du, Jo?«

Josie grinste. »Ich weiß es. Das wird dein bestes Spiel werden, wart's nur ab.«

»Na, hoffentlich hast du recht.«

Sie küssten sich noch einmal, bis jemand in der Nähe grölte: »Nehmt euch ein Zimmer, Leute!« Dann kam der Coach wieder aufs Feld, mit einer Gruppe Männer im legeren Business-Look aus Poloshirts und Stoffhosen, und trommelte das Team zusammen. Ray blickte über seine Schulter. »Shit«, meinte er. »Ich muss gehen. Wir müssen Fotos mit den Sponsoren machen, ehe das Spiel beginnt.«

Josie langte nach oben und rückte seine Basecap zurecht. »Ich würd dir ja Glück wünschen, aber das hast du gar nicht nötig. Bis nachher.«

Sie sah ihm nach, als er übers Feld joggte und ihr Herz geriet für einen Moment aus dem Takt. Sie hoffte so sehr, dass Rays Mannschaft gewinnen würde. Die Baseballsaison hatte Ray sehr beflügelt und sogar aus der Depression geholt, in die er manchmal fiel. Außerdem hatte er hart trainiert und sie hoffte inständig, dass sich das bezahlt machen würde. Das Team versammelte sich am Homeplate, Coach und Spieler gingen auf ein Knie herunter und vier Unternehmer aus Denton stellten sich dahinter auf. Josie erkannte den Gründer von Komorrah's Coffee, dem ortsansässigen Coffeeshop, mit seinem strähnigen weißen Haar und den altersgebeugten Schultern. Sie hatte gehört, er wolle bald aufhören und das Geschäft an seine Tochter übergeben. Dann war da noch der Besitzer der Pizzeria direkt am Unicampus. Josie schätzte ihn auf Mitte fünfzig. Er hatte fettige blonde Haare und einen Schnurrbart, der nur spärlich zu wachsen schien, und sah so aus, als würde er genauso viele Pizzen essen, wie er verkaufte. Dann gab es noch zwei andere Männer, so Mitte bis Ende dreißig. Einer war groß und schlaksig, mit dichtem und gewelltem braunen Haar und einer Brille mit dünnem Rand, die ihm immer wieder die Nase hinunterrutschte. Josie meinte zu wissen, dass er der Inhaber eines örtlichen Software-Unternehmens war, das in letzter Zeit gut im Geschäft war, obwohl sie sich nicht an seinen Namen erinnern konnte. Der letzte Typ war mittelgroß, supergebräunt und hatte kurzgeschnittene braune Haare, die stachelig nach oben gegelt waren, als wollte er jünger erscheinen, als er tatsächlich war. Josie kannte weder seinen Namen noch den seiner Firma, hatte ihn aber schon ein paarmal im Fernsehen gesehen. Irgendwas im Zusammenhang mit der Modernisierung des historischen Stadttheaters.

Das Klicken und Blitzen von Kameras hinter ihr zog Josies Aufmerksamkeit auf sich. Sie drehte dem Feld den Rücken zu und stellte fest, dass sie von Menschen belagert wurde, die ihre Kameras hoch in die Luft hielten. Sie drängte sich zwischen ihnen durch und kaum war sie weg, schlossen sie die Lücke am Zaun, machten die Spieler durch Rufe auf sich aufmerksam und schossen Fotos. Josie brauchte mehrere Minuten, um Lisette zu finden, die auf einem Klappstuhl neben der Tribüne an der Seite der dritten Grundlinie saß. Neben ihr stand ein identischer Stuhl, auf dessen Sitz sich die Snacks häuften, die sie am Kiosk gekauft hatte. »Da bist du ja«, sagte Lisette. »Setz dich lieber hin, ehe jemand anders sich den Stuhl schnappen will.«

Sie sortierte das Essen um, das sie besorgt hatte und das ausgereicht hätte, die beiden nicht nur ein Spiel, sondern eine ganze Woche lang zu ernähren. Es gab vier Hotdogs, ein halbes Dutzend Chipstüten, Pommes mit massig Ketchup darauf und ein paar Brownies.

Josie sagte: »Grandma, das ist zu viel.«

Lisette schüttelte den Kopf. »Ray wird nach dem Spiel hungrig sein. Alles, was wir nicht schaffen, geben wir ihm. O nein, ich hab vergessen, Servietten mitzubringen. Wärst du so lieb, schnell zum Imbiss rüberzulaufen und einen Packen davon zu holen?«

Da es nur noch ein paar Minuten bis Spielbeginn waren, strömten alle Zuschauer zu ihren Plätzen und kämpften um jeden freien Fleck, den sie finden konnten. Josie ging hinter der Tribüne herum. Die Wiese dort wurde von einem höheren Maschendrahtzaun begrenzt und war mit Essensverpackungen vermüllt. Hinter dem Zaun lag ein Parkplatz mit einem Waldstück daneben. Noch immer strömten Menschen durch den schmalen Eingang vom Parkplatz herein und Josie musste sich ihren Weg zum Imbissstand erkämpfen, bis sie plötzlich an eine Wand prallte und fast auf ihren Hintern gefallen wäre. Als starke Hände nach ihren Oberarmen griffen, wurde ihr klar, dass es keine Wand war, sondern ein Mann. Sie blickte nach oben in das Gesicht eines der Sponsoren. Mister Supergebräunt. »Tut mir leid«, sagte er und schenkte ihr ein breites Lächeln, das ebenmäßige weiße Zähne sehen ließ. Er hätte vielleicht attraktiv auf Josie gewirkt, wenn er nicht seinen Griff etwas zu spät wieder gelockert und dabei mit dem Daumen leicht über die Seite ihrer Brust gestrichen hätte.

Josie entzog sich ihm, senkte das Kinn und versuchte, an ihm vorbeizugehen. »Schon gut«, sagte sie. Unter den vorbeiströmenden Menschen gab es niemanden, der auf die beiden aufmerksam wurde. Der Mann fasste Josie an der Schulter und bremste sie. »Kennen wir uns?«

Josie deutete mit dem Daumen nach hinten über ihre Schulter. »Der Pitcher ist mein Freund«, sagte sie. »Sie haben mich wahrscheinlich mit ihm gesehen.«

Er setzte ein verschwörerisches Lächeln auf, als ob er ein Geheimnis mit Josie teilen würde. »Der Junge ist gut«, sagte er. »Auf dem Baseballfeld.«

Josie spürte, wie ihre Wangen rot anliefen. »Ich muss jetzt ...«

Ehe sie den Satz beenden konnte, fesselte irgendetwas hinter ihr seine Aufmerksamkeit. Josie war erleichtert, als er daraufhin sagte: »War nett, dich kennenzulernen«, dann um sie herumging und sich entfernte. Josie drehte sich nicht um. Sie nahm sich fest vor, ihn später auf ihre Liste perverser Typen zu setzen.

Vor dem Imbissstand herrschte noch immer großer Andrang und mehrere Kunden raunzten sie an, als sie an der Schlange vorbeigehen wollte, um sich einen Packen Servietten zu schnappen. Pflichtschuldig wartete sie geschlagene zehn Minuten nur für die Servietten und klopfte dabei nervös mit dem Fuß auf den ausgetretenen Pfad vor dem Stand. Dann lief sie eilig zurück und nahm diesmal den langen Weg um das Außenfeld, um nicht wieder Mister Supergebräunt in die Arme zu fallen. Und Mister Supereklig, fügte sie in Gedanken hinzu. Vor den Toiletten drängten sich noch immer die Menschen. Wenn sie nicht bald zurück an ihrem Platz war, würde sie die Nationalhymne verpassen und die arme Lisette würde glauben, sie wäre entführt worden. Als sie um die Schlange vor der Damentoilette herumlief, stürmte ihr ein Spieler aus dem gegnerischen Team entgegen, der sich eilig zwischen den Leuten hindurchschlängelte. Er erwischte sie an der Schulter, brachte sie aus dem Gleichgewicht und stieß ihr die Servietten aus der Hand. Josie fluchte leise und ging in die Hocke, um sie wieder aufzusammeln. »Pass doch auf, du Idiot!«, rief jemand aus der Warteschlange dem jungen Mann hinterher.

Josie drückte den ungeordneten Haufen Servietten an ihre Brust und lief weiter. Die Stimme des Stadionsprechers ertönte, er begrüßte die Zuschauer und forderte sie auf, für die Nationalhymne aufzustehen. Ehe Josie abbiegen und entlang der dritten Grundlinie weiterlaufen konnte, kam jemand hinter der Damentoilette hervorgestolpert und kreuzte direkt ihren Weg.

»Hey«, sagte Josie. »Achtung!«

Beverly Urban stand vor ihr, die Augen weit aufgerissen wie ein Reh im Scheinwerferlicht. Ihre üppigen Locken wirkten zerzaust.

»Shit«, murmelte Josie.

Aber diesmal erschien kein spöttisches Grinsen auf Beverlys Gesicht und keine bissigen Bemerkungen kamen aus ihrem Mund. Sie starrte Josie einfach nur an, als würde sie durch sie hindurchsehen. Aus den Lautsprechern erklangen jetzt die ersten Akkorde der Nationalhymne. Auf Beverlys Hals waren hellrote Flecken zu sehen. In einer Hand hielt sie etwas Zusammengeknülltes, das wie ein Stück weißer Stoff aussah. Ohne darüber nachzudenken, fragte Josie: »Alles in Ordnung?«

Als erwache sie aus einer Trance, kniff Beverly die Augen zusammen. Sie steckte die Faust in ihre Rocktasche. »Geh mir aus dem Weg!«, fauchte sie.

Josie verdrehte die Augen und machte einen großen Bogen um Beverly. »Nichts lieber als das«, sagte sie, ohne sich noch einmal umzublicken.

NEUNZEHN

Die Adresse, die sie von Lana Rosetti hatten, lag im Westen von Denton in einer Siedlung von Einfamilienhäusern mit großzügigen Gärten. Die schön angelegten Rasenflächen waren von Wasser durchtränkt, da es weiterhin unaufhörlich regnete. Bisher war jedoch erst ein Teil der Siedlung überschwemmt. Josie und Gretchen mussten zahlreiche Umleitungen nehmen, bis sie schließlich Lana Rosettis Haus erreichten, froh darüber, dass es nicht in der Überschwemmungszone lag. Ein Schild auf dem Rasen vor dem Haus verkündete:

Psychologische Praxis Rosetti.

»Sie ist Psychologin?«, fragte Gretchen.

»Sieht so aus«, meinte Josie. Sie stiegen aus und gingen die Einfahrt hinauf. Fünf Stufen führten zu einem Vorplatz vor der dunkelroten Haustür. Rechts und links der Tür standen Kübelpflanzen. Josie drückte auf die Klingel. Nach kurzem Warten öffnete eine Frau die Tür. Sie sah Lana Rosetti sehr ähnlich, war aber offensichtlich älter als diese. Ein knöchellanges Kleid mit Blümchenmuster umspielte ihre zierliche Gestalt. Das gewellte blonde Haar reichte ihr bis zu den Schultern. Ihre strahlend blauen Augen musterten über eine Brille hinweg die beiden Ermittlerinnen. »Ja, bitte?«

Sie zeigten ihre Dienstausweise vor. Josie fragte: »Mrs Rosetti? Lanas Mutter?«

»Ja, das bin ich. Sie können mich Paige nennen. Sind Sie wegen Lana hier?«

»Wir würden gern mit ihr sprechen, wenn das möglich ist«, antwortete Gretchen. »Ist sie zufällig zu Hause?«

Paige musterte die beiden ruhig. »Darf ich fragen, worum es geht?«

»Natürlich«, entgegnete Josie. »Wir ermitteln im Todesfall einer ihrer Highschoolfreundinnen. Wir hatten gehofft, sie fragen zu können, ob sie sich an irgendetwas von damals erinnert, was uns bei den Ermittlungen weiterhelfen könnte.«

»Mein Gott«, sagte Paige. »Vielleicht kommen Sie einfach rein.«

Sie folgten ihr durch einen luftigen Eingangsbereich mit hellem Hartholzboden in eine Küche, die von einem riesigen rustikalen Esstisch aus Holz in der Mitte dominiert wurde. Auf einer Seite der Tischplatte stand ein geöffneter Laptop. Paige sah über eine Schulter zu Josie. »Sie sind doch mit meiner Tochter in die Highschool gegangen, nicht wahr?«

»Ja«, meinte Josie. »Aber wir waren nicht befreundet.«

Paige deutete auf die bunt zusammengewürfelten Holzstühle am Tisch. »Setzen Sie sich doch«, sagte sie zu den beiden. »Kann ich Ihnen irgendwas anbieten? Wasser? Einen Kaffee?«

Beide lehnten ab. Gretchen fragte: »Ist Lana denn hier?«

Paige lächelte. »Nein, aber ich bin in siebzehn Minuten mit ihr zu einem Videotelefonat verabredet, wenn Sie so lange warten möchten.«

»Wir würden lieber persönlich mit ihr sprechen«, meinte Josie.

Paige lachte und setzte sich auf den Stuhl vor ihrem Laptop. »Das ist leider nicht möglich. Meine Tochter und ihre Familie befinden sich quasi auf der anderen Seite des Globus. Ich sehe und spreche sie nur während dieser geplanten Videotelefonate, und in fünfzig Prozent der Fälle klappt es nicht. Da, wo sie sind, ist die Infrastruktur nicht gerade die beste.«

»Wo ist sie denn?«, wollte Gretchen wissen.

»In Burundi«, antwortete Paige. »Afrika also. Lana und ihr Mann arbeiten für Ärzte ohne Grenzen. Mein Enkel ist mit dabei.«

Josie meinte: »Könnten wir vielleicht doch einen Kaffee bekommen?«

Paige musste lachen. »Gute Entscheidung.«

Sie kochte eine Kanne Kaffee, während sie alle darauf warteten, dass Lana online ging. »Sie sagten, es geht um eine Freundin aus der Highschool?«

»Ja, Beverly Urban«, antwortete Gretchen. »Ihre sterblichen Überreste wurden vor Kurzem hier in Denton aufgefunden. Es sieht so aus, als wäre sie, kurz nachdem sie die elfte Klasse an der Highschool beendet hat, ermordet worden.«

»Oh, wie traurig«, meinte Paige betroffen. »Das ist ja schrecklich.«

»Erinnern Sie sich an Beverly?«, fragte Josie.

»Ja. Vor allem daran, dass ihr Verhältnis zu Lana zeitweise recht schwierig war. Ich hab damals gedacht, dass sie wohl Probleme zu Hause hatte, weil sie sich oft so aufführte. Sie suchte ständig Aufmerksamkeit, und meine Lana war damals viel zu gutmütig.«

»Haben Sie auch Beverlys Mutter gekannt?«, wollte Josie wissen. »Oder hatten Sie jemals Gelegenheit, mit ihr zu sprechen?«

Paige brachte Kaffeebecher und Löffel zum Tisch, eine Zuckerschale und eine kleine Packung Milch. Während sich alle bedienten, dachte sie einen Augenblick nach. Dann schüttelte sie den Kopf. »Nein, hatte ich nicht. Ich habe aber manchmal überlegt, sie anzusprechen. Beverly war oft ziemlich gemein zu Lana, aber irgendwie haben sie es immer wieder hinbekommen. Dann ist Beverly weggezogen und das Thema hat sich von selbst erledigt.«

Paiges Laptop pingte. Josie und Gretchen nippten an ihrem Kaffee, während Paige und Lana sich begrüßten und kurz austauschten. Dann erklärte Paige, dass die Polizei da sei und warum. Sie hörten Lana sagen: »Oh, mein Gott. Die arme Beverly. Ist die Polizei jetzt gerade bei dir? Ich kann mit ihnen sprechen.«

Josie und Gretchen standen auf und stellten sich direkt hinter Paige, um von der Kamera erfasst zu werden. Sie konnten sich selbst in einem kleinen Fenster rechts oben auf dem Bildschirm betrachten. Lana war in dem großen Fenster mitten auf dem Bildschirm zu sehen. Ihr lockiges blondes Haar war zu einem unordentlichen Pferdeschwanz zusammengefasst. Ihre sonnenverbrannte Haut pellte sich auf der Nase. Sie trug ein T-Shirt von Ärzte ohne Grenzen in ausgeblichenem Grau und befand sich offensichtlich in einem olivgrünen Zelt. Josie informierte Lana mit ein paar Sätzen, was geschehen war. Das dauerte länger als erwartet, da der Bildschirm immer wieder einfror und sie nicht verstanden wurde. Obwohl sie das frustrierte, blieb sie ruhig und konzentriert. Dann waren sie endlich bei ihren Fragen angekommen.

»Lana, soweit wir wissen, waren Sie und Beverly gute Freundinnen«, sagte Gretchen. »Uns wurde berichtet, dass Beverly nach Abschluss der elften Klasse von niemandem aus ihrem engeren Kreis mehr gesehen wurde. Wann haben Sie denn das letzte Mal mit ihr gesprochen?«

»Das war etwa eine Woche nach Ende des Schuljahrs. Wir waren zusammen bei mir zu Hause. Sie hat bei mir übernachtet. Am nächsten Morgen ist sie heim und ich hab nie wieder etwas von ihr gehört.«

Josie hakte nach: »Sind Sie zu ihr nach Hause gegangen? Haben Sie sich nach ihr erkundigt oder versucht herausfinden, wo sie abgeblieben ist?«

»Natürlich«, antwortete Lana. »Aber es war niemand da. Keiner hatte sie mehr gesehen. Wir wussten, dass sie umziehen wollte, und davon bin ich dann auch ausgegangen. Dass sie weggezogen sind.«

Die Übertragung war für einen Moment gestört. Statt Lana war jetzt nur noch ein Durcheinander aus Linien zu sehen. Sie warteten, bis sie wieder sichtbar war. Gretchen nahm den Faden wieder auf: »Wir haben heute schon mit Kelly Ogden gesprochen. Sie hat uns erzählt, dass es einige Männer gab, für die sich Beverly gegen Ende der elften Klasse interessierte.«

»Das stimmt«, entgegnete Lana.

»Kelly hat angegeben, es wären vier gewesen«, schaltete Josie sich ein. »Können Sie das bestätigen?«

»Ja.«

»War einer von ihnen Ray Quinn?«

»Ja.«

»Erinnern Sie sich an mich?«

Lana lehnte sich nach vorn, sodass fast nur noch ihre Augen und ihre Stirn auf dem Bildschirm zu sehen waren. »Ja, ich erinnere mich an Sie. Ehrlich, ich weiß nicht mal, ob da wirklich was war zwischen ihr und Ray. Sie hat es behauptet, aber ich bin mir nicht sicher. Ich hab es nicht wirklich geglaubt. Sie wollte wohl, dass da was zwischen ihnen passiert, aber Ray hatte kein Interesse an ihr.«

»Hat einer der Männer, die sie mochte, Bauarbeiten bei ihr zu Hause durchgeführt?«, fragte Gretchen.

Lana lehnte sich zurück und zupfte an den losen Hautfetzen auf ihrer Nase herum. »Ja, daran erinnere ich mich. Er war älter als sie. Den mochte sie wirklich. Er schien auch an ihr interessiert zu sein. Als ich mal bei ihr war, haben die beiden geflirtet. Aber an seinen Namen kann ich mich nicht erinnern.«

»Wissen Sie, wer die anderen beiden Männer waren?«, wollte Josie wissen.

»Nein, Beverly hat ein ziemliches Geheimnis um die beiden gemacht. Deswegen waren Kelly und ich uns auch nicht sicher, wie viel von ihren Erzählungen wirklich gestimmt hat. Ich bin aber überzeugt, dass sie nur mit einem dieser Männer geschlafen hat. Sie tat zwar so, als wäre sie eine Art männermordender Vamp, sodass sich die Männer in ihrer Nähe kaum beherrschen konnten, aber tatsächlich intim geworden ist sie nur mit einem. Zumindest hat sie mir das so gesagt. Ich bin mir nicht sicher, welcher von den Typen das war, aber ich weiß, dass er ein Tattoo hatte.« Lana musste lachen. »Aus irgendeinem Grund dachte sie, ein Typ mit einem Tattoo wäre besonders ... männlich. Sexy.«

»Ja, das hat Kelly uns auch erzählt«, entgegnete Gretchen. »Wissen Sie, was für ein Tattoo das war?«

Lana strich eine Haarsträhne beiseite, die sich über ihre Augen verirrt hatte. »Ja, ich glaube, das war ...« Der Ton fiel plötzlich aus, Lanas Gesicht fror ein und wurde von Linien, die sich darüberlegten, verzerrt.

»Oh, Mann«, meinte Paige. »Ich weiß nicht, ob wir noch länger mit ihr sprechen können. Einen Moment. Hoffentlich bekommen wir sie noch einmal zu sehen.«

Nach einer längeren Pause erschien Lana wieder auf dem Bildschirm. Sie fragten noch einmal wegen des Tattoos nach. »Nehmen Sie mich nicht beim Wort, aber ich bin mir ziemlich sicher, dass es ein Schädel war. Ich weiß allerdings nicht, wo an seinem Körper.«

Gretchen hatte ihr Notizbuch gezückt und notierte sich dieses neue Detail.

»Lana, hatte Beverly irgendwie mit Drogen zu tun?«, fragte Josie.

Lana schüttelte den Kopf. »Nein, ich hab nie gesehen, dass sie welche nahm.«

»Haben Sie irgendeine Idee, wer sie umgebracht haben könnte?«

»Um Himmelswillen, nein. Tut mir wirklich leid. Keine Ahnung. Ich weiß, dass sie sich mit einem älteren Typen traf und dass sie höllischen Streit mit ihrer Mutter hatte, aber ich kann mir nicht vorstellen, dass jemand sie umbringen wollte. Aber ...« Sie verstummte und Josie dachte, die Verbindung wäre wieder unterbrochen worden, aber Lana nahm sich nur einen Augenblick Zeit zum Nachdenken. Dann sagte sie beinahe wie zu sich selbst: »Das spielt jetzt wahrscheinlich keine Rolle mehr. Beziehungsweise haben Sie das wahrscheinlich schon durch die Autopsie rausgefunden, wenn sie direkt nach Schuljahresende ermordet wurde. Beverly war schwanger.«

»Ja«, bestätigte Josie. Sie war erstaunt, dass Beverly sich Lana anvertraut hatte, nicht aber Kelly. In der Highschool hatte es immer so ausgesehen, als wäre Kelly enger mit Beverly befreundet. Aber Kelly war eine Art Marionette für Beverly gewesen, überlegte Josie. Sie tat, was immer Beverly ihr befahl. Sie war nicht dazu da, Ratschläge zu erteilen oder Trost zu spenden. Lana war ganz offensichtlich die Feinfühligere der beiden gewesen und hatte sich oft geweigert, bei Beverlys besonders hinterhältigen Spielchen mitzumachen. »Das hat die Obduktion tatsächlich ergeben«, bestätigte Josie. »Wissen Sie denn, wer der Vater war?«

Lana runzelte die Stirn. »Nein, tut mir leid. Aber wie ich schon gesagt hab, muss es einer dieser Männer gewesen sein. So hab ich nämlich rausgefunden, dass sie nur mit einem intim war. Als sie mir von der Schwangerschaft erzählt hat, hab ich sie gefragt, von wem es ist, und da hat sie zugegeben, dass sie sexuell gar nicht so aktiv war, wie sie immer getan hat.«

»Hat sie Ihnen irgendeinen Namen gesagt?«, fragte Josie. »Außer dem von Ray?«

»Nein.«

»Kelly sagte, sie hätte Spitznamen für die Männer gehabt. Können Sie sich an irgendeinen davon erinnern?«

»Nein, leider nicht. Das ist alles so lange her. Tut mir wirklich leid. Ich wollte, ich könnte Ihnen helfen. Ich kann noch mal darüber nachdenken, aber ... Das war vor Ewigkeiten, die Highschool.«

»Ja, klar«, sagte Josie. »Sagt Ihnen der Name Alice was? Gab es im Umkreis jemanden mit diesem Namen? Oder hatte Vera irgendeine Freundin, die Alice hieß?«

»Nicht, dass ich wüsste«, meinte Lana.

Das Bild brach erneut in sich zusammen und Lana verschwand. Aus den Lautsprechern kam ein sonderbares metallisches Geräusch. Paige bewegte die Maus und klickte mehrmals, um Lana zurückzuholen.

Sie hörten Lanas Stimme, ehe ihr Gesicht wieder auf dem Bildschirm erschien. »Vera hat es gewusst.«

Josie spürte einen kalten Schauder in ihrem Nacken. »Vera hat es gewusst? Ihre Mutter wusste von den Männern?«

Mehrfarbige Linien füllten den Bildschirm. Etwas wie ein »Ja« war noch zu hören.

Gretchen lehnte sich vornüber in Richtung Laptop und fragte laut: »Hat Vera ihre Namen gekannt?«

»Ja.«

Für längere Zeit war nur Schwärze, wo zuvor Lana zu sehen gewesen war. Dann erschien sie wieder auf dem Bildschirm. Josie, die unbewusst die Luft angehalten hatte, atmete erleichtert aus. Lana sagte: »Tut mir leid. Die Verbindung ist wirklich nicht großartig.«

Josie fragte: »Hat Vera gewusst, dass Beverly schwanger war?«

»Ja, sie hat es gewusst. Vera wusste offensichtlich auch, wer der Vater war, obwohl ich nicht weiß, woher, weil Beverly es nicht mal mir oder Kelly erzählen wollte. Ich bin mir nicht mal sicher, ob sie Kelly von der Schwangerschaft erzählt hat. Aber sie und Vera hatten fürchterlich Streit deswegen.«

»Würden Sie sagen, dass Vera gewalttätig war?«, hakte Gretchen nach.

Lana runzelte wieder die Stirn. »Schwer zu sagen. Ich denke, wenn, dann ohne es wirklich zu wollen. Ihre Beziehung war einfach sehr angespannt.«

Josie fragte: »Glauben Sie, Vera könnte Beverly umgebracht haben?«

Der Bildschirm zerfiel wieder in ein Kaleidoskop zersplitterter Digitalbilder. Das Letzte, was sie noch von Lana hörten, ehe die Verbindung völlig zusammenbrach, war: »Vielleicht«.

ZWANZIG

Paige lud Josie und Gretchen zum nächsten Videotelefonat mit Lana ein paar Tage später ein. Sie gab ihnen auch Lanas E-Mail-Adresse, warnte sie aber gleich vor, dass diese nur selten Zeit hatte, auf E-Mails zu antworten. Zurück auf dem Revier ließen sich die beiden etwas zum Essen liefern und setzten sich an ihre Schreibtische. Noah, der gerade von der städtischen Bauaufsichtsbehörde zurückkam, gesellte sich dazu. Amber war nirgends zu sehen, aber ihr Laptop stand noch auf einem der leeren Schreibtische. Josie und Gretchen informierten Noah über die Befragungen von Kelly und Lana.

Noah verspeiste den letzten Rest seines Cheeseburgers und säuberte sich die Hände mit einer Serviette. »Glaubt ihr, dass Vera ihre eigene Tochter umgebracht und begraben hat und danach abgehauen ist?«

Josie dachte über seine Frage nach und kaute dabei auf einer ihrer Pommes herum. Dann ging sie zu ihrem Computer und rief noch einmal Veras Führerschein auf. »Hier steht, dass Vera einsachtundsechzig groß war. Dr. Feist meint, wer auch immer Beverly erschossen hat, war mindestens einsdreiund-achtzig groß. Wenn man die Lage der Schusswunde und sowohl

Beverlys als auch Veras Größe in Betracht zieht, ist es also sehr unwahrscheinlich, dass Vera Beverly erschossen hat. Aber Vera ist jetzt seit sechzehn Jahren von der Bildfläche verschwunden. Also ist sie entweder untergetaucht – und wenn sie *tatsächlich* ihr eigenes Kind ermordet hat, wäre das naheliegend – oder wer auch immer Beverly getötet hat, hat auch sie getötet. Ich neige eher zu der These, dass auch Vera ermordet worden ist.«

»Und wieso?«, fragte Gretchen.

»Ich kann mir einfach nicht vorstellen, dass sie Beverlys Leiche unter dem Kellerboden vergraben hat, wenn sie tatsächlich in einem so schlechten körperlichen Zustand war, wie George Newton, Kelly und Lana es behaupten.«

»Da hast du allerdings recht«, meinte Noah. »Aber vielleicht hat ihr jemand geholfen.«

»Wer denn?«, fragte Gretchen. »Vera hatte keinen Freund. Und es sieht nicht so aus, als hätte sie überhaupt Freunde gehabt.«

»Zumindest keine, die uns bekannt sind«, merkte Josie an. »Wir wissen einfach nicht genug über Vera. Wir müssen unbedingt ein paar Leute ausfindig machen, die sie gekannt haben.«

»Wir müssen rausfinden, wo sie vor ihrer Rückenverletzung gearbeitet hat. Das muss irgendein Friseursalon hier in Denton gewesen sein.«

Josies Handy klingelte. Als sie die Nummer sah, schlug ihr das Herz bis zum Hals. »Das ist Alice«, sagte sie, ehe sie den Anruf annahm. Alle im Raum verstummten, den Blick auf Josie geheftet.

»Detective Quinn?«, sagte Alice. »Sind Sie das?«

»Ja, Alice. Ich bin froh, dass Sie anrufen. Wir müssen unbedingt miteinander sprechen.«

»Ja, das müssen wir.«

Josie sah zu Gretchen und Noah hin, die ihr durch ein Nicken bedeuteten, das Gespräch in Gang zu halten. »Ich kann mich an einem Ort außerhalb des Reviers mit Ihnen treffen, aber ich muss eine Kollegin mitbringen. Das verstehen Sie bestimmt. So können sich alle Beteiligten sicher fühlen.«

»Wer soll das sein? Wen würden Sie mitbringen?«

Josie dachte daran, dass Alice gesagt hatte, das Polizeirevier sei nicht sicher. Sie selbst glaubte keine Sekunde daran, dass jemand in ihrem Team korrupt sein könnte, aber Alice hatte da offensichtlich Bedenken, die Josie bei ihrem Treffen mit Alice ansprechen wollte. »Detective Gretchen Palmer«, beantwortete sie die Frage. »Sie ist erst vor wenigen Jahren aus Philadelphia zu uns gestoßen.«

Nach längerem Schweigen antwortete Alice: »Okay. Bringen Sie sie mit. Aber nur sie. Haben Sie verstanden?«

»Ja«, sagte Josie. »Verstanden. Wo sollen wir uns treffen?«

»Da ist ein Stop-N-Go an der Interstate. Kennen Sie den?«

»Ja, den kenne ich«, entgegnete Josie. »Sollen wir uns auf dem Parkplatz treffen? In einer halben Stunde?«

»Nicht auf dem Parkplatz«, wies Alice sie an. »Hinter dem Stop-N-Go.«

»Dahinter? Alice, da ist nichts außer ein paar Bäumen und Wiese. Und dann geht's gleich runter zur Interstate.«

»Dann wird uns dort auch niemand sehen«, sagte Alice. »Keiner wird auf die Idee kommen, da nach uns zu suchen. Erzählen Sie niemandem, dass Sie sich mit mir treffen. Haben Sie verstanden? Niemandem. Sollte ich jemanden außer Ihnen beiden sehen, überhaupt nur irgendjemanden, bin ich weg, kapiert?«

»Ja«, antwortete Josie. »Das hab ich verstanden.«

»Wir sehen uns in einer halben Stunde«, sagte Alice und beendete das Gespräch.

Josie steckte ihr Handy wieder ein und sah Gretchen an. »Dann mal los.«

Auf dem Parkplatz drängten sich die Reporter unter ihren Schirmen, liefen sofort auf die beiden zu und bombardierten sie mit Fragen. Wie hängengebliebene Schallplatten riefen Josie und Gretchen sicher ein halbes Dutzend Mal »Kein Kommentar«, bis sie das Schlachtgetümmel endlich hinter sich gelassen hatten. Der Regen hatte nur minimal nachgelassen. Da so viele Straßen abgeriegelt waren, brauchten sie zwanzig Minuten für die paar Kilometer zum Stop-N-Go. Die Tankstelle mit angeschlossenem Minimarkt lag auf einem kleinen Hügel direkt an der Ausfahrt der Interstate 80. Josie fuhr auf den Parkplatz und sie gingen langsam um das Gebäude herum zur Rückseite. Etliche Kunden eilten, die Regenkapuzen tief ins Gesicht gezogen, von ihren Autos zur Tankstelle und wieder zurück, um möglichst schnell wieder dem Regen zu entfliehen. Niemand beachtete Josie und Gretchen. Der Regen fiel in gleichmäßigem Rhythmus auf ihre Regenmäntel. Josie konnte den Müllcontainer riechen, bevor sie ihn sah. Er stand in einer Nische an der Gebäuderückseite, die grüne Farbe blätterte ab und der schwarze Plastikdeckel stand offen. Hinter dem Stop-N-Go war gerade so weit asphaltiert, dass das Müllauto den Container leeren konnte. Dahinter lagen, wie Josie Alice gegenüber erwähnt hatte, über sechstausend Quadratmeter Wiese, die lose mit Bäumen bestanden war. Das Ganze endete mit einem Abhang, unter dem wie ein Band die Interstate 80 lag.

Als Josie und Gretchen auf die Bäume zugingen, gaben ihre Stiefel schmatzende Geräusche von sich. »Ich kann niemanden sehen«, sagte Gretchen leise.

»Warten wir's ab«, entgegnete Josie. Sie fanden einen Platz unter dem dichten Blätterdach eines großen Ahorns und warteten. In der Ferne war die Interstate zu sehen. In Richtung Osten, etwa eineinhalb Kilometer entfernt, floss der Susquehanna River als schmutzig brauner Streifen unter der Autobahn hindurch. Regelmäßig leuchteten rote Bremslichter auf, wenn sich Fahrzeuge der Autobahnüberführung näherten.

»Shit«, murmelte Josie. »Schau dir das an. Ich glaube, der Fluss überflutet demnächst die Autobahn.«

Gretchen wischte sich Regenwasser aus dem Gesicht und

sah mit zusammengekniffenen Augen zum Fluss hinüber. »Dort auf der anderen Seite parallel zur Interstate gibt's doch auch noch einen Nebenfluss, oder?«

»Ja«, antwortete Josie. »Die Überführung da wird innerhalb der nächsten Stunde unter Wasser stehen.«

Sie nahm ihr Handy heraus und rief in der Leitstelle an, um die Kollegen zu bitten, den Katastrophenschutz und die Staatspolizei zu benachrichtigen. Während sie sprach, fühlte sie, wie sich ein Kloß in ihrer Kehle bildete und ihr Tränen in die Augen stiegen. Was geschah mit ihrer Stadt? Wie lange würde das so weitergehen? Was würde dann noch übrig sein? Sie hatte ihr ganzes Leben in Denton verbracht. Ihren Highschoolabschluss hier gemacht. Geheiratet. War seit Jahren hier bei der Polizei. Sie hatte dieser Stadt schon so viel geopfert – hatte buchstäblich für sie geblutet, und zwar mehr als einmal. Es war ihre Stadt, die hier gerade dahingerafft wurde. Sie wandte Gretchen den Rücken zu, nahm schaudernd einen tiefen Atemzug und konzentrierte sich darauf, dem Leitstellenkollegen präzise Anweisungen zu geben. Zum ersten und einzigen Mal seit Beginn der Hochwasserkatastrophe war Josie froh über den Regen. So würde Gretchen hoffentlich nicht mitbekommen, dass sie ihre Gefühle nicht im Griff hatte.

Zehn Minuten später, als das Wasser auf die Überführung schwappte, hörten die Bremslichter nicht mehr auf zu leuchten. Alice war weit und breit nicht zu sehen. Josie wählte ihre Nummer, aber sie ging nicht ans Handy.

»Was meinst du?«, fragte Gretchen. »Hat sie Angst bekommen?«

Josie massierte sich die Schläfen, um zu verhindern, dass die Kopfschmerzen hinter ihren Augenhöhlen schlimmer wurden oder doch noch Tränen flossen. »Ich weiß nicht. Vielleicht war das nur ein Test. Vielleicht kann sie uns ja sehen, aber wir sehen sie nicht. Sie wollte wohl sichergehen, dass wir alleine kommen.«

Sie gingen langsam zum Stop-N-Go zurück und suchten dabei mit den Augen die Umgebung nach Frauen ab, die in einem Auto saßen oder unter einem Baum standen. Gegenüber dem Stop-N-Go war an einer Ecke neben der Auffahrt zur Interstate einfach nur ein Grashügel. An den anderen beiden Ecken standen eine Bank, die geschlossen war, und ein einfaches Gebäude im Farmhausstil. Von da, wo sie standen, konnte Josie absolut niemanden sehen, der Alice hätte sein können.

»Lass uns fahren«, sagte sie zu Gretchen.

Als sie ins Auto stiegen, war in der Ferne wieder das langgezogene Heulen der Notfallsirene zu hören.

EINUNDZWANZIG

Auf dem Revier war Ruhe eingekehrt. Die Presseleute waren fort, und Josie und Gretchen stapften hoch in den ersten Stock, wo Mettner an seinem Schreibtisch saß. Seine braunen Haare waren völlig zerzaust und seine Kleider sahen durchnässt aus. »Hey, Boss«, sagte er.

»Wo sind die Reporter?«, fragte Josie.

»Amber gibt eine Pressekonferenz, drüben in der Einsatzstelle«, erklärte er. »Aber ich hab hier was für euch.« Er stellte einen Pappkarton vom Boden auf seinen Schreibtisch.

»Was ist da drin?« Josie trat neben ihn und warf einen Blick hinein.

Mettner strich sich mit beiden Händen das Haar aus dem Gesicht. »In der Hempstead Road steht immer noch alles unter Wasser. Da gibt's noch nichts zu sehen. Es dauert wahrscheinlich noch einen oder zwei Tage, bevor der Pegel sinkt. Aber ich hab dort tatsächlich das Wrack von Mrs Bassetts Haus entdeckt.« Er deutete auf den Karton. »Hier drin sind einige ihrer persönlichen Sachen. Ich hab mitgenommen, was ich gefahrlos retten konnte. Wenn die Helfer mit den Aufräumarbeiten anfangen, können sie vielleicht noch tiefer ins Haus vordringen und weitere Dinge rausholen.«

Josie betrachtete den Inhalt: ein paar gerahmte Fotografien, eine kleine Schmuckschatulle, einige Paar Schuhe und mehrere Kleidungsstücke. »Mett, das ist toll. Da wird sie sich riesig freuen. Wir müssen nur rausfinden, wo die Rettungskräfte sie hingebracht haben, dann können wir ihr die Sachen zukommen lassen.«

Gretchen griff in den Karton und nahm ein paar Dinge heraus. »Wäre schön, wenn wir einiges davon trocken bekämen.«

Sie legten auf einem der leeren Schreibtische die Habseligkeiten auf Papiertüchern aus. Mettner fand oben im Abstellraum einen Tischventilator und den benutzten sie, um den Trocknungsvorgang zu beschleunigen. Dann verließ er das Revier und absolvierte ein paar weitere Rettungseinsätze, während Gretchen versuchte, herauszufinden, in welchem Friseursalon Vera Urban vor fast zwanzig Jahren gearbeitet hatte. Josie forschte nach, wo Mrs Bassett untergekommen war. Wie sich herausstellte, hatte man sie nach Rockview Ridge gebracht, in die einzige zertifizierte Pflegeeinrichtung von Denton, wo auch Josies Großmutter, Lisette Matson, wohnte.

Josie stand auf und begann, Evelyn Bassetts inzwischen getrocknete Habseligkeiten wieder in den Pappkarton zu packen. »Ich bringe ihr die Sachen vorbei. Dann kann ich auch gleich noch mit meiner Großmutter sprechen. Sie erinnert sich wahrscheinlich an Vera Urban. Vielleicht kann sie uns weiterhelfen.«

Rockview Ridge lag am Stadtrand von Denton, hoch oben auf einem felsübersäten Hügel. Josies dreiundachtzigjährige Großmutter wohnte dort seit fast einem Jahrzehnt. Mit zunehmendem

Alter war das Alleinleben für Lisette aufgrund ihrer Arthritis immer schwieriger geworden, also hatten Josie und Ray sie damals zu sich genommen. Sie hatten für sie gesorgt, solange sie konnten, aber nachdem Lisette ein paarmal, als sie sich allein im Haus befand, gestürzt war, hatten sie keine andere Wahl gehabt, als für sie ein neues Zuhause in einer betreuten Einrichtung zu finden. Josie hatte immer wieder Schuldgefühle, dass sie Lisette nicht bei sich daheim wohnen lassen konnte, aber sie wusste, dass sie in Rockview gut versorgt war. Und wann immer es ihre Zeit erlaubte, holte sie ihre Großmutter zu sich nach Hause.

Josie stellte den Karton mit Mrs Bassetts persönlichen Sachen am Empfang ab und wartete, während die Rezeptionistin die Zimmernummer heraussuchte. Da Josie mit den örtlichen Gegebenheiten der Einrichtung bestens vertraut war, brachte sie Mrs Bassett ihre Sachen ins Zimmer und half ihr dabei, einige der gerahmten Fotografien auf ihrer Kommode und auf dem Fensterbrett aufzustellen. Dann machte sie sich auf die Suche nach Lisette. Wie üblich saß ihre Großmutter in der hauseigenen Cafeteria an einem Tisch und mischte einen Satz Spielkarten. Ihr gegenüber saß ein Mann mit dunklem Haar und breiten Schultern. Neugierig geworden, ging Josie rasch zum Tisch hinüber und sah zu ihrer Überraschung, dass der Mann kein anderer war als Hayes.

Josie starrte ihn entgeistert an.

»Josie, wie schön, dich zu sehen«, freute sich Lisette.

Fragend ließ Josie ihren Blick von Hayes zu ihrer Großmutter wandern. Lisettes Lächeln wirkte angestrengt und die Fältchen um ihre blauen Augen vertieften sich sichtlich. »Grandma«, fragte Josie. »Was gibt's Neues?«

Lisette deutete auf Hayes. »Nichts Neues. Das ist ein Freund von mir, Sawyer.«

»Sawyer?«, fragte Josie.

»Das ist mein Vorname«, erklärte er.

»Du bist mit ihm befreundet?«

»Josie!«, mahnte Lisette.

Sawyer stand mit einem sparsamen Lächeln auf. »Ich geh dann wohl besser mal«, sagte er. »Mrs Matson, es war sehr schön, Sie zu sehen.«

Josie sah ihm nach und nahm dann seinen Platz ein. Lisette hob fragend die Augenbrauen. »Na, das war jetzt aber nicht gerade höflich, oder?«

»Tut mir leid«, sagte Josie. »Wir beide hatten gestern während einer Rettungsaktion eine Meinungsverschiedenheit. Ich mag ihn nicht sonderlich, und ich glaube, er kann mich überhaupt nicht leiden.«

Lisette senkte den Blick. Sie mischte wieder ihre Karten und begann, eine Partie Solitaire zu legen. »Es tut mir leid, das zu hören.«

»Woher kennst du ihn?«, wollte Josie wissen.

Lisette deckte die Karten eine nach der anderen auf. »Wir hatten wegen der Überflutungen einen ziemlichen Zustrom an neuen Bewohnern. Sawyer hat viele von ihnen hergebracht. Darüber sind wir ins Gespräch gekommen, das ist alles.«

Josie sah ihre Großmutter eine Weile nachdenklich an. Lisette wich ihrem Blick aus, und Josie hatte das sichere Gefühl, dass ihre Großmutter ihr etwas verschwieg, aber sie konnte sich nicht vorstellen, was das sein könnte. Es sei denn, Lisette war einfach nur enttäuscht darüber, dass ihre Enkelin Sawyer Hayes so unfreundlich behandelt hatte. Sie wusste, dass Lisettes Leben in Rockview Ridge bisweilen recht einsam sein konnte – Josie hatte also kein Recht, ihr Freundschaften zu verwehren. Sie legte über den Tisch hinweg ihre Hand auf Lisettes. »Es tut mir leid, Grandma. Das war wirklich unhöflich von mir. Wenn ich Sawyer das nächste Mal begegne, geb ich mir mehr Mühe.«

Lisette sah kurz zu ihr auf, dann widmete sie sich wieder ganz ihrer Patience. »Das wäre mir sehr recht.«

Josie beobachtete eine Weile, wie Lisettes knorrige Hände

die Partie Solitaire zu Ende brachten und dann wieder die Karten mischten. Schließlich sah sie zu Josie auf. »Sollen wir zusammen eine Runde King's Corners spielen?«

Josie nickte. Lisette hörte auf zu mischen und teilte die Karten aus. »Ich hab in den Fernsehnachrichten gesehen, dass ihr in einem Mordfall ermittelt. Ein junges Mädchen, nicht?«

»Stimmt.«

»Also«, begann Lisette, während sie sich beide nun auf das neue Spiel konzentrierten und ganz automatisch ihre Züge machten. Seit Josie zehn Jahre alt war, hatten sie zusammen Patience gespielt. »Bei all dem, was zurzeit in dieser Stadt los ist – und nun kommt obendrein noch ein Mordfall dazu –, da ist mir schon klar, dass dein Besuch bei mir nicht nur zum Plaudern, sondern auch dienstlicher Natur ist.«

Josie beugte sich zu Lisette hinüber und raunte: »Die Leiche, die wir gefunden haben, das war Beverly Urban.«

Der Schreck ließ schlagartig die Falten in Lisettes Gesicht verschwinden. Sie senkte den Kopf und ihre grauen Locken fielen nach vorn. »O mein Gott.«

»Sie wurde ermordet, Grandma. In den Kopf geschossen und dann unter ihrem Haus begraben. Alle dachten, sie sei einfach weggezogen. Soweit wir sagen können, verschwand ihre Mutter etwa zur selben Zeit. Seit dem Ende von Beverlys vorletztem Jahr an der Highschool ist auch Vera wie vom Erdboden verschluckt, sie ist nirgendwo mehr registriert.«

Lisette schüttelte den Kopf. »So eine Tragödie. Das arme Mädchen. Ich weiß, ihr beiden konntet euch nicht ausstehen. Und glaub mir, während eurer Highschoolzeit hätte ich sie oft auch am liebsten mit eigenen Händen erwürgt. Aber ich hab trotzdem immer geahnt, dass sie zu Hause mit irgendetwas ganz schön zu kämpfen hatte.«

»Und genau deshalb bin ich hier«, meinte Josie. »Ich weiß, dass du und Vera oft zum Direktor zitiert wurdet, wenn Beverly und ich …«

»... wenn ihr euch wieder mal in die Haare gekriegt habt? Euch gegenseitig mutwillig eure Spinde beschädigt habt? Sogar eure Autos?«

»Ich hab ihren Spind und ihr Auto nur beschädigt, weil sie zuvor dasselbe bei mir gemacht hat. Außerdem hat sie Schimpfwörter auf meine Sachen gesprüht. Nur deshalb hab ich das Schloss an ihrem Spind aufgebrochen, und ihr Auto hab ich mit Toilettenpapier umwickelt.«

Lisette sah sie mit hochgezogenen Brauen an, aber Josie bemerkte, dass dabei ein leises Lächeln ihre Lippen umspielte. »Und was ist damit, dass Beverly dich mal in der Schule die Treppe hinuntergeschubst hat und du ihr darauf einen Faustschlag ins Gesicht verpasst hast? Sie hatte danach ein blaues Auge und ihr wärt beide fast von der Schule geflogen. Ich konnte den Direktor nur mühsam davon abhalten.«

»Sie hätte mich umbringen können«, wehrte sich Josie. »Es ist ja nicht harmlos, jemanden die Treppe runterzustoßen.«

»Ist es etwa harmlos, jemandem einen Faustschlag ins Gesicht zu verpassen?«

»Also gut, ich war ein Hitzkopf. Das ist es doch, was du hören willst, oder?«

Lisette lachte. »So leicht lass ich dich nicht vom Haken, Josie. Ich weiß, du warst damals ein Teenager im Hormonchaos. Außerdem hast du versucht, all den Missbrauch und die Gewalt zu verarbeiten, die du erleiden musstest, bevor du zu mir gekommen bist. Ich bin auch heute noch fest davon überzeugt, dass dir eine Therapie damals gutgetan hätte, aber du hast dich ja mit Händen und Füßen dagegen gewehrt.«

Die Partie war zu Ende, Lisette hatte gewonnen. Josie sammelte die Karten ein und mischte sie für die nächste Runde. »Ich hab keine Therapie gebraucht.«

»Pah!«, schnaubte Lisette lachend. »Du bräuchtest auch jetzt noch eine Therapie.«

Josie verzog genervt das Gesicht, schwieg aber. Sie wusste,

bei diesem Thema würde Lisette nie klein beigeben. »Was ich eigentlich sagen wollte, Grandma, ist, dass du Vera sicher häufig getroffen und mit ihr gesprochen hast. Ich muss unbedingt alles erfahren, was du mir über sie erzählen kannst.«

»Hm, lass mich überlegen«, begann Lisette, als Josie die Karten für die zweite Runde austeilte. »Als Erstes fällt mir ein, dass Vera kaum mit ihrer Tochter fertigwurde. Damals war ich ja sozusagen in der gleichen Situation wie sie, eine alleinerziehende Mutter mit einer hitzköpfigen Teenager-Tochter, aber ich kam ganz gut zurecht damit. Vera hingegen ... es war eine Katastrophe. Sie war völlig zermürbt, als wäre sie bei Beverly mit ihrem Latein am Ende. Obendrein stand sie ja die meiste Zeit unter starken Schmerzmitteln. Zumindest damals, als ihr beiden auf der Highschool wart.«

»Wir haben gehört, sie hätte einen Unfall gehabt.«

»Das stimmt«, erwiderte Lisette. »In einem der Gespräche mit dem Direktor hat sie das erwähnt. Sie habe Probleme mit den Bandscheiben und eine Rückenoperation sei schiefgegangen, und dass sie so oft in die Schule zitiert werde, sei für sie eine Tortur. Außerdem müsse sie dazu immer jemanden finden, der sie mit dem Auto hin- und zurückbringt. Anscheinend fuhr sie nicht selber Auto – oder sie konnte es nicht wegen ihres Rückens.«

»Wer hat sie zur Schule gefahren? Weißt du das noch?«

Lisette schüttelte den Kopf. »Irgendein Mann. Ich hab ihn nur ein paarmal gesehen. Er ist nie aus dem Wagen ausgestiegen. Hat sie einfach dort abgesetzt und später wieder abgeholt.«

»Was war das für ein Auto?«

»Ein blaues. Mehr weiß ich nicht, Liebes. Tut mir leid. Das ist schon so lange her.«

»Schon gut«, meinte Josie. »Vera hat über ihn also nicht so gesprochen, als sei sie mit ihm zusammen gewesen, oder?«

»Nein«, erwiderte Lisette. »Ich glaube nicht, dass sie ein Paar waren. Bei den Treffen sprach sie immer nur über sich und über Beverly, nie über jemand anderen. Ich glaube nicht, dass es einen Mann im Leben der beiden gab. Sie sagte auch immer, sie müsse sich darum kümmern, dass jemand sie fährt, als sei das ein großer Aufwand. Immer wieder klagte sie über ihre Rückenprobleme, aber sie erwähnte nie, dass sie irgendwelche Hilfe im Alltag hatte.«

»Meinst du, das mit ihrem Rücken war wirklich so schlimm, wie sie sagte?«

Lisette dachte einen Augenblick nach. »Es war ganz sicher etwas Ernstes, keine Frage, aber wann immer ich sie sonst sah, schien sie damit ganz gut zurechtzukommen. Ich glaube, sie hatte eher ein Problem mit Drogen als mit Rückenschmerzen.«

»Wie kommst du darauf?«

Lisette seufzte und blickte Josie direkt in die Augen. »Josie, ich hatte genügend Erfahrung mit einer Drogenabhängigen, um die Anzeichen zu erkennen.«

»Du hast recht«, sagte Josie. Als Josie drei Wochen alt gewesen war, hatte eine der Frauen, die im Haus ihrer Eltern putzten, dort einen Brand verursacht und Josie entführt. Josies leibliche Eltern waren an diesem Tag außer Haus gewesen und hatten ihre Babys bei dem Kindermädchen gelassen. Zunächst hatte es so ausgesehen, als hätte nur Josies Zwillingsschwester überlebt. Die ganze Familie hatte geglaubt, Josie sei in den Flammen umgekommen. In Wahrheit hatte ihre Entführerin, Lila, sie nach Denton gebracht. Weil Lila wieder mit ihrem vorigen Lebensgefährten, Eli Matson, Lisettes Sohn, zusammensein wollte, hatte sie einfach Josie als ihrer beider Baby ausgegeben. Eli hatte sie erzählt, sie habe in dem Jahr ihrer Trennung Josie zur Welt gebracht und das Kind sei von ihm. Eli hatte Josie wie seine eigene Tochter aufgezogen, bis zu seinem Tod, als Josie sechs Jahre alt war. Lila war danach in einem Strudel aus Drogen und Gewalt versunken und hatte schließlich Josie, als sie in die Highschool kam, bei Lisette in Obhut gegeben.

»Glaubst du, dass Vera gegenüber Beverly gewalttätig war?«, fragte Josie.

»Ich weiß nicht, Liebes. Ich bezweifle es. Vera war frustriert und ständig erschöpft. Am liebsten war sie wohl zu Hause und dämmerte vor sich hin. Du kannst dich sicher noch daran erinnern, dass wir bei einem dieser Gespräche eine Ewigkeit auf Vera gewartet haben. Da saßen nur ich und der Direktor. Nach einer Stunde tauchte dann Beverly auf und sagte, Vera habe zu viel Oxycodon genommen und sei nicht wachzukriegen. Es war ihr furchtbar peinlich. Da wurde mir zum ersten Mal klar, dass Beverly zu Hause wirklich kein leichtes Leben hatte.«

»O Gott«, sagte Josie. »Ich hatte keine Ahnung davon.«

»Natürlich nicht. Du warst ja noch ein junges Mädchen.«

»Hast du Vera vor dem Unfall gekannt?«

»Ich hab sie ein paarmal getroffen. Sie war lebhaft und ganz reizend. Wir haben oft herzlich über unsere beiden Mädchen gelacht. Sie war damals noch nicht so aufgerieben, obwohl sie mit Beverlys pubertärem Verhalten viel größere Probleme hatte als ich mit deinem.«

»Inwiefern?«, fragte Josie.

»Sie erzählte mir, dass Beverly zu Hause ihr gegenüber sehr respektlos war, und sie befürchtete sogar, dass Beverly sie hasste. Ich hab ihr gesagt, dass alle jungen Mädchen diese Phase durchmachen, aber sie meinte, es sei schlimmer als das.«

»Hat sie jemals Beverlys Vater erwähnt?«

»Nur, dass er in ihrem Leben keine Rolle spielte und auch niemals eine gespielt hatte.«

»Kannst du dich erinnern, ob Beverly oder Vera jemals eine Person namens Alice erwähnt haben?«

»Nein, tut mir leid.«

»Grandma, weißt du ganz zufällig, wo Vera vor ihrem Unfall gearbeitet hat? Wir haben gehört, dass sie Friseurin war.«

»Ja, das stimmt«, erwiderte Lisette. »Vor dem Unfall war sie immer so adrett angezogen und schön zurechtgemacht. Jemand aus dem Salon hat ihr regelmäßig die Haare gemacht. Sie sah immer sehr hübsch aus. Aber nach dem Unfall war sie wie ausgewechselt. Sie wurde zu einer völlig anderen Person.«

»Erinnerst du dich daran, für welchen Salon sie gearbeitet hat?«

Lisette schürzte die Lippen und kniff die Augen zusammen, während sie darüber nachdachte. »Ich kann mich nicht an den Namen erinnern. Es war ein sehr schicker Laden. Auf der Maygrove Street, nicht weit vom College, zwischen dem … oje, die Geschäfte von damals gibt es schon lange nicht mehr. Ich glaube, jetzt ist da auf der einen Seite ein Starbucks und auf der anderen Seite ein Handyladen. Den Salon gibt es meines Wissens immer noch, aber er hat sich verändert, seit Vera dort gearbeitet hat. Und sicher heißt er jetzt auch ganz anders.«

Josie horchte gespannt auf – eine Spur! Auch sie konnte sich nicht an den Namen des Salons erinnern, von dem Lisette sprach, aber sie war schon oft daran vorbeigefahren. Und wenn er in der Nähe des Colleges lag, dann war er derzeit definitiv nicht überflutet. Falls der Salon seit damals weitergeführt worden war, bestand die Möglichkeit, dass dort noch jemand arbeitete, der sich an Vera erinnern konnte. Es war eine kleine Chance, aber sie würde sie ergreifen.

Die beiden beendeten ihre Partie und Josie stand auf. Sie ging um den Tisch herum zu Lisette und umarmte und küsste sie. Als sie sich von ihrer Großmutter lösen wollte, hielt Lisette sie fest an sich gedrückt und flüsterte Josie ins Ohr: »Du weißt, wie sehr ich dich liebe, nicht wahr?«

Lisettes Locken kitzelten Josie an der Wange. »Natürlich, Grandma. Ich liebe dich auch.«

»Du bist mein und ich bin dein, Josie. Ganz gleich, was auch geschieht. Nichts auf der Welt kann daran etwas ändern. Vergiss das nie.«

Josies Herz setzte einen Schlag aus und schlug dann stolpernd weiter. Sie trat einen Schritt zurück und blickte Lisette forschend an. »Alles in Ordnung bei dir, Grandma? Gibt es etwas, das du mir sagen willst?«

Lisette lächelte und legte Josie eine Hand an die Wange. »Das habe ich doch gerade.«

Josie sah ihr noch einen Moment länger in die Augen. Ihre Kehle fühlte sich trocken an. »Du stirbst mir aber nicht, oder?«

Lisette lachte und ließ Josie los. »Nein, sicher nicht. Du musst dir keine Sorgen machen, Liebes. Und jetzt musst du wohl zurück an deine Arbeit. Wir sehen uns bald wieder.«

ZWEIUNDZWANZIG

Lisettes rätselhafte Worte gingen Josie wie in einer Endlosschleife durch den Sinn, während sie durch Denton fuhr und nach dem Friseursalon suchte, den Lisette erwähnt hatte. Er lag in einer Ladenzeile mit großen Schaufenstern. Auf dem Schild draußen stand *Envy*. Josie wusste, dass der Salon nicht immer so geheißen hatte, aber sie konnte sich nicht an den früheren Namen erinnern. Sie parkte, trat ein und augenblicklich schlug ihr der Geruch von Chemikalien entgegen. Die Einrichtung des Salons, in dem leise Musik spielte, wirkte wie aus einem Hochglanzmagazin. Im Warteraum standen gepolsterte Stühle, auf niedrigen Beistelltischchen lagen Zeitschriften aus, und es gab sogar einen Tisch mit kostenlosen Getränken und Snacks. Hinter der Empfangstheke erstreckte sich eine geräumige Fläche mit zehn Friseurstühlen auf jeder Seite und einer Haarwaschstation am Ende. Drei der Stühle waren besetzt. Haarstylistinnen, alle in Schwarz gekleidet, flitzten herum, fegten den Boden, rührten Haarfarbe an und plauderten mit ihren Kundinnen.

Josie wartete an der Theke, bis jemand rief: »Wir sind gleich für Sie da!«

Ein paar Minuten später öffnete sich eine Tür rechts vom Empfang und eine Frau in den Sechzigern trat heraus. In ihrem langen schwarzen Baumwollkleid schien sie geradezu hereinzuschweben, und ihr strahlendes Lächeln hieß Josie willkommen. Ihr silbergraues Haar in einem schicken Pixie-Cut wurde von großen goldenen Ohrhängern elegant unterstrichen.

»Sagen Sie mir Ihren Namen?«, bat sie Josie und tippte hinter dem Empfangstresen etwas in den Computer.

»Oh, ich habe keinen Termin«, erwiderte Josie. Sie stellte sich vor und reichte der Frau ihren Dienstausweis.

»Was kann ich für Sie tun, Detective Quinn?«, fragte die Frau lächelnd und gab Josie den Ausweis zurück.

»Können Sie mir sagen, ob eine der Angestellten oder Sie selbst hier gearbeitet haben, bevor der Salon Envy hieß?«

Die Frau nickte und legte eine perfekt manikürte Hand auf ihr Dekolleté. »Ich bin heute und war schon damals die Besitzerin, als der Laden noch Bliss hieß. Besser gesagt war ich Miteigentümerin von Bliss. Ich habe vor etwa zehn Jahren meine Geschäftspartnerin ausbezahlt und den Salon umbenannt. Ich heiße übrigens Sara Venuto.«

»Schön, Sie kennenzulernen«, sagte Josie. »Ich bin hier, um herauszufinden, ob Sie mir etwas über eine frühere Angestellte erzählen können. Vera Urban.«

Saras Lächeln verblasste, als sie darüber nachdachte. »Vera Urban ...«

Josie zog ihr Handy heraus und suchte nach dem Führerscheinfoto von Vera, das sie gefunden hatten. Dann zeigte sie es Sara.

»Ach, du meine Güte, ja!«, rief Sara. »Vera. Wir nannten sie ›Vee‹. Wow, ich hab seit Jahren nicht mehr an sie gedacht. Ist sie ...« Sie verstummte, die Falten in ihrem Gesicht wurden noch tiefer und ihre Mundwinkel zogen sich traurig nach unten. »Wenn Sie so nach ihr fragen, haben Sie vermutlich keine guten Nachrichten«, sagte sie mit leiser Stimme.

Josie steckte ihr Handy wieder in die Tasche. »Ich fürchte, nein. Vielleicht haben Sie in den Nachrichten gesehen, dass in der Hempstead Road kürzlich eine Leiche gefunden wurde.«

»Nein, tut mir leid. Ich habe in letzter Zeit kaum Nachrichten geschaut. Es ist so traurig, mitanzusehen, wie unsere kleine Stadt von der Überschwemmung zerstört wird. Ich kann immer nur sehr wenig von der Berichterstattung verkraften, sonst kriege ich einen Nervenzusammenbruch.«

»Ja, das verstehe ich«, meinte Josie. »Das Haus, in dem Vera mit ihrer Tochter gelebt hat, wurde gestern fortgeschwemmt. Unter dem Fundament haben wir Beverlys Leiche gefunden.«

Sara sog erschrocken die Luft ein und stützte sich auf dem Tresen ab. Auch die Stylistinnen hinter ihr im Raum wurden aufmerksam. »Mein Gott«, stöhnte sie, blickte hinter sich und gab den Stylistinnen ein Zeichen, mit ihrer Arbeit fortzufahren. Dann wandte sie sich wieder an Josie. »Gehen wir doch in mein Büro, bitte.«

Sie führte Josie durch die Tür an der Seite in einen kleinen, in Grautönen gestrichenen Raum mit einem schlichten Schreibtisch sowie einigen Aktenschränken. Ein Besucherstuhl stand vor dem Schreibtisch und Sara bedeutete Josie, darauf Platz zu nehmen. Dann zog sie ihren eigenen Stuhl zu Josie heran, sodass nichts zwischen ihnen stand. Als sie sich setzte, zeigte ihr Gesicht noch immer Fassungslosigkeit. Sie verschränkte ihre Arme in Taillenhöhe und beugte sich zu Josie vor. »Bitte«, sagte sie. »Erzählen Sie mir, was passiert ist.«

»Beverly Urban wurde ermordet. Und bisher konnten wir Vera noch nicht ausfindig machen.«

»Ich würde Ihnen gerne helfen, Detective, aber Vera arbeitet schon seit zwanzig Jahren oder noch länger nicht mehr hier«, erklärte Sara.

»Das weiß ich«, erwiderte Josie. »Es ist nur so, dass Vera spurlos verschwunden ist – und das, wie wir glauben, schon seit vielen Jahren. Wir versuchen nun, ihr Leben wie ein Puzzle aus vielen Teilchen zusammenzusetzen und Menschen zu finden, die sie kannten und die uns etwas über ihr Leben berichten können, bevor sie verschwand. Alles, was wir herausfinden, kann uns dabei helfen, sie ausfindig zu machen oder die Ermittlungen zu Beverlys Mord voranzubringen.«

»O weh, das ist ja wirklich merkwürdig und schrecklich. Meinen Sie, dass sie auch tot ist?«

»Das können wir zum jetzigen Zeitpunkt wirklich nicht sagen, Ms Venuto.«

»Oh, bitte nennen Sie mich Sara. Ich verstehe. Nun, lassen Sie mich nachdenken. Vera hat lange bei uns gearbeitet. Ich hatte den Salon mit meiner Geschäftspartnerin eröffnet, und es gab uns schon ein paar Jahre, als ich Vera einstellte. Damals hieß der Salon noch Bliss, wie ich schon sagte. Meine Geschäftsidee war, den Kundinnen ein Erlebnis zu bieten. Wir haben nicht nur einfach Haare geschnitten und frisiert, ich wollte, dass unsere Kundschaft sich wie an einem Zufluchtsort fühlt, zu dem sie kommen und all ihre Probleme hinter sich lassen und sich verwöhnen lassen kann. Ich wollte, dass der Name ›Bliss‹ Programm ist, man sollte hier die reinste Glückseligkeit erfahren – man sollte sich fühlen wie auf Wolke sieben!«

Sie lachte, brach aber sofort ab und ihre Augen füllten sich mit Tränen. »Mein Gott, ich kann das gar nicht glauben. Das tut mir so leid für Vera und Beverly. Sie hat dieses kleine Mädchen vergöttert. Wir haben hier im Salon eine Babyparty für sie geschmissen – Belegschaft und Stammkundschaft zusammen. Ihre Kundinnen haben sie angebetet. Das war Gott sei Dank noch kurz bevor sie wegen Problemen mit der Schwangerschaft zu Hause bleiben und liegen musste. Sie hat ziemlich früh aufgehört zu arbeiten, aber wir haben dafür gesorgt, dass sie vorher alles Nötige beisammenhatte. Dann haben wir sie monatelang nicht gesehen. Sie ist zu ihrem Bruder gereist und hat dort gewohnt, bis Beverly kam.«

»Zu ihrem Bruder?«, fragte Josie. »Floyd?«

»Hm, an seinen Namen kann ich mich nicht mehr erinnern. Ich weiß nur, dass sie einen älteren Bruder hatte ...«

»Der in Georgia lebte«, ergänzte Josie.

»Ich weiß nicht, wo er lebte. Vera hat uns nur erzählt, er würde sich in der Zeit vor und nach der Geburt um sie kümmern. Und als wir sie dann wiedersahen, hatte sie dieses reizende kleine Mädchen.«

»Hat Vera je über Beverlys Vater gesprochen?«

»Nein, zumindest kann ich mich nicht daran erinnern. Sie sagte nur, er wolle mit dem Kind nichts zu tun haben. Aber sie war überglücklich darüber, Mutter zu sein. Beverly war entzückend.«

Saras Gesicht wurde auf einmal ernst, als erinnerte sie sich an etwas Verstörendes.

»Bis sie es später nicht mehr war«, meinte Josie.

»Ich will damit nicht sagen ... Man muss verstehen, dass es für Vera nicht leicht war, alleinerziehende Mutter zu sein. Kinder werden manchmal sehr schwierig, besonders wenn sie etwas älter sind, elf oder zwölf. Kurz vor der Pubertät.«

»Beverly war also verhaltensauffällig«, fasste Josie zusammen.

»Ja«, bestätigte Sara mit bedauernder Miene. »Bitte glauben Sie mir, ich will über Tote nichts Schlechtes sagen.«

»Ich suche nur nach Fakten«, meinte Josie. »Ganz gleich, was für Probleme Beverly in ihrer kurzen Lebenszeit hatte, meine Aufgabe ist es, herauszufinden, wer sie getötet hat, und diese Person für lange Zeit hinter Gitter zu bringen.«

Sara lächelte traurig. »Vera hat sie begutachten lassen, sowohl von einem Psychiater als auch von einem Psychologen. Beverly war ... nicht zu bändigen ... wild. Hatte vor nichts und niemandem Respekt. Es begann, glaube ich, als sie elf oder zwölf wurde. Aber ganz sicher bin ich mir nicht. Ich erinnere mich nur noch daran, weil Vera so verzweifelt war. Wenn sie zur Arbeit kam, sagte sie tagein, tagaus und oftmals unter

Tränen zu den Kolleginnen: ›Was ist nur aus meinem süßen kleinen Mädchen geworden?‹ Die anderen Frauen, die auch Kinder hatten, haben dann häufig nur gelacht und ihr versichert, das sei nur eine Phase. Aber im Vertrauen hat mir Vera gesagt, es sei viel schlimmer als das. Beverly war ... destruktiv. Sie hat Gegenstände im Haus zertrümmert, bekam schreckliche Wutanfälle. Ich glaube, Vera hatte Angst vor ihr ... und ich denke, das war begründet, denn Beverly hat sie eines Tages bei einem Streit die Treppe hinuntergestoßen.«

Josie nickte. »Von diesem Vorfall hab ich schon gehört.«

»Es war ein Unfall. Wirklich. Ich bin danach ein paarmal bei ihnen gewesen, um zu helfen. Beverly war aufrichtig zerknirscht.«

»Hat Vera Ihnen je erzählt, was bei den psychiatrischen oder psychologischen Untersuchungen herausgekommen ist?«, fragte Josie.

»Nein. Nur, dass Beverly an einem geringen Selbstwertgefühl und an mangelnder Impulskontrolle litt, und dazu kamen noch Depressionen. Es war wohl im Gespräch, dass sie medikamentös behandelt werden sollte, aber Vera war strikt dagegen. Und nach Veras Unfall hat sich die Situation zwischen den beiden etwas beruhigt.«

»Hat Vera nach dem Unfall aufgehört zu arbeiten?«, wollte Josie wissen.

»Ich habe sie so lange bei uns behalten, wie ich konnte, zuerst in Teilzeit und dann später, wann immer sie eine Schicht übernehmen konnte, aber es wurde dennoch zu viel für sie. Ich hätte ihr niemals von mir aus gekündigt, denn sie arbeitete exzellent und war sehr sympathisch. Ihre Kundinnen waren sehr traurig, als sie aufhörte. Einige von ihnen hatten ein sehr enges Verhältnis zu ihr. Ich glaube, sie waren auch außerhalb des Salons befreundet.«

»Hat Vera den Kontakt gehalten, nachdem sie hier aufgehört hatte?«, fragte Josie. »Blieb sie mit Kolleginnen befreundet?«

»Ja, sicher«, erwiderte Sara. »Aber das bröckelte über die Jahre, bis wir gar nichts mehr von ihr hörten.«

»Und wie war das mit ihren Kundinnen?«, fragte Josie.

»Hm, das weiß ich natürlich nicht. Sie kamen weiter hier in den Salon, aber ich habe nie gehört, dass eine von ihnen über sie sprach.«

»Erinnern Sie sich, ob eine ihrer Kundinnen Alice hieß? Oder vielleicht eine Kollegin?«

»Nein, an eine Alice erinnere ich mich nicht.«

»Vermutlich haben Sie keine Unterlagen mehr aus dieser Zeit, aber erinnern Sie sich an die Namen irgendwelcher ihrer alten Kundinnen? Vor allem von denen, die einen freundschaftlichen Kontakt mit ihr pflegten?«

Sara schüttelte den Kopf. »Ich weiß, dass ich keine Unterlagen mehr habe, die so weit zurückreichen.«

»Was ist mit Ihren anderen Angestellten? Gibt es jetzt noch welche, die hier gearbeitet haben, als Vera noch da war?«

»Es gibt zwei Mädchen – Frauen –, die könnte ich fragen. Oder Sie könnten das tun. Beide kommen erst später am Nachmittag. Und ich weiß nicht, ob eine von ihnen sich an mehr erinnern kann als ich.«

»Wenn Sie die beiden nach Veras Kundinnen fragen könnten, wäre das sehr hilfreich«, meinte Josie.

Sara schlug die Hände zusammen. »Wissen Sie, was ich noch habe! Fotoalben! Bevor es Handykameras und Social Media gab, haben wir immer wieder mal Fotos von den schönsten Frisuren gemacht und die Alben neuen Kundinnen zum Herumblättern gegeben. Ich könnte die beiden Kolleginnen bitten, einige unserer alten Fotoalben zusammen durchzublättern und eine Liste mit Veras Kundinnen zu schreiben. Die wird zwar vielleicht nicht vollständig sein, ist aber besser als nichts.«

Josie lächelte. »Dafür wäre ich Ihnen sehr dankbar. Vielleicht könnten Sie ja sogar einige der Porträts abfotografieren?«

»Sicher«, erwiderte Sara. »Ich sag Ihnen Bescheid, sobald wir etwas haben.«

Josie suchte in ihrer Tasche gerade nach einer Visitenkarte, da klingelte ihr Handy. Sie zog es heraus und nahm den Anruf an, ohne auf die Nummer zu achten. »Quinn.«

Man hörte Atmen und dann: »Detective? Hier spricht Alice.«

Josies Finger ertasteten eine Visitenkarte in ihrer Jackentasche. Sie reichte die Karte Sara und deutete auf ihre Handynummer. »Rufen Sie mich unter dieser Nummer an«, bat sie. »Ich finde selber nach draußen.« Auf dem Weg zum Parkplatz rief sie, das Handy ans Ohr gepresst: »Alice? Sind Sie das?«

»Ja.«

»Was war los heute? Wir waren an dem Ort, den Sie vorgeschlagen hatten. Aber Sie waren nicht da.«

»Ich konnte nicht dorthin kommen. Es war nicht sicher für mich.«

»Nicht sicher?« Josie stieg rasch in ihren Wagen, um dem Regen zu entkommen. »Alice, sind Sie in Gefahr? Versucht jemand, Ihnen etwas anzutun? In diesem Fall kann ich mich gleich jetzt irgendwo mit Ihnen treffen und Sie in Schutzgewahrsam nehmen, bis wir die Situation geklärt haben.«

Eigentlich gab es bei der Polizei in Denton gar keine Unterbringungsmöglichkeiten für solche Fälle, aber wenn Josie dieser Frau habhaft werden konnte, würde sie mit dem Chief und ihrem Team schon etwas aushecken, um sicherzustellen, dass Alice nichts geschehen konnte.

»Ich kann nicht, wirklich nicht. Es ist ... eine heikle Geschichte. Ich kann alles erklären, aber dazu müssten wir uns persönlich treffen.«

»Sagen Sie mir, wo Sie sind, und ich komme sofort dorthin. Keiner muss das erfahren. Und keiner wird uns sehen.«

»Nein«, entgegnete Alice. »Wenn wir uns treffen, dann bestimme ich, wann und wo. Morgen früh, um sieben. Kennen Sie diese Straße, die parallel zur Interstate verläuft? Dort gibt es ein paar Gebäude. Ein Motel, ein Lagerhaus, eine verlassene Bowlinghalle.«

»Das ist die Lockwood Road. Alice, die steht teilweise unter Wasser. Dieser Abschnitt der Interstate wurde vor einigen Stunden überflutet. Wir konnten es vom Stop-N-Go aus beobachten. Dort ist es jetzt ziemlich gefährlich.«

»Dort ist nicht alles überflutet«, widersprach Alice. »Hinter der verlassenen Bowlinghalle. Dort treffen wir uns. Da wird keiner nach mir suchen.«

Niemand sucht dort nach irgendjemandem, dachte Josie. Diese ganze Gegend war wie ein Friedhof. »Alice, es ist zu gefährlich, so nahe an eine der Überschwemmungszonen heranzugehen. Ich finde, wir sollten uns woanders treffen.«

Alice stöhnte genervt auf. »Um sieben hinter der verlassenen Bowlinghalle an der Lockwood Road. Woanders geh ich nicht hin. Entweder Sie kommen oder nicht, aber morgen um sieben Uhr fünfzehn bin ich dort weg, und Sie werden nie mehr von mir hören.«

Danach herrschte Funkstille.

DREIUNDZWANZIG

Es war schon fast Abendessenszeit, als Josie zurück aufs Polizeirevier kam. Als Erstes rief sie in Georgia die Polizeidienststelle des Distrikts an, in dem Floyd Urban lebte. Sie erklärte, sie hätten in Denton einen Mordfall und den Verbleib einer vermissten Frau zu klären. Im Jahr 1987 hätte die besagte Frau, Vera Urban, behauptet, sie habe während der beschwerlichen letzten Zeit ihrer Schwangerschaft bei ihrem Bruder gelebt. Josie bat darum, Floyd und auch weitere Mitglieder seiner Familie und wenn möglich auch Nachbarn zu befragen, denn es sehe so aus, als habe er über dreißig Jahre im selben Haus gelebt. Vielleicht könne man herausfinden, ob sich jemand daran erinnerte, Vera dort gesehen zu haben. Als Nächstes mailte sie den Kollegen dort Veras Foto aus ihrem alten Führerschein. Josie ahnte, dass das eine Sackgasse sein würde. Vermutlich hatte Vera schlicht gelogen, als sie sagte, dass sie während ihrer schwierigen Schwangerschaft bei ihrem Bruder gewohnt hatte. Allerdings wäre es unverantwortlich, Floyd Urban nicht genauer unter die Lupe zu nehmen.

Sobald sie das erledigt hatte, traf sich Josie mit Gretchen

und Noah. Mettner war immer noch unterwegs zu Notfalleinsätzen wegen der Überflutungen, und Amber saß an einem der leeren Schreibtische und tippte eifrig an ihrem winzigen Laptop. Sie beachtete die drei scheinbar gar nicht, aber Josie war sich sicher, dass sie alles genau mitbekam, was gesprochen wurde. Noah wedelte mit ein paar Blättern Papier in der Luft. »Ich hab diesen Bauarbeiter gefunden. Der für George Newtons Kellerabdichtungsfirma gearbeitet hat.«

Er reichte Josie die Unterlagen. Während sie den Inhalt überflog, rollte Gretchen ihren Bürostuhl neben sie, um mitlesen zu können. Es waren eine Traueranzeige und ein Totenschein.

»Sein Name war Ambrose McNeil. Wie ihr seht, saß er mehrfach wegen Drogendelikten im Gefängnis. Er wurde wegen Besitz von Heroin – vier Gramm – verurteilt und war zwei Jahre im Knast, bevor er anfing, bei Newton zu arbeiten.«

Josie deutete auf eine Zeile im Totenschein. »Er starb an einer Überdosis Heroin.«

»Und er war erst siebenundzwanzig«, warf Gretchen ein.

»Ja«, Noah nickte, »er starb nicht mal ein Jahr nach den Arbeiten an der Hempstead Road an einem goldenen Schuss.«

»Hast du bei der Staatspolizei und beim FBI überprüft, ob Ambrose Schusswaffen besaß?«

Noah schob ein paar Gegenstände auf seinem Schreibtisch zurecht, bevor er ihnen einen weiteren Stapel Papiere präsentierte. »Hab ich. Tatsächlich habe ich dabei auch die Liste der Personen abgearbeitet, bei denen ihr überprüft haben wolltet, ob sie irgendwann Schusswaffen erworben haben, und ich habe alle abhaken können.«

»Das ist ja toll«, sagte Gretchen. »Was hast du rausgefunden?«

Er las die Liste vor, dann reichte er sie an die beiden weiter, damit sie selbst nachlesen konnten. »Ambrose McNeil besaß eine Pistole, eine Kaliber 45 ACP. Es gibt keine Nachweise darüber, dass George Newton jemals Schusswaffen kaufte. Calvin Plummer besitzt drei Jagdgewehre, erworben jeweils 1986, 1999 und 2003. Er hat auch eine Schrotflinte, die er 2001 gekauft hat.«

Josie nahm ihm die Seiten ab und studierte sie selbst. »Keine neun Millimeter.«

»Zumindest keine legal erworbene«, schränkte Noah ein.

»Stimmt«, sagte Gretchen. »Jeder von denen hätte sich illegal eine Neun-Millimeter-Pistole kaufen können, und es wäre nicht registriert worden.«

»Aber bisher haben wir keinen Beweis, dass einer von denen eine Waffe vom selben Kaliber besaß, mit dem Beverly getötet wurde«, fasste Josie zusammen.

»Leider«, pflichtete Noah ihr bei. »Ich hab auch geprüft, ob Vera je eine Schusswaffe gekauft hat. Hab nichts gefunden.«

»Was ist mit der Dokumentation über Ambrose McNeils Haftzeit? Können wir diese Unterlagen bekommen? Um rauszukriegen, ob er Tätowierungen hatte?«

»Schon erledigt«, meinte Gretchen. »Es sind mehrere Tattoos angegeben, aber nichts, was so aussieht wie ein Totenkopf oder sonstige Schädel.«

Josie ließ sich auf ihren Stuhl fallen und lehnte sich zurück. Die Erschöpfung war überall in ihrem Körper spürbar. Einen Moment lang schloss sie die Augen, um die wirbelnden Gedanken und die heraufziehende Enttäuschung zu besänftigen. Gretchen sah sie besorgt an: »Alles okay, Boss?«

Josie riss die Augen auf. »Mir geht's gut. Und ich hab tatsächlich ein paar Spuren.«

Gretchen und Noah sahen sie erwartungsvoll an und sie berichtete ihnen von ihrem Besuch in dem Friseursalon und dann über den Anruf von Alice. Als ihr Blick jedoch auf Amber fiel, die hinter ihnen saß, verstummte sie. Alice hatte immer wieder betont, es sei nicht sicher, sich auf dem Polizeirevier zu treffen. Sie befürchtete offensichtlich, verfolgt zu werden. Auch hatte sie Josie und Gretchen nicht so weit vertraut, dass sie heute Vormittag allein zu dem Treffen kommen würden. Unter normalen Umständen hätte Josie die Hand dafür ins Feuer gelegt, dass niemand von den Polizeikräften im Revier eine Bedrohung für Alice – oder für jemand anderes – sein könnte, aber die Umstände waren eben nicht normal. Fakt war, die einzige Veränderung in der Belegschaft innerhalb der letzten zwei Tage betraf nur eine Person – und das war Amber.

»Was hat sie gesagt?«, wollte Noah wissen. »Will sie sich noch mal treffen?«

»Ja, sie will sich morgen mit uns treffen«, erklärte Josie. »Aber ich muss auf ihren Anruf warten, in dem sie uns mitteilt, wann und wo.«

Sie würde Gretchen die tatsächlichen Details dieses Anrufs später erzählen. Zum jetzigen Zeitpunkt musste Josie Alices paranoide Furcht vor der Polizei durchaus ernst nehmen.

Noch bevor Gretchen oder Noah weitere Fragen stellen konnten, wurde die Tür zum Treppenhaus aufgerissen und Officer Hummel eilte herein, in der einen Hand ein Dokument, in der anderen eine Papiertüte. Er ging hinüber zu den Schreibtischen, ignorierte dabei Amber völlig und legte einen Bericht der Forensik vor Josie auf den Tisch.

»Boss«, sagte er. »Das sind die Ergebnisse zu den Fingerabdrücken, die wir an der Abdeckplane und dem Klebeband sicherstellen konnten.«

Josies Herz geriet kurzfristig vor Aufregung ins Stolpern, das legte sich aber rasch, als sie den Bericht durchlas.

»Da sind sowohl Veras Fingerabdrücke als auch die von Ambrose McNeil auf der Abdeckplane ...«

»Aber nicht auf dem Klebeband«, beendete Hummel ihren Satz.

»Konntet ihr welche auf dem Klebeband sicherstellen?«, fragte Noah.

»Einen Abdruck, der noch brauchbar war«, erwiderte Hummel. »Aber wir haben im AFIS-System keine Übereinstimmung gefunden. Wer auch immer diesen Fingerabdruck hinterlassen hat, wurde noch nie verhaftet oder eines Verbrechens angeklagt.«

»Wenn im Keller Arbeiten durchgeführt wurden, befand sich die Abdeckplane wahrscheinlich schon im Haus oder wurde ausgelegt, um etwas zu bedecken. Es überrascht mich daher nicht, dass einige der Abdrücke von Vera oder diesem Ambrose stammen. Der auf dem Klebeband ist aber vermutlich tatsächlich vom Mörder.«

»Das hilft uns jetzt aber auch nicht weiter«, klagte Noah. »Schließlich haben wir keine Übereinstimmung gefunden.«

»Da finden wir schon noch eine«, meinte Josie und sah Hummel lächelnd an. »Danke, sehr gute Arbeit.«

Hummel nickte. »Ich hab auch in die Ärmel der Jacke geschaut, und da gab es einen Riss, der, genau wie vermutet, genäht wurde. Und ich hab das gefunden.« Er griff in die Papiertüte und zog einen vergilbten alten Zettel hervor, der in einer Plastikhülle steckte. »Der war in einer der Jackentaschen.«

»Das ist eine Quittung von der Wellspring Clinic«, sagte Josie.

»Was bedeutet das?«, fragte Noah.

»Das war eine Poliklinik, die für Menschen mit niedrigem Einkommen eingerichtet wurde«, erklärte Josie. »Für Patienten ohne Krankenversicherung – oder zumindest ohne guten Versicherungsschutz. Die Honorare richteten sich nach dem Familieneinkommen. Bis ich aufs College ging, war ich dort auch Patientin. Früher befand sie sich im Zentrum von Denton, im historischen Bezirk, aber sie wurde schon vor Jahren geschlossen.«

»Es leuchtet ein, dass Beverly dort hinging«, meinte Gretchen, »nach all dem, was wir über ihre und Veras finanzielle Situation wissen. Was steht noch auf der Quittung?«

Die Schrift darauf war verblichen. Obwohl sie ihre Lesebrille aufgesetzt hatte, musste Gretchen die Augen zusammenkneifen, um etwas entziffern zu können. »Sieht so aus, als hätte man dort irgendeine Untersuchung bei ihr durchgeführt.«

»Wir können beim Kopierer den Kontrast erhöhen, dann kommt die Schrift besser raus«, schlug Noah vor.

Hummel gab ihm die Hülle mit der Quittung. »Ich wollte euch den Zettel zeigen, bevor wir ihn auf Fingerabdrücke untersuchen, also zieh bitte Handschuhe an und geh vorsichtig damit um.«

»Alles klar«, beruhigte Noah ihn.

Josie bemerkte, dass Amber sie von ihrem Platz ein paar Meter entfernt interessiert beobachtete, ihre Finger verharrten reglos über der Tastatur. Sie sah zu, wie Noah Handschuhe überzog, die Quittung aus der Hülle zog, sie mit der Schrift nach unten auf die Glasplatte des Kopierers legte und dann einige Knöpfe drückte. Ein paar Augenblicke später teilte er jedem eine dunklere Kopie des Zettels aus. Josie blickte auf das Datum. 28. Mai 2004. Nur ein paar Wochen vor dem Ende des Schuljahres. »Es ist sicher nicht möglich, Unterlagen von diesem Termin aufzutreiben«, meinte Josie. »Wellspring gibt es nicht mehr, und auch sonst müssen medizinische Einrichtungen und Praxen Berichte nicht so lange aufbewahren.«

»Hummel, hast du noch etwas in ihrer Jacke oder in den Jeanstaschen gefunden?«, fragte Noah.

Hummel zuckte mit den Schultern. »Ein paar Dollar, einen Lipgloss. Mehr nicht.«

Gretchen seufzte. »Also bis wir uns mit Alice treffen oder die Kundinnenliste von Veras früherer Chefin bekommen — gesetzt den Fall, sie können überhaupt eine erstellen — haben wir wirklich keine weiteren Spuren oder Hinweise.«

Keiner erwiderte etwas darauf.

Von der anderen Seite des Raums war ein Räuspern von Amber zu hören. »Vielleicht ist jetzt der richtige Zeitpunkt, um Beverlys Identität bekannt zu geben. Wir könnten die Öffentlichkeit auch um Mithilfe beim Aufspüren von Vera bitten. Der Chief hat mir gegenüber von der Möglichkeit gesprochen, eine Telefonnummer für Hinweise einzurichten, da dieser Fall schon so alt ist. Ich habe das während der Pressekonferenz heute Vormittag bereits in Aussicht gestellt. Jetzt müsste ich nur noch eine Erklärung mit einigen Fotos veröffentlichen. Die Presse wird den Aufruf in Rundfunk und Fernsehen sowie über die sozialen Medien verbreiten. Ich kümmere mich gern darum, die Anrufe mit den Hinweisen entgegenzunehmen.«

Josies Blick wanderte von Noah zu Gretchen und sie sah an deren Mienen, dass keiner der beiden Einwände dagegen hatte. »Wenn Sie die Einwilligung vom Chief bekommen, dann ist uns das recht«, sagte sie daher.

»Dann kommen Sie mit, Watts«, forderte Gretchen sie auf, »reden wir gemeinsam mit ihm. Wir müssen uns überlegen, welche Informationen wir der Öffentlichkeit preisgeben und welche wir noch zurückhalten wollen.«

Josie und Noah sahen den beiden auf ihrem Weg zu Chitwoods Büro hinterher. Sie warteten eine Weile, in der Erwartung, ihn gleich losbrüllen zu hören. Aber man vernahm nur gedämpfte Stimmen und das Klappern von Ambers Laptop-Tastatur.

»Bist du bereit zum Heimfahren? Misty hat gesagt, sie macht Paella. Patrick kommt angeblich auch rüber. Und wie ich gehört hab, bringt er seine neue Freundin mit.«

Josie lächelte. Sie hatte ihren jüngeren Bruder seit ein paar Wochen nicht mehr gesehen. Er studierte an der Denton University, und Josie lockte ihn meistens zu sich, indem sie ihm anbot, dass er ihre Waschmaschine und ihren Trockner benutzen durfte. Er hatte ihr auch erzählt, dass er mit jemand zusammen sei, aber sie hatte seine Auserwählte bisher noch nicht kennengelernt. »Das klingt wunderbar«, sagte sie, »aber ich muss unbedingt noch mit Gretchen sprechen, bevor ich gehen kann. Fahr du schon mal voraus, wir treffen uns dann dort.«

Da sonst niemand im Raum war, trat Noah zu ihr, beugte sich hinunter und küsste sie. »Mach nicht mehr so lange.«

Ein paar Minuten später tauchten Gretchen und Amber aus Chitwoods Büro wieder auf. Amber setzte sich an einen der Schreibtische und begann erneut, wie wild zu tippen. »Ich habe die Erklärung in ein paar Minuten fertig, dann können Sie den Text begutachten, Detective Palmer.«

Gretchen gab ihr ein Daumen-hoch-Zeichen und ging auf die Tür zum Treppenhaus zu. Josie folgte ihr und wartete, bis sie draußen waren und die Tür hinter ihnen geschlossen war. Dann erzählte sie Gretchen von dem Plan, Alice am nächsten Morgen zu treffen.

Gretchen ließ den Blick durch das enge Treppenhaus schweifen. »Du willst nicht, dass Amber das mitkriegt?«

»Tu mir einfach den Gefallen, okay?«, erwiderte Josie. »Alice glaubt, dass das Revier kein sicherer Ort für ein Treffen ist. Und das Einzige, was sich hier in letzter Zeit verändert hat, ist, dass wir eine neue Pressebeauftragte haben.«

»Aber sie hat keine Verbindung zu irgendjemandem hier. Wie sollte sie unserer mysteriösen Frau gefährlich werden?«, fragte Gretchen.

»Sie hat Verbindungen zur Bürgermeisterin, die wiederum Verbindungen zum Stadtrat hat. Vielleicht sorgt sich Alice ja gar nicht wegen der Polizei, vielleicht hat sie jemand anderen im Blick. Jemanden weiter oben.«

Gretchen schürzte nachdenklich die Lippen. »Das wird sicher nicht einfach. Aber es schadet auch nicht, das vor Amber geheim zu halten, daher wird sie von mir sicher nichts davon erfahren.«

Josie dankte ihr und fuhr nach Hause.

———

Das Abendessen war köstlich wie immer, und da Patrick und seine neue Freundin Brenna zu Besuch waren, hatte Harris zwei neue Erwachsene als Zuhörer, die er mit seinen Geschichten über die Käfer, die er draußen entdeckt hatte, beglücken konnte; und auch mit der Mitteilung, dass seine Großmutter ein Gebiss hatte, und darüber hinaus mit Anekdoten über die Streiche von Pepper und Trout. Josie lachte mit, wenn die anderen lachten, aber in Gedanken war sie bei dem Fall. Nach dem Abendessen fuhren Patrick und Brenna zum Campus zurück und die übrigen setzten sich ins Wohnzimmer und sahen sich die Lokalnachrichten an. Darin war der Bericht über Beverly und Vera Urban die Hauptnachricht. Josie saß auf der Couch, Trout neben sich auf der einen und Mistys Hund Pepper auf der anderen Seite.

Noah saß auf dem Boden, wo er mit Harris ein Lego-Duplo-Set zusammenbaute. Lachend sagte er: »Der Chief ist sicher begeistert. Zum ersten Mal seit einer Woche dreht sich die Hauptnachricht nicht um Quail Hollow.«

Josie hörte zu, als der Nachrichtensprecher die Verlautbarung mit den spärlichen Details vorlas, die den Zuschauern von der Polizei von Denton serviert wurden: Bei dem Leichnam, der im Zuge der Überflutung an der Hempstead Road entdeckt worden war, handelte es sich um Beverly Urban; es wurde bestätigt, dass Beverly ermordet worden war; Beverly war im Jahr 2004 Schülerin an der Denton East High gewesen, und ihre Mutter, Vera Urban, konnte nicht ausfindig gemacht werden. Die Nummer der Hotline wurde eingeblendet und dann folgten weitere Nachrichten zu anderen Themen.

»Meinst du, wir bekommen irgendwelche telefonischen Hinweise?«, fragte Noah.

»Nein«, entgegnete Josie. »Alice ruft ganz sicher nicht bei den Medien an. Und niemand anders hat damals mitbekommen, dass Vera und Beverly nicht einfach nur weggezogen waren. Es sieht so aus, als hätten sie in ihrem Leben niemanden mehr gehabt.«

»Außer einem Mörder«, warf Noah ein.

»Und außer dem Erzeuger von Beverlys Baby.«

In der Innenstadt von Denton war an diesem Samstagvormittag viel los. Josie parkte das Auto ihrer Großmutter auf einem der öffentlichen Parkplätze und schlenderte die Aymar Avenue entlang. Es war ein herrlicher Tag mit einem makellos blauen Himmel, Sonnenschein und einem kühlen Lüftchen, das die Haut an ihren bloßen Armen kitzelte. Später am Tag sollte es heißer werden, aber jetzt um die Mittagszeit war es noch angenehm. Zumindest ehe sie die Baustelle erreicht hatte und der Lärm dort auf sie einprasselte: Männer, die einander etwas zubrüllten, das ohrenbetäubende metallische Rattern eines Hydraulikhammers, das Brummen von Lkws, das Röhren von Baggern und das kratzende Schaben ihrer Schaufeln, die Erde und Steine beiseiteräumten. Ein hoher behelfsmäßiger Maschendrahtzaun trennte den Gehweg von dem sechsstöckigen Bauwerk, das hier an der Ecke der Aymar und Stockton Avenue hochgezogen wurde. Am Zaun warnte ein zusätzlich angebrachtes Sicherheitsnetz in leuchtendem Orange davor, dass das Passieren des Geländes potenziell gefährlich war. Josie fand das Tor, das Ray ihr beschrieben hatte. Mehrere Metallschilder darauf verboten den Zugang für

Unbefugte, die nicht auf der Baustelle beschäftigt waren. Hinter dem Tor hockte ein Mann mit orangem Schutzhelm und Sicherheitsweste auf einer Betonsperre und las in einer Zeitschrift.

»Hey«, rief Josie zu ihm hinüber. Der Mann sah nicht auf. »Hey«, rief sie noch einmal. »Ich will zu Ray Quinn.«

Ohne sie eines Blickes zu würdigen, griff er nach dem Funkgerät an seinem Gürtel und drückte einen Knopf: »Ich brauche Quinn«, raunzte er hinein. »Freundin steht draußen.«

Er las weiter in seiner Zeitschrift, während Josie auf Ray wartete. Fünf Minuten später erschien er, in seiner Arbeitslatzhose und einem ehemals weißen Tanktop, das der Baustellenschmutz hellbraun gefärbt hatte. Schweiß überzog seine nackten Arme und ließ sein Gesicht glänzen. Als sie außer Sichtweite des Wachpostens waren, gab er ihr einen flüchtigen Kuss.

»Wie lange hast du Zeit?«, wollte Josie wissen.

»Halbe Stunde«, meinte Ray. »Lass uns zur anderen Ecke rüberlaufen. Da ist eine Eisdiele.«

»Echt nur eine halbe Stunde?«, fragte Josie enttäuscht. »Mensch, Ray!«

Sie machten sich auf den Weg und Ray nahm ihre Hand. »Wir sehen uns heute Abend. Nach der Arbeit.«

»Von wegen«, meinte Josie. »Du wirst direkt nach dem Abendessen ins Bett fallen. Ray, dieser Job ist wirklich zu viel für dich.«

»Ich muss mich nur dran gewöhnen. Bei der Hitze ist so ein Tag verdammt lang. Ist doch nur das Wochenende, Jo.«

Sie zog ihn an der Hand näher zu sich heran. »Ich bekomm dich ja ohnehin nur am Wochenende zu sehen. Wie lange willst du diesen Job denn machen?«

»Das Schuljahr ist ja fast vorbei, Jo. Danach kann ich unter der Woche arbeiten.«

»Ich dachte, wir wollten wieder zusammen als Rettungsschwimmer im Freizeitzentrum arbeiten wie letzten Sommer«, sagte Josie. »Da würden wir uns jeden Tag sehen.«

Ray ließ ihre Hand los, legte ihr den Arm um die Schultern und zog sie eng an sich. Ihr Leinenkleid wurde schweißnass, aber sie schob ihn nicht weg. »Ich verdiene bei dem Job hier einfach mehr.«

Sie kamen an eine Kreuzung, wo die Fußgängerampel gerade *Nicht gehen* anzeigte, und blieben stehen. Josie blickte zu Boden. »Warum musst du denn mehr Geld verdienen als letzten Sommer? Stimmt irgendwas nicht? Ist mit deiner Mom alles in Ordnung?«

»Ach, Josie«, seufzte Ray. Die Ampel sprang auf *Gehen*, und er zog sie zur Seite, damit sie den anderen Passanten nicht im Weg stand. Sie blieben zusammen am Bordstein stehen und Ray drehte ihr Gesicht zu sich. »Ich wollte dich eigentlich damit überraschen. In Wirklichkeit mach ich diesen Job hier für dich.«

Josie sah ihm in die Augen. »Für mich? Ich würd dich lieber öfter sehen. Nächstes Jahr gehen wir beide weg aufs College. Ich möchte lieber die Zeit jetzt mit dir noch so gut wie möglich nutzen.«

Ray zog sie an sich, schlang die Arme um sie und verschränkte seine Hände hinter ihrer Taille. Jetzt würde ihr Kleid auch vorne schweißnass werden, aber das war Josie egal. »Weißt du noch, wie du mal gesagt hast, dass du gerne ans Meer möchtest?«

»Ray! Wovon redest du?«

»Wenn ich diesen Job jetzt zwei Monate lang mache, habe ich genug Geld beisammen für eine ganze Woche Strandurlaub mit dir und kann noch was fürs College zurücklegen und meiner Mutter ein paar Rechnungen abnehmen. Ich wollte dich im Spätsommer mit der Reise überraschen. Ich hab schon mit deiner Großmutter gesprochen. Sie hilft mir, den Urlaub zu organisieren.«

Josie spürte, wie sich ihr Mund zu einem breiten Grinsen verzog. Sie drückte sich fest an ihn und legte ihre Wange an seinen feuchten Hals. »Ray!«, jauchzte sie vor Freude. »Ich glaub das nicht! Eine ganze Woche? Ist das wirklich wahr?«

»Ja, ich hab schon alles mit deiner Grandma vereinbart, und meine Mom ist auch einverstanden. Das wird so genial. Ein kleiner Ferientrip, ehe das letzte Schuljahr anfängt.«

Josie hüpfte quasi über die Kreuzung, als auf der Fußgängerampel wieder das *Gehen*-Signal aufblinkte. Sie hielt Rays Hand ganz fest in ihrer und war euphorisch wie selten zuvor. Bevor sie mit vierzehn endlich bei Lisette leben konnte, war ihr Leben von Traumata und Misshandlungen geprägt gewesen. So etwas wie ein Urlaub war damals völlig undenkbar. Sie konnte von Glück reden, wenn sie regelmäßig jeden Tag etwas zu essen bekam. Als ihre Großmutter das Sorgerecht erhielt, machte sie mit Josie so viele vergnügliche Unternehmungen wie nur möglich. Und sie war es auch gewesen, die mit Josie in den Sommerferien nach der neunten Klasse zum ersten Mal ans Meer fuhr.

Josie hatte sich augenblicklich in die kleine Küstenstadt Ocean City in New Jersey und den Atlantik verliebt. Lisette hatte noch ein paar kurze Übernachtungstrips mit ihr dorthin gemacht, aber Josie hatte sich immer gewünscht, einmal eine ganze Woche dort verbringen zu können. Jetzt war diese Urlaubswoche zum Greifen nahe, und noch dazu zusammen mit Ray. Josie schwebte förmlich über den Asphalt.

»Hier gibt's gutes Eis«, meinte Ray und blieb vor einer gläsernen Ladenfront mit der Aufschrift *Jessie Mae's Ice Cream* stehen.

Er hätte ihr in diesem Moment weiß Gott was vorschlagen können, und Josie wäre einverstanden gewesen. Im Innern des originellen kleinen Ladens war die Luft kühl. Winzige Zweiertische waren entlang der Wände aufgestellt. Eine Serviertheke ragte bis fast zur Mitte in den Raum hinein. In Glasbehältern wurden die verschiedenen Eissorten präsentiert. Sie gingen dorthin, wo ein Schild *Bitte hier anstellen* verkündete. Josie wandte ihre Augen von Ray ab, um zu bestellen, und die freudige Erregung, die sie draußen eben noch gespürt hatte, versickerte mit einem Schlag in den Fliesenboden unter ihren Füßen. Hinter der Kasse saß Beverly und blickte ihr finster entgegen. Ein Hütchen in Form einer Kirsche war oben auf ihrem Kopf festgesteckt. Die üppigen braunen Locken waren zu einem Pferdeschwanz zusammengefasst. Ihre Arbeitsuniform bestand aus einem Neckholder-Top in Pastellrosa und einer weißen Latzhose. Selbst mit dem albernen Hütchen sah sie umwerfend aus. Weiblich und äußerst sinnlich.

Ray schien das gar nicht wahrzunehmen. Oder tat er nur so? Er starrte konzentriert auf das Schild mit den Eissorten über Beverlys Kopf. Kam er oft hierher? Hatte er gewusst, dass Beverly hier arbeitete? Die beiden begrüßten sich nicht. Josie strich ihr inzwischen verknittertes Leinenkleid glatt und fühlte sich auf einmal befangen. Sie flüsterte ihrem Freund ins Ohr: »Lass uns lieber woanders hingehen, Ray.«

Ehe er antworten konnte, wandte Beverly sich ab und rief einem Kollegen, der gerade im Hintergrund eine Eismaschine reinigte, zu: »Morgan, du hast Kundschaft. Ich gehe in die Pause.«

Dann verschwand sie, ohne sich noch einmal umzublicken, aus dem Verkaufsraum nach hinten.

FÜNFUNDZWANZIG

Am nächsten Morgen wurde Josie um fünf Uhr von krachendem Donner und heftigem Regen geweckt, der aufs Dach prasselte. Trout hatte sich zitternd und winselnd zwischen sie und Noah ins Bett geflüchtet. Josie streckte die Hand aus, um seinen seidigen Rücken zu streicheln, und spürte, dass Noahs Hand bereits dort ruhte. »Er mag dieses Gekrache nicht«, murmelte Noah verschlafen.

»Ich weiß schon.« Josies Finger krochen hinauf zum daunenweichen Fell hinter Trouts Ohren und streichelten es sanft. So lagen sie alle drei da, und Josie und Noah kuschelten mit Trout, bis das Gewitter vorbei war. Dann wurde es für Josie Zeit, sich fertig zu machen, um sich mit Gretchen zu treffen.

Die Kollegin wartete schon in ihrem eigenen Wagen auf dem Parkplatz des Stop-N-Go. Als Josie neben ihr hielt, stieg sie aus und setzte sich schwungvoll auf Josies Beifahrersitz. Sie fuhren vom Parkplatz herunter und bogen in den Lockwood Drive ein. Der Regen hatte aufgehört, aber der Himmel war noch wolkenverhangen. Josie dachte daran, wie Trout unter ihrer Hand gezittert hatte und wie die Stadt jeden Tag ein wenig mehr vom Hochwasser verschluckt wurde. Sie spürte einen Anflug von Panik, so intensiv, dass er beinahe körperlich spürbar wurde, als ob sich die Ränder ihres Sichtfelds verdunkelten.

Die Straße wurde kaum noch benutzt, denn es gab dort auf der einen Seite nichts als Wald und auf der anderen Seite Firmen und Geschäfte, die mehrheitlich bereits aufgegeben waren – bis auf eines der schäbigsten Motels in der Stadt, das irgendwie noch immer weiterexistierte. Die Straßenbautrupps verwendeten kaum noch Zeit darauf, um diesen Abschnitt des Lockwood Drive in Schuss zu halten. Der Asphalt war aufgesprungen und holprig und auch die gelben Linien zwischen den Fahrbahnen waren schon lange verblasst. Die Reste der Markierung sahen so aus, als hätte man in der Mitte der Fahrbahn in losem Abstand Konfetti verstreut. Josie umfuhr vorsichtig einige tiefe Schlaglöcher. Vom Stop-N-Go aus verlief die Lockwood Road bergab, mehrere Kilometer parallel zur Interstate. Sie sahen, dass jetzt in einiger Entfernung quer über die Autobahn hohe orangefarbene Barrieren aus Plastik aufgestellt worden waren, wo die Fluten sie überspült hatte. Vor ihnen warnte ein riesiges weißes Straßenschild mit schwarzer Schrift:

Straße gesperrt.

Alice hatte recht gehabt. Die Bowlinghalle war das letzte Gebäude an der Straße, bevor der überflutete Bereich begann. Josie fuhr auf den Parkplatz, wo Kies und aufgeplatzter Asphalt unter den Reifen knirschten, und stellte das Auto hinter dem Gebäude ab. Die von Unkraut überwucherte und mit Müll übersäte Fläche war leer. Ein kaputter Zaun trennte sie von einem Streifen freiem Grund, der sich an den Betonbarrieren entlangzog, hinter denen die Interstate verlief. Sie stiegen aus und sahen sich um, aber es war keine Menschenseele zu sehen.

»Sollen wir in die Halle reingehen?«, fragte Gretchen.

Josie schüttelte den Kopf. »Alice sagte, hinter der Bowlingbahn, nicht drinnen. Außerdem steht die Halle seit Jahren leer. Keine Ahnung, ob das Gebäude überhaupt noch sicher ist.«

Rechter Hand, etwa einen Kilometer den Hügel hinauf, sah man die Rückseite des Patio Motel. Dahinter stieg das an die Interstate angrenzende Land an, bis hin zu dem steilen Abhang, wo sie am Tag zuvor hinter dem Stop-N-Go gestanden hatten. Zu ihrer Linken erstreckten sich zwischen ihnen und den braunen Fluten des Susquehanna, der nicht nur die Interstate-Überführung, sondern auch den vor ihnen liegenden Teil des Lockwood Drive überflutet hatte, noch etwa zwanzig Meter unebenes, wie pockennarbig aussehendes Gelände. Der Zaun, der diese Fläche von der Autobahn abtrennen sollte, war ins Wasser gestürzt. Zehn Meter dahinter befand sich jener Abschnitt der Interstate, der direkt vor der überfluteten Überführung lag. Die Staatspolizei hatte Betonbarrieren quer über die Fahrspuren aufgestellt und der Verkehr war um die Absperrung herum und durch die Stadt umgeleitet worden. Außer dem Fluss mit seiner schnellen Strömung rührte sich hier nichts.

»Ich glaube nicht, dass sie kommt«, meinte Gretchen.

»Nicht schon wieder«, murrte Josie, denn sie standen im strömenden Regen. Sie zog ihr Handy heraus. »Ich ruf sie mal an.«

Diesmal meldete sich Alice sofort und Josie sagte: »Alice, wir sind am Treffpunkt. Wo sind Sie?«

»Ich kann Sie sehen«, flüsterte Alice.

Josie wirbelte herum und suchte die Umgebung mit den Augen ab. »Wo sind Sie? Wenn Sie uns sehen können, zeigen Sie sich. Es ist sonst niemand hier.«

»Das können Sie nicht wissen. Ich warte ab, um zu sehen, ob Ihnen jemand gefolgt ist.«

»Ich glaube, das hätten wir gemerkt«, gab Josie zurück.

Gretchen drehte sich langsam im Kreis und ließ den Blick

in alle Richtungen schweifen. Sie deutete bergauf zum Patio Motel. Josie setzte sich mit ihr in diese Richtung in Bewegung, doch dann sagte Alice: »Gehen Sie noch nicht weg. Nur noch ein paar Minuten, um sicherzugehen, dass Ihnen niemand gefolgt ist. Mehr will ich nicht.«

Josie blieb stehen. Sie sah Gretchen an und deutete hinter sie beide. Sie drehten sich um und gingen zurück auf das überschwemmte Gebiet zu. »Alice, Sie müssen uns wirklich sagen, was hier vorgeht. Wenn Sie sich solche Sorgen um Ihre Sicherheit machen, dann sollten Sie unsere Hilfe annehmen.«

Stille.

»Alice?«

»Ich glaube, ich höre etwas«, sagte sie.

Josie nahm das Handy vom Ohr, und sie und Gretchen lauschten nach Geräuschen von Reifen auf dem Asphalt oder von Schritten, aber da war nichts. Gretchen deutete in Richtung Interstate und formte lautlos mit den Lippen die Worte *Ich glaube, sie ist dort.*

Josie folgte ihrem Blick, der auf den Betonbarrieren ruhte, die Autofahrer daran hindern sollten, direkt in das Hochwasser zu fahren. Dahinter gab es noch immer ein Stück Autobahn, das noch nicht überflutet war, bevor das Wasser dann über die Überführung strömte. Es war nicht das sicherste Versteck, aber es bot Alice einen guten Ausblick auf die Rückseiten aller Gebäude, die den Berg hinauf am Weg lagen, ohne dass sie selbst gesehen werden konnte, und keiner würde sie auf der gesperrten Interstate vermuten.

Josie nickte Gretchen zu, und sie setzten sich langsam in diese Richtung in Bewegung. Alice begann zu sprechen, aber ihre Worte wurden verschluckt vom Summton eines weiteren eingehenden Anrufs auf Josies Handy. Sie nahm es vom Ohr und blickte aufs Display. Noah. Warum auch immer er anrief, es konnte warten. Sie lehnte den Anruf ab und leitete ihn auf die Mailbox um.

»Was sagten Sie, Alice?«

Jetzt klingelte Gretchens Handy. »Noah«, sagte sie beim Blick aufs Display. Auch sie leitete den Anruf auf ihre Mailbox um. Als sie über die Leitplanken kletterten und auf die Autobahn traten, tauchte hinter den Betonbarrieren eine Frau auf. Sie hielt sich ein Handy ans Ohr, nahm es aber herunter, drückte auf den Bildschirm und steckte es in ihre Jackentasche. Ihr Regenmantel war dunkelblau und darunter trug sie schwarze Jeans und weiße Sneaker. Sie war spindeldürr und hatte langes dunkles Haar, das offensichtlich gefärbt war, aber Josie erkannte ihr Gesicht sofort.

»Vera?«

Die Frau blieb stehen und hob beide Hände. »Stopp. Das hier war ein Fehler.«

Gretchen erwiderte: »Nein, es war kein Fehler. Was auch immer gerade hier vorgeht, wir können Ihnen helfen.«

Josies Handy summte wieder. Ein weiterer Anruf von Noah. Sie steckte das Telefon in ihre Jackentasche und ließ wieder ihre Mailbox antworten. Von dort, wo sie jetzt standen, ganz nahe am Fluss, war das Rauschen der Strömung noch lauter. Hinter den Barrikaden sah es so aus, als flösse das Wasser dort schneller. Der Regen durchnässte sie weiterhin und wurde immer heftiger. Mit jedem Tropfen spürte Josie, wie ihre Zuversicht schwand. Weitere Überschwemmungen, Sturzfluten, Schäden waren zu erwarten. Aber im Augenblick musste sie sich auf Vera Urban konzentrieren.

»Vera, Sie wären nicht hergekommen, wenn Sie gedacht hätten, es sei ein Fehler. Sie sind ein Risiko eingegangen, um uns hier zu treffen, oder nicht?«

Die Frau nickte. Da der Regen über ihr Gesicht rann, war sich Josie nicht sicher, ob sie weinte, aber ihre Miene verzog sich und ein Schluchzen entrang sich ihrer Kehle. Dann hörte man das Krachen eines Schusses und ein dunkelroter Fleck breitete sich auf Veras Bauch aus. Sie taumelte rückwärts, ihre

Hände griffen ins Leere, der Schock ließ ihr Gesicht erschlaffen und sie sank zu Boden.

Sofort rannte Josie zu ihr. Gretchen hatte bereits ihre Waffe gezogen, sie drehte sich damit einmal um sich und zielte in jede Richtung. Ein weiterer Schuss erschütterte die Luft, und etwa einen Meter entfernt splitterte ein Stück Beton von einer der Absperrungen. »Es kommt aus dem Gebäude«, schrie Gretchen.

Vera lag flach auf dem Rücken und schnappte nach Luft wie ein Fisch an Land. »Der … sie … die…«

»Bring sie auf die andere Seite der Barrikade«, rief Gretchen und stellte sich schützend vor die beiden, die Waffe auf die Bowlinghalle gerichtet. Mit ihrem rechten Auge fokussierte sie Kimme und Korn ihrer Glock, aber sie schoss nicht. Josie stellte sich hinter Veras Kopf, hakte die Arme unter ihre Achselhöhlen und zog sie hinter eines der großen Betonmonster. Gretchen folgte ihnen und sie knieten sich beide hin und schoben Vera so nahe zur Absperrung, wie sie konnten, damit sie aus dem Schussfeld war. Ein weiterer Schuss pfiff über ihre Köpfe hinweg.

»Drück auf die Wunde«, rief Gretchen und wandte sich wieder mit schussbereiter Waffe der Bowlinghalle zu. Ein weiterer Schuss knallte, und sie hörten, wie er auf der anderen Seite der Barrikade einschlug. Josie klingelten die Ohren. Sie zog ihren Regenmantel aus, faltete ihn fest zusammen und drückte damit auf Veras Unterleib.

Josie hörte den vertrauten Klingelton von Gretchens Handy. Gretchen versuchte, den Nachhall der Schüsse und das Rauschen des Flusses hinter ihnen zu übertönen: »Das ist sicher wieder Noah! Das Handy steckt in meiner Jackentasche. Sag ihm, wir brauchen sofort Verstärkung.«

Josie drückte mit einer Hand weiter auf Veras Unterleib, mit der anderen wühlte sie in Gretchens Jackentasche und zog das Handy heraus. Mit dem Daumen wischte sie über

Annehmen, aber da es so heftig regnete, brauchte sie drei Anläufe auf dem nassen Display. »Noah«, schrie sie.

Veras Hand packte Josie an der Schulter. Ihr Mund machte wieder diese schnappenden Bewegungen. Josie hielt ihr Ohr an Veras Gesicht und versuchte zu hören, was sie sagte: »Bit... bitte ...«

In ihrem anderen Ohr hörte sie Noah: »Josie, seid ihr immer noch an der Lockwood? Ich bin auf dem Weg zu euch. Der Eisenbahndamm ist gebrochen. Die Gewitter heute Nacht waren zu stark. Weiter unten am Fluss wird es eine Flutwelle geben. Ihr solltet sofort von dort verschwinden.«

Beim Krachen eines weiteren Schusses zuckte Vera unter Josies Hand zusammen. Noah sagte noch etwas, was Josie nicht verstehen konnte. Der Regen wurde heftiger. Sie spürte etwas gegen ihre Knöchel schwappen und blickte hinter sich. Und da sah sie es: Die Flutwelle, vor der Noah sie gewarnt hatte, hatte sie bereits erreicht. Das Wasser war nur ein paar Augenblicke zuvor noch mindestens zehn Meter entfernt gewesen, jetzt umspülte es bereits ihre Füße. Vor Panik setzte Josies Herz einen Schlag aus. Sie musste ruhig bleiben. Sich konzentrieren. Noah war auf dem Weg zu ihnen.

»Wir stecken hier fest«, schrie sie in ihr Handy und versuchte das Tosen des Flusses zu übertönen. »Jemand schießt auf uns.«

»Was? Was zum Teufel?«

»Du musst jetzt Verstärkung anfordern, und wir brauchen sofort einen Krankenwagen. Komm nicht allein hierher und stell sicher, dass alle Kollegen ihre Schusswesten tragen«, befahl ihm Josie. »Wir sind auf dem östlichen Abschnitt der Interstate hinter den Betonsperren vor der Überführung. Vera – Alice – ist verwundet. Schuss in den Unterleib. Sie lebt, aber ich weiß nicht, wie lange noch ...«

»Mein Gott, Josie ...«

»Hör zu. Gretchen glaubt, der Schütze ist oben bei der

Bowlinghalle. Entweder im Gebäude oder ganz nah dran. Ich leg jetzt auf. Sorg für Verstärkung und Vorsicht beim Näherkommen.«

Als sie Gretchens Handy in ihre Tasche steckte, hörte sie Sirenengeheul in der Ferne. Ihr Herz machte einen Satz vor Erleichterung, dass Verstärkung nahte, aber dann wurde ihr klar, dass es nur die Alarmsirene der Feuerwehr war. Der Fluss würde die Stadt weiter verwüsten und Josie und Gretchen befanden sich mitten in seinem Schlund, sie wurden beschossen und versuchten gleichzeitig, eine Verwundete am Leben zu erhalten.

SECHSUNDZWANZIG

Gretchen wich zurück und lehnte sich mit dem Rücken gegen die Absperrung, die Pistole noch immer schussbereit. »Wir können nirgendwo hin«, sagte sie. Das Wasser hob Veras Körper an, und Josie schob den Arm unter ihren Kopf, damit er über Wasser blieb. »Wir werden gleich flussabwärts geschwemmt, ob wir wollen oder nicht«, warnte sie.

»Wir können hier nicht weg«, erwiderte Gretchen. »Wenn wir uns aus der Deckung der Absperrungen rauswagen, werden wir zur Zielscheibe. Das können wir nicht riskieren.«

Veras Gesicht war jetzt totenbleich, Mund und Augen hatte sie geschlossen. »Ich glaube sowieso nicht, dass wir sie bewegen können«, sagte Josie. Das Wasser umspülte nun kraftvoll ihre Schienbeine. »Aber wir werden gleich von den Fluten mitgerissen.«

Sie versuchte, weiterhin fest auf die Wunde zu drücken und Veras Kopf aus dem Wasser zu halten, aber diesen Kampf konnte sie nicht gewinnen. Unter ihrem zusammengefalteten Regenmantel sickerte Blut hervor. »Jetzt haben wir schon länger keinen Schuss mehr gehört«, sagte sie. »Vielleicht sind sie fort. Wir sollten Vera auf die andere Seite bringen. Hinüber zur Autobahn und fort vom Wasser.«

Gretchen schüttelte den Kopf »Keine Chance. Wenn du dich irrst ...«

Ein weiterer Schuss krachte. Sie spürten, wie die Kugel über ihre Köpfe hinwegpfiff. Josie warf sich über Veras Körper und legte die Arme schützend um sie. Sie spürte Gretchens Hand auf ihrer Schulter. Die Stimme ihrer Kollegin zitterte: »Boss, sieh mal dort.«

Josie wandte den Kopf und blickte flussaufwärts, wo der Wasserspiegel rasch stieg. Ihnen blieben nur noch Augenblicke, bevor die Flutwelle des tosenden braunen Flusses sie mit sich reißen würde. Noah und die übrige Kavallerie würden es niemals rechtzeitig schaffen, den Schützen zu stoppen und ihnen zu Hilfe zu eilen.

»Halt sie fest«, wies sie Gretchen an und hob Vera ein Stück hoch. Gretchen hielt die Waffe zum Himmel gerichtet und fuhr mit ihrem anderen Arm unter Veras herabhängenden Kopf. Josie stand auf und hielt dabei ihren Oberkörper gebeugt, damit man sie nicht über die Absperrung hinweg sehen konnte. Sie zog ihre Stiefel aus und warf sie ins Wasser. Dann öffnete sie den Reißverschluss ihrer Jeans und schälte sie sich vom Leib. Gretchen sah sie mit großen Augen an. »Boss, hältst du das für den richtigen Moment, um ...«

»Schau zu, was ich mache«, schrie Josie sie an. Das Wasser erreichte jetzt Kniehöhe. Sie verknotete die Hosenbeine unten miteinander. Dann fasste sie die Jeans am Taillenbund und schüttelte sie, sodass die Hosenbeine sich mit Luft füllten. So schnell sie konnte rollte sie den Taillenbereich zusammen und verknotete ihn über den Hosenbeinen. Diese waren jetzt prall mit Luft gefüllt. »Hilf mir«, sagte sie, als sie versuchte, Veras Kopf dazwischenzuschieben. Gretchen half ihr, Veras Kopf durch die aufgeblasenen Hosenbeine zu schieben, so dass die Jeans wie ein Luftkissen wirkten. Danach ließ sie sich zurück in das steigende Wasser fallen. Einen Moment später tauchten ihre Stiefel auf und drifteten davon. Dann kamen ihre Jeans an die Oberfläche. Josie hielt mit einer Hand Vera fest, während Gretchen die Hosenbeine ihrer eigenen Jeans zusammenknotete. Sie konnte oben keine Luft hineinbekommen, daher hielt sie Vera fest, während Josie das für sie übernahm.

Das Wasser hob die drei Frauen an und trieb sie fort. Gretchen schlüpfte mit ihrem Kopf durch ihre schwimmenden Hosenbeine und versuchte, Josies Hand zu greifen. Aber Josie und Vera waren bereits von der Strömung fortgerissen worden und wurden blitzschnell flussabwärts getrieben. Josie kämpfte damit, Vera auf keinen Fall loszulassen. Der Körper der Frau war vollkommen schlaff. Josies Kopf geriet unter Wasser, und als sie wieder hochkam, spuckte sie einen ganzen Schwall aus. Wieder spürte sie einen heftigen Druck auf der Brust. *Ruhig,* sagte eine Stimme in ihr. *Bleib ruhig.* Aber das war leichter gesagt als getan. Ein Schrei entrang sich ihrer Kehle, als sie sich mit großer Kraftanstrengung auf den Rücken drehte und Veras Körper auf ihren Bauch zog. Die behelfsmäßige Schwimmhilfe konnte sie nicht beide über Wasser halten, und Josies Kopf tauchte immer wieder in die braune Brühe. Ihre Lungen brannten.

Sie konzentrierte sich darauf, Vera mit den Armen umschlungen zu halten. Wasser strömte einmal mehr über ihren Kopf hinweg, geriet in ihre Lungen. Verzweifelt strampelnd kam sie wieder hoch und ihr Körper versuchte durch so heftiges Husten, das Wasser loszuwerden, dass starke Schmerzen durch ihren oberen Rücken schossen. Dann geriet sie wieder unter Wasser. Sie hielt die Augen offen, aber sie sah nichts als Dunkelheit. Den schwarzen Abgrund des wütenden, alles verschlingenden Flusses. Er verschluckte sie mit Haut und Haar. Sie konnte nichts dagegen tun. Sie konnte nichts aufhalten. Nicht den Fluss. Nicht, dass Vera starb. Nicht ihre

Dämonen oder die Tränen, die ihr selbst jetzt noch in ihren letzten Momenten in die Augen schossen, während sie sank.

Die Dunkelheit kann dir nichts anhaben, Jo.

Es war Rays Stimme, einer der letzten Sätze, die er zu ihr gesagt hatte. Sie hörte ihn so klar, als würde er ihr direkt ins Ohr raunen. Aber das war unmöglich, weil sie sich unter Wasser an eine sterbende Frau klammerte, die noch immer auf der Oberfläche trieb, allerdings nur dank Josies luftgefüllter Jeans. Dann änderte sich plötzlich die Richtung der Strömung, als trieben sie an einem Strudel oder dergleichen vorbei. Ihre Körper wurden zur Seite gerissen und Josies Kopf tauchte wieder an der Oberfläche auf. Sie hustete, um das Wasser aus ihrer Lunge zu kriegen. Veras Kopf trieb gegen ihre Schulter, und Josie zwang ihre Beine, sich zu bewegen, zu paddeln, um sie beide über Wasser zu halten. Aus dem Augenwinkel sah sie einen großen Ast mit rasender Geschwindigkeit an ihnen vorbeitreiben. Bäume. Sie musste unbedingt ans Ufer oder nahe genug an im Wasser stehende Bäume gelangen, um sich an einem festzuklammern. Wenn sie weiter von der Strömung flussabwärts gerissen würden, könnten die Rettungskräfte sie unmöglich finden, bevor Josie völlig erschöpft war und ertrank.

Sie trat mit den Beinen und reckte den Hals, um irgendeine Andeutung von Ufer auszumachen. Schließlich tauchte zu ihrer Rechten eine Gruppe Bäume im Wasser vor ihr auf. Jeder Muskel in ihrem Körper brannte vor Anstrengung, als sie seitwärts paddelte und dabei mit einem Arm noch immer Vera umklammert hielt. Sie trieben an den Bäumen vorbei, bevor Josie sie erreichen konnte. Ein Aufschrei der Enttäuschung entrang sich ihrer Kehle. Es wurde immer schwerer, Luft zu holen, über Wasser zu bleiben, durchzuhalten. Aber sie war jetzt näher am Ufer als bisher. Sie schickte ein stilles Stoßgebet an welche höhere Macht auch immer, die ihr zuhören könnte, und einen Augenblick später wurde sie belohnt mit einer weiteren Baumgruppe, diesmal mit dünneren Stämmen, aber enger zusammenstehend. Als die Strömung sie vorbeitrug, streckte sie ihre freie Hand aus. Ihre Handfläche schlug gegen einen Stamm und rutschte ab. Dasselbe geschah beim nächsten Baum. Das Wasser floss einfach zu schnell. Mit ihren letzten Energiereserven trat sie erneut mit den Beinen, warf ihren Körper herum und machte sich auf einen Zusammenprall gefasst.

Ihr Rücken krachte gegen den nächsten Stamm und gleich darauf wurde ihr Körper von Veras Gewicht fast erdrückt. Sie bekam zwar kaum noch Luft, aber endlich hatten sie Glück, denn selbst als die Strömung drohte, sie vom Stamm weg wieder flussabwärts mitzureißen, verlangsamten seine Äste und Zweige im Wasser doch die Strömung. Josie griff mit ihrer freien Hand nach oben und packte den dicksten Ast, den sie erwischen konnte, um sich und Vera vor dem Forttreiben zu bewahren. Sie presste ihre Augen zu, klammerte sich weiter fest und spürte einen Hauch von Erleichterung.

Als sie Schreien hörte, riss sie die Augen auf. Sie sah Gretchen, die aufgeblasenen Hosenbeine unter den Armen, auf sich zuschießen. Entweder würde sie mit dem Baumstamm zusammenstoßen oder an ihnen vorbeirasen. Ohne Vera loszulassen, veränderte Josie ihre Lage und versuchte, sich näher an den Baumstamm heranzuziehen. Einen Arm um Vera und den anderen um den Stamm geschlungen, streckte sie ihre Beine aus und hob sie in der Strömung an die Wasseroberfläche. »Halt dich fest!«, schrie sie Gretchen zu.

Als Gretchen nähertrieb, griff sie mit beiden Händen nach Josie. Sie erwischte einen von Josies Oberschenkeln und rutschte ab.

»Nein!«, schrie Josie verzweifelt.

Gretchens Griff schloss sich um Josies Knöchel. Eine Sekunde lang wartete Josie darauf, dass sich ihre Hände lösen würden, dass sie an ihnen vorbeigetrieben werden würde, aber Gretchen klammerte sich so stark an ihrem Knöchel fest, dass

Josie spürte, wie ihre Haut abgeschürft wurde. Mit quälender Langsamkeit schaffte es Gretchen, sich an Josies Bein hinaufzuhangeln, bis sie ihre Arme um den Stamm legen konnte. Josies Arme fühlten sich an wie aus Gummi. Sie hatte keine Ahnung, wie lange sie es noch schaffen würde, Vera und den Baum nicht loszulassen. Sobald sie sich sicher war, dass Gretchen nicht mehr davongetrieben wurde, verlagerte sie Veras Gewicht und zog sich näher an Gretchen heran. »Wir müssen klettern«, sagte sie. »In die Baumkrone hinauf. Da sind einige Äste, die stark genug sind, zumindest bis Hilfe kommt. Hilf mir mit Vera. Ich muss sie dort hochkriegen.«

Gretchens Gesicht war blasser, als Josie es jemals gesehen hatte. Ihre Lippen waren fast blau. Die Luft war warm, aber das Wasser war kühl, und sie trieben darin schon seit … wie lange? Josie hatte keine Ahnung. Es kam ihr vor wie eine Ewigkeit. Tage. Wochen. Gretchen löste einen Arm von dem Baumstamm und drehte Veras Gesicht zu sich. Ihre Finger prüften den Puls an ihrem Hals. »Boss«, sagte Gretchen. »Sie ist tot.«

»Nein«, stöhnte Josie auf.

Unter der Wasseroberfläche schlug ihnen etwas gegen die Beine. Unrat, der im Wasser trieb. Weiß Gott, was der Fluss alles mit sich riss. Josie wollte gar nicht daran denken. Sie fühlte selbst nach Veras Puls, konnte aber keinen finden. Also schlug sie auf Veras Wange und rief verzweifelt: »Vera! Komm schon! Wach auf!« Panisch blickte sie nach allen Seiten. Hier im Wasser konnte sie keine Wiederbelebungsmaßnahmen durchführen, keine Herzdruckmassage. Sie konnte versuchen, Luft in Veras Lungen zu pusten, aber sie würde ihren Kopf und Hals nicht so festhalten können, dass die Luft tatsächlich ihre Lungen erreichte. »Nein«, prustete Josie verzweifelt. »Nein.«

Gretchen streckte über Vera hinweg die Hand aus und schüttelte Josie an der Schulter. »Boss, sie ist tot. Wir können jetzt nichts mehr für sie tun.«

»Und was jetzt?«, schrie Josie und Speichel, Regen- und

Flusswasser sprühte von ihren Lippen. »Was machen wir jetzt? Wir können sie doch nicht einfach ... was machen wir jetzt mit ihr? Sie einfach loslassen? Sie vom Wasser forttragen lassen? Nein!«

Gretchens Finger gruben sich in die Muskeln über Josies Schulterblättern. »Wir können sie festbinden – mit unseren Hosen an den Baum binden. Dann klettern wir hoch und warten auf Hilfe. Vielleicht hält das so lange, bis uns jemand findet.«

Josie blickte in Veras aschfahles Gesicht und spürte ihren leblosen Körper an ihrer Seite. Gretchen hielt Josie fest, beobachtete sie mit weit aufgerissenen Augen und wartete. Hinter ihnen rauschten die tosenden Wassermassen vorbei. Das Spitzdach eines Hauses trieb auf dem Fluss, irgendjemandes Zuhause – irgendjemandes Leben – zog so langsam vorbei wie ein Eisberg, was nicht zu der zerstörerischen Kraft des Wasser rings um sie herum zu passen schien. Etwas in Josie zerbrach, das spürte sie. Wie dieser Bahndamm. Wie ein gebrochener Deich. Was dahinter lag, ließ sich nicht aufhalten. Ihr Körper wurde von stummen Schluchzern geschüttelt. Ihre Gefühle brachen so abrupt und heftig aus ihr heraus, dass sie in ihrem Drang nach oben und nach draußen jede Schwachstelle in ihr überwanden. Sie konnte nicht sprechen, Tränen verschleierten ihr die Sicht, bis sie Gretchen und Vera kaum noch sah.

Sie wollte Gretchen zustimmen, dass sie Veras Körper an dem Baum festbinden sollten, um sie nicht zu verlieren, aber aus ihrer Kehle kam kein Laut. Alles, was herausdrängte, war ein unbeherrschbarer Wirrwarr an Gefühlen. Die Gefühle eines ganzen Lebens, so erschien es ihr. Sie nickte unter Tränen. Nickte immer weiter, bis sie Gretchen sagen hörte: »Okay, okay. Du hältst sie einfach fest, während ich unsere Jeans zusammenknote, okay? Nur so passen sie um den Stamm und um Vera herum.«

Mehr Nicken. Mehr Schluchzen. Die Welt hinter ihrem

Tränenschleier war ein Kaleidoskop aus schlammigem Braun und Tod. Ein paar Minuten später hörte sie Gretchens Stimme erneut. »Boss, du kannst besser klettern als ich. Du musst zuerst rauf und mich hochziehen, wenn du sicher stehst.«

Josie nickte.

»Boss? Josie? Du musst jetzt da hoch. Kletter rauf!«

Gretchen nahm ihr Handgelenk und legte ihre Handfläche an den Baumstamm. »Josie«, herrschte sie sie an. »Klettern! Du musst unbedingt da hochklettern.« Als Gretchen sie erneut schüttelte, griffen Josies Arme endlich nach oben und fanden dort zwei kleine Äste, an denen sie sich hochziehen konnte. »Klettern, Jo, du musst klettern!«, drängte Gretchen.

Josies Körper war jetzt wie ferngesteuert. Sie war wieder zehn Jahre alt und versteckte sich im Wald hinter dem Wohnwagen vor ihrer gewalttätigen Mutter. Lila sah niemals in die Bäume hinauf. Von unten herauf flüsterte Ray so laut es ging: »Klettern, Jo! Du musst klettern!«

Josie legte die Beine um den Stamm und drückte sich nach oben, bis sie einen geeigneten Ast fand, der stark genug schien, um ihrer beider Gewicht eine Zeitlang zu halten. Sie blinzelte die Tränen und den Regen aus ihren Augen, blickte hinunter und sah, wie Gretchen sich Stück um Stück weiter zu ihr hochkämpfte. Als sie nahe genug bei ihr war, streckte Josie eine Hand aus und Gretchen ergriff sie. Dann stemmte sie sich das letzte Stück hinauf zu der Stelle, wo Josie saß. Atemlos klammerten sie sich aneinander und am Baum fest. Unter ihnen wickelte sich Veras Körper um den Baum. Hinter ihr sammelte sich Müll, schlug gegen ihren Körper und wurde dann weiter flussabwärts gerissen. Josie sah, wie ein in sich verhaktes Gewirr an Werbeaufstellern für die Bürgermeisterwahl vorbeidriftete.

SIEBENUNDZWANZIG

Es erschien Josie wie eine Ironie des Schicksals, über die sie lieber nicht weiter nachdenken mochte, dass sich ausgerechnet Sawyer Hayes in einem der Rettungsboote befand, das sie schließlich entdeckte. Das andere Boot, gesteuert von und besetzt mit Einsatzkräften der städtischen Wasserrettung, die Josie nicht namentlich kannte, barg Veras Leiche und brachte sie weg – in die Rechtsmedizin, wie Josie vermutete. Sawyer half Gretchen und dann Josie hinunter in sein Boot. Er vermied es peinlichst, ihre nackten Beine anzusehen, aber sobald sie mit Schwimmwesten gesichert und im Boot angeschnallt waren, öffnete er die Außentasche seiner Jacke und zog ein kleines silberfarbenes Päckchen in einer blauen Plastikhülle heraus. Josie erkannte sofort, dass es sich um eine Rettungsdecke handelte. Sie fühlte sich, als hätte ihr Geist schon seit Stunden ihren Körper verlassen, und etwa zur selben Zeit hatten ihre Zähne vor Kälte zu klappern begonnen. In Wirklichkeit hatte sie keine Ahnung, wie lange sie im Baum ausgeharrt hatten. Sawyer nahm die silber- und goldfarbene Folie heraus, entfaltete sie und schüttelte sie dann mit beiden Händen zu voller Größe auf. Während der Bootsführer sie von den Bäumen weg und zurück in Sicherheit steuerte, deckte Sawyer sie und Gretchen damit zu, die silberfarbene Seite nach unten, und stopfte die Ränder sorgfältig unter ihren Körpern fest.

»Danke«, sagte Gretchen.

Sawyer machte ihnen beiden das Daumen-hoch-Zeichen, und Josie versuchte zu lächeln. Sie war sich nicht sicher, ob ihre Mimik funktionierte oder nicht, aber er lächelte zurück. Sie schloss die Augen und ließ ihren Kopf auf Gretchens Schulter sinken.

Die nächste Stunde erlebte sie wie in einem Nebel. Von der letzten Flutwelle war nun auch der übrige Stadtpark überschwemmt worden, daher hatte man einen neuen Anlegesteg für die Rettungsboote, näher an der Einsatzstelle, errichten müssen. Josie und Gretchen wurden von der Anlegestelle direkt zu einem Rettungswagen geführt, auf der weichen, mit Kunstleder bezogenen Sitzbank im Inneren platziert und in noch mehr Decken gewickelt. Im Krankenhaus wurden sie in derselben, mit Vorhängen vom übrigen Saal der Notaufnahme abgetrennten Kabine untergebracht, und beide auf eine Trage gelegt. Eine Schwester reichte Josie ein Krankenhausnachthemd und zog dann noch eines für Gretchen vom Wäschewagen. »Mädels, zieht euch die über. Ich komme gleich wieder zu euch.«

»Mir geht's gut«, wehrte Josie ab. »Ich brauch nur eine Hose ... und jemanden, der mich nach Hause fährt.«

Die Schwester lachte. Gretchen ließ bereits ihre nasse Jacke und ihr Hemd auf einen Beistelltisch fallen und schlüpfte in ihr Nachthemd. »Schätzchen«, sagte die Schwester zu Josie, »Ihre Lippen sind blau, Sie sind bis auf die Knochen durchnässt, und Sie haben eine üble Fleischwunde dort an ihrem Bein.«

Josie sah zu ihren Beinen hinunter und entdeckte zum ersten Mal den riesigen klaffenden Schnitt an der Außenseite ihres rechten Oberschenkels. »Scheiße«, murmelte sie.

Die Schwester klopfte auf die Trage. »Wie wär's mit ein paar warmen Decken. Klingt gut, oder?«

Josie fiel kein Gegenargument dazu ein.

Und Gretchen sagte eifrig: »Klar, nichts wie her damit.«

Zwei Stunden später döste Josie unter drei vorgewärmten Decken. Ihren Oberschenkel hatte man mit acht Stichen genäht, und ihr Haar war endlich trocken. Neben ihr schlief Gretchen tief und fest, man hörte ihre langen und gleichmäßigen Atemzüge, und ihre Augenlider flatterten von Zeit zu Zeit. Josie hatte keine Ahnung, wie ihre Kollegin jetzt so tief schlafen konnte. Jedes Mal, wenn sie selbst die Augen schloss, sah sie im Geiste Veras leblosen Körper im Fluss.

Die Stimme von Chief Chitwood ließ beide hochschrecken. Von irgendwo auf der anderen Seite des Vorhangs tönte es laut: »Wo sind meine beiden Detectives?«

Eine Sekunde später wurde der Vorhang zurückgerissen, und der Chief, Noah und Mettner stürmten herein. Noah trat direkt an Josies Seite, er berührte ihr Gesicht, ihr Haar, ihre Arme und schließlich nahm er ihre Hand in seine beiden. Dann beugte er sich zu ihr herunter und sah ihr prüfend in die Augen. »Bist du so weit okay?«

Alles andere als das, dachte sie. Ihrer Erinnerung nach war es ihr seit langer Zeit nicht mehr so beschissen gegangen. Trotzdem nickte sie.

»Du hast mich zu Tode erschreckt«, sagte er leise. »Ich dachte, du lebst nicht mehr.«

Sie drückte leicht seine Hand. »Tut mir leid.«

»Ich habe nur ... ich ...« Er verstummte und Josie meinte, Tränen in seinen Augen glitzern zu sehen. Er ließ ihre Hand los, richtete sich auf und wandte sich einen Augenblick von ihr ab. Josie wurde bewusst, dass er krampfhaft um Fassung rang.

»Es tut mir wirklich leid, Noah«, krächzte sie.

Mit einem Schwung drehte er sich um und beugte sich über

sie, um sie zu küssen. »Das muss es nicht. Ich bin einfach nur froh, dass du hier bist.«

Der Chief sagte: »Quinn und Palmer, Sie beide bleiben bis auf Weiteres weg vom Wasser! Mein Gott, was für ein Tag. Auf Sie wird geschossen, dann werden Sie von den Fluten mitgerissen. Was glauben Sie, wo wir hier sind? In einem Actionfilm oder was?«

Mettner, der zwischen den beiden Tragen stand, sah den Chief stirnrunzelnd an. »Es ist ja nicht ihre Schuld, das wissen Sie genau.«

Der Chief deutete mit dem Finger auf Mett. »Sagen Sie mir nicht, was ich weiß, mein Sohn. Ich habe heute beinah meine besten zwei Detectives verloren.«

Mettner musste lachen. »Oh, sehr freundlich.«

»Lass gut sein, Mett.« Noah saß auf dem Rand von Josies Trage und murmelte hinter vorgehaltener Hand: »Ich schätze, so ist er, wenn ihn etwas wirklich mitnimmt.«

Gretchen zog ihre Decken bis unters Kinn und fragte: »Habt ihr den Schützen geschnappt?«

Mettner schüttelte den Kopf. »Nein. Tut uns leid. Als wir hinkamen, war niemand mehr da. Wir haben allerdings neben der Bowlinghalle Patronenhülsen gefunden. Neun Millimeter. Aber wir haben niemanden wegfahren sehen, als wir ankamen.«

»Wir haben uns die Aufnahmen der Überwachungskameras vom Stop-N-Go und von der Bank auf der anderen Straßenseite geholt, um zu sehen, ob irgendwelche Fahrzeuge aus dieser Richtung kamen, aber keine der beiden Kameras deckt die Straße mit ab«, erklärte Noah.

»Wäre ja auch zu schön gewesen«, sagte Josie.

»Hummel hat die Patronenhülsen sichergestellt. Vielleicht finden wir Fingerabdrücke darauf«, meinte der Chief.

»Wo wir gerade von Fingerabdrücken sprechen«, warf Mettner ein, »wir konnten tatsächlich bestätigen, dass es sich bei der Frau, mit der ihr euch getroffen habt, um Vera Urban handelt. Dr. Feist führt gerade die Autopsie durch.«

»Hat sie euch noch was gesagt, bevor ...«, wollte Noah wissen.

»Bevor jemand auf uns geschossen hat?«, ergänzte Gretchen. »Nein. Wir haben sie sofort erkannt und sie wurde richtig panisch vor Angst. Gleich darauf blutete sie aus einer Schusswunde am Bauch, und dann hat uns der Fluss mitgerissen. Übrigens, das war eine geniale Idee, unsere Jeans als Schwimmhilfe zu benutzen, Boss.«

Josie nickte nur, weil sie befürchtete, ihre Gefühle würden sie erneut überwältigen, wenn sie zu sprechen versuchte. Sie hatte gedacht, sie hätte sie alle herausgelassen oder sie wäre zumindest zu erschöpft, um noch mehr davon aufzubringen, aber da waren sie schon wieder. Sie spürte einen Kloß im Hals und ein Zittern ihrer Unterlippe und hoffte inständig, dass keiner es bemerkte.

»Ach, deshalb hatten Sie beide keine Hosen an?«, sagte Chitwood.

»Woher wissen Sie, dass wir keine Hosen anhatten?«, fragte Gretchen.

Noah erklärte sofort: »Als wir angerufen haben, um nachzufragen, ob ihr beiden in Sicherheit seid, hat uns die Schwester gebeten, euch Hosen mitzubringen.«

Josie fand ihre Stimme wieder. »Soso. Ich sehe aber keine Hosen.«

Noah, Mettner und der Chief sahen sich entgeistert an, dann murrte der Chief: »Wo zum Teufel soll ich Hosen herbekommen?«

Noah lachte laut auf und durchbrach damit die angespannte Atmosphäre im Raum. »Ich kümmere mich drum.«

»Bevor ihr geht«, sagte Gretchen, »ich denke, wir müssen unbedingt noch darüber reden, dass Vera Urban in den vergangenen sechzehn Jahren tatsächlich am Leben war.«

»Nicht nur das«, fügte Josie hinzu, »sie wusste auch, dass ihre Tochter ermordet wurde und wie es passiert ist. Ich glaube, sie wusste auch, wer es getan hat. Vermutlich wollte sie uns deswegen treffen. Um uns zu sagen, wer der Täter ist.«

»Aber warum sollte sie ausgerechnet jetzt damit herausrücken?«, fragte Mettner.

»Weil inzwischen die ganze Welt weiß, dass Beverly ermordet wurde. Jetzt fahndet die Polizei nach dem Mörder«, erklärte Noah.

»Was zum Teufel hat sie in den vergangenen sechzehn Jahren gemacht?«, wunderte sich Mettner.

»Offensichtlich hat sie sich versteckt«, sagte Gretchen. »Sie hat weder Strom, Heizung noch Festnetz angemeldet, sie hat keine Steuererklärung eingereicht; es gab nicht mal einen Mobilfunkvertrag auf ihren Namen. Gibt es heute noch irgendwen, der kein Handy hat?«

»Sie hatte wohl eine andere Identität angenommen. Alice. Es sei denn, das war einfach irgendein Name, den sie sich nur für uns ausgedacht hat«, gab Josie zu bedenken.

»Der Vermieter hat euch beiden doch gesagt, dass alle persönlichen Habseligkeiten von ihr und Beverly aus dem Haus an der Hempstead Road verschwunden waren, nicht? Vera muss sie also mitgenommen haben. Sie wollte, dass es so aussieht, als wären sie einfach weggezogen. Sie hat die ganze Zeit gewusst, wer ihre Tochter umgebracht hat. Die Frage ist jetzt, vor wem sie sich versteckt hat«, überlegte Noah.

Gretchen zog eine Hand unter ihrer Decke hervor und strich sich damit über ihr stacheliges kurzes Haar. »Vor genau der Person, die sie heute morgen erschossen hat.«

»Aber wer hätte ein Interesse daran haben sollen, Beverly umzubringen?«, wunderte sich der Chief. »Und was hätte Vera dazu veranlassen können, unterzutauchen, anstatt den Mord an ihrer eigenen Tochter anzuzeigen?«

Blitzartig tauchte Veras Gesicht vor Josies geistigem Auge auf – ihr Mund, der versuchte, Worte zu formen, während sie hinter der Betonbarriere auf der Interstate verblutete – sie hatte Josie angefleht, sie zu retten. Sie hatte versucht, das Wort »bitte« zu sagen. Josie hatte sie nicht retten, ihr nicht einmal helfen können. Was hatte sie vor ihnen verborgen? Was wusste sie? Wer würde so weit gehen, sie umzubringen, um das alles geheim zu halten?

»Keine Ahnung«, meinte Josie. »Aber ich glaube, wir sollten als Erstes versuchen, ein Bewegungsprofil von Vera zu erstellen.«

»Und wie soll das gehen?«, wunderte sich Mettner.

»Sie muss von irgendwoher gekommen sein«, erklärte Josie. »Seit sechzehn Jahren hat sie keiner mehr gesehen. Dann wird Beverlys Leiche gefunden, und ein paar Tage später ist sie schon hier in der Stadt?«

Noah pflichtete ihr bei. »Stimmt. Sie hat sicher in den vergangenen sechzehn Jahren nicht in Denton gelebt. Aber sie ist diese ganze Zeit durchs Netz geschlüpft, mir fällt gerade kein besserer Ausdruck ein. Oder anders gesagt, sie hat unter einer neu angenommenen Identität gelebt: Alice. Irgendwie ist Alice dann hierhergekommen, und sie hat offensichtlich auch die Nacht hier verbracht, wie wir aus ihren Anrufen bei Josie erschließen können.«

Gretchen nickte. »Wenn sie versucht hat, unter dem Radar zu bleiben, dann hat sie sicher in keinem Hotel mit Überwachungskameras gewohnt.«

»Vielleicht ist sie ja im Patio Motel abgestiegen«, vermutete Josie. »Das ist der heruntergekommenste Schuppen in der Stadt und liegt genau zwischen den beiden Orten, an denen sie uns treffen wollte – dem Stop-N-Go und der verlassenen Bowlinghalle.«

»Ich schicke jemanden zum Parkplatz«, schlug Mettner vor, »und lasse alle Nummernschilder aufschreiben.«

»Und ich rede mit dem Manager«, entschied Josie. »Vera muss ein paar Dinge in ihrem Zimmer gelassen haben.«

Der Chief hob die Brauen. »Sie sind heute beinah ums Leben gekommen, Quinn. Zweimal. Sie nehmen sich einen Tag frei.«

»Chief ...«, protestierte Josie, aber er hob die Hand, um sie zum Schweigen zu bringen.

»Wir besorgen eine richterliche Anordnung für Sie, mit der sie morgen früh als Erstes zum Patio Motel fahren können. Ich habe bereits zwei Einsatzwagen dorthin geschickt, denn das Hochwasser ist schon verdammt nah am Motelparkplatz. Das reicht fürs Erste aus. Ich kann im Moment auf Fraley oder Mettner sowieso nicht verzichten. Ich brauche alle Kräfte drüben in der Einsatzstelle.«

Erleichtert ließ Josie den Kopf aufs Kissen zurücksinken und Noah drückte ihr aufmunternd die Hand.

»Und, Fraley«, fügte der Chief hinzu, »schauen Sie zu, dass sie verdammt noch mal irgendwelche Hosen auftreiben, damit die beiden nach Hause fahren und sich ausruhen können.«

ACHTUNDZWANZIG

Auch als sie zu Hause war, kam Josie einfach nicht zur Ruhe. Jedes Mal, wenn sie sich bewegte, pochte es in ihrem Bein. Und jedes Mal, wenn sie am Wegdämmern war, tauchte Veras Gesicht vor ihrem inneren Auge auf – ihr letzter Versuch, Worte zu bilden –, und dann hatte Josie wieder die Schüsse und die heulenden Sirenen der Rettungswagen im Ohr. Das Einzige, woran sie noch dachte, während sie so auf ihrer Couch lag und zu schlafen versuchte, war Wild Turkey. Sie gierte geradezu danach, so wie es seit Langem nicht mehr vorgekommen war. Sie konnte die hochprozentige Flüssigkeit praktisch schmecken, spüren, wie sie in ihrer Kehle und im Magen brannte, wo sie sich wärmend und entspannend ausbreiten und ihr dabei helfen würde, ihre tieftraurigen Gedanken eine Weile auszulöschen.

Nur dass sie keinen Wild Turkey mehr im Haus hatte. Sie hatten überhaupt keinen Alkohol im Haus. Nur Kaffee, eine von Misty selbst zusammengestellte Grünteemischung und Apfelsaft für Harris. Sie wünschte sich, Misty und Harris wären da, aber Misty war bei der Arbeit und Harris war an diesem Tag bei Rays Mom. Und Noah hatte Dienst. Sie überlegte, ob sie ihre Schwester Trinity in New York anrufen sollte, aber ihr Handy war kaputtgegangen. Sie brauchte unbedingt ein neues. Neben ihr winselte Trout, als spüre er ihren inneren Aufruhr. Pepper saß vollkommen ungerührt auf der anderen Seite des Raums im Sessel. Josie stand auf und blickte hinaus auf die Einfahrt, wo ihr Fahrzeug stand. Jemand vom Team hatte es von der Lockwood Road abgeholt und ihr vors Haus gestellt. Sie könnte einfach schnell zum nächsten Spirituosenladen fahren, der wäre jetzt am Spätnachmittag noch geöffnet. Und obendrein lag er zum Glück auch noch außerhalb der Überschwemmungszone.

Ohne groß nachzudenken griff sie nach ihrem Schlüsselbund. Allerdings hatte sie keinen Führerschein. Ihre Brieftasche mit allen Papieren war im Fluss völlig durchnässt worden. Noah hatte alles zum Trocknen auf dem Küchentisch ausgelegt. Josie machte an der Haustür kehrt, um ihren Führerschein zu holen, und in diesem Moment klingelte es. Trout und Pepper sprangen von ihren Ruheplätzen auf und kamen mit aufgeregtem Gebell zum Eingang gerannt. Josie öffnete und sah Gretchen und Dr. Feist draußen stehen. Gretchen war frisch geduscht und trug ein trockenes Paar Jeans und ein weißes Tanktop unter einem leichten Pullover. Dr. Feist trug kakifarbene Hosen und eine blaue geknöpfte Bluse. Ihr silberblondes Haar hing ihr offen um die Schultern und sie hatte einen kleinen Laptop unter ihrem Arm geklemmt. Gretchen streckte Josie eine Pizzaschachtel entgegen. »Ich wollte vorher anrufen«, entschuldigte sie sich. »Aber wir haben ja keine Handys.«

Josie trat zur Seite und ließ die beiden herein. Sie setzten sich im Wohnzimmer zusammen und verspeisten die Pizza direkt aus der Schachtel. Josie saß auf der Couch und Dr. Feist neben ihr. Gretchen verschwand einen Augenblick und kehrte mit Papierservietten und drei Flaschen Wasser zurück, die sie auf dem Couchtisch neben der Pizzaschachtel und Dr. Feists Laptop abstellte. »Ich konnte einfach nicht zu Hause bleiben.

Ich war viel zu aufgedreht«, sagte sie und setzte sich im Schneidersitz ihnen gegenüber auf den Boden.

Dr. Feist wischte sich mit der Serviette Tomatensauce aus dem Mundwinkel und erklärte dann: »Sie ist plötzlich in der Rechtsmedizin aufgetaucht und hat gefragt, ob ich mit Veras Autopsie schon fertig bin.«

Josie musste lachen, aber es klang nervös. Sie hätte diejenige sein müssen, die unangekündigt in der Rechtsmedizin auftauchte und sich nach Erkenntnissen über Vera Urban erkundigte. Stattdessen hatten ihre Gedanken hauptsächlich um den Wild Turkey gekreist. Gretchen spürte vielleicht, dass etwas nicht in Ordnung war, sprach es aber nicht an. Stattdessen sagte sie: »Und dann dachte ich, du willst sicher auch erfahren, was Dr. Feist zu berichten hat, also hab ich sie überredet, mit mir hierherzukommen.«

»Und wir dachten uns, du hast sicher auch einen Bärenhunger«, ergänzte Dr. Feist. »Und da sind wir jetzt also.«

Irgendwie hatte Josie überhaupt keinen Hunger, nahm sich aber trotzdem ein Stück Pizza. »Vielen Dank«, sagte sie. »Was kannst du uns über Vera Urban sagen?«

Die Rechtsmedizinerin klappte ihren Laptop auf und nach ein paar Klicks begann sie einige ihrer Ergebnisse vorzulesen. »Ich schätze ihr Alter auf zwischen fünfzig und sechzig.«

»Das passt«, bestätigte Josie. »Sie war achtundfünfzig.«

Dr. Feist nickte. »Todesursache war die Schusswunde im Bauchraum. Ihre Lungen hatten ein überdurchschnittlich hohes Gewicht, und als ich den Leichnam eröffnet habe, waren sie ziemlich aufgebläht. Das bedeutet, dass vor ihrem Tod einiges an Wasser in ihre Lungen eingedrungen ist, aber angesichts der schweren Verletzungen in ihrer Bauchhöhle glaube ich, dass sie starb, bevor der Tod durch Ertrinken einsetzen konnte.«

Josie legte ihr nur halb aufgegessenes Stück Pizza zurück in die Schachtel und lehnte sich zurück. Trout sprang auf die

Couch und kroch winselnd auf ihren Schoß. Gedankenverloren kraulte sie ihm den Nacken. Gretchen sagte tröstend: »Wir haben alles getan, was wir konnten, Boss.«

»Meinst du wirklich?«, fragte Josie zweifelnd. »Wir hätten Verstärkung zu dem Treffen mitnehmen müssen. Es war unklug, dort allein hinzugehen.«

»Um eine einzelne Person zu treffen, die uns Informationen über einen Mord geben wollte, der sechzehn Jahre zurückliegt?«, wandte Gretchen ein. »Nichts deutete darauf hin, dass wir zu unserem Treffen mit Vera Urban eine ganze Armee mitbringen hätten sollen. Als wir hingingen, wussten wir ja nicht einmal, dass es sich bei der Frau, die sich Alice nannte, um Vera handelte.«

»Sie hat uns gesagt – das heißt, sie hat *mir* gesagt – es sei ein Risiko, sich zu treffen, aber ich habe ihre Bedenken nicht ernst genug genommen. Sie hatte recht, und jetzt ist sie tot.«

»Das ist nicht deine Schuld«, versicherte ihr Gretchen.

Dr. Feist fügte hinzu: »Josie, wenn dir das hilft, ich glaube nicht, dass sie lange genug überlebt hätte, um es ins Krankenhaus zu schaffen. Selbst wenn du in der Lage gewesen wärst, sie an einen sicheren Ort zu bringen und auf den Rettungswagen zu warten, wäre sie schon vor dem Eintreffen in der Notaufnahme tot gewesen. Und das Denton Memorial hat auch kein Traumazentrum.«

Josie schüttelte den Kopf und kämpfte mit den Tränen. »Ich hätte uns nie in eine Lage bringen dürfen, wo jemand auf uns schießen konnte – ich bin definitiv schuld an ihrem Tod.«

»Sie wurde erschossen, weil sie in ein Verbrechen verwickelt war«, widersprach Gretchen. »Sie wusste, dass ihre Tochter ermordet wurde, und sie hat diese Information sechzehn Jahre lang geheim gehalten, Boss. Wäre sie nicht vor unseren Augen erschossen worden, wäre sie vermutlich auf andere Weise oder zu einem anderen Zeitpunkt von jener

Person getötet worden, die, warum auch immer, hinter ihr her war.«

Stille breitete sich im Raum aus, als sich alle bewusst wurden, welches Ausmaß an Gewalt sich beim Tod Vera Urbans Bahn gebrochen hatte und wie schwer die Last des Geheimnisses gewesen sein musste, das sie mit sich herumgetragen hatte. Dann räusperte sich Dr. Feist und sagte: »Ein paar weitere Zufallsbefunde könnten euch vielleicht noch interessieren: Ihre Leber war schwer geschädigt, entweder von langjährigem Alkoholmissbrauch oder wegen irgendeiner Vorerkrankung.«

»Opiate«, sagte Josie. »Wir glauben, dass sie opiatabhängig war.«

Dr. Feist nickte. »Das wäre sicher eine Erklärung dafür. Im unteren Bereich ihrer Wirbelsäule habe ich auch Hinweise auf eine ältere Operation gefunden, eine Lendenwirbelversteifung.«

»Ja«, sagte Gretchen. »Mehrere Leute, die sie kannten, haben berichtet, dass sie eine Rückenoperation hatte.«

»Zu all dem hatte sie auch noch einen Uterus bicornis, eine Fehlbildung der Gebärmutter.«

Gretchens Hand mit dem Stück Pizza erstarrte mitten in der Bewegung.

»Was ist das denn?«, wollte Josie wissen.

»Vera Urbans Gebärmutter war herzförmig, das ist eine angeborene Fehlbildung. Ich erspare euch die wissenschaftlichen Einzelheiten. Im Grunde weist die Gebärmutter dann zwei separate Höhlungen auf. Der Uterus hat oben eine tiefe Einbuchtung, die das Organ im Grunde in der Mitte spaltet. Heutzutage kann man das operativ korrigieren – vielleicht auch schon, als Vera Urban eine junge Frau war –, aber in ihrem Fall ist das nicht geschehen. Es beeinträchtigt zwar nicht die Fruchtbarkeit, aber die Babys der betroffenen Frauen werden meist zu früh geboren.«

»Aber wir wissen, dass sie ein Kind hatte«, meinte Josie. »Gab es dorsale Vertiefungen an ihrem Schambein?«

»Nein«, erwiderte Dr. Feist, »aber nicht jede Frau weist nach einer Geburt Vernarbungen am Schambein auf. Ich habe jede Menge Frauen obduziert, die von Geburten keine solchen Vernarbungen davongetragen haben. Ich verwende diesen Befund daher immer nur als Bestätigung, dass eine Frau tatsächlich eine Geburt hatte.«

Josie folgerte: »Das heißt, wenn es eine solche Vernarbung gibt, dann hatte sie wahrscheinlich ein Baby.«

»Richtig. Aber das Fehlen ist kein Hinweis darauf, dass eine Frau nicht geboren hat. Wie ich schon sagte, Vera konnte durchaus Kinder bekommen; der Defekt erhöhte einfach die Wahrscheinlichkeit, dass eine Schwangerschaft vorzeitig endete. Sie hatte großes Glück, dass sie Beverly voll austragen konnte.«

Gretchen runzelte die Stirn. »Das könnte eine Erklärung dafür sein, warum sie so lange vor der Geburt liegen musste und warum sie im Geisinger entbunden hat und nicht hier in Denton.«

Das tragische Schicksal von Vera und Beverly erschütterte Josie zutiefst. Die arme Vera. Laut ihrer früheren Chefin hatte sie sich sehnlich ein Baby gewünscht und war außer sich vor Freude gewesen, als Beverly auf die Welt kam, auch wenn der Vater keinen Anteil nahm. Doch irgendwann hatte sich Veras Glück ins Gegenteil verkehrt und Beverly hatte Verhaltensauffälligkeiten entwickelt. Josie wusste aus erster Hand, dass Beverlys Neigung zu impulsiven Ausbrüchen nicht nur schwere emotionale, sondern auch körperliche Verletzungen verursachen konnte. In was für eine gefährliche Geschichte waren Beverly und Vera da nur hineingeraten, die damit endete, dass Beverly mit siebzehn Jahren schwanger war und kurz darauf ermordet wurde? Und damit, dass Vera gezwungen war, fast zwei Jahrzehnte lang unterzutauchen. Wovor hatte sie solche Angst gehabt? Wo hatte sie sich all diese Jahre aufgehalten? Wer hatte sie getötet und warum?

»Als wir sie trafen, war sie besorgt, dass *uns* jemand gefolgt sein könnte«, erinnerte sich Josie, »und nicht, dass *ihr* jemand folgte. Tatsächlich war der Grund dafür, dass sie sich an einem so abgelegenen Ort mit uns treffen wollte, der, dass sie das Polizeirevier für nicht sicher hielt.«

»Wer arbeitet heute noch bei der Polizei in Denton, der vor sechzehn Jahren in die Ermordung von Beverly verwickelt gewesen sein könnte?«, fragte Dr. Feist. »Ich dachte, vor fünf Jahren, nach dem Fall der vermissten Mädchen, sei in der Dienststelle gründlich aufgeräumt worden.«

»Amber Watts«, platzte Gretchen heraus.

Um Dr. Feist aufzuklären, berichtete Josie von ihrem Verdacht gegenüber der neuen Pressesprecherin.

»Wie alt ist diese Frau?«, fragte Dr. Feist.

Gretchen erwiderte: »Jung. Sie war vermutlich noch in der Grundschule, als Beverly ermordet wurde.«

»Es muss aber nicht unbedingt Amber Watts sein«, wandte Josie ein, »vielleicht ist es auch Bürgermeisterin Charleston. Amber wusste, dass wir heute Morgen die mysteriöse Alice treffen wollten, aber sie wusste nicht, wo. Zumindest über das Treffen an sich hätte sie die Bürgermeisterin aber informieren können.«

»Dann hältst du sie also für eine Spionin?«, wollte Gretchen wissen.

»Ich weiß nicht. Aber irgendjemand wusste, dass wir Vera Urban treffen wollten. Irgendjemand wollte ihren Tod. Irgendjemand hat sie erschossen, damit sie uns nicht erzählen konnte, was sie wusste.«

»Ich weiß, dass Bürgermeisterin Charleston sehr versiert darin ist, die Unwahrheit zu sagen und Dinge zu vertuschen«, sagte Dr. Feist. »Sie ist hier nicht mehr so beliebt, seit dieser Sache mit Quail Hollow – obgleich auch Kurt Dutton darin involviert ist, glaube ich. Ich bin mir allerdings nicht sicher, ob sie dazu fähig wäre, jemanden umzubringen.«

»Ich auch nicht«, räumte Josie ein. »Aber vielleicht ist sie ja auch nicht direkt in das verwickelt, was auch immer hier vorgeht. Ich meine nur, dass es ein ziemlich merkwürdiger Zufall ist, dass Amber diese Woche von der Bürgermeisterin eingestellt wurde und ausgerechnet dann aufgetaucht ist, als wir eine Leiche geborgen haben, die unter dem Haus an der Hempstead Road gelegen hat. Sie ist immerhin bei allen Lagebesprechungen dabei gewesen und hat erfahren, dass wir uns mit jemandem treffen wollten, der wusste, was Beverly zugestoßen war. Und auf einmal werden wir bei dem Treffen beschossen, und Vera Urban ist tot. Vielleicht lese ich zu viel in die Ereignisse hinein, aber welche Möglichkeiten gibt es denn sonst noch?«

»Dass irgendjemand Vera Urban die ganze Zeit über verfolgt hat – seit sie nach Denton zurückkehrte, von dort, wo auch immer sie gewesen ist –, und Vera hat es einfach nicht bemerkt«, mutmaßte Gretchen.

Josie deutete auf Dr. Feists aufgeklappten Laptop. »Darf ich mal?«

Dr. Feist schob ihn über den Couchtisch zu Josie hin. Dann setzten sie und Gretchen sich rechts und links von Josie auf die Couch und spähten auf den Bildschirm, während Josie eine gründliche Überprüfung von Amber Watts' Background vornahm. Doch es fanden sich keinerlei Auffälligkeiten und keine roten Warnlampen leuchteten auf. »Die Stellenanzeige«, murmelte Josie. »Der Chief wollte, dass ich überprüfe, ob die Bürgermeisterin die Stelle für den oder die Pressesprecher:in vor einigen Monaten öffentlich ausgeschrieben hat. Amber hat mir gesagt, sie habe sich damals gleich beworben.« Und tatsächlich fand Josie die Anzeige, aufgegeben vor zwei Monaten, auf mehreren Websites für Stellenausschreibungen.

Dr. Feist seufzte. »Sieht so aus, als ob eure Amber- beziehungsweise Bürgermeisterin-Charleston-Spur in eine Sackgasse führt.«

»Dann konzentrieren wir uns jetzt ganz auf Vera. Hoffentlich finden wir etwas, das uns zu ihrem Mörder führt – und auch zu dem von Beverly.«

NEUNUNDZWANZIG

Den restlichen Abend über bot sich für Josie keine Gelegenheit mehr, einen heimlichen Abstecher zum Spirituosenladen zu machen. Noch bevor Gretchen und Dr. Feist aufbrachen, tauchten Misty und Harris auf, und kurz danach kam Noah vom Dienst nach Hause. Josie tat mechanisch, was zu tun war, und verbrachte den übrigen Abend und die Nacht wie im Nebel. Wann immer Misty oder Noah sie fragten, ob alles in Ordnung sei, antwortete sie mit einem wenig überzeugenden »Mir geht's gut«. Auch das Schlafen wollte ihr nicht gelingen, vor allem wegen der Schmerzen in ihrem Bein, die auch durch Ibuprofen kaum gelindert wurden. Im ersten Morgengrauen, das durchs Schlafzimmerfenster drang, stand sie auf, duschte und ging mit Trout Gassi. Dann fuhr sie zum Spur-Mobile-Laden und kaufte sich ein neues Handy, bevor sie Gretchen auf dem Parkplatz des Polizeireviers abholte.

Da ihnen richterliche Anordnung und Durchsuchungsbeschluss vorlagen, fuhren sie zum Patio Motel. Seit Josie sich erinnern konnte, hatte es diese Absteige gegeben, einen Schandfleck der Stadt. Die Polizei führte dort mehr Verhaftungen wegen Drogen- und Prostitutionsdelikten durch als an jedem anderen Ort der Gegend. Es war ein heruntergekommenes zweistöckiges Gebäude mit acht Zimmern auf jedem Stockwerk. Die meisten der Zimmernummern waren mittlerweile nur noch mit Permanentmarker auf die Türen geschrieben. Ramponierte Fahrzeuge standen auf den Parkplätzen, direkt vor den ebenerdigen Zimmern im Erdgeschoss. Josie hatte von Noah am Abend zuvor erfahren, dass keines der Fahrzeuge auf dem Parkplatz auf eine Person namens Alice zugelassen war. Wie auch immer Vera nach Denton gelangt war, sie war nicht im eigenen Fahrzeug gekommen.

Zwischen dem Parkplatz und dem winzigen Büro des Motels befand sich ein Pool, der seit Langem mit allerlei Sperrmüll zugeschüttet war. Einmal hatte jemand versucht, an einem Ende des Bassins einen kleinen Garten anzulegen, aber jetzt wuchs dort nichts mehr außer einer hellroten Tulpe, die zwischen Glasscherben und Fast-Food-Verpackungen aus der Erde spross.

Eine mürrische Frau mit schwarzem Haar und zusammengekniffenen Augen begrüßte sie am Empfang des Motels. Trotz des Durchsuchungsbeschlusses brauchte es lange Verhandlungen und Überredungskünste, bis sie einräumte, dass eine Frau, auf die Veras Beschreibung passte, tatsächlich vor zwei Tagen bei ihnen eingecheckt hatte. Vera hatte dabei keinen Namen angegeben und das Personal hatte auch nicht danach gefragt. So liefen die Dinge hier in dieser Absteige, deren einzige Attraktion darin bestand, dass die Anonymität der Gäste gewahrt blieb. Erst nachdem Josie und Gretchen der Frau am Empfang das Bußgeld genannt hatten, das fällig würde, wenn sie sich dem Durchsuchungsbeschluss verweigerte, und ihr versichert hatten, dass der weibliche Gast namens Vera Urban verstorben war, willigte sie ein, ihnen das Zimmer zu zeigen. »Nehmen Sie ihr Zeug gleich mit«, sagte sie, nachdem sie ihnen die Tür aufgeschlossen hatte. »Wenn sie nicht zurückkommt, brauch ich das Zimmer.«

Wie alle Zimmer im Motel war das von Vera Urban klein, heruntergekommen und stank nach Zigarettenrauch, abgestandenem Schweiß und verdorbenen Lebensmitteln. Ein Doppelbett füllte fast den ganzen Raum. Der zerschlissene Überwurf mit dem Blumenmuster war nicht angerührt. Auf der anderen Seite des Betts stand ein Fernsehgerät auf einer kleinen, schäbigen Kommode, und in der Nähe des Fensters gab es einen orangefarbenen Sessel mit Flecken auf dem Polster. Das Zimmer sah unbewohnt aus.

Josie trat am Bett vorbei ins Bad, das ein besserer Wandschrank war, in dem sich die Toilettenschüssel und das Waschbecken praktisch berührten. Keine Badewanne, nur eine Dusche mit einem rostigen Ablauf und einem verschimmelten Duschvorhang. Noch immer fanden sich keine Hinweise, dass jemand das Zimmer benutzt hatte. Gretchen stocherte unter dem Bett herum, als Josie wieder aus dem Bad trat. »Nichts zu finden«, erklärte Gretchen.

»Irgendetwas muss da sein«, entgegnete Josie hartnäckig. »Zumindest irgendwelche Kleidung zum Wechseln musste sie ja dabeihaben.«

Sie ging wieder hinüber zum Sessel und sah ihn prüfend an. Dann nahm sie ein paar Einmalhandschuhe aus ihrer Jackentasche, zog sie über und hob das Sitzkissen hoch. »Hier«, sagte sie und hielt einen kleinen blauen Rucksack in die Höhe. Gretchen zog sich nun ebenfalls Handschuhe über und die beiden leerten den Rucksack auf dem Bett aus. Zum Vorschein kamen Unterwäsche, zwei Paar Jeans, zwei Blusen, ein mit Cartoon-Katzen bedrucktes Nachthemd mit dem Schriftzug »Cat Nap«, eine Haarbürste, verschiedene Schminkutensilien und Toilettenartikel. Josie legte eine Zahnbürste, eine Zahnpastatube, ein Deodorant und Fläschchen mit Shampoo und Haarspülung nebeneinander.

Gretchen bemerkte: »Geldbörse und Handy fehlen.«

»Stimmt«, sagte Josie. »Wir wissen, dass sie gestern ihr

Handy bei sich hatte, und falls sie eine Geldbörse besaß, gilt dafür wahrscheinlich das Gleiche – die schwimmen jetzt im Fluss.«

»Was ist denn das?«, fragte Gretchen und deutete auf ein kleines orangefarbenes Plastikfläschchen.

Josie drehte es um, und die Erkenntnis durchfuhr sie ein Stromschlag. »Verschreibungspflichtige Pillen«, erklärte sie. »Für eine Frau namens Alice Adams. Sieht nach Lorazepam aus.«

»Ativan«, konkretisierte Gretchen. »Das ist ein angstlösendes Medikament. Steht der Name der Apotheke oder des Arztes auf der Verpackung?«

Josie zog ihr Handy heraus und schoss ein paar Fotos von dem Etikett. Dann googelte sie den Namen der Apotheke. »Es stammt von einer Apotheke in Colbert.«

»Das ist ja nur etwa eineinhalb Autostunden von hier entfernt«, sagte Gretchen.

»Dafür werden wir auch richterliche Anordnungen brauchen«, bemerkte Josie. »Für die Unterlagen der Apotheke und dann für die Wohnung an der Adresse, die wir für Alice Adams finden. Wir müssen auch die Polizei vor Ort darüber informieren, was wir dort ermitteln.«

»Dann nix wie los«, meinte Gretchen.

DREISSIG

Auf dem Polizeirevier bereitete Gretchen die richterlichen Anordnungen vor, während Josie bei der Polizei in Colbert anrief, um sich mit den Kollegen abzustimmen. Innerhalb einer halben Stunde erhielt Josie die Nachricht, dass die Adresse von Alice Adams zu einer Mietwohnung gehörte. Der Kollege in Colbert teilte ihr den Namen und die Telefonnummer des Vermieters mit. Er bot ihr auch an, diesem einen Besuch abzustatten, um für Josie und Gretchen schon einmal den Weg zu ebnen, damit sie später am Tag, wenn möglich, noch mit der richterlichen Anordnung Alices Apartment durchsuchen konnten. »Jetzt müssen wir einfach nur auf einen Rückruf warten«, sagte sie zu Gretchen.

Amber hatte die ganze Zeit über ein paar Schreibtische entfernt gesessen und kam jetzt zu ihnen herüber. »Ich habe gehofft, Sie könnten mich über die weiteren Entwicklungen auf dem Laufenden halten«, sagte sie. »Sieht so aus, als wäre seit gestern eine Menge passiert. Ich weiß, dass ›Alice‹ in Wirklichkeit Vera Urban war und dass sie jetzt tot ist – der Chief hat es mir gesagt –, aber nichts Genaueres darüber. Von einigen der Streifenpolizisten habe ich allerdings gehört, dass es eine Schießerei gab, und Sie und Gretchen waren angeblich vor Ort. Die Kollegen sagten außerdem, Vera Urban sei erschossen worden. Könnten Sie mir berichten, was passiert ist? Hatte Vera irgendwelche Informationen für Sie?«

»Niemand hat Sie über die Ereignisse informiert?«, fragte Gretchen. »Nicht mal der Chief? Oder Lieutenant Fraley? Auch nicht Mett?«

»Ich hatte noch überhaupt keine Gelegenheit, mit jemandem zu sprechen. Alle sind so wahnsinnig beschäftigt.«

Josie sah auf und ihr Blick traf sich mit dem von Amber. »Und was ist mit der Bürgermeisterin? Konnten Sie wenigstens mit ihr sprechen?«

»Nein, ich ... Warum hätte ich mit der Bürgermeisterin sprechen sollen?«

Josie tippte weiter einen Bericht in ihren Computer. Nach einigen Momenten verlegenen Schweigens unterbrach Amber sie erneut. »Ich habe nur ein paar Fragen.«

Josie schob ihren Stuhl vom Tisch zurück und ging auf das Treppenhaus zu. Die Naht an ihrem Bein verursachte ihr bei jedem Schritt einen ziehenden Schmerz. Amber folgte ihr und rief Josie ihre Fragen hinterher. Mit der einen Hand hielt sie ihr Tablet, mit der anderen tippte sie darauf herum, während sie Josie vom Großraumbüro in den Pausenraum folgte. Josie gab ihr nur einsilbige Antworten und in den meisten Fällen verwies sie Amber an den Chief. Sie konzentrierte sich eher aufs Kaffeekochen als darauf, Amber auch nur ein verdammtes Detail preiszugeben. Nachdem sie sich ihren Kaffee eingeschenkt hatte, ging sie zum Kühlschrank, um ihre Halbfett-Kaffeesahne herauszuholen. Doch Amber stellte sich vor sie und versperrte ihr den Weg. »Detective Quinn«, sagte sie und ihr charakteristisches strahlendes Lächeln wich einer todernsten Miene, die schon fast verzweifelt wirkte. »Wenn ich meine Arbeit machen soll, dann muss ich auf dem gleichen Informationsstand sein wie Sie.«

»Bitte lassen Sie mich durch«, sagte Josie.

Amber richtete sich zu ihrer vollen Größe auf und überragte mit ihren zehn Zentimeter hohen Stöckelabsätzen Josie um mindestens fünf Zentimeter. »Was haben Sie für ein Problem mit mir?«, platzte sie heraus.

Josie drückte ihren Nasenrücken mit Daumen und Zeigefinger und spürte, wie hinter ihren Augen Kopfschmerzen herandrängten. Sie verschränkte die Arme vor der Brust und sah Amber direkt in die Augen. »Bitte, ich habe jetzt wirklich keine Zeit für so was, und Sie versperren mir gerade den Weg zur Halbfett-Kaffeesahne. Wenn Sie hier mit allen gut zurechtkommen wollen, dann lassen Sie so was besser sein.«

Amber streckte ihr Kinn stur nach vorn und starrte Josie wütend an. Ihre Lippen waren zu einer schmalen Linie zusammmengepresst und ihre blauen Augen blinzelten hektisch, was ihre Nervosität verriet. Josie konnte es sich nicht verkneifen, bei ihrem Anblick in Lachen auszubrechen. Amber sank sichtlich in sich zusammen und machte besiegt den Weg zum Kühlschrank frei. »Einen Moment noch«, sagte Josie, bevor Amber den Pausenraum verließ. Amber blieb im Türrahmen stehen.

Josie nahm die Halbfett-Kaffeesahne aus dem Kühlschrank, kehrte zum Tisch in der Mitte des Raums zurück und machte ihren Kaffee fertig. »Ich verstehe, dass Sie auch nur Ihre Arbeit machen, aber Tatsache ist, dass die Bürgermeisterin Sie uns vor die Nase gesetzt hat.«

»Aber ich habe es Ihnen doch schon gesagt«, murrte Amber, »ich bin keine Spionin der Bürgermeisterin.«

Josie nippte an ihrem heißen Kaffee und genoss den ersten Schluck. Es hatte keinen Sinn, Amber mit dem Verdacht, den sie hegte, zu konfrontieren: Wenn Amber mit der Bürgermeisterin unter einer Decke steckte, dann würde sie es niemals zugeben. Wenn sie aber unschuldig war und die Bürgermeisterin ohne Hintergedanken, einfach weil es ihr Job war, mit Informationen versorgt hatte, dann hatte sie definitiv auch keine Kontrolle darüber, was Tara Charleston mit diesen Informationen anfing. Josie entgegnete daher nur: »Sie arbeiten als Verbindungsperson zum Bürgermeisteramt. Das macht sie für uns in dieser besonderen Zeit nicht vertrauenswürdig. Zwischen dem Skandal um Quail Hollow und ...« Sie verkniff sich die Worte »Veras Mord«, stattdessen fuhr sie fort: »Da gibt es zurzeit einfach ein Problem. Und ich muss zugeben, dass wir uns in diesem Fall ein bisschen bedeckt halten.«

Amber seufzte laut und zupfte an ihrem Haar. »Und was soll ich jetzt in dieser Situation tun?«

»Das kann ich nicht beantworten«, erwiderte Josie. Mit der Tasse in der Hand ging sie zur Tür. Amber rührte sich nicht vom Fleck. »Ich kann dazu nur sagen«, schob Josie noch nach, »dass man sich Vertrauen verdienen muss.«

Sie schlüpfte durch die schmale Lücke zwischen Amber und dem Türrahmen und stieß dabei leicht mit ihr zusammen. Bevor sie wieder im Treppenhaus war, kam Dan Lamay, der diensthabende Polizist, den Korridor im Erdgeschoss heruntergeschlurft. »Boss«, rief er, »da ist jemand für Sie.«

Josie hob den Zeigefinger an die Lippen, um ihn zum Schweigen zu bringen, bis sie hörte, wie Amber den Flur hinter ihr überquerte und die Treppen hochging. »Okay«, sagte Josie dann. »Was gibt es, Dan?«

»Die Bürgermeisterin will Ihnen einen Besuch abstatten. Sie wartet in der Eingangshalle.«

»Ist sie ausdrücklich gekommen, um mich zu sprechen?«

»Ja, sie hat gesagt, sie will mit Ihnen reden, und nur mit Ihnen.«

»Dann führen Sie sie bitte in den Konferenzsaal hier unten. Ich gehe nur noch schnell nach oben und sage Gretchen Bescheid, wo ich bin. Dann komme ich gleich zu ihr herunter.«

Ein paar Minuten später trug Josie ihren halb leeren Kaffeebecher in den Konferenzsaal, wo Bürgermeisterin Tara

Charleston auf sie wartete. Sie schritt gerade an der gegenüberliegenden Seite des großen Tisches entlang und hielt ihr Handy ans Ohr gepresst. Die Farbe ihres Kostüms war ein gedecktes Blaugrün, und ihre langen Beine wurden durch ihre fünfzehn Zentimeter hohen Absätze noch betont. Sie trug ihr Haar kinnlang und elegant frisiert, und ihr Make-up war perfekt und deckte fast alle ihre Falten ab. Während sie jemandem am Telefon in barschem Ton Anweisungen bezüglich einer geplanten Stadtratssitzung gab, blieb Josie auf der anderen Seite des Tisches stehen und nippte an ihrem Kaffee.

Tara legte auf und warf ihr Handy polternd auf den Tisch. Sie stieß einen tiefen Seufzer aus und stützte sich mit den Händen auf der nächsten Stuhllehne ab. »Detective Quinn«, begann sie.

Josie schwieg.

Tara ging quer durch den Raum und schloss die Tür. Josies Puls beschleunigte sich. Das letzte Mal, als sie mit Tara Charleston tatsächlich allein gewesen war, hatte die Bürgermeisterin sie gebeten, etwas Illegales zu tun. Und als Josie sich weigerte, hatte sie ihr mit einem Rauswurf gedroht.

Tara kehrte zu ihrem Platz hinter dem Tisch und gegenüber von Josie zurück. Sie kniff ihre braunen Augen zusammen und blickte abfällig auf Josie herab. »Ich muss Ihnen hier in einer Sache zuvorkommen.«

Josie hob die Hand und sagte: »Wenn es um Quail Hollow geht, dann müssen Sie mit dem Chief sprechen. Es liegt nicht in meiner Hand, diesbezüglich ...«

»Halt«, befahl Tara. »Hier geht es nicht um Quail Hollow. Es geht um Vera Urban.«

»Vera Urban?«, fragte Josie erstaunt. Veras Identität war der Presse noch nicht preisgegeben worden. Nur die Polizei wusste davon, dass sie am Tag zuvor ermordet worden war.

Tara stemmte eine Hand in die Hüfte. »Ich habe Amber

gebeten, mich über das, was hier auf dem Revier vor sich geht, auf dem Laufenden zu halten.«

Von wegen, Amber ist nicht die Spionin der Bürgermeisterin, dachte Josie bekümmert.

Tara redete einfach weiter. »Ich weiß, dass Vera Urban gestern unter sehr ungewöhnlichen Umständen getötet wurde.«

»Sie wurde erschossen«, erklärte Josie mit Nachdruck.

»Ja, und davor galt sie offenbar sechzehn Jahre lang als vermisst, nicht wahr?«

Josie schwieg.

»Detective Quinn, ich kenne Sie. Ich weiß, wie sehr Sie sich in diesen Fall hineinknien, deshalb möchte ich verhindern, dass Sie in eine falsche Richtung ermitteln. Ich kannte Vera.«

Josie spürte ein leises Unbehagen. Die Bürgermeisterin war bekannt dafür, dass sie rücksichtslos ihre eigenen Interessen verfolgte und dabei oft bestimmte Grenzen überschritt. »Was wollen Sie damit sagen?«, fragte Josie. »Dass wir im Laufe meiner Ermittlungen unbedingt miteinander reden sollten?«

Tara seufzte entnervt auf. »Ja, genau das wollte ich sagen. Ich bin hergekommen, um Ihnen mitzuteilen, dass ich Vera früher einmal kannte, aber das war vor sehr langer Zeit. Sie war meine Friseurin in einem Salon, der damals noch Bliss hieß. Das ist schon mindestens zwanzig Jahre her – als ihre Tochter noch klein war oder sogar noch vor deren Geburt. Deshalb wollte ich mit Ihnen sprechen, bevor Sie mit allem, was Sie herausgefunden haben, zu mir kommen. Sie werden nämlich herausfinden, dass ich sie kannte, und vermuten, dass ich etwas zu verbergen habe.«

»Und, haben Sie etwas zu verbergen?«, wollte Josie wissen.

Tara lächelte, aber das Lächeln erreichte ihre Augen nicht. »Natürlich nicht.«

»Und trotzdem bitten Sie mich gerade, geheim zu halten, dass Sie die ermordete Mutter eines ermordeten Teenager-Mädchens kannten.«

Tara verdrehte die Augen. »Ich bitte Sie nicht, es geheim zu halten, sondern ich ersuche Sie nur, es nicht in die ganze Welt hinauszuposaunen. Es hat nämlich keinerlei Bedeutung. Vera war meine Friseurin, Herrgott noch mal!«

Josie kniff die Augen zusammen. »Sara Venuto hat mir erzählt, dass viele von Veras Kundinnen auch außerhalb des Salons mit ihr befreundet waren. Würden Sie sich auch zu dieser Gruppe zählen?«

»Sie sind also schon im Friseursalon gewesen?«

»Es ist nicht das erste Mal, dass ich einen Mordfall löse. Ja, ich bin schon im Salon gewesen.«

Tara wedelte mit der Hand in der Luft herum. »Das ist jetzt auch schon egal. Ich hab mich gelegentlich mit ihr privat getroffen, außerhalb des Salons. Ich würde uns nicht als Freundinnen bezeichnen, aber damals war ich die junge Ehefrau eines Chirurgen und wusste nichts mit mir anzufangen. Ich hatte keine Arbeit und den ganzen Tag nichts zu tun. Mir war langweilig, und Geld hatte ich genug, denn meine Eltern haben mir einen Treuhandfonds hinterlassen. Ich war diejenige, die meinen Mann während seines Medizinstudiums finanziert hat, aber als er seine chirurgische Facharztausbildung absolviert hat, war ich neunzig Prozent der Zeit allein. Daher hab ich Vera ein paarmal zu einem Glas Wein eingeladen und wir haben geplaudert. Mehr war da nicht.«

»Wie war das während Veras Schwangerschaft? Erinnern Sie sich daran?«

»Ganz vage, ja.«

»Sara Venuto meinte, mehrere von Veras Kundinnen hätten für sie eine Babyparty veranstaltet. Waren Sie auch darunter?«

»Nein. Wie ich schon sagte, wir waren gute Bekannte, aber keine Freundinnen.«

»Woran erinnern Sie sich, wenn Sie an Vera denken?«

Tara legte eine manikürte Hand auf den Tisch und beugte sich vor. »An nichts, außer an das, was ich Ihnen gerade erzählt habe. Sie war meine Friseurin. Wir haben ein- oder zweimal ein Glas Wein zusammen getrunken. Und sie hatte eine Tochter – Beverly. Das ist alles.«

»Haben Sie Vera zu sich nach Hause eingeladen, wenn Sie zusammen Wein getrunken haben?«, fragte Josie.

»Ja.«

»Waren Sie jemals bei ihr zu Hause, entweder bevor sie in das Haus an der Hempstead Road zog oder danach?«

»Natürlich nicht.«

»Wann hatten Sie das letzte Mal Kontakt mit Vera?«

»Detective Quinn, das ist so lange her – Jahrzehnte –, dass ich Ihnen das nicht genau sagen kann.«

»Wo waren Sie gestern Morgen um sieben Uhr?«

»Ich bitte Sie. Sie glauben doch nicht im Ernst ... Ich war in meinem Büro im Rathaus und habe mich dort mit meinem Wahlkampfleiter und einigen Helfern getroffen. Das können mindestens ein halbes Dutzend Leute bezeugen.«

Josie taxierte ihr Gegenüber und fragte sich, was genau Tara ihr verheimlichte. Es musste irgendetwas geben, sonst wäre sie nicht ins Polizeirevier gekommen und hätte darum gebeten, mit Josie allein zu sprechen. »Sie wissen, dass ich mein Team über unser Gespräch informieren muss, nicht wahr?«

Tara seufzte. »Ich sehe keinen Grund dafür, irgendjemanden darüber zu informieren. Ich habe Ihnen gerade alles gesagt, was ich weiß. Und all das ist vollkommen irrelevant für einen Mordfall, der sich im Jahr 2004 ereignet hat.«

»Und was ist mit einem Mord, der sich gestern ereignet hat?«, fragte Josie.

»Auch dafür hat es keine Bedeutung. Als Beverly ermordet wurde, hatte ich Vera schon seit beinahe zehn Jahren nicht mehr gesprochen. Wirklich, Detective. Ich weiß, wir hatten über die Jahre ein paar ... Probleme miteinander, aber ich würde es sehr schätzen, wenn Sie diese Angelegenheit diskret behandeln würden.«

»Diskret?« Josie lachte auf. »Das ist wohl nicht Ihr Ernst? Sie haben vom ersten Tag an versucht, mich loszuwerden. Was ist Ihr tatsächlicher Beweggrund in dieser Sache? Wollen Sie sich selbst schützen oder mir eine Falle stellen?«

Tara starrte sie wütend an.

Josie führte langsam ihren Kaffeebecher zum Mund und nippte ein paarmal daran. Dabei ließ sie Tara nicht aus den Augen. Dann stellte sie den Becher wieder auf dem Tisch ab und sagte: »Frau Bürgermeisterin, Sie wissen, wie solche Ermittlungen laufen. Inzwischen sollten Sie auch mich gut genug kennen. Ich halte vor meinem Team keineswegs irgendwelche Informationen zurück. Und wenn Sie noch so viel Einfluss haben, Sie können mich nicht zur Unehrlichkeit verleiten.«

»Jetzt machen Sie doch kein Drama daraus, Detective Quinn. Ich bitte Sie ja gar nicht, unehrlich zu sein. Ich habe nur gesagt, dass alle Ermittlungen gegen mich, die Vera Urban betreffen, in eine Sackgasse führen. Und ich bitte Sie, sie als solche zu behandeln.«

»Genau die Tatsache, dass Sie mich bitten, die Ermittlungen als Sackgasse zu behandeln, führt mich dazu, zu glauben, dass Sie etwas zu verbergen haben. Warum erzählen Sie mir nicht einfach, was es ist, von dem Sie nicht wollen, dass man es herausfindet?«

Die Stimmung zwischen ihnen wurde zunehmend gereizter. Mit jeder Sekunde, die verging, wurde Taras Gesicht röter. Josie wartete einfach ab und freute sich im Stillen, dass das Schweigen die Anspannung im Raum weiter erhöhte. »Also schön«, platzte Tara schließlich heraus. »Wenn Sie es schon unbedingt wissen wollen: Vera hat gedealt. Okay? Sind Sie jetzt zufrieden?«

Josie beugte sich interessiert vor. »Wovon sprechen Sie?«

»Was habe ich Ihnen denn gerade gesagt? Vera Urban hat mit Drogen gehandelt. Ich habe herausgefunden, was sie tat, und ich habe mich von ihr distanziert, okay? Ich habe nie etwas von ihr bekommen und auch nichts bei ihr gekauft.«

»Mit was für Drogen hat sie denn gehandelt?«, fragte Josie.

»Mit verschreibungspflichtigen Schmerzmitteln«, erklärte Tara. »Manchmal auch mit Marihuana, aber meist mit Schmerztabletten.«

»Woher hatte sie die?«

»Woher zum Teufel soll ich das wissen?«, rief Tara und warf die Arme in die Höhe. »Wo auch immer Dealer ihre Drogen herkriegen.«

»Okay, okay«, erwiderte Josie und machte eine Geste, um Tara zu beruhigen. »Woher wussten Sie, dass sie mit Drogen gedealt hat?«

»Weil ich sie gesehen habe, wie sie anderen Kundinnen im Salon welche verkauft hat. Sie müssen verstehen, dass ich damals mit einem Chirurgen frisch verheiratet war. Mit einem Arzt. Sie verstehen, was das bedeutet. Ich konnte mich doch nicht mit jemandem einlassen, der verschreibungspflichtige Medikamente an andere verkaufte!«

»Weil man sonst gedacht hätte, Ihr Mann wäre mit von der Partie und würde Vera damit versorgen«, ergänzte Josie.

»Genau«, erwiderte Tara. Sie seufzte, zog den Stuhl unter dem Tisch hervor und ließ sich darauf fallen.

»Warum haben Sie das alles nicht gleich gesagt?«

Tara stieß entnervt die Luft aus. »Weil ich weiß, dass Sie mir nicht vertrauen.«

»War Ihr Mann darin verwickelt, Vera mit verschreibungspflichtigen Medikamenten zu versorgen?«

»Natürlich nicht.«

»Ich musste Sie das fragen. Hat sie die Drogen noch woanders verkauft oder nur im Salon?«

Tara seufzte. »Das weiß ich nicht. Ich denke, meistens bei geselligen Anlässen ... Ich glaube, einige ihrer Kundinnen haben sie zu sich nach Hause eingeladen, nicht primär, um Zeit mit ihr zu verbringen, sondern weil sie sich Schmerzmittel bei ihr besorgt haben. Ich habe nie etwas bei ihr gekauft. Ich ... ich wusste nur davon.«

»Wir können diese Informationen von der Presse fernhalten, solange weder Sie noch Ihr Mann etwas mit Beverlys oder Veras Ermordung zu tun hatten. Mehr kann ich Ihnen nicht versprechen. Ich muss meinem Team Bescheid sagen. Solange alles, was Sie mir erzählt haben, die Wahrheit ist, haben Sie nichts zu befürchten.«

Tara hob fragend die Augenbrauen. »Ihr Polizeichef ist derzeit nicht gerade mein größter Fan. Woher wollen Sie wissen, dass er diese Sache nicht dazu verwendet, in der Quail-Hollow-Angelegenheit die Oberhand zu bekommen?«

Josie verdrehte die Augen. »Darüber kann ich nichts sagen. Das ist eine Sache zwischen Ihnen und dem Chief. Meine Aufgabe ist es, herauszufinden, wer Vera und Beverly getötet hat, und den beiden Gerechtigkeit widerfahren zu lassen. Mehr nicht.«

»Dann werden Sie mich also gegenüber dem Polizeichef nicht unterstützen?«

Josie musste lachen. Sie ging hinüber zur Tür und zog sie auf. Bevor sie hinausging, warf sie einen Blick über die Schulter und sagte: »Sie sind diejenige, die ihn eingestellt hat.«

EINUNDDREISSIG

2004

Josie saß erst zehn Minuten auf einem der harten Metallstühle im Wartezimmer der Wellspring Clinic und schon tat ihr der Hintern weh. Wenn die hier ihre Patienten so lange warten ließen, sollten sie wenigstens bequeme Stühle haben. Warum dauerte das überhaupt so lange, wenn sie doch die Einzige im Wartezimmer war, fragte sie sich. Genau in diesem Moment schwang die Eingangstür auf.

Ich will schwer hoffen, dass diese Person nicht vor mir drankommt, dachte sie. Sie musste nur eine Tauglichkeitsuntersuchung für ihren Job als Rettungsschwimmerin machen lassen. Das würde in einer Viertelstunde erledigt sein.

Durch die Tür trat Beverly Urban. Josie starrte sie mit offenem Mund an. Das war schlicht und einfach Pech. Sie sah sofort wieder weg, griff nach der nächsten Zeitschrift, schlug sie auf und tat so, als würde sie lesen. Ein paar Sekunden später war das Geräusch der Tür erneut zu hören. Josie sah auf. Beverly war wieder weg.

Josie wandte den Kopf und blickte durchs Fenster hinaus. Beverly rannte gerade über die Straße und dann weiter an dem

Zaun entlang, der die Baustelle abgrenzte, auf der Ray arbeitete – auch an diesem Tag. Josie wollte versuchen, sich nach dem Untersuchungstermin noch mit ihm zu treffen. Was hatte Beverly dort zu suchen? Vielleicht lief sie ja einfach nur an der Baustelle vorbei.

Aber nein. Sie blieb genau an dem Tor stehen, wo Josie erst vor ein paar Wochen Ray abgeholt hatte. Josie beobachtete, wie sie sich mit dem Mann hinter dem Tor unterhielt.

»Matson. Josie Matson«, wurde sie von einer Stimme hinter ihr aufgerufen.

Josie drehte sich um und sah die Krankenschwester mit einer Patientenakte in der Tür stehen, hinter der es zu den Untersuchungsräumen ging. Sie sah noch einmal aus dem Fenster. Beverly unterhielt sich immer noch mit dem Mann.

»Es tut mir leid«, sagte sie, »aber ich muss dringend weg.«

»Möchten Sie einen neuen Termin vereinbaren?«, fragte die Frau, aber Josie war schon zur Tür hinaus.

Sie ging ein paar Schritte von der Klinik weg hinter einen großen Lkw, der dort geparkt war. Von dort aus konnte sie Beverly sehen, aber sie selbst würde Beverly nicht so leicht ins Auge fallen. Nach ein paar Minuten winkte Beverly dem Mann hinter dem Zaun zu und ging in Richtung der Eisdiele, in der sie arbeitete. Josie kam hinter dem Lkw hervor. Sobald sich eine Lücke im Verkehr auftat, schoss sie über die Straße.

Sie ging den Häuserblock entlang Beverly hinterher. Worüber hatte sie mit dem Wachposten gesprochen? Und warum hatte sie ihm so freundschaftlich zugewinkt? Als ob sie alte Bekannte wären. Aber das konnten sie nur sein, wenn Beverly die Baustelle regelmäßig besuchte.

Josie war nur ein paar Meter hinter Beverly. Wollte sie zurück zur Arbeit? Da sie sich bereits der Straßenecke näherten, würde Josie das bald herausfinden. Nur dass Beverly jetzt nicht die Straße in Richtung Eisdiele überquerte, sondern vor dem alten Stadttheater stehenblieb, das laut den Nachrichten renoviert wurde. Oder vielmehr »wiederbelebt«. Josie blieb ein paar Meter zurück, um zu sehen, was sie tun würde. Beverly hielt vor dem spiegelnden Glas der Eingangstür kurz inne, fuhr sich mit den Fingern durchs Haar und öffnete den obersten Knopf ihres Shirts. Gerade als sie nach der Klinke griff, öffnete eine Frau die Tür von innen, sodass Beverly mit voller Wucht davon getroffen wurde und zu Boden stürzte. Die Frau trug enganliegende schwarze Kleidung und hatte trotz der Hitze ein langärmeliges Oberteil und lange Hosen an. Die riesige Sonnenbrille in ihrem Gesicht ließ sie wie ein Insekt aussehen. Sie schob die Brille nach oben und sah auf Beverly hinunter. »Das tut mir wahnsinnig leid«, entschuldigte sie sich. »Ich hab dich gar nicht gesehen. Bist du ...«

Sie verstummte mitten im Satz und starrte Beverly an, als hätte sich die junge Frau vor ihren Augen gerade in eine dreiköpfige Schlange verwandelt. Josie ging noch einen Schritt näher und konnte aus dieser Entfernung gelb verfärbte Blutergüsse rund um beide Augen der Frau erkennen, ehe diese ihre Brille wieder auf die Nase herunterschob. Dann straffte die Frau ihren Rücken, warf ihre langen braunen Locken nach hinten, schritt über Beverly hinweg und verließ erhobenen Hauptes und mit langen Schritten den Ort des Geschehens.

Immer noch am Boden wandte Beverly den Kopf und blickte ihr nach. Dabei erspähte sie Josie, die auf dem Gehweg stand. Zum zweiten Mal an diesem Tag blickten sie einander direkt in die Augen. Nach einem Moment peinlichen Schweigens hatte Josie das Gefühl, etwas sagen zu müssen.

»Alles okay?«

Beverly stand auf und klopfte sich den Hintern ab. »Lass mich bloß in Ruhe«, fauchte sie. Anstatt ins Theater zu gehen, drehte sie sich in die entgegengesetzte Richtung und rannte über die Straße auf die Eisdiele zu, ohne dabei auf die Ampel zu achten. Ein Autofahrer hupte, weil er ihr ausweichen musste. Er fuhr sein Fenster herunter und brüllte ihr etwas Unverständliches hinterher.

Beverly lief einfach weiter.

ZWEIUNDDREISSIG

»Eine Drogendealerin?«, sagte Gretchen. »Das ist ja interessant.«

»Wir brauchen Beweise, unbedingt.«

Sie saßen an ihren Schreibtischen im Großraumbüro und warteten auf den Anruf des Vermieters in Colbert, dessen Wohnung Vera Urban unter dem Namen Alice Adams gemietet hatte. Es war kurz nach zehn. Noah war hereingekommen und dann sofort wieder zum nächsten Einsatz beim Katastrophendienst abberufen worden. Der Regen hatte endlich nachgelassen und es war den ganzen Vormittag über trocken geblieben, aber die Sonne war immer noch nicht zu sehen. Mettner stand am Kopierer und half Amber, das Gerät zu bedienen. Aus den Augenwinkeln sah Josie, wie Ambers Hand von Mettners Unterarm zu seiner Schulter glitt. Sie lachte über etwas, das er sagte, und er errötete.

»Wenn man sich vorstellt, wie Beverly getötet wurde – das war eine regelrechte Hinrichtung«, überlegte Gretchen. »Und dann noch der Mord an Vera. Das erinnert doch auch an das Vorgehen von Drogenbanden.«

»Du findest also, wir sollten uns eher auf die Sache mit den

Drogen als auf die Vaterschaft von Beverlys Baby konzentrieren?«, fragte Josie, während sie in ihrem Schreibtisch nach den Ibuprofen suchte. Zum Glück waren in dem Fläschchen noch zwei Tabletten. Sie schluckte sie, ohne etwas nachzutrinken. »Aber wir wissen doch gar nicht mal, ob sie von derselben Person ermordet wurden.«

Gretchen zuckte die Schultern und fuhr sich mit der Hand durch ihr kurzes Haar. »Ich denke, wir sollten jeder Spur nachgehen. Wir wissen das tatsächlich nicht, aber dass Vera sich vor jemandem versteckt hat, steht fest, und dieser Jemand hat sie getötet, um sie zum Schweigen zu bringen.«

Josies Handy klingelte. In der Hoffnung, dass es die Polizei von Colbert war, drückte sie auf *Annehmen*, ohne auf die Nummer zu achten.

»Detective Quinn?«, sagte eine Frauenstimme. »Hier ist Sara Venuto. Wir haben gestern miteinander gesprochen. Ich habe einige Informationen für Sie.«

»Das klingt sehr gut«, gab Josie zurück. »Heute ist meine Kollegin mit dabei. Wir könnten gleich vorbeikommen, wenn es Ihnen recht ist.«

Sie nahmen Gretchens Wagen zum Salon Envy. Sara wartete bereits an der Rezeption. Der Friseurbereich war voll mit Kunden und fleißigen Haarstylistinnen, doch niemand schenkte ihnen auch nur die geringste Beachtung. Sara bat die beiden, sie in ihr Büro zu begleiten. Auf dem Schreibtisch lagen mehrere Fotos, außerdem ein Blatt Kopierpapier mit einer handgeschriebenen Namensliste.

»Ich habe mit einigen der Frauen gesprochen, die hier mit Vera gearbeitet haben«, sagte Sara. »Zu dritt sind wir dann auf eine Handvoll Namen gekommen. Ich bin mir zwar nicht sicher, ob Ihnen das etwas nützt, aber wir haben auch noch Bilder in unseren alten Fotoalben des Salons gefunden.«

Gretchen setzte ihre Lesebrille auf und beugte sich über die

Liste. Dann sagte sie zu Josie: »Unsere liebreizende Bürgermeisterin steht auch auf dieser Liste.«

»O ja, sie war damals noch sehr jung«, merkte Sara an. »Keine von uns hätte damals erwartet, dass sie in die Politik gehen würde.«

Josie betrachtete die Fotos. Es gab etwa ein halbes Dutzend, auf denen Vera stolz und mit einem strahlenden Lächeln neben einem Friseurstuhl mit einer ihrer Kundinnen stand, die ihr frisch geschnittenes oder gefärbtes und gestyltes Haar zur Schau stellten. Auf einem der Bilder erkannte Josie die junge Tara Charleston.

»Wir haben versucht, die Namen der Kundinnen rauszufinden. Sie stehen auf der Rückseite«, erklärte Sara.

Josie drehte eines der Bilder um und las: *Marisol.* Auf einem anderen stand: *Connie P.?* Mit ihrem Handy fotografierte sie die Vorderseiten und dann die Rückseiten mit den Namen der Kundinnen. Sobald sie damit fertig war, nahm sie sich den nächsten Stapel vor. Sie zog ein Foto heraus, auf dem Vera Urban in einem Raum stand, der dem Eingangsbereich des Salons ähnelte, aber ganz anders eingerichtet war. Sie war umringt von anderen Frauen, von denen Josie manche als die Kundinnen erkannte, die auf den anderen Fotos zu sehen waren. Vera lächelte breit und hielt einen mit Schleifen und Bändern überladenen Pappteller auf ihren Kopf. Sie trug ein schwarzes, weit geschnittenes Kleid und hielt die gespreizten Finger ihrer anderen Hand an ihren Bauch. Sie scheint ihn gar nicht zu liebkosen, dachte Josie, so wie es die meisten anderen Schwangeren tun. Es wirkte eher wie eine schützende Geste.

»Das war die Babyparty, von der ich Ihnen erzählt hatte«, sagte Sara. »Von denen konnte ich nur ein paar finden.«

Josie blätterte die Fotos durch. Vera in einem Polsterstuhl, inmitten von rosa Luftballons und großen Geschenken, den Blick auf einen Kinderwagen geheftet, den man vor sie hingeschoben hatte. Vera, die verschiedene Geschenke hochhielt.

Auf einem Foto hatte sie in der einen Hand ein Babyfon und in der anderen eine Karte. Sie war aufgeklappt. Als Josie näher heranging, konnte sie lesen, was darauf stand:

Tut mir leid, dass ich nicht kommen konnte. Alles Liebe, Marisol.

Es gab noch mehr Fotos. Vera auf ihrem Ehrenplatz, umgeben von mehreren lächelnden Frauen, von denen jede einen Strampler mit dem Aufdruck *Cutie* hochhielt. Eine von ihnen war Tara Charleston. Tara hatte also ganz offensichtlich gelogen, als sie erklärt hatte, nicht bei der Babyparty gewesen zu sein. Josie hatte das deutliche Gefühl, dass Tara viel mehr mit Vera zu tun gehabt hatte, als sie zugeben wollte.

»Sara«, fragte Josie, während sie die Bilder von der Babyparty abfotografierte. »Hat jemals irgendetwas darauf hingedeutet, dass Vera mit Drogen zu tun haben könnte?«

Sara lachte auf. »Aber nein! Vera doch nicht!«

»Vielleicht hat sie selbst ja keine Drogen genommen«, sagte Gretchen. »Aber könnte es sein, dass sie Drogen an eine der Kundinnen weitergegeben oder verkauft hat?«

Sara wirkte schockiert. Sie legte eine Hand auf ihre Brust. »Glauben Sie wirklich, ich würde so etwas jemals zulassen?«

»Wir müssen Sie das fragen«, sagte Josie. »Die beiden Frauen, die Ihnen mit der Liste geholfen haben, meinen Sie, wir könnten mit ihnen sprechen? Sind sie gerade hier?«

Das hilfsbereite Lächeln in Saras Gesicht war mit einem Mal einer erschrockenen Blässe gewichen. Schnell fügte Gretchen hinzu: »Wir fragen das nur wegen der Art und Weise, wie Beverly getötet wurde. Es gibt Anzeichen dafür, dass sie Opfer eines Mordes geworden ist, bei dem es auch um Drogen ging. Beverly war noch minderjährig. Unseres Wissens war Vera die einzige erwachsene Person in ihrem Leben, die für sie wichtig war. Wir müssen alle Möglichkeiten in Erwägung ziehen.«

Sara nickte schweigend und ihr Gesicht nahm langsam wieder etwas Farbe an.

»Ich gehe sie holen«, murmelte sie.

Josie und Gretchen warteten, bis die drei Frauen in den Raum gekommen waren. Dann teilten sie ihnen mit, dass Vera am Tag zuvor getötet worden war.

Alle drei waren sichtlich erschüttert. Gretchen beantwortete ihre Fragen geschickt und ohne mehr zu offenbaren als die spärlichen Informationen, die sie preisgeben durften, während Josie gegen eine erneute Welle der Trauer über die Ereignisse des Vortages ankämpfte. Dann verbrachten Josie und Gretchen noch einige Zeit allein mit den beiden Friseurinnen, die mit Vera zusammengearbeitet hatten. Keine von ihnen konnte sich jedoch daran erinnern, dass diese jemals Drogen an Kundinnen verkauft oder selbst Drogen genommen hätte – selbst jetzt nicht, wo sie in Abwesenheit von Sara befragt wurden.

Josie und Gretchen nahmen die Liste und die Fotos mit zum Revier, um so viele ehemalige Kundinnen wie möglich ausfindig zu machen.

Die Liste war nicht lang. Es waren nur sieben Namen und nur ein Teil davon war vollständig. Von einigen der Frauen hatten Sara Venuto und ihre Mitarbeiterinnen lediglich die Nachnamen angeben können, von anderen nur den Anfangsbuchstaben ihres Nachnamens. Außerdem stammten die Namen aus einer Zeit, die dreißig Jahre zurücklag. Es konnte deshalb leicht sein, dass sich die Namen mancher Frauen durch eine Heirat oder Scheidung inzwischen geändert hatten. Josie und Gretchen bestellten sich etwas zum Mittagessen und versuchten dann, etwas über die Frauen auf der Liste herauszufinden. Zwei von ihnen waren bereits gestorben. Eine von ihnen lebte mittlerweile in Kalifornien, eine andere in Texas. Josie rief beide an. Was sie erzählten, stimmte in weiten Teilen überein: Sie konnten sich noch vage an Vera erinnern, sprachen freundlich über sie und sagten, sie hätten keinen Kontakt mehr mit ihr gehabt, seit sie aufgrund ihrer Verletzung beim Friseursalon aufgehört hatte. Keine konnte sich entsinnen, dass Vera jemals Drogen verkauft oder genommen hatte. Damit blieben noch drei Namen übrig. Einer davon war der von Bürgermeisterin Tara Charleston. Josie strich ihn durch. Dann gab es noch eine Frau namens Marisol und eine andere namens Connie P. Marisol war ein ziemlich ungewöhnlicher Name. Josie brauchte nur etwa eine halbe Stunde, um herauszufinden, dass es sich um Marisol Dutton handelte, die Frau des Stadtrats und Bürgermeisterkandidaten Kurt Dutton. Die Nachbarn der Duttons – ebenfalls alteingesessene Bewohner des heutigen Quail Hollow – waren Joseph und Constance Prather – Connie P. Josie suchte auf ihrem Handy das Führerscheinfoto von Constance Prather heraus und verglich es mit dem Bild von Connie P., das auf Veras Babyparty aufgenommen worden war. Volltreffer.

Die Polizei von Colbert hatte sich immer noch nicht gemeldet. Außerdem war es erst später Nachmittag. »Gretchen«, sagte Josie, »iss schnell auf! Ich habe Veras andere Kundinnen gefunden.«

Sie kehrten nach Quail Hollow zurück, und Josie saß am Steuer. Diesmal regnete es nicht und es standen noch mehr Demonstranten vor der Siedlung. Ihnen gegenüber, auf der anderen Seite der Zufahrtsstraße, die in die Siedlung führte, standen eine Handvoll Leute, die Josie rasch als Bewohner von Quail Hollow ausmachen konnte. Sie standen dicht beieinander und schrien zu den Demonstranten hinüber: »Lasst uns in Ruhe!« und »Verschwindet!« Eine Frau kreischte: »Das sind unsere Häuser, unser Zuhause! Geht doch zu euch nach Hause!« Und ein Mann in den Vierzigern brüllte: »Kümmert euch um eure eigenen Angelegenheiten, verdammt noch mal.« Die Demonstranten konterten empört mit ihren Anschuldigungen.

»Vielleicht sollten wir den Chief anrufen?«, meinte Gretchen. »Oder wir fordern eine Streife an, die hier nach dem Rechten sieht?«

Josie fuhr durch die Zufahrt zur Siedlung und parkte direkt dahinter. »Ruf an und schau, ob du eine Streife bekommst«, sagte sie. »Ich glaube, ich hab Connie Prather bei den Quail-Hollow-Leuten gesehen. Lass uns mal mit ihr reden.«

Während sie zu den aufeinander einschimpfenden Gruppen zurückgingen, ging ein leichtes Raunen durch die Demonstranten. Josie hörte, wie ihr eigener Name geflüstert wurde, und winkte den Leuten zu. Sie und Gretchen marschierten auf die Bewohner von Quail Hollow zu. Dankbar darüber, dass der pochende Schmerz in ihrem Oberschenkel nachgelassen und sich nur noch als dumpfes Ziehen bemerkbar machte, beschleunigte Josie ihre Schritte. Sie ging auf eine Frau in den Fünfzigern zu, die einen dunkelgrauen Pullover unter einer pinkfarbenen Daunenweste trug, dazu weiße Stretchhosen und Ugg-Stiefel. In der Hand hielt sie eine Leine, die zu einem kleinen weißen Hündchen führte, das regungslos dastand und an den Vorgängen rundum äußerst desinteressiert wirkte.

»Constance Prather?«, fragte Josie.

Die Frau hob fragend die Brauen. »Ich weiß, dass Sie nicht hier sind, um mich zu verhaften. Ich hatte nichts damit zu tun, städtische Ressourcen ›umzulenken‹ oder zu ›stehlen‹. Ich bin nur zur Unterstützung hier, um diese Leute dort loszuwerden. Sie wollen uns einfach nicht in Frieden lassen. Ich lebe hier wirklich schon seit fünfunddreißig Jahren und wir haben noch nie einen solchen Ärger gehabt. Wenn Sie mit jemandem über Ihre kostbaren Notfallressourcen sprechen wollen, dann bitte mit Marisol Dutton. Ihr Mann ist derjenige, der das alles mit Ihrem Chief ins Reine zu bringen versucht.« Ohne Josie oder Gretchen auch nur eine Sekunde lang die Möglichkeit zu geben, etwas zu erwidern, wandte sich Connie Prather um und blickte suchend hinter sich. »Marisol«, rief sie. »Mar!«

Josie erkannte die Frau, die auf sie zukam, von dem Foto von ihr und Vera im Friseursalon sowie von Fotos der vergangenen Monate in der Presse, als sie bei Wahlkampfveranstaltungen pflichtbewusst neben ihrem Ehemann gestanden hatte. Marisol war kleiner als Connie Prather, ihr braunes Haar war von grauen Strähnen durchzogen und reichte ihr als perfekt gestylte Lockenfrisur bis zu den Schultern. Ihr üppiges Make-up überdeckte ihre blasse Haut. Sie trug ein Paar schwarze Stretchhosen und kniehohe Stiefel und fasste beim Herankommen die Vorderteile ihrer lavendelfarbenen Strickjacke über ihrem üppigen Busen zusammen. »Was gibt's?«, fragte sie, als sie sich zu ihnen stellte.

Josie wollte gerade zum Sprechen ansetzen, aber Connie Prather kam ihr zuvor. »Die beiden sind von der Polizei. Siehst du das nicht? Sie sind Cops. Du musst unbedingt mit ihnen über die Hochwasserbarrieren reden.«

Marisol sah Connie Prather wütend an. »Das meinst du jetzt nicht im Ernst, oder, Connie?« Sie wandte sich wieder an Josie und Gretchen und streckte ihnen die Hand entgegen, die beide Detectives schüttelten. »Ich selbst weiß wirklich nichts über die Hochwasserbarrieren, aber Sie können mit meinem Mann darüber reden. Wie Sie sicher wissen, kandidiert er für das Bürgermeisteramt.«

»Das wissen wir«, sagte Gretchen.

Connie mischte sich ein: »Er ist auch Immobilienentwickler. Er war derjenige, der die geniale Idee hatte, diese Siedlung zu erweitern und Quail Hollow Estates zu nennen.« Sie wies mit der Hand rundum. »Ich hab keine Ahnung, warum er an einer perfekten Wohngegend weiter herumbasteln wollte, aber er konnte es einfach nicht lassen. Musste alles noch nobler gestalten. Nun sehen Sie sich das an. Wir haben einen Graben, der die Hälfte unserer Anwesen von hinten überflutet, und jetzt haben wir auch noch diese Demonstranten am Hals.«

»Mein Gott, Connie«, fauchte Marisol. »Halt den Mund.« Sie wandte sich wieder an Josie und Gretchen und sagte: »Er ist in seinem Büro. Ich kann Ihnen die Adresse geben, wenn Sie möchten.«

Josie zog ihren Dienstausweis heraus und zeigte ihn den beiden Frauen. »Wir sind eigentlich nicht deswegen hier.«

Die beiden sahen sie verwirrt an. Marisol lächelte skeptisch und fragte: »Weswegen dann?«

Gretchen erwiderte: »Wir müssen mit Ihnen beiden über Vera Urban sprechen.«

Connie Prather fragte nach: »Vera wer?«

Marisol gab ihr einen leichten Klaps auf die Schulter. »Bitte, Connie. ›Vera wer?‹ Erinnerst du dich nicht? Das kam doch gestern in den Nachrichten.«

»Ach«, rief Connie, »dann war sie diejenige, die Sie aus den Fluten geborgen haben, eingewickelt in eine Plane?«

»Nein«, erwiderte Josie. »Das war ihre Tochter, Beverly.«

»Ach ja, richtig«, meinte Connie.

Marisol schüttelte den Kopf. »Ich kann kaum glauben, dass du dich nicht an sie erinnerst! Das ist alles so tragisch.«

Josie und Gretchen sahen einander an und verständigten sich schweigend darüber, die Nachricht über Veras Ermordung vorerst zurückzuhalten. Einige der anderen Bewohner hatten aufgehört, sich mit den Demonstranten auseinanderzusetzen, und traten näher zu ihnen heran. Connie fragte: »Macht es Ihnen etwas aus, wenn wir das woanders besprechen?«

»Kommen Sie zu mir nach Hause«, schlug Marisol vor. »Ich wohne hier am nächsten.«

Die vier Frauen gingen die baumgesäumten Wege von Quail Hollow entlang, bis zu dem Bereich kamen, wo die Besitzer der ursprünglichen Häuser wohnten. Marisol Dutton lebte nur eine Straße weiter als Calvin Plummer in einem großen, imposanten Backsteinhaus. Als sie eintraten, war es darin still wie in einem Grab. Im Gänsemarsch folgten sie Marisol durch einen geräumigen, mit Fliesen ausgelegten Eingangsbereich in ihre Küche. Connie hob ihr Hündchen hoch und trug es auf den Armen. Auf der einen Seite der Küche befand sich ein Wintergarten, der auf eine Veranda hinausging. Die gläsernen Schiebetüren waren geschlossen, aber dahinter sah Josie den großen Garten der Duttons, der im hinteren Teil von Bäumen begrenzt war. Ein kleiner Tisch mit vier Sesseln stand darin, einer für jede von ihnen.

Wortlos nahm Connie am Tisch Platz. Josie und Gretchen folgten ihrem Beispiel. Eine der Glasscheiben neben dem Tisch war zerbrochen. Jemand hatte nachlässig eine Plastiktüte mit Klebeband darüber befestigt, und auf dem Fußboden lagen noch Glassplitter. Marisol sah, wie die anderen verwundert daraufblickten und erklärte: »Das hat Kurt zerbrochen. Er hat noch niemanden angerufen, um das Fenster reparieren zu lassen.«

Marisol holte aus dem Kühlschrank eine Flasche Rotwein. Sie schenkte sich ein Glas ein, dann streckte sie die Flasche ihren Gästen entgegen. »Möchte jemand?«

Gretchen sagte: »Wir sind im Dienst, Mrs Dutton.«

Marisol zuckte mit den Schultern. »Wie Sie meinen. Connie?«

Mit hörbarer Verärgerung in der Stimme antwortete Connie: »Du weißt, dass ich nicht trinke, Marisol.«

Marisol verdrehte die Augen, schlenderte zu ihnen herüber und ließ sich gelangweilt auf ihren Sessel fallen. »Ach ja, stimmt. Einmal süchtig, immer süchtig, nicht wahr?«

Connies Wangen röteten sich sichtlich. »Ich bin Alkoholikerin, Mar. Das ist nichts, was einfach so weggeht.«

Marisol erhob ihr Glas und nippte an ihrem Wein. Der Ärmel ihres Pullovers rutschte herauf und Josie sah eine Reihe von lilafarbenen Blutergüssen an der Unterseite ihres Handgelenks. »Wie auch immer. Ich will mich jetzt nicht mit dir streiten.« Sie wandte sich an Josie und Gretchen. »Warum sind Sie hier und fragen uns nach Vera Urban?«

Josie erklärte: »Wir haben erfahren, dass Sie beide Kundinnen von ihr waren, als sie noch in einem der Friseursalons hier in der Stadt gearbeitet hat. Damals hieß der Salon Bliss. Wir möchten gern wissen, was Sie uns über Vera erzählen können.«

Connie presste die Lippen zu einem dünnen Strich zusammen. »Mein Gott, das war ja vor ... wie viel? Vor dreißig Jahren? So in etwa? Ich erinnere mich nicht mehr an sehr viel.«

Mit einem hämischen Grinsen ließ Marisol den Wein in ihrem Glas kreisen und sagte: »Weil sie betrunken war.«

Connies Kiefermuskeln traten vor Anspannung hervor. »Verdammt, Marisol! Das ist es ja, warum ich nie ...« Sie stand auf und drückte ihr Hündchen an ihre Brust. »Ich gehe jetzt.«

Marisol schüttelte den Kopf. »Beruhige dich, Connie. Im Ernst jetzt. Du bist zu empfindlich. Setz dich wieder.« Sie wandte sich an Josie. »Wir waren Veras Kundinnen. Aber das war vor langer, langer Zeit. Wir waren alle in unseren Zwanzigern und verheiratet mit erfolgreichen, mächtigen Männern. Und zu Tode gelangweilt. Stimmt's, Connie?«

Langsam setzte sich Connie wieder hin und lockerte den Griff um ihr Hündchen. »Sprich für dich selbst.«

Marisol lachte. »Ich bitte dich. Du warst ebenso gelangweilt wie wir anderen auch.«

»Welche anderen?«, fragte Josie.

Marisol erklärte: »Nun, wir waren eine Clique, Veras Kundinnen, und wir haben uns miteinander angefreundet – Connie, ich, Tara ...« Sie beugte sich zu Josie und Gretchen vor und flüsterte laut: »Die Bürgermeisterin.«

Connie setzte sich kerzengerade in ihrem Sessel auf. »Ich ... ich weiß nicht. Woher sollten wir Veras Kundinnen kennen?«

»Ich spreche über unseren FARM-Club.«

»FARM-Club?«, wiederholte Gretchen.

»Das ist eine Abkürzung«, erklärte Marisol. »Frauen Abwesender Reicher Männer: FARM.«

Connie senkte den Blick zu dem Hündchen auf ihrem Schoß. Sie streichelte seinen Kopf. »Unsere Ehemänner waren ständig verreist. Deswegen nannten wir sie spaßeshalber ›abwesende reiche Männer‹. Du hast Whitney vergessen.«

Marisol schnippte mit den Fingern. »Whitney! Stimmt. Sie

war nicht aus unserer Gegend, aber sie war auf einigen unserer Partys.«

Gretchen zog ihr Notizbuch heraus und blätterte darin herum. Sie fand die Liste mit Namen, die sie von Sara Venuto bekommen hatte. Whitney war einer der Frauen auf der Liste, von der sie herausgefunden hatten, dass sie bereits gestorben war.

»Was waren das für Partys?«, fragte Josie.

»Ach, das waren eigentlich keine richtigen Partys«, meinte Connie.

Marisol widersprach: »Natürlich waren es Partys.«

»Okay, wir haben zusammen rumgesessen, getrunken und uns über unsere Ehemänner beklagt«, erklärte Connie. »Aber das ist für mich keine Party.«

Marisol zuckte mit den Schultern, als wollte sie sagen: »Was auch immer.«

»War Vera Urban jemals auf einer dieser Partys?«, fragte Gretchen.

»Ja, war sie«, bestätigte Connie.

Josie ließ den Blick zwischen den beiden Frauen hin und her wandern. »Mrs Prather«, sagte sie. »Was machen Sie und Ihr Mann beruflich?«

»Sie macht gar nichts«, spottete Marisol. »Ihr Mann ist Direktor einer Softwarefirma.«

Connie fuhr verärgert hoch. »Ich habe sehr wohl eine Arbeit.« Sie wandte sich an Josie und Gretchen. »Ich bin die Vorsitzende der Prather-Stiftung. Wir vergeben Stipendien an Collegestudentinnen, die sich für MINT-Fächer entscheiden – das sind Mathematik, Informatik, Naturwissenschaft und Technik.«

»Das klingt wunderbar«, meinte Josie.

Connie lächelte, und diesmal war es ein echtes Lächeln. »Meine älteste Tochter ist Epidemiologin und meine jüngste Netzwerkspezialistin«, sagte sie stolz.

»Da sind Sie sicher sehr stolz auf die beiden«, warf Gretchen ein. Dann wandte sie sich an Marisol. »Wir wissen, was Ihr Mann arbeitet, aber wie ist es mit Ihnen?«

Marisol seufzte und trank ihr Glas in einem Zug aus. »Ich bin Kurt Duttons schöne und pflichtgetreue Gattin. Ich sitze den ganzen Tag herum, sehe gut aus und denke mir kreative Möglichkeiten aus, sein Geld unter die Leute zu bringen. Das ist alles, was ich tue. Und auch Connie hat das getan, bevor sie sich zur Alkoholpolizei aufgeschwungen hat.«

Connie starrte sie wütend an.

Josie versuchte, das Gespräch wieder auf Vera zu lenken. »Sie beide waren ebenso wie Bürgermeisterin Charleston und diese Whitney alle gut betucht, Sie hatten allesamt vielbeschäftigte Ehemänner und verbrachten eine Menge Zeit miteinander, und dennoch haben Sie Vera eingeladen? Ihre Friseurin?«

Connie schluckte. »Ja, Vera war eine Freundin von uns.«

Marisol stellte mit wutblitzenden Augen ihr Weinglas heftig auf dem Tisch ab. »Meine Güte, Connie. Sag es ihnen doch einfach. Was spielt das jetzt noch für eine Rolle?«

Connie riss erschrocken die Augen auf, schwieg aber.

Marisol sah Josie und Gretchen an und sagte lachend: »Vera war unsere Drogendealerin.«

»Mar!«, rief Connie entsetzt.

»Ach, ich bitte dich«, erwiderte Marisol. »Was ist denn? Meinst du wirklich, die verhaften uns wegen ein paar Pillen, die wir vor dreißig Jahren irgendeiner Friseurin abgekauft haben? Jetzt stell dich nicht so an.«

»Dein Mann bewirbt sich um das Bürgermeisteramt, Marisol!«

»Und wenn er nicht gewählt wird, dann ist das eine gute Nachricht für alle«, sagte Marisol mit spöttischem Lachen. Sie führte ihr Weinglas wieder zum Mund, bemerkte, dass es leer war, und stellte es wieder hin.

Gretchen bemerkte: »Wir haben bereits aus anderer Quelle

gehört, dass Vera viele ihrer Kundinnen mit verschreibungspflichtigen Schmerzmitteln versorgt hat. Wir sind nicht hier, um irgendjemanden zu verhaften oder in Schwierigkeiten zu bringen. Wir versuchen nur, so viel wie möglich über Vera herauszufinden. Wir konnten bisher niemanden ermitteln, der sie zu der Zeit, als ihre Tochter ermordet wurde, gut kannte.«

»Ja, nachdem sie ihre Tochter bekommen hatte, haben wir uns immer weniger gesehen. Haben nicht mehr zusammen rumgehangen und auch nicht wirklich den Kontakt gehalten. Connie ist als Erste ausgestiegen, nicht wahr, Con?«

Connie nickte, hielt aber den Blick starr auf den Tisch gerichtet. »Das musste ich. Meine Tochter ...« Sie hielt inne und sah jetzt Josie und Gretchen flehend an. »Ich hab mit all dem angefangen, okay? Aber ich wollte das nicht. Es war nicht so, dass wir alle krampfhaft versucht haben, Stoff zu beschaffen. Bei der Geburt meiner ersten Tochter haben sie die Epiduralanästhesie vermasselt. Die Wehen waren unerträglich, und ich hatte noch Monate danach Rückenschmerzen, die bis ins Bein hinunter ausstrahlten. Die Ärzte haben mir nicht geglaubt, und Vera sagte mir, sie kenne jemanden, von dem sie Oxycodon bekommen könne.«

»Und wer war dieser Jemand?«, fragte Josie.

Connie drückte ihr Hündchen fester an sich. »Ich weiß es nicht. So was wie ein Ex oder ein Bekannter oder was auch immer. Jedenfalls hat sie mir die Tabletten besorgt und die haben geholfen. Ich war ihr so dankbar dafür. Sie kam sogar ein paarmal zu mir nach Hause, wenn mein Mann verreist war, und hat mir mit meiner Tochter geholfen. Sie müssen bedenken, sie hat immer selber ein Baby haben wollen. Sie hat gehofft, jemanden kennenzulernen, zu heiraten und dann ein Kind zu bekommen, aber es hat sich für sie einfach nie ergeben.«

»So entstand also eine enge Beziehung zu ihr«, stellte Josie fest.

Connie nickte. »Marisol und Tara hab ich ja schon gekannt. Die beiden wohnten in der Nachbarschaft. Ein paarmal hab ich sie eingeladen, und Vera war schon da. Schließlich wurden wir zu dieser kleinen Clique. Wir haben uns getroffen – manchmal bei mir im Haus oder bei Tara – und hatten Spaß.«

Marisol nahm ihr Weinglas und ging zum Kühlschrank zurück, um es wieder aufzufüllen. »Wir haben zusammengesessen und getrunken«, stellte sie klar. »Und schließlich hat Vera auch uns übrigen Pillen besorgt, und manchmal auch Gras und manchmal ...«

Connie senkte den Blick. »Hör auf, Mar.«

»Warum? Spielt das jetzt noch eine Rolle?«

Als Connie keine Antwort gab, sagte Marisol: »Kokain. Das war Whitneys Ding. Aber sie hatte Herzprobleme und das hat sich nicht gut miteinander vertragen. Sie war jahrelang kokainabhängig, bevor ihr Herz nicht mehr mitmachte.«

»Wir wissen, dass Whitney nicht mehr lebt. Dann war es also Vera, die sie die ganze Zeit über mit Kokain versorgt hat?«

»Nicht die ganze Zeit«, korrigierte Marisol. »Nur am Anfang.«

Gretchen sah in ihren Notizen nach. »Whitney starb im Jahr 1998.« Mit Blick auf Josie fuhr sie fort: »Beverly war damals zehn.«

»Stimmt«, sagte Josie. »Vera hat also weiter Schmerzmittel und andere Drogen verkauft, auch nachdem ihre Tochter geboren war, nicht wahr?«

»Ich bin mir da nicht ganz sicher«, erwiderte Connie.

»Warum nicht?«, wollte Gretchen wissen.

Connie räusperte sich. »Bei mir, ähm, ist etwas passiert. Das war noch, bevor Vera schwanger wurde. Ich war so zugedröhnt von den Schmerzmitteln, dass ich einschlief. Ich lag stundenlang da wie im Koma. Zwölf Stunden, genauer gesagt. Mein Mann ist nach Hause gekommen, hat mich bewusstlos auf der Couch vorgefunden und meine Tochter oben in ihrem

Bettchen, mit nasser Windel und kotverschmiert. Sie hatte Hunger und schrie.« Tränen liefen ihr über die Wangen. »O Gott, es war schrecklich. Das war das Ende. Das Ende von all dem. Vom Trinken und von den Pillen. Ich hab mich so geschämt.«

Bei Connies Worten verdrehte Marisol wieder einmal die Augen. »Oh, bitte! Du dramatisierst das alles. Deiner Tochter ist doch gar nichts passiert!«

Connies Augen blitzen zornig auf, als sie Marisol anfuhr: »Du hast ja keine Ahnung, wie das ist. Du hast selber nie Kinder gehabt und verstehst nicht, wie es sich anfühlt, wenn dein Baby stundenlang gelitten und nach dir geschrien hat, und du hast es nicht gefüttert oder gewickelt oder es getröstet, weil du vollgepumpt mit Pillen und besoffen warst.«

Marisol fauchte zurück: »Ich war auch in einer Entzugsklinik, Con.«

Gretchen hob die Hand. »Meine Damen, bitte. Beruhigen Sie sich. Connie, nach dem Vorfall mit Ihrer Tochter, was geschah da?«

Connie setzte den Hund in ihrem Schoß bequemer hin und warf Marisol einen letzten bösen Blick zu, bevor sie antwortete: »Ich bin in ein dreißigtägiges stationäres Entwöhnungsprogramm gegangen. Meine Mutter ist zu uns gekommen und hat sich um meine Tochter gekümmert. Mein Mann ist in dieser Zeit nicht verreist und auch den Monat danach nicht. Seither habe ich nichts mehr angerührt.«

»Sie haben also auch aufgehört, Partys mit Vera und Ihrer Clique zu besuchen?«

»Das musste ich. Die Attraktion dieser Partys hat darin bestanden, sich zu betrinken und high zu werden. Außerdem hatte ich ein Baby zu Hause, das auf mich angewiesen war, und einen Ehemann, der mich während der Zeit in der Entzugsklinik unterstützt hatte. Ich konnte die beiden nicht enttäuschen.«

»Aber Ihren Kontakt zu Vera haben Sie dennoch aufrechterhalten?«, fragte Gretchen.

»Nun, Vera war die beste Friseurin, die ich je hatte«, erklärte Connie. »Sie war für mich wie eine Freundin, ich habe sie nur außerhalb des Salons nicht mehr getroffen.«

»Sie waren bei ihrer Babyparty«, wandte Josie ein.

»Ja, das stimmt. Wie wir gesagt haben, Vera wollte immer ein Baby. Ich hab mich sehr für sie gefreut. Es war nicht geplant und es war auch anders, als sie es sich immer erträumt hatte: heiraten und dann ein Baby bekommen, aber sie war trotzdem überglücklich. Ich hab sie tatsächlich ein paarmal besucht, als Beverly noch ganz klein war. Vera war erschöpft, wie alle jungen Mütter, und ein wenig überfordert.«

»Wir haben erfahren, dass Vera schon früh in ihrer Schwangerschaft liegen musste«, sagte Josie. »Hat eine von Ihnen sie in dieser Zeit besucht?«

»Nein«, erwiderte Connie. »Sie hat damals bei ihrem Bruder gewohnt.«

Josie hatte den Verdacht, dass das eine Lüge war, die Vera Leuten erzählt hatte, die sie für enge Freunde hielt. Sobald sie eine Rückmeldung von der Polizei in Georgia hätte, die Nachforschungen zu Floyd Urban anstellten, würde sie das genau wissen.

Connie fuhr fort: »Ich hab sie ein paarmal gesehen, als sie mit Beverly nach Hause zurückkehrte, aber danach verlief der Kontakt im Sande. Aber Marisol ist mit ihr in Kontakt geblieben.«

»Das stimmt nicht«, erwiderte Marisol. »Du hattest viel länger Kontakt mit ihr als ich.«

»Ich hab Sie nicht auf den Fotos von Veras Babyparty gesehen, Marisol«, sagte Gretchen.

»Zu der Zeit war ich in einer Entzugsklinik.« Marisol lachte bitter. »Ich glaube, wir haben alle irgendwann einen Entzug gemacht. Außer Tara, glaube ich.«

»Und Whitney«, ergänzte Connie.

Marisol stellte ihr Weinglas ab und verschränkte die Arme vor der Brust. »Ich kann keine hochdramatische Geschichte darüber erzählen. Ich hab einfach festgestellt, dass ich so viele Pillen schluckte, dass ich an einem Tag mehr Stunden geschlafen habe, als ich wach war. Außerdem hab ich wahnsinnig zugenommen. Ich war nicht mehr ich selbst. Als mein Mann einmal von einer Reise zurückgekommen ist, war es für mich ein Kampf, wach zu bleiben, um Zeit mit ihm zu verbringen. Er hat sich Sorgen gemacht, hat gemeint, er erkenne mich gar nicht wieder. Ich glaube, er hat sich eher Sorgen darüber gemacht, dass ich eine Depression haben könnte, als über andere Dinge. Er wusste ja nichts von den Pillen. Aber ich musste reinen Tisch machen. Ich hab ihm alles erzählt – dass ich mich gelangweilt hab, wenn er nicht da war, und dass ich mich mit den anderen Frauen auf ein paar Drinks getroffen habe und wir dann schließlich Pillen ausprobiert haben, und dass ich dann begonnen habe, die auch zu nehmen, wenn ich nicht mit den anderen zusammen war – der ganze Teufelskreis. Wir haben über alles gesprochen und entschieden, dass ich in eine Entzugsklinik gehe.«

Connie konnte nicht länger an sich halten. »Von wegen Entzug! Das war ja ein ziemlich großer Aufwand für jemanden, der mitten am Tag schon das zweite Glas Wein trinkt.«

Marisol machte eine abschätzige Handbewegung in Richtung Connie und nippte wieder an ihrem Wein. Zu Josie und Gretchen sagte sie: »Sie ist einfach nur neidisch, weil ich wirklich in eine Entzugsklinik weit weg von hier gehen konnte. Ich hatte keine Kinder, also bin ich in eine supernoble Klinik in Colorado gefahren.«

»Gut angelegtes Geld, wie man sieht«, spottete Connie.

»Ach, ich bitte dich«, erwiderte Marisol. »Ich hatte ein Problem mit Pillen, nicht mit Alkohol.«

Einmal mehr versuchte Josie, das Gespräch zurück auf Vera

zu lenken. »Als Sie aus Colorado zurückkehrt sind, Marisol, haben Sie da Vera besucht?«

»Natürlich. Ich wollte ihr süßes kleines Mädchen sehen. Ich wusste ja, wie glücklich sie gewesen ist, Mutter zu sein. Ich selber hab das nicht verstanden – ich wollte nie Kinder –, aber ich konnte mir vorstellen, wie sie sich fühlt. Ein paarmal habe ich sie besucht, aber dann haben wir uns aus den Augen verloren.«

»Sie haben Vera auch im Friseursalon nicht mehr gesehen?«, fragte Josie.

»Nein«, entgegnete Marisol. »Mein Mann fand, es sei das Beste, wenn ich einen klaren Schnitt mache und meine früheren Gewohnheiten ganz hinter mir lasse. Für ihn war der Salon sozusagen der Ausgangspunkt allen Übels. Also bin ich woanders hingegangen. Und mit der Zeit haben Vera und ich den Kontakt zueinander verloren. Das Leben ging weiter.«

»Hat Whitney Vera weiterhin getroffen?«, fragte Gretchen.

Connie erwiderte: »Wahrscheinlich, aber ich bin mir nicht sicher. Whitney hat nicht hier in der Gegend gewohnt, daher haben wir sie nie gesehen.«

Marisol fügte hinzu: »Ich könnte Ihnen das auch nicht mit Sicherheit sagen.«

»Hat Vera jemals einer von Ihnen erzählt, wer Beverlys Vater war?«, wollte Josie wissen.

Connie schüttelte den Kopf.

Und auch Marisol meinte: »Nein, sie hat nur gesagt, er wolle mit dem Kind nichts zu tun haben. Ich hab mir gedacht, es war vielleicht ein One-Night-Stand oder so.«

»Sind Sie beide Freundinnen geblieben?«, fragte Gretchen.

Die beiden Frauen sahen einander an. Connie sagte: »Wir sind *Nachbarinnen* geblieben.«

Marisol hob ihr Weinglas. »Ich hatte keine Kinder. Und wenn Sie keine Kinder haben, aber Ihre Freundin hat welche, dann haben Sie nicht mehr viel gemeinsam.«

»Wir hätten schon enger befreundet bleiben können«, meinte Connie.

»Lassen Sie mich das klarstellen«, sagte Marisol. »Ich *mag* keine Kinder.«

»Diese Partys, die Sie geschmissen haben«, fragte Josie. »Waren da immer nur die Frauen aus Ihrer Clique? Hat da nie jemand anders teilgenommen?«

»Nein«, antwortete Connie. »Das waren nur wir Frauen.«

»Kennen Sie die Namen von anderen Leuten, mit denen Vera Kontakt pflegte oder denen sie nahestand? Irgendwelche anderen Freunde oder vielleicht die Person, die sie mit den Drogen versorgt hat?«

»Nein«, antwortete Marisol. »Das war Teil des Deals. Wir wollten es nicht wissen. Sie hatte nur immer einfach alles, wenn wir es wollten.«

Josie wandte sich an Connie. »Sie sagten, Sie sind zu Vera nach Hause gegangen, um ihr zu helfen, als Beverly noch klein war. Haben Sie jemals jemand anderen dort bei ihr gesehen?«

Connie schüttelte den Kopf. »Nein. Nur Vera. Aber sie war glücklich. Sie war zwar leicht überfordert und bekam zu wenig Schlaf, so wie alle jungen Mütter, aber sie war überglücklich.«

»Wir haben nur noch eine letzte Frage«, sagte Gretchen. »Wo waren Sie beide gestern Morgen? Sagen wir so um sieben Uhr?«

Marisol und Connie sahen einander an und lachten. »Um sieben Uhr früh?«, fragte Marisol nach. »Da waren wir zu Hause, vermutlich noch im Bett. Zumindest weiß ich, dass ich noch im Bett war.«

»Ich war schon wach«, sagte Connie. »Aber ja, ich war zu Hause.«

»Und Ihre Ehemänner können das bezeugen?«, fragte Josie.

»Ja, sicher«, erwiderte Marisol. »Meiner schon. Was ist mit Joe, Con? Ist er zu Hause gewesen?«

»Er geht immer erst um halb neun ins Büro«, erwiderte

Connie. »Also ja, er kann bestätigen, dass ich zu Hause war. Warum fragen Sie das?«

Gretchen stand auf und reichte jeder der Frauen eine Visitenkarte. »Wir fragen das nur routinehalber. Vielen Dank für Ihre Zeit. Rufen Sie uns an, wenn Ihnen noch etwas einfällt.«

Marisol sah sie forschend an, als wollte sie noch um eine weitere Erklärung bitten, aber dann presste sie die Lippen aufeinander.

Josie erhob sich ebenfalls. »Wir finden selber raus, danke.«

»Okay«, meinte Gretchen, als sie wieder im Auto saßen und zurück zum Revier fuhren. »Fassen wir zusammen, was wir bisher wissen.«

Josie manövrierte den Wagen vorsichtig durch die Zufahrt zu Quail Hollow und winkte dabei die Demonstranten und die Polizisten aus dem Weg, die sich jetzt zwischen diesen und den Bewohnern von Quail Hollow postiert hatten. »Wissen wir denn überhaupt irgendetwas?«

Gretchen lachte. »Es sieht immer so aus, als wüssten wir nichts, bis wir etwas wissen.« Sie zog ihr Notizbuch heraus und blätterte ein paar Seiten durch. »Vera Urban war Hairstylistin in diesem Edelsalon namens Bliss.«

»Eine sehr gute Hairstylistin«, warf Josie ein.

»Ja«, sagte Gretchen. »Da waren sich ihre Kundinnen, ihre Chefin und die Kolleginnen alle einig.«

»Sie war Single«, fügte Josie hinzu. »Und selbst wenn sie irgendwelche ernsthaften Beziehungen hatte, kann sich jedenfalls niemand an die Namen der Männer erinnern.«

»Genau. Und sie hat angefangen, Schmerzmittel an ihre

Salonkundinnen zu verticken, ohne dass ihre Chefin und ihre Kolleginnen es bemerkten.«

»Offensichtlich hat das mit Connie Prather begonnen. Zuerst hat Vera die Schmerzmittel für Connie organisiert. Die beiden freunden sich an. Vera wird zu irgendwelchen Zusammenkünften eingeladen. Und sie fängt an, mehr Frauen mit mehr Medikamenten zu versorgen.«

»Sie hält den Kreis jedoch ziemlich klein«, meinte Gretchen. »Aber keiner weiß, wer Vera mit diesen Schmerzmitteln beliefert hat. Könnte es denn sein, dass der Ehemann von Bürgermeisterin Charleston sie ihr beschafft hat? Er ist doch Chirurg, oder?«

»Ja, ist er«, bestätigte Josie. »Ich habe die Bürgermeisterin gefragt, ob es so gewesen sein könnte, aber sie hat es natürlich abgestritten. Ich traue ihr aber nicht. Und ich traue ihrem Mann nicht. Er hat sie in der Vergangenheit betrogen, was bedeutet, dass er kein Problem damit hat, zu lügen. Ich weiß nur nicht, ob er tatsächlich seine Karriere als Arzt derartig aufs Spiel setzen würde. Er war damals wahrscheinlich noch in der Facharztausbildung. Vera hat allerdings außer Tabletten auch Marihuana und Kokain beschafft. Beides kann sie schlecht von einem Chirurgen bekommen haben.«

»Das ist wahr«, pflichtete Gretchen ihr bei. »Wir überprüfen ihn also, rechnen vorerst aber nicht damit, dass er der Lieferant ist. Und falls Marisol Dutton wüsste, dass Taras Ehemann als angehender Chirurg Vera mit Drogen beliefert hat, würde sie das doch wahrscheinlich ihrem Mann erzählen, sodass er es in der Wahlkampagne gegen Tara verwenden könnte, meinst du nicht?«

»Nein«, entgegnete Josie. »Ich glaube nicht, dass Marisol möchte, dass irgendwas davon ans Tageslicht kommt, weil sie da ja selbst mit drinsteckt. Eine solche Enthüllung wäre zwar fürchterlich für Tara und ihren Mann, aber auch die Duttons würden in schlechtem Licht dastehen. Hast du eigentlich die Blutergüsse an Marisols Handgelenk gesehen?«

»Nein«, meinte Gretchen. »Ist mir nicht aufgefallen. Glaubst du, Kurt Dutton misshandelt seine Frau?«

»Ich bin mir natürlich nicht sicher, aber die Blutergüsse sahen verdächtig aus. Wie auch immer, Taras Chirurgengatten können wir wohl als Veras Lieferanten ausschließen, sodass wir mit großer Wahrscheinlichkeit wieder bei irgendeinem der üblichen Dealer hier in der Stadt landen.«

»Connie meinte, es wäre entweder Veras Ex oder irgendein Freund gewesen, der sie mit dem Zeug versorgt hat. Und wenn diese Person Zugang zu unterschiedlichen Substanzen hatte, dann war sie wahrscheinlich in den Drogenkreisen der Stadt eine bekannte Größe. Vera bezieht also Drogen von einer Person, die wir nicht kennen, und verkauft sie diesen reichen Hausfrauen auf Partys in deren Häusern, während die Ehemänner abwesend sind«, führte Gretchen den Gedankengang weiter.

»Die Bürgermeisterin behauptet, sie hätte sich relativ früh aus diesem Partygeschehen zurückgezogen«, meinte Josie. »Bleiben also Whitney, Connie und Marisol übrig, obwohl die Berichte von Connie und Marisol dem widersprechen.«

»Stimmt«, sagte Gretchen. »Zumindest wissen wir, dass die Bürgermeisterin diesen Partys nicht so früh ferngeblieben ist, wie sie behauptet. Aber nehmen wir mal an, nach und nach nimmt ihre Anwesenheit ab. Whitney stirbt. Und Connie und Marisol gehen beide in Entzugskliniken.«

»Und Vera hat Beverly bekommen«, fuhr Josie fort. »Die Partys hörten auf. Und die Frauen haben alle den Kontakt zueinander verloren, obwohl Vera noch im Salon gearbeitet hat, bis Beverly dreizehn war.«

»Beverly und Vera haben gestritten. Beverly hat Vera die Treppe hinuntergestoßen und dabei hat Veras Rücken so großen Schaden genommen, dass sie operiert werden musste ...«

»Und Schmerzmittel gebraucht hat«, beendete Josie den Satz.

»Wenn sie tatsächlich so viele Schmerzmittel nahm, wie deine Großmutter angedeutet hat – genug, um völlig ausgeknockt zu sein, während sie sich eigentlich mit dem Schuldirektor treffen sollte –, dann hat sie sie nicht von einem Arzt bekommen«, sagte Gretchen.

»Dann hat sie wohl jemanden gefunden, von dem sie unter der Hand Schmerzmittel kaufen konnte.«

»Oder sie hat schon vorher jemanden gekannt, der sie beschaffen konnte«, gab Gretchen zu bedenken.

»Genau.«

»Wenn sie eine Menge Geld für Schmerzmittel illegaler Herkunft ausgegeben hat, erklärt das auch ihre Schwierigkeiten, die Miete zu bezahlen.«

»Exakt«, sagte Josie. »Ihre Abhängigkeit wird immer schlimmer. Sie ist pleite. Beverly ist verhaltensauffällig. Beverly wird schwanger. Vera findet es heraus.«

»Ihr Verhältnis war bereits ziemlich angespannt«, meinte Gretchen. »Dass Vera von der Schwangerschaft erfahren hat, wird es nicht gerade verbessert haben.«

»Da geb ich dir recht. Aber jetzt gibt es einen blinden Fleck. Wir haben keine Ahnung, was im folgenden Zeitraum im Leben der beiden passiert ist. Das Nächste, was wir schlussfolgern können, ist, dass jemand Beverly getötet und unter dem Haus, in dem die beiden wohnten, begraben hat.«

»Ja«, antwortete Gretchen. »Vera taucht daraufhin unter – ob sie am Mord beteiligt oder lediglich eine Zeugin war, können wir bisher nicht sagen, aber jedenfalls ist sie wie vom Erdboden verschluckt.«

»Und es gab niemanden im Leben der beiden, der bemerkt hat, dass sie weg waren«, überlegte Josie. »Findest du das nicht eigenartig?«

Sie blickte lange genug zu Gretchen hinüber, um zu sehen, wie diese mit den Schultern zuckte.

»Kommt dir das echt nicht komisch vor?« Josie ließ nicht locker.

Gretchen klappte ihr Notizbuch zu und sah zum Autofenster hinaus, hinter dem die Randgebiete von Denton vorbeizogen. »Ich finde nicht, dass das so eigenartig ist. Als ich hierhergezogen bin, hätte auch niemand außer meinen Arbeitskollegen bemerkt, wenn ich verschwunden gewesen wäre.«

»Ganz so ist es nicht«, merkte Josie an. »Dein früherer Teampartner aus Philadelphia – der wäre dich sicher suchen gekommen, wenn du dich nicht gemeldet hättest.«

Gretchen lächelte. »Ich schätze, da hast du recht.«

Josie meinte: »Zumindest Veras Dealer hätte es doch bemerkt. Oder der Mann, der sie laut den Angaben meiner Großmutter immer zur Schule gebracht und wieder abgeholt hat, wenn sie vom Direktor herbeizitiert wurde, weil Beverly wieder mal Schwierigkeiten gemacht hatte.«

»Das könnte ja auch ein und dieselbe Person sein«, gab Gretchen zu bedenken. »Ihr Dealer und ihr einziger Freund. Nach allem, was wir wissen, hat er die beiden umgebracht.«

»Dann müssen wir ihn unbedingt finden. Und ich weiß auch schon, wenn wir danach fragen müssen.«

FÜNFUNDDREISSIG

Noah stand neben seinem Schreibtisch im Großraumbüro und rubbelte sein Haar mit einem alten Sweatshirt trocken. Seine Jeans und sein Polohemd mit dem Polizeilogo waren völlig durchnässt. Mettner war nirgendwo zu sehen. Die Tür zu Chitwoods Büro war geschlossen. Amber saß mit ihrem kleinen Laptop an dem Schreibtisch, der ihr jetzt offiziell zugewiesen war, und klapperte eifrig mit den Tasten. Josie fragte sich, woran sie wohl arbeitete. Das Lächeln, mit dem sie Josie und Gretchen begrüßte, wurde von den beiden nicht erwidert.

Gretchen sagte: »Fraley, dir ist schon klar, dass du nach einem Hochwassereinsatz heimgehen und dich umziehen kannst, oder?«

Noah zog eine Grimasse. »Ich war auf keinem Einsatz. Das Wasser hat die Sandsäcke vor dem Revier überspült und wir haben immer noch nicht den Schlauchdamm, den wir bekommen sollten, um ihn rund um das Gebäude zu legen. Lamay und ich haben von Dalrymple Township Hochwasserbarrieren aus Plastik bekommen und die dann aufgestellt. Ich weiß nicht, wie gut sie die Fluten abhalten können, aber sie sind besser als gar nichts.«

»Wir haben den ganzen Tag keinen Regen gehabt«, meinte Josie. »Vielleicht geht das Wasser ja bald zurück. Sag mal, diese Plünderer, die ihr neulich in der Nacht mitgenommen habt, sind die immer noch unten in Gewahrsam?«

Noah erstarrte, das Sweatshirt in beiden Händen. Sein sandblondes Haar stand in allen Richtungen vom Kopf ab. »Äh, ja. Das sind sie, aber, ähh ...«

»Ich weiß es schon«, unterbrach ihn Josie. »Ich weiß, dass Needle dort unten ist.«

Amber war aufgestanden und pirschte sich näher an die beiden heran. »Needle? Wer ist das?«

Noah knüllte das Sweatshirt zusammen und legte es auf seinen Stuhl. »Das ist was Persönliches, wenn es Ihnen nichts ausmacht.«

Amber lächelte ihn gezwungen an. »Ah, natürlich, Entschuldigung.«

Josies Blick ruhte weiterhin auf Noah. »Ich weiß, dass du mir das neulich nachts sagen wolltest, als du heimgekommen bist. Schon in Ordnung. Er ist genau die Person, mit der ich sprechen muss.«

Noah ging um die Schreibtische herum und stellte sich ganz dicht zu Josie. Er senkte seine Stimme und fragte: »Du musst mit Needle sprechen? Wozu, verdammt noch mal?«

Gretchen kam ebenfalls herbei und gesellte sich ihrer exklusiven Runde hinzu. »Es geht um den Vera-Urban-Fall.«

Noah sah sie an. »Das ist jetzt ein Witz, oder?«

»Nein, leider nicht«, entgegnete Gretchen.

»Er hat Informationen, die wir brauchen«, erklärte Josie. »Er war schon, ehe ich auf die Welt kam, Teil der Drogenszene von Denton. Es gibt eine reelle Chance, dass er sich an Vera Urban erinnert und vielleicht auch an die Person, die Vera die Drogen beschafft hat, die sie dann an ihre Salonkundinnen vertickt hat.«

»Dann schick Gretchen«, sagte Noah. »Du musst nicht mit diesem Typen reden.«

Josie stemmte eine Hand in ihre Hüfte. »Ach, muss ich nicht?«

»Er hat recht, Boss«, warf Gretchen ein. »Ich kann mit ihm reden.«

Josie blickte von Gretchen zu Noah, schob ihr Kinn nach vorn und sagte: »Ich werde selbst mit ihm sprechen.«

Sie drehte sich um und wollte weggehen, aber Noah griff nach ihrer Hand und redete ruhig auf sie ein: »Du musst nicht immer die superharten Aufgaben übernehmen. Die letzten vierundzwanzig Stunden waren ja ... eher schwierig.«

In den letzten vierundzwanzig Stunden hatte Josie zusehen müssen, wie eine biblische Flut ihre Stadt verschlang, es war auf sie geschossen worden, sie wurde vom Hochwasser mitgerissen und sie hatte es nicht geschafft, Vera Urban zu retten, die die einzige handfeste Spur war, die sie im Fall Beverly Urban hatten. Diese Anhäufung von Katastrophen hatte sie an den Rand des Nervenzusammenbruchs gebracht, aber trotzdem erwiderte sie jetzt: »Alles in Ordnung, Noah. Needle und ich haben ja so was wie eine gemeinsame Geschichte. Er wird eher mir als Gretchen erzählen, was wir wissen wollen. Vertrau mir.«

Noah ließ sie los. »Okay. Aber dann sorge ich wenigstens dafür, dass er nach oben in den Verhörraum gebracht wird. Dann kannst du ihn mithilfe von Kaffee und Zigaretten zum Reden bringen.«

»Klingt gut«, antwortete Josie.

Zwanzig Minuten später betraten Josie und Gretchen einen der Verhörräume im ersten Stock. In der Luft hing eine Wolke von Zigarettenrauch. Larry Ezekiel Fox, der Mann, der für Josie schon immer »Needle« gewesen war, saß auf einem Stuhl an dem Metalltisch in der Mitte des Raums. Vor ihm stand ein halbleerer Pappbecher mit schwarzem Kaffee und ein Aschenbecher, in dem bereits zwei Kippen lagen. Josie hatte Needle drei Jahre lang nicht gesehen. Er war Mitte sechzig, aber sein hartes Leben, gezeichnet von Drogen, Obdachlosigkeit und kriminellen Machenschaften, ließen ihn mindestens zehn Jahre älter erscheinen. Seine Haut war sonnenverbrannt und faltig. Er hatte ungekämmtes, strähniges graues Haar und einen langen Bart, der sich an den Rändern gelblich verfärbte. In den Haftzellen des Reviers hatte er seine eigene Kleidung anbehalten dürfen, unter anderem eine Jacke in tristem Olivgrün, die er besaß, solange Josie ihn kannte, und die jetzt fadenscheinig und ausgeblichen war. Darunter trug er ein schwarzes T-Shirt, schmutzige Jeans, die schon bessere Zeiten gesehen hatten, und Boots, die im Laufe vieler Jahre schwarz vor Dreck geworden waren. Er roch, als hätte er seit ihrem letzten Zusammentreffen nicht mehr gebadet.

Needle sah auf und lächelte Josie an. »JoJo«, sprach er sie mit ihrem Spitznamen aus der Kindheit an. »Hab mich schon gefragt, ob du bei mir vorbeischaust.«

»Hallo, Zeke.« Josie benutzte den Namen, unter dem er allgemein bekannt war. Nur sie nannte ihn insgeheim »Needle« – er wusste nichts von diesem Spitznamen, den sie ihm als Kind gegeben hatte. Damals hatte sie ihn nur als den Mann gekannt, der der Frau, die sich als ihre Mutter ausgab, Injektionsnadeln brachte. Als Kind hatte Josie nicht verstanden, dass Lila sich damit Drogen injizierte. Sie wusste damals nur, dass dieser Mann sehr oft zu ihrem Wohnwagen kam, und obwohl sie ihn und seine Ware nicht mochte, war die Wahrheit doch, dass er Josie als Kind vor schrecklichen Dingen bewahrt hatte. Beileibe nicht vor allen schrecklichen Dingen, die ihr widerfahren waren – so hatte er tatenlos zugesehen, wenn Lila sie tagelang in den Wandschrank sperrte, ihr die Nahrung verweigerte und sie sonst wie misshandelte –, aber er hatte sie doch vor dem Schlimmsten bewahrt, das Lila ihr antun wollte.

Josie schwankte immer, ob sie ihm gegenüber Dankbarkeit

empfinden sollte, weil er ihr Leben mit Lila tatsächlich nach und nach etwas leichter gemacht hatte, oder ob sie wütend auf ihn sein sollte, weil er niemals endgültig eingeschritten war und nichts getan hatte, damit sie Lila weggenommen wurde. Aber natürlich war er Lilas Dealer gewesen. Dass er Josie überhaupt wahrgenommen und ihr zu helfen versucht hatte, war wahrscheinlich mehr gewesen, als man von ihm verlangen konnte.

»Nehmt Platz«, sagte Needle und deutete einladend auf die anderen Stühle im Raum, als würden sie sich nicht in einem Verhörraum des Polizeireviers, sondern in seinem Wohnzimmer befinden.

Josie setzte sich auf den Stuhl, der ihm am nächsten stand. Die Naht an ihrem Oberschenkel schmerzte beim Hinsetzen stark und sie musste sich beherrschen, nicht das Gesicht zu verziehen. Gretchen setzte sich mit ihrem Notizbuch in der Hand den beiden gegenüber und zückte ihren Stift. »Ich bin nicht als Privatperson hier«, erklärte Josie.

Er nahm einen langen Zug aus seiner Zigarette und blies den Rauch nach oben, weg von Josie. »Schon klar, JoJo. Tut trotzdem gut, aus der Zelle rauszukommen. Hab ich noch nie gemocht, so Zellen. Ehrlich, ich wär lieber draußen unterm Sternenhimmel mit nichts, um meinen Kopf draufzulegen, als in einer Zelle.«

Josie zog ihr Handy heraus und suchte ein Foto von Vera aus ihrer Zeit im Friseursalon, ehe Beverly geboren wurde. Sie schob das Handy zu Needle hinüber. »Erinnerst du dich an diese Frau?«

Needle legte seine Zigarette im Aschenbecher ab und nippte an seinem Kaffee, während er das Foto betrachtete. »Ist die tot?«

»Ja«, informierte Josie ihn.

Er blickte zu ihr hoch, wieder mit einem Lächeln, aber gleichzeitig lag in seinen blassgrauen Augen ein Ausdruck, den sie kannte: eine Mischung aus Argwohn und Härte. »Willst du mir was anhängen, JoJo?«

»Weißt du was«, entgegnete Josie, »diese Zelle, die du so schrecklich hasst, dient dir jetzt tatsächlich als Alibi. Ich will dir gar nichts anhängen, ich brauche nur Informationen. Sie hieß Vera. Ich bin mit ihrer Tochter in die Highschool gegangen. Sie hat in einem Salon hier in Denton gearbeitet und nebenbei an reiche Frauen, die dort ihre Kundinnen waren, Drogen verkauft. Schmerzmittel, Marihuana, so Zeug.«

Needle betrachtete noch immer das Foto. Josie beugte sich nach vorn und wischte durch mehr Fotos. Er musterte jedes davon so gründlich, als handele es sich um Hieroglyphen, die er entziffern wollte. Josie wartete. Als er gar nichts von sich gab, nahm sie die Packung Zigaretten, die Noah für das Gespräch beschafft hatte, schüttelte eine Zigarette heraus und gab sie Needle.

Er nahm sie, steckte sie an und inhalierte. Als er den Rauch ausblies, sagte er: »Ich erinnere mich an sie. Aber die hat seit Jahren keiner mehr gesehn.«

»Wie viele Jahre?«, wollte Gretchen wissen.

»'ne ganze Menge.«

Josie fragte: »Was kannst du mir noch über sie erzählen?«

Er wandte den Blick von ihrem Handy ab und Josie nahm es wieder an sich. »Sie war nicht so heftig drauf, zumindest nicht am Anfang. Die Schmerzmittel waren ein Nebenverdienst, wollte nebenbei ein bisschen Geld machen. Du hast recht, manchmal hat sie auch was anderes gebraucht, aber hauptsächlich waren es Schmerzmittel. Sie hatte diese reichen Tussis als Kundinnen, aber das waren nur ein paar. Sie hat nicht viel gebraucht. Erst, als sie anfing, sie selbst zu nehmen.«

»Sie hatte einen Unfall«, verriet Gretchen. »Von da an hat sie selbst Schmerzmittel genommen.«

Needle zuckte mit den Achseln. »Ich weiß nicht, was ihr alles passiert ist. Sie war viele Jahre lang ziemlich oft deswegen da, dann auf einmal nicht mehr, und dann ist sie wieder aufgetaucht und hat so ausgesehen, als wäre sie in eine Zeitmaschine geraten. Konnte kaum noch gehen, hatte kein Geld mehr und wollte mehr und mehr von dem Zeug. Und dann eines Tages – verschwunden. Dachte, sie hätte eine Überdosis genommen.«

»War sie deine Kundin?«, fragte Josie.

»Komm schon, JoJo. Ich sitz hier schon wegen dem Plündern. Du hast versprochen, dass du mir nichts anhängst.«

»Es ist mir völlig egal, ob sie deine Kundin war«, entgegnete Josie. »Ich werde dir nicht zur Last legen, dass du vor dreißig oder vor sechzehn Jahren jemandem Drogen verkauft hast – jemandem, der nicht mal mehr lebt. Aber ich muss wissen, wer sie beliefert hat. Ich brauche einen Namen.«

Needle lehnte sich in seinem Stuhl zurück und rauchte genüsslich vor sich hin. Dann strich er sich über den Bart und sagte: »Ein Name. Kann schon sein, dass ich einen Namen für dich hab.«

»Haben Sie einen oder haben Sie keinen?«, fragte Gretchen unwirsch.

Sein Blick streifte sie kurz, ehe er wieder auf Josie haften blieb. »Ich hab einen. Aber JoJo, du erwischst mich gerade zu einem ungünstigen Zeitpunkt, schon klar, oder? Ich sitze hier fest. Morgen werden sie mich an das Bezirksgefängnis überstellen. Und dann werd ich erst mal ein paar Monate einsitzen, bis sich alles wieder geklärt hat.«

Josie grinste ihn an. »Drei Mahlzeiten am Tag, Zeke. Du könntest es schlimmer erwischen.«

»Hatte noch nie ’n Problem damit, mich mit Essen zu versorgen.«

Josie beugte sich zu ihm hinüber. »Was willst du?«

»Du bist ja jetzt eine ganz große Nummer, JoJo. Da könntest du doch für einen alten Freund deine Beziehungen spielen lassen. Dafür sorgen, dass die Strafe vermindert wird. Oder mich am Ende ganz hier rausholen.«

Josie spürte, wie etwas in ihr versteinerte. »Du bist kein alter *Freund.* Und ich werde keine Beziehungen für dich spielen lassen. Gib mir den Namen. Dann sorge ich dafür, dass es dir gut geht, solange du hier bist.«

Needle seufzte, drückte seine Zigarette aus und verschränkte die Arme vor der Brust. »Kann sein, dass wir keine Freunde sind, JoJo«, erwiderte er. »Aber du warst doch immer ein schlaues Mädchen. Du weißt, wie es läuft. Ich hab was, das du willst. Du hast was, das ich will. Sieht mir nach einem fairen Deal aus.«

»Ich weiß nicht mal, ob die Information, die du hast, irgendwie von Nutzen sein wird. Was, wenn die Person, die ich suche, tot ist? Was dann? Du kannst mir nichts garantieren. Ich mache überhaupt keinen Deal mit dir. Entweder gibst du mir den Namen oder halt nicht.«

»Und was, wenn nicht?«

Josie lächelte. »Ich bin ein schlaues Mädchen. Ich werd's schon rauskriegen.«

Needle sah sie mit zusammengekniffenen Augen an. »JoJo«, setzte er an, wurde aber durch das Läuten ihres neuen Handys auf dem Tisch zwischen ihnen unterbrochen. Josie blickte auf das Display und dann zu Gretchen. »Das ist die Polizei von Colbert. Komm. Los geht's.«

<h1 style="text-align:center">SECHSUNDDREISSIG</h1>

Zehn Minuten später waren Josie und Gretchen in Josies Auto unterwegs nach Colbert. Die Kollegen dort hatten den Vermieter ausfindig gemacht und er war gern bereit, zu helfen. Er wollte mit den Schlüsseln und einer Kopie des Mietvertrags, den Alice unterzeichnet hatte, zur Wohnung kommen. Das emotionale Auf und Ab der letzten Tage entspannte sich durch diese Nachricht etwas. Es wirkte so, als hätten sie endlich eine verwertbare Spur.

Gretchen sagte: »Ich glaube, du solltest noch mal mit Needle sprechen, wenn wir zurück sind.«

Josie umklammerte das Lenkrad fester. »Ich werde Needle garantiert nicht noch mal fragen, wer Veras Dealer war. Und ich werde ihm auch garantiert keinen Gefallen tun.«

»Es wäre aber der schnellste Weg, um an die Information zu kommen, Boss«, entgegnete Gretchen.

»Indem ich den Bezirksstaatsanwalt bitte, bei ihm Milde walten zu lassen? Gretchen, er ist ein echter Berufskrimineller.«

»Ja, das ist er, aber er ist kein Gewalttäter. Zumindest bestand sein Vorstrafenregister bis zur vorigen Woche ausschließlich aus Drogendelikten.«

»Was willst du mir damit sagen?«

Gretchen seufzte. »Na ja, wenn du einfach mit der Staatsanwaltschaft sprichst und sie bittest, zum Ausgleich für Informationen zu einer laufenden Mordermittlung ein reduziertes Strafmaß in Erwägung zu ziehen, und sie sind damit einverstanden, heißt das ja nicht, dass du die Öffentlichkeit in Gefahr bringst – zumindest nicht in der Weise, dass er nach der Entlassung gleich jemanden attackieren oder umbringen wird.«

Josie nahm die rechte Hand vom Steuer, um sich den Schweiß von der Stirn zu wischen, und stellte fest, dass ihre Hand zitterte. War das einer dieser Momente, in denen sie eine Situation nicht distanziert genug betrachtete, fragte sie sich. Die Straße vor ihnen war abgesperrt, weil das Hochwasser darüber hinweggegangen war. Josie fuhr an das Schild mit dem Durchfahrtsverbot heran und bremste so energisch, dass der Wagen abrupt zum Stehen kam. Als sie Gretchen antworten wollte, versagte ihr die Stimme. Sie versuchte, sich wieder in den Griff zu bekommen, und setzte noch einmal an. »Meine ganze Kindheit hindurch stand dieser Mann unbeteiligt daneben und hat nichts getan, während mir schreckliche Dinge passierten. Nein, nicht passierten – während sie mir *angetan* wurden. Grausame Dinge. Unaussprechliche Dinge. Ja, okay, er hat ein paarmal eingegriffen, wenn es allzu schlimm wurde, aber er hat mich dagelassen. Er hat mich dagelassen bei ... bei einer Verrückten. Er hat ihr die Drogen gegeben, die sie so ... so ...« Der Rest des Satzes blieb ihr in der Kehle stecken. Ein Schluchzer stieg in ihr hoch und ließ ihre Schultern zucken. Gretchen berührte Josie an der Schulter.

»Boss«, sagte sie behutsam. »Es ist okay.«

Tränen brannten in Josies Augen. Was zum Teufel war los mit ihr? Warum musste sie die ganze Zeit weinen? Sie war sich über ihre Gefühle wegen Vera Urbans Tod im Klaren. Sie hatte versucht, die Frau zu retten, und es war ihr nicht gelungen. Das rechtfertigte Tränen, auch wenn sie im Widerspruch zu Josies bisheriger beruflicher Professionalität standen. Aber sie wollte nicht wegen irgendwas weinen. Schon gar nicht wegen Dingen, die vor Jahrzehnten passiert waren. Dingen, die sie nicht mehr ändern konnte. Sie versuchte, das alles genauso beiseitezuschieben, wie sie es immer getan hatte, aber es funktionierte nicht mehr.

Gretchen griff zwischen die beiden Sitze und stellte den Wählhebel auf Parken.

»Lass uns mal eine Minute durchatmen«, schlug sie vor.

Josie schüttelte den Kopf. Ihr ganzer Körper bebte. Sie öffnete den Mund, wollte »Mir geht's gut« sagen, aber stattdessen kamen ganz andere Worte heraus, in einer hohen Piepsstimme: »Lila hat versucht, mir das Gesicht abzuschneiden! Sie wollte mir das Gesicht abschneiden. Sie war verrückt und er hat sie mit allem versorgt, was sie haben wollte, sogar wenn sie nicht mal das Geld dafür hatte, und weder ihn noch irgendjemand anders hat es interessiert, was sie mir angetan hat. Er ist kein … er ist kein …«

»Boss.«

»Er ist kein guter Mensch!«

Als die letzten Wörter draußen waren, hatte Josie das Gefühl, in sich zusammenzufallen. Sie lehnte sich zurück in ihren Sitz und legte die Hände in ihren Schoß. Plötzlich fühlte sie sich leicht, als würde sie nichts wiegen. Alles um sie herum begann sich zu drehen. Grau kroch von den Rändern ihres Gesichtsfelds nach innen. Gretchen tippte ihr auf die Schulter. »Boss«, sagte sie wieder. »Schau mich an.«

Josie starrte in ihre braunen Augen.

»Konzentrier dich auf meine Stimme«, befahl Gretchen.

Josie nickte. Das war einfach. Sie hörte Gretchen zu, die in ruhigem und gleichmäßigem Ton mit ihr sprach. Normal, sachlich. Ohne Mitleid. Ohne süßliches Mitgefühl. Ohne sie zu bemuttern. »Du musst überhaupt nichts tun, was du nicht tun willst«, sagte Gretchen. »Wir werden das schon regeln. Wir finden einen anderen Weg, um den Namen herauszubekommen, den wir brauchen. Du weißt ja, wo die üblichen Verdächtigen rumhängen. Wir gehen hin und sprechen mit ihnen. Vielleicht gibt es ja jemanden außer Needle, der weiß, wer Veras Dealer war.«

Je länger Gretchen sprach, desto klarer konnte Josie wieder sehen. Ihr Atem beruhigte sich. Die Schwere kehrte in ihren Körper zurück. In ihrem Nacken stieg Hitze vom Kragen bis zu den Haarwurzeln hoch. Sie nickte. »Ja, okay«, sagte sie. »Lass uns das tun.«

Gretchen wartete noch ein paar Augenblicke, bis Josie sich wieder ganz gefasst hatte.

Josie blickte starr nach vorne. Dann flüsterte sie: »Was ist da gerade mit mir passiert?«

»Man kann ein Trauma nur eine gewisse Zeit lang unterdrücken«, antwortete Gretchen. »Dann holt es einen plötzlich auf die unpassendste Art und zur unpassendsten Zeit wieder ein.«

»Ich dachte, ich hätte damit abgeschlossen«, sagte Josie.

Gretchen lächelte: »Indem du dich in die Arbeit vergräbst, meinst du? Nein, das ist nicht dasselbe wie sich wirklich damit zu beschäftigen, es zu verarbeiten und schließlich hinter sich zu lassen.«

Josie wusste, dass Gretchen mit traumatischen Erfahrungen genauso vertraut war wie sie selbst.

»Wie gehst du denn damit um?«

»Seitdem vor ein paar Jahren alles hochgekommen ist, bin ich in Therapie«, entgegnete Gretchen.

Nichts klang für Josie so schmerzhaft wie Therapie. Gretchen sah ihr das wohl an, denn sie meinte: »Ich weiß, du glaubst nicht, dass das hilft. Eine Menge Leute glauben nicht an den Nutzen von Therapie, und das kann ich irgendwie auch verstehen. Aber mir hat sie sehr geholfen. Wie auch immer, lass uns weiterfahren. Wir durchsuchen Veras Apartment und sehen, was wir dort herausfinden können.«

»Ja«, erwiderte Josie mit einem Seufzer der Erleichterung. »Das klingt gut.«

Colbert war ein kleines Städtchen westlich von Denton, mit gitternetzartig angeordneten malerischen Sträßchen. Alle notwendigen öffentlichen Einrichtungen und Einkaufsmöglichkeiten waren im Zentrum in alten Backsteingebäuden untergebracht, die aussahen, als stammten sie aus dem 19. Jahrhundert. Die Wohnung, die Vera Urban unter dem Namen Alice Adams gemietet hatte, lag im Erdgeschoss eines Zweifamilienhauses ungefähr fünf Blocks von der Hauptstraße von Colbert entfernt. Es war gepflegt, aber gesichtslos, genau wie die Straße, in der es stand. Der Vermieter wartete vor der Haustür auf Josie und Gretchen. Nachdem sie sich gegenseitig vorgestellt hatten, übergab er ihnen den kopierten Mietvertrag. Josie sah ihn sich genau an. Er war fünf Jahre zuvor unterschrieben worden. »Wir haben immer von Monat zu Monat verlängert«, sagte er. »Sie hat immer bar bezahlt und sich nur ganz selten über irgendwas beschwert. Sie war wirklich die ideale Mieterin. Es tut mir sehr leid, was ihr zugestoßen ist.« Er schloss die Haustür auf und ließ Josie und Gretchen den Vortritt. »Sie hat mir gesagt, sie hätte überhaupt keine Familie. Das heißt wohl, dass ihre ganzen Sachen ... nun ja, ich weiß nicht, was ich damit anfangen soll.

Sie können gerne alles mitnehmen, was Sie möchten. Ich warte dann draußen.«

Die Wohnung war klein, aber hell, luftig und sauber. Im Wohnzimmer standen eine Couch und ein Couchtisch und gegenüber ein kleines Sideboard mit einem Fernseher und einem DVD-Player darauf. An einer Wand waren Bücherregale, von denen die Hälfte mit DVDs und die andere Hälfte mit abgegriffenen und eselsohrigen Taschenbüchern gefüllt war. Daran schloss ein Küchen- und Essbereich an, der für höchstens zwei Personen ausgelegt war. Ein Flur führte von der Küche zum Badezimmer und zu einem geräumigen Schlafzimmer.

Josie und Gretchen durchsuchten alles genauestens, fanden aber lediglich ein wenig Werbepost, adressiert an »die Mieter«, und kaum persönliche Gegenstände. Im Bad standen mehrere Fläschchen mit verschreibungspflichtigen Medikamenten herum – Schmerzmittel, weitere angstlösende Arzneien und etwas gegen Sodbrennen. Im Schlafzimmer fanden sie auf dem Nachttisch noch ein paar zerlesene Taschenbücher, aber wieder nichts Persönliches. Keine Fotos, keine Glückwunschkarten, nicht einmal irgendwelche Dekoartikel wie herumstehendes Nippeszeug oder Wandschmuck. Man sah deutlich, dass hier jemand gelebt hatte, aber die gesamte Wohnung wirkte sehr unpersönlich. Beinahe wie ein Hotelzimmer.

Ein Geräusch aus dem Wandschrank des Schlafzimmers ließ sie zusammenfahren. Gretchen legte sofort die Hand auf die Glock an ihrer Taille. Auf Josies Nicken hin öffnete sie das Holster und zog die Pistole heraus, richtete aber den Lauf auf den Boden. Josie machte es genauso. Gretchen stellte sich hinter Josie und zusammen näherten sie sich der Tür. Josies Herz pochte laut in ihrer Brust. Sie riss die Schranktür auf, nahm die Pistole hoch und versuchte, die potenzielle Gefahr möglichst schnell zu identifizieren. Bevor sie verarbeiten konnte, was sie sah, brach Gretchen hinter ihr bereits in

Gelächter aus. Die beiden Frauen steckten ihre Waffen wieder ins Holster und starrten entgeistert die große rot getigerte Katze an, die gerade ihr Geschäft in einem Katzenklo auf dem Boden des Wandschranks verrichtete. Einen Augenblick später stolzierte sie aus dem Schrank und miaute laut. Dann steuerte sie direkt auf Gretchen zu und schmiegte ihren Körper an Gretchens Beine. Gretchen bückte sich und streichelte sie und die Katze reckte den Buckel ihrer Hand entgegen.

Josie atmete einige Male tief durch, bis sich ihr Herzschlag wieder beruhigt hatte. »Sieht so aus, als hätte Vera – oder Alice – doch nicht ganz allein hier gewohnt.«

Gretchen nahm die Katze hoch und sprach beruhigend auf sie ein. Dann hielt sie das Tier mit gestreckten Armen nach vorn und musterte es, ehe sie es wieder an sich drückte. »Es ist ein Weibchen«, informierte sie Josie. »Aber ohne Halsband. Hoffen wir, dass Alice regelmäßig mit ihr beim Tierarzt war. Vielleicht kennt die Praxis ihren Namen.«

Sie setzte die Katze wieder auf den Boden zurück, um Josie beim Durchsehen des Schranks zu helfen, aber die Katze blieb ganz nah bei ihr und strich ihr zwischen den Beinen herum. »Sie mag dich«, stellte Josie fest. Der Schrank nahm beinahe die gesamte Schlafzimmerwand ein. Neben einer vollen Kleiderstange gab es vom Boden bis zur Decke mehrere Fächer mit Schuhen, gefalteten Pullovern und Jeans sowie einigen Plastikboxen. Josie nahm eine von ihnen heraus, übergab sie Gretchen und schnappte sich dann die nächste. Sie stellten die Boxen aufs Bett und sahen den Inhalt durch.

»Der Stapel hier sieht nach alten Arztrechnungen für eine Alice Adams aus«, sagte Gretchen. »Bezahlt, bezahlt – die wurden alle bezahlt. Offensichtlich in bar. Ah, hier ist eine Tierarztrechnung. Da steht der Name der Katze: Poppy.« Sie schoss schnell ein Foto von der Rechnung und machte weiter. »Kopie vom Mietvertrag, Quittungen über ihre Mietzahlungen …«, murmelte sie vor sich hin.

Josie arbeitete sich durch die andere Box. »Ich hab Fotos gefunden.«

In der Box stapelten sich Hunderte von Fotos. Sie umfassten offensichtlich die Zeitspanne von Veras eigener Kindheit bis über Beverlys Geburt hinaus. Es gab mehrere Fotos von Veras Babyparty, ähnlich denen, die Sara Venuto ihnen gegeben hatte. Dann waren da noch Kleinkindfotos von Beverly, schlafend in einer Babywippe, in ihrem Bettchen und ein oder zwei auf Veras Arm.

»Wer die wohl gemacht hat?«, fragte Gretchen, die Josie über die Schulter sah.

»Schau«, meinte Josie. »Connie Prather.«

Sie blätterte durch einen weiteren Fotostapel, auf denen Connie Beverly als Baby hielt. Es gab auch das ein oder andere Foto von Veras Kolleginnen mit Beverly, aufgenommen sowohl im Salon als auch offensichtlich in Veras Zuhause. Ab einem Alter von etwa fünf oder sechs Jahren, wie Josie schätzte, war Beverly allerdings nur noch alleine auf den Fotos abgebildet: im Halloween-Kostüm, im Park – umgeben von anderen Kleinkindern – beim Ausblasen der Kerzen auf einer Geburtstagstorte und mit einem Rucksack auf dem Rücken, wohl an ihrem ersten Schultag, wie Josie vermutete. Die Fotos bildeten all die kleinen Meilensteine und anderen typischen Ereignisse einer ganz normalen amerikanischen Kindheit ab. Meilensteine und Ereignisse, die Josie selbst nie hatte erleben dürfen. Wieder fragte sie sich, was bei Vera und Beverly wohl schiefgelaufen war. Oder vielleicht war das gar nicht der Fall. Vielleicht war Beverly irgendwann im Lauf ihrer ansonsten unbeschwerten Kindheit irgendetwas zugestoßen, was zu ihren Verhaltensauffälligkeiten geführt hatte. Gab es vielleicht hormonelle Ursachen? Hatte sie irgendeine psychische oder psychiatrische Erkrankung, die für ihre wechselhaften Launen verantwortlich war? Josie fragte sich, ob sie das jemals erfahren würden.

Poppy sprang aufs Bett, spazierte über die Fotos, die Josie

ausgebreitet hatte, und steuerte wieder direkt auf Gretchen zu. Josie musste lachen. »Mach deiner Freundin da mal klar, dass sie Handschuhe tragen muss, wenn sie Beweisstücke sichten will.«

Die Fotos führten weiter durch die Highschoolzeit, wurden allerdings etwa um Beverlys Pubertät herum spärlicher. Entweder hatte Vera zu dieser Zeit einfach weniger Fotos gemacht oder Beverly wollte sich nicht mehr fotografieren lassen. Vielleicht auch eine Kombination aus beidem. Oder Vera war nach ihrer Rückenverletzung überhaupt die Lust am Fotografieren vergangen, überlegte Josie.

Sie ging zum Schrank, um eine weitere Box zu holen. Gretchen sagte: »Findest du es nicht auch sonderbar, dass sie die ganzen Fotos aufgehoben hat? Sie ist untergetaucht, hat ihren Namen geändert, aber all diese Beweisstücke aus ihrem vorigen Leben hat sie behalten.«

Josie stellte die nächste Aufbewahrungsbox auf dem Bett ab. »Stimmt, aber allen Aussagen nach hat sie ihre Tochter aufrichtig geliebt. Wir wissen noch immer nicht, was am Ende von Beverlys Leben passiert ist und ob Vera irgendwie darin verwickelt war. Wir wissen zwar, dass Vera Kenntnis von der Schwangerschaft hatte, aber wir haben keine Ahnung, was Vera zu dieser Zeit für Beverly empfunden hat. Sie ist schließlich nach Denton zurückgekehrt, nachdem Beverlys Leiche gefunden wurde. Warum hat sie das getan?«

Gretchen antwortete nicht. Josie nahm den Deckel von der Box und zog als Erstes Jahrbücher der Denton East High School heraus. »Ich glaube, hier drin sind Beverlys Sachen«, meinte sie. Sie zog ein paar CDs von Bands heraus, die sie selbst zur Highschoolzeit gern gehört hatte, etwas Modeschmuck und einige Fotos, die Beverly mit ihren besten Freundinnen Lana Rosetti und Kelly Ogden zeigten. Außerdem ein Tagebuch, das Josies Herz höherschlagen ließ, bis sie es öffnete und einen einzigen genervten Eintrag von Beverly fand, dass ihre »blöde Mutter« der Meinung sei, sie solle »ihre Gefühle aufschreiben«. Dann folgten nur leere Seiten.

»Eine große Tagebuchschreiberin war sie offensichtlich nicht«, seufzte Gretchen.

Dann gab es noch drei Taschenbücher, die ziemlich zerlesen aussahen. Eines davon war *False Memory* von Dean Koontz, die anderen beiden waren von V. C. Andrews: *Ruby* und *Pearl in the Mist*. Josie erinnerte sich, wie die Mädchen in ihrer Schule die Bücher von V. C. Andrews herumgereicht und sich im Flüsterton über die skandalösen Geschichten darin ausgetauscht hatten. Sie schlug *Ruby* auf und blätterte die Seiten durch. Ein Foto fiel heraus und flatterte aufs Bett. Gretchen hob es auf, während Josie die restlichen Seiten prüfte. Aber da war nichts mehr verborgen. Sie warf das Buch aufs Bett, schnappte sich das Foto und sah es sich an. Es zeigte einen jungen Mann mit blonden Haaren. Er trug ein weißes T-Shirt, Jeans und einen Werkzeuggürtel, der relativ weit unten auf seiner Hüfte saß. Sein gezwungenes Lächeln verriet, dass er sich eher unwohl dabei fühlte, fotografiert zu werden. Hinter ihm an der Wand hing eine blaue Plane und daneben war eine Türöffnung und eine Treppe nach unten. »Das ist Ambrose, der Typ von dieser Firma für Kellerabdichtung, mit dem Beverly geflirtet hat.«

Gretchen sah sich das Foto jetzt genauer an. »Ja, das passt zu dem Führerscheinfoto, das wir von ihm haben.«

»Das muss das Haus an der Hempstead Road sein.« Josie deutete auf die Türöffnung im Hintergrund. »Er ist auf dem Weg nach unten in den Keller, um zu arbeiten.«

»Hm, stimmt. Und ich wette, das ist so eine Plane wie die, die der Mörder benutzt hat, um Beverly einzuwickeln.« Gretchen nahm Josie das Foto aus der Hand und drehte es um, aber die Rückseite war leer.

Josie griff nach *Pearl in the Mist*, hielt es am Buchrücken fest und schüttelte die Seiten. Nur ein altes Lesezeichen segelte heraus. Danach nahm sie *False Memory* und blätterte durch die Seiten. Drei Fotografien fielen heraus und Josie legte sie säuberlich nebeneinander, damit sie sie betrachten konnten. Ein Foto war von Vera und einem Mann in einer Küche, im Hintergrund ein Herd und eine Spüle. Die beiden waren im Profil abgelichtet und sahen sich in die Augen. Der Mann war dünn und einen Kopf größer als Vera. Josie schätzte, dass er ungefähr Mitte dreißig war. Er hatte kurzes braunes Haar und, soweit man es sehen konnte, einen leichten Dreitagebart. Offensichtlich war durch einen Türrahmen hindurch fotografiert worden, da die Hälfte des Bildes weiß gestrichenes Holz in Nahaufnahme zeigte. Josie deutete darauf: »Sie hat die beiden ohne ihr Wissen fotografiert.«

Gretchen nickte. »Glaubst du, das war Veras Drogendealer? Oder ein Freund?«

»Ich weiß nicht. Vielleicht. Wir werden nicht herausbekommen, wann dieses Foto gemacht wurde, aber wenigstens haben wir einen Beweis dafür, dass Vera zu einer anderen Person außer ihren Kolleginnen oder ehemaligen Kundinnen Kontakt hatte.«

Sie richteten ihre Aufmerksamkeit auf das nächste Foto. Josies Atem stockte, als ihr das Gesicht ihres verstorbenen Ehemanns entgegenlächelte. Es war Ray mit sechzehn Jahren in seiner Baseballkleidung. Seine Cap war vorn ein klein wenig nach oben geschoben, als hätte er sich gerade den Schweiß von der Stirn gewischt. Er lehnte an einem Zaun und seine Ellbogen hingen darüber. Auf dem Baseballfeld der Denton East hinter ihm waren die anderen Spieler verteilt, verschwommene Schemen auf dem grünen Gras.

»Es ist geknickt«, stellte Gretchen fest und riss Josie aus ihren Erinnerungen an diese Zeit. Sie nahm das Foto und Josie sah die Faltstelle. Gretchen klappte die untere Hälfte nach oben, und da war Josie als Teenager – nur die Hälfte ihres Gesichts war sichtbar. Sie hatte damals auf der anderen Seite des Zauns gestanden und sich nach vorn gelehnt, um ihm mit einem Kuss Glück zu wünschen. Es hatte zu der Zeit viele Spiele und viele Momente wie diesen gegeben, erinnerte sich Josie. Insgesamt war es eine aufregende Saison für die Denton East Blue Jays gewesen. Josie hatte kein einziges Spiel verpasst. Die Spieler waren immer für letzte Glückwünsche von Familie und Freunden zu diesem Bereich der Umzäunung gekommen, sodass dort viele Leute herumstanden. Aber Josie hatte nie bemerkt, dass Beverly irgendwo hinter ihr in der Menge gestanden und ein Foto von Ray geschossen hatte, ohne dass sie beide es bemerkten. Oder hatte Ray es bemerkt? Hatte er gesehen, wie Beverly das Foto machte? Hatte er sie das Foto absichtlich machen lassen? War also zwischen den beiden doch irgendetwas vorgegangen?

»Sieh dir das hier an«, sagte Gretchen, legte das Foto von Josie und Ray wieder aufs Bett und nahm das dritte Foto in die Hand.

Josie schüttelte leicht den Kopf, um die Gedanken an Ray und Beverly wieder loszuwerden und sich auf die Gegenwart zu konzentrieren. Das Foto zeigte einen Mann, der im Bett lag. Er war nackt und lag auf der Seite, mit dem Rücken zur Kamera. Er war von den Schultern abwärts bis knapp zur Hüfte zu sehen. »Sieh mal«, sagte Josie und deutete auf sein linkes Schulterblatt. »Ein Schädel-Tattoo.«

Gretchen schob sich ihre Lesebrille auf die Nase und beugte sich über das Foto. »Ja, tatsächlich«, sagte sie leise und zeigte auf eine andere Stelle der Aufnahme. Die eine Hand des Mannes war nach hinten in Richtung Kamera ausgestreckt, als wollte er den- oder diejenige, die sie hielt, verscheuchen. Die Hand war nicht ganz scharf, aber Josie entdeckte, was Gretchen aufgefallen war.

»Das ist ein Ehering«, meinte sie.

»Ja.«

»Das ist der Typ, mit dem sie zusammen war«, sagte Josie.

»Der eine, mit dem sie tatsächlich geschlafen hat. Kein Wunder, dass sie mit niemandem über ihn gesprochen hat. Er war verheiratet.«

Sie musterten das Foto noch ein paar Augenblicke lang, ob es irgendeinen Hinweis darauf enthielt, wo es aufgenommen worden war, aber man konnte aus dem Hintergrund nur schließen, dass da ein Mann offensichtlich am helllichten Tag in einem Bett mit weißer Bettwäsche lag.

Gretchen fotografierte das Bild mit ihrem Handy ab. »Nicht nur das, sondern sie war auch noch minderjährig.«

»Er hätte sich vor Gericht verantworten müssen, wenn sie erwischt worden wären.«

»Und sein Ruf und seine Ehe wären dahin gewesen, mal angenommen, er hatte einen Ruf, den er schützen wollte.«

»Das stimmt«, pflichtete Josie ihr bei. Sie seufzte und blickte zum Schrank hinüber, in dem nur noch eine kleine Plastikbox stand. »Wir haben noch immer keine Ahnung, wer dieser Mann war und wie sie ihn kennengelernt hat.«

Gretchen nahm das Foto von Vera und dem Mann in der Küche zur Hand. »Könnte es der sein?«

Josie verglich die beiden Fotos, aber es war schwer zu sagen. »Weiß nicht. Ich kann auf dem Foto nicht mal sehen, ob er einen Ehering trägt.«

Gretchen ging hinüber zum Schrank, nahm die letzte Box heraus und kehrte damit zum Bett zurück. Sofort kam Poppy angeschlichen und rieb sich an Gretchens Armen, während ihr Schwanz über dem Deckel der Box hin- und herstrich. Gretchen nahm sie sanft und setzte sie auf den Boden. Sekunden später sprang sie aufs Bett zurück, hielt aber diesmal Abstand und beäugte die beiden Frauen misstrauisch.

»Schau dir das mal an«, sagte Gretchen aufgeregt und zog verschiedene Dokumente aus der Box.

Josie wurde klar, dass das Führerscheine waren. Drei davon, jeder mit einem anderen Namen, alle abgelaufen. Sie nahm einen der Führerscheine in die Hand und strich mit dem Finger über Veras Foto. Am Rand konnte sie eine minimale Unebenheit spüren. »Die sind gefälscht«, verkündete sie. »Und nicht einmal besonders gut.«

Gretchen nahm einen anderen Führerschein zur Hand, und es gelang ihr mit einiger Mühe, Veras Foto abzuziehen. Zum Vorschein kam das Foto einer völlig anderen Frau. »Du hast recht«, sagte sie. »Wirklich keine gute Fälschung.«

Josie nahm ihr Handy und fotografierte alle drei Führerscheine ab. »Wir überprüfen die Namen, wenn wir zurück auf dem Revier sind.«

Sie tüteten alle Beweisstücke ein, die sie mitnehmen wollten. Vom Kopfende des Bettes ließ Poppy auf einmal lautes Miauen hören. »Wann sie wohl das letzte Mal was zu fressen bekommen hat?«, überlegte Josie laut.

»Versorgen wir schnell die Katze, und dann fahren wir zurück und sehen, was wir zu diesen gefälschten Führerscheinen rausbekommen können«, entgegnete Gretchen. »Und danach machen wir den Mann von dem Foto mit Vera ausfindig.«

Eine halbe Stunde später saßen sie wieder in Josies Auto mit Poppy in einer Transportbox auf dem Rücksitz. Der Tierarzt hatte ohne langes Nachfragen alle notwendigen Daten zur Verfügung gestellt und dann vorgeschlagen, sie sollten die Katze in einem nahegelegenen Tierheim abliefern. Als sie ankamen und Josie davor geparkt hatte, ging Gretchen mit Poppy hinein. Fünfzehn Minuten später kam sie wieder heraus. Mit Poppy. »Ich kann sie da einfach nicht lassen«, erklärte sie Josie.

Offensichtlich war Josie nicht die Einzige, die in dieser Zeit mit einem Übermaß an Gefühlen zu kämpfen hatte.

Sie brachten Poppy wieder auf dem Rücksitz unter und fuhren zurück nach Denton. Gretchen checkte auf dem mobilen Datenterminal im Wagen sowohl den Namen Alice Adams als auch die anderen Namen, die sie auf den Führerscheinen in Veras Kleiderschrank gefunden hatten. »Veras Vorgehensweise war wohl, dass sie die Führerscheine dieser Frauen tatsächlich geklaut und dann das Foto ausgewechselt hat. Alle Frauen haben ihre Führerscheine als gestohlen gemeldet und sich dann neue ausstellen lassen. Und alle vier haben über eine Stunde entfernt von Veras Wohnung in Colbert gelebt. Allerdings wissen wir natürlich nicht, wo sie gewohnt hat, ehe sie dorthin gezogen ist.«

»Hat Vera auch ihre Identitäten gestohlen?«, wollte Josie wissen. »Hat sie vielleicht Kreditkarten auf ihren Namen beantragt oder so? Oder Bankkonten eröffnet? Oder einen Kundenaccount bei einem Versorgungsunternehmen?«

Gretchen notierte etwas in ihr Notizbuch. »Nein«, meinte sie. »Davon ist hier nichts zu sehen.«

»Aber wenn sie irgendwo ein Zimmer mieten wollte, auch wenn sie in bar bezahlt hat, oder sogar eine Wohnung, dann hätte sie sich doch ausweisen müssen«, gab Josie zu bedenken.

»Verlangen nicht die meisten Vermieter heutzutage sogar einen Bonitätsnachweis?«, fragte Gretchen.

»Ja, ich glaube schon. Ich an Veras Stelle würde, wenn ich gestohlene Identitäten benutze, wohl versuchen, jemanden zu finden, der meine Bonität nicht prüft. Und selbst wenn der Vermieter sie geprüft hat und Alice Adams zum Beispiel kreditwürdig war, hätte sich das ja nur zu Veras Vorteil ausgewirkt.«

»Das ist wahr«, meinte Gretchen. »Und wenn die tatsächliche Alice Adams nicht sehr aufgepasst hätte, wäre ihr eine Bonitätsabfrage auch gar nicht aufgefallen. Du meinst also, Vera hat diese Führerscheine nur gestohlen und mit ihrem Bild versehen, um an eine Wohnung zu kommen?«

»Und auch, um zum Arzt zu gehen. Solange Vera Inkassoverfahren wegen überfälliger Rechnungen vermeiden konnte, hätte die reale Alice Adams wohl keine Ahnung davon gehabt, dass sie auf ihren Namen zum Arzt ging und sich Rezepte ausstellen ließ.«

»Das ist Versicherungsbetrug«, sagte Gretchen.

»Aber nur, wenn sie überhaupt eine Versicherung hatte. Du hast doch gesagt, dass auf den Arztrechnungen in ihrem Schrank stand, dass sie bar bezahlt hat.«

»Da ist sie aber ein ziemliches Risiko eingegangen«, antwortete Gretchen. »Ich meine, so ohne Versicherung. Wenn ihr irgendwas Schlimmes zugestoßen wäre, hätte sie echt ein Riesenproblem gehabt.«

»Stimmt«, pflichtete Josie ihr bei. »Aber schau, wie sie gelebt hat. Apropos Geld: Wir wissen ja nicht mal, wovon sie gelebt hat. Woher hatte sie Einkünfte? Wie hat sie diese Wohnung bezahlt?«

»Sie hätte sich auch ausweisen müssen, um einen Scheck einzulösen oder sich eine Überweisung auszahlen zu lassen«, meinte Gretchen.

»Genau«, sagte Josie. »Der Vermieter hat gesagt, dass sie immer bar bezahlt hat, aber irgendwo musste sie das Geld ja herhaben.«

Gretchen zog ihr Handy heraus. »Ich ruf mal bei den Kollegen in Colbert an. Vielleicht können sie mit ein paar Nachbarn reden oder in der Stadt rumfragen, ob jemand regelmäßig mit ihr gesprochen hat oder ob sie irgendeinen Job unter der Hand hatte.«

Ein paar Minuten später beendete sie das Gespräch wieder. »Sie melden sich bei uns«, berichtete sie Josie. Sie beugte sich nach vorn, griff in den Fußraum vor sich und durchsuchte die Dokumente, die sie mitgenommen hatten, bis sie den Mietvertrag fand. Sie blätterte die Seiten durch und überflog sie. »Alle Nebenkosten sind vom Vermieter bezahlt und mit der Miete abgerechnet worden«, sagte sie. »Was bedeutet, dass sie bei keinem Versorgungsunternehmen als Alice Adams registriert war. Außer sie hatte einen Kabelanschluss, schätze ich mal.«

Josie überlegte, was alles in der kleinen Wohnung gewesen war. »Da waren überhaupt kaum elektronische Geräte«, resümierte sie. »Kein Laptop. Kein Tablet.«

»Aber ein Fernseher war da und ein DVD-Player und die ganzen DVDs.«

»Sie wollte nicht, dass ihr Name irgendwo auftaucht, und sie konnte auch nicht riskieren, dass die wahre Alice Adams bemerkte, dass sie ihre Identität gestohlen hatte. Sie wollte unbedingt verhindern, dass ihr jemand auf die Spur kam, und doch hat sie es all die Jahre geschafft, irgendwie zu überleben. Irgendjemand muss ihr geholfen haben.«

»Wir übersehen was«, sagte Gretchen. »Irgendwas wirklich Entscheidendes.«

Als sie in der Stadt ankamen und auf der rechten Seite hoch oben Rockview Ridge auftauchte, setzte Josie den Blinker und fuhr den Hügel hinauf. »Weißt du was? Fragen wir meine Großmutter, ob sie den Mann erkennt, der mit Vera auf dem Foto ist. Sie hat Veras ›Freund‹ damals ein paarmal gesehen.«

Ein paar Minuten später parkten sie. Poppy schlummerte in ihrem Käfig auf dem Rücksitz. Sie nahmen an, dass sie gut ein paar Minuten allein bleiben konnte, und gingen ins Altersheim. Josies Bein schmerzte, weil sie es im Auto zu wenig hatte bewegen können, aber sie schaffte es, mit Gretchen Schritt zu halten. Die Tür zu Lisettes Zimmer stand offen. Lisette saß in ihrem Lehnstuhl und blickte aus dem Fenster. Ihre silbernen Locken schimmerten im Sonnenlicht. Sie hatte sich einen weißen Schal um die Schultern gelegt – ihr war immer kalt, sogar in ihrem Zimmer, in dem der Thermostat ungefähr auf vierundzwanzig Grad eingestellt war, wie Josie wusste. Lisettes Rollator stand vor ihr, zwischen Bett und Kommode. Die Zimmer in Rockview waren schön, aber sehr klein. Josie klopfte leicht an den Türrahmen, damit Lisette auf sie aufmerksam wurde.

»Hallo, Liebes. Und Gretchen. Kommt rein. Oder wär's euch lieber, wir gehen in die Cafeteria?«

Josie gab ihrer Großmutter einen leichten Kuss und setzte sich ans Fußende des Bettes. Gretchen ließ sich neben ihr nieder. »Bleiben wir lieber hier«, meinte Josie. »Wir wollten dir ein Foto zeigen, wenn es dir nichts ausmacht.«

Gretchen nahm ihr Handy heraus, suchte nach dem Foto und übergab das Handy Lisette.

»Ist das vielleicht der Freund, den du manchmal gesehen hast, wenn er Vera abgeholt und gebracht hat?«

Lisette musterte das Foto. »Ja, ich glaube, das ist er. Es ist natürlich lange her, aber das sieht nach ihm aus.« Sie gab Gretchen das Handy zurück. »Ich wünschte, ich wüsste seinen Namen. Tut mir leid, dass ich keine große Hilfe bin.«

»Du hast uns schon geholfen, Grandma«, beruhigte Josie sie.

Gretchen fragte: »Denken Sie doch bitte noch mal nach, ob Sie sich an irgendetwas anderes erinnern? Jedes noch so kleine Detail zu ihm könnte uns weiterhelfen. Vielleicht hat Vera noch irgendwas anderes über ihn erzählt. Hat Beverly ihn an dem Tag erwähnt, an dem Vera nicht ansprechbar war und sie statt ihr zum Direktor kam?«

Lisette schüttelte bedächtig den Kopf. »Nein, nein. Beverly hat ihn nie erwähnt. Zumindest nicht mir gegenüber. Ich kann mich auch nicht erinnern, dass Vera irgendetwas anderes über ihn gesagt hat, als dass er ein Freund ist, der sie hergebracht hat. Oh, aber warte!« Sie reckte ihren knotigen Zeigefinger in die Luft. »Er hat immer so eine Art ... Uniform getragen. Ich hab ihn nur im Auto gesehen, aber er hatte jedes Mal dasselbe Hemd an. Sowas Blaues aus festem Stoff, manchmal auch verschmutzt. Da war so ein Namensschild draufgenäht, aber das konnte ich nie erkennen.«

Josie setzte sich schlagartig aufrechter hin. »Was war das für eine Uniform?«

Lisette ließ die Hand sinken und runzelte die Stirn. »Das weiß ich nicht genau, Liebes. Für welche Berufe braucht man denn eine Uniform? Welche Betriebe lassen Namen auf die Uniformen nähen?«

Gretchen schlug ein paar Berufe vor: »Fahrer von Lieferdiensten, Busfahrer?«

»Mechaniker«, sagte Josie.

»Jetzt, wo du es sagst – das ergibt eventuell Sinn.

Manchmal war das Hemd ziemlich dreckig. Ich wette, er war ein Mechaniker. Aber ich kann mich natürlich auch irren. Das ist ja so schrecklich lange her. Ich erinnere mich an diese Dinge eigentlich nur, weil dein Dauerkrieg mit Beverly mich damals so wahnsinnig viel Zeit gekostet hat.«

Sie zwinkerte Josie zu und streckte ihr eine Hand entgegen. Josie drückte sie. »Grandma«, sagte sie. »Von den Leuten, die ich kenne, hast du so ziemlich das beste Gedächtnis! Wir werden da mal nachforschen.«

Bevor Lisette antworten konnte, schwebte eine Pflegehelferin mit einer großen Vase voller Blumen in das Zimmer. »Hallo«, grüßte sie hinter dem üppigen bunten Strauß hervor. »Mrs Matson. Eine Lieferung für Sie!«

Sie stellte die Vase mit den Blumen auf Lisettes Kommode und strahlte die drei Frauen an.

»Meine Güte!«, rief Lisette begeistert.

Die Pflegehelferin riss die Karte ab, die an die Plastikhülle getackert war, reichte sie Lisette und verschwand wieder.

Gretchen stand auf und roch an den Blumen. »Die sind ja wunderschön, Lisette.«

Mit einem Lächeln auf den Lippen versuchte Lisette, die Karte aus dem winzigen Umschlag herauszufummeln.

»Das sind sie wirklich, nicht wahr?«

»Soll ich helfen?«, fragte Josie, die sich insgeheim fragte, wer ihrer Großmutter wohl Blumen schickte. Hatte sie einen Verehrer, von dem Josie nichts wusste? Es wäre nicht die erste Liebesromanze in Rockview Ridge gewesen.

Lisette gab ihr den Umschlag und Josie konnte die Karte ganz leicht herausziehen. Sie las sie durch und ihr Herz geriet aus dem Takt. Dann las sie noch einmal, ohne wirklich zu verstehen.

»Von wem sind sie denn?«, fragte Lisette.

Mit einem unguten Gefühl im Bauch gab Josie die Karte Lisette zurück, die den Text mit zusammengekniffenen Augen las. Der Text erschien wieder und wieder vor Josies geistigem Auge und jagte ihr einen Schauder über den Rücken.

Lisette, ich danke dir für deine Freundlichkeit und Aufgeschlossenheit. Dich endlich kennenzulernen, ist eine große Ehre und sehr aufregend für mich. Ich hoffe, wir können noch viel Zeit miteinander verbringen.

In Liebe, Sawyer

Was zum Teufel ging hier vor?

Lisettes Lächeln verschwand, als sie die Karte las. Gretchen spürte die sonderbare Stimmung im Raum und sagte: »Boss, ich schau mal nach Poppy. Wir treffen uns dann am Auto, ja?«

Josie nickte.

Gretchen schloss hinter sich die Tür. Josie wandte sich zu Lisette. »Warum schickt Sawyer Hayes dir Blumen, Grandma?«, fragte sie.

Lisette lehnte sich nach vorn und verstaute die Karte in einem Fach ihrer Rollatortasche. »Josie, bitte reg dich nicht auf.«

Josie war auf einmal so aufgewühlt, dass sie aufstehen musste. Verstörende Gedanken schossen wie Bälle in einem Flipperautomaten durch ihren Kopf. Worauf hatte Sawyer Hayes es abgesehen? Es war eine Sache, mit Lisette ein Gespräch zu führen, wenn er in seiner Eigenschaft als Rettungssanitäter in Rockview war und ihr zufällig über den Weg lief, aber das hier war etwas völlig anderes. Hatte er irgendeine Betrügerei im Sinn? Lag es an ihr selbst? Dachte er, weil sie bekannt war, könnte er irgendetwas von Lisette ergaunern? Geld vielleicht? Oder so etwas wie ein Erbe? Wenn das der Fall sein sollte, würde es ein böses Erwachen für ihn geben. Oder noch schlimmer – wollte er sich an Lisette heranmachen? Das konnte doch wohl nicht sein. Der Altersunterschied war ...

Lisette holte Josie aus dem Morast ihrer schrecklichen Gedanken.

»Josie, sieh mich an!«

Josie ertappte sich dabei, dass sie auf und ab ging. Sie blieb stehen und sah Lisette in die Augen. »Grandma, auf mich wirkt das etwas unpassend. Du kennst diesen Mann doch kaum. Irgendwas stimmt hier nicht. Es ist ja ganz nett von ihm, aber wovon spricht er da eigentlich? Aufgeschlossenheit? Was meint er damit?«

Lisette stand auf, griff nach ihrem Rollator und bewegte sich mühsam zum Bettende, von dem Josie gerade aufgestanden war. Sie ließ sich nieder und klopfte mit der Hand neben sich aufs Bett. »Bitte, Josie. Komm her und setz dich hin.«

Widerstrebend setzte Josie sich neben sie. Ihre Schultern berührten sich. Lisette griff nach Josies Hand und drückte sie fest. »Ich muss dir etwas sagen, Liebes.«

Josie bekam Herzrasen und das Dröhnen in ihrem Kopf wurde von Sekunde zu Sekunde ohrenbetäubender. Warum hatte sie solche Angst? Was konnte Lisette ihr wegen Sawyer Hayes zu sagen haben? Wenn er Lisette austricksen oder anmachen wollte, konnte sie es ja noch stoppen. Sie war Polizistin. Sie würde ihre komplette Abteilung auf ihn ansetzen.

Lisettes knochige Finger drückten Josies Hand jetzt so fest, dass es wehtat. Die alte Dame übermittelte Neuigkeiten auf dieselbe Weise wie Josie: schnell und schonungslos. So, wie man ein Pflaster abreißt, dachte Josie immer. Je schneller es vorbei war, desto schneller konnte die betroffene Person auch damit umgehen lernen.

»Sawyer ist mein Enkelsohn«, sagte Lisette.

Absolute Stille legte sich über den Raum. Alles war so still, dass sogar die Staubkörner in dem Lichtstrahl, der durchs Fenster hereinkam, scheinbar innehielten. Das lärmende Treiben des Altersheims hinter Lisettes Zimmertür schien plötzlich verstummt. Ganz sicher hatte Josie sich verhört.

»Was hast du gesagt, Grandma?«

Lisette atmete tief ein und wiederholte beim Ausatmen: »Sawyer ist mein Enkel.«

Josie zählte im Kopf die Sekunden, um Fassung zu bewahren. Er plante etwas Betrügerisches. Dieser Mistkerl! *Eins, zwei, drei.* Sie sprang auf und entzog dabei ihre Hand Lisettes Griff. Dann wanderte sie hektisch in dem winzigen Zimmer auf und ab. »Grandma, ich weiß nicht, was er dir erzählt hat, aber ganz offensichtlich meint er, dass er sich irgendwas von dir unter den Nagel reißen kann. Ein stattliches Erbe oder so. Das ist ein Trick. Er ist ein Trickbetrüger. Irgendwas an ihm hat mich von Anfang an gestört. Hör mir zu, ich will, dass du keinerlei Kontakt mehr mit ihm hast, bis ich die Sache geregelt hab. Ich spreche mit der Rezeption und sag ihnen, dass er das Haus nicht mehr betreten darf.«

»Josie«, sagte Lisette. »Sawyer ist *wirklich* mein Enkel.«

Josie wies mit dem Zeigefinger auf ihre eigene Brust. »Ich bin dein Enkelkind. Ich. Nur ich. Sawyer Hayes ist nicht mehr als ein Fremder.«

Lisette stand auf und schob ihren Rollator aus dem Weg. Sie ging zu ihrem Nachtkästchen und hielt sich dabei am Bett fest. Dann öffnete sie die Schublade, zog ein Bündel Papier heraus und brachte es zu Josie. »Es ist wirklich wahr, Josie.«

Angst überrollte Josie wie ein Tsunami. Um sich abzulenken, nahm sie die Blätter und las. Offensichtlich hatte sie das Ergebnis einer DNA-Analyse vor sich. Der Bericht war von einer dieser Websites, wo man Speichel für eine DNA-Probe einschicken und eine Herkunftsanalyse in Auftrag geben konnte. Wenn man es wünschte, konnten die Ergebnisse dann noch zum Abgleich in eine Personendatenbank eingegeben werden, um Übereinstimmungen und somit Verwandte herauszufinden, von deren Existenz man bisher nichts wusste. Laut Bericht stimmte Sawyer Hayes' DNA zu zwanzig Komma sechs Prozent mit der von Lisette überein, was achtunddreißig genetischen Segmenten entsprach. *Die Analyse hat ergeben, dass Lisette Mason Ihre Großmutter ist,* schloss der Bericht.

Josies Hände zitterten. Sie legte den Bericht aufs Bett. »Wann hast du das gemacht? Wann hast du deine Probe eingeschickt? Wer ... wer hat dir dabei geholfen? War er das?«

Lisette griff nach Josies Arm, aber Josie zog ihn weg. »Das war vor einigen Wochen, Liebes, und ja, Sawyer hat mir dabei geholfen. Er ist vor ein paar Monaten zu mir gekommen ...«

»Dann war das also gelogen, dass ihr euch hier zufällig begegnet seid«, sagte Josie und musste feststellen, dass sie fast schrie.

»Josie, bitte«, flehte Lisette. »Bleib ruhig. Ich kann alles erklären.«

»Das hier ist nicht echt«, rief Josie und deutete auf den Bericht. »Das ist ein Trick. Er will dich reinlegen. Ich weiß nicht, was er will, oder was er glaubt, dir abluchsen zu können, aber das ist eine Lüge. Alles davon ist gelogen. Grandma, du bist wehrlos.«

Jetzt geriet Lisette ins Schwanken und musste sich an ihrem Rollator festhalten. »So redest du nicht mit mir, junge Frau! Ich bin keine vertrottelte Greisin. Noch hab ich alle Fünfe beisammen. Ich kann schon beurteilen, was echt ist und was nicht.« Sie deutete auf die Blätter. »Das ist echt. Ich hab es überprüft. Eine der Schwestern hier hat mir geholfen, mich selbst auf der Website einzuloggen, um sicherzugehen, dass er mir keine gefälschten Ergebnisse unterjubelt. Ich wusste ja, wie du darauf reagieren würdest, deshalb hab ich es dir nicht gleich erzählt.«

»Wie lange weißt du es schon?«

Lisette seufzte. »Ich habe das Ergebnis erst vor ungefähr einer Woche bekommen.«

»Und wann wolltest du es mir erzählen?«

Lisette hob ratlos ihre Hände in die Luft. »Weiß ich nicht, okay, Josie. Bald. Aber nicht, während du an einem wichtigen Fall arbeitest oder solange dich die Hochwasserkatastrophe in dieser Stadt auf Trab hält. Ich hätte es dir auf keinen Fall verschwiegen.«

Josie spürte, wie ihre Beine nachgaben. Sie setzte sich wieder auf die Bettkante. Lisette setzte sich zu ihr. Für einen langen Moment sprach keine der beiden. Erst als Josie sicher war, dass ihr die Stimme nicht versagen würde, fragte sie: »Wie ist das möglich?«

Lisette strich den Stoff ihrer Hose über ihren Oberschenkeln glatt und sah zu Boden. »Ich weiß nicht, ob du dich noch daran erinnern kannst, aber vor ein paar Jahren hab ich dir erzählt, dass dein Vater – mein Eli – schon lange Zeit mit Lila zusammen war, ehe du kamst.«

»Ich erinnere mich«, flüsterte Josie. »Du hast sie nicht gemocht. Du warst froh, als sie sich getrennt haben.«

Lisette nickte.

Ach, wäre es nur dabei geblieben. Wäre Lila nur für immer weggegangen. Eli würde noch leben. Lisette wäre noch heil. Josie wäre in ihrem Leben zwar weder Eli noch Lisette begegnet, aber die beiden hätten ein gutes Leben gehabt. Lisette hätte niemals die schreckliche Bürde tragen müssen, ein Kind verloren zu haben. Aber stattdessen hatte Lila beschlossen, sich ein paar Stunden von Denton entfernt niederzulassen. Sie hatte einen Job bei einer Reinigungsfirma angenommen und war im Haus von Shannon und Christian Payne arbeiten gegangen. Diese beiden hatten Karriere gemacht – sie als Chemikerin für Quarmark Pharmaceutical und er als Marketingchef desselben Unternehmens – und hatten gerade Zwillingstöchter bekommen. Als Shannon bemerkte, dass Lila ihr Schmuck gestohlen hatte, meldete sie es Lilas Chef, und Lila wurde daraufhin gefeuert. Zu dieser Zeit, mit Anfang zwanzig, war Lila bereits psychisch krank und eine Soziopathin mit sicherlich mehr als einer Persönlichkeitsstörung. Aus Rache hatte sie das Haus der Paynes niedergebrannt und, als das Feuer wütete, eines der drei Wochen alten Zwillingsmädchen den Rettern überlassen und das andere gestohlen.

Dieses Baby war Josie gewesen.

Die Paynes glaubten, ihre Tochter wäre im Feuer umgekommen, aber in Wirklichkeit hatte Lila sie mitgenommen und war nach einem Jahr Trennung zu Eli Matson nach Denton zurückgekehrt. Sie hatte den Säugling Josie zu Eli gebracht und ihm erzählt, sie sei seine Tochter. Und dass sie sich die ganze Schwangerschaft über und auch nach der Geburt von ihm ferngehalten hätte, ihm aber letztendlich nicht verschweigen wollte, dass er ein Kind hatte. Eli hatte keinen Grund, ihr nicht zu glauben. Und selbst wenn er auf die Idee gekommen wäre – es gab zu dieser Zeit noch keine DNA-Tests, keine Möglichkeit, eine Vaterschaft nachzuweisen. Er hatte Josie als sein Kind angenommen und sie bis zu seinem Tod mehr als alles andere auf der Welt geliebt.

Josie sagte: »Du hast mir auch erzählt, dass Eli eine andere Freundin hatte, nachdem Lila gegangen war. Die war das, oder?«

Lisette nickte. »Sawyers Mutter. Ihr Name war Deirdre Hayes. Sie hatten sich erst ein paarmal getroffen, aber sie mochten einander wirklich gern. Als Lila mit dir nach Denton zurückkam und Eli erzählte, du seist seine Tochter, hat er sich von ihr getrennt. Er wollte dich. Er war so glücklich, dein Vater zu sein. Er wollte sich bemühen, dass es mit Lila funktionierte. Dir eine echte Familie geben. Er wusste damals nicht, dass das unmöglich sein würde.«

»Sawyers Mutter – warum hat sie es denn nie jemandem erzählt? Hat sie es Dad überhaupt gesagt?«

»Seine Mutter ist letztes Jahr verstorben. An Krebs. Ehe sie starb, hat sie Sawyer die Wahrheit über seinen Vater erzählt. Sein ganzes Leben lang hat er geglaubt, sein Dad wäre tot – was ja irgendwie auch gestimmt hat. Ihr zwei seid ungefähr gleich alt, also war auch Sawyer ungefähr sechs Jahre, als Eli gestorben ist. Sie wollte, dass er die Wahrheit erfuhr, ehe sie starb. Sie war damals zu Eli gegangen und wollte ihm erzählen, dass sie schwanger ist, aber sie hat nicht ihn, sondern Lila angetroffen.«

»Und Lila hat ihr gedroht, oder?«, ergänzte Josie. »Weil Lila sich von niemandem daran hindern ließ, zu bekommen, was sie wollte, und damals wollte sie Eli.«

»Ja«, sagte Lisette und stieß seufzend die Luft aus. »Offensichtlich reichte das aus, dass Deirdre Eli nie mehr kontaktierte. Und dann gab es ihn nicht mehr.«

»Und sie wollte sich auf keinen Fall mit Lila anlegen«, meinte Josie.

»Ja.«

Josie vergrub das Gesicht in ihren Händen. »Mein Gott.«

Ein paar Augenblicke später legte Lisette den Arm um Josies Schultern und zog sie an sich. »Das ändert aber nichts zwischen uns, verstehst du, Josie? Du bist und bleibst meine Enkelin. Für immer. Es ist nur so, dass Sawyer – nun ja, er hat sein ganzes Leben lang die Wahrheit nicht gekannt, und ich bin die Letzte von seinen Verwandten väterlicherseits.«

Josie stand auf, noch immer mit wackeligen Knien. »Grandma«, sagte sie. »Du weißt, dass ich mich nie zwischen dich und Sawyer stellen würde. Wenn das alles stimmt und er ist tatsächlich dein Enkel, dann werde ich natürlich ... es ist in Ordnung. Ich ...«

Sie war unfähig, den Satz zu beenden.

»Josie«, sagte Lisette und streckte die Hand nach ihr aus.

Josie wich zurück. Sie wäre beinahe wieder in Tränen ausgebrochen und fragte sich erneut, was da gerade mit ihr geschah. Ihre Hände hoben sich wie von selbst zu einer abwehrenden Geste. »Ich brauch ... Ich brauch einfach Zeit«, sagte sie zu Lisette. »Zeit, um ...«

Ja, wofür eigentlich, fragte sie sich selbst. Was hatte das zu bedeuten? Sie war keine Blutsverwandte von Lisette. Sie hatten zusammen so viel durchgemacht, und es waren immer sie beide gegen den Rest der Welt gewesen. Eine gewisse Zeit über war auch Ray ein Teil ihrer kleinen Gruppe, aber die meiste Zeit waren es nur sie und Lisette. Jetzt gab es da noch jemanden. Einen Fremden, der mehr Recht auf Lisettes Zuneigung hatte als sie selbst.

Sie konnte nicht mehr atmen. Es kostete sie unendlich viel Kraft, ihren Körper in Bewegung zu setzen. Sie ging zu Lisette und gab ihr einen Kuss auf die Wange. »Wir reden bald«, presste sie mühsam hervor. »Ich muss arbeiten.«

Ehe ihre Großmutter protestieren konnte, verließ sie das Zimmer, aus dem ihr der Duft von Blumen hinterherwehte.

NEUNUNDDREISSIG

Im Auto wartete Gretchen, offensichtlich mit ihrem Handy beschäftigt. Josie schaffte nur den halben Weg zu ihr, ehe sie sich vornüber krümmte, mit brennenden Lungen, im Hals einen so riesigen Kloß, dass sie glaubte, daran zu ersticken. Ein paar Sekunden später hörte sie das Schlagen einer Autotür und dann war Gretchen an ihrer Seite und beugte sich über sie. »Boss?«

Josie hob eine Hand, um Gretchen zu signalisieren, dass sie einen Moment Ruhe brauchte.

Aber sie bekam noch immer keine Luft. Sie fühlte Gretchens Hand hinten in ihrem Nacken. Langsam richtete sie sich auf. Die flache Hand zwischen Josies Schulterblätter gelegt, dirigierte Gretchen sie in Richtung Auto. Sie zog die Autoschlüssel aus Josies Jackentasche und half Josie auf den Beifahrersitz. Dann ging sie ums Auto herum und setzte sich hinters Steuer. Als sie das Auto anließ, sagte sie: »Ich werde nichts fragen. Ich muss nichts wissen, außer du möchtest es mir sagen.«

Josie brachte ein »Danke« heraus.

»Ich werde aber jetzt sprechen«, sagte Gretchen.

Josie nickte.

Gretchen fuhr los und suchte sich einen Weg durch die Straßen von Denton, die nicht überflutet waren, während sie Josie auf den neuesten Stand brachte: »Die Kollegen aus der Stadt in Georgia, wo Floyd Urban lebt, haben auf dem Revier angerufen, während wir weg waren, und eine Nachricht für uns hinterlassen. Ich hab gerade vorhin noch mit ihnen telefoniert. Soweit sie herausfinden konnten, entspricht die Geschichte von Floyd Urban wohl der Wahrheit. Sie haben mehrere Leute aus seinem Umfeld befragt. Niemand von ihnen wusste überhaupt, dass er eine Schwester hat. Niemand von den Nachbarn kann sich erinnern, sie jemals dort gesehen zu haben, und ein Nachbar hat dort schon gewohnt, als Floyd das Haus gekauft hat.«

»Floyd hat also die Wahrheit gesagt«, sagte Josie. »Und Vera hat gelogen, als sie sagte, sie würde die Zeit der Schwangerschaft, in der sie liegen musste, bei ihm verbringen.«

»Sieht so aus. Hör mal, es ist schon sehr spät. Ich fahre zum Revier und steige dort mit Poppy in mein Auto um. Ich denke, du solltest heimfahren. Was essen, schlafen. Morgen treffen wir uns wieder auf dem Revier und überprüfen, welche Autowerkstätten schon vor dreißig Jahren und davor existiert haben. Es ist eine eher dürftige Spur, aber wir können versuchen, Veras Freund ausfindig zu machen, und rausbekommen, ob er irgendetwas weiß, das uns zu Veras Mörder – oder Mördern – führen könnte.«

Josie nickte.

»Fühlst du dich in der Lage, heimzufahren, oder soll ich Noah anrufen?«

Josie schüttelte den Kopf. »Nein, bitte nicht. Ich schaff das schon.«

Als Josie das Haus betrat, konnte sie sich nicht mehr an die Fahrt nach Hause erinnern. Zwei Hunde kamen ihr entgegengelaufen, die sofort an ihr hochsprangen, und in ihrem

Schlepptau ein sehr aufgekratzter kleiner Junge. »JoJo«, rief Harris und schlang die Arme um ihre Beine. Sie nahm ihn hoch und versenkte ihre Nase in seinem blonden Haar, während er drauflosplapperte und ihr alles erzählte, was er an diesem Tag gesehen und getan hatte: wie die Hunde um einen Tennisball gestritten hatten, was in der neuesten Folge von *Paw Patrol* passiert war, dass er und Misty Selbstgebackenes zur mobilen Einsatzstelle gebracht hatten und dass Misty ihm keine Kekse zum Frühstück erlaubt hatte. Die Liste ging endlos weiter und wie immer zauberten seine Unschuld und seine ungebremste Begeisterung ein Lächeln auf Josies Gesicht. Josie ging mit ihm auf dem Arm in die Küche, wo Misty gerade das Abendessen zubereitete. Sie jonglierte mit Töpfen und Pfannen, von denen Josie nicht einmal wusste, dass sie sie besaß.

Sie lächelte Josie von ihrem Platz am Herd aus zu. »Harris«, sagte sie, »gib Josie doch ein paar Minuten, um erst mal richtig anzukommen.«

»Wo muss sie denn ankommen?«, fragte Harris.

Josie lachte. »Alles gut«, meinte sie und setzte sich an den Küchentisch, mit Harris auf dem Schoß, der munter weiterplapperte.

Als es ihm zu langweilig wurde, Josie jedes kleinste Detail von seinem Tag zu berichten, rutschte er von ihrem Schoß herunter und lief Trout und Pepper hinterher. Misty sagte: »Noah hat mich angerufen.«

Josie zog ihr Handy heraus und entsperrte es. Da waren fünf versäumte Anrufe von Noah.

»Lisette hatte ihn angerufen«, erklärte Misty. »Er kann nicht aus dem Revier weg und konnte dich nicht erreichen.«

Josie massierte sich die Schläfen. »Was ist hier los? Habt ihr so eine Art geheimes Netzwerk? Wer ist denn noch alles darüber informiert worden, dass meine Großmutter einen lange verlorenen Enkel hat und jetzt befürchtet, dass ich völlig austicke?«

Misty runzelte die Stirn. »Wäre nicht das erste Mal. Und du hast ja auch eine ganze Menge zu verdauen.«

Sie schaltete alle Herdplatten aus, setzte sich Josie gegenüber an den Tisch und konzentrierte sich ganz auf sie. Ihre blauen Augen musterten Josie so eindringlich, dass diese das Gefühl hatte, sie wäre der einzige Mensch auf Erden. Sie fühlte sich unwohl und rechnete mit einem Trommelfeuer mitleidiger Fragen, das aber ausblieb. Misty fragte nur: »Hast du diesen Mann überprüft?«

Josie unterdrückte den Impuls, um den Tisch herumzugehen und Misty zu umarmen. »Noch nicht.«

»Meinst du nicht, wir sollten wenigstens das mal erledigen?«

Josie musste lachen. »Du kennst mich sehr gut.«

»Ich hol den Laptop.«

Josie schluckte noch ein paar Ibuprofen und verbrachte die nächste Stunde damit, im Internet und in jeder verfügbaren Datenbank nach Deirdre und Sawyer Hayes zu suchen. Alles bewahrheitete sich. Es gab eine Todesanzeige für Deirdre Hayes aus dem Vorjahr. Soweit Josie herausfinden konnte, war sie kurz nach Sawyers Geburt mit ihm aus Denton weggezogen. Josie fragte sich, was genau Lila zu ihr gesagt haben mochte, dass sie ihr nicht nur aus dem Weg ging, sondern sogar das Gefühl hatte, die Stadt verlassen zu müssen. Sie hatten lange in Williamsport gelebt. Sawyer war auf die Pennsylvania State University gegangen und hatte dann ein paarmal den Wohnort innerhalb des Bundesstaats gewechselt, ehe er sich vor ein paar Jahren in der Nähe von Denton niederließ und anfing, als Notfallsanitäter in der nahegelegenen Dalrymple Township zu arbeiten.

»Da ist nichts zu finden«, erklärte Josie, als Misty einen Teller, vollgehäuft mit Steak und gedünstetem Gemüse, vor sie hinstellte.

»Du meinst, nichts Verdächtiges?«

»Richtig.« Josie hörte das eilige Klickklack von Hundepfoten auf den Fliesen im Eingang. Eine Sekunde später krähte Harris begeistert: »Noah!«

Noah begrüßte Harris und die Hunde ausgiebig und kam ein paar Minuten später in die Küche. Er sah sich um und steuerte direkt auf den Herd zu, um sich einen Teller mit Essen herzurichten. »Misty«, sagte er. »Josie und ich haben uns unterhalten und sind der Meinung, dass du ganz bei uns einziehen solltest.«

Misty lachte. »Sooo gut sind meine Kochkünste nun auch wieder nicht. Aber danke!«

Mit vollem Mund sagte Josie: »Glaub mir, du bist die beste Köchin weit und breit.«

Noah setzte sich mit seinem Teller an den Tisch und machte sich über sein Essen her. »Vielleicht liegt es einfach nur daran, dass Josie so fürchterlich kocht.«

»Ich sollte jetzt eigentlich sauer sein, aber wo er recht hat, hat er recht. Und nebenbei gesagt kocht er auch nur äußerst mittelmäßig.«

Noah lachte in sich hinein. »Deswegen sollte ich jetzt sauer sein, aber sie hat recht.«

Sie aßen schweigend. Als Misty Harris holen ging, legte Noah seine Gabel weg und sah Josie an. »Sollten wir nicht darüber reden?«

Josie antwortete nicht.

»Josie«, sagte er und verzichtete darauf, die Fragen zu stellen, die ihm auf der Zunge lagen. Wenn er sie fragte, ob alles in Ordnung war, würde sie behaupten, dass es ihr gut ginge, das wusste er genau. Es ging ihr angeblich immer gut. Aber er würde es nicht auf sich beruhen lassen. Nicht, bis sie von sich aus etwas sagte. Er ließ sie niemals mit einem Problem alleine. Manchmal nervte sie das ungemein, aber sie verstand, was er ihr mitteilen wollte, nämlich dass er für sie da sein würde, ob sie es wollte oder nicht.

Sie sagte: »Ich bin noch immer etwas geschockt.«

»Kann ich mir vorstellen«, antwortete Noah. »Lisette lässt dir ausrichten, dass das nichts ändert.«

Natürlich tat es das, dachte Josie. *Es ändert alles*, wollte sie Noah entgegenschreien, aber sie hielt sich zurück. Sie wünschte sich sehnlichst, diese Unterhaltung wäre vorüber. Und es gab jetzt nur eine Methode, das zu erreichen. Sie rang sich ein Lächeln ab und sagte: »Ich brauch einfach ein bisschen Zeit, okay?«

Noah lächelte zurück und nickte. »Geht klar.«

In dieser Nacht war es für Josie noch schwieriger, in den Schlaf zu finden, als in der Nacht zuvor.

Ihr Kopf war so voll, dass er zu explodieren drohte. Gedanken zu Lisette und ihrem neuen Enkel Sawyer wirbelten darin herum, genauso wie Fragen zum Fall Urban: Beverly, Vera, der FART-Club, die Bürgermeisterin, Ray. War Vera wirklich eine High-Society-Dealerin gewesen, die verschreibungspflichtige Schmerzmittel an reiche Frauen vertickte? Was hatte die Bürgermeisterin ihr noch verschwiegen? Was hatte Ray mit der ganzen Sache zu tun und wie war Beverly an seine Jacke gekommen? Warum hatte Vera sich all die Jahre versteckt, wenn sie doch genau wusste, wer ihr eigenes Kind ermordet hatte? Wer hatte Vera ermordet? Die gleiche Person, die auch Beverly umgebracht hatte? Hatte das alles mit Drogen zu tun oder war hier noch etwas ganz anderes im Spiel?

Ehe irgendjemand anders im Haus aufwachte, war sie schon angezogen. Sie hinterließ eine Nachricht für Noah und fuhr aufs Revier. Überraschenderweise saß Gretchen an ihrem Schreibtisch im Großraumbüro und tippte etwas am Computer. Als Josie sich in ihren Schreibtischstuhl fallen ließ, schob sie ihr einen Papierbecher mit Kaffee hinüber.

Josie sagte: »Hab ich dir schon gesagt, wie viel mir unsere Freundschaft bedeutet?«

Gretchen kicherte. »Einer der Kollegen, die gestern bei den

Haftzellen Dienst hatten, hat einen Umschlag auf deinen Schreibtisch gelegt.«

Der Umschlag lag auf einem Haufen Akten. Auf der Vorderseite stand Josies Name. Sie drehte ihn um und fuhr mit dem Finger unter die Klappe, um ihn zu öffnen. »Wie war deine erste Nacht mit Poppy?«

Gretchen fuhr sich mit den Fingern durchs Haar. »Sie schläft nachts auch nicht, also werden wir uns wohl gut verstehen.«

Im Umschlag steckte ein zusammengefalteter Zettel aus Druckerpapier, der nach Zigarettenrauch stank. Josie faltete ihn auf. Die Handschrift war ordentlicher als erwartet. Sie las:

JoJo, der Name ist Silas. Mehr hab ich nicht. – Z.

Josie fühlte, wie etwas von ihr abfiel. Eine Art von Anspannung, die sie schon so lange begleitete, dass sie gar nicht mehr wusste, wann sie begonnen hatte. Vielleicht in ihrer Kindheit. Sie hatte keine Ahnung, warum Needle beschlossen hatte, ihr gerade jetzt zu helfen, wenn für ihn absolut nichts dabei herausprang. Dass er es tat, förderte widerstrebende Gefühle bei ihr zutage. Sie schob sie beiseite und zeigte Gretchen den Zettel. Zehn Minuten später hatten sie ein Führerscheinfoto, das Vorstrafenregister und Hintergrunddaten zu einem gewissen Silas Murphy, fünfundfünfzig Jahre alt. Obwohl er auf dem Foto in seinem Führerschein wesentlich älter war, handelte es sich definitiv um denselben Mann wie den, der auf dem Foto, das sie in Beverlys Sachen gefunden hatten, mit Vera sprach.

Sein beruflicher Werdegang zeigte, dass er bei einigen Autowerkstätten in Denton gearbeitet hatte. Außerdem fanden sie heraus, dass er im Jahr 2000 geheiratet hatte. Es gab keine Unterlagen zu einer Scheidung, sodass nicht klar war, wie lange er verheiratet gewesen war oder ob er es noch immer war, aber es handelte sich definitiv um den Freund, nach dem sie gesucht hatten.

Josie forschte noch weiter nach. »Er hat nie legal eine Feuerwaffe erworben.«

»Hätte er auch nicht tun können – bei den Vorstrafen«, kommentierte Gretchen. »Das Insassenverzeichnis zeigt, dass er einige Male wegen Drogenbesitz im Gefängnis war und – jetzt pass gut auf! – dass er ein großes Tattoo auf dem Rücken hat. In der Rubrik Beschreibung steht da: Schädel.«

Adrenalin flutete Josies Körper. »Los, gehen wir zu ihm.«

VIERZIG

Silas Murphys Apartment befand sich in einem sechsstöckigen Gebäude in West Denton. Das Gebiet war überflutet – das Wasser stand etwa zehn Zentimeter hoch in den Straßen, was aber die Häuser der Bewohner noch verschonte. Jetzt, wo der Regen aufgehört hatte, ließen die Einsatzkräfte die Autos wieder zurück in die Gegend. Josie parkte vor Silas' Haus, das schon bessere Tage gesehen hatte. Die Backsteinfassade bröckelte an einigen Stellen, und wo das Mauerwerk unter den Fensterbänken herausgebrochen war, hatten sich Vögel in der Wand Nester gebaut. In der Mitte des Erdgeschosses befand sich eine Doppelglastür. Eine der Scheiben war zerbrochen und mit Holzbrettern und Klebeband notdürftig repariert worden. Im Eingangsbereich hingen zerbeulte Briefkästen aus Metall, auf denen die Nummer des dazugehörigen Apartments stand. Silas' Nummer war 612, was bedeutete, dass er im sechsten Stock wohnte.

Gretchen sah sich suchend um. »Es gibt keinen Lift.«

Josie schüttelte den Kopf. »Passt irgendwie!«

Josie ging voran, sie stapfte die sechs Treppenabschnitte hinauf und versuchte, die Schmerzen in ihrem Bein zu ignorieren. Jetzt kamen ihr die allmorgendlichen Joggingrunden, die sie, Noah und Trout absolvierten, zugute. Obwohl sie eine gute Kondition hatte, spürte sie Schweißtropfen am Haaransatz. Die stickige Luft im Treppenhaus war heiß und roch süßlich. Als sie im sechsten Stock ankamen, rann Gretchen der Schweiß die Schläfen hinunter. Im Außenkorridor vor den Wohnungstüren war es mindestens fünf Grad kühler. Josie und Gretchen blieben einen Augenblick stehen, um zu verschnaufen, bevor sie sich auf die Suche nach Apartment 612 machten.

Josie klopfte an die Tür. Da keiner aufmachte, warteten sie noch ein paar Minuten, dann klopften sie erneut. Als sie die Tür zum Treppenhaus hinter sich quietschen hörten, drehten sie sich um. Silas Murphy stand vor ihnen in einem schwarzen T-Shirt und Jeans, er hielt eine weiße Plastiktüte vom Takeaway in der einen und einen Schlüsselbund in der anderen Hand.

»Silas Murphy?«, fragte Gretchen.

Der Mann ließ die Plastiktüte und den Schlüsselbund fallen und stürmte durch die Tür zurück ins Treppenhaus. Josie schob Gretchen zur Seite und rannte ihm hinterher. Sie war schneller und hatte eine bessere Kondition, obwohl die Wundnaht an ihrem Oberschenkel beim Laufen höllisch schmerzte. Als sie ins Treppenhaus kam, hörte sie seine Schritte poltern, immer weiter und weiter nach unten. Josie hastete ihm nach und sprang jeweils so viele Treppenstufen zum Absatz hinunter, wie es ihr sicher erschien.

Als sie unten den Eingangsbereich erreichte, sah sie, wie vor ihr die Doppeltür zuschlug. Sie holte ihn also allmählich ein, und als sie nach draußen stürmte, sah sie ihn über die Straße rennen. Seine Schritte ließen das Wasser hochspritzen. Er verschwand in einem schmalen Durchgang zwischen zwei Gebäuden – das eine war abbruchreif und das andere ein Ebenbild von Silas' heruntergekommenem Mietshaus.

Josie sprintete ihm hinterher, rannte den schmalen Durchgang entlang und konnte gerade noch einen Blick auf sein T-Shirt erhaschen, bevor er nach links abbog, hinter das abbruchreife Haus. Josie gelangte in einen kleinen Hof, der auf zwei Seiten von hohen Betonwänden flankiert war. Ein Müllcontainer lag umgekippt in einer kniehohen Lache aus schlammigem Wasser, in der sich das zurückgehende Hochwasser gesammelt hatte, ohne einen Ablauf zu finden. Silas rannte über den Hof auf den Container zu und sprang mit einem Satz darauf. Josie war sich bewusst, dass er gleich die Betonwand erklimmen würde.

»Halt, stehen bleiben«, schrie sie. »Polizei!«

Seine Sneaker glitten auf der glatten Oberfläche des Müllcontainers aus und er fiel auf alle viere. Sofort rappelte er sich hoch, streckte die Hand nach oben und versuchte, den Abschluss der Mauer zu erreichen, aber sie war zu hoch.

»Halt«, rief Josie noch einmal. »Nicht bewegen! Polizei!«

Er sprang hoch und versuchte wieder, den Mauerrand zu erreichen, als Josie durch das schlammige, eklige und mit schillernden Ölschlieren bedeckte Wasser auf ihn zu watete. Jetzt war keine Zeit, sich Gedanken zu machen, dass das verseuchte Wasser durch ihre Jeans bis auf die Haut und an ihre frische Wundnaht drang. Sie sprang auf den Container, packte Silas und stieß ihn heftig von hinten um, sodass er nach Luft ringen musste. Er stürzte nach vorn und sie fixierte ihn, drehte ihn auf den Bauch und fesselte seine Handgelenke mit Kabelbindern.

»Gehen Sie von mir runter«, keuchte er, als er wieder zu Atem kam. »Ich hab nichts gemacht!«

Gretchen hatte sie inzwischen eingeholt, sie schnaufte schwer und war blass. Josie sprang vom Müllcontainer, zerrte Silas ebenfalls herunter und schubste ihn dann vor sich her durch das Schmutzwasser zu Gretchen hin, die an der Hauswand lehnte. Auf einmal blieb er stehen und drehte sich zu ihr um. Seine dunklen Augen blitzten vor Wut. »Sind Sie verrückt?

Ich hab überhaupt nix gemacht. Nehmen Sie mir sofort diese Scheißdinger ab.«

»Und warum sind Sie weggerannt, wenn Sie nichts getan haben?«, fragte Gretchen.

Silas stand im Hofdurchgang und sah die beiden an. »Ich trau euch Cops nicht, deshalb.«

Josie seufzte auf. »Ich hab Ihr Vorstrafenregister gesehen, Mr Murphy. Sie sollten eigentlich wissen, dass Sie am schnellsten mit den Cops in Schwierigkeiten geraten, wenn Sie vor ihnen weglaufen. Ich glaube Ihnen nicht wirklich, wenn Sie mir sagen, dass Sie nichts getan haben.«

Mit unterdrückter Stimme stieß er eine Reihe von Flüchen aus. Dann fragte er: »Und jetzt wollen Sie mich verhaften, oder was?«

Gretchen belehrte ihn: »Das hängt davon ab, ob Sie unsere Fragen beantworten oder nicht.«

»Hängt davon ab, was das für Fragen sind«, höhnte er.

»Wir müssen mit Ihnen über Vera Urban sprechen«, erklärte Josie.

»Mein Gott! Wegen so einem Quatsch? Okay, okay. Ja, ich hab das über ihre Tochter in den Nachrichten gesehen. Aber Vera hab ich seit zwanzig Jahren nicht mehr getroffen, verdammt noch mal. Sie hat mich damals Tag für Tag wegen allem Möglichen genervt, hat mir 'ne Menge Geld geschuldet, und dann ist sie eines Tages ohne ein Wort aus der Stadt abgehauen.«

»Haben Sie nach ihr gesucht?«, fragte Gretchen.

»Klar«, murrte er. »Hab sie aber nie gefunden.«

»Sie haben gesagt, sie hätte Ihnen Geld geschuldet«, sagte Josie. »Wofür war das?«

Seine Miene änderte sich, als er seinen Fehler bemerkte. An der Art, wie sein Blick gen Himmel wanderte, hätte Josie darauf wetten können, dass er versuchte, sich eine gute Lüge einfallen zu lassen. »Sie müssen sich nichts ausdenken«, beruhigte ihn Josie. »Wir haben Sie jetzt nicht wegen Ihrer Dealerei festgenommen.«

»Ich bin kein Dealer.«

Josie wusste, dass er log, aber im Moment spielte das keine Rolle. Sie brauchten Informationen über die Vergangenheit von ihm. »Silas«, sagte sie. »Das interessiert uns hier nicht. Wir müssen unbedingt alles über Vera Urban wissen.«

Gretchen fragte dazwischen: »Wo waren Sie vor zwei Tagen frühmorgens?«

Er sah sie nervös an. »Was?«

»Vor zwei Tagen, früh am Morgen«, wiederholte Gretchen. »Etwa um sieben Uhr. Wo waren Sie da?«

»Warum?«

»Warum meinen Sie wohl?«, fragte Josie.

»Verdammt, ich weiß nicht, was da passiert sein soll oder was Sie mir anhängen wollen, aber ich war zu Hause und hab geschlafen.«

»Kann das jemand bezeugen?«, wollte Josie wissen.

»Shit«, fluchte er. »Mein Hund, okay? Der kann das bezeugen. Warum fragen Sie mich dieses Zeug?«

»Erzählen Sie uns noch mal, wann Sie Vera Urban das letzte Mal gesehen haben«, ging Gretchen dazwischen.

»Keine Ahnung. Vielleicht vor zwanzig Jahren, so um den Dreh rum. Es war – es war in dem Jahr, in dem die Jays die Pennsylvania State Championship gewonnen haben.«

Josie und Gretchen tauschten Blicke aus und Josie fragte: »Sie meinen die Denton East Blue Jays?«

»Natürlich«, sagte Silas. »Jeder in der Stadt hat da zugeschaut. Erinnern Sie sich nicht daran?«

Gretchen schüttelte den Kopf. »Ich bin nicht von hier.«

Silas schüttelte ungläubig den Kopf. »Also das war eine Riesensache. Wir haben ja schließlich kein Profiteam. Die Leute hier waren ganz aus dem Häuschen. Jedenfalls war es ziemlich genau damals, dass ich sie das letzte Mal gesehen hab.«

»Wie lange haben Sie Vera gekannt?«, wollte Josie wissen.

»Keine Ahnung. Praktisch mein ganzes Leben lang. Wir sind zusammen in der Schule gewesen. Sie war ein paar Klassen über mir, aber wir kannten uns ... eben so, vom Sehen.«

Josie blickte ihn forschend an. »Silas, bevor wir hergekommen sind, haben wir uns Ihr Vorstrafenregister angeschaut. Wir wissen, dass Sie Ihr ganzes Leben lang immer wieder wegen Drogendelikten einsaßen. Deshalb frage ich Sie noch einmal – und wir haben kein Interesse dran, sie dafür jetzt festzunehmen – haben Sie Vera Urban mit Drogen versorgt?«

»Sie können mich gar nicht verhaften«, sagte er. »Wenn ich Ihnen was sage, dann ist das sozusagen eine vertrauliche Information.«

»Wir sind keine Journalisten, Silas«, erklärte ihm Gretchen. »Aber wie Detective Quinn schon sagte, sind wir nicht an irgendwelchen Drogendelikten interessiert, die Sie vielleicht vor Jahrzehnten begangen haben. Wir wollen einfach nur ein paar Informationen von Ihnen.«

»Okay«, antwortete er. »Vielleicht hab ich Vera damals ein paar Drogen besorgt.« Er stellte sich direkt vor sie hin und schüttelte seine gefesselten Hände. »Nehmen Sie mir wenigstens diese Dinger ab.«

Josie ignorierte seine Bitte und fragte: »Was für Drogen waren das?«

»Pillen«, sagte er. »Mehr wollte sie gar nicht. Die waren nicht mal für sie selber, nur damit Sie's wissen. Vera hat nichts genommen. Ich meine, zumindest damals nicht.«

»Für wen waren die Pillen dann?«, fragte Gretchen.

»Sie hat ja in diesem Friseurladen gearbeitet, das wissen Sie doch, oder? Dort hatte sie diese ganzen reichen Tussis als Kundinnen. Die haben die Pillen geschluckt wie Smarties. Vera war richtig dicke mit denen. Ich glaube, sie war stolz darauf, zu dieser kleinen, feinen Clique zu gehören. Also hab ich ihr manchmal ein bisschen ausgeholfen.«

»Mehr war da nicht?«, bohrte Josie nach.

Sie ließ die darauffolgende unbehagliche Stille ein wenig wirken, bis Silas nervös wurde und mit einem Fuß gegen den geborstenen Asphalt kickte. »Also gut, okay«, knurrte er schließlich. »Eine von den Tussis mochte auch Gras und eine andere war mit der Zeit ganz scharf auf Kokain – und ich meine *richtig* scharf. Die hätte alles dafür getan, um Nachschub zu kriegen.«

»Und woher wissen Sie das alles? War es denn nicht Vera, die die Frauen mit Drogen versorgt hat?«

Er riss erschrocken die Augen auf, als er merkte, dass er sich schon wieder verplappert hatte. »Shit«, wiederholte er.

»Sie haben diese Frauen also getroffen?«, fragte Gretchen. »Veras Kundinnen?«

»Hören Sie«, sagte er. »Ich hab nichts Unrechtes getan. Diese Frauen, das müssen Sie verstehen, die waren gelangweilt. Gelangweilte, reiche Tussis.«

»Vera hat Sie also zu diesen Partys eingeladen?«, wollte Josie wissen.

»Zuerst nicht, aber eines Nachts haben sie eine wilde Party gefeiert, und da brauchten sie mehr Stoff, also hat mich Vera angerufen. Ich bin zu einer dieser Bonzenvillen gefahren, und dann wollten sie mich nicht mehr gehen lassen.«

»Sie wollten Sie nicht mehr gehen lassen?«, echote Gretchen.

»Die haben sich alle auf mich gestürzt. Ihre Männer waren reiche Arschlöcher, auf Geschäftsreisen oder beim Golfspielen oder mit Sachen beschäftigt, die reiche Arschlöcher eben so tun. Alles, was damals geschehen ist – sie haben es so gewollt. Sie haben drum gebettelt.«

»Dann war also alles einvernehmlich?«, fragte Josie nach.

»Ja, einvernehmlich.«

»Was genau war einvernehmlich, Silas?«, fragte Gretchen.

»Ach, kommen Sie schon! Muss ich das wirklich offen aussprechen? Sie wissen doch, was ich meine. Der Sex, okay?«

»Sie hatten also eine Affäre mit einer von ihnen?«, fragte Josie.

Er lachte. »Eine Affäre? Nein. So konnte man das nicht nennen. Die wollten einfach einen Toyboy.«

»Die?«, fragte Josie nach. »Wie viele Frauen waren das denn, Silas? Haben Sie mit allen geschlafen?«

»So ziemlich.«

Josie hakte sofort ein: »Sie hatten also sexuelle Beziehungen mit ›so ziemlich allen von ihnen‹?«

»Ein paar von ihnen haben mit mir geflirtet, aber als es dann ... zur Sache ging, da haben sie gekniffen.«

»Erinnern Sie sich an die Namen der Frauen, mit denen Sie tatsächlich Verkehr hatten?«, fragte Gretchen.

»Das ist so wahnsinnig lang her!«

»Und was war mit Vera?«, wollte Josie wissen. »Hatten Sie jemals Sex mit ihr?«

»Das war ein Riesenfehler«, brummte er. »Aber ich hätte es wissen müssen. Vera war schon immer in mich verschossen, okay. Wir waren ein paarmal zusammen, aber dann hab ich mich von ihr trennen müssen. Sie hat total geklammert und war eifersüchtig. Da konnte ich nur noch das Weite suchen. Sie wollte eine richtige Beziehung und all den Scheiß. Wollte heiraten. Für so was war ich nicht zu haben.«

»Aber irgendwann später haben Sie ja doch geheiratet, nicht wahr?«, fragte Gretchen. »Im Jahr 2000?«

Er verdrehte die Augen. »Das war ein Fehler, okay? Hat ein paar Jahre gehalten und dann hab ich die Tussi abserviert.«

»Sie haben sich scheiden lassen?«

»Ja, darum hat sie sich gekümmert. Musste nur ein paar Papiere unterschreiben.«

Josie sagte: »Nach unseren Informationen gab es vier Frauen, die regelmäßig bei diesen Partys von Vera und ihren wohlhabenden Freundinnen waren. Erinnern Sie sich an deren Namen?«

»Hab ich doch schon gesagt, ich erinnere mich an keine Namen. Das ist ja schon so was wie … dreißig Jahre her.«

»Aber Sie erinnern sich daran, dass es vier Frauen waren?«, hakte Gretchen nach.

»Ja. Vier.«

»Und von diesen vier haben Sie mit wie vielen geschlafen? Mit zwei?«, fragte Josie.

»Ich glaube, ja. Ich meine, nicht zur gleichen Zeit. Die wussten nichts voneinander. Glaub ich nicht. Außer wenn sie hinter meinem Rücken über mich geredet haben.«

War es das, was Bürgermeisterin Charleston vor ihnen verbergen wollte, fragte sich Josie. Ein dreißig Jahre zurückliegendes Schäferstündchen mit einem örtlichen Drogendealer, obwohl sie bereits verheiratet war? »Sie wissen, dass eine dieser Frauen später Bürgermeisterin von Denton wurde?«, fragte Josie.

»Ich glaub, dass die dabei war, ja«, erwiderte er.

»Haben Sie mir ihr geschlafen?«

Seine Wangen liefen rot an. »Über so was will ich nicht sprechen«, erklärte er den beiden. »Tatsächlich kann ich mich nicht mal mehr daran erinnern. In dieser einen Nacht ging es schwer zur Sache, aber ich erinnere mich nicht daran, was genau passierte. Ich war bei solchen Gelegenheiten meist ziemlich betrunken.«

Josie bemerkte: »Haben Sie jemals versucht, diese Information auf irgendeine Weise gegen die Bürgermeisterin zu verwenden?«

Er sah sie mit gerunzelter Stirn an. »Inwiefern? So was wie Erpressung? Es ist ja nicht mal so, dass ich Beweise dafür hab. Bin mir ja noch nicht mal sicher, was damals genau passiert ist. Das wär dann mein Wort gegen ihres, und sie ist die Bürgermeisterin.«

Aber Josie wusste, dass Tara Charleston mit solchen

Dingen anders umging. Sie hätte ein Problem wie das mit Silas Murphy auf ihre ganze eigene Art und Weise gelöst.

»Ist sie nie zu Ihnen gekommen und hat Ihnen Hilfe angeboten, im Austausch dafür, dass Sie so tun, als wären Sie ihr niemals begegnet? Hätten niemals mit ihr Partys gefeiert? Und vor allem ganz bestimmt nichts mit ihr gehabt?«

Silas blieb stumm.

Josie sah Gretchen an. »Hast du ganz zufällig sein Vorstrafenregister auf deinem Handy?«

»Aber klar doch, Boss«, bestätigte Gretchen. Es dauerte einen Moment, bis sie die Seite aufgerufen hatte. Silas starrte die beiden entgeistert an. Einen Augenblick lang schossen Josie wieder einmal Gedanken an Lisette und Sawyer Hayes durch den Kopf, aber sie schob sie energisch beiseite. Schließlich reichte ihr Gretchen das Handy.

Josie scrollte die Liste hinunter. »Silas, hier sind auch eine Menge Klagen aufgelistet, die nicht weiter verfolgt wurden.«

»Die Klagen wurden fallen gelassen, na und?«, gab er zurück.

»Nicht fallen gelassen«, korrigierte ihn Josie. »Sie wurden durch den Staatsanwalt strafrechtlich nicht weiter verfolgt. Das bedeutet aber nicht, dass die Klagen fallen gelassen wurden. Sie könnten noch immer deswegen verurteilt werden.«

»Wie bitte, was? Nein, nein. Sie wurden fallen gelassen. So hat sie es mir gesagt: Sie würden fallen gelassen. Wären also einfach weg.«

»Sie?«, fragte Josie und reichte Gretchen das Handy zurück. »Also hat Ihnen die Bürgermeisterin doch geholfen?«

»Ach, kommen Sie schon«, murrte Silas und stöhnte entnervt auf. »Warum tun Sie mir das an? Ja, und? Die Bürgermeisterin hat hin und wieder beim Staatsanwalt ein gutes Wort für mich eingelegt. Ich hab eingewilligt, zu vergessen, dass je etwas zwischen uns gewesen ist, und dass ich es niemals erwähnen würde. Warum ist das denn auf einmal so wichtig für Sie? Es war ja nicht so, als hätten wir irgendwas verbrochen, ich, Vera, die Bürgermeisterin, ihre Freundinnen. Wir haben einfach eine gute Zeit miteinander gehabt. Wir waren alle jung – so Anfang zwanzig – und wir haben zusammen Party gemacht und waren high und betrunken. Viele Leute feiern und schlagen mal über die Stränge, wenn sie so jung sind. Manchmal bin ich dann mit einer von ihnen in einem Schlafzimmer gelandet. Ist eben passiert. Keine große Sache.«

»Wie lange ging das so?«, wollte Gretchen wissen.

»Keine Ahnung. So lange, bis am Ende eine von denen in eine Entzugsklinik musste. Danach war ich noch bei ein paar solcher Partys, und das war's dann. Vera hat nicht mehr mitgemacht. Diese Kokain-Lady, die hab ich danach noch länger gesehen. Sie hat dann ihren Stoff nicht mehr über Vera bezogen, sondern kam direkt zu mir. Ging mehrere Jahre so, aber dann ist sie gestorben.«

»Das ist uns bekannt«, sagte Josie. »Sie haben also Drogen für diese ›Partys‹ beschafft, die Ihre Freundin für eine ausgewählte Clique ihrer Friseurkundinnen veranstaltete. Sie waren bei diesen Partys mit dabei und unterhielten schließlich sexuelle Beziehungen mit einigen dieser Frauen. Dann ging eine von ihnen in eine Entzugsklinik und die Partys fanden nicht mehr statt. Sie hielten jedoch Ihre Beziehung mit Vera aufrecht.«

»Hm, ja, wir waren befreundet. Eigentlich hab ich sie, nachdem die Partys nicht mehr stattfanden, kaum noch gesehen. Dann wurde sie schwanger. Und danach hab ich sie fast nie mehr gesehen.«

Josie dachte an das Foto, das Beverly gemacht hatte. »Nie mehr?«

»Jedenfalls lange Zeit nicht, okay? Ihre Tochter war schon größer und scheiße drauf und machte ihr ziemliche Probleme, da kreuzte Vera dann plötzlich wieder bei mir auf. Sie hatte krasse Rückenprobleme und brauchte Stoff, also hab ich ihr geholfen.«

»Sie haben ihr geholfen, indem sie ihr verschreibungspflichtige Schmerzmittel besorgten.«

»Ich hab ihr bei ihren Schmerzen geholfen«, korrigierte er.

»Gab es noch andere Dinge, bei denen Sie ihr geholfen haben?«, wollte Gretchen wissen.

»Bei was zum Beispiel?«

»Sagen Sie es uns«, schlug Josie vor.

»Keine Ahnung. Ich schätze, ich hab sie mit dem Auto rumgefahren und so was. Manchmal bin ich für sie zum Supermarkt oder Zigaretten kaufen gegangen. Solche Sachen eben. Es ging ihr sehr schlecht und ihre Tochter hat gemacht, was sie wollte, und sich rumgetrieben. Vera hatte große Mühe, mit ihr fertig zu werden. Sie lief völlig aus dem Ruder.«

»Beverly«, begann Josie. »Wie gut kannten Sie sie?«

»Nicht sehr gut.« Er bemerkte, dass die beiden ihn forschend anstarrten, und fügte hinzu: »Ich stehe nicht auf kleine Mädchen, also denken Sie an so was erst gar nicht. Sie war voll entwickelt, aber zu jung für mich. Außerdem war sie Veras Tochter, kapiert? So ein Scheiß kommt für mich nicht in Frage.«

»Sind Sie da sicher?«, fragte Gretchen. »Wir haben nämlich Hinweise erhalten, dass Beverly auf sie gestanden hat.«

»Das war nicht mein Problem. Dieses Mädchen war völlig außer Rand und Band. Eigentlich war sie überhaupt nicht an mir persönlich interessiert. Wollte nur Vera damit ärgern und sie provozieren. Ich hab nie irgendwas getan, um sie zu ermutigen.«

»Was wollen Sie damit sagen?«

Er stieß geräuschvoll den Atem aus. »Ich will damit sagen, dass sie mit mir bei jeder Gelegenheit, die sich bot, geflirtet hat, aber nur, wenn Vera dabei war und es mitbekam. Ich habe ihr immer sofort gesagt, dass sie das gefälligst lassen soll. Und ich hab auch versucht, Vera davon zu überzeugen, dass Beverly ihr das alles nur vorspielt, um sie zu ärgern und zu provozieren, aber sie hat mir nicht geglaubt. Dieses Mädchen hat mich keines Blickes gewürdigt, wenn ihre Mom nicht da war. Sie wollte Vera eifersüchtig machen. Aber ich hab da überhaupt nicht mitgespielt. So einen Quatsch hab ich nicht gebraucht, und wie ich Ihnen schon gesagt hab, ich steh nicht auf junge Mädchen, ich bin ja nicht pervers. So was ist nicht richtig.«

»Sie hatten also niemals sexuellen Kontakt mit Beverly Urban?«

»Natürlich nicht! Selbst wenn ich es gewollt hätte – und ich wollte es nicht –, Vera hätte mir einen Arschtritt verpasst.«

»Hat Vera jemals mit Ihnen über Beverlys Vater gesprochen?«, fragte Josie.

»Anfangs gar nicht. Aber dann, kurz bevor sie sich hier vom Acker gemacht hat, versuchte sie mir einzureden, das Kind sei von mir. Verrückt, oder?«

»Und, war sie Ihre Tochter?«, fragte Josie.

Er sah sie verständnislos an. »Natürlich nicht. Vera und ich waren zwar ein paarmal zusammen, aber ich hab ihr nie ein Kind gemacht.«

»Woher wollen Sie das wissen?«, fragte Gretchen nach.

»Weil ich so was weiß, okay? Ich kann zählen.«

»Sie erinnern sich also genau daran, wann Sie das letzte Mal mit Vera Verkehr hatten?«, wunderte sich Josie.

»Nein, das nicht. Ich weiß nur, dass ich es nicht gewesen sein konnte, okay? Ich erinnere mich an keine Daten und so was. Nur daran, dass ich es in dem Zeitraum, den sie mir genannt hat, nicht gewesen sein konnte.«

»Wären Sie bereit zu einem DNA-Test?«

»Tut das weh?«

»Nein, es ist nur ein einfacher Wangenabstrich.«

»Okay, was immer Sie wollen. Ist mir gleich.«

Gretchen zog ihr Notizbuch und einen Stift heraus. Sie

blätterte zu einer leeren Seite und schrieb sich ein paar Stichpunkte auf. »Sehr gut. Wir schicken ein paar Leute von der Spurensicherung zu Ihnen nach Hause, damit die den Test durchführen. Aber versuchen Sie bloß nicht, vor denen wegzulaufen.«

»Heißt das, Sie lassen mich jetzt gehen?«

Gretchen ignorierte seine Frage. »Wissen Sie, ob Beverly mit jemandem zusammen war? Einem Mann?«

»Nein, verdammt. Sehen Sie, ich weiß, Sie tun nur Ihre Arbeit, Sie müssen alle diese Fragen stellen, aber ich kapiere einfach nicht, was Sie von mir wollen. Ich und Vera waren befreundet. Ich hab ihr über die Jahre immer wieder mal Stoff verkauft. In der Zeit, als sie in diesem Friseursalon arbeitete und zu diesen Drogenpartys ging. Danach hab ich sie eine lange Zeit nicht mehr gesehen. Nach ihrer Wirbelsäulen-OP hat sie wieder Kontakt mit mir aufgenommen. Ich hab ihr mit den Schmerzen geholfen, so gut ich konnte. Und das tat ich, weil wir befreundet waren, obwohl sie mir immer wieder Geld schuldig blieb. Dann, eines Tages, war sie verschwunden. Hab sie nie wieder gesehen.«

»Haben Sie irgendeine Ahnung, wohin sie gegangen sein könnte? Gab es jemanden, der ihr vielleicht beim Wegzug geholfen hat? Fällt Ihnen jemand ein, der ihr eventuell auch finanzielle Hilfe angeboten haben könnte?«, fragte Josie.

Silas lachte spöttisch auf. »Finanzielle Hilfe? Vera hat bei jedem Schulden gehabt. In dieser Zeit hatte sie wirklich jede Menge Probleme. Ich dachte immer, sie sei deshalb von hier abgehauen. Dachte, sie hat sich ihre Tochter geschnappt und ist irgendwo untergetaucht.«

»Wissen Sie, ob sie noch andere Freunde hatte?«, fragte Gretchen. »Außer Ihnen?«

Er schüttelte den Kopf. »Nein. Sie hat ganz zurückgezogen gelebt. Das letzte Mal, als ich sie gesehen hab, hieß ihr einziger echter Freund Percocet. Also, lassen Sie mich jetzt endlich gehen, oder was?«

»Kommt ganz drauf an«, sagte Josie. »Wären Sie dazu bereit, uns das Tattoo auf Ihrem Rücken zu zeigen?«

Silas stöhnte entnervt auf. »Habt ihr Tussis sonst noch Wünsche? Vielleicht eine Haarlocke oder so? Scheiße. Also gut. Sie wollen sich mein Prachtstück ansehen? Nur zu.«

Josie drehte ihn um und sie und Gretchen hoben sein T-Shirt an und zogen es bis zu seinem Nacken hoch. »Das ist kein Totenschädel«, stellte Gretchen fest.

»Wieso ist das kein Schädel? Das ist der Schädel von einem Kojoten. Hat zwei Wochen gedauert, diesen Scheiß machen zu lassen.«

Josie leuchtete ein, warum: Der Kojotenschädel bedeckte seinen gesamten oberen Rücken. Silas Murphy war definitiv nicht der verheiratete Mann, nach dem sie suchten.

»Lassen wir ihn laufen«, sagte Josie und fühlte sich wie besiegt.

EINUNDVIERZIG

»Meinst du, er sagt die Wahrheit?«, fragte Gretchen auf der Rückfahrt zum Polizeirevier.

Josie sah nach, ob sich am Bein ihrer Jeans ein Blutfleck gebildet hatte. Die tiefe Wunde an ihrem Oberschenkel brannte. Sie war überzeugt, dass die Naht aufgeplatzt war, aber es drang noch kein Blut durch die Hose. Dennoch könnte das verseuchte Wasser zu einer Infektion der Beinwunde führen. Sie musste die Wunde so bald wie möglich reinigen und neu verbinden. Der Schmerz und ihre Sorge über eine mögliche Entzündung lenkte sie nur kurzfristig von ihren Gedanken zu ihrer Großmutter und Sawyer Hayes ab. Während der Befragung von Silas Murphy hatte sie ihnen eine Weile entkommen können, aber im selben Moment, als sie ins Auto stiegen, kehrten sie mit Macht zurück. »Was hast du gesagt?«, fragte sie nach.

»Silas«, sagte Gretchen. »Meinst du, er sagt die Wahrheit? Darüber, dass er nicht mit Beverly zusammen war und auch Vera die ganzen Jahre über nicht gesehen hat?«

»Ja, ich glaube ihm tatsächlich«, erwiderte Josie. »Er ist leicht zu durchschauen und hat das Pulver gewiss nicht erfunden. Abgesehen von der Tatsache, dass er weggerannt ist, hat er uns seine Geheimnisse geradezu bereitwillig unter die Nase gerieben.«

»Hm«, machte Gretchen. »Nein, er ist wirklich nicht der Hellste.«

Josie musste lachen. »Er wirkt fast harmlos und naiv.«

»Oder er tut nur so harmlos, um uns vorzugaukeln, dass er keinerlei Bedrohung darstellt. Er hat kein Alibi für die Zeit, als Vera getötet wurde.«

»Stimmt«, pflichtete Josie ihr bei. »Aber wir haben keinerlei Indizien, die ihn mit Veras Mord in Zusammenhang bringen. Ich sehe keinen Grund dafür, warum er sie hätte töten sollen.«

»Es sei denn, er hat Beverly getötet und Vera war Zeugin des Mordes und hat all die Jahre deshalb unter dem Radar gelebt. In seiner Polizeiakte steht, dass er einen Meter fünfundachtzig groß ist, also wäre er nach Dr. Feists Schätzung definitiv groß genug dafür gewesen. Natürlich wären noch ballistische Tests nötig, um so etwas zu bestätigen.«

»Ich erkenne aber kein Motiv«, sagte Josie. »Silas ist der Typ Mann, der sich immer nur um seinen nächsten Zahltag oder seinen nächsten Joint oder seinen nächsten Drink kümmert. In diesem Punkt ist er genau wie Needle. Solche Typen denken nicht langfristig. Sie halten sich von den meisten Leuten fern, außer jemand will Drogen von ihnen kaufen. Gewalt ist eigentlich nicht ihr Ding. Das heißt nicht, dass sie nie gewalttätig werden, aber wenn man Silas’ Biografie und unsere Befragung gerade eben bedenkt, dann sehe ich ihn einfach nicht als Mörder von Beverly oder Vera.«

Josie ließ den Blick über den städtischen Parkplatz beim Polizeirevier wandern, als sie darauf einbogen. Er war vollgestellt mit Übertragungswagen von WYEP. Eine Traube von Reportern, viel größer als an dem Tag, als sie Beverlys Leiche geborgen hatten, stand vor dem hinteren Eingang. Den Übertragungswagen gegenüber parkten zwei Streifenwagen mit eingeschalteten Polizeilichtern. Chief Chitwood und Amber standen vor dem ersten Wagen. Der Chief blickte selbstgefällig und triumphierend drein, während Amber einen verängstigten Eindruck machte.

»Na, dann mal los«, sagte Josie, während Gretchen ihr Fahrzeug in die nächste Parklücke quetschte. »Schauen wir, was hier vorgeht.«

Die Reporter nahmen die beiden Detectives gar nicht wahr, als diese auf den Chief zugingen. Uniformierte Polizisten stiegen aus den Streifenwagen und zogen Festgenommene von den Rücksitzen.

»Mein Gott, das glaub ich jetzt nicht«, murmelte Gretchen, als die Bürgermeisterin und ihr Mann in Handschellen von dem ersten Wagen weggeführt wurden. Connie Prather folgte ihnen, ebenfalls in Handschellen. Vom Rücksitz des zweiten Wagens halfen die Polizisten Marisol Dutton und zwei Männern heraus, von denen Josie den einen als Kurt Dutton erkannte. Sie hatte ihn bisher nur auf Wahlkampfplakaten in der Stadt gesehen, aber das Logo von Dutton Enterprises auf seinem dunkelblauen Polohemd ließ keinen Zweifel an seiner Identität. Die Festgenommenen wurden alle in einer Reihe aufgestellt, und der Chief führte sie ins Gebäude. Als die Bürgermeisterin an Amber vorbeikam, zischte sie wütend: »Haben Sie darüber Bescheid gewusst? Wenn ich herausfinde, dass Sie Kenntnis davon hatten und mich nicht informiert haben, dann sind Sie gefeuert.«

»Schweigen Sie, Charleston!«, schnauzte der Chief sie über die Schulter hinweg an. »Sie feuern hier gar niemanden. Sie wollten eine Pressebeauftragte, und jetzt haben wir eine. Watts! Kümmern Sie sich um die Reporter!«

Er ließ Amber vor dem Journalistenpulk stehen, und Josie und Gretchen gelangten unbemerkt an ihr vorbei ins Gebäude, wo der Chief die weiblichen Festgenommenen in eine vergitterte Haftzelle und die männlichen in eine andere geleitete.

Alle außer Connie Prather forderten lautstark nach Handys, wollten Anwälte anrufen und brüllten wütend, dass der Chief nicht das Recht habe, sie festzusetzen.

Chief Chitwood stellte sich vor die beiden Haftzellen und hob die Hände, bis es vollkommen still war. »Ich kenne Ihre verdammten Rechte genau. Sie bekommen alle die Gelegenheit zu einem Telefonat, damit Sie Ihre Anwälte einbestellen können. Aber erst mal warten Sie einfach ab, bis wir Sie hier registriert und erkennungsdienstlich behandelt haben.«

»Ein Skandal ist das!«, schrie Tara Charleston und ihre Stimme sprühte nur so von Gift. »In dieser Stadt sind Sie erledigt, Chitwood.«

»Seien Sie still«, befahl ihr der Chief. »Ihre Meinung interessiert mich nicht.«

Kurt Dutton trat vor und legte seine Hände um die Gitterstäbe. Als er sprach, klang seine Stimme ruhig und vernünftig. »Chief«, sagte er. »Ich verstehe, dass Sie hier ein Zeichen setzen wollen, und das ist Ihnen gelungen. Was können wir tun, um diese Situation hier zu lösen, ohne unsere Anwälte damit zu befassen?«

Doch Tara warf aufgeregt ein: »Kurt, hast du denn nicht die Presse da draußen gesehen? Es ist zu spät dafür, unsere Anwälte außen vor zu lassen. Wir sollten ihn mindestens wegen Verleumdung verklagen.«

Taras Ehemann, der, noch im Chirurgenkittel, auf einer der Bänke in der Männerzelle saß, sagte mit besorgter Stimme: »Tar, hör auf damit, okay? Überlass Kurt diese Sache.«

Der dritte Mann, ein untersetzter Kerl im Anzug mit schütterem blondem Haar trat an die Gitterstäbe und rief laut: »Con? Alles okay bei dir?«

Connie Prather ergriff zum ersten Mal das Wort, seit sie auf dem Revier waren. »Mir geht's gut, Joe«, antwortete sie schmallippig.

Das ist also ihr Mann, dachte Josie. Mr Prather richtete nun seine Aufmerksamkeit auf Chitwood. »Ich warte mit Interesse auf Ihre Antwort, Chief. Was können wir dazu beitragen, diese Sache vernünftig zu beenden?«

Der Chief hob die Augenbrauen. »Seit Tagen streite ich mich nun schon mit euch Leuten herum. Und jetzt sind Sie plötzlich bereit, mit mir zu reden? Jetzt wollen Sie mir endlich mal zuhören?«

Kurt Dutton setzte eine versöhnliche Miene auf. »Hören Sie, Chief, ich entschuldige mich. Vielleicht wurden einige der städtischen Ressourcen zur Hochwasserprävention ... zweckentfremdet.«

Der Chief schnaubte empört.

»Wir entschuldigen uns aufrichtig dafür, dass wir Ihre Arbeit erschwert haben«, fuhr Kurt fort.

Josie mischte sich ein: »Dass Sie sich Ressourcen angeeignet haben, die andernorts gebraucht wurden, hätte in dieser Stadt Menschenleben kosten können.«

Der Chief gebot ihr nicht, zu schweigen. Stattdessen bedachte er die Inhaftierten mit einem strengen Blick unter seinen buschigen Augenbrauen, als warte er darauf, dass einer von ihnen eine Erklärung abgab. Connie Prather trat an das Gitter der Frauenzelle und sagte: »Was wir getan haben, war falsch, okay? Ist es das, was Sie hören wollen?«

»Nein«, entgegnete der Chief. »Was ich hören will, ist, dass Sie jeden einzelnen Gegenstand, den Sie den Einsatzkräften vom Katastrophenschutz weggenommen haben, wieder zurückbringen.«

Taras Ehemann schlug vor: »Gut, dann geben wir die Sachen eben zurück. Was meinst du, Kurt?«

Dutton richtete den Blick auf den Chirurgen und wirkte verlegen, dass dieser seinen Namen explizit genannt hatte. Dann wandte er sich wieder an den Chief und sagte: »Bringen Sie uns nach Quail Hollow zurück, dann können Ihre Leute die Rückgabe aller fraglichen Ressourcen minutiös überwachen. Es wird nicht wieder vorkommen, und wir können die ganze Sache vergessen.«

Der Chief sah ihn einen Augenblick nachdenklich an. Josie stellte sich neben ihn und sagte leise und fast ohne die Lippen zu bewegen, sodass nur der Chief sie hören konnte: »Wir müssen unbedingt mit den Frauen noch über den Fall Urban sprechen.«

»Also gut«, sagte der Chief zu Dutton. »Aber nur die drei Herren. Ein Streifenwagen bringt Sie zurück nach Quail Hollow. Sobald alles zurückgegeben ist, können Sie Ihre Ehefrauen abholen. Ich werde die Einsatzkräfte anweisen, immer wieder mal an der Rückseite Ihrer Siedlung zu patrouillieren, bis das hier vorüber ist, um sicherzustellen, dass Sie dort nicht heimlich irgendwelches Material verstecken.«

Aus beiden Zellen schallte ihm Protest entgegen, aber Chitwood übertönte alle: »Ich bin noch nicht fertig!«, und sofort wurde es still.

»Sie werden auf jeden Fall noch mal vorgeladen.«

Tara protestierte energisch: »Sie machen wohl Witze?«

Prather schickte ein empörtes »Wozu eigentlich?« hinterher.

»Da werde ich mir schon was ausdenken!«, entgegnete der Chief. »Ganz ungeschoren kommen Sie mir nicht davon, haben Sie das verstanden?«

»Das hätten Sie wohl gern«, meinte Tara. »Vergessen Sie's.«

Chitwood zuckte mit den Schultern. »Okay, dann geht es eben ganz nach Ihren Vorstellungen. Wir buchten Sie hier alle ein und Sie können jetzt, eine Person nach der anderen, Ihre Anwälte anrufen.« Er ging davon und Josie und Gretchen folgten ihm. Die anderen Polizisten kehrten zurück an die Arbeit. Einer von ihnen fuhr den Computer hoch. In beiden Zellen erhob sich sofort ein gewaltiger Proteststurm und der Lärm steigerte sich zu einem ohrenbetäubenden Crescendo. Erst jetzt blieb Chitwood stehen und blickte über seine Schulter, ebenso wie Josie. Taras Gesicht war hochrot vor Wut, und Kurt Dutton rief: »Wir zahlen jedes Bußgeld, das Sie für angemessen halten. Bitte sehr. Wir machen es lieber so, wie Sie es vorgeschlagen haben.«

Josie sah an der Art, wie Tara die Lippen zu einem dünnen Strich zusammenpresste, dass sie es kaum ertrug, die Situation nicht selbst unter Kontrolle zu haben, aber sie hielt den Mund. Nach einem deutlich in die Länge gezogenen Moment nickte Chitwood den anderen Polizisten zu und brummte: »Also, dann bringt diese Herren rüber nach Quail Hollow.«

Aus beiden Zellen war ein hörbares Aufseufzen zu vernehmen. Chitwood ging zurück nach oben, und Josie und Gretchen warteten noch, bis die Männer nach draußen zu den Streifenwagen geführt wurden. Man hörte das Zischen der automatischen Türen, gefolgt von den laut gerufenen Fragen der Reporter und dann Stille, als sich die Türen wieder schlossen. Josie warf wieder einen prüfenden Blick auf ihre nassen, schmutzigen Hosen, aber es war kein Blut nach draußen durchgesickert. Dennoch würde sie so bald wie möglich ihre Wunde reinigen müssen. Als sie mit den festgenommenen Frauen allein waren, stellten sich Josie und Gretchen direkt vor deren Zelle. Tara blieb vorne stehen und ihre Hände umklammerten die Gitterstäbe so fest, dass ihre Knöchel weiß hervortraten. Connie und Marisol saßen auf den Bänken hinter ihr. Connie hatte die Arme um ihren Körper geschlungen und wiegte sich leicht vor und zurück, und Marisol hatte eine lässige Haltung eingenommen und blickte gelangweilt drein.

Josie begann: »Wir haben heute mit einem alten Freund von Ihnen gesprochen. Silas Murphy.«

Connies Kopf fuhr hoch, Marisol hingegen ließ den Blick langsam und kein bisschen überrascht zu ihnen herüberwandern. Das Hochrot von Taras Wangen verfärbte sich zu Dunkelrot. Gretchen sagte: »Es ist interessant, dass keine von Ihnen diesen Mann erwähnt hat, als wir über Vera Urban und ihren Drogengebrauch gesprochen haben – oder sagen wir besser: über Ihrer aller Drogengebrauch.«

»Silas Murphy spielte für uns keine Rolle«, fauchte Tara.

»Wirklich nicht?«, fragte Josie nach. »Oder liegt der wahre Grund dafür, dass keine von Ihnen Silas erwähnt hat, vielleicht darin, weil Sie alle Geschlechtsverkehr mit ihm hatten, während Sie schon verheiratet waren?«

Jetzt blickten sie drei weit aufgerissene Augenpaare erschrocken an. Erst nach einer ganzen Weile sagte Tara: »Das ist ja lächerlich.«

Connie wandte sich Marisol zu. »Hast du was mit ihm gehabt, Mar?«

Marisol rümpfte die Nase. »Natürlich nicht. Er war unser Drogendealer. Ich fand es zwar langweilig mit Kurt, aber *so* langweilig auch wieder nicht.«

Connie blickte auf ihre Füße, aber Josie bemerkte trotzdem, dass ihre Unterlippe zitterte, als sie fragte: »Und was ist mit dir, Tara?«

Tara wirbelte herum. »Oh, Connie, um Himmels willen! Was denkst du denn?«

Connie sah zu ihr hoch. »Ich weiß nicht mehr, was ich denken soll. Also sag es mir. Hattest du was mit Silas?«

»Das war Whitney«, erklärte Marisol. »Sie hatte eine Affäre mit ihm. Das ging jahrelang. Bis sie gestorben ist.«

Connie wischte sich eine Träne aus dem Augenwinkel.

Marisol sah sie forschend an und sagte: »Moment mal. Warst *du* etwa mit ihm zusammen, Con?«

Plötzlich starrten sie alle Connie Prather an. »Bitte sagt meinem Mann nichts«, flehte sie. »Es war nur ein paarmal. Ich war jung und naiv. Das war noch vor meinen Kindern und vor der Entzugsklinik. Ich bin mittlerweile eine ganz andere Person – schon seit so langer Zeit. Das damals war alles einfach ein Fehler.«

»Einige Menschen schaffen es, ihre Fehler loszulassen«,

sagte Josie. »Andere verbringen ihr Leben damit, sie geheim zu halten. Würden Sie mir da nicht zustimmen, Tara?«

Mit einem unterdrückten Fluch wandte sich Tara wieder Josie zu: »Ich war nicht mit Silas Murphy zusammen, also versuchen Sie bloß nicht, mir das anzuhängen.«

»Sind Sie sicher, dass Sie nie mit ihm geschlafen haben?«

Mit einem gereizten Seufzer warf Tara die Hände in die Luft. »Nein, habe ich nicht. Fand ich ihn damals attraktiv? Ja, sicher. Das fanden wir alle. Damals war er jung und gutaussehend und so ganz anders als unsere langweiligen alten Ehemänner. Er ist zu unseren Partys gekommen und wir haben ihn wie eine Art Gott behandelt. Kein Wunder, dass er versucht hat, mit jeder von uns zu schlafen. Er hat auch mir Avancen gemacht, stimmt, aber ich hab ihm einen Korb gegeben. Jemandem wie ihm traue ich allerdings durchaus zu, dass er Lügen darüber erzählt. Klar, ich hab diese Partys besucht, hab Pillen eingeworfen und viel getrunken. Aber ich hatte immer Angst, dass er später rumerzählt, er hätte mit mir geschlafen. Ich wusste schließlich, dass er in unserer Clique schon bei allen anderen gelandet war.«

»Hey«, sagte Connie. »Das ist nicht fair.«

Marisol lachte. »Nicht fair? Ich bitte dich. Hör auf, so zu tun, als wärst du irgendwie besser als wir anderen, Connie. Wir waren alle dort. Wie haben es alle ganz furchtbar aufregend gefunden. Wir fanden es toll, wie wir uns bei diesen Partys gefühlt haben, und wir waren wahnsinnig stolz darauf, etwas *richtig Schlimmes* zu tun.« Sie sagte »richtig Schlimmes« in einem gespielt verruchten Ton. »Einige von uns haben es einfach zu weit getrieben.«

»Du meinst mich«, sagte Connie. »Ich habe es zu weit getrieben.«

Marisol zuckte mit den Schultern. »Du, Whitney, Vera.«

Einmal mehr wirkte Connie entsetzt, als sie fragte: »Vera?«

Marisol verdrehte die Augen. »Ach, ich bitte dich, Connie.

Hast du das wirklich nicht gewusst? Ja, Vera. Sie war verknallt in diesen Typen.«

Tara zog die Nase kraus. »Vera hat nie vernünftige Entscheidungen getroffen.«

»Ach, und wir anderen haben das immer getan?«, fragte Marisol mit spöttischem Lachen.

»Na ja, offensichtlich«, erwiderte Tara. »Wir sind noch hier und sie nicht.«

»Wir haben oftmals auch nicht die besten Entscheidungen getroffen«, wandte Marisol ein. »Ich weiß nicht, ob ihr euch dessen bewusst seid, aber wir sind hier im Gefängnis.«

Connie warf empört ein: »Wir sind im Gefängnis wegen deines Mannes!«

Marisol deutete auf Tara. »Es war ihre Scheißidee. Sie ist die Bürgermeisterin!«

Bevor noch ein handfester Streit ausbrach, erhob Josie ihre Stimme, um sich Gehör zu verschaffen. »Vera Urban wurde vor zwei Tagen ermordet. Die Bürgermeisterin weiß es schon, aber die Nachricht wurde noch nicht öffentlich gemacht.«

Auf einen Schlag kehrte vollständige Stille ein, sodass Josie sogar das Ticken der Wanduhr über dem Wachtresen hören konnte. Dann brach ein Tumult an Fragen los. Bevor Josie für Ruhe sorgen konnte, klingelte ihr Handy. Es war Paige Rosetti. Sie sollten sich in einer halben Stunde bei ihr treffen, um in einem neuerlichen Videotelefonat von Lana zu erfahren, ob ihr seit dem letzten Chat noch etwas Hilfreiches eingefallen war.

»Entschuldigen Sie mich«, sagte Josie und ging davon.

ZWEIUNDVIERZIG

Gretchen blieb zurück, um die Fragen der Ehefrauen zu beantworten, während Josie in der Toilette des Polizeireviers mit Hilfe eines Erste-Hilfe-Sets ihre Wunde am Bein säuberte und frisch verband. Dann fuhr sie zu Paige Rosettis Haus. Einige Gebiete der Stadt waren noch immer abgesperrt, weil das Hochwasser nur langsam ablief, und sie musste mehrere Umwege fahren, um dorthin zu gelangen. Da sie allein im Wagen war, drehte sie das Radio auf und versuchte, die Gedanken an Lisette und Sawyer zu verdrängen, die sich wieder in ihrem Kopf zusammenbrauten.

Sie war erleichtert, als sie vor Paiges Haus ankam. Während Paige sie wieder in die Küche führte, wo zwei Becher mit Kaffee warteten, versuchte sie, sich innerlich zu sammeln. Paige reichte Josie einen Becher, behielt den anderen und nahm vor dem aufgeklappten Laptop Platz. Josie setzte sich neben sie und dankte ihr, bevor sie an dem Kaffee nippte. Er war perfekt zubereitet. Die Verkrampfung in ihren Schultern lockerte sich, während sie darauf warteten, dass Lana online ging und auf dem Bildschirm auftauchte. Josie wurde klar, dass sie die behagliche Atmosphäre hier in diesem hellen, luftigen Raum zusammen mit Paige Rosetti sehr genoss.

Ein paar Minuten später blickten beide konzentriert auf Lana, die jetzt auf dem Bildschirm zu sehen war. Nachdem sie und Paige sich liebevoll begrüßt hatten, schwiegen beide Frauen, und Josie merkte, dass sie jetzt an der Reihe war, Fragen zu stellen. Nur dass ihr gerade keine einfielen. Was war nur in letzter Zeit mit ihrem Gehirn los? »Es tut mir leid«, sagte sie. »Lana, ist Ihnen noch etwas anderes zu Beverly eingefallen, was uns weiterhelfen könnte?«

Lana schüttelte den Kopf. »Ich glaube nicht. Ich habe intensiv darüber nachgedacht, aber ich glaube, ich habe keine weiteren Informationen. Ich denke nur, dass Beverly geradezu nach Aufmerksamkeit lechzte, wenn Sie wissen, was ich meine ...«

»Das leuchtet ein«, erwiderte Josie. »Es würde einiges an ihrem Verhalten erklären.«

Lana nickte. »Beverly hatte das Gefühl, dass ihre Mutter sie nicht wirklich bei sich haben wollte. Es begann, als wir in der Mittelstufe waren. Da hat sie zufällig ein Telefongespräch ihrer Mom mitgehört, in dem über sie geredet wurde. Beverly hat nie erfahren, mit wem Vera da gesprochen hat, aber sie sagte solche Dinge wie: ›Das habe ich nicht unterschrieben, dazu hab ich mich nie verpflichtet‹, und: ›Komm sie abholen, denn ich werde nicht mehr mit ihr fertig‹«.

Josie hielt ihren Becher mit beiden Händen fest. »Hat Beverly darüber spekuliert, mit wem Vera da gesprochen haben könnte?«

»Ja«, sagte Lana. Der Bildschirm flackerte einen Moment, dann war sie wieder deutlich zu sehen. »Beverly glaubte, dass Vera mit ihrem Vater gesprochen hatte, aber Vera wollte nie über das Telefongespräch reden oder Beverly irgendetwas über ihren Vater erzählen. Nach diesem Vorfall war Beverly sehr traurig und auch wütend.«

»Und ihr Verhalten wurde noch schlimmer«, folgerte Josie. Sie spürte einen stechenden Schmerz in ihrer Brust. Die arme Beverly war ein junges Mädchen gewesen, das in eine der schwierigsten Phasen des Erwachsenwerdens eintrat – die Pubertät –, als sie zufällig hörte, wie ihre Mutter zu jemandem sagte, sie wolle sie nicht mehr haben. Wie sie diese andere Person bat, herzukommen und sie abzuholen. Aber niemand war je gekommen, um sie zu sich zu nehmen. Ganz gewiss keine Vaterfigur. Stattdessen war sie einen schrecklichen Tod gestorben, war allein unter einem Haus begraben und vergessen worden. Ihre eigene Mutter wusste Bescheid über ihr fürchterliches Ende und hatte es nicht einmal der Polizei gemeldet. Der stechende Schmerz in Josies Brust verhärtete sich und verwandelte sich in Entschlossenheit. Egal, was sie dafür tun musste, sie würde herausfinden, wer Beverly getötet hatte, und sicherstellen, dass er oder sie vor Gericht gestellt wurde.

Paige sagte leise: »Ich glaube, nur wenige Dinge sind schlimmer, als sich ungewollt zu fühlen, besonders wenn man ein Kind ist.«

»Da haben Sie recht«, erwiderte Josie.

Lana ergriff wieder das Wort. »Nach diesem Erlebnis hat Beverly Vera gehasst. Vera hat ihr aber trotzdem nie die Wahrheit gesagt. Beverly hat alles versucht, um Vera zum Reden zu bringen, wer ihr Vater war, aber Vera hat nicht nachgegeben.«

»Hat Beverly je einen Mann namens Silas erwähnt?«, fragte Josie.

»Nein, daran kann ich mich nicht erinnern«, erwiderte Lana. »Oh, das wollte ich Ihnen noch sagen, es ist mir wieder eingefallen, dass Beverly bei einem der letzten Male, als ich mit ihr gesprochen hab, sehr besorgt und verzweifelt über etwas war. Ich hab sie gefragt, was los ist. Sie sagte, Vera hätte alles herausgefunden; sie wisse über alles Bescheid – über das Baby und darüber, wer der Vater war. Sie sagte, Vera werde sie töten. Sie konnte sich nicht erklären, wie Vera herausfinden konnte, wer der Vater ihres Kindes war. Sie meinte, Vera hätte den Kerl nicht mal gekannt. An mehr kann ich mich nicht erinnern. Tut mir leid.«

»Das muss Ihnen nicht leidtun. Sie waren wirklich eine große Hilfe.«

Paige und Lana plauderten noch ein paar Minuten und Josie trank dabei ihren Kaffee aus. Paige brachte sie zur Tür, doch bevor Josie sie öffnen konnte, sagte Paige: »Es tut mir leid, dass wir nicht besser helfen konnten.«

»Kein Problem«, erwiderte Josie. »Ich habe es wirklich sehr genossen, hier bei Ihnen zu sein. Ich hatte ein paar anstrengende Tage, aber Ihre und Lanas Gesellschaft haben mir gutgetan.«

»Sie müssen nicht gehen, wissen Sie«, sagte Paige. »Sie können gerne noch bleiben. Und reden, wenn Sie möchten. Ich bin eine ziemlich gute Zuhörerin.« Lachend deutete sie auf die andere Seite ihres Hauses, wo sich, wie Josie wusste, ihre Praxis befand.

»Oh, ich bin nicht ...«, begann Josie. »Therapie ist nicht so mein Ding.«

»Die Leute, die das sagen, sind oft diejenigen, die am meisten von einer Therapie profitieren könnten«, sagte Paige mit einem warmherzigen Lächeln.

»Ich finde das irgendwie unpassend«, erwiderte Josie. »Ich bin mit Ihrer Tochter auf die Highschool gegangen. Und ich bin hier wegen eines Falls ...«

Paige nickte. »Das stimmt. Aber wir könnten einfach auch so miteinander reden. Ich werde damit anfangen. Manchmal befürchte ich, dass Lana mir nicht glaubt, wenn ich ihr sage, wie stolz ich auf sie bin. Ich mache mir nämlich immer so große Sorgen um ihre Sicherheit und ihre Gesundheit. Ich hab das Gefühl, eine schreckliche Mutter zu sein. Ich bin einerseits stolz auf sie, aber andererseits wünschte ich mir, sie wäre hier, näher bei mir, und nicht auf einem weit entfernten Kontinent in einem Entwicklungsland. Es ist egoistisch, so zu denken, und dennoch kann ich manchmal nicht anders. Aber ich bin wirklich stolz auf ihre Arbeit. Ich finde, sie ist einfach großartig.«

»Haben Sie ihr das gesagt?«

Paige lachte. »Natürlich. Wir haben schon oft deswegen gestritten. Ich denke nicht, dass sie irgendetwas glaubt, was ich zu diesem Thema sage. Ich habe meine ganze Glaubwürdigkeit verloren. Erinnern Sie sich noch an Ihre Zeit als Teenager, als Sie Zeiten durchlebt haben, in denen sich nichts richtig anfühlt hat? Sie haben sich sonderbar und vielleicht auch ein wenig hässlich gefühlt, und Ihre Mutter ...«

»Meine Großmutter«, korrigierte Josie und betonte dieses Wort mit Nachdruck.

Paige nickte. »Ihre Großmutter. Vielleicht hat sie Ihnen gesagt, Sie seien schön und perfekt? Haben Sie ihr das geglaubt?«

Tatsächlich hatte Lisette genau diese beiden Wörter — ebenso wie andere positive Dinge — bei einigen Gelegenheiten zu Josie gesagt. Und ihre liebste Aufmunterung, mit der sie Josie im Teenageralter in Momenten der Niedergeschlagenheit zu trösten pflegte, hatte gelautet, Josie sei »außergewöhnlich«.

»Nein«, bestätigte Josie. »Ich hab ihr keine Sekunde lang geglaubt. Aber ich bin froh, dass sie es damals gesagt hat.«

Paige nickte. Sie sah zu Boden und lächelte. Um das Schweigen zu überbrücken, sagte Josie: »Meine Großmutter hat mir gestern etwas mitgeteilt, womit ich nicht wirklich gut umgehen kann. Aber ich will nicht darüber reden, weil ...« Sie verstummte.

»Weil Sie sich dann damit auseinandersetzen müssten«, führte Paige den Satz zu Ende.

Josie nickte.

»Geht es ihr gut? Ihrer Großmutter?«

»O ja«, erwiderte Josie. »Es ist nichts Medizinisches. Im Grunde ist es für sie eine großartige Nachricht.«

»Aber nicht für Sie?«

»Ich weiß nicht. Ich schätze, es ist auch für mich nicht schlecht. Es ändert nur manches.«

»Zum Schlechteren?«, fragte Paige.

Josie zuckte mit den Schultern. »Ich weiß nicht. Ich weiß es wirklich nicht.«

»Wissen Sie, Veränderungen sind manchmal beängstigend, aber sie sind nicht immer schlecht«, bemerkte Paige.

Sie sind schlecht, wenn man dabei im Regen stehen gelassen wird, murrte eine Stimme in Josies Hinterkopf. Sie sprach es nicht laut aus, hatte aber trotzdem das Gefühl, sie müsse Paige etwas Wahrhaftiges sagen, etwas, das ihrer eigenen Verletzlichkeit Ausdruck verlieh, da Paige das vorhin auch getan hatte. Außerdem empfand sie Paige gegenüber Vertrauen. Vielleicht kam es daher, weil Paige nicht schon jedes schreckliche Detail aus Josies Vergangenheit kannte. Jetzt, gerade in diesem Moment, war Josie einfach eine Frau mit einem Problem, nicht eine traumatisierte Person, die in ihrer Kindheit unaussprechliche Qualen erlitten hatte.

»Ich habe Angst, dass ich ... auf der Strecke bleibe«, sagte Josie vorsichtig. »Es gab immer nur mich und meine Großmutter. Wir gegen den Rest der Welt, sozusagen. Früher war da auch noch Ray.«

»Ihr Freund aus der Highschoolzeit?«, fragte Paige. »Ich erinnere mich, dass Sie mit Lana neulich über ihn gesprochen haben.«

»Ja. Nach dem College haben wir geheiratet. Dann ist er gestorben. Meine Großmutter und ich haben so viel gemeinsam durchgemacht, auch seinen Tod. Jetzt gibt es ...« Sie hielt inne. Sie wollte es nicht einmal aussprechen. Es konnte schließlich nicht wahr sein, oder? Hatte sie sich vielleicht das gesamte Gespräch eingebildet? Gretchen war nicht dabei gewesen und hatte es nicht mitbekommen. Befand sie sich in einer Art Fiebertraum? Nein. Lisette hatte Noah angerufen und ihn vor der emotionalen Sprengkraft gewarnt. Jetzt warteten er und Misty auf irgendeine dramatische Gefühlsreaktion von ihr, aber sie konnte einfach noch immer nicht glauben, dass es wirklich wahr sein sollte. »Jetzt ist jemand aufgetaucht, der sagt, dass er ihr Enkel ist. Keiner hat von ihm gewusst. Und er hat bis vor Kurzem auch nichts von ihr gewusst.«

»Das ist doch wunderbar«, sagte Paige, »dass sie einander jetzt kennenlernen können.«

»Das stimmt«, meinte Josie. Ganz gleich, wie sie selbst diese Situation empfinden mochte, sie würde ihrer Großmutter niemals das Glück missgönnen, ein Familienmitglied zu finden, nachdem sie so viele verloren hatte. Josie erinnerte sich an ihre eigene Freude, als sie mit ihrer leiblichen Familie wiedervereint worden war. Ganz gleich, wie unbehaglich sich die Situation für sie anfühlte oder wie sehr sie Lisette für sich beanspruchen mochte, das war eine außergewöhnlich glückliche Zeit sowohl für Lisette als auch für Sawyer, und so sollte es auch sein. Tief in ihrem Herzen wusste Josie das, und sie wusste auch, dass sie unbedingt ihre eigenen Gefühle zurückstellen musste. Sie spielten hier nicht wirklich eine Rolle. Was zählte, waren Lisette und ihr Glück.

Paige sagte: »Aber Sie machen sich Sorgen, dass Sie nicht mehr so wichtig sind, jetzt da ein weiterer Enkel auf der Bild-fläche erschienen ist?«

Josie musste lachen. »Das klingt lächerlich. Es tut mir leid. Es war keine gute Idee, darüber zu reden.«

Paige berührte ihren Arm. »Nein, das ist gar nicht lächerlich.«

Josie entzog sich ihr. »Doch, ist es. Ich bin eine erwachsene Frau. Das hier ist einfach dumm. Ich kann mir doch nicht im Ernst Sorgen darüber machen, dass jemand anderes meinen Platz bei meiner Großmutter einnehmen wird. Ich bin schließ-lich keine Fünfjährige mehr.« Sie ging zur Eingangstür, drehte am Knauf und zog sie auf.

»Josie«, sagte Paige etwas resoluter. »Keiner sagt, dass Sie eine Fünfjährige sind. Ich glaube, es ist eine berechtigte Sorge, dass sich die Dynamik zwischen Ihnen und Ihrer Großmutter jetzt ändern könnte. Tatsächlich *wird* sie sich verändern, aber das muss nichts Schlechtes sein.«

Josie trat durch die Tür. »Es tut mir leid. Ich hätte nicht … Vielen Dank für den Kaffee. Bitte verzeihen Sie. Ich muss jetzt gehen.«

DREIUNDVIERZIG

Zurück auf dem Polizeirevier fand Josie die Haftzellen leer vor, und das Team hatte sich im Großraumbüro versammelt. Josie ging zu ihrem Schreibtisch hinüber. »Ich schätze, Chitwood hat die Ehefrauen laufen lassen?«

»Ja«, bestätigte Noah. »Die Wogen bei den Quail-Hollow-Leuten haben sich geglättet, obgleich die Bürgermeisterin ziemlich angefressen darüber ist, dass alles von der Presse haarklein berichtet wird. Ich bin mir sicher, sie ist jetzt mit ihren Leuten die ganze Nacht auf den Beinen und versucht einen Weg zu finden, wie sie die Sache für sich positiv hindrehen kann. Was hat Lana Rosetti gesagt?«

»Nichts, was uns weiterhilft«, antwortete Josie seufzend.

Noah informierte sie: »Hummel konnte keine Fingerabdrücke von den Patronenhülsen abnehmen, die wir bei der verlassenen Bowlinghalle gefunden haben, aber er schickt sie zu ballistischen Tests ins Labor der Staatspolizei.«

»Das könnte Wochen dauern«, klagte Josie, »wenn nicht gar Monate, und selbst dann sagt uns das Ergebnis nur, ob dieselbe Waffe benutzt wurde, um sowohl Beverly als auch Vera zu töten. Es bringt uns der Wahrheit über die Identität des

Mörders kein Stück näher. Ich bin mir nicht sicher, wie wir von hier aus weiter vorgehen sollen.«

»Ihr habt ja DNA-Material von Beverly und dem Baby zur Überprüfung geschickt, nicht?«, fragte Noah. »Dabei könnte sich doch etwas ergeben, oder?«

»Nur wenn die DNA des Vaters in unserem System ist. Wenn nicht, dann sind wir kein Stück weiter als jetzt. Wir wissen nur, dass der Vater von Beverlys Baby ein verheirateter Mann war mit einem Schädeltattoo auf seinem Rücken.«

»Wenn er verheiratet war«, warf Noah ein, »dann müssen wir uns unbedingt die verheirateten Männer in Beverlys Umfeld näher ansehen – ich würde mit den Lehrern anfangen. Und erinnerst du dich daran, ob sie während der Highschoolzeit einen Job hatte?«

»Stimmt, das ist ein wichtiger Punkt«, meinte Josie. »Sie hat damals in dieser Eisdiele an der Aymar Avenue gejobbt, aber die ist schon seit Ewigkeiten geschlossen. Da ist jetzt was anderes drin.«

Josie zog unter einem Stapel Papiere auf ihrem Schreibtisch ihr Jahrbuch hervor. »Ich erstelle eine Liste von Lehrern, die während meiner und Beverlys Schulzeit an der Denton East dort unterrichtet haben.«

Während sie das Buch durchblätterte, sortierte sie die männlichen Lehrer heraus, die zu jener Zeit ledig waren. Es kamen fünf Lehrkräfte in Frage. Sie alle lebten immer noch in der Gegend und zwei von ihnen arbeiteten sogar noch an der Highschool. Josie begann zu telefonieren und die Betreffenden zu befragen. Die meisten erinnerten sich nicht an Beverly und waren erst wieder mit ihr konfrontiert worden, als in den Nachrichten über ihre Ermordung berichtet wurde. Und sie alle hatten Alibis für den Zeitpunkt von Veras Ermordung.

Weitere Sackgassen. Josie begann, alle Berichte, Unterlagen und Fotos noch einmal durchzugehen, die sich in den Akten zu Beverly und Vera Urban angesammelt hatten, in der Hoffnung, irgendwelche Hinweise zu finden, die sie bisher übersehen hatten.

Gretchen bekam einen Anruf von der Polizei in Colbert. Dort hatte man die Nachbarn von Alice Adams befragt sowie die Besitzer und Angestellten mehrerer örtlicher Geschäfte. Obgleich viele Bewohner der Stadt von ihr wussten, stand ihr niemand besonders nahe. Kein Geschäft wollte zugeben, dass man sie schwarz beschäftigt hatte. Es war eine weitere Sackgasse.

»Wir übersehen irgendetwas«, sagte Josie und wiederholte damit ihre Vermutung aus früheren Gesprächen. »Nur was zum Teufel ist es?«

Noch bevor Gretchen antworten konnte, trat Hummel mit einem Stapel Unterlagen aus dem Treppenhaus ins Großraumbüro. »Hey, Boss«, sagte er und reichte ihr die Papiere. »Weitere Berichte. Vor allem über die Kleidung, die Beverly und Vera Urban jeweils zum Todeszeitpunkt trugen. Wir haben auch alles untersucht, was ihr in Vera Urbans Motelzimmer an Fingerabdrücken und DNA gefunden habt. Es gab nur Veras Fingerabdrücke. Tut mir leid, dass wir nicht mehr für euch haben.«

»Schon gut«, sagte Josie. »Dieser Fall führt einfach in eine Sackgasse nach der anderen.« Sie blätterte durch die Berichte, dabei sprang ihr ein vertrauter Name ins Auge. »Was ist damit?«, fragte sie und deutete darauf.

Hummel beugte sich über ihre Schulter. »Diese Fingerabdrücke waren auf der Quittung von der Wellspring Clinic, die wir in Beverlys Jackentasche gefunden haben. Es gab darauf einige nicht identifizierbare Abdrücke, sonst vor allem die von Beverly und dann auch die von Ray.«

Josie starrte auf den Bericht, in dem Rays Name schwarz auf weiß stand. Das Herz hämmerte in ihrer Brust. Sie brachte ein »Danke« heraus, damit Hummel wieder gehen würde.

Dennoch spürte sie drei neugierige Augenpaare auf sich ruhen: die von Gretchen, Noah und Mettner.

Es spielt keine Rolle, sagte sie sich. *Es ist nicht wichtig.* Es gab sicher einen Grund dafür, warum Rays Fingerabdrücke auf der Quittung der Klinik waren, die Beverly kurz vor ihrem Tod aufgesucht hatte. Vielleicht waren sie gemeinsam dort gewesen. Vielleicht hatten sie hinter Josies Rücken eine Beziehung gehabt. Vielleicht war Ray der Vater von Beverlys Baby. Das würde erklären, warum sie seine Jacke trug. Lana hatte gesagt, Beverly habe nur mit einem Mann ein sexuelles Verhältnis gehabt, aber Beverly hätte Lana ja auch anlügen können. Josie glaubte immer noch nicht, dass Ray Beverly getötet hatte, und Vera konnte er definitiv nicht getötet haben. In diesem Fall ging es um etwas viel Größeres. Etwas, das nichts mit Ray zu tun hatte. Es war jedenfalls eine uralte Geschichte, dachte sie. Sowohl Beverly als auch Ray waren inzwischen tot. Alles, was sich zwischen den beiden abgespielt haben mochte, hatte keine Bedeutung mehr. Das einzig Wichtige war jetzt, herauszufinden, wer Beverly und Vera getötet hatte, und diese Person hinter Gitter zu bringen, damit sie niemandem mehr Schaden zufügen konnte.

Warum nur hatte Josie aber das Gefühl, als würde ihr gleich das Herz aus der Brust springen?

Sie legte den Bericht auf den Schreibtisch zurück und sagte: »Ich muss mal auf die Toilette.«

Dann ging sie hinaus ins Treppenhaus, die Stufen hinunter und nach draußen auf den Parkplatz. Sie nahm die Reporter dort kaum wahr. Die Fragen, die sie ihr zuriefen, wurden von dem Rauschen des Bluts in ihren Ohren übertönt. Ohne sich dessen bewusst zu sein, stieg sie in ihren Wagen und fuhr los. Ihr Handy klingelte, aber sie ignorierte es. In ihrem Kopf wurde es erst wieder klarer, als sie vor dem nächstgelegenen Spirituosengeschäft geparkt hatte, das glücklicherweise vom Hochwasser verschont geblieben war. Ihre Füße trugen sie aus dem

Wagen und in den Laden. Ein Teil in ihr kämpfte darum, sich Gehör zu verschaffen. Es war jener Teil, der als Folge von Lisettes Neuigkeiten unter einer Lawine von Emotionen vergraben war, dazu kamen die Schuldgefühle über Veras Tod, der Schrecken darüber, dass sie alle drei fast ertrunken wären, als sie flussabwärts mitgerissen wurden, und die Möglichkeit, dass Ray sie angelogen hatte, als sie beide noch unschuldig und verliebt gewesen waren.

Ihre Hand schloss sich um den Hals einer Flasche Wild Turkey.

Lass es sein, sagte die unterdrückte Stimme.

Nur einen Schluck, sagte die Stimme, die jetzt ihren Körper fest im Griff hatte. Es war die Stimme der Panik, laut und unangenehm, die den Verstand übertönen und die Dämonen beruhigen wollte, die jetzt am Rande ihres Bewusstseins ihren Tanz aufführten. Dämonen, die schon seit ihrer Kindheit dort gelauert hatten. Sie dachte, sie hätte sie endgültig ausgetrieben, hinabgestoßen in die Tiefen des Vergessens. Sie spielten zwar *keine Rolle mehr*. Aber jetzt waren sie wieder da.

»Bar oder Kreditkarte?«, fragte eine männliche Stimme.

Josie blickte auf zu einem jungen Kassierer, der die Flasche Wild Turkey in eine Papiertüte steckte. »Nein«, sagte sie.

Er lächelte sie schief an. »Nun, das sind die beiden Zahlungsmöglichkeiten, also ...«

»Es tut mir leid«, sagte Josie. »Ich ... ich muss gehen.«

Sie ging zurück zu ihrem Wagen und versuchte, ihren Herzschlag zu beruhigen. Vorsichtig fuhr sie aus der Parklücke. Sie wusste selbst nicht, wohin sie wollte, bis sie durch die Tore des Friedhofs fuhr. Nach dem Parken suchte sie sich ihren Weg zwischen den Grabsteinen hindurch zu Rays Grab. Nach seinem Tod war sie oft hierhergekommen, aber in den vergangenen drei Monaten nicht mehr. Ein verwelkter Blumenstrauß lag am Fuße des Grabsteins. Höchstwahrscheinlich von Misty, dachte Josie. Misty besuchte das Grab mit aufopferungsvoller

Regelmäßigkeit. Der Boden war feucht vom wochenlangen starken Regen, aber Josie setzte sich dennoch im Schneidersitz davor hin. Sie war sich nicht sicher, warum sie hergekommen war. Nach fünf Minuten bemerkte sie, dass es ihr nicht besser ging.

»Es spielt keine Rolle«, murmelte sie mit zusammengebissenen Zähnen zum Grabstein hin.

Sie musste sich auf ihre Arbeit konzentrieren. Es war ein Riesenproblem, dass unwichtige Dinge wie Lisettes Neuigkeiten oder ein paar dumme Fehler, die ihr verstorbener Mann während der Highschoolzeit gemacht haben mochte, ihr heutiges Leben so stark beeinträchtigen und durcheinanderbringen konnten. Was passierte da gerade mit ihr?

Sie hörte Gretchens Stimme in ihrem Kopf. *Du kannst ein Trauma nur eine gewisse Zeit verdrängen, aber dann holt es dich plötzlich auf die unpassendste Art und zur unpassendsten Zeit wieder ein.*

Josie schloss die Augen und holte ein paarmal tief Luft. Sie musste sich beruhigen, sich wieder in den Griff bekommen. Dann würde sie all diese seltsamen, unwillkommenen Gefühle, die sie zu überwältigen drohten, in irgendein schwarzes Loch in den Tiefen ihres Bewusstseins schieben, so tief hinunter, wie sie nur konnte. Sie würde weitermachen. Zurück an ihre Arbeit gehen.

»Josie.«

Beim Klang von Noahs Stimme schreckte sie hoch. Sie sprang auf die Füße, strich über den Hosenboden ihrer Jeans und wischte Erde und Gras ab. Er stand etwa einen Meter entfernt von ihr und hatte die Hände tief in die Taschen seiner kakifarbenen Hosen geschoben.

»Was machst du hier?«, fragte sie.

Er trat näher, bis nur noch etwa eine Armeslänge Platz zwischen ihnen war. »Du bist nicht zurückgekommen«, sagte er. »Ich hab mir Sorgen gemacht.«

»Woher hast du gewusst, wo du mich finden würdest?«

Er zuckte mit den Schultern. »Du kommst immer hierher, wenn dich etwas wirklich beschäftigt, besonders wenn es etwas aus deiner Vergangenheit ist. Da du gerade eben Rays Namen auf dem Bericht über die Fingerabdrücke gesehen hast, konnte ich leicht erraten, wohin du gegangen bist. Und nach all dem, was sich da gerade bei Lisette tut, hätte ich sowieso drauf wetten können, dass du hier sein würdest.«

»Ich komm schon klar«, sagte sie. »Ich bin jetzt bereit, wieder zur Arbeit zurückzugehen.« Es war ihr sehr unangenehm, dass ihre Stimme zitterte.

»Lass uns darüber sprechen, bevor wir wieder zurückgehen«, schlug er vor. »Nur du, ich und Ray sind hier. Sag, was immer es ist, was du sagen musst, und dann gehen wir zurück.«

Sie hätte ihm am liebsten einen Stoß verpasst. »Warum muss ich immer irgendwelche Sachen sagen?«

Er lächelte. »So funktioniert Reden nun mal. Aber im Ernst, es könnte dir helfen.«

»Es wird mir nicht helfen.«

»Auch gut«, meinte er. »Dann sag einfach etwas, um dich selbst reden zu hören.«

Trotz der Anspannung, die zwischen ihren Schulterblättern festsaß, musste Josie lachen. Dann verwandelte sich das Lachen in einen unterdrückten Schrei. Sie presste sich eine Hand auf den Mund. Erst als sie sich sicher war, dass sie nicht in Schluchzen ausbrechen würde, nahm sie die Hand herunter. »Ich weiß wirklich nicht, was in letzter Zeit mit mir los ist. Ich bin so emotional. Alles geht mir so sehr an die Nieren.«

»Es war eine schreckliche Woche, Josie. Unsere Stadt wurde fast zerstört. Du hast eine Leiche gefunden. Auf dich wurde geschossen. Du bist fast ertrunken, da im Fluss mit Vera Urban. Und jetzt zu all den schrecklichen Erlebnissen noch Lisettes Neuigkeiten, das ist einfach eine ganze Menge, was du gerade verdauen musst.«

»Aber Grandmas Neuigkeiten sind nicht von Bedeutung«, sagte Josie. »Selbst Rays Fingerabdrücke auf dieser Quittung und seine Jacke an Beverlys Leiche zu finden ist nicht von Bedeutung.«

Noah zog die Augenbrauen hoch. »Wieso sollte das alles nicht von Bedeutung sein?«

»Nichts davon sollte mich oder meine Arbeit beeinträchtigen.«

»Aber es beeinträchtigt dich und das ist vielleicht auch ganz richtig so. Vielleicht ist es gut für dich, dass du eine Phase durchmachst, in der du schwerwiegende Dinge wie jeder andere normale Mensch mental verarbeiten musst.«

»Ich bin nicht normal«, murmelte sie.

»Wegen all dieser schrecklichen Dinge, die dir passiert sind?«, fragte Noah.

»Nicht nur deswegen«, erwiderte Josie. »Sondern weil ich jetzt gerade Beverly Urbans Mörder jagen müsste, und stattdessen bin ich hier auf diesem verdammten Friedhof, wo mein Ex-Mann begraben liegt. Und zwar deswegen, weil er mich, während wir in der Highschool waren, vielleicht betrogen und Beverly geschwängert hat. Aber wen interessiert das heute noch?« Sie warf ihre Arme in die Luft und ging mit energischen Schritten davon.

»Dich«, erwiderte Noah. »Also lass uns das einmal durchsprechen. Was wäre, wenn Ray sich hinter deinem Rücken mit Beverly getroffen hätte? Was wäre, wenn sie miteinander geschlafen hätten und er ihr ein Kind gemacht hätte? Was für Gefühle löst das bei dir aus?«

Josie schwieg eine Weile und verdrehte die Augen. »Was ist? Hast du einen Crashkurs in Psychologie absolviert oder so was? Meinst du das jetzt wirklich ernst? Was für *Gefühle* das bei mir auslöst?«

Als er nicht antwortete und sie nur auf eine Art und Weise forschend ansah, die klar machte, dass er eine Antwort erwartete, sagte sie: »Ich fühle mich einfach scheiße. Ich fühle mich traurig und allein und so, als wäre mein ganzes Leben eine Lüge gewesen.«

»Dein ganzes Leben?«, fragte er nach.

Sie schüttelte den Kopf, als wollte sie damit Klarheit in ihre Gedanken bekommen. »Noah, nichts in meinem Leben war so, wie es den Anschein hatte. Meine Mutter war nicht wirklich meine Mutter. Mein Dad war nicht wirklich mein Dad. Er hat sich nicht wirklich umgebracht. Meine Großmutter war nicht wirklich meine Großmutter. Mein verdammter Name war nicht einmal Josie. Verstehst du das nicht? Das Einzige, das echt war und das in meinem Leben eine Konstante bildete, war Ray. Seit meinem zehnten Lebensjahr war er ...«, sie suchte nach Worten, nach den passenden Bildern, »mein ... mein Anker. Mein ... das ist so dumm ...«

»Er war wirklich eine Konstante in deinem Leben«, bestätigte Noah.

»Ja«, sagte Josie und spürte eine Woge der Erleichterung, dass Noah sie verstand. »Er war der Einzige, der über alles Bescheid wusste, was mir passiert war, und der mich trotzdem liebte. Nicht einmal meine Großmutter hat alles erfahren, was Lila mir angetan hat. Ray war immer da und hat mit mir gelitten. Er hat mich vor dem Wahnsinn bewahrt, er hat dafür gesorgt, dass ich mich noch auf anderes konzentrieren konnte. Er hat mir das Gefühl gegeben, dass ich etwas wert war. Ich weiß, dass er sich später zu einem Trinker, einem Lügner und zu einem ziemlichen Dreckskerl entwickelt hat, aber ich rede hier über Ray als den *Jungen*, den ich während der Schulzeit geliebt hab, nicht über Ray, den Mann, den ich später geheiratet hab. Ray war meine Stütze, Noah. Wenn alles eine Lüge war, wenn nicht einmal er derjenige war, der zu sein er damals vorgab, was sagt das dann über mich?«

»Nichts«, erwiderte Noah. »Es sagt nichts über dich aus.«

Tränen brannten in Josies Augen. Sie kämpfte darum, sie

zurückzuhalten. »Das stimmt nicht«, widersprach sie. »Wenn die einzige Person, die mich geliebt hat, als ich meine dunkelste Zeit durchlebte, mich nicht wirklich geliebt hat ... wenn er ein Lügner war, was bedeutet das dann? Wie kann ich ... wie kann ich mir sicher sein ...« Sie konnte die Frage nicht zu Ende stellen.

Noah trat näher zu ihr und legte seine Hände auf ihre Schultern. »Josie«, sagte er. »Du warst damals ein Kind.«

»Aber wenn alles, was ich für den besten Teil meiner Kindheit hielt, eine Lüge war, was heißt das dann? Wenn das Fundament meines Lebens – oder das Einzige, was davon übrig ist, nämlich Ray – eine Lüge war, was bedeutet das dann für mich? Wer zum Teufel bin ich dann noch?«

»Du bist Josie Quinn«, sagte Noah schlicht. »Und das hängt nicht ab von Ray oder von Lisette oder von deiner biologischen Familie oder von mir oder von irgendjemand sonst. Dieses Fundament, von dem du sprichst, das war nicht Ray. Fundamente werden gebaut, Josie. Sie werden im Laufe der Zeit errichtet. Ray hat dir dabei geholfen, dieses Fundament zu legen, ebenso wie deine Großmutter, indem sie sich als eine positive, liebevolle, stabile Kraft erwies, als alles um dich herum ein völliges Chaos war. Das Fundament, von dem du sprichst – das bist du selbst.«

»Woher willst du das wissen? Wie kannst du ... wie kannst du mich lieben? Du weißt ja nicht einmal, wer ich bin. Ich weiß ja selbst nicht einmal, wer ich bin!«

Er lächelte wieder. Eine seiner Hände fasste sie unter dem Kinn und hob es zu sich an. »Ich weiß genau, wer du bist. Jeder, der dich liebt, weiß, wer du bist. Du bist die Frau, die auf mich geschossen hat, weil sie ein junges Mädchen retten wollte, das dringend Hilfe benötigte.«

Sie wandte den Blick von ihm ab. »Ich wünschte, du würdest das nicht gerade jetzt erwähnen. Ich fühle mich immer noch schuldig deswegen.«

»Das musst du nicht«, sagte er. Zärtlich umfasste er ihre Wangen, damit sie ihn wieder ansehen musste. »Du bist die Frau, die mittlerweile sehr gut mit Rays letzter Partnerin befreundet ist – einer Frau, die du früher gehasst hast. Du bist Harris' Tante JoJo. Du bist die Frau, die ein Baby vor dem Ertrinken im Fluss gerettet hat, die einen Mann aus einem brennenden Auto gerettet hat, weil er der Einzige war, der wusste, wo sich zwei vermisste Personen befinden. Du bist die Frau, die den Mord an meiner Mutter aufgeklärt hat. Du bist die Frau, die im Kofferraum ihres Wagens in einem grässlichen Gewitter ein Baby entbunden hat. Du stürzt dich in jede Gefahr, Josie. Jedes Mal. Für dich gibt es kein Zögern. Aber was macht das mit dir? Ich weiß, zu was dich das für mich macht, aber nur du kannst sagen, was es für dich selbst bedeutet und was es mit dir macht. Mein Punkt ist, dass nichts, was du über deine Vergangenheit herausfindest, ganz gleich, wie schrecklich es sein mag, etwas daran ändern kann.«

Josie sank in seine Arme und presste ihr Gesicht gegen seine Brust. Dabei sog sie seinen vertrauten Duft ein und augenblicklich beruhigte sich ihr Herzschlag. »Danke«, murmelte sie. »Aber ich wünsche mir immer noch, ich könnte mit Sicherheit über Ray und Beverly Bescheid wissen.«

Noah drückte ihr einen Kuss aufs Haar. Nach ein paar Augenblicken sagte er: »Du weißt, wir könnten Misty nach einer DNA-Probe von Harris fragen. Aber ich schätze, wenn wir damit anfangen, Leute nach DNA-Proben zu fragen, dann könnten wir auch direkt zu Mrs Quinn gehen. Meinst du, sie würde uns eine geben, um sie mit dem DNA-Profil von Beverlys Baby zu vergleichen?«

»Wahrscheinlich«, sagte Josie. »Aber vielleicht bin ich auch nur ... ich weiß nicht. Ich hätte nie geglaubt, dass Ray mit Beverly geschlafen hat. Damals war er so ein netter Kerl. Er war immer noch irgendwie unschuldig. Wir waren unsterblich ineinander verliebt, auf diese seltsam hormongesteuerte Art und Weise, wie sie nur bei Teenagern vorkommt. Wir hatten all diese kindlichen Pläne. Im Sommer vor dem letzten Schuljahr wollten wir diese Reise machen, an den Strand fahren und eine Woche dort verbringen. Wir hatten eine Liste von Orten, die wir unterwegs besuchen wollten. Das war alles sehr naiv, weil wir beide vollkommen pleite waren. Aber Ray wollte es mir unbedingt ermöglichen, und das hat er dann auch geschafft. Er hat den ganzen Sommer über auf dem Bau gearbeitet. Ich habe ihn kaum gesehen. Er musste um sechs Uhr früh auf der Baustelle sein, und wenn er dann abends fertig war, war er hundemüde. Die Firma hat dieses Bürogebäude errichtet ... oh, mein Gott.«

Sie wand sich aus seiner Umarmung. Noah sah sie verwirrt an. »Was ist los?«

»Mein Gott«, sagte sie. »Ich weiß, was wir übersehen haben. Jetzt weiß ich, warum Beverly Rays Jacke anhatte und warum seine Fingerabdrücke auf der Quittung der Wellspring Clinic waren.«

Ray und Josie warteten vor dem Baustellenzaun. Das Gebäude hatte jetzt Wände und Fenster und sah nicht mehr nach einem Modell aus einem Erector-Metallbaukasten aus. Immer noch ertönte ununterbrochen Lärm von dort, aber er war nicht mehr ganz so ohrenbetäubend. Josie wischte sich den Schweiß von der Oberlippe und sah Ray mit zusammengekniffenen Augen an. Sie wünschte, sie hätte ihre Sonnenbrille mitgebracht. Und da sie schon beim Wünschen war, wünschte sie sich und Ray zusätzlich an irgendeinen klimatisierten Ort. Die Julihitze brachte sie schier um. Sie hatte keine Ahnung, wie Ray dabei den ganzen Tag arbeiten konnte.

»Ray«, jammerte sie. »Wie lange dauert das denn noch?«

Er sah auf seine Armbanduhr. »Nicht lange. Er hat gesagt, er kommt heute so gegen Mittag, um die Baustelle zu überprüfen.«

»Du weißt doch gar nicht, ob er wirklich kommt. Diese reichen Bürofuzzis sagen alles Mögliche und meinen es gar nicht so. Wir verschwenden nur unsere Zeit.«

»Nein, tun wir nicht«, beharrte Ray. »Ich sag's dir, der Typ ist echt nett. Er war letztes Jahr einer der Teamsponsoren. War bei unserem großen Spiel. Erinnerst du dich nicht mehr, dass wir die ganzen Fotos machen mussten?«

»Schon, aber ich hab diese Typen ja gar nicht kennengelernt«, entgegnete Josie.

»Das macht nichts«, sagte Ray. »Ich hab ihm alles über dich erzählt. Er hat mir vorgeschlagen, mit dir herzukommen. Er hat eine Stiftung oder so, die nichts anderes macht, als Stipendien an Mädchen zu vergeben. Oh, entschuldige, ich meinte natürlich junge Frauen.«

»Und das ist alles?«, fragte Josie skeptisch. »Man muss einfach nur weiblichen Geschlechts sein?«

Ray zuckte halbherzig mit den Schultern und rückte seinen Werkzeuggürtel an der Hüfte zurecht. »Ich meine, ich glaub schon, dass du eine gewisse Studienrichtung machen musst. Naturwissenschaften oder so. Was Technisches oder was mit Computern.«

»Ich werd aber Strafrecht machen, Ray, nichts von diesen Dingen.«

»Komm schon, Jo. Red einfach mit ihm. Selbst wenn du die Voraussetzungen nicht erfüllst – einen Versuch ist es auf jeden Fall wert.«

Zwei große Schweißtropfen liefen Josies Rücken hinunter, ehe sie vom Stoff ihres T-Shirts aufgesogen wurden. »Zehn Minuten«, sagte sie. »Dann werd ich so verschwitzt sein, dass er mir wahrscheinlich nicht mal mehr die Hand schütteln will.«

Ray zog seinen Schutzhelm nach vorn herunter, sodass seine Augen im Schatten lagen, und blickte die Straße hinunter.

»Da«, rief er. »Da ist er ja!«

Zwei Männer kamen vom alten Theater her. Beide trugen trotz der großen Hitze Anzüge. Als sie näherkamen, erkannte Josie sie vom Meisterschaftsspiel wieder. Der eine trug eine

Brille und der andere war der, gegen den sie gelaufen war. Der auf ihrer Liste. Mister Supergebräunt. Sie wollte Ray gerade Bescheid sagen, dass ihr die Situation unangenehm war, da ging er schon auf die beiden zu. Der Mann mit der Brille schüttelte Rays ausgestreckte Hand. »Hallo, Ray.«

»Mr Prather«, entgegnete Ray. »Schön, Sie zu sehen.«

FÜNFUNDVIERZIG

Noah begleitete Josie zur städtischen Bauaufsichtsbehörde. Da er erst vor Kurzem hier gewesen war, konnte er ihr dabei helfen, das Gesuchte relativ schnell zu finden. Dennoch brauchten sie dazu über eine Stunde, und noch mal dieselbe Zeit verwendete Josie darauf, um telefonisch die übrigen offenen Fragen zu klären, bevor sie ihrem Team ihre Theorie präsentieren konnte. Im Polizeirevier warteten Gretchen, Mettner und der Chief schon auf sie, und an ihrem Platz in der Ecke lauerte Amber mit gespitzten Ohren.

Alle saßen an ihren Schreibtischen, außer dem Chief, der hinter Josie stand und die Arme vor seinem Brustkorb verschränkt hielt. »Was haben Sie rausgefunden, Quinn?«

Josie breitete über ihrem Schreibtisch einen Straßenplan aus, den sie vom Bauaufsichtsamt erhalten hatte. Er zeigte das Geschäftsviertel in der Innenstadt von Denton. Sie deutete auf die Aymar Avenue, die nur ein paar Blocks von ihrem Polizeirevier entfernt lag und noch immer überflutet war. »Hier«, sagte sie. »An dieser Ecke der Aymar Avenue befindet sich das ehemalige Theater, das Denton Theater Ensemble Playhouse.

Das war schon vor meiner Kindheit eine Institution hier in der Stadt.«

»Und, was ist damit?«, fragte Chitwood.

»Sie sind nicht von hier, daher kennen Sie vermutlich die Hintergründe nicht«, meinte Josie. »Es ist ein historisches Gebäude und wurde von verschiedenen Theaterkompanien gemeinsam betrieben. Dann ging ihnen das Geld aus, und schließlich übernahm das College das Theater. Heutzutage treten dort studentische Schauspielgruppen, Musikstudierende und alle möglichen Leute zu Gastvorträgen auf.« Nun legte Josie den Zeigefinger auf das Gebäude auf der anderen Straßenseite. »Und hier«, führte sie fort, »ist heute ein Pizzaladen drin, aber früher befand sich dort die Eisdiele, in der Beverly Urban im Herbst 2003 und im Frühjahr 2004 gearbeitet hat. In dieser Zeit waren ich, Ray und Beverly in der elften Klasse der Highschool, und im selben Jahr wurde auch das Theater renoviert.«

»Ich höre zu«, sagte Chitwood.

Josie fuhr mit dem Finger die Linie entlang, die auf dem Plan den Verlauf der Aymar Avenue zeigte. »Und hier«, sagte sie, »dieses Eckhaus an der Aymar und Stockton Avenue ist jetzt ein Bürogebäude. Eine der Firmen darin ist Joe Prathers Softwareunternehmen, und auch die Prather-Stiftung hat ihren Sitz dort. Der Bau dieses Hauses begann sechs Monate nach der Restaurierung des Theaters, im Frühling unseres vorletzten Schuljahrs. Ray jobbte gegen Ende des Schuljahres und während der Sommerferien zwischen der elften und zwölften Klasse auf dieser Baustelle. Und auf der anderen Seite«, sie deutete auf ein weiteres Rechteck direkt gegenüber dem Bürogebäude, »befand sich die Wellspring Clinic.«

Inzwischen blickte Chitwood nicht mehr nur skeptisch, sondern auch gelangweilt drein.

Gretchen erläuterte Josies Ausführungen: »Beverly arbeitete ganz in der Nähe sowohl der Wellspring Clinic als auch der Baustelle, wo Ray in jenem Sommer jobbte, in dem sie getötet wurde.«

»Und das Prather-Unternehmen ist dort eingezogen, nachdem das Bürogebäude fertiggestellt war. Das erscheint mir eher wie ein Zufall.«

»Nicht wirklich«, erwiderte Josie. »Ratet mal, wer die Renovierung des Theaters und den Bau dieses Bürogebäudes durchgeführt hat?«

Alle sahen sie erwartungsvoll an.

»Dutton Enterprises«, sagte Josie. »Ich habe alles überprüft und die Baugenehmigungen und Grundbuchauszüge gefunden. Kurt Dutton hat schon immer Projekte im Bereich Geschäftsimmobilien durchgeführt. Die Duttons sind seit Jahrzehnten Freunde und Nachbarn der Prathers und haben ihnen daher natürlich auch Räumlichkeiten vermietet.«

Noah hielt einen Stapel Blätter in die Höhe, die er vor der Besprechung ausgedruckt hatte. »Dann gibt es da noch das hier.«

Die anderen versammelten sich um ihn. Er hielt eine Seite in die Höhe, damit alle sie sehen konnten. Es war ein Artikel aus der *Denton Tribune* vom 3. September 2003. Die Schlagzeile lautete:

Dutton Enterprises will historisches Stadttheater wiederbeleben.

Chitwood forderte ihn auf: »Beschränken Sie sich einfach auf die wichtigsten Punkte, Fraley.«

Noah überflog den Artikel, dann fasste er ihn für die anderen zusammen: »Das Theater hat während der hundertfünfzehn Jahre, die es in Denton bestand, mehrere Male den Besitzer gewechselt. Dann konnte Dutton Enterprises es zu einem Spottpreis kaufen. Kurt versprach, den Bau komplett zu restaurieren, und verhandelte mit dem Stadtrat darüber, es in die Liste der denkmalgeschützten Gebäude von Denton aufzunehmen. Er plante eine komplette Restaurierung, die etwa ein Jahr dauern und das Theater in seinem ›früheren Glanz‹ wiedererstehen lassen sollte. Dann, am Ende des Artikels, wird er zitiert: ›Ich werde die Baustelle persönlich betreuen. Es ist mir eine Ehre, Teil eines Projektes zu sein, das der Stadt so sehr am Herzen liegt.‹« Als Noah mit der Zusammenfassung des Artikels fertig war, sagte er: »Es gibt dazu auch ein Foto.«

Josie warf einen Blick darauf, als Noah es, für alle sichtbar, in die Höhe hielt: Kurt Dutton und mehrere andere Honoratioren der Stadt standen lächelnd vor dem damals baufälligen Theater. Dutton war recht gutaussehend, genau so, wie Josie ihn in Erinnerung hatte, als sie damals hinter der Tribüne beim Meisterschaftsspiel zusammengestoßen waren. Er hatte sich in der Zwischenzeit – jetzt in seinen Sechzigern – enorm verändert: Josie hatte nicht erkannt, dass der heutige Kandidat für das Bürgermeisteramt, der mit dem Chief aus der Haftzelle heraus so aalglatt verhandelt hatte, derselbe Mann war wie der, der sie damals vor dem Spiel um die Pennsylvania State Championship begrapscht hatte.

Gretchen sagte: »Also während ihres elften Schuljahrs arbeitete Beverly Urban in der Eisdiele gegenüber vom Theater, wo Kurt Dutton persönlich die Renovierungsarbeiten betreute.«

»Stimmt«, sagte Josie.

»Und im Sommer während und nach der elften Klasse arbeitete Ray auf einer Baustelle gegenüber der Wellspring Clinic, die Beverly aufsuchte, vermutlich, um sich Gewissheit über ihre Schwangerschaft zu verschaffen?«, fragte Gretchen.

»Genau«, bestätigte Josie. »Ich glaube, dass sie auf diese Weise an seine Jacke kam, und so gerieten auch seine Fingerabdrücke auf ihre Quittung. Ray muss sie dort – oder von dort kommend – gesehen haben. Sie war wahrscheinlich in Tränen aufgelöst. Ray konnte es noch nie ertragen, eine in seinen Augen verletzliche Frau weinen zu sehen. Seine ganze Kindheit über hatte er versucht, seine Mutter zu trösten, wenn sein Vater sie wieder einmal geschlagen hatte. Als sein Vater schließlich wegging, verhielt sich Ray geradezu überfürsorglich, was seine Mutter anging.«

»Aber auch, was dich anging«, gab Noah zu bedenken. »Und Beverly war deine Feindin.«

»Ich weiß«, pflichtete ihm Josie bei. »Aber wenn er gesehen hätte, wie Beverly in völlig aufgelöstem Zustand aus der Klinik kam, dann hätte er ihr geholfen oder versucht, sie zu trösten, da bin ich mir ganz sicher.«

Gretchen fasste zusammen: »Ray sieht sie, geht zu ihr, tröstet sie. Gibt ihr seine Teamjacke. Deshalb hat er nie die Wahrheit darüber gesagt, was mit der Jacke passiert ist. Er konnte sie von ihr nicht zurückbekommen, weil sie in ihr unter dem Haus begraben wurde. Wie alle anderen in eurer Highschoolklasse dachte er einfach, dass sie weggezogen ist und die Jacke mitgenommen hat.«

Josie nickte. »Und Ray wusste, wie sehr Beverly ihn vergötterte. Es hätte ihn nicht überrascht, dass sie die Stadt verlassen hat, ohne ihm seine Jacke zurückzugeben. Und ganz bestimmt hätte er mir damals nicht erzählt, was passiert ist, weil er wusste, dass ich deswegen völlig ausgeflippt wäre.«

»Sehr gut«, sagte Mettner, »dann haben wir ja den Bezug zu Ray geklärt. Die Annahmen leuchten ein, und wenn wir doch falsch liegen sollten, dann erfahren wir es, wenn wir den DNA-Test des Babys vorliegen haben. Wenn wir allerdings recht haben, dann hat Ray Beverly definitiv nicht getötet. Welcher Zusammenhang ist jetzt noch ungeklärt?«

»Kurt Dutton«, sagte Josie. »Er und Beverly hatten eine Affäre. Er war der Vater ihres Babys. Das hätte ihm aus einer Vielzahl von Gründen Probleme bereitet, unter anderen schon deshalb, weil Vera schon davor mit Duttons Frau befreundet war.«

»Und wie kamen Sie von der Tatsache, dass Beverly in der

Eisdiele auf der anderen Straßenseite von Duttons Baustelle arbeitete, zu dem Schluss, dass er der Vater ihres Kindes ist?«, wunderte sich Chitwood.

»Deshalb«, erwiderte Josie. Sie legte ein weiteres Stück Papier auf den Tisch, so dass alle es sehen konnten. Es war ein Farbausdruck von einem Foto auf Marisol Duttons Facebookseite. Sie hatte es vor fast zehn Jahren gepostet, aber das spielte keine Rolle. Es zeigte Kurt Dutton, wie er bei Sonnenuntergang an einem Strand stand. In der Hand hielt er einen Drink, und den Kopf wandte er mit lächelndem Gesicht der Kamera hinter ihm zu. Auf seiner linken Schulter prangte ein Totenschädel-Tattoo. Marisol hatte das Foto schlicht so kommentiert: *Paradies*. Josie legte das Foto, das sie bei Beverlys Sachen gefunden hatten, zum Vergleich daneben.

Mettner pfiff leise durch die Zähne. »Verdammt.«

»Sehr schön«, meinte Chitwood. »Dann haben wir also eine Verbindung zwischen Beverly und Kurt Dutton gefunden. Ich glaube, ein Verteidiger würde einwenden, dass man auf Beverlys Foto das Gesicht des Kerls nicht richtig sehen kann und wir daher nicht beweisen können, dass es sich wirklich um Dutton handelt. Aber diese Klärung überlassen wir dann den Juristen bei der Gerichtsverhandlung.«

»Und was ist mit Vera?«, fragte Gretchen. »Wo passt sie in unser Puzzle?«

»Vielleicht hat sie ihn beobachtet«, spekulierte Noah, »als er Beverly ermordet hat. Sie verschwindet, weil sie Angst hat, dass er auch sie töten wird. Und als dann Beverlys Leiche gefunden wird, kommt sie zurück nach Denton, und nun bringt er sie tatsächlich um.«

Gretchen schüttelte den Kopf. »Ich glaube nicht, dass das als Erklärung passt. Wenn Vera den Mord beobachtet hat, warum hat sie ihn dann nicht einfach gemeldet? Immerhin reden wir hier über ihre Tochter!«

»Dutton war reich und mächtig, und damals kandidierte er für den Stadtrat«, wandte Noah ein.

Doch Gretchen ließ sich nicht so einfach überzeugen: »Aber er war nicht so gefährlich wie ein Mafiaboss oder so mächtig wie ein Präsident. Sie hätte ihn leicht ins Gefängnis bringen können. Ich glaube, irgendwas übersehen wir immer noch. Abgesehen davon hat er ein Alibi für den Morgen, an dem Vera erschossen wurde. Nach der Befragung von Connie und Marisol hab ich ein paar Anrufe gemacht, um deren Alibis zu bestätigen. Beide waren zu Hause bei ihren Ehemännern.«

»Vielleicht hat Marisol ja für ihren Mann gelogen«, gab Mettner zu bedenken.

»Oder vielleicht hat sie an dem Morgen länger geschlafen und gar nicht mitbekommen, dass er nicht da war«, meinte Josie. »Es kann ja sein, dass sie am Abend davor zu viel getrunken hatte und geschlafen hat wie ein Stein. Dann ist es auf jeden Fall möglich, dass er sich heraus- und wieder hereingestohlen hat, noch bevor sie überhaupt aufwachte. Zumindest verfolgen wir jetzt eine aussichtsreiche Spur, das ist ein guter Ansatz. Wir haben auch Duttons registrierte Waffenkäufe überprüft. Seit 2000 ist er im Besitz einer Neun-Millimeter-Pistole.«

»Zumindest haben wir jetzt genug, um ihn zum Verhör einzubestellen«, sagte Chief Chitwood. »Machen Sie einen Termin mit ihm, gleich für morgen. Zwei von Ihnen bleiben hier, um ihn zu befragen, während zwei andere bei ihm die Hausdurchsuchung durchführen und nach der Pistole suchen. Danach sehen wir weiter.«

SECHSUNDVIERZIG

Am nächsten Morgen warteten Josie und Noah in ihrem Wagen direkt vor der Einfahrt in die Siedlung Quail Hollow. Sowohl die Demonstranten als auch die Bewohner der Siedlung, die sich ihnen entgegengestellt hatten, waren verschwunden. Josie nippte an ihrem Kaffee, während Noah auf sein Handy starrte. »Dutton hätte schon vor zehn Minuten im Polizeirevier eintreffen sollen.«

»Er verspätet sich also«, meinte Josie.

Sie waren bereits zuvor am Anwesen der Duttons vorbeigefahren und hatten die beiden Fahrzeuge des Ehepaars am Haus stehen gesehen. Dann hatten sie vor der Siedlung ihren Wagen geparkt, um exakt beobachten zu können, wann Mr Dutton das Haus verließ. Aber er war bisher noch nicht aufgetaucht.

Ein Ton von Josies Handy meldete ihr eine Textnachricht und sie blickte aufs Display. »Gretchen«, sagte sie zu Noah. »Duttons Anwalt ist schon da und wartet auf ihn. Er hat auf Duttons Handy angerufen, aber es ist keiner rangegangen.«

Noah verzog das Gesicht. »Willst du reingehen oder noch ein paar Minuten warten?«

»Geben wir ihm noch zehn Minuten«, antwortete Josie. »Dann klopfen wir an.«

Die zehn Minuten vergingen langsam. Gretchen sandte eine weitere Nachricht und ließ sie wissen, dass Duttons Anwalt noch einmal, erfolglos, versucht hatte, Dutton zu erreichen. Dennoch gab es keinerlei Anzeichen, dass Duttons Fahrzeug die Siedlung gleich verlassen würde.

Josie startete den Wagen mit einem unguten Gefühl und fuhr langsam auf das Anwesen zu. Sie parkte davor auf der Straße und ging gemeinsam mit Noah hin zum Haus. Sie klopften an die Tür, aber niemand kam. Sie betätigten die Türklingel. Nichts.

»Das gefällt mir nicht«, sagte Josie.

»Wir können aber nicht ohne Grund hineingehen«, meinte Noah.

Josie zog ihr Handy heraus und sandte eine Nachricht an Gretchen. »Ich will nur sichergehen, dass man versucht hat, sowohl den Mann als auch die Frau zu erreichen. Warte hier, ich sehe mal nach, ob irgendjemand von den Nachbarn zu Hause ist. Vielleicht hat jemand von denen ja einen Schlüssel.«

Noah blieb an der Eingangstür stehen, dabei klopfte und klingelte er abwechselnd vergeblich, während Josie die Straße entlang von Tür zu Tür ging. Von den sechs Häusern, bei denen sie sich bemerkbar machte, waren bei dreien die Nachbarn entweder nicht zu Hause oder sie reagierten nicht. Zwei hatten keinen Schlüssel zum Haus der Duttons. Die letzte Nachbarin war Connie Prather. Sie öffnete die Tür in Jeans und einem eng anliegenden T-Shirt mit der Aufschrift *Mama Bear*. In den Armen hielt sie ihr winziges Hündchen.

»Mrs Prather«, sagte Josie. »Haben Sie ganz zufällig einen Schlüssel für das Haus der Duttons?«

»Ist was passiert?«

»Mr Dutton sollte heute Morgen seinen Anwalt im Polizeirevier treffen, aber er ist nicht erschienen. Beide Fahrzeuge stehen vor dem Haus, aber wir können weder Marisol noch ihren Mann erreichen.«

»Oh«, sagte Connie. »Ich hab keinen ... nun, vielleicht habe ich noch einen von ganz früher. Ich weiß nicht, ob der noch passt, aber ich kann ...«

»Könnten Sie ihn für uns holen?«, schnitt Josie ihr das Wort ab.

»Hm, ja, ich denke schon. Warten Sie hier.«

Josie konnte von ihrer Position aus Noah auf den Eingangsstufen vor dem Haus der Duttons stehen sehen. Connie brauchte dreizehn Minuten, um den Schlüssel zu finden. Sie ließ ihr Hündchen im Haus und ging mit Josie zu den Nachbarn hinüber. »Das ist wirklich merkwürdig«, sagte sie zu Josie. »Vielleicht wollten sie einfach das Bußgeld nicht zahlen.«

Josie überlegte gerade, ob sie Connie sagen sollte, dass Dutton nicht aufs Polizeirevier zitiert worden war, um über das Bußgeld zu sprechen, das der Chief ihnen auferlegt hatte, weil sie für Quail Hollow unrechtmäßig Hochwasserbarrieren aus städtischen Ressourcen für ihre Siedlung abgezweigt hatten. In diesem Moment ließ jedoch ein lauter Knall die Luft um sie herum erzittern. Beide Frauen blieben wie erstarrt stehen. Josie blickte zum Haus der Duttons, wo Noah bereits gegen die Eingangstür trat. Josie ließ Connie stehen und rannte, während sie bereits ihr Pistolenholster öffnete, auf Noah zu. Als sie ihn erreichte, brach die Tür gerade aus dem Rahmen. Noah zog seine Pistole und schob sich hinein. Hinter ihm stand Josie mit der Waffe in der Hand und folgte ihm, während er jedes Zimmer im Erdgeschoss einzeln sicherte. Als er niemanden vorfand, deutete er Richtung Decke und Josie nickte. Sie überließ Noah die Führung, und gemeinsam bewegten sie sich Stufe um Stufe die Treppe hinauf.

Hinter der zweiten Tür im Flur oben war Marisol vor einem Doppelbett auf den Boden gesunken. Ihr Haar war fettig und ungekämmt. Blut sickerte aus einer Wunde an ihrer Unterlippe. Als sie zu ihnen aufblickte, sah Josie, dass ihr Nasenbein gebrochen und eingedrückt und ihr linkes Auge blau angelaufen und geschwollen war.

»Pistole«, sagte Josie leise zu Noah.

»Ich sehe sie«, antwortete er und näherte sich Marisol. Er deutete auf die Glock, die auf dem Boden neben ihr lag. »Mrs Dutton, bewegen Sie sich weg von der Waffe!«

Josie schob sich in entgegengesetzter Richtung auf Kurt Dutton zu, der zusammengesunken auf dem Boden neben einem geräumigen begehbaren Kleiderschrank lag. Aus einer Schusswunde in seiner Brust sprudelte ein pulsierender Strom Blut. Josie suchte ihn nach Waffen ab, fand aber keine. Sie ging vor ihm auf die Knie, zog ihre Jacke aus und presste sie als Druckverband auf die Wunde. Mit der anderen Hand fühlte sie nach seinem Herzschlag, doch der war nur noch ganz schwach zu ertasten. »Noah«, sagte sie. »Er wird es nicht schaffen. Wir brauchen aber trotzdem einen Krankenwagen.«

Noah hatte Marisol auf den Bettrand hinaufgeholfen. Er zog sein Handy heraus und setzte den Notruf ab.

»Marisol, was ist hier passiert?«

Noah und Josie blickten zu Connie hin, die mit bleichem Gesicht und weit aufgerissenen Augen im Türrahmen des großen Schlafzimmers stand und auf die darin herrschende Verwüstung starrte: umgestürzte Möbel, zerbrochene Lampen, Blutflecken auf dem Teppich.

Josie befahl ihr: »Connie, bleiben Sie, wo Sie sind. Kommen Sie nicht näher!«

Connie schien sie nicht zu hören, sondern hatte den Blick weiter auf Marisol geheftet, aber sie trat nicht ins Zimmer hinein. »Mar?«, fragte sie.

Tränen rannen über Marisols Gesicht. Sie umschlang ihren zuckenden Oberkörper und blickte zu Josie hinüber. »Ist er tot?«

»Nein«, sagte Josie. »Aber er hat eine Menge Blut verloren.«

»Fragen Sie ihn, was er getan hat«, sagte Marisol.

Noah beendete sein Gespräch und schob das Handy in die Tasche zurück. Seine Waffe steckte er wieder ins Holster und ging hinüber zu Marisol. »Sind Sie verwundet?«, fragte er.

»Er hat mich geschlagen«, antwortete Marisol, »und ist dann wie ein Wahnsinniger hinter mir hergejagt.«

»Aber Schusswunden haben Sie keine«, bemerkte Noah.

Sie schüttelte den Kopf. »Ich habe auf ihn geschossen«, sagte sie.

Connie schnappte entsetzt nach Luft und schlug sich die Hand vor den Mund.

»Ich weiß, ich sollte so etwas jetzt nicht sagen«, sagte Marisol. »Ich sollte lieber auf einen Anwalt warten. Aber ihr wisst ja nicht, was er getan hat. Fragt ihn, was er getan hat.«

Josie sah Noah an und schüttelte leicht den Kopf. Unter ihren Händen verblutete Kurt Dutton allmählich. Er atmete kaum noch. Es war unmöglich für ihn, zu sprechen.

»Er kann jetzt gerade nichts sagen, Mrs Dutton. Warum gehen wir beide, Sie und ich, nicht nach unten und warten ...«, schlug Noah vor.

Marisol wollte vom Bettrand aufspringen, zuckte aber sofort zusammen, da die Bewegung ihr offensichtlich Schmerzen verursachte. Schützend legte sie ihre rechte Hand über die linke Seite ihres Brustkorbs. »Er ist ein Monster. Er hat sie beide getötet. Vera und Beverly ... und Beverlys Baby. Wussten Sie, dass er Beverly geschwängert hat, bevor er sie ermordete?«

»Mrs Dutton«, sagte Noah. »Sie befinden sich gerade in einem Schockzustand. Wir können Ihre Aussage zu Protokoll nehmen, sobald Sie ärztlich untersucht worden sind.«

Er griff nach ihrem Arm, aber sie stieß ihn weg. »Ich habe sie einmal gesehen, müssen Sie wissen. Sie kam zum Theater, um ihn zu besuchen, aber ich war an diesem Tag dort. Ich habe das nie vergessen. Er hat mir gestern Abend erzählt, er müsse heute aufs Polizeirevier. Ich fragte ihn, warum, und er sagte, es sei wegen der Geschichte mit den Hochwasserbarrieren. Aber dann hat er unseren Anwalt angerufen und da wusste ich, dass er log. Die ganze Nacht hab ich ihn mit Fragen gelöchert, was da wirklich Sache ist, bis er mich geschlagen hat. Ich fragte ihn, ob es damit zusammenhängt, dass man Beverly Urbans Leiche gefunden hat. Da hat er es mir gesagt. Er hat alles zugegeben. Er hat sie vor all diesen Jahren umgebracht, und Vera hat er getötet, weil sie wahrscheinlich sein Geheimnis nicht länger für sich behalten wollte. Sie wollte der Polizei die Wahrheit sagen.«

Connie schnappte einmal mehr entsetzt nach Luft, sagte aber nichts.

Marisol fuhr fort: »Ich hab ihn gefragt, was die Wahrheit sei, und er hat gesagt, Beverly und er hätten eine Affäre gehabt. Sie war noch in der Highschool! Ich hab gewusst, dass das stimmt – wegen der anderen Mädchen.«

»Oh, Mar«, flüsterte Connie.

»Was für andere Mädchen?«, fragte Josie. Sie fühlte wieder Kurts Puls. Er war kaum mehr tastbar.

»Mein Mann mochte junge Mädchen«, sagte Marisol voller Verachtung. »Am Anfang unserer Ehe waren es nur solche im College-Alter. Praktikantinnen. Unbezahlte Praktikantinnen, von der Denton University. Er hat es mit ihnen hier in der Stadt getrieben. Als würde ich so was nicht herausfinden!«

Josie richtete den Blick auf Connie. »Wussten Sie davon?«

Connie nickte. »Mein Mann hat ihn ein paarmal mit College-Mädchen zusammen gesehen. Es war offensichtlich, dass er ... mit ihnen was hatte, aber sie waren erwachsen, daher haben wir nie was gesagt.«

»Aber sie waren nicht alle erwachsen«, wandte Marisol ein. »Beverly Urban war sechzehn, als sie ihre Affäre begannen. Ich hab ihn gefragt, ob er sie deshalb umgebracht hat ... wenn das nämlich jemand rausgefunden hätte, dass er eine sexuelle

Beziehung zu einer Minderjährigen unterhält, dann hätte das sein Leben ruiniert. Er hätte dafür ins Gefängnis kommen können. Er hat gesagt, er wollte sie nie töten, sondern ihr nur Angst einjagen. Sie war von ihm schwanger und hat ihm damit gedroht, dass sie das Kind behalten will. Sie lud ihn zu sich nach Hause ein, als sie dachte, dass ihre Mom nicht da ist, und dort hat sie es ihm gesagt. Sie hatten einen Riesenkrach deswegen. Dann tauchte Vera unerwartet auf und die Sache eskalierte. Er wollte ihr Geld geben, ihnen beiden Geld geben, er bot an, alles für Beverly zu arrangieren, aber sie wollte das nicht. Dann hat er angeblich seine Waffe gezogen, um ihnen beiden einen Schrecken einzujagen, damit sie taten, was er wollte, aber die Situation geriet außer Kontrolle und er hat sie erschossen.«

Josie wusste, dass das eine Lüge war. Es war kein Szenario für sie vorstellbar, in dem Kurt Dutton aus Versehen oder im Affekt Beverly in den Hinterkopf geschossen haben konnte. Dr. Feists Obduktionsergebnisse besagten eindeutig, dass Kurt hinter ihr gestanden haben musste, in etwa einem Meter Entfernung, und dass sie sich von ihm wegbewegte, als er den Abzug betätigte. Aber so bekamen sie immerhin ein Geständnis Duttons, wenn auch nur aus zweiter Hand.

»Warum ist Vera damals nicht zur Polizei gegangen?«, fragte Noah.

»Ich weiß es nicht«, antwortete Marisol. »Er hat gesagt, er hat ihr angeboten, sie zu bezahlen, solange sie von hier verschwinden und nie darüber reden würde. Er hat ihr gedroht, sollte sie jemals zur Polizei gehen, dann würde er dort auch erzählen, dass sie über Jahre hinweg seiner Frau und ihren Freundinnen Drogen verkauft hatte. Er würde sie ruinieren. Ich hab ihn gefragt, warum er, wo er doch vor sechzehn Jahren schon Beverly getötet hat, nicht gleich auch Vera ermordet hat. Er sagte, er konnte damals nicht klar denken und hätte nicht die Absicht gehabt, Beverly zu töten. Vera war danach so verängstigt, dass sie einfach nur tat, was er sagte. Sie trafen eine Art Abmachung. Ich weiß nicht, worin die bestand und wie sie funktionierte – nur dass er Vera bezahlte und sie schwieg. Aber dann, hat er gesagt, kam Vera zurück, als Beverlys Leiche gefunden wurde. Sie hat ihn angefleht, zur Polizei zu gehen und zu erklären, dass das damals alles ein Versehen gewesen sei. Und sie hat gesagt, sie würde selbst zur Polizei gehen, wenn er es nicht täte. Aber das konnte er nicht riskieren – schon gar nicht jetzt, während des Rennens um die Bürgermeisterwahl – daher hat er sie getötet. Er wusste, wo sie wohnte, also folgte er ihr und ermordete sie. Ich hab an jenem Tag lang geschlafen und nahm an, dass er die ganze Zeit da war, aber das stimmte nicht. Ich war sein Alibi und ich wusste es nicht einmal. Dann hat er gesagt, er würde mich auch töten, wenn ich es erzähle. Ich hab versucht, an mein Handy zu kommen, und da hat er angefangen, auf mich einzuschlagen.«

Draußen hörte man Sirenengeheul. Marisol brach weinend auf dem Bett zusammen. Noah schob sich an Connie vorbei aus dem Zimmer, um die Kavallerie draußen zu empfangen. Josie fühlte einmal mehr nach Kurt Duttons Puls, konnte aber keinen mehr ertasten.

Josie saß an ihrem Schreibtisch im Polizeirevier von Denton und überflog seitenweise Unterlagen, die sie in Veras Apartment gefunden hatten. Plötzlich spürte sie jemanden in ihrem Rücken, und als sie einen Blick über die Schulter warf, sah sie, dass Chief Chitwood hinter ihr stand. »Immer noch an diesem Urban-Fall dran, Quinn?«

»Wir haben nie Hinweise darauf gefunden, dass Kurt Dutton Vera Urban finanziell unterstützt hat. Ich hab Marisols Anwalt gebeten, ob wir Duttons Finanzunterlagen bekommen könnten, und er sagte, er würde die Sache prüfen. Aber das bedeutet wohl, dass ich nie ein einziges Dokument zu sehen kriegen werde.«

Chitwood zog einen leeren Stuhl von Gretchens Schreibtisch herüber. Er setzte sich darauf und beugte sich zu Josie vor. »Quinn«, sagte er. »Der Fall ist abgeschlossen. Wir haben die Aussage der Ehefrau. Die Ballistik von Kurt Duttons Pistole passt zu der Kugel, die in Beverlys Schädel steckte, und auch zu den Patronenhülsen, die bei der alten Bowlinghalle gefunden wurden. Es fügt sich alles ineinander. Hummel konnte zwar von den Patronenhülsen keine Fingerabdrücke abnehmen, aber die Ballistik passt und das reicht mir.«

»Chief, einige Dinge lassen sich nicht so einfach erklären. Vor allem nicht bei Vera.«

»Sie glauben, dass Vera von jemand anderem getötet wurde?«

Seufzend lehnte sich Josie auf ihrem Stuhl zurück. »Nein. Ich denke schon, dass er sie getötet hat.«

»Wo liegt dann das Problem?«

Josie hob den Stapel Unterlagen vor sich ein Stück hoch und ließ die Seiten locker wieder zurück auf die Tischplatte fallen. »Zu Vera sind noch viele Fragen offen. Er hatte kein Problem, sie zu töten, als sie nach sechzehn Jahren aus ihrem Versteck in die Stadt zurückkehrte. Warum hat er sie also nicht gleich damals getötet? Warum das ganze Geld ausgeben, um sie zu unterstützen? Geld, für das ich übrigens keinerlei Belege finde.«

»Quinn«, sagte Chitwood. »Ist Ihnen niemals in den Sinn gekommen, dass er vielleicht mit Vera eine Affäre hatte?«

»Nein«, sagte Josie. »Marisol sagte, dass er auf jüngere Frauen stand. Und Connie Prather hat das bestätigt.«

»Haben Sie das überprüft? Mit irgendwelchen jungen Frauen gesprochen, mit denen Dutton eine Affäre hatte?«

»Hm, nein, aber …«

»Quinn«, sagte Chitwood. »Lassen Sie die Sache auf sich beruhen.«

»Ich glaube, Marisol hat etwas gewusst«, platzte es aus Josie heraus.

»Was zum Beispiel? Sie meinen, Marisol wusste, dass ihr Mann vor sechzehn Jahren eine Minderjährige geschwängert, sie getötet und begraben und danach ihrer Mutter beinahe zwanzig Jahre lang ein Schweigegeld dafür bezahlt hat? Und erst letzte Woche hat sie sich dann dazu entschlossen, ihn deswegen zur Rede zu stellen?«

»Nein«, sagte Josie. »Nicht genau so. Ach, ich weiß nicht. Ich glaube nur, sie wusste etwas. Ich bin mir nicht sicher, ob das etwas Konkretes war oder ob sie immer nur das Gefühl hatte, dass irgendetwas nicht stimmte, aber beschlossen hat, es zu ignorieren und keine Fragen zu stellen. Vermutlich mochte sie ihr komfortables Leben, und es gab auch nichts Verdächtiges, was ihr direkt ins Auge sprang. So oder so, sie weiß eine Menge mehr als das, was sie uns gesagt hat.«

Chitwood sah sie nachdenklich an und faltete die Hände über seinem Bauch.

»Quinn, ich bin schon sehr lange in diesem Beruf ...«

»Ich weiß, ich weiß. Da lag ich noch in den Windeln«, stöhnte Josie. Allerdings bereute sie ihre Bemerkung sofort. Sie wartete darauf, dass Chitwood von seinem Stuhl aufspringen, mit einem krummen Finger auf sie zeigen und sie zusammenfalten würde. Aber nichts dergleichen geschah. Stattdessen lachte er. Josie war so perplex, dass sie sich einen Moment lang fragte, ob sie halluzinierte. Sie blickte sich im Raum um und fand es sehr schade, dass niemand von ihrem Team anwesend war, um es zu bezeugen. Sie würden ihr niemals glauben, wenn sie es ihnen erzählte. Chitwood sagte: »Seit Sie in den Windeln lagen, Quinn, habe ich unzählige Fälle bearbeitet, die bei mir das unbehagliche Gefühl hinterließen, ich hätte etwas übersehen, obwohl ich den Täter überführt hatte. Manchmal ist das einfach so. Manchmal, Quinn, muss man einfach mit diesem Unbehagen leben.«

Mit diesen Worten stand er auf und ging davon. Josie sah ihm nach, wie er in sein Büro zurückkehrte und die Tür hinter sich schloss. Sie fragte sich, ob dieser letzte Satz auf den Fall Urban oder auf sie selbst gemünzt war. In diesem Augenblick trat Gretchen aus dem Treppenhaus mit zwei Kaffeebechern, beide von Komorrah's, in das Großraumbüro.

In den meisten Gegenden der Stadt waren die Überschwemmungen endlich zurückgegangen und die dort ansässigen Geschäfte und Bewohner waren nun damit beschäftigt, sich wieder ihr normales Alltagsleben zurückzuerobern. Es gab immer noch Problemgebiete, die vom Katastrophenschutz überwacht wurden, und Hochwasserbereiche, in denen regelmäßig Boote patrouillierten, aber im größten Teil der Stadt hielt die Normalität nach und nach wieder Einzug. Misty war mit Harris und Pepper wieder nach Hause zurückgekehrt, und Josie und Noah blieben seltsam verlassen und sehr hungrig zurück. Gretchen stellte einen Pappbecher mit Kaffee vor Josie hin und ging hinüber zu ihrem eigenen Schreibtisch.

Josie zog die Lasche vom Deckel und ließ den Duft ihres Lieblingsgebräus von Komorrah's in ihre Nase steigen. Zu Gretchen sagte sie: »Du könntest meine Seelenpartnerin sein.«

Gretchen lachte. »Das wird Fraley nicht gern hören.«

Mettner kam herein und wedelte mit einem Stapel Papier. »Boss«, sagte er. »Ich bin gerade Hummel über den Weg gelaufen. Er hat mir diese DNA-Ergebnisse vom Fall Urban mitgegeben. Anscheinend hat Bürgermeisterin Charleston ihre Beziehungen spielen lassen, um die Untersuchung zu beschleunigen. Ein weiterer Sargnagel – im wahrsten Sinne des Wortes – für ihren verstorbenen Gegenkandidaten, nur Tage vor der ersten Runde der Bürgermeisterwahl. Ich schätze, wir werden sie für zwei weitere Jahre an der Backe haben.«

Er reichte ihr die Berichte und Josie blätterte die Seiten durch. »Marisol hatte recht. Kurt Dutton war der Vater von Beverlys Baby – und Silas der von Beverly. Vera hatte recht, als sie ihm sagte, er sei der Vater.«

»Meinst du, wir sollten es Silas sagen?«, fragte Mettner.

Josie legte die Seiten auf ihrem Schreibtisch ab und seufzte. »Glaubst du, er wird der Stadt die Kosten für Beverlys Beerdigung erstatten?«

Gretchen lachte spöttisch auf.

Noch bevor jemand weitersprechen konnte, trat Amber aus dem Treppenhaus in den Raum. Ihre Alabasterhaut war gerötet und sie ging hastig, fast so, als sei jemand hinter ihr her. »Detective Quinn«, sagte sie atemlos. »Ich habe etwas für Sie.«

Sie zog einen Bürodrehstuhl von einem der anderen Schreibtische weg, rollte ihn herüber und ließ sich neben Josie darauf fallen. Aus ihrer Tasche zog sie einen kleinen USB-Stick und reichte ihn Josie.

»Was ist das?«, fragte Josie.

»Sehen Sie es sich an«, erwiderte Amber. Ihr Atem ging rasch und ihre Brust hob und senkte sich. »Bitte.«

Josie steckte den Stick in ihren Computer und wartete, bis der PC ihn erkannt hatte.

Mettner trat zu ihnen und stellte sich hinter sie. »Amber, was gibt's Neues?«

Amber sah die beiden nacheinander an und sagte dann: »Ich war im Büro der Bürgermeisterin.« Sie hob beschwichtigend die Hand. »Ich weiß, ich weiß. Sie alle halten mich für eine Art Spionin. Das bin ich wirklich nicht. Ich bin nur die Verbindungsperson zwischen der Polizei und dem Bürgermeisteramt. Das bedeutet, dass ich mit der Bürgermeisterin über Dinge kommuniziere, die vielleicht an die Presse hinausgehen. Also war ich dort und wartete vor ihrem Büro, und Connie Prather wartete ebenfalls dort, um ihr einen Besuch abzustatten.«

»Im Rathaus?«, fragte Gretchen.

Amber nickte. »Connie ist vor mir hineingegangen. Ich hab mir zunächst nichts dabei gedacht, aber dann hörte ich, wie sie drinnen einander anschrien, und ich rückte meinen Stuhl ein Stück näher an die Tür. Sie sprachen darüber, was sie mit den Akten tun sollten, jetzt da Kurt tot ist. Bürgermeisterin Charleston meinte, das ginge sie nichts an und sie könne sich da nicht einmischen. Aber Connie sagte, es gehe sie sehr wohl etwas an, da sie die Bürgermeisterin sei. Ich konnte nicht hören, was als Nächstes gesagt wurde – etwas über Marisol. Tara fragte Connie, warum sie die Akten nicht einfach zur Polizei bringt, und Connie meinte, sie will nicht, dass die Polizei etwas herausfindet, und Tara solle sich darum kümmern. Dann kam jemand anderes ins Wartezimmer und ich konnte den Rest der Unterhaltung nicht verstehen. Aber kurz darauf kam Connie Prather tränenüberströmt herausgestürmt und hielt diesen USB-Stick fest umklammert in der Hand. Ich folgte ihr zur Toilette, und sie befand sich bereits in einer der Kabinen. Als sie herauskam, stellte sie ihre Tasche neben dem Waschbecken ab. Sie weinte immer noch, und als sie mich sah, ging sie zurück in die Kabine, um sich zu fassen. Ihre Tasche hatte sie direkt auf der Ablage am Waschbecken stehen gelassen. Ich griff hinein und fand den Stick ohne großes Suchen. Sie hat mich nicht dabei gesehen.«

»Moment mal«, sagte Josie. »Das heißt, Sie haben den Stick gestohlen? Wir können uns das nicht ansehen, Amber. Das ist nicht legal. Was immer da drauf ist ...«

»Bitte«, drängte Amber. »Sehen Sie es sich einfach an. Es ist wichtig.«

Mettner fragte: »Amber, wie kommen Sie darauf, einen USB-Stick von Connie Prather zu stehlen?«

Amber sah mit weit aufgerissenen Augen zu ihm auf. »Keiner in dieser Abteilung glaubt, dass ich auf Ihrer Seite stehe. Sie alle denken, ich bin eine Marionette der Bürgermeisterin. Und jetzt wird sie wohl sogar noch länger im Amt sein. Ich will unbedingt, dass Sie mir alle vertrauen. Vertrauen muss man sich verdienen, es wird einem nicht geschenkt.«

Josie versuchte, bei diesen Worten nicht zusammenzuzucken, während sie die PDF-Dateien auf dem Stick öffnete und sie durchsah. »Das sind Akten der Prather-Stiftung«, sagte sie. »Meines Erachtens sind das Stipendienanträge.«

Sie überflog ein paar weitere Dokumente. »Hier gibt es auch noch ein paar E-Mails. Sieht so aus, als hätte Marisol Dutton alle vier oder fünf Jahre eine Kandidatin für ein Studienstipendium der Stiftung auswählen dürfen.«

»Dutton Enterprises war jahrelang ein Hauptsponsor der Prather-Stiftung«, erklärte Amber.

»Das ist nicht illegal«, meinte Gretchen. »Und auch nicht, dass Marisol die Studentinnen ausgewählt hat. Die Prather-Stiftung ist privat. Sie ist nicht an dieselben Regeln gebunden wie eine gemeinnützige Stiftung.«

Josie scrollte etwas langsamer durch die Anträge. Die Namen darin kamen ihr bekannt vor, aber sie konnte sie nicht sofort zuordnen. »Wie hat Marisol überhaupt die passenden Studentinnen gefunden und ihre Anträge überprüft? Ich dachte, ihr einziger Job sei, hübsch auszusehen und Kurts Geld auszugeben.«

Josie kam zum letzten Antrag und las den Namen darin. Ein kalter Schauer durchlief sie.

»Was ist los, Boss?«, fragte Gretchen.

»Alice Adams«, sagte Josie. »Diese Anträge – das sind alles Namen, die wir auf den Führerscheinen gefunden haben, die Vera über die Jahre genutzt hatte.«

»Und das bedeutet was?«, fragte Mettner.

Josie scrollte durch weitere Dokumente. »Die Stiftung konnte ihre Schecks direkt an die Studierenden oder an ihre Eltern schicken und nicht an die betreffende Hochschule. Wie Gretchen schon sagte – private Stiftung, private Regeln. Alle vier bis fünf Jahre hat Marisol Dutton also eine junge Stipendiatin ausgewählt, die fortlaufend Schecks der Stiftung vom ersten Studienjahr bis zur Abschlussprüfung erhielt. Connie hat die Schecks abgezeichnet und sie wurden verschickt.«

»Aber nicht an diese jungen Frauen«, sagte Gretchen. »Sondern an Vera. Die sich als diese Frauen ausgab.«

»Richtig«, bestätigte Josie. »Nicht Kurt Dutton hat Vera in all diesen Jahren finanziell unterstützt, sondern Marisol. Sie hat das Geld über Connies Stiftung an Vera weitergeleitet.«

»Ach, du heilige Scheiße!«, entfuhr es Mettner. »Aber warum?«

»Ich habe eine Idee«, meinte Josie. »Aber wir müssen Connie und Marisol dazu befragen. Da Amber diese Akten leider gestohlen hat, können wir sie nicht verwenden. Wir müssen die beiden unbedingt dazu bringen, ein volles oder Teilgeständnis zu diesen Vorgängen abzulegen.«

Amber biss sich auf die Unterlippe und fragte: »Und wie wollen Sie das erreichen?«

»Ich weiß es nicht«, sagte Josie. »Aber ich glaube, wir sollten zuerst einmal mit Connie darüber reden.«

ACHTUNDVIERZIG

Josie und Gretchen standen auf Connie Prathers Eingangstreppe. Sie hatten mehrere Male geklingelt und geklopft, aber niemand machte auf. Gretchen meinte: »Vielleicht ist sie mit ihrem Hund spazieren?«

»Dann lass uns auch eine Runde drehen«, schlug Josie vor.

Auf halber Strecke zur nächsten Straßenkreuzung kamen sie an Calvin Plummers Haus vorbei. Der Lexus LX des Anwalts parkte in der Einfahrt, ebenso wie Tammys Honda. Als Josie vorüberging, trat Tammy gerade aus dem Haus und ging auf ihr Auto zu. Josie winkte ihr zu und sie winkte zurück. »Was machen Sie denn hier?«, fragte sie.

»Wir suchen jemanden«, erklärte Josie. »Connie Prather. Sie hat dieses winzige Hündchen. Weißes Fell. Sieht aus, als würde es in eine Handtasche passen.«

Tammy deutete die Straße hinunter, in die Richtung, in die auch Josie und Gretchen gehen wollten. »Sie ist vor etwa einer halben Stunde da runter zum überschwemmten Bereich gegangen.«

»Ist es dort immer noch überflutet?«, fragte Josie.

»Hinter der Siedlung? Ja. Wenn Sie zur nächsten Querstraße kommen, gehen Sie nach links. Dort sehen Sie ein großes, unfertiges Haus. Dahinter befindet sich die Stelle, wo der Graben in die größere Überschwemmungszone übergeht. Das Wasser steht dort immer noch ziemlich hoch. Seien Sie einfach vorsichtig. Ich weiß nicht, was sie dort unten tut, aber eine Menge Leute gehen dorthin, um die Schäden zu begutachten.«

Josie bedankte sich, und sie und Gretchen folgten Tammys Hinweisen, bis sie zu dem beschriebenen Haus gelangten. Es ragte groß und imposant vor ihnen auf, war aber eingehüllt in eine Bauplane, die im Wind hin und her schlug und ein lautes flatterndes Geräusch verursachte wie das von hundert riesigen Fluginsekten. Connie und ihr Hündchen waren nirgends zu sehen, daher entschieden sie sich, seitlich am Haus entlang durch Schlamm und Dreck in Richtung des künftigen Gartens hinter dem Haus zu gehen.

Die Veranda auf der Rückseite des Hauses war noch im Bau, und rundherum erstreckten sich etwa viertausend Quadratmeter vom Hochwasser durchweichtes, abschüssiges Land, das unten von einem Baumstreifen begrenzt wurde. Josie konnte kaum weiter als bis zu den Bäumen sehen.

»Meinst du wirklich, sie ist hier hinter dem Haus weitergegangen?«, fragte Gretchen.

»Ich weiß nicht«, erwiderte Josie. »Um mit ihrem Hündchen Gassi zu gehen? Das kommt mir komisch vor.« Dennoch gingen sie weiter über die Fläche hinter dem Haus.

»Ist das dort Wasser?« Gretchen blieb stehen und deutete vor sich. »Auf der anderen Seite dieser Bäume?«

Josie wanderte mit dem Blick die Grundstücksgrenze entlang, bis sie zwischen den Bäumen an ein paar Stellen schlammiges Wasser durchblitzen sah. »Ich glaube, das ist dieser berühmt-berüchtigte Graben.«

Sie gingen noch ein paar Schritte auf die Bäume zu. »Pass auf«, rief Gretchen, blieb abrupt stehen und hinderte Josie mit ausgestrecktem Arm am Weitergehen. Als Josie auf ihre Füße hinunterblickte, sah sie, dass das Gras von einem langen, schlammigen Streifen abgelöst wurde, der mit Betonbrocken durchsetzt war. Ein Blick zurück zeigte ihr, dass sie bereits etwa auf halber Strecke zwischen dem Haus und den Bäumen angelangt waren. »Da stand vorher wohl eine Mauer«, mutmaßte Gretchen. »Das hier ist die Grundstücksgrenze von dem Haus dort oben.«

»Die Mauer ist wohl in sich zusammengefallen«, meinte Josie. Von dort, wo sie standen, waren die Nachbarhäuser gerade noch sichtbar. Jedes von ihnen hatte eine robuste Grenzmauer zwischen den gepflegten Rasenflächen und dem Baumstreifen, der die Anwesen vom Graben trennte.

»Und was ist auf der anderen Seite des Grabens dort drüben?«, fragte Gretchen.

»Da liegt ein Gebiet, in dem die Überschwemmung noch nicht zurückgegangen ist. Einer der Nebenflüsse des Susquehanna River verläuft durch das Viertel, das an Quail Hollow angrenzt. Als der über die Ufer getreten ist, hat er bis zum Graben alles überschwemmt und dieses Hochwasser hier ausgelöst. Jetzt ist das alles eine riesige Überschwemmungszone.«

»Die Grenzmauer an der Rückseite dieses Hauses war entweder noch nicht fertiggestellt oder zu schwach, um standzuhalten, als der Graben überlief. Jetzt ist ja nichts mehr von ihr übrig«, sagte Gretchen. »Es gibt also keinen Grund für Connie Prather oder jemand anderen, sich hier hinten aufzuhalten.«

»Irgendetwas stimmt hier nicht«, sagte Josie. »Hörst du das?«

Sie blieben stehen und lauschten. Der Wind brachte die Blätter der Bäume zum Rascheln, aber vom Graben her hörten sie auch Stimmen heraufdringen.

»Lass uns weitergehen«, sagte Josie. »Aber sei vorsichtig.«

Während sie mühsam versuchten, das Stück mit den

rutschigen, schlammbedeckten Betonbrocken zu überwinden, deutete Gretchen auf eine Reihe von Fußabdrücken. Sie gehörten zu zwei verschiedenen Paar Schuhen. »Geh in diesen Spuren. Da tun wir uns leichter.«

Josie streckte ihre Arme zur Seite aus, um ihr Gleichgewicht zu halten, während sie von einem unförmigen Betonbrocken zum nächsten balancierte. Gretchen legte beide Hände auf Josies Schultern, um sich abzustützen, und folgte ihr langsam. Die Stimmen wurden lauter. Schließlich wurden die Betonbrocken von schlammigem Erdreich abgelöst, das von Baumwurzeln durchzogen war. Josie sah jetzt den Graben, etwa dreißig Meter vor ihnen, hinter den Bäumen, mit seinem aufgewühlten, schlammigen Wasser. Dahinter erstreckte sich eine weitere, riesige Wasserfläche.

Sie und Gretchen gingen durch die Bäume auf die Stimmen zu, bis sie klarer verständlich waren. Ihre Füße blieben bei jedem Schritt im Schlamm stecken, sodass es schwierig war, rasch voranzukommen. Josie erwartete jedes Mal, wenn ihre Sneaker wieder ein schmatzendes Geräusch von sich gaben, dass die Stimmen innehalten würden, aber das geschah nicht. Schließlich ließen sie die letzten Bäume hinter sich. Ein schmaler Streifen unbefestigten Erdreichs verlief zwischen den Bäumen und dem Graben. Wieder ragten knorrige Wurzeln wie Arme aus der Erde. Es hatte offensichtlich in diesem Bereich einen kleinen Erdrutsch gegeben, wahrscheinlich als das Hochwasser oben über die Grundstücksmauer gestiegen war und sie zerstört hatte. Von dort, wo sie jetzt standen, ging es, so schätzte Josie, fast vier Meter steil hinunter zum Wasser. Sie stellten sich hinter eine große Eiche und reckten die Hälse, um die zu den Stimmen gehörigen Personen zu entdecken.

Etwa zwanzig Meter flussaufwärts sah Josie zunächst Connie Prather, die nahe bei den Bäumen stand. Ihr Hündchen hielt sie an ihre Brust gedrückt. Leuchtend pinkfarbene

Gummistiefel zierten ihre Füße und ein Regenmantel in derselben Farbe ergänzte das Ensemble, obgleich es nicht mehr regnete. »Geh vom Rand zurück, Mar, ich bitte dich. Du machst mir Angst.«

Marisol stand in etwa einem knappen Meter Entfernung von ihr so dicht an der Abbruchkante, wie es möglich war, ohne dass der Boden unter ihr einfach nachgeben würde. Einer ihrer schwarzen Gummistiefel stieß an eine schlammbedeckte Baumwurzel. Als sie nichts erwiderte, fuhr Connie fort. »Ich weiß nicht, warum du unbedingt hier draußen etwas mit mir bereden willst.«

Marisol lachte, drehte aber Connie weiterhin den Rücken zu. »Weil du mir gleich etwas sehr Schlimmes vorwerfen willst und ich vermeiden will, dass das irgendjemand zufällig mithört.«

»Ich will dir gar nichts vorwerfen. Ich sage nur, dass im Zuge all dessen, was über Kurt herausgekommen ist, einige … Unregelmäßigkeiten bei deiner Tätigkeit in unserer Stiftung zum Vorschein getreten sind. Ich habe mit Tara darüber gesprochen und sie …«

Marisol wirbelte mit vor Wut blitzenden Augen zu ihr herum. Die Schwellung in ihrem Gesicht war zurückgegangen, aber durch den abheilenden Bluterguss schillerte ihre Haut immer noch in unterschiedlichen Violett- und Gelbtönen. »Du hast mit Tara gesprochen? Tickst du noch ganz richtig?«

Connie drückte ihr Hündchen enger an ihren Körper und trat einen Schritt zurück. »Tara wollte mir nicht mal zuhören. Sie hat mir gesagt, ich soll zur Polizei gehen.«

Marisol schien sich zu beruhigen und das plötzliche Aufflackern von Wut, das Josie bei ihr gesehen hatte, war verflogen. Stattdessen lächelte sie höhnisch. »Du willst zur Polizei gehen, weil du mich ein Paar Studentinnen hast aussuchen lassen, die Stipendien von eurer Stiftung bekommen haben? Hörst du dir eigentlich selbst zu? Connie, ich weiß, dein Leben ist langweilig, vielleicht willst du es unbedingt ein wenig aufregender machen, aber lass mich dabei außen vor. Ich musste letzte Woche meinen Mann erschießen. Ich hab wirklich genug durchgemacht.«

»Dann erklär mir doch einfach, was du mit den Stipendienanträgen gemacht hast?«

Marisol verdrehte die Augen. »Ich weiß nicht, wovon du redest, Con.«

»Es war deine Idee – meine Stiftung zu benutzen.«

»Sie wofür zu benutzen?«

Connie erhob die Stimme: »Verdammt, das weißt du ganz genau!« Ihr Hündchen jaulte auf und Connie setzte es auf dem Boden ab, die Leine locker um ihr Handgelenk geschlungen. »Die jungen Frauen, die du angeblich für die Stipendien ›ausgewählt‹ hast – du selbst warst diejenige, die ihre Antragsformulare ausgefüllt hat. Vier verschiedene Anträge, vier verschiedene Namen, viele ähnliche Antworten und dieselbe Handschrift in der Unterschriftszeile – deine.«

»Das kannst du nicht beweisen«, erwiderte Marisol verächtlich.

»Ich habe recht, nicht wahr? Du hast gar keine jungen Frauen ausgesucht. Du hast sie erfunden und in ihrem Namen Anträge ausgefüllt und dann hast du das Geld eingesackt, oder? Wofür war das Geld?«

Marisol gab keine Antwort. Stattdessen trat sie rückwärts einen Schritt näher an die Abbruchkante heran. Josie und Gretchen kamen hinter dem Baum hervor.

»Sie hat Vera Urban damit unterstützt«, sagte Josie.

Connie schrak zusammen, als sie Josies Stimme hörte, und Marisol hob den Kopf. Jetzt aus der Nähe sah Josie, dass ihre Augen blutunterlaufen waren. »Na, großartig«, höhnte Marisol. »Connie, hast du das gemacht? Die Cops gerufen?«

Connie schüttelte den Kopf. »Nein. Ich hab sie nicht angerufen.«

»Warum sind sie dann hier?«, fragte Marisol. Sie schrie jetzt fast und ihre Alkoholfahne wehte zu Josie und Gretchen herüber.

Josie trat noch einen Schritt näher, dicht gefolgt von Gretchen. Zu ihrer Rechten erstreckte sich kilometerweit das Wasser und mehrere verlassene Häuser – die Fenster wie leere Augenhöhlen – erhoben sich in der Ferne aus der braunen Brühe.

»Wir sind hergekommen, um Ihnen ein paar Fragen zu stellen«, sagte Gretchen.

»Mir?«, fragte Marisol nach. Sie ging noch einen kleinen Schritt zurück und stolperte kurz, bevor sie sich wieder fangen konnte.

»Ihnen beiden«, erwiderte Josie.

Marisol ging jetzt auf die Bäume zu. »Ich muss wegen diesem Quatsch nicht hierbleiben.«

Sie war gerade an Connie vorbeigegangen, da rief ihr Josie zu: »Wollen Sie Ihrer Freundin nicht erklären, wie Sie in den vergangenen sechzehn Jahren ihre Stiftung dazu benutzt haben, Vera Urban ihr Leben zu finanzieren?«

Marisol blieb abrupt stehen. Sie starrte an Connie vorbei Josie wütend an. »Sie wissen ja nicht, worüber Sie reden, verdammt noch mal. Ihr seid doch alle total verrückt.«

Josie richtete den Blick auf Connie. »Hätte Marisol die Stiftung nicht benutzt, hätte sie ihrem Ehemann wohl kaum erklären können, wofür sie jedes Jahr so viel Geld ausgab. Und die Namen der Antragstellerinnen? Die jungen Frauen dazu gab es wirklich. Vera hat sie ausgesucht und ihnen den Führerschein geklaut. Die Stiftung hat Vera unter den Namen ihrer falschen Identitäten über Jahre hinweg Schecks geschickt, und keiner hat es gemerkt. Und Vera benutzte von ihr selbst gefälschte Ausweise, um die Schecks bei den Banken einzulösen, die sie ausgestellt hatten. Vermutlich fuhr sie dazu immer zu einer anderen Filiale weit entfernt von ihrem jeweiligen Wohnort, damit sich niemand an sie erinnern würde.«

Connie wandte den Kopf ruckartig in Marisols Richtung. Das Hündchen zu ihren Füßen winselte. »Stimmt das, Mar? Aber warum? Warum hast du das getan?«

Marisol sagte nichts.

»Ja, Marisol, erzählen Sie uns doch«, fuhr Josie fort, »warum Sie Vera über all die Jahre, in denen sie sich versteckt hielt, finanziell unterstützen mussten? Und warum Vera überhaupt untertauchen musste?«

»Sie wissen doch, warum«, entgegnete Marisol. »Ich hab's Ihnen doch erzählt.«

»Nachdem Sie Kurt erschossen hatten, erzählten Sie uns, dass Vera untertauchen musste, weil sie Zeugin von Beverlys Ermordung geworden war. Sie war dort in der Nacht, als Ihr Mann Beverly tötete, nicht wahr? Was ist wirklich passiert?«

Marisol schob beide Hände in die Taschen ihrer schwarzen Regenjacke. Langsam hob sie den Kopf und sah Josie direkt in die Augen. »Das habe ich Ihnen bereits erzählt.«

»Sie haben uns eine Version davon aufgetischt, was passiert sein könnte. Jetzt wollen wir aber die Wahrheit hören«, sagte Gretchen.

Connie sah ihre Freundin entsetzt an. »Mar, worüber reden die da? Du hast gesagt, Vera hat versucht, Kurt daran zu hindern, und dann ...«

Marisol schnaubte entnervt und schnitt Connie das Wort ab. »Vera hat nicht eingegriffen. Meinst du, Vera hätte Kurt daran hindern können? Sie hatte schwere Rückenprobleme. Er war einen Kopf größer als sie. Er hat ihr Angst gemacht. Da hat sie sich versteckt. Sie ist nach Hause gekommen, durch die Hintertür, und hörte Kurt und Beverly im Wohnzimmer streiten. Beverly wollte das Baby behalten. Sie wollte die Affäre öffentlich machen. Kurt hat sie kaltblütig ermordet. Vera hat mir erzählt, dass Beverly zu ihm sagte, es gäbe nichts, womit er sie überzeugen könne, das Baby wegmachen zu lassen. Beverly forderte Kurt auf, zu gehen. Sie wandte sich von ihm ab und wollte weggehen – und Kurt hat eine Pistole aus seiner Tasche gezogen, gezielt und abgedrückt. Vera hat das alles mitangesehen. Als Kurt Beverly erschossen hatte, rannte Vera davon und versteckte sich im Dielenschrank. Sie hatte furchtbare Angst, dass er mit ihr dasselbe machen würde, wenn er sie dort fände. Ihr habt ja gesehen, was er mit mir gemacht hat. Er konnte richtig wütend werden, und in solchen Fällen wusste ich nie, ob er mich umbringen würde oder nicht. Er hat mich nicht oft geschlagen – nur wenn ich ihm Vorwürfe wegen seiner Affären mit jungen Mädchen gemacht oder davon gesprochen hab, ihn zu verlassen –, aber wenn er mich schlug, dann war es fürchterlich. Er war ein Monster. Vera hat diese Seite von ihm gesehen, und sie hatte Angst.«

»O Gott, Marisol«, sagte Connie. »Aber woher weißt du das alles?«

»Weil Vera es mir erzählt hat.«

»Vera ist zu Ihnen gegangen statt zur Polizei?«, fragte Josie.

»Aber warum?«, wollte Gretchen wissen.

»Kurt war mein Mann«, sagte Marisol, als ob das alles erklären würde. »Und Vera war meine Freundin.«

»Aber Sie hatten Vera doch sechzehn Jahre lang nicht gesehen«, wunderte sich Josie. »Und allem Anschein nach hatte Vera Kurt überhaupt nie getroffen. Es war ja nicht so, dass er dabei war, wenn Sie Ihre Partys veranstaltet haben. Vera hatte ihm gegenüber keine Verpflichtungen. Sie hatte nicht einmal einen Grund, Angst vor ihm zu haben, solange sie sich aus dem Haus schlich, ohne dass er merkte, dass sie dagewesen war.«

»Er war ein äußerst mächtiger Mann«, sagte Marisol.

»Nein«, hielt Gretchen dagegen. »So mächtig nun auch wieder nicht. Vera war eine Augenzeugin. Sie hätte einfach nur zum nächstbesten Telefon gehen und die Polizei anrufen müssen. Und die hätte ihn dabei ertappt, wie er Beverlys Leiche unter dem Kellerfundament vergrub.«

»Vera ist wegen etwas anderem zu Ihnen gekommen«, sagte Josie.

Connie blickte von Marisol zu Josie und Gretchen und wieder zurück. »Worüber sprechen die, Mar?«

»Halt den Mund«, fuhr Marisol sie an.

»Der einzige Grund«, fuhr Josie fort, »den ich mir denken kann, warum Vera zu Ihnen hätte kommen sollen – nach sechzehn Jahren –, statt zur Polizei zu gehen, ist der, dass Sie beide etwas zu verbergen hatten. Und Sie waren dabei voneinander abhängig. Sie wären beide in große Schwierigkeiten geraten, wenn alles herausgekommen wäre.«

»Wenn *was* herausgekommen wäre?«, fragte Connie und ihr Blick flog von einer zur anderen.

Josies und Marisols Blicke trafen sich. »Sie waren Beverlys Mutter, nicht Vera.«

Marisol schnappte nach Luft.

Connie zuckte zusammen. »Ist das wahr, Marisol? Du hattest ein *Baby*?«

Marisols Gesicht verzerrte sich vor Wut. »Halt den Mund!« Sie sah Josie an. »Das können Sie nicht beweisen.«

Josie zuckte mit den Schultern. »Ich könnte es beweisen, wenn Sie sich einem DNA-Test unterziehen würden.«

Connie fragte: »Wie haben Sie das ... Wie konnten Sie das überhaupt herausfinden?«

»Marisol war in einer Entzugsklinik, während Vera schwanger war. Sie hat Vera sogar eine Karte geschrieben und sich dafür entschuldigt, dass sie nicht bei ihr sein konnte. Sie schrieb ihr, sie sei für ein Jahr in einer Entzugsklinik in Colorado. Genug Zeit also, um ein Baby zu bekommen. Vera musste bereits sehr früh in ihrer Schwangerschaft liegen und dennoch weiß keiner, wer in dieser Zeit für sie sorgte und ihr half. Sie erzählte allen, sie sei zu ihrem Bruder nach Georgia gegangen, aber es gibt Unterlagen dazu, dass sie in der Geisinger-Klinik entbunden hat.«

»Außerdem hatten Vera und ihr Bruder seit Jahren keinen Kontakt mehr«, ergänzte Gretchen. »Sie wäre nie zu ihm gegangen, und das tat sie auch nicht. Nein. Ich glaube, dass Marisol hierher, nach Pennsylvania, zurückgekommen ist, bevor sie nicht mehr reisen konnte, und dass sie und Vera sich hier in dem Haus in der Hempstead Road verkrochen haben, bis bei Marisol die Wehen einsetzten.«

»Mrs Dutton«, fragte Josie, »wie haben Sie es geschafft, Veras Namen auf Beverlys Geburtsurkunde zu bekommen?«

Als Marisol nichts sagte, drängte Connie sie: »Mar? Hast du das getan? Hast du das wirklich alles getan?«

Marisol starrte ihre Freundin wütend an und fauchte: »Ich bin nicht irgendeine Idiotin, Connie. Ich weiß, dass du mich für eine hältst, aber immerhin habe ich es all diese Jahre geschafft, das durchzuziehen, oder nicht?« Sie sah Josie und Gretchen an. »Ich hab Veras Führerschein genommen und vorgegeben, sie zu sein. Damals hat Vera zum ersten Mal einen Führerschein gefälscht, indem sie ihr Foto darauf mit meinem ausgetauscht hat. Keiner in der Geisinger-Klinik kannte uns beide. Keiner hat Fragen gestellt. Ein paar Tage später bin ich zurück nach Colorado. Ich hatte dort mittlerweile in einem Apartment gewohnt. Mein Mann hatte keine Ahnung. Und es interessierte ihn auch nicht.«

»Er erfuhr nie, dass Sie schwanger waren«, sagte Josie. »Sie wollten nicht, dass er es erfuhr, weil das Baby von Silas Murphy war.«

Connie stieß einen unterdrückten Schrei aus. »Du warst schwanger von ihm? Mar? Ist das wahr?«

Marisol beachtete Connie gar nicht, sondern lachte bitter auf. »Ja, schließlich ist es der Traum jedes Ehemannes, dass seine Frau ein Kind von einem Drogendealer bekommt. Natürlich konnte ich dieses Baby nicht mit nach Hause bringen, ich konnte es aber auch nicht … wegmachen lassen.«

»Haben Sie Vera gebeten, das Baby zu sich zu nehmen, oder hat sie es Ihnen angeboten?«

»Ich weiß es nicht mehr«, erwiderte Marisol. »Es ist alles wie im Nebel. Vera wünschte sich verzweifelt ein Baby, und mein Mann wollte überhaupt keine Kinder haben.«

Connie ließ fassungslos die Hände sinken, die Hundeleine glitt ihr vom Handgelenk und fiel zu Boden, aber sie bückte sich nicht, um sie aufzuheben. Sie konnte ihren Blick nicht von Marisol losreißen.

»Warum haben Sie ihn nicht verlassen?«, fragte Gretchen.

»Abgesehen von der Tatsache, dass er mich in diesem Fall tatsächlich getötet hätte? Ich hab ihn nicht verlassen, weil ich sonst absolut mittellos gewesen wäre. Das Geld? Das gehörte alles ihm. Er hat es in die Ehe gebracht und er hat immer mehr und mehr und mehr verdient. Wir hatten einen Ehevertrag. Ich musste zwanzig Jahre lang treu und kinderlos bleiben, bevor ich irgendwelche Besitzansprüche aus der Ehe gehabt hätte.«

»Ist das überhaupt legal?«, fragte Josie.

Connies Hündchen trottete davon zu den Bäumen und schnüffelte mit der Leine im Schlepptau dort herum. Tränen rannen über Connies Wangen, während sie zuhörte, als ihre Freundin jahrzehntealte Geheimnisse preisgab.

»Ich weiß nicht«, antwortete Marisol. »Warum fragen Sie nicht die achtzehnjährige Marisol? Sie war eine kluge junge Frau, die einen Typen in einem Restaurant kennenlernte, in dem sie kellnerte. Sie unterschrieb, was immer er ihr zu unterschreiben gab, blieb daheim wie ein gutes kleines Frauchen, kochte und sorgte für ein schön eingerichtetes Zuhause, während er loszog und nach der nächsten Achtzehnjährigen suchte, die seine Bedürfnisse befriedigte. Sie saß in diesem großen alten Haus allein, Jahr für Jahr, während er auf der ganzen Welt herumreiste, manchmal monatelang am Stück. Sie wurde geschlagen, wenn sie sich beklagte. Die junge Frau, die das alles einfach nur fantastisch fand, könnte Ihnen wahrscheinlich sagen, ob dieser Ehevertrag, den sie nicht einmal gelesen hatte, bis sie fünfundzwanzig war, legal war oder nicht.«

»Das tut mir leid«, sagte Josie.

In Marisols Augen glitzerten Tränen. »Vera war meine Freundin. Ich weiß, es klingt dumm, aber sie war mir eine gute Freundin. Wir haben diesen Plan zusammen ausgeheckt. Wir waren jung und dumm und ich hatte wahnsinnig Schiss. Aber ich wusste, wenn wir das durchziehen, dann würde Vera gut für das Baby sorgen, und das hat sie auch getan. Sie war eine wundervolle Mutter. Viel besser, als ich es je gewesen wäre. Zumindest war sie das, bis Beverly etwas älter wurde und sich furchtbar aufführte.«

»Vera war mit den Nerven am Ende und rief Sie an«, vermutete Josie. »Sie wollte, dass Sie Beverly zu sich nehmen.«

Connie trat einen Schritt näher an Marisol heran und starrte ihrer Freundin ins Gesicht, als sei sie eine völlig Fremde. »Das hast du wirklich alles getan?«, fragte sie ungläubig.

Marisol ignorierte ihre Frage und wandte sich schniefend an Josie: »Ich weiß nicht, ob sie das ernst meinte oder ob sie einfach ihren Frust rauslassen wollte. Aber ich sagte ihr, dass das gar nicht in Frage kam. Wir konnten nicht ungeschehen machen, was wir getan hatten. Wir konnten nicht plötzlich mit der Wahrheit herausrücken. Ich bot ihr mehr Geld an und ich schaffte es auch, ihr jahrelang zusätzliche Beträge zukommen zu lassen, bis Beverly sie die Treppe hinunterstieß. Kurt gab mir ein Taschengeld für Kosmetikbehandlungen, Kleider, Friseurbesuche und so. Ich hab mich bei vielen Dingen eingeschränkt und Vera das Gesparte in bar gegeben. Dann wurde sie tablettenabhängig und konnte gar nicht mehr genug Geld kriegen. Sie ließ mich nicht in Ruhe und dann hat Kurt – dieser verdammte, perverse Kurt – Beverly gegenüber von diesem alten Theater kennengelernt. Sie hat in irgendeinem Pizzaladen oder so gearbeitet.«

»Es war eine Eisdiele«, korrigierte Josie sie.

Marisol verdrehte die Augen. »Was auch immer. Das war jedenfalls seine übliche Vorgehensweise. Er ist immer in diese Billiglokale gegangen, wo Collegestudentinnen arbeiteten. Er hat sie sich geangelt, sich ein bisschen mit ihnen vergnügt und ist dann weitergezogen. Außer dass Beverly noch gar keine Collegestudentin war.«

»Sie sah aber wie eine aus«, meinte Josie.

Marisol nickte. »Ja, das stimmt. Jedenfalls hab ich es herausgefunden. Ich hab über alle seine Girls Bescheid gewusst. Ich hab immer versucht, alles im Auge zu behalten, und auf eine gute Gelegenheit gewartet, ihn zu erpressen. Aber der Zeitpunkt war irgendwie nie der richtige.«

Connies Hand schoss vor und sie schubste Marisol heftig. Marisol taumelte rückwärts und fiel beinahe über die Abbruchkante. Ihre Füße suchten nach Halt, doch die aufgeweichte Erde brach in rasanter Geschwindigkeit unter ihr weg. Josie machte einen Satz auf sie zu, fiel dabei auf den Bauch und packte Marisol an beiden Handgelenken. Die Naht an ihrem Bein brannte. »Hilf mir«, schrie sie Gretchen zu.

Gretchen kniete sich auf die Erde und versuchte, an der Abbruchkante einen Platz zu finden, der nicht nachgeben würde. Sie griff hinüber und half Josie, Marisol zurück nach oben zu ziehen. Sobald Marisol wieder in Sicherheit war, setzte sie sich auf ihr Hinterteil und ihr Brustkorb hob und senkte sich heftig. Sie starrte Connie finster an. »Was ist denn dein Problem?«

Connie streckte anklagend den Finger gegen sie aus. »Mein Problem? Mein Problem ist, dass du eine Lügnerin und ein hinterhältiges Miststück ohne Rückgrat bist!«

»Ach, verpiss dich, Connie, du mit deiner perfekten Ehe

und deinen perfekten Kindern und deiner wohltätigen Stiftung. Du machst mich krank. Immer musst du alles bewerten.«

Josie und Gretchen waren aufgestanden, wischten den Schmutz von ihren Jeans und stellten sich näher neben Connie, falls sie versuchen sollte, Marisol erneut ins Wasser zu stoßen. Josie gab sich alle Mühe, die Schmerzen in ihrem Oberschenkel zu ignorieren.

Hysterisches Gelächter brach aus Connies Kehle hervor. »Ich? Dich bewerten? Du hast dein Kind weggegeben. Du hast Beverlys Mord vertuscht! Du hast mit Silas geschlafen.«

»Du hast auch mit Silas geschlafen.«

Connie schüttelte den Kopf, also wollte sie die Anschuldigung abschütteln. »Du hast all das getan, und dann hast du meine Stiftung dazu missbraucht, um deine Lüge aufrechtzuerhalten. Wenn das herauskommt, ist unser Leben ruiniert!«

Marisol rappelte sich hoch. »Du bist doch diejenige, die immer davon spricht, zur Polizei zu gehen. Nun, da haben wir's! Da ist die Polizei.«

»Du bist eine Verbrecherin, Mar. Du hättest Kurt schon vor Jahrzehnten verlassen können. Stattdessen lässt du ihn ein Mädchen nach dem anderen verführen. Du lässt dich von ihm schlagen. Du lässt ihn mit deiner eigenen Tochter schlafen!«

»Ich hab mich nicht von ihm schlagen *lassen*. Meine Güte, Connie. Jetzt machst du es ja schon wieder, du bewertest uns alle durch die Linse deines perfekten, bequemen Lebens. Denkst du denn, es ist eine Kleinigkeit, sich von jemandem scheiden zu lassen, der dich schon mehr als einmal beinah umgebracht hat? Und zu deiner Information, ich hab ihn nicht mit Beverly schlafen *lassen*!«, schrie Marisol. »Es ist einfach passiert und ich hab ihn deswegen zur Rede gestellt. Ich hab ihm nie erzählt, wer sie war oder woher ich sie kannte. Ich hab nur gesagt, ich hätte sie zusammen gesehen, ich wäre ihr gefolgt und hätte herausgefunden, dass sie noch auf der Highschool ist. Wir hatten den größten Streit aller Zeiten. Er hat mir das

Handgelenk gebrochen. Ich wusste, er würde nicht aufhören, sich mit ihr zu treffen, und die ganze Sache war einfach zu widerlich ...«

»Also hast du getrunken, um alles zu vergessen?«, stellte Connie fest.

»Nein, ich hab Vera gebeten, einzuschreiten. Sie sollte mit Beverly reden.«

»Aber Beverly war ja schon stinksauer auf Vera und hat ihr Vorwürfe gemacht«, warf Josie ein. »Sie dachte, dass Vera ihr die Identität ihres Vaters vorenthielt.«

»Nun, das stimmte ja auch«, entgegnete Marisol. »Aber ja, Beverly wollte einfach nicht zuhören. Dann wurde sie schwanger. Vera und ich überlegten, was wir tun sollten. Ich wusste, dass Kurt dieses Baby nicht würde haben wollen. Er wollte noch nie Kinder haben. Ich wusste, dass es in einer Katastrophe enden würde. Wir wussten nicht weiter, und dann hat er Beverly umgebracht. Vera lief weg. Sie kam zu mir. Sie war total verängstigt und verstört. Ein nervliches Wrack. Sie wollte zur Polizei gehen.«

»Aber Sie haben sie überzeugt, das nicht zu tun.«

»Ich konnte das nicht riskieren. Was, wenn mein Geheimnis dabei herausgekommen wäre?«

»Vera hat Beverly aufgezogen wie ihre eigene Tochter«, sagte Josie. »Und sie hat das einfach so hingenommen?«

»Zuerst nicht«, sagte Marisol. »Ich musste jede Menge Überzeugungsarbeit leisten, damit sie meinem Plan zustimmte, aber schließlich tat sie es. Ich hab ihr gesagt, dass Kurt uns beide töten würde, wenn wir versuchen, zur Polizei zu gehen – oder wenn sie ohne mich zur Polizei ginge. Dann würde er sie begraben, im übertragenen, aber auch im wortwörtlichen Sinn. Ich dagegen hab ihr ein Leben im Luxus angeboten. Alles, was sie tun musste, war den Mund halten, mein Geld nehmen, sich mit ihrer Katze aufs Sofa setzen und fernsehen.«

»Bis Beverlys Leiche gefunden wurde.«

Marisol entgegnete: »Wir haben nie erfahren, was er damit gemacht hat. Als Vera das Ganze in den Nachrichten gesehen hat, kam sie zurück. Sie ist in einem Uber oder so was hierhergefahren. Tauchte vor meiner Haustür auf. Ich weiß nicht, was sie sich dabei gedacht hat.«

»Sie hat gedacht, dass es nun an der Zeit war, das Richtige zu tun.«

»Und Kurt hat sie dafür umgebracht«, sagte Marisol.

»Nein«, widersprach Josie. »Das stimmt nicht. Er hatte keine Ahnung, dass sie überhaupt noch am Leben war. Er wusste nicht einmal, dass sie den Mord beobachtet hatte. Sie ist nicht zu ihm gekommen und hat ihm gesagt, sie wolle endlich reinen Tisch machen. Sie kam zu Ihnen, und sie sagte, sie würde reden. Der Polizei alles erzählen. Bis ins kleinste Detail.«

»Du hast Vera getötet?«, rief Connie entsetzt.

Marisol drehte sich zu ihrer Freundin um und sah sie eine Weile nachdenklich an. Aus dem Augenwinkel sah Josie, dass Marisols Hände wieder in ihren Jackentaschen verschwanden.

»Marisol, stopp!«, schrie Gretchen, aber es war zu spät.

Marisol zog mit der rechten Hand eine Pistole aus ihrer Tasche. Noch bevor sie sie auf Connie richten konnte, hatte Josie schon ihre eigene Waffe aus dem Holster gerissen und zielte auf Marisols Brustkorb. Gretchen trat neben Josie. Auch sie hatte ihre Waffe auf Marisol gerichtet.

»Bleiben Sie stehen«, befahl ihr Josie. »Keine Bewegung!«

Marisol ging einen Schritt nach vorn und drückte den Pistolenlauf auf Connies Stirn. Connies Stimme klang hoch und piepsig, fast ungläubig, als könne das, was da gerade vor sich ging, gar nicht sein. »Mar, hör auf! Weißt du denn überhaupt, wie man so ein Ding benutzt?«

Marisol verpasste Connies Kopf mit dem Pistolenlauf einen kleinen Stoß. »Das weiß ich. Rate mal, wer es mir beigebracht hat. Mein mich liebender Ehemann. Absurd, nicht wahr? Er wollte, dass ich mich zu Hause selbst verteidigen kann, wenn er auf Reisen unterwegs ist. Ich hoffte, dass ich sie eines Tages dazu nutzen kann, ihn zu erschießen, und das hab ich dann ja auch getan.«

Sie hatte auch vorgehabt, Connie zu töten, als sie die Freundin hierher gelotst hatte, wurde Josie klar.

Als Marisol die Waffe nicht sinken ließ, schrie Connie: »Mar, was tust du?«

»Marisol, beruhigen Sie sich. Nehmen Sie die Waffe herunter. Das hier ist alles unnötig.«

Marisol verdrehte die Augen. »Unnötig. Sie sind die Polizei. Ich hab Ihnen gerade alles gestanden. Meinen Sie, ich lasse mir jetzt einfach Handschellen anlegen und mich ins Gefängnis abführen?«

Josie warnte: »Wir sind in der Überzahl.«

Marisol lachte und drückte wieder den Pistolenlauf in Connies Haut. »Ach, wirklich? Sie meinen, eine von Ihnen kann mich erschießen, bevor ich Connie töte? Ist das hier gerade nicht eine ganz schwierige Situation für Cops? Sind Sie nicht verpflichtet, Leben zu schützen oder so? Ich habe eine Geisel. Müssen Sie da nicht mit mir verhandeln?«

»Wir können reden«, sagte Josie bestimmt. »Aber nicht so.«

Connie bebte am ganzen Körper. Ihr Gesicht war so blass, dass es wie durchsichtig wirkte. »Sie wird mich töten«, keuchte sie. »Wenn sie Vera und Kurt getötet hat, dann wird sie auch mich töten.«

Marisol widersprach nicht.

Aus dem Augenwinkel heraus sah Josie, dass Gretchen sich langsam näher zu Connie hinbewegte. Sie versuchte, Marisols Aufmerksamkeit weiter auf sich zu lenken. »Kurt zu töten war sicher viel einfacher, als Vera zu töten, nicht wahr?«

Marisol starrte Josie mit zusammengekniffenen Augen an. Gretchen trat immer näher an Connie heran.

Und Josie redete weiter: »Hat Kurt für Sie gelogen? Er war

Ihr Alibi für den Mord an Vera. Wusste er, dass Sie sie getötet haben?«

Marisol schüttelte den Kopf. »Ich hab ihm an jenem Morgen gesagt, ich gehe joggen. Er hatte keine Ahnung. Dann rief jemand von der Polizei an, um mein Alibi zu ›überprüfen‹. Er sagte, ich sei zu Hause gewesen, weil er annahm, ich sei einfach hier gleich in der Gegend joggen gegangen. Als er aber den Anruf bekam, er solle aufs Revier kommen, um über Beverly und Vera Urban zu sprechen, da hat er gewusst, dass irgendwas los war. Daraus hat sich dann unser Streit entwickelt.«

»Der Streit, der zu Kurts Tod führte?«, fragte Josie.

»Ja. Er hat mich geschlagen, bis ich ihm alles erzählt hab. Ich hab versucht, ihm zu erklären, dass schon alles gut gehen würde, weil Vera endlich weg war. Dass ich sie getötet hatte, damit die ganze Sache endlich abgeschlossen wäre.«

»Wie konntest du das tun?«, heulte Connie auf. »Wie konntest du sie umbringen?«

»Halt den Mund!«, brüllte Marisol.

Connie wurde noch blasser, ging rückwärts auf den Baum zu und machte sich möglichst klein. Gretchen war inzwischen fast bei ihr, obgleich ihre Waffe noch immer auf Marisol gerichtet war. Josie war kurzfristig erleichtert, dass der Lauf von Marisols Waffe einen Augenblick nicht mehr direkt auf Connies Kopf zielte. Noch immer wimmerte Connie: »Vera war deine Freundin! Wie konntest du das tun?«

»Freunde verraten keine Geheimnisse, Con«, gab Marisol wütend zurück. »Vera war keine echte Freundin. Nach allem, was ich für sie getan hatte, wollte sie meine Geheimnisse nicht für sich behalten. Genau wie du.«

NEUNUNDVIERZIG

Die Zeit schien plötzlich stillzustehen, die Sekunden tickten jedoch ungerührt weiter, regelmäßig wie bei einer Uhr. *Tick.* Marisols Finger betätigte den Abzug. *Tack.* Der ohrenbetäubende Knall eines Schusses ließ die Luft um sie herum erzittern. *Tick.* Gretchen warf sich auf Connie. *Tack.* Josie feuerte auf Marisol. *Tick.* Ein weiteres Krachen erfüllte die Luft. *Tack.* Gretchen und Connie stürzten zu Boden. *Tick.* Die Welt brach unter ihren Füßen weg.

Es dauerte eine weitere Sekunde, bis Josie erkannte, was geschehen war. Sie stürzte in die Tiefe. Dann schlug das Wasser über ihr zusammen. Schlammige Erde und Baumwurzeln rutschten auf ihren Kopf. Sie öffnete den Mund, aber er füllte sich nur mit Erde und brauner Dreckbrühe.

Ein Erdrutsch.

Ihre Glieder kämpften darum, wieder an die Oberfläche zu gelangen. Sie öffnete ihre Augen, aber um sie herum war alles nur schwarz. Das Wasser war so schlammig, dass man sich kaum darin bewegen konnte. Mehr Schweres fiel auf ihren Kopf. Dort muss oben sein, sagte eine Stimme in ihrem Kopf. Die Oberfläche. Sie trat und stieß durch den Schlamm. Etwas schloss sich um ihre Hand und zog. Sie strebte darauf zu, trat noch stärker mit den Beinen. Schließlich durchbrach ihr Kopf die Oberfläche. Sie hustete, griff mit den Fingern in ihren Mund und versuchte, ihn vom Dreck des Erdrutschs zu befreien. Sand knirschte zwischen ihren Zähnen. Sie wischte sich über die Augen und blickte sich um. Neben ihr stand Connie bis zum Hals im schmutzigen Wasser.

»Danke«, sagte Josie zu ihr. Hektisch ließ sie den Blick über ihre Umgebung schweifen. Der gesamte unbefestigte Erdstreifen war in den Graben gestürzt. Die Bäume dahinter hingen jetzt horizontal über ihren Köpfen.

»Wir müssen hier weg«, rief sie Connie zu, packte sie an der Hand, und zusammen kämpften sie sich weiter hinaus ins Wasser, wo der Schlamm sich verteilte und sie ihre Glieder freier bewegen konnten. Während sie sich weg von Quail Hollow und hin zur benachbarten Siedlung bewegten, wurde das Wasser tiefer und kälter. Inzwischen stand Josie auf den Zehenspitzen und konnte gerade noch das Kinn aus dem Wasser recken.

»Haben Sie Gretchen gesehen?«, fragte Josie. »Meine Kollegin?«

Connie schüttelte den Kopf.

Josie ließ den Blick wieder umherschweifen. Ein lautes, unheimliches, knarrendes Geräusch erfüllte die Luft, und die Bäume fielen langsam mit der Krone voran in den Graben.

Wo war Gretchen?

Bitte sei nicht tot, betete Josie.

Sie hörte ein Platschen hinter sich und drehte sich um. Marisol schwamm von ihnen weg, auf die Häuser in der Ferne zu. Sie waren weit über einen Kilometer entfernt. Josie wusste nicht, ob Marisol eine gute Schwimmerin war, aber sie würde sie nicht davonkommen lassen.

»Bleiben Sie hier«, wies sie Connie an. »Und suchen Sie nach meiner Kollegin.«

Mit langen, gleichmäßigen Zügen schwamm Josie Marisol hinterher. »Halt! Dableiben!«, schrie sie ihr zu.

Marisol hörte auf zu schwimmen, als Josie nur noch eine halbe Armlänge hinter ihr war. Sie drehte sich um und attackierte Josie heftig. Josie versuchte, auf ihren Zehen zu balancieren, um ihren Kopf über Wasser zu halten. Sie streckte die Hände hoch und versuchte, Marisol abzuwehren, aber die griff zwischen ihre Arme, legte ihr die Finger um den Hals und drückte zu. Josie drosch auf sie ein und fiel rückwärts ins Wasser. Ihre Finger griffen nach Marisols Händen und versuchten, diese von ihrem Hals zu lösen, während Marisol sie unter Wasser drückte und dort festhielt. Josie strampelte mit den Beinen, bis ihre Füße Halt fanden. Sie versuchte, sich vom Boden abzustoßen und zur Oberfläche zu gelangen, um Luft zu schnappen, aber Marisol hielt sie mit eisernem Griff unter Wasser fest. Josies Lungen brannten. Sie gab ihre Anstrengungen auf, Marisols Griff um ihren Hals zu lockern. Stattdessen stieß sie mit den Fäusten und versuchte, irgendeinen Teil von Marisols Körper zu treffen. Als das nicht klappte, wehrte sie sich wieder gegen Marisols tödlichen Griff und tastete suchend nach Marisols Fingern. Sie war kurz davor, das Bewusstsein zu verlieren, da ertastete sie einen langen Fingernagel. Sie bog ihn zurück, und Marisols Griff lockerte sich gerade so lange, dass Josie sich wegstoßen konnte.

Josie schlug Marisols Hände weg, reckte den Kopf aus dem Wasser und rang nach Luft. Sie schaffte einen tiefen Atemzug, bevor Marisol sich wieder schreiend auf sie warf. Ihre Hände griffen nach Josies Kleidern, ihren Armen, ihrem Hals, ihrem Haar. Josie wollte sie wegstoßen, sie beruhigen, aber hier im Wasser war ihr ganzes Selbstverteidigungstraining nutzlos. Sie schlugen aufeinander ein und kämpften verbissen. Marisol versuchte, Josie lange genug unter Wasser zu halten, um sie zu ertränken, Josie kämpfte darum, genug Luft in ihre Lungen zu bekommen, um Marisol abzuwehren. Wo nahm diese Frau bloß ihre Kräfte her?

Verzweiflung, dachte Josie. Das war wohl das reine Adrenalin einer Person, die rücksichtslos ihre Geheimnisse bewahren und ihrer Vergangenheit entkommen wollte. Josie hatte einige Erfahrung darin, seiner Vergangenheit entkommen zu wollen. Als ihre Arme und Beine mit neuer Kraft nach oben drängten, konnte sie sich aus Marisols Griff herauswinden und einen kräftigen Tritt gegen ihre Rippen landen. Während Josie weiter nach Luft rang, vernahm sie wie durch einen Nebel Lärm um sie herum. Jemand schrie und dann war da noch irgendein anderes Geräusch. Eine Art Brummen.

Josie paddelte weg von Marisol, um die wenigen kostbaren Sekunden zu nutzen, die ihr blieben, während Marisol sich von dem Tritt gegen ihre Rippen erholte. Sie musste jetzt unbedingt Kraft sammeln, sich konzentrieren. Eine exzellente Schwimmerin war sie immer gewesen, aber der Kampf im Wasser hatte sie viel Energie gekostet. Doch Marisol wurde noch immer von ihrem Adrenalin getrieben. Sie holte Josie ein, packte eines ihrer Beine und zog sie zurück unter Wasser. Josie trat nach oben und konnte sich von ihrem Griff befreien. Sie kam wieder an die Oberfläche und musste so heftig husten, dass ihr ein unerträglicher Schmerz durch den Brustkorb schoss. Dann zog Marisol sie erneut unter Wasser. Josie ruderte wieder mit Armen und Beinen, doch ihre Sicht wurde trübe.

Dann, ganz plötzlich, war sie frei. Sie drehte sich um und sah – wie eine Vision in dem schlammigen Wasser - Gretchen, die Marisols Haar in der Faust gepackt hielt. Grenzenlose Erleichterung durchfuhr Josies gesamten Körper. Marisol schlug noch immer heftig um sich und versuchte, von Gretchen wegzukommen. Josie bewegte sich näher, um Gretchen dabei zu helfen, sie unter Kontrolle zu bekommen, als etwas gegen ihren Hinterkopf stieß. Sie drehte sich um und sah das Grellrot eines Rettungsboots. Sie paddelte auf der Stelle und wischte sich Haarsträhnen aus dem Gesicht. Eine Hand streckte sich zu ihr hinunter. »Kommen Sie«, sagte eine vertraute Stimme.

Als Josie hinaufblickte, sah sie Sawyer Hayes. Sie wollte seine Hand nicht annehmen, doch er schüttelte sie vor ihrem Gesicht. »Nehmen Sie meine Hand«, befahl er. »Kommen Sie rauf ins Boot.«

Sie ließ sich von ihm heraufziehen, und sobald sie auf dem Boden des Bootes lag, krümmte sich ihr Körper und versuchte, die letzten Reste Schlamm und Wasser loszuwerden, die sie eingeatmet hatte. Aus tränengefüllten Augen sah sie, wie Gretchen ihren Griff um eine tobende Marisol Dutton lockerte. Marisol verschwand unter Wasser. Der Bootsführer näherte sich Gretchen bereits und Hayes zog sie ins Boot hoch. Neben Josie schüttelte sich Gretchens Körper ebenfalls in Krämpfen, sie hustete und würgte. Josie blickte hinunter und sah, dass ein Streifen Blut durch ihre Jeans sickerte. Diesmal war die Naht an ihrem Bein definitiv aufgegangen. Entlang der Uferlinie, wo die Bäume ins Wasser gestürzt waren, klammerte sich Connie an einen großen Ast. Über ihr, auf festem Grund, rannte ihr Hündchen bellend auf und ab. Das Boot steuerte in Connies Richtung und nahm sie auf.

»Marisol«, keuchte Josie. »Wo ist sie?«

Sawyer schüttelte den Kopf. »Ich weiß nicht. Sie ist untergegangen.«

»Wir müssen sie rausholen.«

»Ich hab gerade mitangesehen, wie Sie fast von ihr umgebracht worden sind.«

»Das spielt keine Rolle«, erwiderte Josie. »Ich ...«

Er hob die Hand, um sie zum Schweigen zu bringen. Dann nahm er seinen Helm ab und warf ihn auf den Boden des Bootes. »Ich weiß«, sagte er. »Sie lassen niemanden zurück – egal ob tot oder lebendig.«

Dann sprang er ins Wasser.

FÜNFZIG

Josie stand vor Rays Grabstein und sah zu, wie die Leute vom Beerdigungsunternehmen Beverly Urbans Sarg in das offene Grab neben seinem hinunterließen. Sie blickte nach hinten, hob die Hand und winkte den dort Versammelten zu. Niemand davon war mit ihr verwandt, aber alle gehörten zur Familie. Noah, Lisette, Misty, Gretchen, Mettner, Chief Chitwood und sogar Amber Watts hatten sich eingefunden – alle, um Beverly und Vera Urban die letzte Ehre zu erweisen. Sobald Sawyer Marisol aus dem Graben gerettet hatte, hatte er sie erfolgreich wiederbelebt. Sie hatte ein paar Tage im Krankenhaus verbracht, bevor sie sich auf Anraten ihres Anwalts der Polizei gestellt hatte. Die Details des Deals, den sie anstrebte, wurden gerade noch zwischen ihrem Anwalt und dem Bezirksstaatsanwalt ausgearbeitet, doch in der Zwischenzeit hatte sie sich bereit erklärt, sowohl die Beerdigung für Beverly als auch für Vera zu bezahlen.

Josie hatte die Grabstellen ausgesucht, und zufällig waren direkt neben Ray zwei verfügbar gewesen.

Nun würde Beverly zu guter Letzt doch noch bekommen, was sie wollte. Im Tod wäre sie mit dem Mann vereint, den sie als Jungen angehimmelt hatte. Sie würde ein richtiges Begräbnis bekommen und Josie würde für ihr Grab ebenso sorgen, wie sie Rays Grabstelle pflegte. Vera war eine Stunde früher beerdigt worden, und da beide Frauen am selben Tag und nur etwa einen Meter voneinander entfernt begraben wurden, hatte Josie beschlossen, eine kleine Zeremonie abzuhalten.

Einer der Angestellten des Beerdigungsunternehmens gab ihnen ein Zeichen, dass die Trauernden den Verstorbenen jetzt ihre letzte Ehre erweisen sollten, und die anderen traten neben Josie. Misty hatte Blumen mitgebracht und reichte jedem eine. Nach einem Moment des Gedenkens legte einer nach dem anderen die Blume auf Beverlys Sarg, dann gingen sie in Richtung ihrer Fahrzeuge davon. Josie und Noah blieben noch zurück und sahen zu, wie Gretchen und Chief Chitwood Lisette halfen und Mettner nach Ambers Ellbogen griff, wann immer ihre hohen Absätze im Rasen versanken.

Josie spürte, dass jemand hinter ihr stand und sie ansah. Sie drehte sich um und erblickte in ein paar Metern Entfernung ihre Zwillingsschwester Trinity. Sie musste unwillkürlich lächeln, löste sich von der Beerdigungsgesellschaft, eilte zu Trinity hinüber und umarmte ihre Schwester stürmisch.

»Ooh«, sagte Trinity in Josies Haar, »ich hab dich auch vermisst.«

Josie ließ sie los und trat zurück. Sie sahen einander von Kopf bis Fuß an und Trinity sagte: »Tragen wir etwa dasselbe kleine Schwarze?«

Josie lachte. »Sieht ganz so aus. Was machst du denn hier?«

Trinity hakte sich bei Josie unter. »Ich dachte, du brauchst mich.«

Josie hob die Augenbrauen. »Nein, das ist sicher nicht der Grund.«

Jetzt musste Trinity lachen. »Okay, das ist nicht der Grund.

Ich habe Neuigkeiten. Sieht so aus, als würde ich meine eigene Sendung bekommen.«

»Trinity, das ist ja unglaublich! Herzlichen Glückwunsch, ich freu mich so für dich.«

»Das sollten wir feiern«, sagte Noah und trat zu ihnen.

»Er hat recht«, meinte Josie. »Kannst du ein, zwei Tage in der Stadt bleiben?«

»Um mich zu feiern?«, fragte Trinity. »Natürlich!«

Sie zwinkerte ihnen zu und ging davon, um Lisette zu begrüßen.

Noah trat neben Josie und nahm ihre Hand. Sie sahen zu, wie Trinity von Lisette, Misty und von ihren Polizeikolleginnen und -kollegen wie eine alte Freundin begrüßt wurde. »Alles in Ordnung bei dir? Erzähl mir bloß nicht, dass es dir gut geht. Das sagst du immer.«

Josie lächelte. »Ich arbeite dran. Jetzt, wo Trinity da ist, geht's mir schon besser.«

Noah beugte sich hinüber und küsste sie. »Das ist die erste ehrliche Antwort, die du jemals auf diese Frage gegeben hast.«

Josie sah zu, wie Trinity und Gretchen Lisette dabei halfen, ihren Rollator zwischen den Grabsteinen hindurchzumanövrieren. »Noah, wie wäre es, wenn wir meine Großmutter und Sawyer zum Abendessen einladen?«

Er wiegte den Kopf, als würde er überlegen. »Nur, wenn du Misty dazu bringen kannst, zu kochen.«

Sie stupste ihn mit dem Ellbogen an. »Ich meine es ernst.«

Er lächelte. »Ich denke, das wäre ein guter Anfang. Die Grundlage für etwas Neues.«

EIN BRIEF VON LISA

Vielen herzlichen Dank, dass ihr *Rette ihre Seele* gelesen habt. Wenn euch das Buch gefallen hat und ihr über meine neuesten Veröffentlichungen informiert werden möchtet, meldet euch einfach unter nachstehendem Link an. Eure E-Mail-Adresse wird nicht weitergegeben und ihr könnt euch jederzeit wieder abmelden.

deutschland.bookouture.com/subscribe/

Ich stehe gern im Austausch mit meinen Leser:innen. Ihr könnt mit mir über die unten aufgeführten sozialen Medien, über meine Website oder die von Goodreads Kontakt aufnehmen. Gern dürft ihr auch meine Bücher bewerten und *Rette ihre Seele* anderen Leser:innen empfehlen. Rezensionen und Weiterempfehlungen sind eine große Hilfe dabei, immer mehr Leserinnen und Leser auf meine Bücher aufmerksam zu machen. Wie immer vielen Dank für eure Unterstützung. Sie bedeutet mir sehr viel. Ich kann es gar nicht erwarten, von euch zu hören. Bis zum nächsten Mal!

Danke!

Eure Lisa Regan

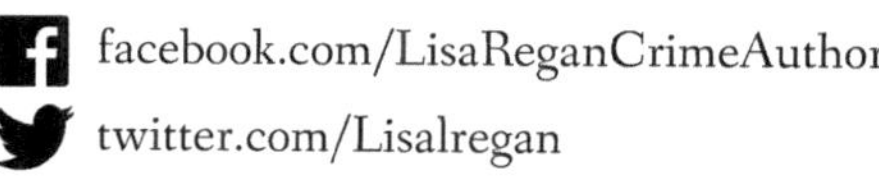

DANKSAGUNG

Zunächst danke ich wie immer vor allem meinen Leser:innen. Eure Begeisterung für diese Serie sorgt dafür, dass mir das Schreiben weiterhin so große Freude bereitet. Diese imaginäre Reise, mir immer wieder neue Geschichten über Josie für euch auszudenken, macht mir unglaublich großen Spaß, und ich hoffe, ihr begleitet sie mit mir weiter auf dieser Reise. Wie immer danke ich euch, meinem Ehemann Fred und meiner Tochter Morgan, für eure Unterstützung und eure Geduld. Danke dafür, dass ihr so viele Stunden auf meine Aufmerksamkeit verzichten müsst, während ich in Gedanken in Denton bin. Des Weiteren danke ich meinen Erstleser:innen Dana Mason, Katie Mettner, Nancy S. Thompson, Maureen Downey und Torese Hummel sowie meinen Entrada-Leser:innen. Mein Dank geht auch an Matty Dalrymple und Jane Kelly. Dieses Buch hätte ohne euch nicht geschrieben werden können – ohne eure Schreibsprints und eure vielen brillanten Vorschläge. Vielen Dank, Cindy Doty, für deine große Hilfe beim Korrekturlesen! Ein Dankeschön geht auch an all die üblichen Verdächtigen für eure ungebrochene Unterstützung und Liebe und dafür, dass ihr für meine Josie-Quinn-Bücher immer so großartige Mundpropaganda macht – ihr wisst schon, wen ich meine! Vielen Dank auch an all die großartigen Blogger:innen und Rezensent:innen, die weiterhin die Josie-Quinn-Serie lesen und weiterempfehlen. Eure Begeisterung inspiriert mich sehr!

Mein aufrichtiger Dank geht wie immer an Sgt. Jason Jay, der mir alle meine juristischen und polizeilichen Fragen, selbst während der Pandemie, erschöpfend beantwortet hat. Du bist wirklich ein außergewöhnlicher Mensch. Danke, Michelle Mordan, für die Beantwortung meiner zahlreichen Fragen zum Katastrophenschutz und zu Rettungseinsätzen. Ich danke auch meinem Cousin John Conlen für all die unschätzbar wertvollen Informationen zum Thema Strömungsrettung. Vielen Dank, John Matz, Leiter des Katastrophenschutzes in Schuylkill County, dass du einen ganzen Samstagvormittag lang trotz der Pandemie alle meine Fragen beantwortet hast. Ich bewundere deine Geduld und Großzügigkeit!

Mein herzlicher Dank gebührt auch Noelle Holten, Kim Nash und dem gesamten Bookouture-Team dafür, dass sich mein Leben normal anfühlt, während die Welt um mich herum in der Krise versinkt. Ihr helft mir dabei, meine Zuversicht zu bewahren, und erfüllt all die Aufgaben, die in einem Verlag hinter den Kulissen getan werden, mit Bravour. Last but not least sende ich ein Dankeschön an die unvergleichliche Jessie Botterill, die es immer wieder schafft, all die verborgenen erzählerischen Glanzstücke in diesem Buch zu entdecken, die ich selbst nicht sehen konnte. Danke, dass du immer wieder das Beste aus mir herausholst – besonders während dieser lähmenden Pandemie. Du bist eine exzellente Lektorin und ein wunderbarer Mensch, und ich möchte das mit niemand anderem als dir machen!